DROEMER

Von Kimberly McCreight ist im Droemer Verlag bereits folgender Titel erschienen:
Freunde. Für immer

Über die Autorin:
Kimberly McCreight hat an der University of Pennsylvania Jura studiert. Sie hat viele Jahre in einer der größten Kanzleien New Yorks als Anwältin gearbeitet, bevor sie sich ganz ihrer Leidenschaft, dem Schreiben, widmete. Ihre Romane erscheinen regelmäßig auf der *New York Times*-Bestsellerliste. Mit »Eine perfekte Ehe« hat sie eine große Leserschaft in Deutschland begeistert. Kimberly McCreight lebt mit ihrem Ehemann und ihren zwei Kindern in Brooklyn, New York.
Mehr Informationen unter: www.kimberlymccreight.com.

KIMBERLY
McCREIGHT

Eine perfekte Ehe

THRILLER

Aus dem Englischen
von Kristina Lake-Zapp

DROEMER

Die amerikanische Originalausgabe erschien 2020 unter dem Titel »A Good Marriage« bei HarperCollins, New York.

Besuchen Sie uns im Internet:
www.droemer.de

Aus Verantwortung für die Umwelt hat sich die Verlagsgruppe Droemer Knaur zu einer nachhaltigen Buchproduktion verpflichtet. Der bewusste Umgang mit unseren Ressourcen, der Schutz unseres Klimas und der Natur gehören zu unseren obersten Unternehmenszielen. Gemeinsam mit unseren Partnern und Lieferanten setzen wir uns für eine klimaneutrale Buchproduktion ein, die den Erwerb von Klimazertifikaten zur Kompensation des CO_2-Ausstoßes einschließt. Weitere Informationen finden Sie unter: www.klimaneutralerverlag.de

FSC
www.fsc.org
MIX
Papier aus verantwortungsvollen Quellen
FSC® C014496

Vollständige Taschenbuchausgabe Oktober 2022
Droemer Taschenbuch

Redaktion: Gisela Klemt
Covergestaltung: Sabine Schröder
Coverabbildung: © plainpicture / Ute Mans
© shutterstock.com / Jake Hukee
Satz: Adobe InDesign im Verlag
Druck und Bindung: GGP Media GmbH, Pößneck
ISBN 978-3-426-30834-9

2 4 5 3 1

Für Tony,
den Anfang alles Guten.
Und das einzige Ende, das zählt.

Liebe stirbt nie einen natürlichen Tod.

Anaïs Nin, *Djuna oder*
Das Herz mit den vier Kammern

PROLOG

Ich wollte nie, dass irgendetwas von all dem passiert. Das zu sagen, ist blöd. Aber es ist wahr. Und selbstverständlich habe ich niemanden *umgebracht.* So etwas würde ich niemals tun und könnte ich niemals tun. Du weißt das. Du kennst mich besser als jeder andere.

Ob ich Fehler gemacht habe? Definitiv. Ich habe gelogen, bin selbstsüchtig gewesen. Ich habe dich verletzt. Das bereue ich am meisten. Dass ich dir Schmerz bereitet habe. Ich liebe dich mehr als alles auf der Welt.

Das weißt du auch, oder? Dass ich dich liebe.

Ich hoffe es. Denn das ist alles, woran ich denke. Und Einsamkeit gibt einem viel Zeit zum Nachdenken.

(Keine Sorge – ich habe nur leise vor mich hin gesprochen. Das ist es, was man Einsamkeit nennt. Es ist verdammt noch mal zu laut inmitten all der anderen. Die Leute quasseln die ganze Nacht lang, schreien und streiten und reden Unsinn. Falls man nicht verrückt ist, wenn man herkommt, wird man es hier. Und ich bin nicht verrückt. Ich weiß, dass du auch das weißt.)

Erklärungen. Was machen sie für einen Unterschied? Ich kann zumindest mit dem *Warum* beginnen. Denn es ist so viel schwieriger, als ich gedacht hatte – die Ehe, das Leben. Alles.

Am Anfang ist es leicht. Man lernt jemanden kennen, jemanden, der einen umwirft, der clever ist und lustig. Einen Menschen, der besser ist als man selbst – das wissen beide, zumindest auf einer bestimmten Ebene. Man verliebt sich in diese Eigenschaften. Aber man verliebt sich noch mehr in die Vorstellung des anderen von einem selbst. Man fühlt sich glücklich. Denn man *ist* glücklich.

Dann verstreicht die Zeit. Beide verändern sich zu sehr. Beide bleiben zu sehr sie selbst. Die Wahrheit dringt mehr und mehr ans Tageslicht, und der Horizont verdunkelt sich. Schlussendlich steht man mit jemandem da, der einen so sieht, wie man wirklich ist. Und früher oder später bekommt man einen Spiegel vorgehalten und ist gezwungen, sich selbst ins Gesicht zu blicken.

Und wer zum Teufel kann damit leben?

Man tut, was man kann, um durchzuhalten. Man fängt an, sich nach einem neuen, unverbrauchten Augenpaar umzusehen.

LIZZIE

MONTAG, 6. JULI

Die Sonne sank tiefer in den Wolkenkratzerwald vor meinem Fenster in der Kanzlei. Ich stellte mir vor, wie ich an meinem Schreibtisch sitzen bleiben und darauf warten würde, dass sich die Dunkelheit herabsenkte. Ich fragte mich, ob sie mich heute Abend endlich ganz verschlucken würde. Wie ich dieses dämliche Büro hasste!

In dem hohen Gebäude gegenüber ging ein Licht an. Bald schon würden weitere Lichter folgen und die Räume erhellen – für Menschen, die beschäftigt waren mit ihrer Arbeit, mit ihrem Leben. Vielleicht sollte ich einfach akzeptieren, dass ich wieder einmal bis spätabends Überstunden machen musste. Nach einer halben Ewigkeit stand ich auf, streckte die Hand zum Lichtschalter aus und schaltete die Deckenlampe an, dann setzte ich mich wieder.

Der kleine Lichtzirkel fiel von oben auf das nicht angerührte Mittagessen neben meinem Schreibtisch, das Sam mir heute Morgen eingepackt hatte – den ganz besonderen, gepfefferten Thunfisch auf genau dem richtigen Roggenbrot mit Karotten. Mein Ehemann machte sich Sorgen, dass ich an Vitaminmangel leiden könnte. Zu Recht. In den elf Jahren, die wir mittlerweile in New York wohnten – verheiratet waren wir seit acht Jahren –, hatte mir Sam jeden Tag etwas zu Mittag eingepackt. Für sich selbst hatte er das nie getan.

Ich versetzte dem Essen einen halbherzigen Tritt und

warf einen Blick auf die Uhr an meinem Computer: 19.17 Uhr. Es war noch nicht mal sonderlich spät, und die Zeit bei der renommierten Kanzlei Young & Crane schien wie immer unendlich langsam zu verstreichen. Meine Schultern sackten herab, als ich versuchte, mich auf das immer noch saftlose Antwortschreiben an das US Department of Justice, das amerikanische Justizministerium, zu konzentrieren, das ich für einen anderen Senior Associate verfasste – einen mit keinerlei Strafrechterfahrung. Der Mandant war ein Handyakkuhersteller, in dessen Unternehmen mehreren Vorstandsmitgliedern Insidergeschäfte vorgeworfen wurden. Es handelte sich um eine der typischen Strafsachen, mit denen sich die Kanzlei befasste: ein unerwartetes Problem für einen Mandanten aus der Wirtschaft zu lösen.

Die Kanzlei Young & Crane hatte keine explizite Abteilung für Wirtschaftskriminalität. Stattdessen hatte sie Paul Hastings, ehemaliger Leiter der DOJ-Abteilung für Gewalt und organisierte Kriminalität des Southern District von New York. Und jetzt hatte sie auch mich. Paul war vor meiner Zeit bei der US-Bundesstaatsanwaltschaft gewesen, aber er kannte – und schätzte – meine damalige Mentorin und Chefin Mary Jo Brown, die vor vier Monaten so lange auf ihn eingewirkt hatte, bis er mir einen Job in der Kanzlei gab. Paul war ein beeindruckender, hoch angesehener Anwalt mit jahrzehntelanger Erfahrung, aber bei Young & Crane kam er mir stets vor wie ein Rennpferd im Ruhestand, das sich verzweifelt danach sehnte, dass die Tore ein letztes Mal aufsprangen.

M&M's. Das war es, was ich brauchte, um endlich diesen Brief fertig zu bekommen, der trotz all meiner Anstrengungen aus drei Absätzen wenig stichhaltiger Ausweichmanöver bestand. Es gab immer M&M's an der überquellenden Snackbar bei Young & Crane – eine Sonderzulage für die, die die ganze Nacht durchschuften mussten. Ich wollte mich gerade auf die Suche danach machen, als eine E-Mail-Benachrichtigung auf meinem Handy erschien, das ganz am Rand des Schreibtischs lag, damit es mich nicht von der Arbeit ablenkte.

Die Nachricht an meinen Privat-Account kam von Millie, in der Betreffzeile stand: *Ruf mich bitte an.* Das war nicht ihre erste E-Mail in den letzten Wochen. So beharrlich war sie für gewöhnlich nicht, aber es kam auch nicht zum ersten Mal vor, was bedeutete, dass es nicht zwingend um Leben und Tod ging. Ohne die Nachricht zu öffnen, wischte ich sie in den Ordner für ältere E-Mails. Ich würde sie irgendwann lesen, zusammen mit den vorherigen – das tat ich letztendlich immer –, aber nicht heute Abend.

Mein Blick haftete noch immer auf dem Handydisplay, als das Bürotelefon klingelte. Ein externer Anruf mit meiner Direktdurchwahl, das hörte ich am Klingelton. Vermutlich Sam. Nicht viele Leute kannten diese Nummer.

»Hier spricht Lizzie«, meldete ich mich.

»Dies ist ein R-Gespräch aus einer New Yorker Justizvollzugsanstalt von …«, verkündete eine männliche Computerstimme, dann folgte eine endlose Pause.

Ich hielt den Atem an.

»Zach Grayson«, sagte eine echte menschliche Stimme, bevor die Nachricht auf die automatische Ansage zurückschaltete. »Drücken Sie die Eins, wenn Sie bereit sind, die Kosten zu übernehmen.«

Erleichtert atmete ich aus. Zach … Das sagte mir gar nichts. Äh, Augenblick – Zach Grayson von der University of Pennsylvania Law School, auch »Penn Law« genannt? Ich hatte schon einige Jahre nicht mehr an ihn gedacht, nicht seit ich in der *New York Times* den Artikel über die ZAG GmbH gelesen hatte, Zachs wahnsinnig erfolgreiches Logistik-Start-up in Palo Alto. Die ZAG GmbH erstellte eine Art Prime-Mitgliedschaft für die unzähligen kleinen Firmen, die versuchten, mit Amazon zu konkurrieren. Versandhandel klang zwar nicht sonderlich glamourös, war aber ungemein profitabel.

Zach und ich hatten seit unserem Abschluss nicht mehr miteinander gesprochen. Die Computerstimme wiederholte die Anweisungen und warnte mich, dass die Zeit ablaufe. Ich tippte auf die Eins, um den Anruf entgegenzunehmen.

»Hier spricht Lizzie.«

»Oh, Gott sei Dank.« Zach atmete zittrig aus.

»Zach, was ist denn ...« Die Frage war ein unprofessioneller Ausrutscher. »Warte, antworte nicht darauf. Die Telefonate werden aufgezeichnet. Das weißt du, oder? Auch wenn du mich als Anwältin anrufst, musst du davon ausgehen, dass das Gespräch nicht vertraulich ist.«

Selbst versierte Anwälte legten mitunter ein absurd albernes Verhalten an den Tag, wenn es um Rechtssachen ging. Bei Strafsachen waren sie oftmals völlig nutzlos.

»Ich habe nichts zu verbergen«, behauptete Zach.

»Geht es dir gut?«, fragte ich. »Fangen wir doch damit an.«

»Nun, ich bin im Rikers«, sagte Zach leise. »Es ist mir schon besser gegangen.«

Ich konnte mir Zach absolut nicht auf Rikers Island vorstellen, der berüchtigten Gefängnisinsel im East River von New York. Es war ein unbarmherziger Ort, wo Latin Kings, sadistische Mörder und Vergewaltiger gefährlich eng mit den Jungs zusammengesperrt waren, die auf ihre Gerichtsverhandlung warteten, weil sie eine Zehndollartüte mit Gras verscherbelt hatten. Zach war kein großer Fisch. Er war immer – nun, wie sollte ich es sagen? – zurückhaltend und bescheiden gewesen. Ihn würde man im Rikers auseinandernehmen.

»Was wirft man dir vor? Und damit meine ich jetzt nur die konkreten Anklagepunkte, nicht das, was passiert ist.«

Es war so wichtig, nichts Belastendes preiszugeben, und so leicht, dies zu vergessen. Einmal hatte meine Kanzlei eine gesamte Klage auf einem einzigen mitgeschnittenen Gefängnistelefonat aufgebaut.

»Ähm, tätlicher Angriff auf einen Polizisten.« Zach klang verlegen. »Es war ein Unfall. Ich war aufgeregt. Jemand hat mich am Arm gefasst, und ich bin zurückgezuckt. Dabei habe ich mit dem Ellbogen einen Officer im Gesicht erwischt und ihm eine blutige Nase verpasst. Ich fühle mich schlecht deswegen, aber selbstverständlich habe ich das nicht absichtlich getan. Ich hatte keine Ahnung, dass er hinter mir stand.«

»War das in einer Bar oder so?«, erkundigte ich mich.

»In einer Bar?« Zach klang verwirrt, und ich spürte, wie meine Wangen rot wurden. Ein seltsamer Gedankensprung. Eine Bar war nicht unbedingt der Ort, wo die Probleme der meisten Menschen begannen. »Nein, nicht in einer Bar. Es war bei uns zu Hause, in Park Slope.«

»Park Slope?« Das war meine Gegend, zumindest nicht weit davon entfernt. Wir lebten in Sunset Park.

»Wir sind vor vier Monaten von Palo Alto nach Brooklyn gezogen«, teilte er mir mit. »Ich habe meine Firma verkauft und mache jetzt etwas ganz anderes. Ich baue hier ein Unternehmen auf – völlig neues Gebiet.« Sein Ton war hölzern geworden.

Zach war immer schon so gewesen, dachte ich – stets

ein wenig unbeholfen. Victoria, meine Zimmergenossin auf der Penn Law, hatte ihn in ihren weniger freundlichen Momenten einen Spinner und Schlimmeres genannt. Ich hatte Zach gemocht. Klar, er war ein wenig sonderbar, aber er war zuverlässig, klug, ein guter Zuhörer und erfrischend direkt. Außerdem war er genauso unerbittlich ehrgeizig wie ich, was ich als beruhigend empfunden hatte. Zach und ich hatten auch noch andere Dinge gemeinsam. Als ich mich bei der Penn Law einschrieb, war ich gerade dabei, mich aus der trauergehärteten Hülle herauszuschälen, die mich umgab, seit ich am Ende meiner Highschool-Zeit beide Eltern verloren hatte. Zach wiederum hatte seinen Vater verloren, und er wusste, was es bedeutete, sich am eigenen Schopf aus dem Sumpf zu ziehen. An der juristischen Fakultät der University of Pennsylvania wussten das nicht alle.

»Ich wohne ebenfalls in Park Slope«, sagte ich. »In Sunset Park. Ecke Fourth Avenue und Eighteenth Street. Und du?«

»Am Montgomery Place, zwischen Eighth Avenue und Prospect Park West.«

Natürlich. Ich hatte diesen unglaublich teuren Teil von Center Slope nur ein einziges Mal betreten, und zwar, um ein wenig auf dem gleichermaßen überteuerten Bauernmarkt auf der Grand Army Plaza zu stöbern – wohlgemerkt: nur um zu stöbern.

»Warum war die Polizei bei dir zu Hause?«, erkundigte ich mich.

»Meine Frau …« Zach stockte. Er schwieg für einen langen Moment. »Amanda lag, ähm, am Fuß der Treppe, als ich nach Hause kam. Es war schon sehr spät. Wir waren zusammen auf einer Party in der Nachbarschaft, aber wir sind getrennt aufgebrochen. Amanda ist vor mir nach

Hause gegangen, und als ich heimkam ... Mein Gott. Überall war Blut, Lizzie. Mehr Blut als ... Ich hätte mich beinahe übergeben, ehrlich. Ich hab's kaum geschafft, ihren Puls zu fühlen. Und darauf bin ich nicht stolz. Welcher Mann kriegt so viel Schiss beim Anblick von Blut, dass er seiner eigenen Frau nicht helfen kann?«

Seine Frau war tot? Scheiße.

»Es tut mir sehr leid, Zach«, brachte ich hervor.

»Ich hab's zum Glück noch geschafft, die Neun-eins-eins zu rufen«, stieß er gepresst hervor. »Anschließend habe ich versucht, Amanda wiederzubeleben. Aber sie war bereits ... Sie ist tot, Lizzie, und ich habe keine Ahnung, was ihr zugestoßen ist. Das habe ich der Polizei gesagt, aber man hat mir nicht geglaubt, obwohl *ich* doch derjenige war, der den Notruf gewählt hat, Herrgott noch mal. Ich denke, das lag an diesem Kerl im Anzug. Er hat in der Ecke gestanden und mich die ganze Zeit über angestarrt. Aber es war der andere Detective, der versucht hat, mich von Amanda wegzuziehen. Sie lag da auf dem Fußboden, und ich konnte mich einfach nicht von ihr losreißen. Wir haben einen gemeinsamen Sohn, wie zum Teufel soll ich das ...« Er stockte erneut, dann: »Es tut mir leid, aber du bist der erste freundliche Mensch, mit dem ich seither geredet habe. Ehrlich, es fällt mir schwer, mich zusammenzureißen.«

»Das ist verständlich«, sagte ich, und ich meinte es so.

»Die müssen doch gesehen haben, wie aufgeregt ich war«, fuhr er fort. »Sie hätten mir ruhig eine Minute Zeit geben können.«

»Allerdings.«

Die Tatsache, dass die Polizei Zach nicht mehr Spielraum zugestanden hatte, war ein deutliches Anzeichen dafür, dass Schlimmes bevorstand. Die Officer schienen bereits davon auszugehen, dass er verantwortlich war für den Tod seiner Frau. Es gab keine bessere Möglichkeit, einen potenziellen Verdächtigen im Blick zu behalten, als ihn wegen eines geringfügigeren Vergehens ins Gefängnis zu werfen.

»Ich brauche dringend deine Hilfe, Lizzie«, sagte Zach. »Ich brauche einen guten – einen *herausragenden* Anwalt.«

Es war nicht das erste Mal, dass ein ehemaliger Kommilitone von der Penn Law anrief und mich in einer Strafsache um Unterstützung bat. Es war nicht leicht, erstrangige Strafverteidiger zu finden, und nur wenige Absolventen der juristischen Fakultät praktizierten Strafrecht. Für gewöhnlich benötigten die Leute Hilfe in belanglosen Angelegenheiten – wegen Trunkenheit am Steuer, Verstoß gegen das Betäubungsmittelgesetz oder Wirtschaftsdelikten –, und immer für ein Familienmitglied oder einen Freund. Sie riefen nie um ihrer selbst willen an, und schon gar nicht aus dem Rikers.

»Ich kann dir da bestimmt helfen. Ich habe Beziehungen zu einigen der besten Strafverteidiger in …«

»Beziehungen? Nein, nein. Ich will *dich*.«

Leg den verfluchten Hörer auf.

»Oh, ich bin ganz sicher nicht die richtige Anwältin für dich.« Gott sei Dank entsprach das der Wahrheit. »Ich habe erst vor ein paar Monaten als Verteidigerin angefangen und ausschließlich Erfahrung in Wirtschaftsdelikten gesammelt …«

»Bitte, Lizzie.« Zachs Stimme klang furchtbar verzweifelt. Allerdings war er Multimillionär, er musste doch locker jede Menge Topanwälte engagieren können. Also, warum ich? Jetzt, wo ich darüber nachdachte, waren Zach und ich schon lange vor dem Abschluss auseinandergedriftet.

»Du und ich wissen doch beide, was hier passiert – ich werde vermutlich mein Leben lang kämpfen müssen. Wird am Ende nicht immer der Ehemann beschuldigt? Ich brauche keinen aalglatten Anzugträger an meiner Seite. Ich brauche jemanden, der es anpackt – jemanden, der weiß, woher ich komme. Jemanden, der tut, was nötig ist, *egal, was.* Lizzie, ich brauche dich.«

Zugegeben, ich verspürte einen Anflug von Stolz. Mein außerordentlicher Ehrgeiz war stets mein bestimmendster Charakterzug gewesen. Ich war gewiss nicht die klügste Schülerin der Stuyvesant Highschool gewesen, genauso wenig wie die klügste Studentin der Cornell University und der Penn Law. Aber niemand war fokussierter als ich. Meine Eltern hatten mich die Tugend eiserner Entschlossenheit gelehrt. Vor allem mein Dad. Und unser Eifer hatte uns gleichermaßen gedient: Er war das Seil, an dem wir uns nach oben hangelten – und an dem wir uns aufknüpften.

Trotzdem würde ich Zachs Fall nicht übernehmen.

»Ich weiß das Kompliment zu schätzen, Zach, wirklich. Aber du brauchst jemanden mit Erfahrung bei Tötungsdelikten und den richtigen Beziehungen zur Staatsanwaltschaft in Brooklyn. Ich kann dir weder das eine noch das andere bieten.« Das stimmte. »Allerdings kann ich dir jemanden besorgen, der richtig gut ist. Gleich morgen früh wird jemand bei dir sein, noch vor der Anklageerhebung.«

»Zu spät«, entgegnete Zach. »Ich bin bereits angeklagt. Eine Freilassung gegen Kaution wurde abgelehnt.«

»Oh«, sagte ich. Dann war er offenbar früher verhaftet worden, als ich gedacht hatte. »Das ist, nun ja, überraschend bei einer Anklage wegen Körperverletzung.«

»Nicht wenn die Polizei davon ausgeht, ich hätte

Amanda umgebracht«, wandte Zach ein. »Das ist es doch, was dahintersteckt, richtig?«

»Klingt plausibel«, pflichtete ich ihm bei.

»Ich hätte dich vor der Anklageerhebung anrufen sollen«, stellte er fest. »Aber ich stand dermaßen unter Schock nach all dem, was passiert war, dass ich wohl nicht richtig reagiert habe. Man hat mir einen Pflichtverteidiger an die Seite gestellt. Ein netter Kerl und halbwegs kompetent. Gewissenhaft. Aber wenn ich ehrlich bin, hab ich mich während des Prozederes irgendwie ausgeklinkt. Fast so, als würde das Ganze gar nicht passieren, als wäre es gar nicht möglich. Das klingt schwachsinnig, ich weiß.«

Jetzt war der Moment, in dem ich nach Details hätte fragen können: Wann war er verhaftet worden? Was war die genaue Ereignisabfolge an jenem Abend? All die Fragen, die Zachs Anwalt stellen würde. Nur dass ich nicht seine Anwältin war, und das Letzte, was ich wollte, war, tiefer in die Sache hineingezogen zu werden.

»Alles um sich herum auszublenden, ist eine absolut menschliche Reaktion«, versicherte ich ihm daher stattdessen. Meiner Erfahrung nach taten das selbst die rationalsten Menschen, wenn man sie eines Verbrechens beschuldigte. Aber wenn man zudem zu Unrecht beschuldigt wurde? Das war noch mal eine ganz andere Nummer.

»Ich muss hier raus, Lizzie.« Zach klang verängstigt. »Und zwar sofort.«

»Keine Sorge. Ganz gleich, welche Strategie die Anklage fährt, man kann dich nicht wegen des Vorwurfs des tätlichen Angriffs auf einen Polizisten im Rikers festhalten, nicht unter diesen Umständen. Wir suchen dir den richtigen Anwalt, und der sorgt dafür, dass du gegen Kaution auf freien Fuß gesetzt wirst.«

»Lizzie«, flehte Zach. »*Du* bist die richtige Anwältin.«

War ich nicht. Ich war die falsche, ohne die richtigen Beziehungen. Außerdem war es kein Zufall, dass ich nie einen Mordfall bearbeitet hatte, und das sollte auch so bleiben.

»Zach, es tut mir leid, aber …«

»Lizzie, bitte«, flüsterte er. Seine Stimme klang jetzt panisch. »Ich will ehrlich sein: Ich habe verflucht Schiss. Könntest du vielleicht wenigstens nach Rikers Island kommen und mich besuchen? Damit wir darüber reden?«

Verdammt. Ich würde Zach nicht vertreten, komme, was wolle. Aber seine Frau war tot, und wir waren alte Freunde. Vielleicht sollte ich ihn tatsächlich besuchen. Vielleicht brauchte er tatsächlich jemanden zum Reden. Vielleicht würde er begreifen, warum ich nicht seine Anwältin sein konnte, wenn ich es ihm direkt ins Gesicht sagte.

»Okay«, gab ich schließlich nach.

»Super«, erwiderte Zach, unendlich erleichtert. »Gleich heute Abend noch? Besuchszeit ist bis einundzwanzig Uhr.«

Ich warf einen Blick auf die Computeruhr: 19.24 Uhr. Ich würde mich beeilen müssen. Meine Augen wanderten zu dem Briefentwurf auf dem Bildschirm. Dann dachte ich an Sam, der zu Hause auf mich wartete. Jetzt würde ich doch nicht wie angekündigt bis spätabends in der Kanzlei sein. Vielleicht war allein das Grund genug, Zach auf Rikers Island einen Besuch abzustatten.

»Bin schon unterwegs«, sagte ich.

»Danke, Lizzie«, erwiderte Zach. »Danke.«

AUSSAGE VOR DER GRAND JURY

LUCY DELGADO,
am 6.Juli als Zeugin aufgerufen und vernommen, sagt Folgendes aus:

VERNEHMUNGSPROTOKOLL
VON MS. WALLACE:

F: Ms. Delgado, danke, dass Sie hier vor der Grand Jury als Zeugin erschienen sind.
A: Ich wurde vorgeladen.
F: Danke, dass Sie der Vorladung gefolgt sind. Waren Sie am 2.Juli dieses Jahres bei einer Party in der First Street Nummer 724?
A: Ja.
F: Aus welchem Grund waren Sie bei dieser Party?
A: Ich wurde eingeladen.
F: Von wem wurden Sie eingeladen?
A: Von Maude Lagueux.
F: Woher kennen Sie Maude Lagueux?
A: Unsere Töchter waren vor Jahren in derselben Kindergartengruppe an der Grace Hall School.
F: Ist es richtig, dass die Party jährlich stattfindet?
A: Das weiß ich nicht.
F: Das wissen Sie nicht?
A: Nein.
F: Lassen Sie es uns anders versuchen. Waren Sie

in den vorangegangen Jahren auch auf einer solchen Party?

A: Ja.

F: Was passiert bei den Partys?

A: Ähm, man knüpft Kontakte, isst und trinkt miteinander? Es ist eine Party.

F: Eine Erwachsenenparty?

A: Ja. Kinder sind nicht eingeladen. Die meisten Kinder sind um diese Jahreszeit in einem Ferienlager oder Sprachcamp oder sonst wo. Das ist der Clou der Party: ein Abend ohne Kinder, verstehen Sie? Sozusagen eine Ferienlager-Soiree.

F: Ja. Findet bei diesen Partys Geschlechtsverkehr statt?

A: Wie bitte?

F: Findet während einer solchen Party in den oberen Räumlichkeiten Geschlechtsverkehr statt?

A: Ich habe keine Ahnung.

F: Sie stehen unter Eid. Das ist Ihnen bewusst, oder?

A: Ja.

F: Ich stelle Ihnen die Frage noch einmal. Findet während dieser Ferienlager-Soiree in den oberen Räumlichkeiten der First Street 724 Geschlechtsverkehr statt?

A: Manchmal.

F: Hatten Sie selbst während dieser Partys Geschlechtsverkehr?

A: Nein.

F: Haben Sie während dieser Partys irgendwelche sexuellen Handlungen vorgenommen?

A: Ja.

F: Mit Ihrem Ehemann?

A: Nein.

F: Mit dem Ehemann von jemand anderem?

A: Ja.

F: Haben andere Partygäste ein ähnliches Verhalten an den Tag gelegt?

A: Manchmal. Nicht alle und nicht immer. Das ist keine besonders große Sache.

F: Partnertausch war keine besonders große Sache für die Partygäste?

A: Partnertausch klingt so ... ich weiß nicht ... vorsätzlich. Es ging lediglich um Spaß. Ja, ums Spaßhaben und vielleicht auch darum, ein bisschen Dampf abzulassen.

F: Haben Sie Amanda Grayson bei der Party am 2. Juli gesehen?

A: Ja. Aber da wusste ich nicht, wer sie war.

F: Wann wussten Sie, dass sie es war?

A: Als mir die Polizei ein Foto von ihr gezeigt hat.

F: Die Polizei hat Ihnen ein Foto von Amanda Grayson gezeigt und Sie gefragt, ob Sie sie bei der Party gesehen haben?

A: Ja.

F: Und wo haben Sie sie gesehen?

A: Im Wohnzimmer. Sie hat mich angerempelt und mir Wein auf die Bluse geschüttet.

F: Wann war das?

A: Ich denke gegen 21.30 oder 22.00 Uhr. Ich weiß es nicht genau. Aber da ich bloß bis 23.00 Uhr bei der Party war, muss es irgendwann davor gewesen sein.

F: Haben Sie sie danach noch einmal gesehen?

A: Nein.

F: Wie wirkte sie auf Sie, als Sie sie gesehen haben?

A: Aufgeregt. Sie wirkte aufgeregt.

F: Aufgeregt. Hat sie geweint? Oder war sie verärgert?

A: Sie wirkte verängstigt. Zutiefst verängstigt.

F: Haben Sie an jenem Abend mit Maude Lagueux gesprochen?

A: Ich wollte mit ihr reden, aber als ich zu ihr hingegangen bin, hatte es den Anschein, als würde sie mit ihrem Ehemann wegen einer anderen Frau streiten.

F: Warum hatte es den Anschein?

A: Ich habe gehört, wie Maude etwas über Nacktfotos sagte. Sie war **sehr**, sehr wütend. Ich meine, so hatte ich sie noch nie gesehen.

F: Vielen Dank, Ms. Delgado. Sie dürfen den Zeugenstand verlassen.

AMANDA

SECHS TAGE VOR DER PARTY

Was denken Sie?«, fragte die Raumgestalterin, die in Amandas Büro bei der Hope-First-Stiftung stand, und deutete mit ihrer manikürten Hand auf die brandneue, maßgefertigte Couch, den grauen Wollteppich mit breiten, weißen Streifen und die wahnsinnig teuren Beistelltische, »handgefertigt« von irgendeinem Schreiner aus Williamsburg.

Als Amanda aufschaute, stellte sie fest, dass die Raumgestalterin – eine große, entschlossene Frau mit harten Gesichtszügen, die ausschließlich drapierte Kleidungsstücke in verschiedenen Grautönen trug – den Blick auf sie gerichtet hatte. Offenbar wartete sie auf eine Antwort. Bestimmt gab es eine Antwort, die richtige Antwort, aber Amanda hatte keinen blassen Schimmer, was sie sagen sollte. Und für den Fall, dass sie nicht genau wusste, was sie sagen sollte – was häufig vorkam –, hatte sie sich ein paar nette Worte zurechtgelegt, Floskeln, die für vieles herhalten konnten.

Zum Glück hatte Amanda nette Worte gesammelt, seit sie und ihre Mom eng zusammengekuschelt in einem der überdimensionierten Sitzsäcke in der Kinderabteilung der St. Colomb Falls Library gesessen und gelesen hatten. Doch kurz nach Amandas elftem Geburtstag hatten diese gemütlichen Stunden ein abruptes Ende gefunden. Ihre Mom war krank geworden und binnen weniger Wochen gestorben – Lungenkrebs, obwohl sie nie im Leben auch nur eine einzige Zigarette geraucht hatte. Danach war sich Amanda nicht sicher gewesen, ob sie die Bibliothek jemals wieder würde betreten können, doch nur wenige Tage später hatte sie es getan. Sie brauchte dringend einen sicheren Ort.

Die griesgrämige Bibliothekarin war wie aus dem Nichts mit einem Stapel Bücher für Amanda erschienen, als diese zum zweiten oder dritten Mal allein dort auftauchte. Sie fragte nicht nach Amandas Mom. Stattdessen sagte sie mit in Falten gelegter Stirn: »Da hast du Bücher.« Sie legte den dicken Stapel vor sie hin – *Herr der Fliegen, Der Fänger im Roggen, Betty und ihre Schwestern.* Danach wurden ihre Sonderlieferungen Routine. Und am Ende bezog Amanda ihre besten Formulierungen aus diesen Büchern. Sie wurden zu *ihren* Worten, daran musste sie sich von Zeit zu Zeit erinnern. Sie hatte diese Bücher gelesen. Dieser Teil von ihr war echt.

Doch im Augenblick wartete die Raumgestalterin noch immer auf eine Antwort.

»Es ist *grandios*«, äußerte sie sich schließlich.

Die Raumgestalterin warf strahlend einen Blick auf ihr eigenes Werk. »Oh, Amanda, was für eine nette Formulierung! Ich schwöre Ihnen, Sie sind meine angenehmste Kundin.«

»Grandios?« Sarah war in Amandas Bürotür erschienen, die Arme verschränkt, so attraktiv wie immer mit ihrer glatten, olivfarbenen Haut, dem akkurat geschnittenen dunkelbraunen Bob und den riesigen blauen Augen. »Mach mal halblang, Jane Austen. Es ist nur eine Couch.«

Sarah kam herein, ließ sich auf besagtes Möbelstück fallen und klopfte auf die Sitzfläche neben sich. »Komm, Amanda. Setz dich. Es ist *deine* Couch, nicht ihre. Du solltest sie zumindest mal ausprobieren.«

Amanda lächelte und setzte sich neben Sarah. Trotz ihrer zierlichen Figur war Sarah eine beeindruckende Persönlichkeit. In ihrer Gesellschaft fühlte sich Amanda stets um einiges stärker.

»Vielen Dank für Ihre Hilfe«, sagte sie zu der Raumgestalterin.

»Ja. Und tschüss!« Sarah wedelte die Frau mit der Hand fort.

Die Raumgestalterin blickte Sarah mit verkniffenen Lippen an, doch als sie auf Amanda zutrat, lächelte sie breit und küsste sie auf beide Wangen. »Rufen Sie mich an, sollten Sie noch irgendetwas brauchen.«

»Tschü-hüss!«, sagte Sarah noch einmal.

Die Raumgestalterin schnaubte, dann machte sie auf ihren hohen, dünnen Absätzen kehrt und hielt mit großen Schritten auf die Tür zu.

»Die Tussi ist total nervend – geht davon aus, dass du vierzehntausend Dollar für eine alberne Couch ausgibst, die sie sich selbst nie leisten könnte«, sagte Sarah, als die Raumgestalterin weg war, den Blick auf ihr Handy gerichtet. Vermutlich schrieb sie eine Nachricht an Kerry, ihren Ehemann. Die beiden texteten unaufhörlich, wie Teenager. »Dieses breite Grinsen! Die muss doch eine Kiefersperre kriegen! Leute, die wirklich angesagt sind, schleimen sich nie so ein. Das weißt du, oder?«

Sarah war bei ihrer alleinerziehenden Mutter außerhalb von Tulsa aufgewachsen. Während sie stets jeden Cent hatten umdrehen müssen, hatten Kerrys Vorfahren ein dickes Vermögen angehäuft. Im Lauf der letzten Generationen war es allerdings rapide geschmolzen, sodass Kerry nicht mehr viel davon abbekommen hatte, aber Sarah hatte viel Zeit mit seiner betuchten älteren Verwandtschaft verbracht und wusste daher, wovon sie sprach.

»Zach hat sie engagiert. Sie ist angeblich sehr bekannt«, sagte Amanda und schaute sich um. »Ich mag die Sachen, die sie ausgewählt hat.«

»Oh, Amanda. Die ewige Diplomatin.« Sarah tätschelte ihr Knie. »Du würdest nie etwas Negatives über irgendwen sagen, hab ich recht?«

»Ich sage ohnehin nie Negatives«, protestierte Amanda schwach.

»Und wenn doch, dann nur sehr, sehr leise«, flüsterte Sarah. Sie zuckte mit den Achseln. »He, ich sollte vermutlich lernen, meine Zunge zu zügeln. Du hättest mal hören sollen, wie ich Kerry heute Morgen zerlegt habe.« Ihr Blick schweifte ins Leere. Sie dachte kurz nach, dann fügte sie hinzu: »Nur zu meiner Verteidigung: Er ist definitiv zu alt und dickplauzig für knallrote Air Jordans. Er sieht damit einfach nur lächerlich aus. Ich hab ein paar von den Jungs kennengelernt, mit denen er Körbe wirft. Sie sind jung, in Form und attraktiv und alles andere als lächerlich. Wo wir schon dabei sind ... Hast du Lust, mal mitzukommen? Da war ein Typ mit blauen Augen und leichtem Bartschatten ...«

Amanda lachte. »Nein, danke.«

Sarah liebte es, über attraktive Männer zu scherzen, dabei waren sie und Kerry absolut unzertrennlich. Sie hatten drei wundervolle Söhne und waren seit Ewigkeiten verheiratet. Kennengelernt hatten sie sich in der Highschool – Kerry, der Footballstar, und Sarah, die Cheerleaderin. Sie waren sogar Ballkönig und Ballkönigin gewesen, was ihr ein bisschen peinlich zu sein schien, aber gleichzeitig war sie wahnsinnig stolz darauf.

Sarah seufzte. »Wie dem auch sei, ich denke, Kerry war wirklich verletzt, als ich nicht lockerließ wegen der Schuhe. Es gibt eine Grenze, auch wenn alles nur Spaß ist. Leider vergesse ich manchmal, wo diese Grenze liegt.«

Sarah war forsch, das stimmte. Ständig trug sie Kerry auf, dieses oder jenes zu tun: die Söhne abzuholen; die Blätter aus dem Gully zu fischen, damit der nicht überlief; Amanda zu helfen, die Glühbirne in der Lampe über der Eingangstür zu wechseln. Manchmal murrte Kerry deswegen – vor allem, wenn es um die Blätter im Gully ging, der seiner Meinung nach von der Stadt gereinigt werden musste –, aber er war immer voller Zuneigung für seine Frau. Als würde er ihre Kabbeleien genießen. Für Amanda war das ein Rätsel.

»Ich glaube, Kerry mag dich genau so, wie du bist«, sagte sie. »Außerdem bin ich mir sicher, Zach fände es gut, wenn ich genauso durchsetzungsfähig wäre wie du. Dann hätte ich hier in der Stiftung mit Sicherheit alles sehr viel besser im Griff.«

»Ja, aber würde Zach es auch gut finden, wenn du meine scharfe Zunge hättest? Seien wir ehrlich – weder dein Ehemann noch ich würden auch nur eine einzige Nacht überleben.«

Bei der Vorstellung brachen sie beide in Gelächter aus, Amanda atemlos und errötend.

Sie liebte Sarah. Wirklich. Obwohl sie erst vier Monate in Park Slope lebte, war sie ihr schon viel mehr ans Herz gewachsen als die Frauen in Palo Alto, die ihren eigenen Perfektionismus so gnadenlos verteidigten wie ausgehungerte Hunde einen Knochen. Sarah war natürlich keine Carolyn – einen Vergleich zwischen den beiden Frauen zu ziehen, war bei der Vorgeschichte absolut unmöglich. Aber Sarah musste sich ja gar nicht mit Carolyn vergleichen. In Amandas Leben gab es genug Raum für beide Freundinnen.

Außerdem war ihr Sarah eine unschätzbare Hilfe bei der Stiftung. Als ehemalige Erzieherin, die ihre Sprösslinge ebenfalls in Grace Hall untergebracht hatte, sowie als Vorsitzende des Elternbeirats kannte Sarah sämtliche Einzelheiten des verworrenen New Yorker Bildungssystems. Noch vor der Geburt ihrer Kinder hatte Sarah aufgehört zu arbeiten, aber jetzt hatte sie sich bereit erklärt, einen Job als stellvertretende Geschäftsführerin der Stiftung anzunehmen, weil sie sich nützlich machen wollte. Entgegen Sarahs Einwänden hatte Amanda darauf bestanden, sie großzügig zu entlohnen.

Sie hätte alles Geld der Welt bezahlt, wenn sie sich nur nicht allein um die Stiftung kümmern musste. Amanda, die selbst sozial benachteiligt aufgewachsen war, glaubte tief und fest an die Aufgabe von Hope First: Stipendien an bedürftige Schüler und Schülerinnen der Middle School zu vergeben, damit diese einige der besten New Yorker Privatschulen besuchen konnten. Die Hope-First-Stiftung zu leiten, war zwar ausgesprochen nervenaufreibend, aber Amanda musste es hinbekommen. Immerhin war Zach der geistige Vater der Stiftung.

Zachs Eltern – zwei Cracksüchtige aus Poughkeepsie – hatten ihn im Stich gelassen, als er neun war. Anschließend war er von Pflegestelle zu Pflegestelle weitergereicht worden. Das hatte Zach Amanda erzählt, kurz nachdem sie sich kennengelernt hatten. Er hatte ihr berichtet, wie er im Schatten des piekfeinen Vassar College aufgewachsen war und immer gewusst hatte, dass es mehr im Leben geben musste. Und genau das hatte er gewollt. Mehr. Alles.

Also war Zach losgezogen und hatte es sich genommen. Mit vierzehn hatte er begonnen, während der Nacht Supermarktregale aufzufüllen – obwohl das in diesem Alter noch gar nicht erlaubt war –, um Geld zu verdienen für die erforderlichen Aufnahmeprüfungen bei diversen Internaten. Drei davon nahmen ihn an, darunter auch die Deerfield Academy, die ihm ein Vollstipendium anbot. Von dort aus war er an die Dartmouth Academy gelangt, dann hatte er an der Penn Law ein Doppelstudium zum Doktor der Rechtswissenschaften sowie zum Master of Business Administration absolviert. Amanda hatte das schwer beeindruckt. Ein Dr. jur. und graduierter Betriebswirt in einem – das war tatsächlich imponierend.

Nachdem sie sich zusammengetan hatten, war Zach die Karriereleiter hinaufgeschossen und hatte in Kalifornien bei einem Start-up-Unternehmen nach dem anderen gearbeitet, in Davis, Sunnydale, Sacramento, Pasadena und Palo Alto. Amanda hatte Case in Davis zur Welt gebracht, und als er vier war, hatte Zach erkannt, dass er selbst etwas auf die Beine stellen musste, wenn er wirklich etwas erreichen wollte. Das war der Zeitpunkt, zu dem die ZAG GmbH ins Leben gerufen wurde. (ZAG, das waren Zachs Initialen plus ein A, weil Zach keinen zweiten Vornamen hatte.) Binnen fünf Jahren war die ZAG GmbH Hunderte Millionen Dollar wert. Dennoch war Amanda nicht überrascht, als Zach abdankte und sich zurückzog, weil er »bereit für etwas Neues« sei. Er hatte sich von jeher gern neuen Herausforderungen gestellt. Wie immer seine nächste Firma in New York im Detail auch aussehen mochte – Zach ging nie ins Detail, wenn er denn mal mit ihr über seine Arbeit sprach –, Amanda war sich sicher, dass er damit ebenfalls einen großen Erfolg landen würde.

»Warum muss sich mein Mann per Textnachricht mitten am Tag danach erkundigen, was es heute zum Abendessen gibt?«, regte sich Sarah auf und tippte eine weitere Nachricht in ihr Smartphone. »Es ist doch noch nicht mal

Zeit zum Mittagessen! Man sollte vermuten, er hätte Besseres zu tun.«

Amandas Bürotelefon klingelte. Sie zuckte zusammen, machte jedoch keinerlei Anstalten, den Hörer abzunehmen, auch nicht, als es ein zweites Mal klingelte.

»Ähm, du weißt schon, dass wir noch keine Empfangsdame haben, oder?«, fragte Sarah. »Das Telefonat wird sich nicht von allein führen.«

»Oh, richtig.« Zögernd stand Amanda beim dritten Klingeln auf und ging zu ihrem Schreibtisch. Sie nahm den Hörer ab. »Amanda Grayson?«

Keine Antwort.

»Hallo?«

Immer noch keine Antwort. Schlagartig wurde sie von Angst überwältigt.

»Hallo?«, fragte sie noch einmal. Immer noch nichts, abgesehen von dem vertrauten Geräusch im Hintergrund. Keuchendem, ekelhaftem Atmen. Ihr drehte sich der Magen um.

»Wer ist denn dran?«, fragte Sarah von der Couch aus.

Die Anruferkennung zeigte eine Reihe von Nullen. Anonym. Amanda knallte den Hörer auf.

»Hoppla! Was ist denn los?«, wollte Sarah wissen. »Was hat der Anrufer gesagt?«

»Nichts. Gar nichts. Entschuldige, ich weiß nicht, warum ich den Hörer so aufgeknallt habe. Es war niemand dran.« Amanda lächelte, aber es war kein aufrichtiges Lächeln. Sie musste das Thema wechseln. »Es ist bloß ... Case ist so weit weg, und das macht mich nervös. Ich hatte gestern Nacht wieder diesen schrecklichen Traum – einfach grauenvoll. Ich bin durch den Wald gerannt, barfuß, und habe mir die Füße an Zweigen und Steinen aufgeschnitten. Ich denke, ich wollte Case vor irgendetwas retten – Gott weiß, was.« Als Amanda Sarah ansah, stellte sie fest, dass diese sie mit weit aufgerissenen Augen anstarrte, dabei hatte sie noch nicht einmal das Verstörendste an ihrem Traum erzählt – dass sie voller Blut gewesen war und dass sie irgendein ausgefallenes Kleid getragen hatte, ein Ballkleid oder ein Hochzeitskleid, nein, es sah aus wie das einer Brautjungfer. Dann war sie plötzlich in ihrer Heimatstadt bei Norma's Diner gewesen, das einfach so, mitten aus dem Nichts aufgetaucht war, wie ein Spukhaus im Wald. Wer träumte denn solche seltsamen, grässlichen Dinge? Sarah ganz bestimmt nicht. »Egal, es war ja bloß ein Albtraum. Aber jedes Mal, wenn das Telefon klingelt, mache ich mir Sorgen, dass Case' Camp-Leiter dran sein könnte.«

Amanda wusste, dass Case im Ferienlager gut aufgehoben war. Sie fühlte sich lediglich so verloren ohne ihn, als hätte sie plötzlich keinen Anker mehr.

Er war erst einmal länger fort gewesen, damals, als Kleinkind, als er mit einer Lebensmittelvergiftung im Krankenhaus gelegen hatte, und selbst da hatte sie bei ihm übernachtet.

Sarahs Gesicht wurde weicher. »Nun, *das* verstehe ich.« Sie stand auf und lehnte sich neben Amanda an den Schreibtisch. »Jedes Jahr, wenn die Kinder im Ferienlager sind, kaue ich mir in der ersten Woche die Fingernägel ab. Genauer gesagt, so lange, bis der erste Brief eintrifft. Dabei fahren meine Jungs jeden Sommer an denselben Ort.«

»Dann machst du dir also auch Sorgen?«, fragte Amanda.

Sarahs jüngster Sohn Henry ging mit Case in eine Klasse. So hatten Amanda und sie sich kennengelernt. Aber Sarah war keine von den blasierten, hyperperfekten Müttern, die meinten, stets alles unter Kontrolle zu haben, ganz gleich, in welche Katastrophen ihre Sprösslinge hineinschlitterten. Und Katastrophen gab es jede Menge.

»Lass dich nicht von meiner toughen Fassade täuschen!«, sagte Sarah. »Es ist bloß leichter für mich, wenn ich nicht daran denke – aus den Augen, aus dem Sinn. Das ist wie bei dieser ›Wir möchten Sie wegen Ihres Sohnes Henry sprechen‹-Nachricht, die ich kurz vor Schuljahresende bekommen habe. Willst du wissen, wie ich darauf reagiert habe?«

»Wie denn?«, fragte Amanda und setzte sich auf die Kante ihres Schreibtischstuhls. Was hätte sie dafür gegeben, wenigstens ansatzweise so forsch zu sein wie Sarah!

»Ich habe die Nachricht *ignoriert.* Habe nicht einmal darauf geantwortet. Kannst du dir das vorstellen?« Sarah schüttelte den Kopf, als wäre sie über sich selbst schockiert, doch in Wirklichkeit wirkte sie ziemlich zufrieden. »Ganz ehrlich, ich bin damit nicht klargekommen. Ich brauchte eine Pause von dem ganzen Kinderkram. Aber prompt haben wir heute Abend beim Elternbeirat eine Krisensitzung, und ich hänge mittendrin.«

»Was für eine Krisensitzung?«, wollte Amanda wissen.

»Ach komm schon, das habe ich dir doch erzählt! Erinnerst du dich nicht? Die Kontaktliste des Elternbeirats! Geklaut vom Schulcomputer!« Sie drückte die Handflächen gegen die Wangen und riss die Augen weit auf vor Entsetzen, dann grinste sie breit. »Also echt, man könnte meinen, die Grace-Hall-Eltern wären alle in einem Zeugenschutzprogramm der CIA oder sonst was. Die flippen total aus.«

O ja, Sarah hatte ihr davon erzählt, und Amanda hatte es sofort verdrängt. Zach würde ebenfalls ausflippen, wenn er erfuhr, dass jemand die Liste gehackt hatte. Er war nahezu besessen, wenn es um ihre Privatsphäre ging. Wenn ihre Daten in die falschen Hände gerieten, würde er definitiv die Schule verklagen. Vielleicht würde er Case sogar von der Grace Hall School nehmen wollen, und das durfte auf keinen Fall passieren. Grace Hall war nach dem rauen Einschnitt des Schulwechsels der einzige Lichtblick für den zehnjährigen Case.

Amanda hatte gehofft, mit dem Umzug nach New York bis zum Schuljahresende warten zu können, aber es war nicht möglich gewesen. Zumindest hatte Case schnell Freunde gefunden. Es war von Vorteil, dass er sich überall scheinbar mühelos einfügen konnte. Auf der einen Seite war Case ein kontaktfreudiger, sportlicher Baseballfanatiker, auf der anderen ein in sich gekehrter Künstler, der glücklich war, wenn er stundenlang allein dasitzen und sein Lieblingstier – den Jaguar – zeichnen konnte. Trotzdem war es viel verlangt von einem Kind, gegen Ende der fünften Klasse in eine neue Schule zu wechseln, selbst von einem flexiblen.

Es hatte Tränen und so manchen Albtraum gegeben. Einmal hatte Case sogar das Bett eingenässt. Amanda, die selbst häufig von Furcht einflößenden Träumen geplagt wurde, hatte den tiefen Schlaf ihres Sohnes stets für ein Zeichen gehalten, dass sie etwas richtig machte. Jetzt war es damit vorbei. Wenigstens hatte sich Case' Laune gehoben, als Amanda ihm erlaubte, ins Ferienlager zu fahren: acht Wochen in Kalifornien mit Ashe, seinem besten Freund aus Palo Alto. Doch was, wenn die Traurigkeit ihres Sohnes zurückkehrte, sobald er die Heimreise nach Park Slope antreten musste? Amanda wollte lieber nicht darüber nachdenken. Sie hatte sich stets auf Kompromisse eingelassen, wenn es um Zachs Karriere ging, aber niemals auf Case' Kosten. Ihre wichtigste Aufgabe war es, ihren Sohn zu beschützen, doch der Balanceakt zwischen Zach und Case war nicht immer leicht.

»Oh, nicht, dass du jetzt auch noch ausflippst«, sagte Sarah. »Ich sehe doch deinen Gesichtsausdruck.«

»Ich flippe nicht aus«, log Amanda.

»Das liegt daran, dass die Schulleitung so verschwiegen ist. Das sage ich denen immer wieder«, schimpfte Sarah. »Es sieht dann so aus, als wollte sie etwas vertuschen. Kommst du jetzt zu der Sitzung oder nicht?«

»Oh, ich weiß nicht, ob ich kann …«

»Klar kannst du. Wie dem auch sei – ich brauche deine moralische Unterstützung. Die Eltern sind auf der Suche nach jemandem, auf den sie losgehen können«, fuhr Sarah fort, doch Amanda nahm eher an, dass Sarah sie allesamt zur Schnecke machen würde. »Um zwanzig Uhr. Bei mir zu Hause. Ein Nein wird nicht akzeptiert.«

Sarah brauchte Amanda nicht, aber sie wollte, dass sie dabei war. Und das genügte.

»Ich werde da sein«, versprach Amanda ihrer Freundin. »Du kannst dich auf mich verlassen.«

LIZZIE

MONTAG, 6. JULI

Die Gefängnisinsel sah schlimmer aus, als ich sie in Erinnerung hatte, sogar im Dunkeln.

Die größeren Gefängnisgebäude schienen bewusst disharmonisch angelegt zu sein, die kleineren, umgeben von bunt gemischten Trailern – Verwaltungsbüros, Unterkünfte für das Wachpersonal oder Waffenlager –, waren nicht näher gekennzeichnet und in einem ziemlich schlechten Zustand. Ein Gefängnisschiff aus massivem Beton, das ein paar Hundert weitere Insassen beherbergte, lag auf dem Wasser. Kürzlich – so hatte ich gelesen – war es den Häftlingen gelungen, das Schiff vom Ufer zu lösen. Sie hatten sich einfach davontreiben lassen und konnten tatsächlich beinahe entkommen.

Überall waren Stacheldrahtzäune zu sehen. Fleckig vor Rost, verliefen sie in schnurgeraden Linien und bildeten Quadrate. Das oberste Viertel war schräg nach innen gebogen, was einem das unbehagliche Gefühl vermittelte, gleichzeitig ein- und ausgesperrt zu sein. Doch wovor ich nach meinem letzten Besuch im Rikers am meisten Angst hatte – ich hatte vor einigen Jahren wegen einer Zeugenbefragung dorthin fahren müssen –, waren der ätzende Gestank nach Abwasser und die Ratten. Anders als andere nachtaktive Schädlinge spazierten die Ratten von Rikers Island bei hellem Tageslicht durch die Gegend und verteidigten aggressiv ihr Revier. Ein weiterer Grund, für die Dunkelheit dankbar zu sein.

Im Bantum angekommen – dem Gebäude, in dem Zach untergebracht war –, dauerte es weitere fünfzehn Minuten, bis die Besuchserlaubnis erteilt und die Sicherheitskontrollen passiert waren, dann saß ich endlich in einer Schuhschachtel von Anwaltszimmer, die nach Urin, Zwiebeln und saurem Atem stank. Vor mir stand ein schmaler Tisch. Flach atmend starrte ich durch eine trübe Plexiglastrennscheibe und wartete darauf, dass Zach aus seiner Zelle geholt wurde.

Auf der Fahrt hierher war mir meine Freundschaft mit ihm stückweise ins Gedächtnis zurückgekehrt. Sie war nicht von langer Dauer gewesen, aber wir hatten im ersten Studienjahr ziemlich viel Zeit miteinander verbracht – hatten zusammen gelernt, gegessen und Filme geschaut. Dass ich unser gemeinsames Semester weitestgehend aus meinen Erinnerungen verbannt hatte, gab nicht unbedingt Aufschluss über Zach als Person – nein, ich hatte schon immer ein ausgesprochen selektives Gedächtnis. Aber jetzt fiel es mir wieder ein: Ich hatte Zach gemocht, weil er mir so vertraut erschienen war – im Guten und im Schlechten. Wie zum Beispiel an dem Tag, an dem unser geliebter Vertragsprofessor uns spontan einen leidenschaftlichen »Berufsberatungsvortrag« gehalten hatte. Als Zach und ich uns an jenem Abend bei Mahoney, dem Pub am Rittenhouse Square, zum Essen trafen, war er völlig aus dem Häuschen.

»Glaubst du den Schwachsinn, den Professor Schmitt da erzählt hat?«, fragte er und drückte Ketchup auf seinen Burger. Eine Gruppe pöbelnder Penn-Footballfans kam ins Lokal getaumelt.

»Du meinst das, was er über seelenlose Anwaltssozietäten gesagt hat?«

Zach nickte, den Blick fest auf seinen Burger geheftet,

vermutlich, damit er keinem der sehr großen, sehr betrunkenen Footballfans, die sich um uns herum drängten, in die Augen sehen musste. »Das ist echt schade. Ich mochte den Kerl bisher wirklich. Aber jetzt kann er sich, was mich anbelangt, zum Teufel scheren.«

»Dann hältst du Anwaltssozietäten demnach für beseelt?«, neckte ich ihn und drehte mich zu dem Riesen neben mir um, der unheilverkündend schwankte.

»Tu nicht so, als wüsstest du nicht, was ich meine. Du bist die größte Streberin, die ich kenne.« Zachs Bein zappelte auf und ab, so wie immer, wenn er nervös wurde, und er wurde oft nervös. »Die Leute behaupten gern, der Ehrgeiz würde einen zum Monster machen. Aber ich weigere mich einfach, etwas zu vermasseln, und ich schäme mich nicht, das zuzugeben.«

Er meinte das nicht so, aber manchmal klang Zach wie der negative Teil meines Vaters, der Teil, den die Kunden und Angestellten und Nachbarn, die ihn liebten, nicht kannten. Ihnen gegenüber zeigte sich mein Dad stets liebenswürdig und zu Scherzen aufgelegt. Und das war er ja auch. Doch gleichzeitig war er absolut statusbesessen, nahezu krankhaft auf Erfolg bedacht, nur um des Erfolges willen, worüber er das vergaß, was wirklich zählte – zum Beispiel die Menschen. Wie meine Mom und mich. Sein wahres Ich war stets unzufrieden. Was meine Eltern sich aufgebaut hatten – das Restaurant, unser »gemütliches« Dreizimmerapartment in der West Twenty-Sixth Street in Chelsea, das stets überquoll von den hausgemachten Leckereien meiner Mutter und ihrer unbegrenzten Liebe –, war großartig und in meinen Augen absolut idyllisch. Aber es genügte meinem Dad nie, nicht einmal, bevor wir alles verloren.

»Willst du damit andeuten, dass die Studenten an der

Penn Law nicht genügend wettbewerbsorientiert sind?« Ich lachte. »Ist das nicht genauso, als würde man behaupten, das Problem mit einem Löwenrudel bestehe darin, dass Löwen keine Vegetarier sind?«

»Die Studenten *tun so,* als würden sie nicht miteinander konkurrieren. Das ist scheinheilig.« Zach musterte mich unverblümt. Das war typisch für ihn: entweder zu viel Augenkontakt oder nicht genug. Mäßigkeit war nicht seine Stärke. Meine aber auch nicht. Und wenigstens versuchte Zach nicht, sich jovial zu geben wie mein Dad. Zach war so, wie er war, und er war ehrlich dabei. Genau das schätzte ich an ihm. »Meine Mutter war Kellnerin und Putzfrau, mein Vater arbeitete in einem Stahlwerk. Ein einfacher Fabrikarbeiter, ungebildet. Aber eins muss man ihm und meiner Mutter lassen: Die zwei haben sich den Arsch aufgerissen. Sieh dir deine Eltern an – sie haben genauso hart gearbeitet, und das hat sie ins Grab gebracht.« Er deutete mit dem Zeigefinger auf mich. »Erfolg ist nur für reiche Leute ein Abstraktum.«

Ich zuckte die Achseln. »Mir geht es eher um das Allgemeinwohl.«

Zach zog die Augenbrauen in die Höhe. »Das Allgemeinwohl? Das ist durchaus nobel, aber Menschen wie du und ich können uns derart hehre Ziele doch gar nicht leisten.«

»Sprich bitte nur für dich selbst«, blaffte ich. »Ich bin bereit, alles dafür zu tun, um nach dem Studium bei der US-Bundesstaatsanwaltschaft zu arbeiten – Geld ist mir dabei scheißegal.«

Ich mochte es nicht, wenn ich unterschätzt wurde. Ich würde mein Leben dem Ziel widmen, Menschen wie meine Eltern zu beschützen – hart arbeitende Immigranten, die von einem freundlich wirkenden Stammgast dazu überredet worden waren, ihr brummendes Diner in Chelsea mit hunderttausend Dollar zu beleihen, um in einen »Geheimtipp« in Hudson Yards zu investieren. In Wahrheit war es nur mein Dad, den der Stammgast überredet hatte, und er hatte investiert, ohne sich zuvor mit meiner Mutter abzusprechen. Und dann: *Puff!* Das Geld war weg und der Stammgast ebenfalls. Mit aberwitziger Geschwindigkeit brachte die Bank das Restaurant unter den Hammer. Millie, ebenfalls ein Stammgast und Freundin der Familie, die als Sergeant im Zehnten Bezirk arbeitete, war aktiv geworden und hatte dem FBI Druck gemacht, den Kerl aufzuspüren. Am Ende war es ihr zu verdanken, dass er gefunden wurde. Doch das änderte nichts. Alles, wofür meine Eltern gearbeitet hatten, war zerstört. Genau wie meine Familie. Ich war damals sechzehn; und sie beide starben, noch bevor ich siebzehn wurde.

Ich stolperte durch den Rest meiner Highschool-Zeit, gebrochen. Wohnen durfte ich bei der Schwester meiner Mutter, die die Minuten zählte, bis sie endlich nach Griechenland zurückkehren konnte. Meine Welt hatte sich urplötzlich in eine undurchdringliche, feindselige Dunkelheit verwandelt. Monatelang war ich gefährlich deprimiert. Ich stürzte mich in die Lernerei, und das holte mich irgendwann zumindest teilweise ins Leben zurück.

Immerhin bescherte mir das zwanghafte Lernen einen Freifahrtschein zur Cornell University, und in meinem letzten Jahr dort fing ich an, über ein Jurastudium und einen Job als Staatsanwältin für Wirtschaftskriminalität nachzudenken. Die Vorstellung, einen Beruf auszuüben, bei dem es galt, Menschen zu schützen, die genauso übervorteilt worden waren wie meine Eltern, kam mir vor wie ein Rettungsanker. Ganz zu schweigen von all dem anderen, was passiert war, gab er mir die Kraft, mich von hoher See ans rettende Ufer zu flüchten.

»He, nichts für ungut!« Zach starrte auf seinen Burger und hob beschwichtigend die Hände. »Du wirst eine großartige Staatsanwältin abgeben. Ich sage doch nur, dass du zehnmal härter arbeitest und sehr viel ehrgeiziger bist als alle anderen an dieser verdammten Fakultät, mich eingeschlossen. Vielleicht solltest du auch die Ernte dafür einfahren.«

»Keine Sorge, das werde ich. Ich will bloß, dass die Ernte so aussieht, wie *ich* sie mir vorstelle.«

»Das glaube ich gern.« Zach hatte gelächelt. »Und ich habe keinen Zweifel daran, dass dir das gelingen wird.«

Ganz gleich, wie eng Zach und ich eine Zeit lang gewesen sein mochten – nichts, was er sagte, würde mich umstimmen können. Ich würde ihn nicht vertreten. Ich würde ihm zuhören, ihm das Gefühl vermitteln, Gehör zu finden, und dann würde ich wie versprochen einen wirklich exzellenten Anwalt für ihn auftreiben. Mehr würde ich nicht tun.

Endlich hörte ich ein Summen auf der anderen Seite der Plexiglasscheibe. Die Tür gegenüber öffnete sich, und dann sah ich ihn wieder, nach all der Zeit: Zach. Oder vielmehr, ich sah sein rechtes Auge. Zumindest als Erstes. Es war zugeschwollen, und darüber entdeckte ich einen tiefen Schnitt. Die ganze Gesichtshälfte leuchtete in einem spektakulären Rot-Lila. Ein schmerzhafter Anblick.

»O mein Gott, Zach!«, stieß ich atemlos hervor. »Alles okay?«

Er lächelte schwach und setzte sich nickend. »Ich habe in der Schlange am Platz von jemand anderem gestanden.

Es gibt hier Regeln. Ich lerne, aber es dauert. Ist nicht so schlimm, wie es wirkt.«

Obwohl er verletzt war, sah Zach besser aus, als ich ihn in Erinnerung hatte – im Lauf der Jahre waren seine Gesichtszüge, abgesehen von der Schwellung, ausgeprägter geworden, markanter.

»Es tut mir leid, dass das passiert ist«, sagte ich und deutete auf sein Auge. »Es hat den Anschein, als würde es ganz schön wehtun.«

»Das ist definitiv nicht deine Schuld«, sagte er und senkte hastig den Blick, so wie er es früher immer getan hatte. »Danke, dass du gekommen bist. Ist ziemlich lange her.« Er schwieg für einen Moment. »Zum Glück verdiene ich meinen Lebensunterhalt nicht als Model. Trotzdem würde ich wirklich gern hier rauskommen, damit ich den Rest meines Gesichts behalten kann.«

»Nur zur Erinnerung: Diese Gespräche dürfen nicht aufgezeichnet werden, aber …«

»… wer weiß?«, vollendete Zach den Satz für mich. »Ich habe nichts zu verbergen, aber ich verstehe, was du meinst – es ist Vorsicht geboten. Ich habe dir zugehört, ehrlich.«

Er schaute auf und begegnete meinem Blick. Sein Körper fing leicht an zu zittern – sein Bein, das ich nicht sehen konnte, verselbstständigte sich mal wieder. Armer Zach. Er steckte wirklich tief in der Patsche. Seine Lippen verzogen sich zu einem neuerlichen Lächeln, traurig und erwartungsvoll. Ich spürte, wie sich ein mulmiges Gefühl in meinem Magen breitmachte.

»Ich bin hier, um dir zu helfen, Zach, und zwar auf jede erdenkliche Art und Weise«, begann ich. »Doch wie ich schon sagte: Ich werde dich nicht selbst vertreten.«

Zach musterte mich mit seinem unverletzten Auge und

machte eine hilflose Geste. »Also gut. Das ist nicht das, was ich hören wollte, aber du kannst vermutlich nicht mehr tun.«

Ich entspannte mich ein wenig. Es war mir nicht bewusst gewesen, wie sehr es mir davor graute, dass Zach sauer werden könnte.

»Um ehrlich zu sein, hängt das mit meinem neuen Job zusammen«, sagte ich und trommelte mit den Fingern auf den Notizblock, den ich vor mich gelegt hatte – eine ausgesprochen zutreffende, ausgesprochen legitime Ausrede, die ich mir auf der Busfahrt nach Rikers Island zurechtgelegt hatte. »Ich bin Senior Associate bei Young & Crane. Dort übernehmen nur die Partner eigenständige Mandate. Ich bin für die internen Abläufe zuständig.«

»Wie ist es eigentlich zu dieser Kanzleigeschichte gekommen?«, wollte Zach wissen. »Wolltest du nicht immer Staatsanwältin werden? Ohne mir ein Urteil bilden zu wollen – ich war überrascht, als ich gesehen habe, dass du gegangen bist.«

»Gesehen?«, fragte ich.

Dann fiel es mir ein: die Absolventenprofile im Jahrbuch der Penn Law. Unsere Kommilitonin Victoria hatte einen überzogenen Hang zur Studentenverbindung und sah sich offenbar genötigt, an jedem Wiedersehenstreffen teilzunehmen und vierteljährlich ein Update zu allen ehemaligen Absolventen zu veröffentlichen. Ich hegte keinen Zweifel daran, dass sie es gut gemeint hatte – eine Position als Senior Associate bei Young & Crane war ein angesehener und extrem lukrativer Job; die komplexen Fälle, der exzellente Leumund, die Vergütung. Ich war sogar auf dem besten Wege, Partner zu werden. Allerdings war die Änderung meines ursprünglichen Plans – mein Berufsleben in den Dienst des Allgemeinwohls zu stellen und als Staatsanwältin für Wirtschaftskriminalität bei der US-Bundesstaatsanwaltschaft gute Arbeit für wenig Geld zu leisten – nicht freiwillig erfolgt.

»Ich wäre weniger überrascht gewesen, wenn ich gelesen hätte, dass du die Juristerei komplett an den Nagel gehängt hast. Aber Anwältin für Unternehmensrecht …«

Ich zuckte zusammen, doch ich versuchte, es mit einem Lächeln zu überspielen. »So ist das Leben nun einmal. Die Dinge entwickeln sich nicht immer so, wie man erwartet.«

»Was willst du damit sagen?«, erkundigte sich Zach. »Ich glaube kaum, dass man dich gefeuert hat. Dafür bist du viel zu gut.«

»Es ergab keinen Sinn, dass ich dort bleibe.«

Das stimmte, wenngleich es weit entfernt war von der ganzen Wahrheit: Mein Mann hatte unser Leben gegen die Wand gefahren, und mein Job bei Young & Crane sollte uns finanziell aus der Patsche helfen.

Vor ungefähr einem Jahr hatte sich Sam bei einem Arbeitslunch so betrunken, dass er seinem Redakteur bei der *Men's Health* mitteilte, er solle sich verpissen. Anschließend war er auf der Herrentoilette eingeschlafen. Unter einem Urinal, das Gesicht nach unten. Die *Men's Health* war bereits der letzte von vielen Stopps auf der steilen Rutschbahn einer Karriere, die einst bei der *New York Times* begonnen hatte. Sam hatte die Jobs wegen seiner Trinkerei verloren, wegen sachlicher Fehler, versäumter Deadlines. Wegen seiner Streitbarkeit.

Glücklicherweise hatte er, als er bei der *Men's Health* rausflog, den Vertrag für ein Buch in der Tasche, basierend auf seiner beliebten Ratgeberspalte. Unglücklicherweise hatten wir den bescheidenen Vorschuss längst ausgegeben, und Sam war noch meilenweit von der Fertigstellung des Buches entfernt. Zu der Zeit schrieb er kaum noch etwas. Trotzdem wären wir halbwegs mit meinem läppischen Regierungsgehalt über die Runden gekommen, wäre nicht dieser Unfall passiert.

An dem Wochenende nach Sams Entlassung fuhren wir mit dem Bus zu einem Freund in Montauk. Wir wollten versuchen, die ganze Sache bei einem guten Essen und einem Glas Wein zu verdauen. Nachdem ich bereits zu Bett gegangen war, hatte Sam anscheinend angenommen, noch »wunderbar« fahren zu können, und sich den restaurierten Oldtimer unseres Freundes, ein Cabriolet, »geborgt«, um noch mehr Bier zu besorgen. Er hatte den Wagen vor die Wand des Angler's gesetzt, eines historischen Pubs in der Innenstadt. Wand und Fahrzeug erlitten Totalschaden. Sam überstand den Unfall Gott sei Dank völlig unversehrt – ein erstaunlicher Umstand –, doch der Besitzer des Angler's verklagte uns auf Schadensersatz für das historische Erbe von unschätzbarem Wert, weil grobe Fahrlässigkeit nicht von der Versicherung abgedeckt war. Mit anderen Worten: weil Sam betrunken gewesen war. Der Vergleich lief auf eine Zahlung von zweihunderttausend Dollar aus eigener Tasche binnen der nächsten zwei Jahre hinaus.

Diese Tatsache hatte ich bei der Offenlegung meiner finanziellen Verhältnisse im Rahmen der Einstellungsverhandlungen bei Young & Crane, die von jedem Bewerber eine Selbstauskunft verlangten, bewusst verschwiegen. Die Klage betraf zwar Sam, aber infolgedessen indirekt auch mich. Mir war bewusst, dass Anwaltskanzleien keine verschuldeten Associates einstellen würden, weil sie gegebenenfalls angreifbar oder leichter zu beeinflussen waren, und unsere Schulden waren beträchtlich. Selbst mit meinem Gehalt von Young &

Crane waren sie nicht leicht abzutragen. Doch mit der Zeit würden wir es schaffen, ohne Privatinsolvenz anmelden zu müssen, vorausgesetzt, wir verzichteten auf »Nichtlebensnotwendiges« wie die In-vitro-Fertilisation, die uns der Fruchtbarkeitsspezialist als nächsten Schritt empfohlen hatte. Doch genau das vereinfachte die Dinge enorm: Das Letzte, was Sam und ich jetzt gebrauchen konnten, war ein Baby.

Ob ich deswegen sauer war? Natürlich. Manchmal schäumte ich förmlich vor Zorn, aber am Ende des Tages siegte immer die Hoffnung. Wenn ich stattdessen aufhören würde, daran zu glauben, dass sich alles irgendwann fügte, wenn ich aufhörte, durch Sams rosa Brille zu schauen, wäre ich mit der nackten Realität konfrontiert. Und das war mir eine unerträgliche Vorstellung.

»Es hat für dich keinen ›Sinn‹ ergeben, bei der Bundesstaatsanwaltschaft zu bleiben?«, hakte Zach nach. »Was meinst du denn damit?«

Das war seine Direktheit, die mir schon immer gefallen hatte.

»Wir mussten uns einigen unerwarteten finanziellen Herausforderungen stellen – eine lange, komplizierte Geschichte. Wie dem auch sei, für die Bundesstaatsanwaltschaft zu arbeiten, ist nicht unbedingt der beste Weg, um Geld zu verdienen.«

»Tja, die Ehe«, seufzte Zach und schüttelte betrübt den Kopf.

»Es ist ja nicht das Ende der Welt«, sagte ich. »Ich arbeite bei einer der besten Kanzleien im Land, nicht in einer Salzmine.«

Zachs unversehrtes Auge sah mich traurig an. »Trotzdem«, sagte er. »Ich weiß, wie viel dir der Job bedeutet hat. Es tut mir leid.«

Meine Kehle fing an zu brennen. Ich wandte den Blick ab.

»Das ist das Schwierigste bei einer Ehe, stimmt's?«, fuhr Zach fort. »Dass die Probleme des anderen zu deinen eigenen werden. Das kommt einem nicht immer fair vor.«

»Das ist richtig«, pflichtete ich ihm bei. Dass Zach genau das Richtige sagte, tat mir weitaus mehr gut, als ich zugeben wollte.

»Soso, dein Ehemann. Richard, nicht wahr?«

»Er heißt Sam.«

»Ich nehme an, er ist kein Anwalt …«

»Ein Schriftsteller.«

Zach hielt meinen Blick für eine Sekunde fest.

»Ein Schriftsteller … Das klingt, ähm, sehr kreativ.« Er lächelte. »Ich bin froh, dass du glücklich bist. Ich habe die Jahre über immer wieder an dich gedacht und mich gefragt, wie es dir wohl so ergangen ist. Es ist schön zu sehen, dass alles geklappt hat.«

Hatte es gar nicht. Nichts hatte »geklappt«.

Schweigend blickte ich auf den Tisch zwischen uns. Wir mussten dringend zur Sache kommen.

»Wo ist dein Sohn?«

»In einem Ferienlager in Kalifornien, zusammen mit seinem besten Freund.« Zach lächelte zaghaft. »Amanda wollte ihn nicht gehen lassen, aber wir sind mitten im Schuljahr hierhergezogen, und er hat seine Freunde vermisst. Amanda war gut in solchen Dingen. Sie hat immer die besten Entscheidungen für Case getroffen, selbst wenn sie ihr schwerfielen. Ich kann Case unmöglich am Telefon sagen, was passiert ist – das wäre einfach zu … Trotzdem. Er muss wissen, dass Amanda tot ist.«

»Was ist mit deiner Mom?«

Er wirkte für einen Augenblick verwirrt. »Oh, sie ist verstorben.«

»Das tut mir leid. Vielleicht könnten die Eltern von Case' Freund das übernehmen?«, schlug ich vor. »Glaubst du, sie würden ihn abholen?«

»Ja, vielleicht«, erwiderte Zach leise. »Um ehrlich zu sein, kenne ich sie gar nicht richtig. Case' Freund heißt Billy, glaube ich.«

»Ich könnte im Ferienlager anrufen und mich erkundigen«, bot ich an. »Ich bin mir sicher, sie wissen, wie wir Billys Familie erreichen.«

»Das wäre großartig, danke«, sagte Zach. »Leider kenne ich nicht mal den Namen des Camps. Amanda hat sich um alles gekümmert.« Er zögerte, dann fügte er hinzu: »Das klingt, als wäre ich ein echtes Arschloch, oder? Allerdings wette ich, dass auch du nicht Abend für Abend nach Hause hastest und ein warmes Essen für Sam auf den Tisch stellst.«

Ich lachte ein bisschen zu laut.

»Nein, aber jede Ehe ist anders«, sagte ich und zwang mich, meine Vorurteile beiseitezuschieben – denn ich hatte Vorurteile, so viel stand fest. Dass Zach eine traditionelle Ehe geführt hatte, machte ihn jedoch nicht zwangsläufig zu einem schlechten Menschen. Vorausgesetzt, seine Frau hatte es ebenso gewollt. »Sind die Unterlagen für das Ferienlager irgendwo bei dir zu Hause?«

»Mit Sicherheit. Im Wohnzimmer steht ein kleiner Sekretär, in dem Amanda ihre Papiere aufbewahrt hat. Da müsste sie alle Informationen und Formulare hineingelegt haben.«

»Hat jemand aus der Nachbarschaft einen Schlüssel zu dem Haus?«, fragte ich. »Das würde sehr viel schneller gehen, als wenn ich mich an die Gefängnisverwaltung wende, damit sie mir deinen Schlüssel aushändigt.«

»Es müsste einer unter dem großen Pflanzentopf vor der Haustür liegen«, sagte er. »Amanda hat einen für Case dort versteckt, für Notfälle.«

»Ihr hebt einen Schlüssel unter einem Pflanzentopf vor deiner Haustür auf?«, fragte ich fassungslos. »In New York City?«

»Wenn du das so sagst, klingt es tatsächlich ziemlich dämlich«, gab Zach zu. »Um ehrlich zu sein, habe ich nie darüber nachgedacht. Park Slope kommt mir so sicher vor.«

»Wir sollten dafür sorgen, dass die Polizei von dem Ersatzschlüssel erfährt. Das erweitert das Feld der potenziellen Täter«, sagte ich. »Kann ich irgendwen für dich anrufen? Jemanden aus dem erweiterten Familienkreis, Freunde, Arbeitskollegen?«

Zach blickte wieder nach unten und schüttelte den Kopf. »Die Leute, die jetzt in meinem Leben sind, kennen mich nicht wirklich. Du verstehst, was ich damit sagen will, oder?« Er deutete auf sein malträtiertes Gesicht. »Sie dürfen mich so nicht sehen.«

Ich nickte. »Verstehe.«

Verstand ich wirklich? Gab es tatsächlich niemanden, der ihm nahestand? Und was war das für ein kleines Flattern in meiner Brust? Fühlte ich mich allen Ernstes gebauchpinselt, weil ich dem Anschein nach eine Ausnahme bildete?

»Du und ich«, fuhr er fort und beantwortete die Frage, die ich nicht gestellt hatte, »ich dachte immer, wir wären so etwas wie Seelenverwandte, wenn du weißt, was ich meine. Ich hatte nie das Gefühl, dass du mich verurteilst.«

»Das habe ich auch nie getan«, erwiderte ich. »Und das würde ich auch nicht tun.«

Zach sah mich mit seinem unverletzten Auge an. Es

war glasig. Er war nicht nur äußerlich attraktiver geworden, sondern auch weicher.

»Egal. Ich weiß, dass die Haustür verschlossen war, als wir zu dieser Party gegangen sind, denn ich habe selbst abgesperrt. Allerdings funktionierte die Alarmanlage nicht. Amanda hatte einen Termin ausgemacht, um sie reparieren zu lassen. Ich weiß noch, dass ich mich bei ihr beschwert habe, weil das noch nicht erledigt war. Nett, nicht wahr?« Für einen Moment schloss er schmerzerfüllt die Augen. »Amanda wird bestimmt hinter sich abgeschlossen haben, als sie wieder zu Hause war. Sie war ein ängstlicher Mensch. Nervös.«

»Nervös? Wieso?« Vielleicht gab es einen Grund, der Zach entlastete.

Er zuckte die Achseln. »Sie kam aus einem kleinen Kaff, und ihre Familie war arm, bettelarm. Sie hat nicht gern darüber gesprochen, aber manchmal denke ich, sie war einfach überwältigt von den Gegenden, in denen wir lebten, von den Menschen. Selbst die Frauen, die nicht arbeiten, sind beeindruckend: Wahnsinnsausbildungen, sozial engagiert. Amanda war klug, aber sie ist nicht mal aufs College gegangen. Ich denke, sie hatte Angst, dass das jemand herausfinden könnte. Sie war deshalb ständig auf der Hut. Vielleicht habe ich sie auch zu sehr dazu gedrängt, etwas zu sein, was sie nicht war.« Er sah auf. Sein Bedauern wirkte aufrichtig. »Allerdings war sie weitaus kompetenter, als ihr bewusst war. Ich wollte nur das Beste aus ihr herauskitzeln, verstehst du?«

Es nervte mich, dass er behauptete, er habe nur »das Beste aus ihr herauskitzeln wollen«. Andererseits war Zach schon immer ganz groß in Sachen Optimierung gewesen – auch bei sich selbst. Und das Ergebnis konnte sich sehen lassen.

»Ja, sicher«, sagte ich, weil Zach auf meine Zustimmung zu warten schien. »Das ist verständlich.«

Sein Gesicht verdüsterte sich. »Ich wollte sie wiederbeleben, aber Amanda war schon eiskalt. Und das Blut … Es war so dick, als ich reingetreten bin, wie Klebstoff. Und ich …« Zach presste sich eine Hand vor den Mund. Hatte er am Telefon nicht behauptet, er *habe* versucht, sie wiederzubeleben? Ich hätte schwören können, dass er das gesagt hatte, aber vielleicht hatte er sich falsch ausgedrückt. Oder vielleicht hatte er sich geschämt, die Wahrheit zuzugeben. »Als die Polizei gekommen ist, hat sie einen Riesenwirbel deswegen veranstaltet. ›Warum haben Sie nicht mehr Blut an den Händen und an der Kleidung?‹, ›Haben Sie sich umgezogen, nachdem Sie sie umgebracht hatten?‹, ›Haben Sie Ihre Frau so wenig geliebt, dass Sie sich nicht einmal die Mühe gemacht haben, einen Wiederbelebungsversuch zu starten?‹ Die Officer konnten einfach nicht verstehen, dass ich es nicht gepackt habe – sie war doch so kalt! Die Leute denken immer, sie wüssten, wie sie in solchen Situationen reagieren, aber solange man nicht selbst drinsteckt, weiß man es eben nicht. Es ist sehr viel schwerer, als man denkt.«

Das war es in der Tat. Das wusste ich aus eigener Erfahrung. Erst letzte Woche hatte ich Sam bewusstlos auf unserem Wohnzimmerfußboden gefunden, eine klaffende Wunde am Kopf. Überall war Blut gewesen, sehr viel Blut. An Sams Händen, auf seinem Hemd, unter seinem Kopf auf dem Hartholzfußboden. Ich rannte zu ihm, überzeugt, dass er tot war. Doch er stöhnte, als ich ihn berührte, und er stank nach Alkohol. Ich kann mir nicht vorstellen, wie ich mich gefühlt hätte, wenn er kalt gewesen wäre …

»Du hast recht«, sagte ich. »Niemand weiß vorher, wie er in einem solchen Fall reagiert.«

Nichtsdestotrotz war Zachs saubere Kleidung problematisch – und würde der Polizei für ihre Beweisführung in die Hände spielen. Obwohl sie offenbar keine blutverschmierten Sachen entdeckt hatte, denn sonst wäre er mit Sicherheit wegen Mordverdachts verhaftet worden.

»Ich habe keine Ahnung, was Amanda zugestoßen ist, Lizzie. Ich war nicht zu Hause, als sie starb«, fuhr Zach fort. »Sie könnte noch leben, wenn ich ihr ein besserer Ehemann gewesen wäre!«

Was immer das heißen mochte – Zach durfte so etwas nie wieder sagen, denn es kam einem Geständnis gleich.

»Ähm, wie meinst du das?«

»Ich habe sie bei der Party allein gelassen und ihr per Textnachricht mitgeteilt, dass ich schon abgehauen war. Denn das ist es, was ich immer tue: abhauen, ganz gleich, welche Konsequenzen das für die anderen hat. Ich habe es stets Amanda überlassen, sich eine Entschuldigung für mich auszudenken. Ich habe es ihr überlassen, unser Leben zu gestalten, an jedem neuen Ort. Und das hat sie getan – jedes Mal.« Er hielt inne und zog scharf die Luft ein. »Und ich habe es ihr vermutlich nie gedankt.«

»Niemand ist perfekt«, wandte ich ein. »Schon gar nicht jemand, der verheiratet ist.«

Er lächelte grimmig. »Wir haben nie gestritten, das muss ich uns lassen. Wir waren keine Kämpfer. Unser Zusammenleben war friedlich. Angenehm. Und Case ist ein großartiger Junge.« Er schwieg kurz, dann fuhr er fort: »Aber haben wir uns sonderlich nahegestanden?« Er schüttelte den Kopf. »Ehrlich, ich habe die Ehe immer für ein praktisches Arrangement gehalten. Und jetzt ist meine Frau tot, also wird man mir unterstellen, dass ich sie aus genau dem Grund getötet habe. Weil ich gleichgültig bin. Emotionslos. Das Blöde ist, dass ich die Party gar nicht hätte verlassen müssen: Ich bin nur abgehauen, weil mir langweilig war. Ich habe einen Spaziergang auf der ...«

Meine Hand schoss in die Höhe wie die eines Verkehrspolizisten. »Nein, nicht, Zach. Bitte keine Details.«

»Aber meine Story wird sich nicht ändern, Lizzie. Denn sie ist keine Story. Sie ist die Wahrheit.«

»Das ist egal ...«

»Ich war auf der Brooklyn Heights Promenade. Bin spazieren gegangen. Allein. Das Wasser, die Lichter von Manhattan ... Weißt du noch, als wir in Philadelphia waren? Da bin ich auch ständig spazieren gegangen.« Wusste ich das noch? Ich war mir nicht sicher. Aber was wusste ich überhaupt mit Sicherheit? Zach würde einen frustrierenden Mandanten abgeben. Er hörte nicht zu. »Außerdem«, so fuhr er fort, »außerdem habe ich der Polizei längst erzählt, wo ich war. Ich habe den Officers auch alles gesagt, was sie über den Golfschläger wissen wollten. Sie haben mir Fragen gestellt wie: ›Gehört der Ihnen?‹, und ich habe geantwortet: ›Ja, er ...‹«

»Zach!«, rief ich so laut, dass er zusammenzuckte. »Schluss jetzt! Im Ernst! Das hilft dir in deiner Situation gar nicht.«

»Aber es ist nun mal mein Haus, und es ist auch mein Golfschläger«, verteidigte er sich. »Ich habe Amanda nicht umgebracht, warum also sollte ich lügen?«

Hm. Der Polizei gegenüber zuzugeben, der Besitzer der mutmaßlichen Mordwaffe zu sein, konnte für ihn, strafrechtlich betrachtet, nur von Nachteil sein. Ich nahm mir vor, den Anwalt, den ich ihm so schnell wie möglich beschaffen würde, von seinen Aussagen zu unterrichten – er würde sich darum kümmern und Zachs Fall ganz oben auf seine Prioritätenliste setzen müssen.

»Kommen wir auf den tätlichen Angriff auf den Officer zurück. Deswegen hat man dich verhaftet, oder?« Das würde jeder Anwalt wissen wollen, bevor er Zachs Fall übernahm.

»Ich habe nicht angefangen«, sagte Zach und blickte demonstrativ an sich hinab. Er war ein eher schmächtiger Mann, auch wenn er definitiv kräftiger wirkte als damals. Dennoch sah er nicht so aus, als würde er es auf eine körperliche Auseinandersetzung mit einem Cop anlegen.

»Dann hat der Officer angefangen?«, hakte ich nach.

»Ich weiß nicht, was genau du unter ›angefangen‹ verstehst, aber da war ein Polizist, der auf den Golfschläger gestarrt und mir völlig unverfroren ins Gesicht gesagt hat: ›Mit dem Schläger haben Sie Ihre Frau erschlagen, richtig? Warum? Ist sie Ihnen auf die Nerven gegangen? Oder hat sie Sie betrogen? Vielleicht haben Sie den Schläger auch nur genommen, um ihr Angst einzujagen. Sie haben damit herumgefuchtelt, und auf einmal ist sie zu Boden gegangen. Und Sie haben Panik bekommen.‹ Der Kerl hat einfach nicht lockergelassen. Dann hat sich ein weiterer Officer eingeschaltet, hat mich einen Lügner genannt und mich angeschrien, ich hätte mir den Spaziergang nur ausgedacht – was dumm von mir sei. ›Sind Sie dumm?‹, hat er wieder und wieder gefragt.« Das erschien mir etwas übertrieben, aber nicht völlig sinnfrei. Einen Verdächtigen durch Anschreien aus dem Konzept zu bringen, kam vor. »Kurz darauf ist der Typ im Anzug aufgekreuzt – der, von dem ich dir am Telefon erzählt habe –, zusammen mit diesem Detective in Zivil. Das war, nachdem die Leute von der Spurensicherung eingetroffen waren. Der Detective ist zu mir gekommen, hat sich rechts neben mich gestellt und vorgeschlagen, dass wir uns draußen weiterunterhalten. Dazu war ich nicht bereit. ›Ich werde meine Frau nicht allein lassen‹, habe ich gesagt. Dann hat mich jemand an meiner linken Seite am Arm gefasst, und ich bin zurückgezuckt. Heftig. Aus Reflex.« Er hob den Ellbogen und drehte sich rasch um, um mir zu zeigen, wie. »Anscheinend stand hinter mir ein weiterer Officer, den ich mitten im Gesicht getroffen habe.«

»Woraufhin man dich festgenommen hat?«

»Zunächst gab es einiges Hin und Her. Ein Sanitäter hat sich um die Nase des Polizisten gekümmert, alle haben sich beruhigt, und es sah so aus, als würde man die Sache auf sich beruhen lassen«, sagte Zach. »Doch dann hat der Anzugtyp mit dem Detective gesprochen – ich konnte nicht hören, was er gesagt hat –, und eine Minute später hat man mich verhaftet. Tätlicher Angriff auf einen Officer.«

»Aber nicht wegen Mordes?«, vergewisserte ich mich.

Zach schüttelte den Kopf. »Nur wegen des Angriffs. Ich glaube, sogar der Cop, dem ich ins Gesicht geschlagen habe, wollte mich laufen lassen. Er hat immer wieder gesagt: ›Der Mann hat seine Frau verloren.‹ Ich hatte das Gefühl, dass der andere – der Kerl im Anzug – nach einem Grund suchte, mich festzunehmen.«

Was natürlich Sinn ergab. Wenn man einen Mordverdächtigen unter einem plausiblen Vorwand festhalten konnte, dann tat man das. Punkt.

»Hast du das alles auch diesem Pflichtverteidiger erzählt, der dich bei der Anhörung vertreten hat?«, fragte ich. »Dem Anwalt, den man dir gestellt hat?«

Zach runzelte unsicher die Stirn. »Ich bin mir nicht sicher. Wie ich schon sagte: Ich konnte zu dem Zeitpunkt nicht klar denken.«

»Das ist schon okay«, sagte ich. »Ich kann deinen Pflichtverteidiger ausfindig machen und ihn fragen. Erinnerst du dich an seinen Namen?«

»Ähm, Adam«, sagte er. »Adam Roth oder so ähnlich. Er ist gerade wieder Vater geworden und lebt auf Staten Island. Wir haben uns über die Fähre unterhalten.«

Ich stellte mir einen nervösen Rechtsreferendar vor – eine Nachwuchskraft, wie man sie für Anklageerhebungen engagierte –, der mit einem halb katatonischen Zach über sein Privatleben plauderte.

»Ich werde ihn ausfindig machen. Wenn er bereits mit dem Staatsanwalt gesprochen hat, hat er vielleicht einen besseren Überblick über die Lage.«

»Heißt das, dass du deine Meinung geändert hast? Dass du meinen Fall übernimmst?« Zach streckte die Hand aus und umfasste die Kante des Plexiglasrahmens vor ihm.

»Es tut mir leid, Zach«, erwiderte ich, bestimmt, aber hoffentlich freundlich. »Du brauchst jemanden mit umfassender Erfahrung bei Kapitalverbrechen, speziell Mord. Jemanden, der in Sachen DNA, Tatortforensik, Blutspurenanalyse und Fingerabdrücken versiert ist. Ich kenne mich mit Wirtschaftskriminalität aus, aber ich kenne keinen von den Profis bei der Staatsanwaltschaft von Brooklyn. Fälle wie deiner brauchen jede Menge Diplomatie und inoffizielle Kanäle.«

»Was ich brauche, ist eine *Kämpferin*, Lizzie.« Zachs Augen blitzten. »Mein Leben steht auf dem Spiel.«

»Ich bin Senior Associate, kein Partner. Ich kann bei Young & Crane keine eigenständigen Mandate übernehmen. Punkt.«

»Ich kann das Honorar bezahlen, ganz gleich, wie hoch es ist.«

»Wenn du wolltest, könntest du vermutlich die ganze Kanzlei kaufen«, entgegnete ich, »aber hier geht es nicht um Geld, Zach.«

»Ach.« Er nickte und ließ sich gegen die Stuhllehne sacken. »Die Kanzlei möchte nicht mit Mord in Zusammenhang gebracht werden. Verstehe.«

»Du weißt doch, wie das läuft: Moral ist willkürlich.«

»He, mir würde es auch nicht gefallen, wenn meine Firma mit einem Mord in Verbindung gebracht würde. Über alle Kritik erhaben sein – das ist das Ziel.«

»Noch fünf Minuten«, sagte eine Stimme über Lautsprecher. »Die Besuchszeit ist in fünf Minuten vorüber. Bitte begeben Sie sich zum nächstgelegenen Ausgang.«

Ich stand auf und nahm meinen Notizblock. »Ich werde ein paar Telefonate erledigen und dir einen fantastischen Strafverteidiger suchen, den ich sofort auf den neuesten Stand bringe. Oberste Priorität ist, dich hier so schnell wie möglich gegen Kaution herauszuholen.« Ich betrachtete sein blutunterlaufenes Gesicht und das verletzte Auge. »Selbst wenn ich es wollte – ich wüsste nicht, wen ich bei Young & Crane bitten sollte, den Fall zu übernehmen.«

Zach schürzte die Lippen. »Warte. Heißt das, du hast bei euch noch nicht gefragt? Man hat dir bislang noch gar keine Absage erteilt?«

Mist. Ich senkte den Blick und atmete langsam aus. Warum, warum, warum hatte ich das bloß gesagt? Andererseits war das vielleicht nicht die schlechteste Herangehensweise – Young & Crane würden mit Sicherheit Nein sagen. Paul hatte irgendwann einmal explizit geäußert, dass Associates keine eigenen Fälle übernehmen durften.

Sobald ich sein offizielles Nein in der Tasche hatte, wäre ich auch offiziell vom Haken.

»Ich kann ja mal fragen«, lenkte ich schließlich ein. »Aber sie werden Nein sagen, da bin ich mir absolut sicher.«

»Klar. Okay«, sagte Zach, doch ich wusste, dass er nicht zuhörte.

»Zach, ich meine es ernst«, sagte ich. »Es würde nichts ändern.«

»Verstehe. Wirklich. Vielen Dank.« Er hielt meinen Blick fest und lächelte verhalten.

»Die Besuchszeit endet jetzt!«, tönte eine lautere, nachdrücklichere Stimme aus der Sprechanlage. »Bitte begeben Sie sich unverzüglich zum nächsten Ausgang.«

»Ich muss los«, sagte ich. »Ruf mich morgen Abend an. Bis dahin werde ich einige Informationen zusammengetragen haben. Sagen wir um sieben? Hier ist meine Handynummer.« Ich schrieb die Nummer auf und hielt sie an die Scheibe, damit Zach sie auf dem Block, der auf dem Tisch vor ihm lag, notieren konnte. »Ich verspreche dir, dass ich drangehe.«

»Danke, Lizzie«, sagte Zach. Er drückte eine flache Hand gegen das schmutzige Plexiglas und sah mich flehentlich an. »Danke.«

Ich zögerte, bevor ich ebenfalls die Hand hob, um sie auf der anderen Seite der Scheibe gegen seine zu drücken. Es war eine seltsam vertraute Geste, obwohl wir einander körperlich nicht berührten.

»Versuch, dir nicht zu viele Sorgen zu machen«, sagte ich und zog meine Hand weg.

»Weil es nichts gibt, weswegen ich mir Sorgen machen müsste?«, fragte er. »Oder weil es ohnehin nichts nützen wird?«

»Beides«, antwortete ich, dann ging ich zur Tür.

Schwer atmend kam ich vor unserer Wohnung im dritten Stock an. Einen Fahrstuhl gab es nicht. Auf dem Nachhauseweg hatte ich Amanda gegoogelt. Im Netz entdeckte ich nichts Besonderes über ihren Tod, aber in der *Post* und den *Daily News* standen Artikel über einen am Wochenende begangenen Mord in Park Slope: »Gefährlicher Park-Slope-Mord verunsichert Bewohner« und »Mord in Park Slope – Bewohner alarmiert« lautete die jeweilige Schlagzeile. Beide Zeitungen brachten ein beinahe identisches Foto: einen Rettungswagen, der vor einem großen, eleganten Brownstone-Haus stand, ein halbes Dutzend Polizeiwagen, Absperrband. Beide Artikel gaben nicht sonderlich viele Details preis, in keinem wurde Zachs oder Amandas Name erwähnt, da vorab die nächsten Angehörigen verständigt werden mussten. Es wurde auch keine Todesursache genannt, doch beide Zeitungen berichteten, es sei bereits eine Verhaftung erfolgt und die Polizei gehe davon aus, dass keinerlei Risiko für die Bevölkerung bestehe. Sam und ich hatten letztes Wochenende einen alten Freund an der Küste von Jersey besucht, um gemeinsam den vierten Juli zu feiern, daher hatte ich nichts davon mitbekommen.

Meine Suche ergab ansonsten zahlreiche Treffer mit Fotos von Amanda und Zach bei Charity-Events, außerdem diverse Artikel über Zach.

Amanda war schön. Betörend schön. Schlank wie eine Gazelle, mit langen, vollen, blonden Haaren. Sie war in jeder Hinsicht das Gegenteil von mir. Ich war eher ein dunkler Typ mit einer kräftigen Figur. Es wurde nirgendwo erwähnt, wie alt sie war, aber sie sah jung aus. Sehr jung.

Noch während ich überlegte, wie jung sie tatsächlich sein mochte, betrat ich unser Apartment. Die Stille und die vertraute stickige Luft begrüßten mich. Es war spät, fast elf. Für gewöhnlich war Sam um diese Uhrzeit noch auf. Bitte sei nicht unterwegs, dachte ich. Bitte sei nicht unterwegs.

Im Flur ließ ich meine Tasche fallen und streifte die High Heels ab, dann ging ich in die Küche, um ein Glas Wasser zu trinken und eine Kleinigkeit zu essen. Ich nahm mir eine Handvoll Twizzlers aus der großen Tüte, die ich stets außer Sichtweite aufbewahrte – vergeblich. Lakritzstangen mit Fruchtgeschmack konnte ich einfach nicht widerstehen. Als ich den Brita-Wasserfilter aus dem Kühlschrank holte, sah ich das Lunch-Paket, das Sam bereits für mich gepackt hatte. *Ach Sam, als könnten sämtliche Truthahnsandwiches der Welt irgendetwas wiedergutmachen.*

Durch die offene Wohnzimmertür sah ich ihn auf dem Sofa liegen, tief schlafend und ziemlich sicher nicht bewusstlos. Er lag auf der Seite, das Licht war gedimmt, im Fernsehen lief ein Baseballspiel – Yankees gegen Red Sox. Der Ton war leise gestellt.

Lautlos ging ich zum Sofa und beugte mich über ihn. Er roch nicht nach Alkohol. Auf dem Couchtisch stand eine Flasche Soda. Ich setzte mich auf die Kante des Tischs und schaute ihm beim Schlafen zu. Er sah so perfekt aus mit dem rotblonden Haar, das zerzaust über seine markanten Wangenknochen fiel. Wenn er wach war, blickten seine wunderschönen, strahlend blauen Augen neuerdings besorgt. Wenn er schlief, war er einfach nur schön.

Er gab sich Mühe. So große Mühe. Und dafür liebte ich ihn. Nach dem Unfall hatte Sam ganze zwei Monate lang einen kalten Alkoholentzug gemacht, und seit ich vor vier Monaten bei Young & Crane angefangen hatte, hatte er nur gelegentlich ein Bier bei einem Baseballspiel oder ein

Glas Wein bei der Dinnerparty eines Freundes getrunken. Er hatte sich nie wieder betrunken – und ganz gewiss nicht bis zum Umfallen –, bis letzte Woche, als ich ihn mit dem Gesicht nach unten liegend auf dem Wohnzimmerboden gefunden hatte.

Mir war klar, dass jetzt nur noch ein professioneller Entzug helfen würde, aber das Geld für die hochkarätigen Privatinstitutionen konnten wir einfach nicht aufbringen. Allerdings gab es noch eine Option, die Sam jedoch ganz und gar nicht in Erwägung ziehen wollte: seine Eltern.

Sam kam aus einer extrem wohlhabenden Familie, sein Vater, Baron Chadwick, war Partner mit Schwerpunkt Steuern bei einer renommierten Bostoner Anwaltskanzlei, seine Mutter Kitty Chadwick eine Dame der gehobenen Gesellschaft. Dennoch hatte Sam keine glückliche Kindheit verbracht. Als Sam seinen Vater immer mehr mit der Leidenschaft, der Kreativität und der Sensibilität, die seinen Charakter ausmachten, enttäuschte, war ihm eine unerträgliche, an Grausamkeit grenzende Kälte entgegengeschlagen. Sams Vater wünschte sich einen Sportler, einen Jahrgangssprecher, einen Anwalt als Sohn. Er wünschte sich einen Draufgänger, jemanden, der Feind und Freund gleichermaßen den Garaus machte. Der alles tat, um zu gewinnen. Stattdessen half Sam seinen ums schulische Überleben kämpfenden Klassenkameraden beim Spicken und schlug eine begehrte Praktikumsstelle aus, weil er wusste, dass sein bester Freund sein Herz daran gehängt hatte. Sams Dad sah keinen Nutzen darin, und er erkannte auch nicht den Nutzen von Sam. Kurz vor unserer Hochzeit hatte sich Sam seinen Eltern völlig entfremdet. Es erschien mir nur fair, dass sie jetzt für den Schaden aufkommen sollten. Aber Sam konnte die Vorstellung nicht ertragen, als Bittsteller vor die beiden zu treten.

»Oh, he«, sagte er verschlafen und rappelte sich hoch. »Entschuldige, ich habe dich gar nicht reinkommen hören. Alles okay?«

»Kein Problem«, sagte ich. »Mir geht's gut.«

Aber mir ging es nicht gut. Plötzlich wurde ich überwältigt von diesem tiefen, teerartigen Zorn, der an allem haften blieb. War es süß, dass Sam Wache hielt und darauf wartete, dass ich nach Hause kam? Sicher. Wäre es mir lieber, wenn er mir seine Liebe zeigen würde, indem er ein für alle Mal trocken wurde? Ähm, ja, definitiv.

Obwohl ich wütend auf ihn war, hätte ich mich am liebsten zu ihm auf die Couch gelegt und mich an ihn geschmiegt.

»Wie viel Uhr ist es?«, fragte er.

»Fast elf.«

»Und du bist gerade erst gekommen?« Sam kniff blinzelnd die blauen Augen zusammen, die selbst bei dem gedämpften Licht strahlten. »Das ist spät, sogar für den Gulag.«

»Ja.«

Und dann hätte ich Sam alles erzählen sollen. Von Zach und Amanda und von dem Anruf aus heiterem Himmel. Von meinem Trip nach Rikers Island, und wie ich mich selbst in die Bredouille gebracht hatte, indem ich anbot, Young & Crane wegen des Mandats zu fragen. Auf dem Nachhauseweg hatte ich darüber nachgegrübelt, warum um alles auf der Welt ich mich vor Zach verplappert hatte, aber dann hatte ich gar keine Lust, mir eine Antwort auf diese Frage zu geben. Und so beschloss ich, Sam nichts zu sagen. Das Ganze für mich zu behalten. Ein Geheimnis. Was machte ein Geheimnis mehr oder weniger schon aus?

»Das ist ja ein …« Sam streckte die Hand aus und strich mit seinen Fingern durch mein Haar, dann rechnete er kurz nach und fuhr mit schlaftrunkener Stimme fort: »…ein Zwölf-, nein, Fünfzehn-, Sechzehn-Stunden-Arbeitstag.« Er atmete laut aus. »Tut mir leid, Lizzie.«

Ich zuckte die Achseln. »Du weist mir die Fälle nicht zu.«

»Aber es ist in erster Linie meine Schuld, dass du dort arbeitest«, sagte er. Er klang traurig dabei. So wie er immer klang, wenn er sich bei mir entschuldigte, was häufig vorkam. Trotzdem glaubte ich, dass er jedes Wort aufrichtig meinte.

»Das ist schon okay«, log ich, denn Sams Schuldgefühle brachten mich auch nicht weiter.

Ich schloss die Augen und gab mich dem angenehmen Gefühl von Sams starken Fingern in meinen Haaren hin, der Erinnerung daran, wie er genau dasselbe bei unserem zweiten Date, in unserem zweiten Jahr und auch letzte Woche gemacht hatte. War nicht genau das das Geheimnis einer funktionierenden Ehe? So zu tun, als ob ein paar intakte Dinge all das wettmachen konnten, was über die Jahre zerbrochen war?

Ich erinnerte mich an das erste Wochenende zurück, das Sam und ich zusammen in New York City verbracht hatten. Als ich fast drei Stunden von Philadelphia angereist war, zuerst mit dem Regionalzug, dann mit dem New Jersey Transit und anschließend mit der U-Bahn – alles nur, um zu ihm zu kommen und noch einmal das Knistern zu spüren, das mir an dem Abend, an dem wir uns kennengelernt hatten, durch und durch gegangen war. Wir hatten dreimal Sex miteinander, dann waren wir auf Sams Ausziehcouch eingeschlafen, dem einzigen Möbelstück, das in seine briefmarkengroße Einzimmerwohnung an der Upper West Side passte, die Köpfe gegen den überdimensionierten Kühlschrank gedrückt. Als wir am nächsten Morgen zum Brunchen gegangen waren, hatten wir bei einem Heim für Obdachlose haltgemacht, damit Sam ein paar Hefte und Stifte abgeben konnte, die er für die Kids dort gekauft hatte. Vielleicht hatte er das geplant, um mich zu beeindrucken, allerdings wusste ich, dass er an einem Artikel über die dringend notwendige Förderung von Schulbedarf arbeitete. Seine Augen glänzten, und die Emotionen, die sich darin spiegelten, waren echt. Hinterher sagte er: »Es ist nicht viel, aber ich tue, was ich kann.«

Was, wenn Sam jetzt ebenfalls tat, was er konnte? Würde das tatsächlich genügen?

»Lass uns ins Bett gehen, Sam«, sagte ich, als er den Arm nach mir ausstreckte und mich auf sich zog. »Die Leute können uns sehen. Wir brauchen unbedingt Vorhänge oder Jalousien.«

»Bleiben wir doch einfach hier«, murmelte er, knöpfte meine Bluse auf und schob eine Hand in meinen BH, während die andere unter meinen Rock glitt.

»Okay«, hauchte ich.

Und dann schloss ich die Augen. Denn Sam wollte mich. Und ich wollte ihn, obwohl ich das eigentlich gar nicht wollte.

KRELL INDUSTRIES

VERTRAULICHES MEMORANDUM
NICHT ZUR WEITERGABE BESTIMMT

Verschlusssache – vertraulich

24. Juni

An: Direktorat der Grace Hall School
Von: Krell Industries
Betreff: Ermittlungen in Sachen Datenpanne & Cyber-Zwischenfall ./. Einführungsbericht

Die Firma Krell Industries wird vom Direktorat der Grace Hall School beauftragt, einer möglichen Datenpanne nachzugehen, bei der persönliche Daten von Schülern und deren Familien frei wurden. Sämtliche Informationen in diesem Memorandum sowie alle weiteren Berichte sind streng vertraulich und nicht zur Weitergabe an Dritte bestimmt.

Die Untersuchung durch die Firma Krell Industries soll Folgendes einschließen, aber nicht darauf beschränkt sein:

Systemüberprüfung: Es soll eine detaillierte Überprüfung sämtlicher verfügbarer Systeme zur Ermittlung interner Versäumnisse durchgeführt werden. Außerdem soll festgestellt werden, ob externe Eingriffe stattfanden, die zu einem Diebstahl der schulinternen Daten führten.

Zeugenbefragungen: Es soll eine Befragung sämtlicher relevanten Beteiligten stattfinden. Die zu befragenden Personen werden über die Vertraulichkeit der Ermittlungen informiert. Es wird auf die Schweigepflicht hingewiesen.

Wöchentliche Zwischenberichte: Es sollen wöchentliche Zwischenberichte erstellt werden, um den Fortschritt der Ermittlungen zu dokumentieren.

Berichterstattung über kritische Ereignisse: Es soll bei Bedarf zusätzlich Bericht erstattet werden, um Informationen zu kennzeichnen, die ein dringlicheres Handeln erforderlich machen.

Identifizierung von Verdächtigen: Es sollen potenzielle Verdächtige ausfindig gemacht und diese sowohl zivil- als auch strafrechtlich verfolgt werden.

AMANDA

SECHS TAGE VOR DER PARTY

Als Amanda bei Sarah eintraf, war das geräumige Brownstone-Haus bereits rappelvoll mit Gästen. Kerry stand neben der Tür, an die Wand gedrückt, als wolle er damit verschmelzen.

Es war eine Erleichterung, ein freundliches Gesicht zu sehen. Auf dem ruhigen Spaziergang durch die Abenddämmerung hierher hatte Amanda zwei Anrufe von einer unbekannten Nummer bekommen. Das plötzliche schrille Geräusch hatte ihr Herz rasen lassen, obwohl das Handy jeweils nur einmal geklingelt hatte – so kurz, dass Amanda nicht entscheiden konnte, ob sie drangehen wollte oder nicht. Die Anrufe mussten nicht zwingend mit denen in Verbindung stehen, die seit einiger Zeit bei ihr eingingen, doch seit die Atmerei am Telefon begonnen hatte, konnte sie einen eventuellen Zusammenhang nicht länger leugnen. Irgendwer hatte sie gefunden. Und was immer er von ihr wollte – es war mit Sicherheit nichts Gutes.

Es war schwer, keinen Neid auf all die Eltern zu empfinden, die sich anlässlich der Elternbeiratsversammlung zum Thema »Probleme bei der Cybersicherheit« in Sarahs Haus versammelt hatten. Amanda hatte *richtige* Sicherheitsprobleme, und das war weitaus Furcht einflößender.

Wenigstens fühlte sie sich in Sarahs repräsentablem Heim gut aufgehoben. Sarahs Ehemann Kerry war ein stattlicher Kerl – über eins achtzig groß und von kräftiger, leicht bulliger Statur. Unter seinen sanften Augen lagen dicke Tränensäcke, die Lippen hatte er stets zu einem gutmütigen Grinsen verzogen.

Im Lauf der Jahre war Kerry um einiges fülliger geworden, was ihm Sarah bei jeder sich bietenden Gelegenheit unter die Nase rieb, doch sie beeilte sich stets zu versichern, dass sie Kerry nicht wegen seines Äußeren geheiratet hatte. Bei Kerry hatte sie sich geborgen gefühlt, und auch wenn er sich am Ende als nicht ansatzweise so vermögend erwies, wie Sarah gehofft hatte, nagten sie nicht gerade am Hungertuch. Kerry war ein äußerst erfolgreicher Anwalt.

Amandas Meinung nach war Kerrys Aufmerksamkeit seiner Frau gegenüber ohnehin weit mehr wert als alles Geld der Welt. Zach war stets heilfroh gewesen, wenn Amanda die Lücken, die seine zeitintensive Karriere in ihr gemeinsames Leben riss, mit Handwerkern und Bediensteten füllte – Klempnern, Schreinern, Kindermädchen, Privatlehrern, Gärtnern, Malern. Allerdings konnte sie niemanden engagieren, der ihr Case' Baseballkarten-Sammlung vom obersten Regalbrett holte. Es war ihr peinlich gewesen, als sie Sarah dies am letzten Wochenende eingestanden hatte, aber binnen einer Stunde hatte Kerry auf Amandas Türschwelle gestanden.

»Man hat mich zu Ihnen geschickt, Madam«, hatte er gescherzt. »Es geht um Baseballkarten?«

»Es tut mir leid«, hatte Amanda erwidert. »Deswegen musst du doch nicht so spätabends kommen, noch dazu an einem Sonntag. Ich hätte es Sarah niemals erzählt, wenn ich gewusst hätte, dass sie dich herschickt, das schwöre ich.«

Das hätte Amanda tatsächlich niemals getan, aber sie

war froh über die Hilfe. Case wollte, dass sie ihm die Karten ins Ferienlager schickte, und Amanda hatte vor, sie gleich am nächsten Morgen zur Post zu bringen. Sie war auf eine extra hohe Trittleiter gestiegen und hatte versucht, sie vom Regal zu angeln, aber sie kam einfach nicht an den Karton dran.

»Ach, keine Sorge. Ich kenne meine Frau«, hatte Kerry gesagt und sich in dem dunklen Haus umgesehen. »Zach ist an einem Sonntagabend um halb neun bei der Arbeit? Das ist echt heftig.«

»Er hat morgen früh ein wichtiges Meeting, es geht wohl um Fördergelder«, flunkerte Amanda, denn das kam häufig vor. Heute stimmte es allerdings nicht.

Kerry nahm den Karton von dem Regal, wobei er nicht einmal auf die oberste Stufe der Trittleiter steigen musste.

»Richte Case ruhig aus, dass er sich glücklich schätzen kann«, sagte er, als er Amanda die Schachtel reichte. »Wenn einer von unseren Jungs eine solche Bitte aus dem Ferienlager geschickt hätte, hätte Sarah mit Sicherheit so getan, als sei der Brief bei der Post verloren gegangen. Soll ich mir noch schnell diese Schranktür vornehmen, wenn ich schon hier bin? Vielleicht liegt es bloß am Scharnier, dass sie klemmt.«

»Nein, nein«, wehrte Amanda ab, der es schrecklich peinlich war, dass Kerry anscheinend eine mentale Checkliste mit all ihren unerledigten häuslichen Pflichten abarbeitete. Hatte sie sich so oft bei Sarah darüber beklagt? »Ich habe bereits jemanden angerufen, der sich darum kümmern soll.«

Es war für Amanda keine Überraschung, Kerry bei Sarahs Elternbeiratsversammlung anzutreffen, obwohl er anscheinend gerade erst von der Arbeit gekommen war. Er war stets dort, wo seine Frau ihn brauchte.

Endlich bemerkte er Amanda, die sich noch immer am Eingang herumdrückte, und winkte sie zu sich. »Kannst du mir helfen?«, flüsterte er mit zusammengebissenen Zähnen, während Amanda und er sich einen Weg durch die Menge bahnten, und fuhr sich mit der Hand durch sein leicht zotteliges braunes Haar, das – da hatte Sarah völlig recht – dringend geschnitten gehörte. »Warum sind all diese Leute in meinem Haus?«

»Weil deine Frau die Elternbeiratsvorsitzende ist?«, fragte Amanda zurück.

»Aber es ist *Sommer*«, jammerte Kerry. »Ist denn da nicht Sommerpause?«

»Frag mich nicht. Mich hat sie ebenfalls hergebeten.«

»Auf mein Zeichen«, sagte er, »bei drei rennen wir zur Tür!«

Amanda mochte Kerrys Art zu scherzen. Als wäre sie einfach nur ein Kumpel und nicht eine außergewöhnlich attraktive Frau.

»Kommt nicht infrage«, widersprach sie grinsend und schob sich an Kerry vorbei. »Dafür habe ich viel zu viel Angst vor deiner Frau.« Ihr Grinsen war echt, was nicht oft vorkam. »Das solltest du auch haben.«

»Oh, keine Sorge.« Er seufzte. »Ich fürchte mich sehr.«

Amanda wäre liebend gern zusammen mit Kerry ganz hinten im Wohnzimmer stehen geblieben, aber sie wusste, dass sie sich dorthin stellen musste, wo Sarah ihre Anwesenheit bemerkte. Vielleicht brauchte sie ja gar nicht lange zu bleiben. Amanda war aufgewühlt von den Anrufen – heute noch mehr als gestern –, und allein in einer großen Gruppe von Grace-Hall-Eltern zu stehen, war an und für sich schon stressig genug. Amanda sah sich nach Maude um, konnte sie aber nirgendwo entdecken. Während der Woche blieb ihre Galerie oft bis spätabends geöffnet. Sie hielt sich wahrscheinlich noch dort auf.

Sarahs Wohnzimmer war warm und geschmackvoll eingerichtet. Es verströmte Gemütlichkeit und Geborgenheit, dachte Amanda stets, wenn sie die mit Familienfotos übersäten Wände betrachtete, die sich über die Jahre angesammelt hatten – rotgesichtige, schreiende Babys, erste Mahlzeiten, peinliche Halloweenkostüme bis hin zu genervten Teenagern. Es war so anders als das Wohnzimmer in Amandas kernsaniertem Stadthaus mit den makellosen, auf Hochglanz polierten Oberflächen. Ihr eigenes Zuhause war wunderschön, keine Frage, aber sie sehnte sich nach knarzenden, unebenen Fußböden wie bei Sarah. Nicht, dass geräuschintensive Fußböden an sich etwas Gutes waren. Die Fußböden in dem Trailer, in dem Amanda aufgewachsen war, hatten jede Menge Lärm gemacht, angefangen bei den schweren, betrunkenen Schritten auf dem vergilbten Linoleum bis hin zu dem Quietschen einer Maus, die in einer der Klebefallen festhing. Die Geräusche in Sarahs und Kerrys Haus waren anders. Es waren die Geräusche einer wohlbehüteten, liebevollen Familie, umfangen vom stärkenden Korsett ihres Zuhauses.

Amanda betrachtete die übliche Mischung der Eltern aus Park Slope, die sich in Sarahs Wohnzimmer versammelt hatte – Frauen in Hosenanzügen neben Männern in bedruckten T-Shirts; Eltern, die alt genug aussahen, um Großeltern zu sein, neben Eltern, die noch als Studierende hätten durchgehen können; Eltern verschiedener Ethnien und Kulturen; Alleinerziehende und gleichgeschlechtliche Paare. In vielerlei Hinsicht eine bunte Truppe, wenngleich alle ausgesprochen vermögend und – in Amandas Augen – ausgesprochen einschüchternd wirkten.

In dem Viertel, in dem sie in Palo Alto gewohnt hatten, waren die Elternversammlungen überwiegend von Hausfrauen besucht worden, doch in Park Slope schienen sich Männer und Frauen gleichermaßen um die Erziehung ihrer Kinder zu kümmern, und fast alle hatten nicht nur einen Job, sondern eine *Karriere.* Auch in Palo Alto waren die Menschen intelligent und kompetent, hier in Park Slope dagegen waren alle *intellektuell.* In der Nachbarschaft wimmelte es nur so von Journalisten, Professoren und Künstlern. Leute, die wollten, dass man etwas *sagte,* wenn man mit ihnen sprach. Über Politik, Kunst, Bücher, Reisen – es wurde erwartet, dass man sich informierte und sich fundierte Meinungen bildete. So belesen Amanda auch war, ihr Wissen ging nicht tief genug, und in Park Slope würde es genauestens auseinandergenommen werden, unters Mikroskop gelegt und bis ins letzte Detail durchleuchtet. Wenn die Leute, die hier lebten, je auf die Idee kämen, in Amandas Inneres zu blicken, würden sie nichts finden, das wusste sie.

»Hallo, zusammen«, fing Sarah an, als die Eltern endlich alle einen Platz gefunden hatten. Sie zwinkerte Amanda zu, dann sah sie sich im Raum um. Die Spannung stieg. Sarah wusste ganz genau, wie sie mit den Grace-Hall-Eltern umzugehen hatte. »Kommen wir zu der gefürchteten Kontaktliste«, fuhr sie schließlich fort. »Zunächst einmal: keine Panik. Alles wird gut, das verspreche ich Ihnen.« In ihrer Stimme lag eine Schärfe, die sie nicht zu unterdrücken versuchte. »Der Elternbeirat arbeitet eng mit der Schule zusammen, um das Problem zu beheben.«

Hände schossen in die Höhe. »Wie sieht diese Zusammenarbeit aus?«, wollte ein großer Mann mit dunkelbrauner Haut und einem perfekt sitzenden Anzug im

Fischgrätmuster wissen. Amanda war sich sicher, dass sie das gute Stück schon einmal in der extra teuren Etage bei Barneys gesehen hatte. In der Hand hielt er ein akkurat gefaltetes Exemplar des *Wall Street Journal.* »Die Schulleitung teilt uns so gut wie gar nichts mit.«

»Grace Hall hat eine Firma engagiert, die auf Cybersicherheit spezialisiert ist«, erklärte Sarah. »Sie ist erprobt im Umgang mit Situationen wie dieser und wird sicher bald herausfinden, was genau passiert ist, um mit den entsprechenden Lösungsvorschlägen aufwarten zu können. Allerdings kann das eine Zeit dauern.«

»Zeit … dass ich nicht lache«, murmelte eine Frau neben Amanda aufgebracht. Sie wirkte altbacken und ungepflegt, ihre blasse Haut war teigig und durchzogen von feinen roten Äderchen. Amanda fragte sich, wann sie sich zum letzten Mal die strähnigen blonden Haare gekämmt hatte.

Eine zierliche Frau mit kinnlangem schwarzem Haar, hellbrauner Haut und einem engen Bleistiftrock hob die Hand. Ihre High Heels berührten kaum den Fußboden. Sie strahlte eine nervöse Energie aus. »Es tut mir leid, aber wenn Grace Hall noch nicht einmal die Sicherheit unserer persönlichen Daten gewährleisten kann, stellt sich mir die Frage, warum wir der Schule unsere Kinder anvertrauen sollen?« Sie sah sich Unterstützung heischend im Raum um. Mehrere Leute nickten zustimmend. »Ich möchte nicht diejenige sein, die wieder die Sache aufs Tapet bringt, die vor ein paar Jahren passiert ist, trotzdem muss erwähnt werden, dass in Grace Hall nicht zum ersten Mal Probleme bei der Datensicherheit auftreten. Man sollte doch meinen, die Schulleitung hätte daraus gelernt.«

Ein vielsagendes Gemurmel ging durch die Menge. Amanda wusste, dass vor einigen Jahren eine Schülerin aus Grace Hall aufgrund eines Cybermobbing-Zwischenfalls ums Leben gekommen war, doch die genauen Details kannte sie nicht.

Sarahs Wangen röteten sich. »Mein ältester Sohn kannte Amelia. *Ich* kannte ihre Mutter, und ich war genauso empört über diesen Vorfall wie alle anderen«, erklärte sie mit Nachdruck. »Aber Amelias *Tod* hat nichts damit zu tun, dass wir nun – was? – eine Zeit lang ein paar Spams und vielleicht ein paar unerwünschte Werbemails mehr ertragen müssen. Denn weitreichendere Konsequenzen wird dieser Datenabgriff nicht nach sich ziehen.«

Amanda warf einen Blick in die Gesichter der übrigen Eltern. Manche wirkten merklich besorgter als andere, anscheinend nahmen sie das Ganze ernster als der Rest, vielleicht vermuteten sie mehr dahinter.

»Aber was, wenn wir es nicht nur mit einem simplen Datenleck zu tun haben?«, beharrte die zierliche Frau. »Meine Nachbarin arbeitet im IT-Bereich, und sie sagt, dass die Datendiebe womöglich planen, sich Zugang auf all unsere Clouds zu verschaffen.«

Sie sprach das Wort »Clouds« aus, als sei es etwas Unanständiges.

»Ich verstehe diesen Standpunkt«, ließ sich ein entspannt wirkender Dad in Jeans und einem verwaschenen Ramones-T-Shirt vernehmen. Seine Haare waren grau, beinahe weiß, und seine Haut wirkte ähnlich aschfarben. »Die Schule hat uns enttäuscht. Vielleicht kommt es noch schlimmer, vielleicht nicht. Die Schulleitung sollte zumindest mit offenen Karten spielen. Die Art und Weise, wie diese Sache ans Tageslicht gekommen ist, ist alles andere als toll. Grace Hall sollte uns alle an dem nun folgenden Prozedere teilhaben lassen. Wir müssen zusammenhalten, eine Gemeinschaft sein.«

»Und was, wenn die Person, die für all das die Verantwortung trägt, in Wirklichkeit *Teil* unserer kleinen Gemeinschaft ist?«, fragte Sarah. »Ein Schüler beispielsweise oder ein verärgerter ehemaliger Angestellter? Was, wenn sich derjenige heute Abend unter uns befindet? Es gibt berechtigte, durchaus vernünftige Gründe für die Schule, die laufenden Ermittlungen vertraulich zu behandeln. Wenn die Betroffenen zum Beispiel auf eigene Faust ein Verfahren gegen die Schule anstreben, gilt es, Beweismittel zu sichern.«

»Augenblick mal, wollen Sie damit andeuten, die Schule hat Grund zu der Annahme, dass es sich hierbei um das Werk von jemandem handelt, der Kontakt zur Schule hat?«, fragte eine hochgewachsene, breitschultrige Frau. Sie hatte sehr kurz geschnittene blonde Haare und ein sehr breites Gesicht – eine unglückliche Kombination. Ihre hervortretenden Augen schossen durchs Zimmer. »Das wäre entsetzlich!«

»Entschuldigung, ich dachte, wir hätten gerade geklärt, dass es sich um vertrauliche, *laufende* Ermittlungen handelt.« Sarahs Wimpern flatterten gereizt. »Ich kann Ihnen versichern, dass Grace Hall eine der besten Firmen für Cybersicherheit im ganzen Land mit der Klärung der Angelegenheit beauftragt hat. Es wurden Ermittlungen eingeleitet. Die Schulleitung wird der Sache auf den Grund gehen, mehr kann sie nicht tun. Und wenn das geschehen ist, wird sie mit den Ergebnissen an uns herantreten. Im Augenblick habe ich keine weiteren Details für Sie.«

»Man sollte uns doch zumindest über die Zwischenstände informieren«, meldete sich die Zierliche erneut zu Wort, doch diesmal leiser. Sie klang zutiefst erschüttert. »Ich meine, was, wenn … was, wenn es zu weiteren verdächtigen Aktivitäten kommt?«

Amanda sah sich im Raum um und stellte fest, dass einige Eltern nickten, als wären sie bereits Opfer dieser »weiteren verdächtigen Aktivitäten« geworden. Aber wieso? Das schien keiner auf den Tisch legen zu wollen. Amanda fühlte sich elend. Zach würde total ausrasten, wenn er irgendetwas davon mitbekam.

»Nun, das Gute ist, dass mir die Schule eine Telefonnummer gegeben hat, eine Art Hotline. Dort können Sie anrufen – selbstverständlich vertraulich – und melden, wenn Ihnen persönlich ein Schaden durch dieses Datenleck entstanden ist. Sie dürfen natürlich auch melden, wenn Sie jemanden im Verdacht haben, der mit der Sache zu tun haben könnte. Vorausgesetzt, Ihr Verdacht hat fundierte Gründe.«

»Die Nummer möchte ich haben«, stieß eine Frau mit lockigen Haaren neben Sarah atemlos hervor. Ihre Augen waren in den Winkeln gerötet, darunter lagen tiefe Ringe. Sie fing an, in ihrer Handtasche nach einem Stift zu kramen.

Amanda wechselte einen Blick mit Kerry, während Sarah pflichtbewusst die Telefonnummer vorlas.

»Jetzt?«, fragte er lautlos und deutete erneut auf die Tür.

Amanda schüttelte den Kopf und lächelte. Sie hätte nichts lieber getan, als zur Tür hinauszustürmen. Aber wohin genau sollte sie fliehen? Das war schon immer das Problem gewesen: Sie hatte kein Ziel. Selbst jetzt wäre da draußen nichts als Dunkelheit und noch mehr Dunkelheit. Sie schlang die Arme um ihre Mitte, damit sie nicht anfing zu zittern.

Vielleicht würden die Anrufe ja wieder aufhören, genauso plötzlich, wie sie begonnen hatten. Beim letzten Mal, als man sie auf solche Weise drangsaliert hatte, war es auch so gewesen. Case war damals noch ein Kleinkind, und sie hatten in Sacramento gelebt. Allerdings hatte Amanda damals gewusst, wer dahintersteckte. Auch zu jener Zeit hatte sie das Gefühl, er würde nicht nur in den Hörer atmen, sondern direkt in ihren Nacken. Und dann waren von einem Tag auf den anderen keine Anrufe mehr gekommen. Bis jetzt.

Der Geräuschpegel im Wohnzimmer schwoll an, als die Eltern anfingen, ihren Unmut zu äußern und sich gegenseitig anzuraunzen. Sarah hob die Hände und klatschte laut, bis es wieder leise wurde.

»Hallo! Ich wiederhole: Rufen Sie die Hotline *nur* an, wenn Sie tatsächlich über Informationen verfügen«, fuhr sie mit erhobener Stimme fort. »Die Firma rechnet im Sechsminutentakt ab, versuchen Sie also bitte nicht, umgekehrt übers Telefon an Informationen zu gelangen. Wie gesagt: Die Ermittlungen sind streng vertraulich, man wird Ihnen keine Auskunft geben, und am Ende sind *wir* es, die die Rechnung bezahlen.« Sarah sah aus, als wolle sie noch etwas hinzufügen, doch dann schien sie es sich anders zu überlegen. »Und jetzt kommt, Leute, es ist Sommer, fast alle Kids sind im Ferienlager. Lasst uns unsere kostbare Zeit nicht mit diesem Unsinn verschwenden!«

LIZZIE

DIENSTAG, 7. JULI

Es war erst halb neun Uhr morgens, als ich mich auf den Weg zu Paul Hastings Büro machte. Ungewöhnlich früh für Anwaltskanzleien in Manhattan, wo es zum guten Ton gehörte, bis in die frühen Morgenstunden anwesend zu sein, am nächsten Tag aber nicht vor zehn Uhr zu erscheinen. Paul allerdings kam immer früh und ging trotzdem spät. Doch er war ja nicht nur ein Ex-Staatsanwalt, sondern auch ein ehemaliger Master Sergeant der Spezialeinsatzkräfte, der in seiner Freizeit Ultramarathons lief. Weiß Gott kein Müßiggänger.

Ich zögerte, als ich um die letzte Ecke bog und den Schreibtisch vor Pauls Büro erblickte. Anstatt seiner warmherzigen, matronenhaften Sekretärin saß dort die verbitterte, verspannte Gloria und tippte auf die Tastatur ein. Ich hatte ganz vergessen, dass Pauls Sekretärin die Gallenblase entfernt wurde. Es war, wie gesagt, noch früh, und ich stand ohnehin auf keinem guten Fuß mit Gloria, die mich nicht ausstehen konnte, seit ich das Angebot, dass sie als Vollzeitsekretärin für mich arbeiten könne, höflich abgelehnt hatte. Sie war vor nicht langer Zeit von der Assistentin eines der Partner zur Springerin und Teilzeit-Empfangssekretärin degradiert worden, weil der Partner die Kanzlei verlassen hatte und kein anderer mit Gloria arbeiten wollte. Zu dem Zeitpunkt hatte ich gerade bei Young & Crane angefangen, und sie war mir während der ersten Tage zugeteilt worden. Allerdings hatte ich ihr ständiges Gejammer nicht ertragen können – über das Wetter, über ihre Nebenhöhlen, über einen alten Mann, der ihr in der U-Bahn nicht seinen Platz angeboten hatte. Vermutlich konnte Gloria nichts dafür, dass sie so unglücklich war, doch in meinen Augen war sie auch keine sonderlich gute Sekretärin. Es ging das Gerücht, dass die Kanzlei sie liebend gern gefeuert hätte, wenn sie nicht bereits damit gedroht hätte, eine Klage wegen sexueller Diskriminierung anzustreben. Wie ich Paul kannte, hatte er darum gebeten, dass Gloria ihm zugeteilt wurde, damit er die Situation selbst einschätzen konnte.

»Ist er da?«, erkundigte ich mich und nickte in Richtung von Pauls offener Bürotür.

»Selbstverständlich.« Sie verdrehte die übertrieben geschminkten Augen. »Er ist schon früh erschienen, weil er die Abrechnungen zweier Anwaltsanwärter überprüfen möchte, die wohl lieber Golf gespielt haben, als zu arbeiten. Paul ist außer sich deswegen, und jetzt will er Blut sehen.«

Das war exakt etwas, womit man Paul in Rage bringen konnte. Bei ihm gab es nur eins, was noch mehr zählte als harte Arbeit, und das waren moralische Standards. Er hatte Mitarbeiter schon aus geringerem Anlass gefeuert. Kurz bevor ich dazukam, hatte einer der Partner auf sein Betreiben hin die Kanzlei wegen »ungebührlichen Verhaltens« verlassen müssen. Inwiefern sich dieser Partner ungebührlich verhalten hatte, konnte scheinbar niemand so recht sagen.

Ich trat an die geöffnete Tür und spürte, wie ich noch unsicherer wurde. Sollte ich Zach tatsächlich erwähnen? Ich konnte mir nicht vorstellen, dass es ein gutes Licht auf mich warf, wenn ich einen Mann, der wegen Mordes an seiner Frau angeklagt war, zu meinen Freunden zählte.

Paul saß mit dem Rücken zu mir, über irgendetwas gebeugt. Er war Anfang sechzig, hatte einen grauen Schädel mit millimeterkurzen Haaren und wirkte fit und wettergegerbt, was seine Attraktivität mit zunehmendem Alter nur erhöhte.

Ich holte tief Luft und rief mir vor Augen, dass dieses Gespräch nicht mehr war als eine reine Formalität. Anschließend würde ich mich wieder auf die eigentliche Aufgabe konzentrieren, nämlich Zach den richtigen Anwalt zu besorgen. Endlich streckte ich die Hand aus und klopfte fest an die Tür.

»Ja!«, rief Paul, ohne aufzublicken.

Jetzt konnte ich sehen, dass er eine schwarze Lesebrille trug und mit einem kleinen Holzpuzzle auf seinem Schoß beschäftigt war. Ich trat ein und blieb vor seinem riesigen, perfekt aufgeräumten Schreibtisch stehen. Auf dem Aktenschrank hinter ihm standen gerahmte Fotos von den vier Kindern, allesamt im College-Alter, mit seiner schönen, silberhaarigen ersten Frau. Zumindest nahm ich an, dass es seine erste Frau war, denn ich hatte von Mary Jo erfahren, dass die nachfolgenden Ehefrauen sehr viel jünger gewesen waren und dass er eigentlich immer noch Sehnsucht nach der ersten hatte.

»Ein Geschenk von meinem ältesten Sohn«, sagte Paul, die Augen auf das Puzzle gerichtet. »Es kommt aus dem Senegal. Dort lebt er. Das verfluchte Ding lässt sich einfach nicht zusammensetzen. Gut möglich, dass er es mir geschickt hat, um mich zu quälen. Er war schon immer ein Saukerl.« Endlich hob er den Kopf, schmunzelte und sah mich über seine Lesebrille hinweg hoffnungsvoll an. »Wollen Sie es mal versuchen?«

»Tut mir leid«, entschuldigte ich mich. »Ich bin nicht sehr gut im Puzzeln.«

»Hm«, sagte er. Die Enttäuschung war ihm deutlich anzumerken. Er deutete mit dem Kinn auf den Stuhl seinem Schreibtisch gegenüber.

Ich setzte mich und spürte wie so oft Pauls abschätzigen Blick. Ich war mir beinahe sicher, dass er mich für unzulänglich hielt, doch dieses ernüchternde Urteil schien er über die meisten Leute zu fällen. Niemand wurde Pauls hohen Ansprüchen gerecht, was vermutlich erklärte, warum er dreimal geschieden war. Das Puzzle in der einen Hand, nahm er mit der anderen einen Stoß Papiere von einem ordentlich aufgeschichteten Stapel und schob ihn über die Schreibtischplatte in meine Richtung. Anschließend wandte er sich wieder den Holzteilchen zu.

»Ihre Überarbeitung des Antwortschreibens an das DOJ wegen dieses Handyakkuherstellers ist eine Verbesserung, aber unsere Position ist nach wie vor beschissen.«

Nachdem Sam in der Nacht wieder eingeschlafen war, hatte ich letzte Änderungen an dem Schreiben vorgenommen und es an Paul geschickt. Um zwei Uhr morgens. Jetzt war es halb neun, und Paul hatte es bereits gelesen. Das war das Problem bei Young & Crane: Ganz gleich, wie hart man arbeitete – es gab immer jemanden, der einen übertraf. Und Paul arbeitete so hart, dass es so gut wie unmöglich war, mit ihm gleichzuziehen.

Als ich bei der Kanzlei anfing, unterstützte ich zunächst verschiedene Partner, und erst in letzter Zeit beschränkte sich mein Tätigkeitsfeld auf die Zusammenarbeit mit Paul. Er und ich waren bei Young & Crane als eine Art Miniabteilung für Wirtschaftskriminalität zuständig, bei der ich den Großteil der Arbeit erledigte, während Paul das, was ich tat, und natürlich auch mich kritisierte. Es war stressig, mit ihm zusammenzuarbeiten, aber gleichzeitig ersparte es mir den heiklen Spagat, mich um die Ersuchen der anderen Partner kümmern zu müssen, ohne dabei irgendwen zu bevorzugen oder zu benachteiligen. Allerdings würde die ausschließliche Kooperation mit Paul es mir nicht gerade erleichtern, zur Partnerin aufzusteigen, wenn die Zeit dafür reif war. Eine Partnerschaft setzte zahlreiche Verbündete sowie eine ausgebuffte firmenpolitische Strategie voraus, und ich konnte weder das eine noch das andere vorweisen (und hatte auch keinerlei Interesse daran). Nichtsdestotrotz kam in meinen Augen die Tatsache, dass ich mich in den vergangenen vier Monaten tapfer genug geschlagen hatte, um mir Pauls anhaltende Kritik zu verdienen, einem kleinen Wunder nahe. Thomas, mein Kanzleiassistent, hatte mir Geschichten über Dutzende von Associates erzählt, die Paul schon nach wenigen Tagen weitergereicht hatte.

»Dem stimme ich zu«, sagte ich jetzt. »Unseren Positionen fehlt in der Tat der Saft, aber sie sind das Einzige, was wir haben.«

Mit anderen Worten, der Mandant – der Mandant von Young & Crane, *unser* Mandant – war offenbar schuldig. Alles, was wir schrieben, war schlicht ein Versuch, diese Tatsache zu verschleiern. Wie meine ehemalige Chefin Mary Jo zu sagen pflegte: »Eine hübsche Verpackung macht es schwerer, einen Haufen Scheiße wegzuspülen.«

»Ja, ich denke, das – ha!«, rief Paul triumphierend. Das Puzzle hatte sich laut klappernd ineinandergefügt. Er legte es auf die Schreibtischkante, wo es aussah wie ein Interpunktionszeichen, dann betrachtete er es einen Moment, bevor er sich auf das eigentliche Thema fokussierte. »Lässt Ihre unterschwellige Nervosität darauf schließen, dass das Schreiben an das Bundesjustizministerium nicht der einzige Grund für Ihren frühen Besuch ist?«

Ich nickte, verschränkte die Arme und entfaltete sie wieder: Defensives Verhalten kam für Paul dem Eingeständnis von Schwäche gleich. »Ich habe eine Frage zum Kanzleiprotokoll.«

»Zum *Protokoll* dieser Kanzlei?«, spottete Paul. »Um Himmels willen, es ist so gut wie unmöglich, in dieser Kanzlei Mitarbeiter wegen potenziellen Fehlverhaltens zu feuern. Das Kanzleiprotokoll ist Bullshit, wenn Sie mich fragen.« Er hielt inne und holte gereizt Luft. »Schießen Sie los.«

»Ich habe Sie so verstanden, dass Associates in der Regel keine eigenen Mandate übernehmen«, fing ich an. »Ein Freund hat mich in einer Sache um Hilfe gebeten, und ich habe ihm genau diese Auskunft erteilt, aber ich wollte mich noch einmal vergewissern.«

»Das ist korrekt«, bestätigte Paul. »Wir benötigen eine gewisse Qualitätskontrolle. Einmal hat ein Trottel versucht, eine Bodega von der Upper West Side zu verklagen, weil sein ›Onkel‹ dort angeblich ›gestürzt‹ war. Ich mag zwar nicht immer hinter dem ganzen Mist stehen, der hier verzapft wird, aber wenigstens jagt die Kanzlei Young & Crane nicht Schmerzensgeldern hinterher. Um welche Art von Fall handelt es sich denn?«

»Um einen Kriminalfall.«

Paul verengte die Augen, dann lehnte er sich auf seinem Schreibtischstuhl zurück. »Um was für einen Kriminalfall genau?«

»Ein ehemaliger Kommilitone von der juristischen Fakultät wurde verhaftet«, antwortete ich zögernd, wohlwissend, dass ich nun mit der Sprache würde herausrücken müssen. Am besten, ich legte die Fakten unverblümt auf den Tisch. »Tätlicher Angriff auf einen Polizisten. Er behauptet, es sei ein Versehen gewesen. Seine Frau wurde getötet, und er war sehr aufgeregt. Er hat den Officer nicht absichtlich verletzt.«

Pauls Augenbrauen schossen in die Höhe. Er verschränkte die Hände und legte die Zeigefinger an die Lippen. »Getötet?«

Mist. Biss er etwa auf den Fall an?

»Allem Anschein nach ermordet. Sie haben meinen Freund noch nicht des Mordes beschuldigt, aber darauf scheint es hinauszulaufen. Wie dem auch sei – er braucht einen Anwalt. Offenbar hält er mich für die richtige Person, aber das bin ich nicht …«

»Warum nicht?« Paul sah mich durchdringend an.

»Warum ich nicht die richtige Person bin?«

»Genau. Sie *sind* doch Strafverteidigerin, oder? Und Sie wären nicht hier, wenn Sie Ihren Job nicht besonders gut machen würden.«

Oh, das war gefährliches Territorium. Paul hatte gezwungenermaßen seinen Frieden mit dem Wechsel von der Strafverfolgung zur Verteidigung gemacht. Er würde sich sicher auf den Schlips getreten fühlen, müsste er bei mir von etwas anderem ausgehen.

»Das ist richtig, aber meine Erfahrung bezieht sich lediglich auf Wirtschaftskriminalität.«

»Sie müssen bei der Bundesstaatsanwaltschaft doch die verschiedenen Abteilungen durchlaufen haben. Das machen alle.«

Da hatte er recht. Direkt nach Abschluss meines Studiums war ich für drei Monate in der Abteilung für Allgemeine Verbrechen im Southern District gelandet, doch die Straftaten, mit denen ich es zu tun hatte, waren allesamt gewaltfrei gewesen. Um ehrlich zu sein, war ich sogar stolz darauf, wie meisterhaft ich Mord und Totschlag ausgeklammert hatte, ohne meinen Aufstieg zu behindern. Ich war sehr früh zur Betrugsabteilung versetzt worden, wo es weit und breit keinen einzigen Tropfen Blut gab.

»Ich habe mich überwiegend mit Verstößen gegen das Einwanderungsgesetz befasst und mit minderschweren Drogendelikten. Mord war nicht dabei«, erklärte ich. »Außerdem weiß ich, dass Gewaltverbrechen nicht zu den Fällen zählen, die Young & Crane für gewöhnlich übernehmen, daher …«

»Wo ist das passiert?«

»In Park Slope«, antwortete ich.

»Brooklyn. Hm.« Paul nickte, die Augen noch immer verengt. »Ich bin in Prospect-Lefferts aufgewachsen. Habe meine Kinder in Brooklyn Heights großgezogen.«

Plötzlich hatte ich das Gefühl, ein Schlüssel würde mir aus den Fingern gleiten und womöglich für alle Zeiten in einer Spalte im Fußboden verschwinden. Was auch immer mich in dieses Büro getrieben hatte – ich hielt es nicht länger in der Hand. Stattdessen wurde ich von jemandem, dessen Fähigkeiten die meinen weit überragten, ins Verhör genommen.

»Mein Freund wäre um einiges besser beraten von einem Strafverteidiger mit Erfahrung in Mordfällen.«

»Ich nehme an, das haben Sie ihm gesagt?«, fragte Paul.

»Ja, das habe ich ihm gesagt.«

»Und was hat er erwidert?«

»Das sei ihm egal. Er wolle unbedingt von mir vertreten werden.« Ich zwang meine Stimme, ruhig zu bleiben. »Er kann gerade nicht klar denken. Er möchte jemanden an seiner Seite haben, dem er vertraut.«

»Das hört sich für mich an, als könne er sehr wohl klar denken«, stellte Paul fest. »Und als sei er sich absolut sicher, dass er Sie haben will.«

So wie er die Worte aussprach, lag eine eindeutige Herausforderung darin. *Also, wovor fürchtest du dich?* Furcht zählte ebenfalls zu den Emotionen, die Paul sich und anderen verbat.

»Er hat Angst.« Mein Magen grummelte unbehaglich.

»Das sollte er auch«, sagte Paul. »Sie und ich wissen beide, dass andauernd Unschuldige ins Gefängnis wandern. Sie und ich haben vermutlich auch schon den einen oder anderen Unschuldigen dorthin geschickt.« Nein, dachte ich. Wenn ich das glauben würde, hätte ich meinen Job längst an den Nagel gehängt. Wie konnte Paul etwas derart Gravierendes so nebenbei anklingen lassen? »Kommen wir zu meiner eigentlichen Frage zurück: Warum nicht Sie?«

Weil ich noch nie einen Mordfall übernommen habe und auch niemals übernehmen werde. Aus Gründen, die ich nicht erklären kann. Außerdem ist mein Leben auch so schon beschissen genug. Ich kann dir aber weder das eine noch das andere eingestehen, weil du sonst eine geringere Meinung von mir hättest …

»Ich bin ein Associate, kein Partner. Sie sagen doch selbst, dass Associates keine eigenen Mandate übernehmen.«

Paul ergriff einen Füller und drehte ihn zwischen den Fingern. »*Sie* sind kein Partner, das ist richtig. Noch nicht.« Seine Augen nahmen einen alarmierenden Glanz an. »Aber ich. Ich will jetzt nicht behaupten, dass ich mir mit Ihnen die Nächte um die Ohren schlagen werde, aber ich werde da sein, um Sie zu unterstützen.«

Ich hätte um nichts auf der Welt sagen können, wie dieses Gespräch dazu geführt hatte, dass ich plötzlich genau das tun sollte, was ich unbedingt hatte vermeiden wollen: Zach zu vertreten.

»Oh, ja dann, großartig«, sagte ich, da Paul darauf zu warten schien, dass ich meine Dankbarkeit bekundete. Mein Herz hämmerte.

»Wer ist Ihr Freund?«, wollte er wissen. »Unser Mandant?«

»Zach Grayson«, antwortete ich. »Er ist der Gründer von …«

»Ich habe von ihm gehört«, unterbrach mich Paul. »Von diesem, ähm, Logistikunternehmen. Ich habe einen Artikel über ihn in der *Harvard Business Review* gelesen.«

»ZAG.«

»Ja, so heißt das Unternehmen. Ein Versandhandel im Stil von Amazon.« Er klang leicht entrüstet. »Warum können die Menschen eigentlich nicht mehr einfach in Läden einkaufen?«

Weil sie rund um die Uhr für Leute wie dich arbeiten.

»Zach hat ZAG übrigens verkauft«, teilte ich ihm mit. »Er ist dabei, in New York etwas Neues aufzuziehen.«

»Wurde er angeklagt?«

Ich nickte. »Gestern. Wegen des tätlichen Übergriffs auf den Polizisten. Wahrscheinlich warten sie noch die Ergebnisse von Gerichtsmedizin und Spurensicherung ab, bevor sie ihm den Mordfall zur Last legen. Das Kautionsgesuch wurde abgelehnt.«

»Keine Freilassung gegen Kaution? Wo hält man ihn denn fest?«

»Im Rikers.«

»Mein Gott«, murmelte Paul. »Dagegen werden wir als Erstes angehen. Holen Sie ihn aus dieser Hölle raus. Anschließend hören wir uns bei der Staatsanwaltschaft um und finden heraus, was sie wegen des Mordes gegen ihn in der Hand hat. Bislang anscheinend nicht viel, sonst hätte man ihn längst deswegen angeklagt.« Paul machte eine Pause, das Gesicht vor Aufregung gerötet. Wie ein Idiot hatte ich den Deckel vom Brunnen geschoben, nur um selbst hineinzustürzen. »Halten Sie ihn für schuldig?«

»Nein«, sagte ich. »Ich glaube, nicht.«

Das stimmte, und zwar exakt so, wie ich es gesagt hatte. Ich *glaubte,* nicht. Denn ich *wusste* absolut gar nichts.

»Schuldig oder nicht – er hat Anspruch auf Verteidigung, richtig?« Paul sah mir in die Augen.

»Ich weiß.«

In jenem Moment bereute ich mehr denn je, meinen Posten bei der Bundesstaatsanwaltschaft aufgegeben zu haben. Jeder hatte einen Anspruch auf Verteidigung, ja. Das bedeutete aber nicht, dass ausgerechnet ich diejenige war, die Zach verteidigen musste.

Paul betrachtete mein Gesicht einen Augenblick länger. »Nun dann, worauf warten Sie noch?«, fragte er. Er wirkte ausgesprochen zufrieden. »Machen Sie sich an die Arbeit, setzen Sie einen Haftprüfungsantrag auf und gehen Sie gegen die Ablehnung des Kautionsgesuchs vor.«

Ich nickte, stand auf und ging mit unsicheren Schritten zur Tür.

»Oh, und lassen Sie mich wissen, wenn Sie Schwierigkeiten haben sollten, den Bezirksstaatsanwalt ausfindig zu machen, der den Fall übernommen hat!«, rief Paul mir nach. »Ich verfüge über Kontakte zur Staatsanwaltschaft von Brooklyn.«

Als ich auf der Suche nach Zachs Pflichtverteidiger am Brooklyn Criminal Court eintraf, war die Anhörung bereits in vollem Gange. Ich hatte im Büro des Verteidigers angerufen und ihm eine Nachricht hinterlassen, aber er hatte sich nicht bei mir gemeldet. Ich setzte mich für eine

Weile hinten in den Verhandlungssaal, noch immer zutiefst erschüttert darüber, welchen Verlauf mein Gespräch mit Paul genommen hatte.

Anders als beim Bundesgericht in Manhattan mit seiner dunklen, goldverzierten Mahagonidecke war bei diesem Gericht alles ausgesprochen praktisch gehalten. Das Gebäude war hoch und modern, das Holz drinnen honigfarbene Kiefer. Es gab keine wuchtigen Ölgemälde, keine erdrückende Geschichte. Dafür gab es hier – wie konnte es anders sein? – jede Menge unglückliche Menschen.

Der Gerichtssaal war rappelvoll – nicht inhaftierte Angeklagte, Anwälte, Familie und Freunde füllten den Zuschauerbereich. Sie alle warteten, warteten und warteten. Sie sahen nicht im Mindesten aus wie die arroganten, reichen Angeklagten, die ich bei meinen Fällen vor dem Bundesgericht vertreten hatte und die immer erst in der allerletzten Minute eintrafen – viel zu beschäftigt, um zu warten. Fast alle im Saal sahen erschöpft aus, traurig und angsterfüllt. Auf der anderen Seite der Schranke, an einem Tisch links, saß die Staatsanwältin. Sie hatte kurzes, lockiges, blondes Haar und einen säuerlichen Gesichtsausdruck, der ihrem unvorteilhaft engen Wickelkleid geschuldet sein mochte. Oder, wenn es bei der Bezirksstaatsanwaltschaft ähnlich zuging wie bei der Bundesstaatsanwaltschaft, vielleicht auch der Tatsache, dass sich die Junior Assistants mit derartigen Anhörungen begnügen mussten, bevor sie prestigeträchtigere Aufgaben zugewiesen bekamen – Sexualstraftaten, Gewaltverbrechen, Morde.

Eine Stunde lang beobachtete ich die wie Schnellfeuer ratternden Anklageverlesungen in der Hoffnung, ein Adam Roth würde vor Gericht in Erscheinung treten. Doch das tat er nicht. Meine Augen wurden glasig, während Einspruch erhoben, Anklagepunkte fallen gelassen, Aktenordner hin und her geschoben wurden. Ich dachte gerade darüber nach, ob ich die Sache doch ablehnen sollte, als ein weiterer Fall aufgerufen wurde.

»Aktenzeichen 20–21345, Raime, Harold, Mord mit bedingtem Vorsatz!«, verkündete der Justizangestellte.

Durch die Drehtür für inhaftierte Angeklagte zur Rechten trat ein riesiger Mann mit einer glänzenden Glatze und fleischigen Armen, die bedeckt waren mit leuchtend bunten Tattoos. Er ging nicht. Er trampelte. Ein Kerl wie dieser hätte Zach mit einer einzigen Handbewegung den Garaus machen können. Der Anwalt neben ihm – jung und schlaksig, mit Brille und dichtem, langem, lockigem Haar – sah eher aus wie ein Literaturprofessor als wie ein Strafverteidiger. Er beugte sich zu seinem einschüchternden Mandanten und lächelte freundlich, dann sagte er etwas, woraufhin sich der Blick des Mannes verfinsterte.

»Adam Rothstein, Pflichtverteidiger, Euer Ehren.«

Natürlich. Das war er.

Ein neuer Staatsanwalt war erschienen und hatte die Blonde in dem zu engen Wickelkleid abgelöst, vermutlich weil es jetzt um einen Mordfall ging. Zurzeit gab es in ganz New York City weniger als dreihundert Morde pro Jahr, eine Mordanklage war daher etwas Besonderes. Der neue Staatsanwalt war viel kleiner als Adam Rothstein, doch sein Anzug war akkurat gebügelt, und er wirkte ziemlich ausgeruht – definitiv ein Vorteil, wenn man erst später dazustieß.

»Worauf plädiert der Angeklagte?«, fragte der Richter in demselben gelangweilt näselnden Tonfall, in dem er schon die ganze Zeit über gesprochen hatte.

»Nicht schuldig«, sagte der Angeklagte.

Der Richter blickte wieder auf seinen Notizblock. »Will der Angeklagte einen Kautionsantrag stellen?«

»Mein Mandant hat drei Kinder und eine Arbeitsstelle, bei der man ihn zurückerwartet«, sagte Adam mit feuriger, hochemotionaler Stimme. *Schalt mal einen Gang zurück!*, hätte ich ihm am liebsten zugerufen. »Seine gesamte Familie kommt aus der Gegend. Abgesehen von ein paar unbedeutenden Eigentumsdelikten hat er keine Vorstrafen, und er besitzt weder ein Auto noch einen Reisepass. Es besteht also keinerlei Fluchtgefahr, Euer Ehren.«

»Euer Ehren, die Anklage lautet auf Mord«, wiederholte der Staatsanwalt mit kühler, moralischer Überlegenheit. Ich erinnerte mich, wie es sich anfühlte, an seiner Stelle zu sein – zu entscheiden, ob jemand für eine Weile bescheidene Kost und Logis auf Staatskosten genießen würde oder nicht. Ein berauschendes Gefühl. Gott, was war ich für ein machtgieriges Miststück gewesen!

»Die Beweismittel belegen, dass es sich um einen klaren Fall von Selbstverteidigung handelt«, fuhr Adam fort. »Der Verstorbene erschien am Haus meines Mandanten, bewaffnet mit einem Jagdmesser.«

»Und er wurde aus einer Distanz von gut zehn Metern von Ihrem Mandanten erschossen«, fügte der Staatsanwalt gedehnt hinzu und musterte den riesigen Glatzkopf von oben bis unten. »Wollen Sie behaupten, Ihr Mandant habe nicht genügend Kraft, seine Haustür geschlossen zu halten?«

Der Richter schien keinem von beiden richtig zuzuhören. »Die Kaution wird auf eine Summe von zweihunderttausend Dollar festgesetzt«, sagte er.

Ein kurzer Schlag mit seinem Hammer, und das war's.

»Das ist verfluchter Bullshit!«, brüllte der Angeklagte

Adam an, als er abgeführt wurde. »Du Waschlappen, du gottverdammtes Arschloch!«

Ich sah, wie Adams Schultern herabsackten.

Es war erst elf Uhr dreißig, als die Mittagspause angekündigt wurde. Ich wartete, bis Adam seine Sachen zusammengesucht hatte, dann folgte ich ihm zur Tür hinaus.

»Adam Rothstein!«, rief ich ihm in der überfüllten Eingangshalle nach.

Adam zögerte, dann wappnete er sich anscheinend gegen weitere Schelte – von einem Vertreter der Staatsanwaltschaft oder der Familie eines Mandanten. Endlich holte er tief Luft und drehte sich um, ein gezwungenes Lächeln auf den Lippen.

»Ja?«

»Ich bin eine Freundin von Zach Grayson«, begann ich. Ich brachte es nicht über mich, mich als seine Anwältin zu bezeichnen.

Adam legte den Kopf schief, als versuche er, den Namen einzuordnen. Wahrscheinlich hatte er täglich Dutzende neue Fälle. Zu meinem Erstaunen setzte er nur eine Sekunde später zu einer Antwort an.

»Ja, selbstverständlich, Zach«, sagte er. Er trat mit besorgtem Gesicht zu mir. »Kannten Sie seine Frau? Was für eine schreckliche Geschichte!«

»Nein. Ich bin eine ehemalige Kommilitonin von Zach. Wir haben uns während des Jurastudiums kennengelernt. Ich war bei der Betrugsabteilung des Southern District, doch inzwischen arbeite ich für eine Kanzlei. Zach hat mich gebeten, den Fall zu übernehmen. Ich habe keine Erfahrung beim State Court oder mit Gewaltverbrechen, aber …«

»Großartig, ich gebe Ihnen die Akte«, fiel mir Adam ins

Wort. »Wenn Sie für die Staatsanwaltschaft des Southern District gearbeitet haben, werden Sie definitiv damit klarkommen. Außerdem wissen wir beide, dass es immer nur um die finanziellen Mittel geht. Das ist der Grund dafür, dass ich mich so sehr für meine Klienten einsetze.«

»Ihre Mandanten können von Glück sagen, dass sie Sie haben.«

Adam schüttelte den Kopf. »Gute Absichten genügen da leider nicht. Sehen Sie sich Zach an. Er sollte längst gegen Kaution auf freiem Fuß sein.«

»Da haben Sie recht«, pflichtete ich ihm bei. »Wir werden Haftprüfung beantragen.«

Adam spähte durch das Glasfenster in der Tür zu einem kleinen Nebenzimmer mit der Aufschrift »Besprechungsraum Anwälte«. Nachdem er sich vergewissert hatte, dass es leer war, öffnete er die Tür und hielt sie mir auf.

»Lassen Sie uns hier drinnen weiterreden.« Wir traten ein, er schloss die Tür hinter uns, dann fuhr er fort: »Der Richter hat seine Entscheidung, eine Kaution abzulehnen, hauptsächlich mit der Brutalität der Vorgehensweise begründet. Leider ist es dem Staatsanwalt gelungen, ihm ein paar Fotos vom Tatort vorzulegen.«

»Nun, das wirkt sich natürlich nachteilig aus«, sagte ich. Nachteilig und richtungsweisend, aber sonderlich schockiert war ich deswegen nicht.

»Genau!«, regte Adam sich auf. »Bei der Anhörung ging es um den tätlichen Angriff auf diesen Polizisten, und dann kamen plötzlich Aufnahmen vom Tatort ins Spiel – alles voller Blut und mittendrin die schöne blonde Frau. Der Staatsanwalt behauptete, er würde dem Richter die Fotos nur zeigen, weil ich zu Zachs Verteidigung dessen emotionalen Ausnahmezustand angeführt hatte. Angeblich sollte sich der Richter selbst ein Urteil bilden können, ob dieses Argument greifen würde oder nicht.« Er schüttelte verächtlich den Kopf. »Wohlgemerkt, *nichts* davon hätte bei einer Kautionsanhörung von Belang sein dürfen, wo es einzig und allein darum geht, ob …«

»… Fluchtgefahr besteht«, beendete ich seinen Gedankengang. Ich kannte das Spiel, auf das der Staatsanwalt zurückgegriffen hatte. Ich hatte es selbst schon gespielt.

»Genau, Fluchtgefahr«, sagte Adam. »Der Richter hat einen Blick auf die Fotos geworfen, und wir waren erledigt. Sie wollen ihn in Haft behalten, bis sie Anklage wegen Mordes gegen ihn erheben können.«

Ich verschränkte die Arme. »Aber hier geht es um das Rikers. Also um das Leben eines Menschen.« Kaum hatte ich die Worte ausgesprochen, hätte ich sie am liebsten zurückgenommen.

Wie vorhergesehen, verhärteten sich Adams Gesichtszüge. »Es geht immer um das Leben eines Menschen.« Natürlich hatte er recht. »Hören Sie, an Ihrer Stelle würde ich den Haftprüfungsantrag so schnell wie möglich einreichen. Wenn Zach erst mal wegen Mordes angeklagt ist, haben Sie keine Chance mehr, ihn gegen Kaution da rauszuholen. Dann wird das Große Geschworenengericht auf den Plan treten. Seine Fingerabdrücke werden mit Sicherheit auf diesem Golfschläger sein, denn der Schläger gehört ihm. Wenn dann noch eine findige Blutspurenmuster-Analyse und Eheprobleme dazukommen, ist das für die Grand Jury eine todsichere Sache.«

»Eheprobleme?«, fragte ich. »Hat Zach Ihnen diesbezüglich etwas erzählt?«

»Nein«, erwiderte Adam trocken. »Aber er war verheiratet, richtig? In welcher Ehe gibt es keine Probleme?« Er stand auf und schnippte mit den Fingern. »Ach ja, Sie müssten auch den noch offenen Haftbefehl aus der Welt schaffen. Das war nicht ausschlaggebend für die Ablehnung des Kautionsgesuchs, aber auch ganz bestimmt nicht hilfreich.«

»Ein offener Haftbefehl?« Mein Nacken brannte.

»Zach meinte, es müsse sich um einen Irrtum handeln«, erklärte Adam in mehrdeutigem Ton. »Der Staatsanwalt konnte nicht mehr sagen – zumindest behauptete er das –, als dass der Haftbefehl vor dreizehn Jahren aufgrund eines nicht bezahlten Bußgeldbescheids wegen irgendeiner Gesetzesübertretung erfolgte und bislang nicht vollstreckt wurde. Da nichts von damals in den Computer eingespeist wurde, kann nun niemand mehr genau sagen, um welchen Verstoß es sich eigentlich handelte. Zach lebte zu jener Zeit in Philadelphia, aber er erinnert sich angeblich an gar nichts.«

»Erschien Ihnen Zachs Überraschung über den Haftbefehl glaubwürdig?«

Adam ließ sich meine Frage für einen langen Moment durch den Kopf gehen. »Zach wirkte aufrichtig erstaunt, ja«, sagte er endlich. »Er hat sogar einen Beweis verlangt. So weit gehen Lügner meiner Erfahrung nach nicht. Es könnte sich in der Tat um eine Lappalie wie eine unbezahlte Verwarnung wegen Lärmbelästigung handeln. Er war damals noch Student. Ich habe selbst Nachforschungen angestellt, aber bei einem Delikt, das so lange zurückliegt, muss man schon persönlich in Philadelphia vorsprechen, was für mich kein Thema war. Ihre Kanzlei dagegen könnte doch bestimmt jemanden schicken, oder? Ich an Ihrer Stelle würde herausfinden, welcher Staatsanwalt für den Fall zuständig ist und warum. Die Richter hier hassen es, wenn sie eine einmal getroffene Entscheidung wieder ändern sollen. Das allein könnte ausreichen, Zach die Kaution ein zweites Mal zu verweigern.«

»Wie meinen Sie das?«, fragte ich.

»Hat Zach Ihnen von dem Staatsanwalt erzählt, der am Tatort aufgekreuzt ist?«

»Er hat einen Mann im Anzug erwähnt.«

»Ja, Staatsanwalt Lewis. Ein Junior Attorney. Ich habe mit dem Mitarbeiter des Early Case Assessment Bureau gesprochen, der am Tatort war, um sich einen ersten Eindruck zu verschaffen und so eine frühzeitige Falleinschätzung abgeben zu können. Er hat eine recht merkwürdige Bemerkung gemacht, und zwar sagte er so etwas Ähnliches wie: ›Lewis hatte an dem Abend doch gar keine Bereitschaft.‹ In Anbetracht der Umstände hatte ich den ECAB-Mann fast so weit, die ganze Sache auf sich beruhen zu lassen, doch dann hat er einen Anruf bekommen, und das war's. Selbstverständlich ist ein Mord in Park Slope ein Fall von großem juristischem sowie öffentlichem Interesse, doch ich habe das Gefühl, dass mehr dahintersteckt.«

»Worum geht es Ihrer Meinung nach wirklich?«, wollte ich von ihm wissen.

»Um Politik«, antwortete Adam. »Der Bezirksoberstaatsanwalt von Brooklyn geht dieses Jahr in den Ruhestand. Mir ist zu Ohren gekommen, dass es jede Menge internes Geschacher um seine Nachfolge gibt. Für den Posten kommt Lewis als Junior Attorney natürlich noch nicht infrage. Jemand anderer wird davon profitieren, jemand, dem Lewis unterstellt ist. Ein derart prestigeträchtiger Fall …«

»… könnte einen gewaltigen Karrieresprung bedeuten.«

Adam warf einen Blick auf seine Armbanduhr. »Ich würde gern schnell etwas essen, bevor ich zurückmuss. Lassen Sie mich wissen, wenn es noch etwas gibt, womit ich Ihnen helfen kann.«

»Danke«, sagte ich. »Das weiß ich wirklich zu schätzen.«

Adam wandte sich zum Gehen, dann blieb er stehen und drehte sich noch einmal um.

»Ich persönlich glaube übrigens nicht, dass Zach seine Frau umgebracht hat«, sagte er. »Und ich bin in Wirklichkeit nicht so naiv, wie ich aussehe. Machen wir uns nichts vor: Die meisten meiner Mandanten sind alles andere als unschuldig.«

AUSSAGE VOR DER GRAND JURY

BEATRICE BRETTNE,
am 6.Juli als Zeugin aufgerufen und vernommen, sagt Folgendes aus:

VERNEHMUNGSPROTOKOLL
VON MS. WALLACE

F: Vielen Dank, dass Sie erschienen sind, Ms. Brettne.

A: Keine Ursache, allerdings weiß ich nicht, was ich Ihnen erzählen soll. Ich habe keine Ahnung, was jener Frau zugestoßen ist.

F: Waren Sie am Abend des 2.Juli dieses Jahres bei einer Party in der First Street Nummer 724 in Park Slope in Brooklyn?

A: Nun, ja. Aber ich weiß nicht, was Amanda zugestoßen ist.

F: Bitte beantworten Sie meine Fragen der Reihe nach.

A: Es tut mir leid. Ich bin nervös.

F: Verstehe. Aber es gibt keinen Grund, nervös zu sein. Wir versuchen lediglich, die Wahrheit in Erfahrung zu bringen.

A: Ja, natürlich. Selbstverständlich.

F: Waren Sie am Abend des 2.Juli bei einer Party in der First Street 724 in Park Slope?

A: Ja.

F: Hat Sie jemand zu der Party begleitet?

A: Ja. Jonathan, mein Ehemann. Er kennt Kerry. Deshalb wurden wir eingeladen.

F: Und wie heißt dieser Kerry mit Nachnamen?

A: Kerry Tanner, der Ehemann von Sarah Novak. Sie ist die beste Freundin von Maude. Wir haben Kerry allerdings nur ganz kurz zu Gesicht bekommen, und zwar als wir gegangen sind. Wir haben nicht mit ihm gesprochen, weil wir zu beschäftigt damit waren, einen Wasserball zu klauen.

F: Sie haben einen Wasserball geklaut?

A: Nicht geklaut ... ich meine ... das war ein alberner Streich. Wir haben ihn mit nach Hause genommen, so ein Zweidollarteil. Ich glaube, das waren sowieso Partygeschenke. Und wir hatten einiges getrunken. Es ging ziemlich hoch her, alle haben ziemlich viel Alkohol konsumiert.

F: Waren Sie am Abend des 2. Juli bei der Party in der First Street 724 in irgendwelche sexuellen Aktivitäten involviert?

A: Was geht Sie das an?

F: Würden Sie bitte die Frage beantworten, Ms. Brettne? Möchten Sie, dass ich die Frage wiederhole?

A: Nein.

F: Nein, Sie waren nicht in irgendwelche sexuellen Aktivitäten involviert?

A: Nein, ich möchte nicht, dass Sie die Frage wiederholen. Das ist wirklich übergriffig. Was hat mein Privatleben damit zu tun? Ich möchte die Frage nicht beantworten.

F: Das ist kein öffentliches Verfahren.

A: Die Geschworenen sind auch Menschen. Sie repräsentieren die Öffentlichkeit, und sie sitzen gleich dort drüben.

F: Ms. Brettne, bitte beantworten Sie die Frage. Sie stehen unter Eid.

A: Ja, ich war bei der Party an jenem Abend in sexuelle Handlungen involviert. Nicht, dass Sie das etwas angehen würde.

F: Können Sie die Art dieser sexuellen Handlungen beschreiben?

A: Soll das ein Witz sein?

F: Ms. Brettne, es handelt sich hierbei um Ermittlungen in einem Mordfall. Bitte beantworten Sie die Frage.

A: Ich habe jemandem in einem der oberen Schlafzimmer einen geblasen. Sind Sie jetzt zufrieden? Das ist wirklich peinlich. Dieser Jemand war nicht mein Ehemann, und nein, für gewöhnlich mache ich so etwas nicht. Das hing einfach mit der Party zusammen, verstehen Sie?

F: Nein, das verstehe ich nicht.

A: Man führt sich eben etwas verrückt auf.

F: Verrückt?

A: Das meine ich jetzt nicht negativ. Ich meine bloß, dass man Spaß hat. Die Kinder sind weg. Und wir sind alle schon lange Zeit Eltern. Und verheiratet sind wir noch länger. Die Ferienlager-Soiree bei Maude und Sebe ist absolut harmlos. Niemand spricht später darüber. Es ist so, als sei nie etwas passiert.

F: Harmlos?

A: Sie wissen schon, was ich meine.

F: Haben Sie Amanda am Abend der Party gesehen?

A: Nur für eine Sekunde, als wir gegangen sind. Sie kam gerade herein.

F: Um wie viel Uhr war das?

A: Gegen einundzwanzig Uhr, glaube ich.

F: War sie allein?

A: Sie war in Begleitung eines Mannes, aber ich kannte ihn nicht. Ich hatte ihn noch nie zuvor gesehen.

AMANDA

FÜNF TAGE VOR DER PARTY

Während der gesamten Strecke zum Mädelsabend im Gate dachte Amanda, sie würde verfolgt. Die Anrufe waren eine Sache, doch sie hätte nie gedacht, dass tatsächlich jemand hinter ihr her sein würde. Dennoch hätte sie von der Sekunde an, in der sie das Haus verlassen hatte, schwören können, dass irgendwer in den ruhigen, dunklen Ecken von Park Slope auf sie lauerte. Nein, nicht irgendwer. *Er.* Ja, die Gegend war sicher, sehr sicher. Doch eine menschenleere Straße war nun mal eine menschenleere Straße. Alles konnte passieren, und niemand wäre da, um es zu verhindern.

Es half auch nicht gerade, dass Amanda nervös war, seit sie heute Morgen die Augen aufgeschlagen hatte. Sie hatte denselben dummen Traum von Case geträumt wie schon in den Nächten zuvor – sie rannte, in diesem seltsamen Kleid, barfuß und voller Blut, dann kam das gespenstische Diner, Sirenen heulten und warnten sie, dass etwas Schreckliches mit ihrem Sohn passieren würde. Diesmal hatte Carolyn einen Gastauftritt, bevor es dunkel wurde und Amanda mit brennenden Füßen durch den Wald stürmte. Amanda und Carolyn saßen im Schneidersitz auf Amandas Bett, aßen Pizza und kicherten und tuschelten miteinander. Sie trugen jetzt beide pastellfarbene Taftkleider – das von Amanda war pfirsichfarben, das von Carolyn hatte die Farbe von Meeresschaum. Warum kamen ständig Kleider in diesen Träumen vor? Brachten sie

Amandas Schuldgefühle wegen ihrer absurd überkandidelten Garderobe zum Ausdruck? Ihr schlafendes Ich schien die Dinge gern in etwas Bedrohliches zu verwandeln.

Wäre das hier – die dunkle Straße, er, der sie vielleicht verfolgte – doch auch nur ein Traum! Wie hatte er sie überhaupt gefunden? Ja, Amanda lebte jetzt näher bei St. Colomb Falls als all die Jahre zuvor. Trotzdem brauchte man mit dem Auto von dort bis New York City immer noch gute sechs Stunden. Unwahrscheinlich, dass er dem fahrenden Umzugslaster gefolgt war.

Amanda warf einen neuerlichen Blick über die Schulter auf die menschenleere Third Street. Nichts zu sehen. Sie holte tief Luft, doch es gelang ihr nicht, erleichtert durchzuatmen. Stattdessen spürte sie, wie ihre Haut anfing zu kribbeln. Genau wie damals. Genau wie vorhin.

Sie wusste, was Sarah ihr jetzt raten würde: Sag es Zach. Sarahs Ansicht nach war es Aufgabe des Ehemanns, seine Frau zu beschützen – und umgekehrt. Doch was war mit den Problemen, die man sich selbst zuzuschreiben hatte? War es fair, die auf seinen Partner abzuwälzen? Amanda war dazu da, Zachs Stresslevel zu reduzieren, anstatt noch eine Schippe draufzulegen. Er stand auch so schon unter immensem Druck. Nein, sie musste sich an ihren Teil des Deals halten.

Amanda war siebzehn gewesen, als Zach in jener Nacht vor elf Jahren die Rezeption des Bishop Motels betreten hatte. Er war anders als die Männer, die normalerweise dort abstiegen – in dem Motel, in dem Amanda nicht nur arbeitete, sondern auch wohnte. Zach war nur halb so kräftig wie die Holzfäller und Trucker – die übliche Klientel – und viel kultivierter. Ein Mann, der sein Leben führen würde, ohne sich die Hände schmutzig zu machen. Nicht unbedingt maskulin, aber es gab Schlimmeres. Sehr viel Schlimmeres. Außerdem hatte er so ein freundliches Lächeln.

Zach war einfach perfekt, das stellte Amanda fest, als sie einander am späten Nachmittag des nächsten Tages erneut begegneten. Zach war gerade von einer langen Wanderung zurückgekehrt, er sah fit aus, kräftig und selbstsicher in seinen schlammigen Wanderschuhen, und mit dem leichten Bartschatten wirkte er sogar noch ein bisschen attraktiver. Er hatte gerade sein Studium beendet – Jura und Wirtschaft, beides gleichzeitig! – und nahm sich eine Auszeit für sich selbst: wandern in den Adirondacks, um seinen Abschluss zu feiern, bevor er nach Westen weiterziehen wollte, um in Kalifornien zu arbeiten. Zach war so zielstrebig und fokussiert!

»Wow, Kalifornien«, hatte Amanda mit einem leichten Anflug von Neid gesagt. »Dort scheint immerzu die Sonne. Ich bin noch nie aus St. Colomb Falls herausgekommen.«

»Dann fahr doch mit mir«, hatte er achselzuckend erwidert. So direkt, so einfach und so verrückt. »Alles da draußen muss besser sein als das hier. Denk über mein Angebot nach – findest du nicht, du bist es dir schuldig?«

Als *wüsste* er es. Aber er wusste es natürlich nicht. Wusste nicht, was passiert war, und würde es auch nie erfahren. Auch all die Jahre später hatte es ihn nie interessiert, die offensichtlichen Lücken in Amandas Vergangenheit zu füllen. Zunächst hatte sie das irritiert, doch dann war ihr klar geworden, dass dies eine der größten Fähigkeiten ihres Ehemannes war: sich ausschließlich auf das zu fokussieren, was ihn selbst betraf. Wahrscheinlich war genau das das Geheimnis seines Erfolgs.

Damals, im Bishop Motel, hatte ihr Zach die goldene

Eintrittskarte in ein neues Leben unter die Nase gehalten: ein Ticket ins sonnige Kalifornien. Weg. Weit weg. Endlich ein richtiges Ziel. Amanda musste nur die Hand ausstrecken und es nehmen. Sie hatte sich gefragt, was Carolyn tun würde. Die Antwort lag auf der Hand. Carolyn würde abhauen.

Und so hatte Amanda neben Zachs Mietwagen gewartet, als er an jenem Abend auscheckte. Er hatte so getan, als sei er überrascht, sie dort zu sehen, aber sie war sich ziemlich sicher, dass er das nicht war. Im Leben nicht.

Er hatte sie angelächelt wie ein kleiner Junge, was sie glücklich machte, und gesagt: »Nichts wie weg hier!«

Kurz darauf hatten sie die drei Kisten mit ihren Habseligkeiten in seinen Kofferraum geladen und waren auf dem Weg nach Westen – das Verdeck geöffnet, Wind in den Haaren. In Sicherheit. Lebendig. Frei. Über ihren Köpfen war nichts als Dunkelheit, durchsetzt von unendlich vielen Sternen. In dem Moment wusste Amanda: Sie würde alles tun, was nötig wäre, um nie wieder nach St. Colomb Falls zurückkehren zu müssen.

Womit sie jedoch niemals gerechnet hätte – was ihr nicht ein einziges Mal in den Sinn kam –, war, dass St. Colomb Falls sie einholen würde.

Amanda beschleunigte ihre Schritte. Endlich war das Gate zu sehen, hell erleuchtet an der Ecke zur Fifth Avenue. In dem altmodischen Pub trafen sich Sarah und Maude und gelegentlich ein paar weitere Mütter einmal wöchentlich auf ein paar Drinks. Es hatte einen hübschen Außenbereich und zählte zu den Orten, an dem vor allem die Jungen, Kinderlosen aus Park Slope zusammenkamen – wie Sarah gern mit neidischer, verächtlicher Stimme zu behaupten pflegte.

Als Amanda nur noch auf Armeslänge vom Gate entfernt und damit in Sicherheit war, blieb sie stehen und warf einen letzten Blick über die Schulter. Niemand war hinter ihr, zumindest konnte sie niemanden sehen.

Amanda entdeckte Maude und Sarah in einer der mit Mahagoni ausgekleideten Sitznischen im hinteren Bereich des Pubs. Maude hatte den Kopf zurückgeworfen und lachte aus voller Kehle, die Beine angezogen, die Füße auf den Sitz neben sich gestellt. Sarah lehnte sich zu ihr und machte mit dem für sie typischen boshaften Grinsen eine Bemerkung. Amanda war jetzt schon froh, dass sie gekommen war. Dort hinten in der dunklen Ecke saßen ihre *Freundinnen.* Vielleicht nicht unbedingt ihre Seelenverwandten wie Carolyn, aber Freundschaften wie diese brauchten schließlich ein ganzes Leben, um zu wachsen. Und nach so kurzer Zeit bedeuteten ihr Sarah und Maude schon viel mehr, als sie sich je erhofft hatte.

Amanda hatte Sarah vor Henrys und Case' Klassenzimmer kennengelernt, und sie hatten sich auf Anhieb verstanden. Amanda kam am besten mit selbstbewussten, extrovertierten Frauen wie Sarah zurecht, denen es egal war, wie Amanda aussah, wie viel Geld sie hatte oder wie fit sie war. Amanda hielt sich keineswegs für sportlich, aber sie konnte ohne Anstrengung zehn Meilen laufen, und sie musste zugeben, dass sie ziemlich schnell war. Über die Jahre hatten sich viele Frauen darum bemüht, mit Amanda joggen oder Kaffee trinken zu gehen oder ihre Freundin zu sein, aber früher oder später fingen all jene Frauen an, Amanda von oben bis unten zu mustern und von ihr abzurücken, als wollten sie sich nicht länger mit ihr vergleichen müssen. Die Eifersucht verwandelte sich zwangsläufig in eine Spitze, mit der sie Amanda piesackten, um sie in ihre Schranken zu weisen.

Sie war *wirklich* nicht aufs College gegangen? Wie interessant. Sie war *wirklich* nie in Europa gewesen? Wie schade. Sie hatte *wirklich* so wenig Mitspracherecht bei den Dingen, die ihr Mann machte? Wie … ungewöhnlich. Wie alt war sie eigentlich?

Achtundzwanzig. Amanda war achtundzwanzig Jahre alt; häufig über fünfzehn Jahre jünger als die anderen Mütter mit Kindern in Case' Alter. Doch mitunter fühlte sich die Kluft zwischen ihnen noch größer an. Unendlich groß, unüberwindbar.

Amanda stand in der Eingangstür des Gate und blickte an ihrer frisch gebügelten, weißen Bluse hinunter auf die Plateausandalen von Prada, die ihr der Verkäufer bei Barneys als »so New York« angepriesen hatte. Amanda war wieder einmal losgezogen, um noch mehr Klamotten zu kaufen, von denen sie hoffte, dass es die richtigen waren. Leider hatte sie nicht klargestellt, dass sie statt »so New York« eher »wie die Mütter aus Park Slope« gemeint hatte, was völlig andere Kleidung erforderte. Hier war ausgeklügelte Lässigkeit gefragt: Park-Slope-Moms waren schön, modisch und fit, doch sie waren darüber erhaben, sich mit etwas so Profanem wie Mode oder Make-up zu befassen. Mit anderen Worten: Amanda musste sich die Kunst aneignen, genau die richtige Menge an Concealer und Mascara aufzutragen, um perfekt ungeschminkt zu erscheinen.

Leider machte sie in dieser Hinsicht immer wieder Fehler. Das war das Problem, wenn man so tat, als sei man jemand – nicht jemand anderes, bloß jemand. Es war so leicht, übers Ziel hinauszuschießen.

Angestrengt lächelnd strebte Amanda auf die Nische

zu, in der Maude und Sarah saßen, wobei sie ihre langen Haare öffnete und die weißen Blusenärmel aufkrempelte in dem Versuch, lässiger zu wirken.

»Es tut mir sehr leid, dass ich zu spät komme.« Amanda deutete auf ihr Outfit und griff zu ihrer üblichen Notlüge. »Ich war noch bei einem Gebertreffen.«

Was so viel und gleichzeitig so wenig sagte.

»Sieh dir die Schuhe an, Maude!«, kreischte Sarah und deutete auf Amandas Plateausandalen. »Ich liebe die Dinger!«

Maude stemmte sich von ihrem Platz hoch und beugte sich vor. »Lass sehen … Wow, Wahnsinn. Du musst unbedingt mal mit mir shoppen gehen, Amanda.«

Das war nett von ihren Freundinnen. Die beiden wussten genau, welche Geschäfte man aufsuchen musste, und konnten dies jederzeit tun. Doch sie taten es nicht, denn auch sie hatten wichtigere Dinge zu tun.

Maude war Kunsthändlerin, ihr Ehemann ein angesehener Gynäkologe. Die beiden hatten eine Tochter im Teenageralter, Sophia, die genauso alt war wie Sarahs mittlerer Sohn Will. Will besuchte die zehnte Klasse der Grace Hall School – daher kannten sich die beiden Frauen. Doch das Alter ihrer Kinder war alles, was Maude und Sarah als Eltern gemeinsam hatten. Sarah scherzte gern, dass Maude nicht nur eine Helikoptermom, sondern ein Kamikazepilot sei. Doch Maude und ihre Tochter standen einander extrem nahe, und Amanda erkannte, was hinter Maudes Fürsorge steckte: Liebe.

Abgesehen davon, dass sie ein erfolgreiches Unternehmen führte und eine hingebungsvolle Mutter war, war Maude mit ihrer elfenbeinfarbenen Haut und genau der richtigen Menge an Sommersprossen, den tiefbraunen Augen und ihren langen rotbraunen Locken auf eine ungezwungene Weise sexy, was Amanda ganz besonders einschüchterte. Sebe, ihr Ehemann, war Franzose, wenngleich er sein Studium in den Staaten absolviert hatte. Amanda war ihm ein paarmal begegnet, als er Maude am Gate abgesetzt hatte. Hochgewachsen und extrem gut gebaut mit hellbrauner Haut und strahlenden haselnussbraunen Augen, war Sebe unglaublich attraktiv, nicht zuletzt wegen seines Akzents. Als Amanda ihm das erste Mal begegnet war, hatte sie kaum den Blick von ihm wenden können.

»Du solltest mal dein Gesicht sehen«, hatte Sarah lachend gesagt, als Sebe weg war.

»Mein Gesicht?«, hatte Amanda gefragt.

»Ohne dir etwas Böses zu wollen – du hast förmlich gesabbert. Keine Sorge, ich habe genauso reagiert, als ich Sebe zum ersten Mal gesehen habe.« Sie hatte sich Maude zugewandt, die sich auf ihr Handy konzentrierte. »Es ist echt ein Hammer, wie gut dein Mann aussieht, Maude. Noch dazu ist er begabt und charmant, und er bringt Babys auf die Welt. Und jetzt baut er auch noch dieses Start-up-Ding mit dem Online-Gentest auf, wie heißt das noch mal? ›Digitale DNA‹ oder so ähnlich? Wenn das so weitergeht, wird Sebe wohl noch Milliardär. Das ist nahezu unerträglich.«

»Erstens: *Er* bringt die Babys nicht auf die Welt«, hatte Maude ihre Freundin gutmütig korrigiert. »Das erledigen die Frauen. Zweitens: Er ist lediglich medizinischer Berater bei diesem Unternehmen. *So* viel Geld bekommt er dafür gar nicht. Außerdem lässt er seine Socken nach wie vor auf dem Fußboden liegen. Ehemänner sind nun mal Ehemänner, ganz gleich, wie sie aussehen.«

»Man kann nur hoffen, dass ein Stuhl in der Nähe ist, solltest du Sebe jemals ohne Hemd sehen, Amanda«, hatte Sarah sie gewarnt und war Maudes durch die Luft sausender Hand ausgewichen. »Stimmt doch! Wir waren am Strand, als ich Sebe zum ersten Mal ›oben ohne‹ gesehen habe, und ich wäre um ein Haar von einer mörderischen Welle ins Meer gerissen worden.«

Bevor Amanda Platz nehmen konnte, trat ein Kellner zu ihr. Er war klein, hatte einen Bart und zu viel Selbstbewusstsein. Amanda stellte fest, dass bereits zwei Bier auf dem Tisch standen. Die Leute in Brooklyn liebten Craft-Bier. Ihre Freundinnen in Palo Alto hatten alle Cocktails getrunken.

»Ein India Pale Ale, bitte«, bestellte Amanda.

Der Kellner nickte widerwillig, als hätte sie ihm eine unzumutbare Verpflichtung aufgebrummt, und verschwand.

»Wir haben gerade darüber gesprochen, dass unsere faulen Kinder uns noch nicht aus dem Ferienlager geschrieben haben«, sagte Sarah. »Hast du schon etwas von Case gehört?«

»Wahrscheinlich drängen sie die Kinder in Case' Camp dazu, ihren Eltern zu schreiben«, antwortete Amanda vorsichtig.

Viele, wenngleich längst nicht alle Kinder aus Park Slope waren momentan verreist. Der Rest würde später im Sommer folgen. Amanda hatte felsenfest vorgehabt, mit Case zusammen an die Westküste zu fliegen und zu bleiben, bis er sich eingewöhnt hatte, doch er hatte darauf bestanden, die Reise ins Ferienlager allein anzutreten. Bevor sie Zach begegnet war, hatte Amanda noch nie in einem Flugzeug gesessen, geschweige denn in Case' Alter allein das halbe Land durchquert. Doch genau das hatte er getan. Ihr Sohn führte ein völlig anderes Leben als sie damals. Er ging fest davon aus, dass die Welt ein sicherer

Ort war. Und das war gut, rief sich Amanda vor Augen. Sehr gut sogar.

Sobald sie den ersten Brief in der Hand gehalten hatte, war sich Amanda sicher gewesen, die richtige Wahl getroffen zu haben. Case hatte zwei ganze Seiten darüber geschrieben, wie aufregend der Flug gewesen war. Anschließend ließ er sich ausführlich darüber aus, dass er gerade die absolut beste Zeit seines Lebens verbrachte. Seine einzige Sorge schien darin zu bestehen, dass Amanda ihn allzu sehr vermissen könnte, was ihr schreckliche Schuldgefühle bereitete.

Sie hatte ihm bereits mehrere Briefe zurückgeschrieben, um ihm zu zeigen, dass sie wunderbar ohne ihn zurechtkam, auch wenn das nicht unbedingt der Wahrheit entsprach. Amanda fühlte sich völlig verloren ohne ihren Sohn. Doch in den Briefen behauptete sie hartnäckig das Gegenteil und malte ihm ausführlich aus, dass sie am Ende des Sommers jede Menge Zeit miteinander verbringen und sich erzählen konnten, was sie so alles erlebt hatten. Auf Sarahs Anraten hin hatte Amanda für die letzten beiden Augustwochen ein Haus auf Fire Island gemietet, und es sah ganz danach aus, als würde sie dort mit Case allein sein. Zach war nicht gern am Strand. Er machte insgesamt nicht gern Urlaub.

Sarah sah zu Maude hinüber und verdrehte die Augen.

»Ich hab's dir ja gesagt, Maude. Natürlich hat Amanda schon Post bekommen. Case ist so süß und perfekt und liebevoll. Ehrlich, Amanda, das ist schrecklich«, befand Sarah. »Er klammert!«

Amanda dachte an Sarahs jüngsten Sohn Henry. Sarah hatte recht: Henry war weder liebevoll noch süß.

»Du magst zwar den bestaussehenden Ehemann haben, Maude«, fuhr Sarah fort, »aber Amanda hat den perfektesten Sohn. Spuck's aus, Amanda: Wie viele Briefe hat Case dir schon geschickt?«

»Oh, ich weiß nicht … vielleicht sechs …«, sagte Amanda, obwohl sie natürlich genau wusste, wie viele es waren.

Elf. In den acht Tagen, die Case jetzt weg war, hatte sie elf Briefe von ihm bekommen. Es war in der Tat ein wenig übertrieben für ein Kind, so oft nach Hause zu schreiben, aber er sprudelte förmlich über vor Freude – von Heimweh keine Spur. In dem Fall war es schwer, sich allzu viele Sorgen zu machen.

»Sophia hat ein paarmal von Costa Rica geschrieben«, sagte Maude, deren Stimme plötzlich zitterte. »Das ist nicht das Problem.«

»Warte – bin ich etwa die einzige Mutter, die keinen Brief bekommen hat?« Sarah schnappte nach Luft.

»Das Problem ist das, was in Sophias Brief stand. Sie ist …« Maudes Stimme brach, was völlig untypisch für sie war. Besorgniserregend. »Sophia klang nicht wie sie selbst. Sie klang … deprimiert.«

»Ich bin mir sicher, dass es ihr gut geht«, beschwichtigte Sarah ihre Freundin. »Jackson hat mir auch grauenhafte Briefe geschrieben, als er auf diese Rucksacktour im Glacier National Park war. Er hat mich angefleht, dass ich komme und ihn abhole. Natürlich hat er sich hundeelend gefühlt und ist am Ende mit dieser grässlichen Blutvergiftung im Krankenhaus gelandet. Trotzdem war es für ihn eine gute Erfahrung.«

»Blutvergiftung?« Maudes Augen weiteten sich. »Warum erzählst du mir das?«

Sarah schlug eine Hand vor den Mund. »O Gott, tut mir leid.« Sie streckte die andere Hand aus und ergriff Maudes Arm. »Ich wollte damit natürlich nicht andeuten, dass Sophia eine Blutvergiftung haben könnte. Das Ferienlager, in das ich Jackson geschickt hatte, war im Grunde so etwas wie eine Besserungsanstalt. Sie mussten selbst Fische fangen, ausnehmen und braten. Er hat sich wahrscheinlich die ganze Zeit über kein einziges Mal die Hände gewaschen. Das Camp, in das du Sophia geschickt hast, ist doch ganz anders, Maude. Es wird von Grace Hall geleitet, und du *weißt*, wie etepetete die da sind. Außerdem kannst du Sophia nicht mit Jackson vergleichen. Ich meine, irgendwann wird sie sich vielleicht auch aufführen wie ein nerviger Teenager und nicht wie deine beste Freundin, aber ich bin überzeugt, dass du dir jetzt keine Sorgen machen musst.«

Maude nahm einen Schluck Bier und lächelte, auch wenn sie nicht unbedingt entspannter wirkte. »Ich hoffe, du hast recht.«

»Ich habe definitiv recht.« Sarah drückte noch einmal Maudes Arm. »Könnten wir jetzt bitte das Thema wechseln und anstatt über die Kinder mal über etwas wirklich Interessantes reden?« Ein schelmischer Ausdruck trat auf ihr Gesicht. »Zum Beispiel über deine Ferienlager-Soiree, Maude. Brauchst du noch Hilfe?«

»Ich glaube, wir sind startklar«, antwortete Maude zerstreut. »Die Einladungen sind raus, und wir bestellen wieder bei diesen Caterern aus Red Hook. Die haben die letzten Jahre über einen echt guten Job gemacht. Inzwischen brauchen die mich gar nicht mehr. Um ehrlich zu sein, kommt mir die Party bei all meinen Sorgen um Sophia vor wie die …«

»… perfekte Ablenkung?«, beendete Sarah den Satz für sie. Sie fächelte sich dramatisch Luft zu. »Allein der Anblick der Caterer lohnt sich – die ganzen Tattoos und Bärte und Hipster-Karos. Ich sage euch, ich hätte einen von den beiden Brüdern heiraten sollen, die den Catering-Service betreiben.«

Amanda war nicht zu der Party eingeladen. Zumindest meinte sie, keine Einladung erhalten zu haben. Ganz bestimmt nicht. Sie rutschte auf ihrem Stuhl hin und her, obwohl sie sich alle Mühe gab, still zu sitzen und sich nichts anmerken zu lassen.

»Hör auf, Sarah.« Maude lachte jetzt. »Ich vergöttere die zwei, weil sie einen großartigen Job machen. Ansonsten erinnern sie mich an selbstverliebte Pfauen. Das würde dir ungemein auf den Geist gehen. Du stehst auf Männer, die vernarrt in *dich* sind. Wie Kerry, der aufmerksam ist *und* charmant.«

»Ich sage doch bloß, dass ich die Jungs nicht unbedingt von der Bettkante stoßen würde.«

»Hast du jemals wen von deiner Bettkante gestoßen?« Maude klimperte mit den Wimpern.

Sarah schnitt eine Grimasse. »Wie dem auch sei – Amanda, ich glaube, du verstehst, was ich meine.«

Amanda lächelte verlegen.

»Warte mal, Maude, du hast Amanda doch eingeladen, oder nicht?«

»Oh, nein.« Maude ließ den Kopf in die Hände sinken. »Ich war so mit meinen Sorgen um Sophia beschäftigt, dass ich das völlig vergessen habe! Ich habe einfach die Gästeliste vom letzten Jahr benutzt. Es tut mir echt leid, Amanda. Selbstverständlich bist du eingeladen. Ich schicke die Einladung noch heute Abend raus.«

»Du musst unbedingt kommen«, fügte Sarah hinzu. »Ich meine *wirklich* unbedingt. Die Party kann man natürlich nicht mit der Dinnerparty zu Kerrys Geburtstag vergleichen, bei der ich meine fantastischen Kochkünste auffahre, und auch nicht mit den wundervollen Ferienpartys, die wir so schmeißen, aber Maudes Party ist eine ganz besondere.« Sie zog vielsagend die Augenbrauen in die Höhe. »Eine *spezielle* Party. So speziell, dass alle freudig erst am Freitag oder Samstag und nicht schon am Donnerstagabend ihre Kurztrips zum vierten Juli antreten werden, nur um dabei sein zu können.«

»Glaubst du wirklich?«, fragte Maude. »Ich hatte gehofft, wegen des Feiertags am Freitag würden weniger Gäste kommen.«

»Nein, Maude, das wird sich keiner entgehen lassen. Dazu ist die Party einfach *zu* speziell.«

»Was meinst du damit?«, hakte Amanda nach, wenn auch nur, weil es offensichtlich war, dass Sarah dies erwartete.

»Nun, das Ganze ist vielleicht ein bisschen überkandidelt, aber es macht Spaß – Partygeschenke, Spiele, das Essen thematisch abgestimmt«, erklärte Maude. »Wir schmeißen jedes Jahr eine Ferienlager-Soiree, seit Sophia im Sommer in diese Camps fährt, zum ersten Mal war das vor ... vor wie vielen Jahren? Sieben. Seit sieben Jahren. Kaum zu glauben, dass die Party jetzt schon zum siebten Mal stattfindet. Sophia war damals noch so jung, erst acht, aber sie sehnte sich über alle Maßen danach, unabhängig zu sein ...« Maudes Stimme verklang, und wieder war ihr die Sorge um ihre Tochter deutlich anzumerken.

»Okay, Maude«, sprang Sarah ein und blickte in Amandas Richtung. »Ich würde aber sagen, die Gastgeschenke sind das Uninteressanteste an deinen Partys, wenn man bedenkt, was sonst noch so abgeht.«

»Was geht denn sonst noch ab?«, erkundigte sich Amanda pflichtschuldig. »Vorausgesetzt, es macht dir nichts aus, dass ich nachhake.«

»Oh, darf ich es ihr sagen?«, fragte Sarah, an Maude gewandt. »Du weißt genau, wie sehr ich darauf brenne.«

»Nur zu«, sagte Maude und verdrehte die Augen. »Du solltest allerdings wissen, dass Sarah nur ›darauf brennt‹, dich zu schockieren, Amanda. Vielleicht stimmt es, was sie sagt, vielleicht auch nicht.«

Sarah straffte die Schultern, legte die Handflächen flach auf den Tisch und setzte sich zurecht, als bereite sie sich auf eine wichtige Verkündigung vor. Dann stieß sie mit gesenkten Lidern »Maudes Party ist ... eine *Sexparty*« hervor und riss erwartungsvoll die Augen wieder auf.

»Ach, komm schon!«, rief Maude lachend. »Das ist doch albern!«

»Apropos albern« – Sarah lachte ebenfalls –, »genau das ist es.«

»Das trifft es nun wirklich nicht«, protestierte Maude, doch es klang eher halbherzig.

»Tut mir leid, aber willst du wirklich bestreiten, dass die Gäste bei deiner Party mit anderen Gästen Sex haben? Mit Gästen, die nicht ihre Partner sind?«, beharrte Sarah.

Maude schnitt eine Grimasse. »Aber das ist nicht der Sinn der Party«, hielt sie dagegen. »Du sorgst bloß dafür, dass es so klingt. Eine Sexparty ist eine Party, bei der die Gäste Masken tragen oder nackt sind oder sonst was.«

»Hm«, sagte Sarah mit einem verschmitzten Lächeln. »Jetzt, da du es erwähnst, finde ich, das könnte sogar noch besser sein.«

Sogar Amanda fing an zu lachen. Alle drei lachten. Kichernd und mit roten Wangen.

»Na schön«, stieß Sarah nach einer Weile atemlos hervor. »Vielleicht ist ›Sexparty‹ ein winziges bisschen übertrieben, aber mir gefällt die Bezeichnung. Das klingt so schön verrucht, außerdem ist mehr als nur ein Körnchen Wahrheit daran.«

Maude senkte den Blick. »Okay, die Wahrheit ist die: Sebe und ich geben die Räumlichkeiten im Obergeschoss während unserer jährlichen Ferienlager-Soiree für Gäste frei, die davon Gebrauch machen wollen. Wer weiß, vielleicht kommt es ab und an vor, dass einige von ihnen Sex mit Personen haben, die nicht ihre Partner sind. Natürlich kann ich das nicht mit Bestimmtheit sagen.«

»Ich bitte dich, Maude, natürlich kannst du das mit Bestimmtheit sagen, du *weißt* es, selbst wenn sie es im Nachhinein abstreiten! Du musst Amanda jetzt aber auch verraten, warum du dieses Angebot machst. Sie sollte unbedingt den Kontext kennen.« Sarah deutete mit dem Kinn Richtung Amanda. »Du musst es ihr sagen, bei ihr ist das Geheimnis gut aufgehoben, Maude. Vertrau mir.«

»Ich *muss* gar nichts, Sarah«, entgegnete Maude scharf, und für einen Augenblick wirkte sie tatsächlich verärgert, doch genauso schnell wurde ihr Gesicht wieder weich. »Sarah spricht gern über mein Sexleben, weil ihr eigenes so verklemmt ist.«

Sarah hob abwehrend die Hände. »Schuldig im Sinne der Anklage. Das ist definitiv der Grund dafür«, pflichtete sie Maude bei. »Allerdings möchte ich dazu sagen, dass nicht ich die Verklemmte bin. Das trifft eher auf Kerry zu.«

»Ihr müsst mir nichts erzählen, wenn ihr nicht möchtet«, sagte Amanda. »Wirklich nicht.«

Maude zögerte für einen Moment. Schließlich atmete sie tief durch. Ihre Schultern sackten herab. »Nein, nein, schon gut. Du bist eine enge Freundin. Sebe und ich haben gelegentlich Sex mit anderen. Das war schon immer so«, erklärte sie. »Ich könnte alle möglichen Euphemismen anbringen, aber das würde nichts ändern. So ist es nun mal. Wir haben uns unsere eigenen Grenzen gesetzt und gewisse Regeln aufgestellt – und das funktioniert für uns. Natürlich habe ich keine Ahnung, ob sich das auch auf andere übertragen lässt – im Grunde bin ich mir ziemlich sicher, dass das eher nicht der Fall ist. Und nein, Sophia weiß nichts davon. Nicht, weil wir das, was wir tun, für falsch oder schlecht halten, sondern, weil es irgendwie eklig ist, mit seiner fünfzehnjährigen Tochter über das eigene Sexualleben zu diskutieren, ganz gleich, wie nahe man sich steht.« Maudes Gesicht war jetzt wieder verkniffen. »Zumindest *glaube* ich, dass sie nichts davon weiß«, fügte sie hinzu. »Wie dem auch sei, ich möchte nicht, dass sie etwas erfährt. Ich will nicht, dass sie eine offene Beziehung für die Norm hält. Wenn es das ist, was sie will – schön. Das ist etwas anderes. Tatsache ist, dass *ich* diejenige war, die Sebe dazu überreden musste, nicht umgekehrt. Und das ist der Grund dafür, warum die Party in diesem Jahr zum letzten Mal stattfindet.«

»Wie bitte?« Sarah schnappte nach Luft.

»Du hast richtig gehört«, bestätigte Maude mit fester Stimme. »Das haben wir schon vor einer ganzen Weile beschlossen. Als Sophia … nun, wir haben es eben beschlossen.«

»Ach, komm schon, Maude«, flehte Sarah. »Ich *brauche* deine Partys! Ich lebe förmlich dafür, zumal ich schon *Ewigkeiten* verheiratet bin.«

»Ich denke, wenn nötig, kannst du sehr gut selbst für Abwechslung sorgen«, bemerkte Maude trocken.

»*Touché*«, sagte Sarah und wandte sich an Amanda. »Maude spielt auf die Zeit an, in der ich Kerry ›betrogen‹ habe. Anscheinend möchte sie unbedingt, dass ich dir davon erzähle.«

Maude zog vielsagend eine Augenbraue in die Höhe. »Das wäre nur fair.«

»Oh«, sagte Amanda und ahnte, wie schockiert sie dreinblickte. Nun, sie konnte es nicht ändern. Das Ganze traf sie völlig unvorbereitet. Machte sie sprachlos. Sarah hatte Kerry betrogen?

»Keine Sorge, Amanda. Kerry weiß Bescheid, das Thema ist bei uns durch«, sagte Sarah. »Und was das ›Betrügen‹ angeht: Ich habe vor ein paar Monaten für ungefähr zwei Sekunden mit Henrys Fußballtrainer rumgemacht.«

»Oh«, sagte Amanda wieder. Immer noch sprachlos. Weil sie *immer noch* schockiert war.

»Der Trainer hatte einen irischen Akzent, und er flirtete jedes Mal mit mir. Ach, ich weiß auch nicht …« Sarah zuckte die Achseln. »Wie dem auch sei, Kerry hat ziemlich vernünftig reagiert, als ich ihm die Sache gebeichtet habe.«

»Ich kann nicht glauben, dass du das getan hast«, sagte Maude.

»Kerry und ich haben keine Geheimnisse voreinander. Das ist nicht unser Stil. In guten wie in schlechten Zeiten«, hielt Sarah dagegen. »Er war natürlich verletzt, aber er weiß genau, wie sehr ich ihn liebe. Am Ende hat er meine Entschuldigung akzeptiert und beschlossen, nur noch nach vorn zu blicken. Und das hat er getan. Kerry war schon immer ein großherzigerer Mensch als ich.«

»Er liebt dich«, stellte Amanda fest, obwohl sie das eigentlich gar nicht hatte sagen wollen.

»Das tut er.« Sarah nickte. »Ich erinnere mich nur an ein einziges Mal, als Kerry wirklich sauer auf mich war. Damals waren wir noch auf dem College, und ich wollte mit ihm Schluss machen. Da wurde er stinkwütend.« Ihre Augen blitzten. »Das war echt heiß.«

»Heiß?« Maude lachte. »Das ist ganz schön schräg, Sarah.«

»Ich weiß nicht … Man will einen netten Kerl haben, aber *zu* nett? Ich fand es beruhigend herauszufinden, dass auch in ihm ein Löwe schlummert.«

»Er lässt alles stehen und liegen, sobald du ihn um irgendetwas bittest«, sagte Amanda.

»Genau das erwartet man doch von Ehemännern, Amanda«, erwiderte Sarah leicht irritiert. »Dazu sind Ehemänner da.«

»Na ja«, ließ sich Maude vernehmen, »Sebe macht im Haus keinen Finger krumm, es sei denn, ich stoße ihn förmlich mit der Nase darauf.«

»Aber Sebe ist nun mal Sebe.« Sarah fächelte sich Luft zu. »Mir wäre es völlig gleich, was er macht – Hauptsache, er hat dabei kein Hemd an.«

»Ach, halt die Klappe.« Maude lachte und warf scherzhaft eine zusammengeknüllte Serviette nach ihr.

»He, vielleicht kommt ihr ja mit einer offenen Beziehung klar, weil Sebe Gynäkologe ist? Ich meine, er untersucht doch eh andauernd fremde Muschis!«

»Sarah, das ist ekelhaft!« Maude lachte noch lauter, ihre Wangen glühten.

»Ich meine es ernst«, beharrte Sarah. »Das war eine ernst gemeinte Frage.«

»Eine Frage, die ich lieber ignorieren möchte, vielen Dank«, sagte Maude, dann wandte sie sich Amanda zu. »Was ist mit dir, Amanda? Was ist Zach für ein Typ? Ich kann nicht glauben, dass ich ihn immer noch nicht kennengelernt habe!«

»Ich schon.« Sarah schnaubte. »Amandas bessere Hälfte ist ein Geist.« Kaum hatte sie zu Ende gesprochen, schnitt sie erneut eine Grimasse. »Oh, entschuldige, Amanda. Das war … Das hätte ich nicht sagen sollen. Was weiß ich denn schon? Eine gute Ehe ist eine Ehe, die Bestand hat. Die alle Höhen und Tiefen überlebt. Ob das auf die eigene Ehe zutrifft, kann letztendlich niemand vorhersagen.«

»Überleben?«, fragte Maude leise. »Ist das alles, was wir wollen?«

»Niedrig geschraubte Erwartungen.« Sarah zwinkerte. »Der Schlüssel zu einem glücklichen Für-immer-und-Ewig.«

Zum ersten Mal verspürte Amanda nicht das Bedürfnis, eine sorgfältig zurechtgelegte Geschichte über ihre Ehe zu erzählen. Schließlich hatten ihre Freundinnen ihr soeben die Wahrheit über ihre Ehen anvertraut. Amanda konnte zumindest eine Sache zugeben: »Zach arbeitet viel. Sarah hat recht. Es gibt Zeiten, da bekommen wir einander nur selten zu Gesicht.«

Maude lächelte schwach. »Die Liebe wächst mit der Entfernung«, sagte sie zuversichtlich. »Ich hoffe, du kommst zur Party. Und Zach natürlich ebenfalls. Ganz gleich, was Sarah behauptet – es ist ein riesiger Spaß, auch wenn man nicht nach oben geht.«

Amanda lächelte. »Ich werde definitiv kommen. Vielen Dank.«

»Hast du schon gehört, wie Maude und Sebe sich kennengelernt haben?«, fragte Sarah Amanda.

»Nein«, antwortete Amanda und drehte sich zu Maude um.

»Das ist mein Versuch, wiedergutzumachen, dass ich ihre Ehe mit meinem unschicklichen Voyeurismus schlechtgeredet habe«, sagte Sarah. »Denn das ist die romantischste Story der Welt.«

»Und wie habt ihr euch kennengelernt?«, wollte Amanda wissen.

»Es ist echt eine gute Geschichte«, erwiderte Maude wehmütig. »Ich machte gerade meinen Masterabschluss in Kunstgeschichte an der University of Columbia und war auf einer Party. Dort brach ich aus heiterem Himmel zusammen, prallte mit dem Kopf gegen ein Bücherregal. Etliche Gläser fielen dabei um. Natürlich sah es so aus, als wäre ich betrunken, dabei war ich stocknüchtern.«

»Und Sebe hat sie *gerettet*«, schwärmte Sarah mit verträumtem Gesicht. »Dieser wunderschöne Mann mit dem französischen Akzent hat sie vom Boden aufgehoben und mit seinen starken Armen wie eine Braut die ganze Strecke zum Columbia Presbyterian Hospital getragen, wo er als Assistenzarzt arbeitete. Er hat ihr das Leben gerettet.«

»Sebe hat mir nicht das Leben gerettet«, stellte Maude klar. »Aber er hat mich ins Krankenhaus gebracht. Er hat mich dorthin getragen und dafür gesorgt, dass sich gleich jemand um mich kümmert.«

»Was hattest du denn?«, erkundigte sich Amanda.

»Es hat sich herausgestellt, dass ich Diabetikerin bin. Wahrscheinlich schon längere Zeit, ich hatte es nur nicht bemerkt. Jetzt komme ich gut damit zurecht.«

»Der Rest ist, wie man so schön sagt, Geschichte«, fügte Sarah verträumt an.

»Wow«, sagte Amanda, die sich plötzlich unsagbar traurig fühlte. »Das ist romantisch.«

»Nicht wahr?« Sarah nickte. »Du solltest diese Geschichte öfter erzählen, Maude, und vergiss nicht zu erwähnen, das Sebe vielleicht bald zum Start-up-Milliardär wird. Ich an deiner Stelle würde das an die ganz große Glocke hängen, so stolz wäre ich auf ihn.«

»Ich weiß nicht … Sebe und ich haben in letzter Zeit häufig gestritten.« Maudes Blick schweifte in die Ferne.

»Die Geschichte fühlt sich kaum noch an wie unsere eigene.«

»Gestritten?«, fragte Sarah. »Du und Sebe – ihr streitet doch nie.«

»Normalerweise nicht. Das ist bloß die Sache mit Sophia«, sagte Maude. »Sebe liebt sie, aber er ist so locker, was sie betrifft. Typisch europäisch. Er geht mit ihr um, als wäre sie eine Erwachsene. Dabei ist sie mein Baby. Ganz gleich, wie alt sie ist – ich werde wohl immer versuchen, ihr Steine aus dem Weg zu räumen, und ich verstehe nicht, was daran verkehrt sein soll.«

Sarah öffnete den Mund, doch sie klappte ihn sofort wieder zu, als sie sah, dass Maude warnend die Hand hob. »Nicht heute Abend, okay, Sarah?«

»Teenager. Mehr wollte ich gar nicht sagen«, wehrte Sarah ab. »Sie ruinieren einem wirklich alles. Was ist mit dir und Zach, Amanda? Wie habt ihr euch kennengelernt? Um ehrlich zu sein, finde ich, ihr zwei seid ganz schön … verschieden.«

»Ich hatte einen Sommer über als Hausdame in einem Hotel im Norden des Bundesstaats New York gearbeitet«, fing Amanda an. Mit den Jahren hatte sie gelernt, die Geschichte so zu beschönigen, dass ihr die hochgezogenen Augenbrauen und geschürzten Lippen erspart blieben. *Hausdame* klang besser als *Zimmermädchen*, *Hotel* besser als *Motel.* Das Wichtigste aber war, dass sie das Wort *Sommer* eingefügt hatte, denn das ersparte ihr die Beichte, dass sie eine Highschool-Abbrecherin war. »Zach ist in dem Hotel abgestiegen, als er vor seinem Umzug nach Kalifornien Wanderurlaub in den Adirondacks gemacht hat.«

»Kalifornien?«, fragte Sarah. »Dann habt ihr zunächst eine Fernbeziehung geführt?«

»O nein«, sagte Amanda. »Als er ausgecheckt hat, bin ich mit ihm gegangen.«

»*Direkt* nachdem du ihn kennengelernt hattest?«, fragte Sarah.

Verdammter Mist! Für gewöhnlich klammerte sie diesen Teil aus. Warum hatte sie ausgerechnet heute eine Ausnahme gemacht?

»Natürlich nicht sofort. Aber nicht lange danach.«

»Liebe auf den ersten Blick.« Maude lächelte. »Das ist echt romantisch.«

»Hm.« Sarah beäugte Amanda zweifelnd, doch dann beschloss sie offenbar, es dabei zu belassen. »Nun, ich weiß nur, dass Zach unbedingt an Kerrys Geburtstag zu unserer Dinnerparty kommen muss. Bislang habe ich nämlich noch keine fünf Worte mit ihm gesprochen, dabei ist er mein Boss!«

»Er ist nicht dein Boss«, widersprach Amanda.

»Selbstverständlich ist er das!«, protestierte Sarah. »Es ist seine Stiftung. Natürlich arbeite ich auch für dich, und glaub mir, ich komme mit beidem klar. Trotzdem sollte er sich irgendwann einmal blicken lassen. Schließlich bist du eine meiner engsten Freundinnen.«

Amanda zwang sich zu einem strahlenden Lächeln. Eine von Sarahs engsten Freundinnen. Wie schön. »Er wird kommen, ganz bestimmt.«

Das war natürlich gelogen. Zach würde nicht hingehen. Sarah meinte es gut, aber Amanda hatte ihr klar zu verstehen gegeben, dass sein Terminkalender ausgesprochen gut gefüllt war. Mitunter hatte sie das Gefühl, dass Sarah sie wieder zusammenbringen wollte, dabei war da gar nichts zusammenzubringen. Amanda und Zach führten eine gute Ehe. Sie bekamen beide das, was sie sich gewünscht hatten. Vielleicht war es nicht das, was andere sich von einer Ehe erwarteten, aber sie und Zach kamen klar, »überlebten«, oder etwa nicht?

»Wie lange bist du denn schon mit Kerry zusammen?«, fragte Amanda, in der Hoffnung, das Thema wechseln zu können.

»Dreiunddreißig Jahre, vom ersten Date an. Wir waren erst fünfzehn, als wir uns kennengelernt haben. Geheiratet haben wir vor sechsundzwanzig Jahren, damals warst du noch eine befruchtete Eizelle, Amanda«, sagte Sarah und stützte missmutig das Kinn auf ihre Hand. »Wann immer es eine Entschuldigung dafür gibt, dass man sich von einem Fußballtrainer an den Hintern fassen lässt – bitte sehr, da ist sie.«

»Trotzdem hat die Geschichte etwas ganz Besonderes«, befand Amanda. »Ich habe eine Freundin, Carolyn, die ich kenne, seit wir klein waren.«

»Ja, mit der Zeit werden Freundschaften immer tiefer«, sagte Sarah. »Romantische Beziehungen dagegen eher nicht.«

»Lebt Carolyn noch dort, wo du aufgewachsen bist?«, fragte Maude. »Wie heißt das Kaff noch mal?«

»St. Colomb Falls. Und nein, sie wohnt hier, in New York City.«

»Tatsächlich? Sie sollte mal mit uns ausgehen! Ich würde sie liebend gern kennenlernen.«

»Ich sehe sie nicht mehr so oft, wie ich gern würde«, sagte Amanda. »Sie ist Single und lebt in Manhattan.«

»Wir können durchaus auch über etwas anderes reden als über Ehemänner und Kinder«, ließ sich Sarah vernehmen. »Mit der Subway ist man ruckzuck in Brooklyn und mit dem Taxi ebenfalls.«

»Selbstverständlich«, sagte Amanda. Wenn sie ehrlich war, wusste sie selbst nicht so genau, warum sie nie daran gedacht hatte, Carolyn miteinzubeziehen. »Ich wollte nicht … Du hast recht, ich werde sie mal einladen. Ja, genau das mache ich.«

»Vielleicht zu Maudes *Sex*party. Das lässt uns provokant erscheinen und aufregend.« Sarah grinste. »He, vielleicht ergreife ich in diesem Jahr sogar die Gelegenheit und verschwinde die verbotene Treppe hinauf. Wenn du wirklich in Erwägung ziehst, dass nach diesem Jahr Schluss ist, Maude, könnte das meine letzte Chance sein.«

»Bitte«, sagte Maude. »Das passt nicht zu dir und Kerry.«

»Das passt nicht zu *Kerry*.« Sarah zwinkerte erneut. »Aber vielleicht, nur dieses eine einzige Mal, passt es ja zu mir.«

LIZZIE

DIENSTAG, 7. JULI

Auf dem Weg vom Brooklyn Criminal Courthouse zu Zachs Adresse machte ich einen Abstecher nach Hause. Genau genommen lag unsere Wohnung nicht exakt auf dem Weg dorthin, aber Adams *Welche Ehe hat nicht ihre Probleme?*-Bemerkung hatte mich an meine eigene Ehe denken lassen. Vielleicht konnte ich Sam vergeben, dass man ihn gefeuert hatte, möglicherweise sogar den Unfall – solange er nicht rückfällig wurde. Ich hatte ihm nämlich bisher nicht wirklich verziehen, nichts von all dem. Ich wusste das, und Sam wusste es auch. Ich hatte meine Ressentiments und meinen Zorn lediglich begraben. Ich war gut darin, Dinge zu vergraben.

Dass Sam sich bei seinem Sturz eine Kopfverletzung zugezogen hatte, war der Gipfel von allem. Er gehörte dringend in eine Entzugsklinik. Oder sonst wohin. Ein tatsächliches Ultimatum – ich oder seine Trinkerei … Ich stieg die drei Treppen zu unserer Wohnung hinauf, felsenfest entschlossen, Sam ein solches Ultimatum zu stellen. Und dann, direkt vor unserer Tür, klingelte mein Handy. Die Nummer kannte ich nicht. Noch mal Glück gehabt.

»Lizzie am Apparat.«

»Hier spricht Bezirksstaatsanwalt Steve Granz«, sagte eine Männerstimme. »Ich habe eine Nachricht von Paul Hastings bekommen. Er hat mich gebeten, Sie anzurufen, allerdings habe ich keinen blassen Schimmer, warum. Typisch Paul.«

Das Büro des Staatsanwalts von Brooklyn, vermutete ich. So etwas stand durchaus in Pauls Macht. Er hatte zwar keine Lust, sich mit mir die Nächte um die Ohren zu schlagen, um sich eines Mandanten anzunehmen, aber er wollte mir auf andere Art und Weise behilflich sein.

»Vielen Dank, dass Sie anrufen«, sagte ich. »Wir haben einen Mandanten, der in Brooklyn wegen des tätlichen Angriffs auf einen Officer angeklagt ist, und hoffen auf ein paar Hintergrundinformationen.«

Es war jetzt meine Aufgabe, Steve Einzelheiten über Zachs Fall aus dem Kreuz zu leiern: Anklagepunkte, Beweismaterial, zuständiger Staatsanwalt und nicht zuletzt die Frage, auf welchen Deal sich die Staatsanwaltschaft einlassen würde. Nicht etwa, weil *wir* an einem Deal interessiert waren, sondern weil uns das einen Hinweis darauf gab, wie bedeutend der Fall für den Staatsanwalt war. Je mehr er in der Hand hielt, desto weniger bereitwillig würde er sich auf einen Deal einlassen. Schließlich hatte ein aussichtsreicher Fall nicht zwingend etwas mit Wahrheitsfindung zu tun. Als Staatsanwalt verfolgte man nichts, woran man nicht glaubte, aber hier ging es nicht um Glaubensfragen, sondern darum, Beweismaterial zusammenzutragen, um zu gewinnen. Das wiederum bedeutete, dass die Wahrheit mitunter eine parallele, unabhängige Variable war.

»Ich muss sagen, ich bin überrascht, dass Paul sich unter das gemeine Volk mischt und vor den State Court zieht«, sagte Steve. »Noch dazu in Brooklyn.«

»Nur aus sicherer, aufsichtführender Distanz.«

»Ah, das klingt schon eher nach Paul«, sagte er. »Wer ist der Angeklagte?«

»Zach Grayson«, antwortete ich. »Es war ein Unfall. Nicht einmal der Officer selbst wollte die Sache weiterverfolgen. Anscheinend war aber noch jemand am Tatort, möglicherweise ein Staatsanwalt, der auf Untersuchungshaft bestanden hat. Sie halten ihn ohne Kautionsgewährung auf Rikers Island fest.«

»Im Rikers? Das ist hart«, stellte Granz wie beiläufig fest. Im Hintergrund klackerte eine Tastatur. Die Tatsache, dass er nicht auf meinen indirekten Hinweis einging, einer seiner Kollegen könne überreagiert haben, sprach Bände. »Ah, da haben wir's ja«, sagte er schließlich. »Oh, warten Sie, das ist diese Park-Slope-Sache, oder?«

»Ja, die Adresse ist in Park Slope.«

»Der Swingerparty-Mord.« Er klang aufrichtig amüsiert. Und leider hatte ich keine Ahnung, warum. »Die Park-Slope-Perversen. Das ist von mir.« Er schwieg für einen kurzen Moment, dann fuhr er fort: »Entschuldigen Sie, im Büro werden schon den ganzen Morgen über Witze darüber gemacht, welche Schlagzeilen wohl in der *Post* stehen werden, sobald die Journalisten ein bisschen tiefer gegraben haben.«

Zach hatte eine Party erwähnt, doch von einer Swingerparty war keine Rede gewesen. Es war nicht so, dass ich Zach für asexuell hielt – aber auf gewisse Art und Weise war er genau das. Zumindest war er das gewesen – einer der Gründe, warum ich nie in Erwägung gezogen hatte, dass er etwas anderes sein könnte als nur ein Freund. Allerdings hatte ich ihn seit vielen Jahren nicht mehr gesehen. Vielleicht hatte ihn eine Frau, die so schön war wie Amanda, in einen Sexsüchtigen verwandelt.

Es war ein Risiko, meine Unwissenheit einzugestehen und nachzufragen, aber mir blieb keine andere Wahl.

»Swingerparty?«, hakte ich nach und versuchte, unbeeindruckt zu klingen.

»Oder wie immer man das bezeichnet«, sagte Steve.

»Vielleicht Bio-Freilandficken? Ich bin mir nicht sicher, wie so etwas in einem Vier-Millionen-Dollar-Brownstone-Haus genannt wird. Ich weiß nur, dass meine Frau mir den Schwanz abschneiden würde, wenn ich so etwas jemals vorschlagen sollte.«

»Aber Amanda Grayson wurde in ihrem eigenen Haus tot aufgefunden«, wandte ich ein. »Nicht bei einer Party.«

»Ja, ja«, tat er meinen Einwand ab. »Dann ist es eben nach der Party passiert. Ich habe gehört, dass beide früher gegangen sind. Es hat schon öfter Ärger bei diesen Partys gegeben. In der Regel die üblichen Beschwerden wegen Lärmbelästigung, Trunkenheit in der Öffentlichkeit und so weiter, aber letzten Sommer haben sich anscheinend zwei der männlichen Gäste geprügelt. Allerdings habe ich das alles aus zweiter Hand. Mir persönlich ist nie etwas darüber zu Ohren gekommen – bis heute Morgen. Ich bin bei der Abteilung für Organisierte Kriminalität, aber selbst mir ist bewusst, dass es einen Mord wie diesen in den letzten Jahren nicht gegeben hat. Keine Ahnung, wie lange nicht mehr. Vielleicht noch nie. Im Ernst: Eine Party wie diese ist eine ziemlich bescheuerte Idee.«

»Nun ja, jedem das Seine«, erwiderte ich lässig, als würde ich mich mit solchen Dingen auskennen. »Könnte vielleicht jemand von der Staatsanwaltschaft die Presse davon abbringen, die Sache an die Öffentlichkeit zu zerren?«

»Kommen Sie, Lizzie, Sie wissen genauso gut wie ich, dass keiner die Presse von irgendetwas abbringen kann. Die drucken, was sie wollen.« Seine Stimme triefte vor Sarkasmus. »Die Sache steckt voller Ironie, das muss man zugeben: All diese Park-Slope-Protzer mit ihrem hochpreisigen, hausgemachten Bio-Babybrei, die sich gegenseitig mit Geschlechtskrankheiten anstecken …« Er atmete aus, was klang, als würde man einem Heliumballon die Luft herauslassen. »Tut mir leid. Für gewöhnlich bin ich nicht so ein Arschloch. Es war schon ein langer Tag, und er ist noch nicht einmal zur Hälfte vorüber.«

Und ich hatte keine Zeit für weiteren Small Talk. »Am liebsten würde ich mich mit dem zuständigen Staatsanwalt kurzschließen, um mit ihm über eine angemessene Kaution zu verhandeln. Selbst eine unangemessene Kaution wäre in Ordnung. Alles – Hauptsache, mein Mandant ist im Rikers keinen neuerlichen Übergriffen ausgesetzt.«

»Ich werde mich umhören, vielleicht kann ich Ihnen einen Namen nennen«, sagte er, auffallend unbeeindruckt von dem tätlichen Angriff auf Zach.

»Das wäre sehr hilfreich, vielen Dank.«

»Für Paul tue ich doch alles«, erwiderte er. »Er versucht seit Jahren, mich für seine Kanzlei abzuwerben. Ich glaube, er möchte sich ein eigenes kleines Strafverteidigungsimperium aufbauen. Gefällt es Ihnen dort?«

»Es ist großartig«, sagte ich, denn das war unter den gegebenen Umständen die einzig richtige Antwort. Auch wenn mein Tonfall angemessen neutral blieb.

»Selbstverständlich.« Steves Stimme klang skeptisch. »Ich liebe Paul, aber ich bin mir nicht sicher, ob ich für ihn arbeiten möchte.«

»Warum nicht?«, entschlüpfte es mir.

»Weil der Kerl ein Besessener ist. Immer fünf Schritte voraus. Und ich verschlucke mich nicht gern an dem Staub, den andere aufwirbeln.«

Als ich endlich unsere Wohnungstür öffnete, hatte ich jeglichen Schwung verloren. Es blieb jetzt keine Zeit mehr für einen großen Showdown mit Sam; ich musste schnellstens zu Zach fahren und bei Case im Ferienlager anrufen. Außerdem hatte ich ohnehin schon viel zu lange gewartet, endlich eine Grenze zu ziehen – *Jahre*, um genau zu sein –, da kam es auf ein paar Stunden mehr oder weniger auch nicht mehr an.

Ich ging davon aus, von dem üblichen Duft nach starkem Kaffee und dem leisen Dudeln der gälischen Musik begrüßt zu werden, die Sam in letzter Zeit hörte. Angeblich brachte sie ihn in »Schreibstimmung«. Seit er bei der *Men's Health* rausgeflogen war, entdeckte er alle paar Wochen ein neues Genre für sich, für gewöhnlich irgendetwas Obskures. Die gälische Musik lief jetzt schon seit ungefähr einem Monat, doch anscheinend brachte sie ihn nicht wirklich voran. Sam haute die Seiten für sein Buch nicht so runter, wie ich es mir bei jemandem mit derart viel Freizeit gewünscht hätte.

»Sam!«, rief ich. »Hallo?«

Er würde doch um zwei Uhr mittags nicht immer noch schlafen, oder?

»Sam!«, rief ich erneut, lauter diesmal, und ging auf das Schlafzimmer zu.

Als ich die Tür aufstieß, stellte ich fest, dass das Bett leer und ordentlich gemacht war. Die sauber geglätteten Decken, die akkurat umgeschlagene Kante der Tagesdecke waren ein offensichtlicher Akt der Reue: ein perfekt ausgeführtes Schuld-Origami.

»Sam!«, rief ich ein letztes Mal, bevor ich kehrtmachte und Richtung Wohnzimmer ging. Wo steckte er? Und was genau hatte er angestellt, was er so sehr bereute, dass er aufgestanden war und das Bett gemacht hatte?

Ich betrat das Wohnzimmer – auch dort kein Sam. Doch sein Laptop stand offen auf unserem kleinen, runden Esstisch, der Bildschirm dunkel im Stand-by-Modus. Ich klappte ihn zu und strich mit den Fingern über den runden Sticker in der Mitte, eine Erinnerung an einen Jahre zurückliegenden Marathon, den Sam erst kürzlich daraufgeklebt hatte. Mittlerweile konnte man kaum glauben, dass er jemals an einem Marathon teilgenommen hatte, aber *er* ging fest davon aus, dass er eines Tages wieder laufen würde. Und so blieb er zumindest im Kopf ein Marathonläufer. Das war das Wesen von Sams Glauben – irrational und berauschend. Links neben dem Laptop stapelten sich mehrere Notizbücher, außerdem entdeckte ich ein kleines Streichholzbriefchen mit dem Aufdruck »Enid's«. Sam würde doch nicht etwa angefangen haben zu rauchen? Er hasste Zigaretten. Vielleicht hatte er die Streichhölzer bloß als Andenken behalten. Doch woran? Zum Glück stand weder ein Name noch eine Telefonnummer auf der Innenseite. Und überhaupt, was für ein Etablissement war dieses ominöse Enid's? Eine Bar?

Ich holte tief Luft und öffnete den Laptop wieder, dann tippte ich sein Passwort ein – LizzieLOVE. Sam hatte seinen neuen Computer an dem Tag bekommen, an dem er sich während der jährlichen Kentucky-Derby-Party in Mary Jos Wohnzimmer erbrochen hatte. Das Passwort war ein kleiner Teil einer sehr viel größeren Entschuldigung gewesen. Es hatte funktioniert. Ich war stets nur allzu bereit, alles zu akzeptieren, was uns in jene glückliche Anfangszeit unserer Beziehung zurückführen mochte.

Die Party, bei der Sam und ich uns kennenlernten, war nicht einmal eine Party der juristischen Fakultät gewesen. Ich war mit einer Freundin hingegangen, die eine Freundin hatte, die jemanden kannte, der behauptete, es würden jede Menge attraktive Medizinstudenten anwesend sein, was einerseits ein total bescheuerter Grund war, zu einer Party zu gehen, und andererseits ein absolut verlockender. Wie dem auch sei – sie fand im Rittenhouse statt, einem schicken Gebäude ganz in der Nähe des Philadelphia Square, eine angenehme Abwechslung zu den schäbigen Apartments, in denen für gewöhnlich die Partys der Jurastudenten stiegen.

Ich war seit ungefähr einer Stunde da, ein Bier in der Hand, als ich auf der gegenüberliegenden Seite des Raums Sams strubbeligen Schopf entdeckte. Ich schlenderte in seine Richtung, und als ich näher kam, stellte ich fest, dass er einen Zweitagebart und strahlend blaue Augen hatte. Er sah extrem gut aus, aber es war die Art und Weise, wie sich sein ganzes Gesicht aufhellte, wenn er lächelte, die mein Herz schneller schlagen ließ. Es war elektrisierend. Als er endlich zu mir herüberblickte und dann den Blick nicht mehr abwandte, hatte ich das Gefühl, meine Kopfhaut würde in Flammen aufgehen.

Ich spürte, wie mir die Farbe in die Wangen stieg, als er langsam auf mich zukam, um sich vorzustellen.

»Du siehst gar nicht aus wie eine Ärztin«, sagte er.

»Was soll das denn heißen?«, fragte ich, besorgt, dass er etwas so Dämliches erwidern würde wie »Dazu bist du viel zu hübsch«, was alles ruiniert hätte.

Er deutete quer durch den Raum. »Die Ärzte stehen alle auf eine ganz bestimmte Art da«, sagte er. »Sieh mal, so: den Rücken ein wenig zurückgelehnt. Das kommt daher, dass sie oft so lange auf den Beinen sein müssen.«

Ich sah mich im Raum um, bereit, ihm zu widersprechen. Doch er hatte recht: Ein Großteil der Leute schien wirklich so zu stehen, wie er es mir vorgeführt hatte.

»Ob euch das wohl auf immer und ewig anhaften wird?«, fragte ich.

»Euch? Oh, ich bin kein Medizinstudent.« Er lachte. »Das ist mir zu mörderisch. Ich besuche hier einen Freund vom College. Er geht auf die medizinische Fakultät und er hat mich auf das Phänomen des Stehens bei Ärzten aufmerksam gemacht. Ich denke, es kann durchaus sein, dass er mich bloß auf den Arm genommen hat.« Sam lächelte, und auf der Stelle machte mein Herz einen Satz. »Wenn du keine Ärztin bist, was bist du dann?«

»Ich studiere Jura.«

»Das ist lustig. Ich sollte ebenfalls Anwalt werden.«

»Was ist passiert?«

Er lächelte schief und summte ein paar Takte, bevor er antwortete: *»I'm a lover, not a fighter.«*

»Im Ernst?« Ich verdrehte die Augen, obwohl ich längst in seinen Bann geschlagen war.

Sam zuckte die Achseln. »Den ganzen Tag lang zu versuchen, einen Gegner zu übertrumpfen, ist nicht so mein Ding«, sagte er, dann beeilte er sich klarzustellen: »Natürlich kann es ehrenwert sein, als Anwalt zu arbeiten, theoretisch zumindest.«

»Ah ja, theoretisch ...« Ich erwiderte sein Lächeln. Vielleicht hätte ich mich vor den Kopf gestoßen fühlen sollen, aber ich war zu sehr damit beschäftigt, meine plötzlich wackeligen Beine unter Kontrolle zu bekommen.

»Ich habe gerade den von dir gewählten Berufsstand beleidigt, stimmt's?«

Ich lachte. »Ein bisschen.«

»Das heißt, ich bin dabei, das hier zu vermasseln?«, hakte er nach.

»Ein bisschen«, behauptete ich, obwohl das ganz und gar nicht stimmte.

»Unabhängig davon, was ich über Anwälte im Allgemeinen denke, wirst du einen großartigen Job machen«, meinte er. »Da bin ich mir ganz sicher.«

»Woher willst du das wissen?«, fragte ich. »Wir haben uns doch gerade erst kennengelernt.« Ehrlich gesagt, war ich neugierig. Ich wünschte mir, dass Sam etwas wusste, was ich nicht wusste.

»Oh, das kann ich dir sagen«, erwiderte er und sah mich an. »Es ist ein Gefühl. Ein gutes.«

»Hast du oft dieses gute Gefühl?«

Als er diesmal lächelte, wäre mir beinahe das Herz stehen geblieben. Seine Augen waren so unglaublich blau und leuchtend. »Nicht so wie jetzt.«

Schon bald darauf erfuhr ich, dass Sam, wenngleich weder Anwalt noch Arzt, ausgesprochen versiert war. Er hatte vor Kurzem seinen Abschluss an der Columbia School of Journalism gemacht und ein Jobangebot von der *New York Times,* die ihn für ihre Stadtausgabe haben wollte. Er hatte vor, den Schwerpunkt darauf zu setzen, die sekundären Auswirkungen der Armut in den USA aufzudecken, vor allem bei Kindern. Er plante sogar ein eigenes Feature – »Die Waisen der Opioid-Krise«. Genau wie ich wollte er den Status quo verändern. Er glaubte fest daran, dass das möglich war, und während wir redeten, riss er mich mit seinem Optimismus mit. Binnen Minuten meinte ich, meinem Schicksal begegnet zu sein. Jemandem, der mit mir zusammen die Welt richten würde. Jemandem, der vielleicht sogar mich richten könnte. Nach außen hin mochte ich einigermaßen stabil wirken, doch das war ich nicht. Seit dem Verlust meiner Eltern fühlte ich mich wie eine ausgebrannte Glühbirne.

Bis ich Sam an jenem untypisch warmen Aprilabend begegnete, hatte ich nicht geglaubt, dass es mir eines Tages wieder besser gehen würde. Und als wir uns an der Ecke des Rittenhouse Square küssten, fing ich wieder an zu brennen.

Auf Sams Computerbildschirm tauchte die Website des Enid's in Brooklyn auf – eine Bar, so stellte sich heraus, in Greenpoint. Ich sah mich erneut im leeren Wohnzimmer um. War er dorthin gegangen? In eine Bar in Greenpoint, mitten am Tag? Es war schließlich noch gar nicht lange her, dass er sich den Kopf angeschlagen hatte.

Verdammt noch mal, Sam!

Mein Gesicht glühte, als ich seine Nummer wählte. Der Anruf wurde direkt an die Voicemail weitergeleitet. Einen langen Moment überlegte ich, ob ich ihm die Nachricht hinterlassen sollte, er brauche sich nicht die Mühe zu machen, nach Hause zu kommen. Einen langen Moment, in dem ich mich des Eindrucks nicht erwehren konnte, selbst ein Entzug würde nicht genügen. Doch anstatt dies auszusprechen, anstatt überhaupt etwas zu sagen, schloss ich die Augen, schluckte meinen Kummer und meinen Ärger hinunter und legte auf.

Fünfzehn Minuten später stand ich auf dem kurzen, von Bäumen gesäumten Stück des Montgomery Place zwischen Eighth Avenue und dem Park und betrachtete Zachs beeindruckendes Brownstone-Haus. Im goldenen Licht der Spätnachmittagssonne sah es atemberaubend aus. Vier Stockwerke aus makellosem, rötlich braunem Sandstein mit einer extravaganten Treppe, die doppelt so breit zu sein schien wie die Treppen der Nachbarhäuser. Durch die riesigen Fenster zur Straße konnte ich einen gewaltigen Art-déco-Kronleuchter unter der bestimmt fünf Meter hohen Decke hängen sehen.

In Anbetracht von Zachs Erfolg wunderte ich mich natürlich, warum er und Amanda Brooklyn den Vorzug vor Manhattan gegeben hatten. Ich nahm an, Zach hätte sich mühelos ein ähnliches Haus in Tribeca oder im West Village leisten können. Brooklyn hatte einen ganz eigenen Charme, aber das hatten diese Gegenden auch. Obwohl – wenn Amanda aus einer Kleinstadt kam, hatte sie sich bestimmt etwas Ruhigeres, Bodenständigeres für Case gewünscht.

Ich hielt den Atem an, als ich meinen Blick vom Haus losriss und die Stufen hinaufstieg, erleichtert, dass ich dort weder auf polizeiliches Absperrband noch auf sonst einen Hinweis stieß, dass Zachs Haus wegen polizeilicher Ermittlungen versiegelt war. Nicht, dass ich große Lust gehabt hätte, es zu betreten. Laut Zachs Schilderung hatte sich ihm ein absolut grauenvoller Anblick geboten, als er nach Hause zurückgekehrt war, und ich nahm nicht an, dass man den Tatort bereits gereinigt hatte. Die Polizei und die Sanitäter wischten nicht das Blut auf, wenn die Leiche abgeholt worden war. Man war selbst dafür zuständig, sein Haus wieder in Ordnung zu bringen, sogar dann, wenn die Polizei nicht davon ausging, dass man für dessen Zustand verantwortlich war.

Oben auf der Treppe ging ich neben einem großen Pflanztopf mit schickem, farnartigem Grünzeug in die Hocke. Er ließ sich leicht anheben. Darunter kam der Schlüssel zum Vorschein, den Zach erwähnt hatte.

Mist. Ich hatte gehofft, der Schlüssel wäre verschwunden – Beweis dafür, dass jemand anderes als Zach ihn benutzt hatte, um sich in der Nacht von Amandas Ermordung Zutritt zum Haus zu verschaffen. Jemand, der sie mit Zachs Golfschläger erschlagen hatte. Eine alternative

Theorie, die bei der Staatsanwaltschaft und vor Gericht berechtigte Zweifel säen konnte.

Aber wie wäre es damit? Jemand hatte den Schlüssel genommen, war damit ins Haus eingedrungen, hatte Amanda getötet und ihn anschließend zurückgelegt. Durchaus möglich – manche Dinge strapazierten eben die Gutgläubigkeit. Genau wie die Vorstellung, dass Zach schlicht und einfach vergessen hatte, mir von dem Teil der Anhörung zu berichten, bei dem über den ausstehenden Haftbefehl gesprochen worden war.

Das nervte mich. Und zwar gewaltig. Der Zach, den ich vom Jurastudium kannte, war ausgesprochen penibel, was Details anging. Er hätte auf keinen Fall vergessen, den Haftbefehl zu erwähnen.

Als ich den Schlüssel im Schloss drehte, wurde mir bewusst, dass mir immer noch nicht klar war, was mir mehr Sorgen bereitete: der ausstehende Haftbefehl an sich, oder dass Zach mir diesen Umstand verschwiegen hatte.

Sogar die Art und Weise, wie Zachs Haustür mit einem leisen *Wuuusch* aufschwang, war elegant. Ich hielt den Blick zu Boden gerichtet, als ich das dämmrige, zweifelsohne bezaubernd schöne Foyer betrat, sorgfältig darauf bedacht, nicht zur Treppe zu schauen, auf der vermutlich noch immer Blut und Gehirnmasse verteilt waren. Ein unangenehmer Geschmack machte sich in meinem Mund breit. Ich musste mich auf das Hier und Jetzt konzentrieren, auf die vor mir liegende Aufgabe.

Zach hatte gesagt, dass die Unterlagen von Case' Ferienlager in Amandas kleinem Sekretär im Wohnzimmer liegen würden. Ohne aufzusehen, durchquerte ich das Foyer, bis ich endlich den riesigen, sorgfältig renovierten, offenen Wohnraum betrat. Er war strahlend weiß gestrichen und mit eleganten Möbeln im Midcentury-Design eingerichtet. Die Luft roch ein wenig abgestanden, aber das war der einzige Hinweis darauf, dass etwas nicht stimmte.

Der Sekretär stand in der Nähe der Fenster. Ich ging darauf zu, wobei ich zwischendurch stehen blieb, um einen näheren Blick auf die Fotos zu werfen, die in einem glänzenden Einbauregal entlang der Wand standen. Die Rahmen waren sorgfältig aufeinander abgestimmt, genau wie die Posen der Menschen auf den über die Jahre hinweg aufgenommenen Fotos aufeinander abgestimmt zu sein schienen. Die idyllischen Aufnahmen machten es einem schwer, sich vorzustellen, dass Zach und Amanda jemals einen unglücklichen Moment gehabt haben könnten, geschweige denn eine gewalttätige Auseinandersetzung, die mit Amandas Tod geendet hatte.

Sie bestätigten außerdem das, was ich schon im Rikers bemerkt hatte: Zach war mittlerweile um einiges attraktiver als zu unserer gemeinsamen Zeit an der Uni. Seine Gesichtszüge waren markanter geworden – eine Folge des Alters oder der zehn Kilo Muskelmasse, die er zugelegt zu haben schien. Vielleicht lag es aber auch nur an dem Selbstbewusstsein, das der Erfolg mit sich brachte. Die alte Reizbarkeit, die mir auch im Rikers aufgefallen war, ließ sich wahrscheinlich auf die stressige Situation zurückführen oder darauf, dass er eine alte Freundin wiedersah. Ja, Zach hatte bewiesen, was er draufhatte, und zu meinem Entsetzen verspürte ich einen kurzen Anflug von Bedauern.

Ich versuchte, das Gefühl abzuschütteln oder zumindest so zu tun, als hätte ich es nicht wahrgenommen – die Sehnsucht nach einem Mann mit einer toten Frau, deren Blut an der Treppe hinter mir klebte. Was immer ich da empfinden mochte, war vermutlich nicht Zach geschuldet.

Ich nahm eines der gerahmten Fotos zur Hand, das Amanda und Zach an ihrem Hochzeitstag zeigte, irgendwo an einem tropischen Strand. Amanda sah umwerfend aus in ihrem schlichten Hochzeitskleid aus Spitze, ein lässig gebundenes Bouquet tropischer Blumen in der Hand. Zach, in einem hellen Leinenanzug, stand lächelnd neben ihr. Sie wirkten auf jene mühelose Art glücklich, die Leute ausstrahlen, die alles haben.

Ich fragte mich, was wohl die Fotos von Sam und mir an unserem Hochzeitstag erzählten. Ich war unfassbar verliebt gewesen, und alles, woran ich mich erinnerte, war ein Gefühl grenzenloser Dankbarkeit. Sam hatte unsere ganze Hochzeit selbst organisiert. Das Fest meines Lebens ohne meine Mutter zu planen, wäre mir zu schwer gefallen, das hatte Sam intuitiv gewusst. Vom ersten Moment an war das so gewesen – wir waren in einer Endlosschleife miteinander verbunden.

Wir hatten in dem schönen Garten eines Reihenhauses im West Village geheiratet, das einem wohlhabenden Internatsfreund von Sam gehörte. Sam hatte höchstpersönlich jeden Zentimeter des Gartens mit den blinkenden weißen Lichtern ausgestattet, die ich so sehr liebte. Ich hatte ihm bei unserem ersten Date davon erzählt. Die Blumen, mit denen der Garten geschmückt war, blaue Hyazinthen, hatte er mir bei unserem zweiten Date mitgebracht. Bei der Feier waren keinerlei Familienangehörige zugegen, weder von Sam noch von mir, aber wir waren umgeben von Freunden. Sams Mitbewohner vom College spielte Gitarre, als ich nach vorne schritt, Heather von der juristischen Fakultät hatte die Torte gebacken, und Mary Jo führte die Zeremonie durch. Wir hatten unsere eigenen

Gelübde verfasst. Es verstand sich von selbst, dass die von Sam sehr viel schöner waren als meine.

»Ich gelobe dir, dein Leuchtturm zu sein«, lautete sein letzter Schwur. Und auf vielfältige Weise war es tatsächlich so, als sei mit Sam ein Licht in meinem Leben aufgeflackert, das mich wachgerüttelt hatte und mir einen Pfad aus der Dunkelheit leuchtete. Und trotzdem hatten wir uns so heillos verirrt. Aber ich entschied mich immer noch für ihn, oder nicht? Jeden einzelnen Tag.

Mein Handy klingelte. Ich riss den Blick von den Fotos los und wühlte, das Hochzeitsfoto von Amanda und Zach noch immer in der Hand, in meiner Handtasche nach dem Telefon.

Sam. Anscheinend war er aus dem Enid's zurück. Die Erinnerungen an unsere Hochzeit verpufften, und ich war schlagartig wieder sauer auf ihn.

»Was gibt's?«, fragte ich.

»Nun, dir auch einen guten Tag«, erwiderte Sam jovial. Betrunken? Möglich, aber wenn ja, nicht stark. Wenn er betrunken war, sprach er immer schneller und deutlich verschliffen, und das tat er jetzt nicht. »Ich habe gesehen, dass du angerufen hast, und wollte bloß zurückrufen. Aber du klingst … beschäftigt.«

»Ich *bin* beschäftigt«, bestätigte ich, fest entschlossen, ihn nicht wegen des Enid's oder Greenpoint auszuquetschen. Das Einzige, was jetzt zählte, war, dass er einen Entzug machte, doch darüber konnte ich mich hier, in Zachs Haus, ohnehin nicht auslassen. »Ich arbeite.«

»Okay.« Sam klang verletzt. »Ich lasse dich sofort wieder …«

»Was hast du Schönes gemacht?«, konnte ich mir trotz meines festen Vorsatzes nicht verkneifen zu fragen.

»Oh, ich habe geschrieben«, antwortete Sam. »War bisher kein schlechter Tag, was die Arbeit an dem Buch betrifft. Fünf Seiten. Andererseits bin ich kaum vom Stuhl aufgestanden, also sind fünf Seiten wohl doch nicht so beeindruckend.«

»Du bist kaum vom Stuhl aufgestanden?« Eine vorsätzliche, völlig grundlose Lüge.

»Hm, abgesehen davon, dass ich einmal zur Post musste, um Briefmarken zu kaufen«, lavierte sich Sam heraus. »Warum dieses Kreuzverhör?«

Weil es gerade mal eine Woche her ist, dass ich dich blutüberströmt und bewusstlos auf unserem Wohnzimmerfußboden gefunden habe, Sam.

»Ich bin müde, das ist alles«, redete ich mich heraus. »Und ich bin wirklich sehr beschäftigt.«

Ich konnte Schuldgefühle aus Sams Schweigen heraushören. Und ich freute mich darüber. Ein bisschen Schuld war besser als nichts.

»Okay«, sagte er endlich. Seine Stimme klang gepresst. Als hätte er lieber etwas ganz anderes gesagt.

»Ich muss weitermachen«, sagte ich. »Wir sehen uns heute Abend.«

Ich legte auf, ohne abzuwarten, bis er sich verabschiedet hatte. Dann umklammerte ich das Handy und drückte es gegen meine Lippen.

Ich öffnete den Sekretär und nahm die Unterlagen von Case' Feriencamp heraus, die gleich in der obersten Schublade lagen. Gerade als ich sie in meine Tasche steckte, hörte ich plötzlich ein lautes Krachen, gefolgt von einem Knall. Die Geräusche kamen von der Rückseite des Hauses. Von der anderen Seite einer geschlossenen Tür am hinteren Ende des Wohnzimmers. Ich starrte dorthin.

»Hallo?«, rief ich mit hämmerndem Herzen. *Bitte antworte nicht. Bitte antworte nicht.* Ich drehte mich um und warf einen Blick auf die Haustür, in dem Versuch zu überschlagen, wie schnell ich, falls nötig, vorn hinaussprinten könnte.

»Hallo? Wer ist da?«, rief ich mit der tiefsten, eindrucksvollsten Stimme, die ich zustande brachte. »Ich bin Zach Graysons Anwältin!«

Nichts. Nur Schweigen.

»Hallo?«

Weiteres Schweigen.

Ich warf mein Handy zu den Unterlagen in die Tasche und schnappte mir erneut das Hochzeitsfoto. Anschließend ging ich Zentimeter um Zentimeter auf die Tür zu, den Rücken dem Foyer mit den blutverschmierten Stufen zugewandt.

Ein letzter tiefer Atemzug, dann stieß ich, den Bilderrahmen hoch erhoben, die Schwingtür mit der Hüfte auf. Auf dem Boden der dahinter liegenden Küche entdeckte ich eine zerbrochene Keramikschale, Zehncentstücke und Vierteldollar waren ringsherum verstreut. Meine Augen schossen durch den Raum. Niemand war zu sehen, und zum Glück gab es keine Speisekammer oder sonst einen Ort, an dem sich jemand hätte verstecken können. Die Schale konnte auch von allein heruntergefallen sein, versuchte ich mir einzureden. Vielleicht hatte sie schon seit Tagen zu dicht an der Kante gestanden.

Doch dann schweifte mein Blick zur Hintertür. Ich trat näher heran, sorgfältig darauf bedacht, nichts anzufassen, in der Hoffnung, meine Augen würden mir einen Streich spielen. Doch das taten sie nicht. Die Tür stand definitiv einen Spaltbreit auf. Jemand war hier gewesen. Gerade eben. Jemand, der die Schale von der Anrichte gestoßen hatte, womöglich weil er so eilig zur Tür gehuscht war, als er hörte, dass ich mein Telefonat mit Sam beendete. Was wäre passiert, wenn Sam nicht angerufen und ich denjenigen oder diejenigen in der Küche überrascht hätte?

Mit zitternden Händen wählte ich die Neun-eins-eins.

»Neun-eins-eins. Welchen Notfall möchten Sie melden?«

»Ich möchte einen Einbruch melden.«

Ich wartete auf den Eingangsstufen darauf, dass die Polizei eintraf. Endlose fünfzehn Minuten später hielt ein Streifenwagen am Straßenrand vor einem Hydranten an. Ein weiblicher Officer mittleren Alters und ein jüngerer Mann stiegen aus. Er war klein und kräftig gebaut. Sie war einen Kopf größer, hatte streng zurückgegeltes blondes Haar, beeindruckende Schultern und einen toughen Blick. Sie machte ein paar Schritte auf das Haus zu. Ganz offensichtlich führte sie das Kommando.

»Ist das Ihr Haus?«, rief sie zu mir herauf.

»Ich habe angerufen und den Einbruch gemeldet«, antwortete ich. »Das Haus gehört meinem Mandanten. Ich bin seine Anwältin.«

»Ihrem Mandanten?« Sie zog die Augenbrauen zusammen. »Ist er drinnen?«

»Nein«, sagte ich und traf die Entscheidung, Zachs gegenwärtigen Aufenthalt im Rikers nicht zu erwähnen. »Ich bin hergekommen, um etwas für ihn zu holen. Ich war drinnen, als ich hinten plötzlich Lärm hörte, in der Küche.« Ich deutete über meine Schulter aufs Haus. »Ich bin hin, und da lag eine zersprungene Schale auf dem Fußboden. Außerdem stand die Hintertür offen. Als wäre jemand gerade eben hinausgerannt. Ich kann es Ihnen zeigen. Ich habe nichts angefasst.«

»Fehlt etwas?«, fragte der weibliche Officer und blickte

am Haus hinauf, ohne näher zu kommen. »Gibt es irgendwelche Einbruchsspuren?«

»Nichts Offensichtliches.« Ich schüttelte den Kopf. »Keine Schubladen herausgezogen, keine Hinweise darauf, dass jemand etwas durchwühlt hat. Nur die zerbrochene Schale. Aber wie ich schon sagte – es ist nicht mein Haus.«

»Ich dachte, Sie hätten eine offen stehende Tür erwähnt.« Die Polizistin sah mich skeptisch an und kam die Stufen herauf. »Oder nicht?«

Sarkasmus? Okay, dann wusste sie also genau, wer mein Mandant war, und alles über den Mord an Amanda. Glaubte sie, ich hätte das hier inszeniert?

»Ja«, antwortete ich scharf, aber nicht grob. »Officer Gill« stand auf ihrem Namensschild. Leider brauchte ich ihre Hilfe. Höflich zu bleiben, kam mir ratsam vor. »Die Hintertür stand offen.«

»Nun, dann legen wir mal los«, ließ sich Officer Gills Kollege vernehmen und machte sich ebenfalls daran, die Stufen heraufzusteigen. Auf seinem Namensschild stand »Officer Kemper«.

»Das Blut ist noch nicht beseitigt worden«, teilte ich Officer Gill mit. »Sie wissen von dem Mord, oder?«

Sie wich meinem Blick aus.

»Blut?«, fragte Kemper. »Würde mich mal bitte jemand ins Bild setzen?«

»Der Swingerparty-Mord.« Ich funkelte Gill an. »Ich glaube, so pflegen Sie die Angelegenheit zu bezeichnen.«

Kempers Augen weiteten sich. »Oh, das war *hier*?«

»In genau dem Haus«, sagte Gill, dann wandte sie sich wieder mir zu. »Schließen Sie die Tür auf und warten Sie draußen. Bis wir sicher sein können, dass alles sauber ist.«

Ich blieb vor der Haustür stehen und horchte, ob irgendwo Tumult ausbrach – ein Schuss, Rufe der Officer, dass sie einen Verdächtigen entdeckt hatten, Kampflärm. Doch alles blieb still. Zehn Minuten später schwang die Tür auf.

»Alles okay«, sagte Officer Kemper, schwer atmend von seiner Patrouille durchs Haus.

»Wer immer hier war, hat wahrscheinlich etwas mit dem Mord an Amanda Grayson zu tun«, sagte ich. Es würde nichts an der Vorgehensweise der Officer ändern, aber es wäre gut, wenn es im Bericht stünde. »Das ist eine begründete Vermutung.«

»Okay«, erwiderte er gedehnt in einem Ton, der besagte: *Das fällt nicht in meinen Zuständigkeitsbereich.*

Wir traten gemeinsam wieder ins Haus. Und da war sie: die Treppe. Das helle Holz und das moderne Edelstahlgeländer ließen darauf schließen, dass sie erst kürzlich erneuert worden war. Die Wände am Fuß der Treppe waren voller Blut – kleine Tropfen, große Tropfen und ein feiner Sprühnebel. Lang gezogene rote Spritzer wie auf einem grausigen Jackson-Pollock-Gemälde. Der Garderobentisch unter einem Spiegel war verschoben, darunter lag ein kleines, blutbeflecktes Handtuch. In der Mitte des polierten, hellen Holzbodens unter der Treppe war eine riesige, verschmierte Blutlache. Als hätte jemand versucht, sauber zu machen, und alles nur noch verschlimmert. Doch es war ein fast schwarzer Fleck an der Seite der untersten Stufe, der mich am meisten bestürzte. Ich konnte mir vorstellen, dass dort Amandas Kopf gelegen hatte, während das, was darin war, herausquoll wie aus einem gesprungenen Ei.

»Alles okay?« Officer Kemper beäugte mich.

»Ja, es ist nur …« Anstelle einer Erklärung deutete ich auf die Treppe. »Es geht schon.«

»Ich dachte, Sie wären bereits drinnen gewesen?«

»Das war ich auch. Ich habe aber nicht hingesehen.« Jetzt, da ich es laut aussprach, klang das ausgesprochen seltsam.

»Ich dachte, Sie wären seine Anwältin?«

»Richtig.«

»Dann sollten Sie sich besser gut anschnallen«, sagte er, bevor er mir voran in Richtung Küche ging.

Officer Gill war in die Hocke gegangen und inspizierte die zerbrochene Schale. »Ich tippe auf Einbruchdiebstahl.«

»Aber es sieht nicht so aus, als wären die Schränke durchwühlt worden. Das ergibt doch keinen Sinn«, hielt ich dagegen.

»Sie haben den Täter offenbar überrascht und in die Flucht geschlagen. Wer weiß, was er sonst mitgenommen hätte.« Officer Gill deutete auf die Vierteldollarmünzen. »Wahrscheinlich ein Drogensüchtiger. Einbruch aus Verzweiflung.«

Officer Kemper ging zur Hintertür, öffnete sie mit dem Ellbogen und trat hinaus, dann blieb er für einen Moment stehen und betrachtete den Garten. Ich überlegte, ob ich Einspruch gegen diese vollkommen absurde Einbruchstheorie erheben sollte. Jemand brach ausgerechnet in das Haus ein, in dem kurz zuvor ein Mord geschehen war, um eine Handvoll Vierteldollar zu stehlen? Officer Gill würde mit Sicherheit dagegenhalten, dass das kein Zufall sei: Das Haus stand seit Zachs Verhaftung leer – für jeden mit Augen im Kopf war das unübersehbar.

»Sie können doch die Tür auf Fingerabdrücke untersuchen, oder?«, fragte ich, als Officer Kemper in die Küche zurückkehrte. »Der oder die Täter haben sie auf dem Weg nach draußen vermutlich angefasst.«

»Ja«, sagte Officer Gill, wieder in diesem sarkastischen Ton. »Klar können wir das.«

»Aber Sie werden es nicht tun?«, schlussfolgerte ich.

»Es wurde nichts entwendet, und niemand ist verletzt«, erwiderte Kemper diplomatisch. »Ich denke also nicht, dass die Fingerabrücke von höchster Priorität sind.«

Ich errötete – teils aus Frustration, teils aus Verlegenheit. »Es ist nicht ausgeschlossen, dass die Person, die hier eingebrochen ist, für den Tod von Amanda Grayson verantwortlich ist. Wollen Sie damit andeuten, dass die Polizei nicht daran interessiert ist, ihren Mörder zu finden?«

»Wurde aus dem Grund nicht Ihr Mandant verhaftet?«, fragte Officer Gill.

»Er wurde wegen des tätlichen Angriffs auf einen Polizisten verhaftet«, schoss ich zurück. »Aber nur, damit ihn der Staatsanwalt im Auge behalten kann.«

Officer Gill schnaubte leise. Es klang resigniert. Als wäre sie nicht wirklich anderer Meinung. Sie hob die Hände.

»Hören Sie, wir werden versuchen, die Detectives herzubeordern, die in der Mordnacht am Tatort waren. Außerdem werden wir die Spurensicherung anfordern, die sich mit Eigentumsdelikten befasst.« Sie ließ die Hände sinken und stemmte sie in die Hüften. »Einer wird schon kommen. Sie müssen nur Geduld aufbringen.«

Zwanzig Minuten später war ich wieder allein im Haus und fasste endlich die Treppe näher ins Auge. Meine Augen schweiften am Edelstahlgeländer entlang nach oben und wieder zurück zu dem großen, verschmierten Blutfleck am Boden.

Und dann entdeckte ich etwas auf der zweituntersten Treppenstufe, ganz an der Seite, kaum zu sehen auf dem geschwärzten Stahl der Trittfläche. Ich trat näher heran. Im Blut war ein deutliches Muster zu erkennen, bei dem es sich definitiv um einen Abdruck handelte – Finger, Handfläche. Was, wenn ihn Polizei oder Spurensicherung übersehen hatten? Er war schwer zu entdecken. Das erschien mir unter den gegebenen Umständen nicht ganz ausgeschlossen. Die ganze Sauerei am Tatort, dazu ein exzellenter Tatverdächtiger gleich neben der Leiche.

Die Polizisten hatten das Haus betreten und als Erstes Zach gesehen, der, den Golfschläger zu seinen Füßen, am Fuß der Treppe vor seiner blutüberströmten toten Ehefrau stand. Kein Wunder, dass sie sich auf ihn als Verdächtigen stürzten. Der Suche nach Fingerabdrücken würde in dem Fall nicht unbedingt oberste Priorität gegolten haben. Als dann auch noch die Sache mit der Sexparty hinzukam, hatten die Ermittler die Fühler nicht wie üblich in alle Richtungen ausgestreckt. Was durchaus verständlich war. Der Großteil weiblicher Mordopfer ging nun mal auf das Konto von Ehemännern oder Geliebten. Nachdem man sich auf Zach als Hauptverdächtigen eingeschossen hatte, war die wichtigste Aufgabe, entsprechendes Beweismaterial zusammenzutragen.

Für eine ehemalige Staatsanwältin war das keine vorschnelle Verurteilung, sondern eine Tatsache. Es war außerdem eine Tatsache, dass es nun mein Job war, die Weichen für diesen ganz speziellen Fall neu zu stellen. Das erschien mir wichtiger denn je. Denn wenngleich der ausstehende Haftbefehl mich kurz Zachs Glaubwürdigkeit in Zweifel hatte ziehen lassen, hatte mich der Eindringling von vorhin überzeugt: Zach war unschuldig.

KRELL INDUSTRIES

VERTRAULICHES MEMORANDUM
NICHT ZUR WEITERGABE BESTIMMT

Verschlusssache – vertraulich

26. Juni

An: Direktorat der Grace Hall School
Von: Krell Industries
Betreff: Ermittlungen in Sachen Datenpanne & Cyber-Zwischenfall ./. Zwischenbericht

Datenerfassung:

Eine Überprüfung der Informationssysteme der Grace Hall School hat eine Reihe mutwilliger Hackerangriffe ergeben, beginnend am 15. April dieses Jahres. Am 30. April wurde ein signifikanterer Eingriff in die Datenbanken von Grace Hall festgestellt. Offenbar wurden zu jenem Zeitpunkt umfangreiche familiäre Daten – einschließlich E-Mails, Wohnadressen, Geburtsdaten sowie private Telefonnummern – entwendet.

Zusammenfassung Einzelbefragungen:

FAMILIE 0005: Weiblicher Haupelternteil (WHE) erhielt eine E-Mail von einer anonymen Quelle mit der Aufforderung, eine Barüberweisung in Höhe von 20 000$ vorzunehmen, um dadurch zu verhindern, dass die Details der vom Ehemann – männlicher Haupelternteil (MHE) – auf der Dating-Webseite Terry's Bench (eine Dating-Website für verheiratete Personen) vorgenommenen Aktivitäten auf der lokalen Eltern-Website Park Slope Parents (PSP) gepostet würden.

FAMILIE 0006: Weiblicher Haupelternteil (WHE) gab an, umfangreiche, verstörende E-Mails mit pornografischem Material, darunter auch sogenannte Voyeur-Pornos, erhalten zu haben, zusammen mit der Aufforderung, 20 000$ zu überweisen. Das anstößige Material sei auf dem Familiencomputer entdeckt worden. Sollte der WHE der Forderung nicht nachkommen, werde das Material an die PSP-Website weitergeleitet werden, außerdem die Information, dass es sich um Eigentum der Familie 0006 handele.

LIZZIE

DIENSTAG, 7. JULI

Die Sonne ging bereits unter, als ich auf der Treppe vor Zachs Haus saß und darauf wartete, dass Millie eintraf. Mich an sie zu wenden, war ein Reflex gewesen, doch jetzt spürte ich, wie mir zunehmend unwohler wurde. Auf der einen Seite war Millie als ehemaliger Police Sergeant, angesehene Privatermittlerin und langjährige Freundin der Familie die naheliegende Wahl. Auf der anderen Seite würde diese naheliegende Wahl naheliegende Komplikationen mit sich bringen, vor allem in Anbetracht all der in letzter Zeit eingegangenen E-Mails, die ich geflissentlich ignoriert hatte.

Normalerweise ging ich nicht einfach über Millies E-Mails hinweg, aber normalerweise stand auch nicht *Bitte ruf mich an* im Betreff. Irgendetwas stimmte nicht, so viel war klar. Und ja, ich schob es absichtlich vor mir her, herauszufinden, was. Arme Millie. All die Jahre über hatte sie stets versucht zu helfen. Und sie hatte tatsächlich geholfen. Aber Undank war nun mal der Welten Lohn.

Millie wäre jedoch nicht Millie gewesen, wenn sie nicht, als ich sie anrief und bat, herzukommen, mit keinem Wort erwähnt hätte, dass ich ihre E-Mails ignoriert hatte. Sie erkundigte sich lediglich nach Zachs Adresse und versprach mir, sich sofort auf den Weg zu machen.

Wenigstens hatte ich mittlerweile die Anrufe wegen Case hinter mir. Sie waren um einiges schlimmer gewesen, als ich befürchtet hatte. Die junge Camp-Mitarbeiterin, die das Telefonat entgegengenommen hatte, war in Tränen ausgebrochen, als ich ihr von Amanda erzählte, und ich hatte sie kaum davon abhalten können, Case an den Apparat zu holen.

Zum Glück hatte ich anschließend mit dem deutlich ruhigeren Leiter des Ferienlagers gesprochen, der mir beigepflichtet hatte, dass es besser sei, wenn der Junge noch nichts davon erfuhr. Er hatte mir die Nummer der Eltern von Case' Freund gegeben – der, wie sich herausstellte, Ashe hieß, nicht Billy. Der Anruf war noch aufwühlender gewesen. Ashes Eltern hatten Amanda gut gekannt, waren mit ihr befreundet gewesen. Die Frau war so aufgelöst, dass sie einen Schrei ausstieß und das Telefon fallen ließ.

»Das ist ja furchtbar«, sagte Ashes Vater immer wieder, als ich ihn schließlich in der Leitung hatte. »Mein Gott, Case ist für uns wie ein Familienmitglied.«

Es war schwer, ihn über das kehlige Schluchzen seiner Frau im Hintergrund hinweg zu verstehen. Irgendwann riss er sich so weit zusammen, dass er sich einen Plan überlegen konnte. Als wir das Gespräch beendeten, hatte er mir versichert, dass er Case und Ashe am Wochenende abholen und die Nachricht verantwortungsvoll und schonend überbringen würde.

Ich fühlte mich zutiefst erleichtert, als ich endlich Millies kompakte, sportliche Gestalt auf mich zukommen sah. Ihr einst so dynamischer Schritt hatte allerdings an Schwung verloren, seit ich sie das letzte Mal getroffen hatte. Aber das war lange her. Dennoch – selbst aus der Ferne strahlte Millie eine tröstliche Offenheit aus, eine der Eigenschaften, die ich stets am meisten an ihr geschätzt hatte.

Ich war in der achten Klasse, als ich zum ersten Mal richtig mit Millie sprach. Es kamen immer jede Menge Polizisten ins Diner, weil es gleich um die Ecke des Zehnten Reviers in Chelsea lag. Millie war aber nicht einfach irgendein Cop, sie war seit Jahren eine gute Freundin meiner Mom. Mit meinem Dad dagegen hatte sie es eher weniger.

Anders als andere Leute ließ sich Millie nie von meinem Dad bezirzen. Die beiden kamen halbwegs miteinander klar, aber Milly schien stets in ihn hineinblicken und herausfinden zu wollen, wie er so tickte. Was mich betraf – ich gab mir in jener Zeit alle Mühe, ihm aus dem Weg zu gehen. Mein Vater war besessen von meinen Vorbereitungen auf die knallharte Aufnahmeprüfung für eine der besten Highschools in New York City. Er sprach über nichts anderes mehr. Wenn ich diese Prüfung bestand, so war sich mein Dad sicher, wäre das meine Eintrittskarte in eine völlig neue Gesellschaftsschicht. Und seine Eintrittskarte ebenfalls.

Zum Glück hätte sich meine Mum nicht weniger um diese blöde Prüfung scheren können. Für sie war ich perfekt, seit ich zum ersten Mal in ihren Armen gelegen hatte. Sie liebte mich mit großer Inbrunst und einem blinden Vertrauen.

Die Liebe meiner Mutter wurde nur von ihrem Beschützerinstinkt übertroffen. Ich war schon in der achten Klasse, als sie mir endlich erlaubte, nachmittags allein zu unserem Diner zu gehen. Meine Schule lag nur ein paar Blocks vom Apollo entfernt, und all meine Freundinnen fuhren allein mit der U-Bahn, bewältigten sehr viel längere Strecken, *seit Jahren.* Es war dennoch ein gewaltiges Zugeständnis, dass sie mir diesen kleinen Schritt in die Unabhängigkeit zugestand. Während meiner gesamten

Kindheit arbeitete sie zwölf Stunden am Tag in unserem Restaurant, doch nur, wenn ich in der Schule war oder schlief. Ich hätte schwören können, dass ich die beste nichtberufstätige Mutter der Welt hatte – inklusive selbst gemachten Halloween-Kostümen, liebevoll gebackenen Leckereien und stundenlangem intensivem Zuhören, ganz gleich, ob es um meine grauenvollen Klavierübungen ging oder darum, dass ich ihr aus den Kitschromanen vorlas, die sie so hasste. Sie hörte auch zu, wenn ich ihr detailreich von meinen kindlichen Triumphen und gelegentlichen Tragödien berichtete.

An jenem Tag war ich spät ins Apollo gekommen. Es schüttete wie aus Eimern, und ich hatte ein Buch in der Schule vergessen. Meine Mom schien die Zeit jedoch nicht zu bemerken. Sie saß mit Millie, die Zivil trug, in einer der Sitznischen. Ohne ihre übliche Polizeiuniform sah Millie menschlicher aus, aber ihr Blick war wie immer entschlossen – der Blick einer Frau, die es gewohnt war, anderen Leuten Druck zu machen, notfalls mit Gewalt. Bei meiner Mom allerdings hatte sie immer ein warmes Lächeln auf den Lippen, und nicht selten steckte sie sie mit ihrem lauten Lachen an. Nur wenn Millie da war, warf meine Mutter beim Lachen den Kopf zurück. Aber nicht an jenem Tag. An jenem Tag sah keine der beiden Frauen glücklich aus. Sie hielten einander an den Händen.

»Setz dich.« Kaum hatte ich die Tür geöffnet, winkte meine Mutter mich auch schon zu sich.

Als Millie aufsah, konnte ich Tränen in ihren Augen sehen. Später sollte ich erfahren, dass Nancy, ihre Ehefrau, ins Hospiz gebracht worden war. Brustkrebs. Ich war damals dreizehn, und ich fand es schrecklich, in der Nähe einer Erwachsenen zu sein, die kurz davorstand, in Tränen auszubrechen. Am liebsten hätte ich mich davongestohlen, aber meiner Mutter widersetzte man sich nicht.

»Zeig Millie das Puzzle«, ordnete sie an und deutete beharrlich auf einen Stuhl, bis ich mich pflichtschuldig gesetzt hatte. »Das, was du gestern in der Schule für mich gemacht hast. Sie könnte ein bisschen Ablenkung gebrauchen.«

Sei freundlich, hörte ich das lautlose Kommando meiner Mutter. *Tu etwas Gutes für diese traurige Frau, die meine Freundin ist.* Und so gehorchte ich, auch wenn ich mich am liebsten unter dem Tisch verkrochen hätte.

»Keine Sorge«, hatte Millie gesagt, sobald meine Mutter aufgestanden und außer Hörweite war. »Ich möchte auch nicht mit dir hier sitzen.« Mein Kopf fuhr hoch. Ich sah Millie prüfend ins Gesicht. Ihr Ausdruck war ehrlich. Sie wollte nicht gemein sein, sie sagte lediglich die Wahrheit. Sie beugte sich zu mir und flüsterte: »Wir können ja für einen Moment so tun, als würden wir uns gut unterhalten, damit deine Mom glücklich ist. Wir würden doch *alles* für sie tun, oder?«

Als Millie jetzt näher kam, fiel mir auf, wie schmal ihr Gesicht geworden war, die Haut wie Papier. Wie lange hatten wir einander nicht mehr gesehen? Vermutlich mehr als zehn Jahre. Länger, als ich gedacht hatte. Millie und ihre E-Mails waren in einer Art Geheimfach verstaut, in das ich, wenn nötig, einen Blick hineinwarf, ansonsten blieb es fest verschlossen.

»Na, sieh mal einer an«, sagte sie ruhig und schaute von der untersten Treppenstufe zu mir herauf.

Ich erhob mich. »Es tut mir leid, Millie … deine E-Mails – bei der Arbeit war wirklich Land unter, und …«

Millie hob die Hand und schüttelte den Kopf, während

sie die Stufen zu mir hochstieg. »Nein, nein«, sagte sie. »Ich bin froh, dass du überhaupt angerufen hast.«

»Es ist schön, dich zu sehen«, sagte ich und versuchte, das Brennen in meiner Kehle zu ignorieren, als Millie und ich uns kurz und fest umarmten. Sie fühlte sich spürbar zerbrechlich an.

»Du weißt, dass ich immer da bin, um dir zu helfen«, sagte sie. »Sofern es mir möglich ist.«

Das entsprach der Wahrheit, und sie tat es wegen ihrer Freundschaft mit meiner Mom. Sicherlich spielten auch Schuldgefühle eine Rolle. Millie fühlte sich weitaus mehr verantwortlich dafür, wie die Dinge verlaufen waren, als richtig war. Als könnte meine Familie noch am Leben sein, wäre es ihr gelungen, den Kerl ausfindig zu machen, der meinen Dad betrogen hatte.

»Danke«, sagte ich. »Für alles.«

Für einen Augenblick hatte ich den Eindruck, Millie wolle noch mehr sagen, aber stattdessen wandte sie sich Zachs Haus zu. »Und jetzt erzähl mir, was zum Teufel hier passiert ist.«

Drinnen standen wir Seite an Seite im Foyer und starrten auf das ganze Blut am Fuß der Treppe. Ich hatte Millie von Zach und Amanda erzählt und ihr erklärt, dass Zach und ich während des Jurastudiums recht gut befreundet gewesen waren, ich ihn jedoch seit Jahren nicht mehr gesehen hatte.

»Nun«, bemerkte sie, den Blick auf die Stufen gerichtet, »zumindest musst du die Sauerei nicht wegmachen.«

»Sieh dir das an«, sagte ich und deutete auf das Muster in dem Blutfleck am Rand der zweituntersten Stufe, der für mein ungeübtes Auge tatsächlich aussah wie der seitliche Abdruck einer Handfläche nebst einem teilweise verschmierten Fingerabdruck. »Könnte das der Teil eines Handabdrucks sein?«

Millie trat näher und legte den Kopf schräg. »Möglich«, sagte sie, doch sie klang nicht sonderlich beeindruckt.

»Die beiden Officer vorhin hatten keine Lust, in der Küche Fingerabdrücke zu nehmen. Ich habe ihnen gesagt, dass derjenige, der in Zachs Haus eingedrungen ist – wer auch immer das war –, möglicherweise etwas mit dem Mord an Amanda zu tun hat. Die zwei haben behauptet, sie würden die Spurensicherung herschicken, aber wer weiß? Und was, wenn sie den Abdruck neulich übersehen haben? Er ist nur schwer zu erkennen. Ich entdecke hier kein Fingerabdruckpulver. Vielleicht wurde ja gar nicht alles untersucht.«

»Oh, das bezweifle ich. Die Spurensicherung hat mit Sicherheit gründlich gearbeitet. Es gibt zahlreiche Möglichkeiten, Abdrücke sicherzustellen – mit Klebeband, und was weiß ich noch allem. Pulver nimmt man nur für verborgene, unsichtbare Abdrücke. Es ist allerdings nicht ausgeschlossen, dass die Kriminaltechniker doch mal etwas übersehen – und bei dem Anblick ... Die eigentliche Frage ist doch, was passiert, wenn sich herausstellt, dass der Abdruck nicht zu deinem Freund passt und auch nicht im System ist. Die Ermittler vom NYPD werden sich aller Wahrscheinlichkeit nach die Fingerabdrücke von Freunden, Hausangestellten und anderen besorgen, die hier ein und aus gegangen sind, um sie abgleichen und ausschließen zu können. Aber das kostet Zeit. Sie nehmen die Abdrücke erst, wenn sie die Leute befragen. Allerdings gibt es keinen Grund zur Eile, denn sie gehen ja davon aus, dass sie den Täter haben.« Millie legte die Stirn in Falten. »Es gibt nicht ein einziges Department im ganzen Land, das über die Mittel verfügt, nach alternativen

Verdächtigen zu suchen, wenn die Beweise so klar auf der Hand liegen.« Sie warf mir einen Blick zu. »Aber das weißt du ja alles. Du warst Staatsanwältin. Nicht, dass es von Belang ist, ich bin hier, um dir zu helfen – aber glaubst du, dein Mandant war's?«

»Nein«, sagte ich, ohne zu zögern. Aber auch ohne groß zu überlegen. Denn das dachte ich tatsächlich. Ich glaubte nicht, dass Zach Amanda umgebracht hatte.

»Unter den entsprechenden Umständen ist jeder zu allem fähig.« Millie sah mich an. »Wir beide wissen das.«

»Ja«, sagte ich und wandte den Blick ab. »Das wissen wir.«

Anschließend schwiegen wir einen Moment lang. Ein verlegenes Schweigen. Ich hielt den Blick auf die Treppe geheftet. Es fiel mir weniger schwer, das Blut anzusehen als Millie. Würde sie darauf bestehen, dass wir über alles sprachen, jetzt gleich, auf der Stelle?

»Was immer du mit mir bereden möchtest …«, sagte ich schließlich, um ihrem Anliegen zuvorzukommen, »… könnte es nicht noch ein paar Tage warten?« Ich deutete auf die Stufen. »Ich muss erst mal damit klarkommen.«

»Okay. Noch ein paar Tage.« Sie holte tief Luft. »Dann lass mich mal telefonieren und sehen, wie schnell ich jemanden von meinen Leuten herbeordern kann, der die Abdrücke in der Küche sicherstellt und die auf der Treppe. Das NYPD schickt garantiert ebenfalls ein Team für die Küche. Wenn wir aber unsere eigenen Abdrücke haben, müssen wir nicht auf das NYPD warten, um Vergleiche anstellen zu können. Ich frage auch jemanden wegen der Blutspritzeranalyse an. Versuch doch in der Zeit, die Golftasche zu finden – der Schläger muss ja irgendwo verstaut gewesen sein. Schau mal oben nach, ob du etwas Interessantes findest. Die Ermittler haben vielleicht etwas

›übersehen‹, was ihnen nicht wichtig erschien. Fass bitte nichts an und zieh deine Schuhe aus, damit wir den Tatort nicht mehr als nötig korrumpieren.«

Millie telefonierte. Ich ging nach oben, darum bemüht, nicht zu genau hinzusehen, als ich in Strümpfen um das Blut herumtappte. Oben angekommen, ein gutes Stück oberhalb der blutigen Schweinerei am Fuß der Treppe, entdeckte ich etwas, was aussah wie Fingerabdruckpulver. Dann hatte das NYPD also tatsächlich etwas getan. Ich ging an Case' makellos aufgeräumtem, fröhlichem Kinderzimmer vorbei, dann hielt ich auf Zachs und Amandas Räumlichkeiten auf der Vorderseite des Hauses zu. Um keine Fingerabdrücke zu hinterlassen, legte ich den Saum meiner Bluse um den Knauf und öffnete eine Tür.

Das Schlafzimmer dahinter war riesig und erinnerte an einen Wellnessbereich. Alles war strahlend weiß – angefangen von der Bettwäsche über die Gardinen bis hin zu den Wänden –, dennoch wirkte der Raum weder steril noch kalt. Ich versuchte, mir vorzustellen, wie Zach und Amanda am späten Samstagvormittag in dem riesigen, weichen Bett kuschelten, Case zwischen ihnen, aber ich konnte das Bild einfach nicht heraufbeschwören.

Ich wandte mich vom Bett ab und ging ins Ankleidezimmer, um nach der Golftasche zu suchen oder, wie Millie gesagt hatte, nach allem, was wichtig sein konnte. Das Zimmer war ebenfalls sehr groß und perfekt ausstaffiert mit vom Boden bis zur Decke reichenden Fächern und Regalen. An den Stangen hingen tonnenweise extrem teure Kleidungsstücke. Alles war geflutet von warmem Licht, in der Mitte des Raums stand eine kleine Polsterbank. Golfequipment fand ich nicht. Vielleicht bewahrten sie es irgendwo unten auf, zusammen mit weiterer Sportausrüstung. Sie hatten schließlich ein Kind, da war davon auszugehen, dass es einen bestimmten Platz dafür gab.

Doch bevor ich mich auf die Suche danach machte, wollte ich das Ankleidezimmer noch genauer unter die Lupe nehmen. Es musste sein, auch wenn es mir peinlich war. Dessous, Sexspielzeug – ich hatte keine Ahnung, was ich finden würde. Immerhin waren Zach und Amanda in der Mordnacht bei einer Swingerparty gewesen. Ich sah mich um und betrachtete die Regale mit den geschlossenen Schubladen und Türen, die an gewaltige Einbauschränke erinnerten.

Dann öffnete ich eine Schublade nach der anderen. Klamotten und noch mehr Klamotten, mehr kam nicht zum Vorschein. Nirgendwo stieß ich auf etwas Intimes und noch weniger auf etwas Skandalöses. Ich hob den Deckel einer Schmuckschatulle und erblickte eine spektakuläre Sammlung: Colliers, Armbänder und Ohrringe, farbige Steine und – ja, tatsächlich – jede Menge Diamanten. Das schloss für Amandas Todestag einen Einbruchdiebstahl aus, es sei denn, sie hatte den Dieb unterbrochen, bevor er das Versteck fand, nach dem er Ausschau gehalten hatte.

Ich ging zurück ins Schlafzimmer, wo ich den Blick über die eingebauten Bücherregale schweifen ließ. Dutzende klassische Romane standen dort, Werke von Shakespeare und Nietzsche, Bild- und Kunstbände. Amandas Bücher, nahm ich an. Zach hatte nicht gern gelesen, zumindest nicht während unserer gemeinsamen Zeit an der Uni – eine Tatsache, die er jedem herausfordernd ins Gesicht geschleudert hatte. Amanda dagegen – aus einer armen Familie stammend, ungebildet – schien eine begeisterte Leserin gewesen zu sein, außerdem eine großartige Mutter, von ihrem umwerfenden Äußeren ganz zu schweigen. Ich war mir sicher, dass die Geschworenen jemanden für ihren Tod bezahlen lassen würden.

Als ich mich von den Regalen abwandte, erweckte einer der Nachttische meine Aufmerksamkeit. Die obere Schublade stand ein kleines Stück heraus. Ich tippte eine Notiz für mich selbst in mein Handy: *Nachttisch auf Fingerabdrücke absuchen.* Dann fasste ich wieder meinen Blusensaum und öffnete die Schublade ganz.

Der Inhalt war unpersönlich und wohlgeordnet und wies keinerlei Ähnlichkeit mit meinem eigenen vollgestopften Nachttisch voller verknoteter Kopfhörer und zerknüllter Quittungen für Dinge auf, deren Umtauschfrist längst abgelaufen war. Ich entdeckte eine kleine Tube einer sehr hochpreisigen, sehr weiblichen Handcreme neben einer Packung Taschentücher – offensichtlich handelte es sich um Amandas Nachttisch. Der einzige persönliche Gegenstand war eine Karte von Case, die er, der kindlichen Handschrift nach zu urteilen, vor ein paar Jahren geschrieben hatte: *Ich libe dich, Momy. Du bis die beste und einzige Momy.*

Meine Kehle schnürte sich zusammen. Der arme kleine Junge, der irgendwo in einem Ferienlager seinen Spaß hatte, ahnte nichts von dem schrecklichen Verlust – einem Verlust, den ich täglich spürte, trotz all der Jahre, die inzwischen vergangen waren.

Die untere Schublade von Amandas Nachttisch war leer, abgesehen von einem Moleskine-Notizbuch, wie man es oft als Tagebuch benutzte. Ich zog ein sauberes Taschentuch aus meiner Handtasche und nahm das Buch heraus, dann blätterte ich vorsichtig durch die linierten Seiten, die komplett unbeschrieben waren. Eine kleine Karte mit zwei wunderschönen Rosen auf der Vorderseite fiel auf den Teppich: *Ich denke an dich. XoXo.* Küsse und Umarmungen. Keine Unterschrift. Vielleicht war Zach am Ende doch nicht ein so lausiger Ehemann gewesen. Ich hob die Karte auf, sorgfältig darauf bedacht, sie nur an den Ecken zu berühren. Auf der Rückseite standen in stylischer Schrift Name und Adresse eines Floristen: *Blooms on the Slope, Seventh Avenue, St. John's Place.*

Ich legte die Karte auf den Nachttisch, doch sie fiel prompt herunter. Als ich mich bückte, um sie erneut aufzuheben, entdeckte ich etwas unter dem Bett. Etwas Großes, Dunkles ragte unter dem Kopfteil in die Höhe.

Ich ging auf die Knie und sorgte mit meiner iPhone-Taschenlampe für Licht. Unter dem Bett lagen weitere Notizbücher. Dutzende. Ordentlich gestapelt und bis an die Fußleiste geschoben, so weit hinten, dass die Spurensicherung sie vermutlich übersehen hatte. Da die Polizei meinte, den Schuldigen bereits gefunden zu haben, war die Spurensuche offenbar entsprechend lax ausgefallen.

Mit dem Taschentuch nahm ich ein paar von verschiedenen Stapeln. Anders als das teure Moleskine-Notizbuch in der Schublade waren diese hier abgewetzt, passten nicht zusammen und sahen um einiges preiswerter aus. Ich nahm mir die Bücher eins nach dem anderen vor und blätterte kurz die ersten Seiten durch. Es schien sich tatsächlich um Tagebücher zu handeln, eins aus Case' erstem Lebensjahr, ein weiteres aus Amandas später Kindheit, ein drittes stammte aus ihrer frühen Teenagerzeit. Ich fühlte mich schuldig, weil ich in ihre Privatsphäre eindrang, aber die Tagebücher konnten sich als wahre Goldgrube erweisen bei meinem Bemühen, andere Verdächtige als Zach zu finden. Hoffentlich würde ich nicht allzu viel lesen müssen, bis ich eins fand, das ich vor Gericht heranziehen konnte. Doch in Amandas Tagebüchern zu schnüffeln, war im Augenblick ohnehin nicht der wichtigste

Schritt. Ein Gerichtsverfahren, für das wir tatsächlich entlastendes Material benötigten, lag momentan noch in weiter Ferne. Ich hätte mich stattdessen lieber auf den Weg ins Büro machen und mich um einen Haftprüfungstermin und Zachs Freilassung bemühen sollen. Das war seine einzige Chance, dem Rikers zu entkommen. Doch ich musste mich noch weiter im Haus umsehen.

Die drei willkürlich ausgewählten Tagebücher sorgfältig in Taschentücher eingewickelt, kehrte ich eilig zur Treppe zurück und stieg ins zweite Obergeschoss hinauf. Direkt gegenüber dem Treppenabsatz befand sich ein kleines Gästezimmer; das Bett war mit strahlend weißen Kissen geschmückt wie in einem Boutique-Hotel. Der Raum erinnerte an ein elegantes Zimmer in einem Museum, das niemals benutzt worden war. Ich sah im Schrank nach, ob sich dort die Golfausrüstung befand, doch er war leer, abgesehen von noch mehr Kissen und mehreren Zusatzdecken.

Ich öffnete zwei weitere Türen, entdeckte ähnlich eingerichtete Zimmer, bis ich am Ende des Flurs auf einen Raum stieß, bei dem es sich vermutlich um Zachs Arbeitszimmer handelte: dunkles Holz, Leder und Regale mit Büchern wie *Erdumsegelung – ganz allein!*, *Der Weinatlas* von Francis Robinson oder *Die Geschichte des modernen Mittleren Ostens.* Außerdem entdeckte ich einige testosteronbefeuerte Biografien: über Steve Jobs, John F. Kennedy, J. P. Margan. Vielleicht waren diese Bücher ein Hinweis darauf, wer Zach gern sein wollte – oder war er mittlerweile etwa ein weintrinkender Erdumsegler? Elf Jahre waren elf Jahre.

Plötzlich musste ich daran denken, wie wir uns im Mahoney's über unsere Ambitionen für die Zeit nach dem Jurastudium unterhalten hatten.

»Nun, ich muss zugeben, es ist das Geld, das mich antreibt«, hatte Zach gesagt, nachdem er sich angehört hatte, wie ich leidenschaftlich meine Zukunft verteidigte, die ich ganz in den Dienst des Allgemeinwohls stellen wollte. »Und das nicht nur, weil es mir wichtig ist, Dinge zu kaufen«, fuhr er fort. »Es ist mir wichtig, was das Geld über mich aussagt.«

»Okay, das ist ekelhaft«, hatte meine ehrliche Antwort gelautet. »Und was glaubst du, sagt das Geld über dich aus?«

»Dass ich besser bin als die.«

»Wer sind ›die‹?«

Zach hatte einen Moment lang geschwiegen und nachgedacht. »Die alle«, sagte er schließlich und sah mich an. »Alle, außer dir.«

Und dann fing er an zu lachen. Über sich selbst, hatte ich damals gedacht. Als ich jetzt in seinem großkotzigen, gewollt stylischen Homeoffice stand, fragte ich mich, ob er nicht einfach die Wahrheit gesagt hatte.

Ich trat an Zachs Schreibtisch, doch ich zögerte kurz, bevor ich die erste Schublade öffnete. Was, wenn ich auf etwas stieß, was ich lieber gar nicht wissen wollte? Etwas, woran Zach nicht gedacht hatte, weil ich nur herkommen sollte, um etwas aus Amandas Sekretär zu nehmen? Tja, das war nun mal mein Privileg als Anwältin. Und solange es Fragen gab, die man einem möglicherweise schuldigen Mandanten nicht stellte, sollte man lieber für alle erdenklichen negativen Tatsachen gerüstet sein, insbesondere für die, von denen der Staatsanwalt womöglich längst Kenntnis hatte.

Ich hätte mir keine Sorgen machen müssen: Der Inhalt von Zachs Schreibtisch war wohlgeordnet, unverdächtig und barg keinerlei Überraschungen. Einige Unterlagen und persönliche Ordner bezogen sich auf Case, was Zachs Behauptung, er wisse nichts über seinen Sohn, widerlegte. Ich fand nichts über Zachs neues Unternehmen. Ein Homeoffice für jemanden, der offensichtlich nie von zu Hause aus arbeitete.

Zachs Computer war eingeschaltet, aber passwortgeschützt, der Bildschirmschoner ein entzückendes Foto von Zach, Amanda und Case als Baby. Die Wahrheit war sicherlich weniger perfekt. Zach hatte so etwas bereits angedeutet. Doch idyllische Familienfotos wie dieses würden vor Gericht nicht schaden.

Als ich mich vom Schreibtisch abwandte, trat ich mit der Socke auf etwas Scharfes.

»Autsch!«, entfuhr es mir. Ich bückte mich, um das, worauf ich getreten war, aus dem dicken Teppich zu ziehen.

Es handelte sich um einen kleinen weißen Streifen mit diagonalen blauen Linien und Pfeilen auf einer Seite oberhalb einer dickeren schwarzen Linie. Er sah den Eisprungtests sehr ähnlich, die ich vor Jahren immer mal wieder benutzt hatte, wenn ich dachte, Sam sei so stabil, dass wir versuchen könnten, ein Baby zu bekommen.

Ein Ovulationstest war nicht gerade das, was ich brauchte, um Zach zu entlasten. Eine Schwangerschaft – oder ein Schwangerschaftsabbruch – konnte für eine Ehe katastrophale Folgen haben. Ich vermochte mir gut vorzustellen, was ein Staatsanwalt daraus machen würde: Amanda kehrt später als Zach von der Party nach Hause zurück, wütend, weil er ohne sie gegangen ist, und verkündet ihm, dass sie schwanger werden möchte. Zach will kein zweites Kind. Sie streiten. Der Streit läuft aus dem Ruder.

Ich blickte erneut auf den kleinen Teststreifen. Die

Sonnenseite meines Anwaltsdaseins? Es war nicht länger meine Pflicht, hilfsbereit Fakten an die gegnerische Seite weiterzureichen. Ich wickelte den Streifen in ein Taschentuch und schob ihn in meine Tasche. Ich würde darauf zurückkommen, wenn – aber wirklich nur wenn – er uns irgendwie hilfreich sein konnte.

Auf dem Weg hinaus blieb ich vor dem Aktenschrank stehen. Er ließ sich nicht öffnen. Ich zog an der Tür, doch sie gab nicht nach. Für einen Moment fragte ich mich, ob der Schrank abgeschlossen war. Ich ruckte ein weiteres Mal an der Tür, diesmal fester, und siehe da, sie ging auf. Ganz hinten in dem dunklen Schrank stand die Tasche mit Zachs silbernen Golfschlägern, die im hereinfallenden Licht glänzten.

Ich verabschiedete mich von Millie, die auf ihre Experten von der Spurensicherung wartete und außerdem – so hoffte ich – auf das Team vom NYPD, und machte mich auf den Weg zu Young & Crane, um eine ausgesprochen überzeugende Beschwerde gegen die Kautionsabweisung aufzusetzen und einen Haftprüfungsantrag zu stellen. Außerdem wollte ich mich gleich morgen früh darum bemühen, dass einer von den Anwaltsgehilfen nach Philadelphia geschickt wurde, der sich um Zachs ausstehenden Haftbefehl kümmern sollte. Ich wollte nicht bei der Anhörung erscheinen, ohne meine Hausaufgaben gemacht zu haben. Wenn ich mich bei Paul nicht unbeliebt machen wollte, musste ich als Zachs Anwältin einen guten Job erledigen.

In der Subway von Brooklyn nach Manhattan fing ich an, durch Amandas Tagebücher zu blättern, noch immer mithilfe der Taschentücher, um ja keine Fingerabdrücke zu hinterlassen, mittlerweile jedoch etwas halbherziger.

Zuerst schlug ich eins der neuer aussehenden auf und stellte fest, dass es aus der Zeit stammte, als Case noch ein Baby gewesen war.

Oktober 2010

Er hat sich heute aufgesetzt! Mein Gott, wie stolz er war! Was für ein breites Grinsen! Ich habe ein Video davon gemacht. Heute Abend werde ich Zach fragen, ob er es sich anschauen möchte. Vielleicht sage ich aber auch einfach nichts und hebe es mir fürs Wochenende auf. Wer weiß, was Case bis dahin für Fortschritte gemacht hat!
Ich kann nicht glauben, dass ich dachte, ich könnte das nicht. Dass ich nach all dem, was vorgefallen ist, zu unbeholfen sein könnte, zu lieblos. Doch die Liebe zu Case hat mich verändert.

Das Bemerkenswerteste war, was ich *nicht* in Amandas »Frischgebackene Eltern«-Einträgen fand. In keinem einzigen klagte sie über schlaflose Nächte, das schreiende Baby oder darüber, überfordert zu sein. Jeder aus meinem Bekanntenkreis, der ein Baby hatte – und das waren mittlerweile die meisten –, beschwerte sich über solche Dinge. Das lag in der menschlichen Natur. Nur Amanda wirkte nahezu unmenschlich dankbar. Sie beschwerte sich auch nicht über Zach. Er arbeitete viel, das ging aus ihren Aufzeichnungen hervor, aber dafür schien sie aufrichtiges Verständnis zu haben. Genau wie Zach es geschildert hatte, hatten sie wohl eine distanzierte, doch keinesfalls unglückliche Ehe geführt.

Ich blätterte zur Mitte des zweiten Tagebuchs. Hier war die Schrift mädchenhafter.

Mai 2005

Ich habe eine Stelle im Bishop's Motel bekommen! Dort hat Mommy gearbeitet, als Zimmermädchen, und genau das mache ich jetzt auch. Al, der Manager, wollte mich erst nicht nehmen. Auf keinen Fall, hat er gesagt. Ich nehme an, es ist illegal, eine Dreizehnjährige einzustellen (lächerlich). Er lenkte erst ein, als ich anfing zu weinen (und das nicht mal absichtlich). Es ist nur ein Teilzeitjob, damit kann ich nicht den Mietrückstand aufholen. Aber es ist ein Anfang. Diesmal werde ich das Geld besser verstecken. Daddy ist in letzter Zeit ausgesprochen geschickt, was das Aufstöbern von Dingen angeht. Die Pillen geben ihm viel mehr Energie.

Bislang war es mir gelungen, die Person Amanda als verschwommenes Bild auf Armeslänge von mir fernzuhalten. Doch jetzt fühlte ich mich überwältigt von Traurigkeit und auch Schuld, weil all das, was sie nie hatte, für mich selbstverständlich gewesen war. Schon mit dreizehn hatte sie angefangen, in einem Motel zu arbeiten, um ihren wahrscheinlich drogenabhängigen Vater zu unterstützen. Und sie war darüber *begeistert* gewesen.

Ich hatte mit dreizehn zusammen mit Millie in der Sitznische im Apollo gesessen, begeistert über meine neue Freiheit, die paar Blocks zur Schule und zurück allein zurücklegen zu dürfen. Weil meine Mutter mich zu sehr geliebt hatte, um mich früher loszulassen. Wie viel besser hatte ich es doch gehabt! Und trotzdem war mein Leben zu einem solchen Schlamassel geworden.

AUSSAGE VOR DER GRAND JURY

MAX CALDWELL,
am 6. Juli als Zeuge aufgerufen und vernommen, sagt Folgendes aus:

VERNEHMUNGSPROTOKOLL
VON MS. WALLACE:

F: Mr. Caldwell, danke, dass Sie heute zu dieser Zeugenaussage erschienen sind.
A: Keine Ursache.
F: Aus welchem Grund haben Sie die Party in der First Street Nummer 724 am 2. Juli dieses Jahres besucht?
A: Meine Frau kennt Maude von der Grace Hall. Unsere Kinder gehen dort zur Schule.
F: Kannten Sie Amanda Grayson vor ihrem Tod?
A: Nein. Ich bin ihr nie begegnet.
F: Hatten Sie von ihr gehört?
A: Nein, hatte ich nicht. Aber vielleicht meine Frau.
F: Kennen Sie Zach Grayson?
A: Nein. Ich meine allerdings, ich hätte schon von seiner Firma gehört. Vielleicht auch nur wegen dieser Sache ... vorher nicht.
F: Ich möchte Ihnen ein Foto zeigen.
(Anwalt reicht dem Zeugen eine Aufnahme, die mit »Beweisstück 5« beschriftet ist.)
F: Ist das ein Foto von dem Mann, den Sie an jenem Abend bei der Party gesehen haben?

A: Ja.

F: Halten wir fest, dass es sich bei Beweisstück 5 um ein Foto von Zach Grayson handelt. Wo haben Sie ihn gesehen?

A: Ich habe mitbekommen, wie er mit einer Frau über Terry's Bench sprach. Sie wissen schon, Tinder für Verheiratete ... Die Frau war betrunken und stinksauer. Sie hat allen erzählt, dass ihr Mann diese Dating-App verwendet hat.

F: Was hat Mr. Grayson zu ihr gesagt?

A: Dass er nach Hause gehen müsse, um zu schlafen. Dass er früh am nächsten Morgen etwas zu erledigen habe. Ich erinnere mich daran, weil ich dachte, er würde Unsinn reden.

F: Wie meinen Sie das?

A: Nun, so wie er es gesagt hat, klang es stark nach einer Ausrede. Ich dachte: Der Kerl will von der Frau wegkommen. Wie ich schon sagte: Sie war sauer und betrunken. Vielleicht hatte er auch keine Lust mehr auf die Party, wenngleich sie das einzig Gute ist, was je in Park Slope passiert. Ich fragte mich auch, ob er vielleicht eine Affäre hatte. Warum sonst sollte jemand eine Sexparty verlassen, es sei denn, um anderswo Sex zu haben?

F: Haben Sie gesehen, dass er die Party verlassen hat?

A: Er ist zur Haustür gegangen.

F: Um wie viel Uhr war das?

A: Um 21 Uhr 35.

F: Sind Sie sicher?

A: Ja. Ich habe auf die Uhr geschaut, als er sagte, er wolle ins Bett gehen. Ich dachte, ich hätte vielleicht das Zeitgefühl verloren.

LIZZIE

DIENSTAG, 7. JULI

Ich war gerade in die Kanzlei zurückgekehrt, als mein Schreibtischtelefon klingelte. Es war neunzehn Uhr, die Zeit, die ich mit Zach vereinbart hatte. Ich warf einen Blick auf meine Notizen: »Haftbefehl? Zeitstrahl der Mordnacht? Zeugen für Zachs Spaziergang? Amandas Freunde/ Amandas Feinde? Blumen? Schwanger? Sexparty?«

So viele Fragen, doch sie ließen sich ganz bestimmt nicht alle auf einmal klären. Die letzte Frage hatte ich unterstrichen. Die Sexparty war sogar noch schlimmer als der Ovulationstest. Die Geschworenen würden sich sicher gut vorstellen können, wie schnell ein solches »Vergnügen«, selbst wenn es vorher abgesprochen war, bei einem Ehepaar zu schwerwiegenden Verstimmungen führen konnte. Vielleicht würden sie Zach wegen dieses »moralischen Fehlverhaltens« sogar bestrafen wollen. So tickten Geschworene nun mal und Richter mitunter ebenfalls. Weil sie Menschen waren. Und Menschen nahmen Dinge meistens persönlich.

»Hallo?«, meldete ich mich.

»Dies ist ein R-Gespräch aus einer New Yorker Justizvollzugsanstalt …«

Ich drückte die Eins.

»Hi, Zach.«

»He, Lizzie. Danke, dass du den Anruf entgegennimmst.« Seine Stimme klang tief und ein bisschen verschliffen, so wie Sams, wenn er getrunken hatte.

»Was ist los?«, fragte ich. »Du klingst … seltsam.«

»Ich … ähm …« Er holte Luft. »Es gab einen weiteren Zusammenstoß – mit den Gitterstäben einer Zelle. Aber es geht mir gut, wirklich, alles okay. Meine Lippe ist geschwollen, deshalb rede ich so komisch.«

»Mein Gott, Zach! Schon wieder?« Mein Magen schnürte sich zusammen. Das gefiel mir ganz und gar nicht. Dank Paul fühlte sich nun alles, was Zach im Rikers zustieß, an, als wäre es meine Schuld. »Was ist diesmal passiert?«

»Ich möchte lieber nicht darüber reden«, sagte er. »Glaub mir, die Details machen es nicht besser.«

»Diese Übergriffe – soll ich etwas unternehmen? Zum Beispiel den Gefängnisdirektor anrufen? Schutz für dich erwirken?«

»Ich bin mir ziemlich sicher, dass es der eigenen Gesundheit nicht gut bekommt, wenn man im Rikers Leute anschwärzt. Ich muss einfach nur hier raus. Und zwar bald.«

Jetzt bereute ich es, dass ich so viel Zeit in Zachs Haus verbracht hatte. Einen Haftprüfungsantrag zu stellen, hatte nichts mit irgendwelchen Fingerabdrücken auf Amandas alten Tagebüchern zu tun.

»Young & Crane sind damit einverstanden, dass ich dich vertrete«, sagte ich, um Zach ein wenig aufzumuntern.

»Wow. Das ist eine großartige Neuigkeit.« Zach stieß so laut die Luft aus, dass es in der Leitung wie Donner klang. »Ich kann dir gar nicht sagen, Lizzie, wie sehr … Danke.«

»Wir werden die Verteidigung untermauern und eine längere, weitaus umfassendere Hintergrunddiskussion führen müssen – ich brauche alles, was dir zu jenem

Abend einfällt. Doch zunächst einmal sollten wir uns darauf konzentrieren, dich aus dem Rikers herauszuholen. Ich stelle gerade den entsprechenden Antrag, den ich gleich morgen früh einreichen werde«, sagte ich und loggte mich in meinen Computer ein. Seit Tagen spürte ich erstmals wieder festen Boden unter den Füßen. Ich würde Zachs Situation regeln, dann würde ich mir mein eigenes Leben vornehmen. Ein betrunkener Ehemann und finanzielle Probleme waren nichts im Vergleich mit einer ermordeten Ehefrau und einer möglicherweise lebenslangen Haftstrafe. »Ich werde außerdem einen von den Anwaltsgehilfen abbestellen, der nach Philadelphia reist und die Sache mit deinem ausstehenden Haftbefehl klärt.«

Ich wartete einen kurzen Augenblick in der Hoffnung, dass Zach zu einer Erklärung, das damalige Vergehen betreffend, ansetzen würde.

»Richtig, der Haftbefehl«, sagte er schließlich, aber er klang eher gereizt als defensiv.

»Solche Dinge musst du mir sagen«, bemerkte ich mit Nachdruck. »Ich kann dich nicht angemessen vertreten, wenn ich nichts weiß. Das bringt mich in eine absolut unangenehme Situation.«

Zach schwieg.

»Hallo?«, fragte ich, als sich das Schweigen dehnte.

»Ja, ich habe dich verstanden«, sagte Zach in eisigem Ton. »Allerdings solltest du bedenken, dass man schon einmal etwas vergisst, wenn man den blutüberströmten Leichnam seiner Ehefrau findet und deshalb nach Rikers Island verfrachtet wird, wo man wiederholten körperlichen Attacken ausgesetzt ist.«

Du kannst mich mal, Zach, dachte ich. Mir war bewusst, dass seine Situation ein Albtraum war, aber ich hatte definitiv nicht darum gebeten, ihn verteidigen zu dürfen.

»He, ich versuche, dir zu helfen, schon vergessen?« Ich klang ungehaltener als beabsichtigt. »*Du* warst derjenige, der mich deswegen angerufen hat.«

Er stieß erneut laut die Luft aus. »Ähm, tut mir leid, Lizzie.« Er klang aufrichtig zerknirscht. »Ich hab's nicht so gemeint. Ich bin froh, dass du mir hilfst. Wirklich. Ich verliere hier drinnen nur langsam den Verstand.«

»Das ist logisch«, sagte ich. Zach war brutal angegriffen worden – so etwas forderte natürlich seinen Tribut.

»Ich hätte dir von dem Haftbefehl erzählen müssen. Und vor allem hätte ich das verdammte Bußgeld bezahlen sollen, das ist mir schon klar. Es hätte gar nicht so weit kommen dürfen.«

»Dieser Adam Rothstein sagt, du erinnerst dich nicht, was du damals angestellt hast«, hakte ich nach.

»Doch, ich erinnere mich wieder«, antwortete er gedehnt. »Ich habe hier drinnen jede Menge Zeit zum Nachdenken, und ich meine, es sei um öffentliches Herumlungern gegangen.«

»Um öffentliches Herumlungern?«

»Lächerlich, stimmt's? Erinnerst du dich an den neuen Bürgermeister, der gerade sein Amt angetreten hatte, als wir in Philadelphia waren?«

»Ähm, kann sein ...« Ich erinnerte mich nicht.

»Nun, er hatte es auf alles und jeden abgesehen. Gnade dem, der bei Rot die Straße überquerte! Und was meine Geschichte angeht: Ich weiß noch, dass ein Officer betonte, ich könne von Glück sagen, dass er mich wegen meines Fehlverhaltens nicht vor Gericht zerren würde, was damals offenbar gang und gäbe war. Und so bekam ich einen Bußgeldbescheid, weil ich zu lange an einer Ecke gestanden hatte. Den ich nicht akzeptierte, aus moralischen Gründen, weil ich der Meinung war, der neue Bürgermeister handele in der Absicht, einen Polizeistaat aufzubauen. Die typische Selbstüberschätzung eines Jurastudenten, aus heutiger Sicht. Jetzt denke ich, ich hätte einfach bezahlen sollen.«

Und ich hätte eine Erklärung vorgezogen, die weniger streitlustig klang, aber zumindest erschien sie mir glaubwürdig.

»Ja, das wäre sicher besser gewesen, aber das ist schon okay. Das kriegen wir hin«, versicherte ich ihm.

»Hast du das Ferienlager erreichen können?«, fragte Zach.

»Ja, das ist geklärt. Ashes Eltern fahren am Wochenende hin, holen beide Jungen zu sich nach Hause und erzählen Case dort, was passiert ist. Die Camp-Mitarbeiter sorgen dafür, dass Case vorher nichts davon erfährt. Ashes Eltern geben mir Bescheid, wenn Case mit dir telefonieren möchte, das arrangieren wir dann.«

»Oh, das ist gut.« Zach klang aufrichtig erleichtert. »Ich hatte solche Sorge, dass er zufällig ...«

»Das wird nicht passieren«, beruhigte ich ihn. »Die Camp-Leitung scheint alles im Griff zu haben. Die Eltern seines Freundes waren völlig außer sich wegen Amanda, aber gegen Ende unseres Gesprächs ging es ihnen nur noch darum, wie sie Case die Sache so schonend wie möglich beibringen können.«

»Danke, Lizzie. Wirklich, vielen Dank«, sagte Zach. »Ashe, aha ...«

»Wir sollten noch ein paar andere Fakten klären, für den Fall, dass sie bei der Anhörung zur Sprache kommen. Es kann gut sein, dass ich dort ohne dich auftreten werde. So etwas wird oft sehr kurzfristig angesetzt. Du hast das

Recht darauf, bei der Anhörung anwesend zu sein, doch das verlangsamt die Sache vielleicht nur. Ist es okay für dich, auf persönliche Anwesenheit zu verzichten?«

»Ja, klar, natürlich. Was immer du für das Beste hältst«, sagte Zach. Die Schärfe war völlig aus seiner Stimme verschwunden.

Ich blickte auf meine Liste. Ich würde mit den einfachsten Fragen beginnen.

»Hast du Amanda mal Blumen von Blooms on the Slope geschenkt?«

»Blumen?«, wiederholte Zach. »Entschuldige, nein. Warum?«

»Ich bin mir sicher, das hat nichts zu bedeuten. Aber bei ihren Unterlagen lag die Karte dieses Blumenhändlers«, sagte ich, in der Hoffnung, die Frage nach dem Absender umschiffen zu können. »Wie heißen Amandas Freundinnen? Ich würde gern mit ihnen reden.«

»Die Frau, die die Party gegeben hat, heißt Maude. Ich weiß, dass Amanda und sie befreundet waren«, sagte er. »Eine weitere enge Freundin aus der Gegend ist eine Frau namens Sarah. Sie hat zusammen mit Amanda für die Stiftung gearbeitet.«

»Stiftung?«, fragte ich.

»O ja, wir haben vor Kurzem eine Stiftung für Stipendiaten gegründet«, erklärte er. »Genauer gesagt, *ich* habe die Stiftung gegründet. Amanda hat sie geleitet, weil es das ist, was die Ehefrauen von erfolgreichen Unternehmern für gewöhnlich tun«, fügte er mit ausdrucksloser Stimme hinzu. Er nahm sich selbst auf die Schippe, zumindest hoffte ich das. »Amanda hat sich nicht darüber beschwert, aber sie hat sich ja *nie* beschwert. Ich glaube allerdings, es machte ihr Spaß, die Stiftung zu leiten. Weil sie ja selbst aus schwierigen sozialen Verhältnissen stammte, war sie froh, bedürftige Kids unterstützen zu können. Sie hat sich allerdings ständig Sorgen gemacht, sie würde etwas vermasseln und jemand könnte ihr etwas anhaben wollen.«

»Ihr etwas anhaben wollen?«

»Nicht im wörtlichen Sinne, natürlich«, beeilte er sich zu versichern. »Wäre irgendetwas in der Art vorgekommen, hätte ich es dir natürlich erzählt, das kannst du mir glauben.«

»Ich habe ihre Tagebücher in eurem ...«

»Tagebücher?«

»Sie hat etliche unter dem Bett aufbewahrt. Sie reichen über Jahre zurück.«

»O ja, richtig«, sagte er. »Davon wusste ich.«

Wusste er wirklich davon? Ich war mir nicht so sicher. Doch wenn er gerade zum ersten Mal von den Tagebüchern erfahren hatte, schien er deswegen nicht sonderlich nervös zu sein. *Ganz und gar nicht nervös.* War zumindest das nicht ein wenig seltsam? Wer wollte schon eine Dokumentation der ehelichen Zwistigkeiten ausschließlich aus der Perspektive des Partners? Ich fände es schrecklich, wenn Sam Tagebuch führen würde – auch ohne Mordanklage.

»In einige habe ich einen schnellen Blick geworfen«, sagte ich. »Ich denke, Amandas Kindheit war nicht nur von Armut geprägt – da scheint es weitaus Schlimmeres gegeben zu haben.«

»Das überrascht mich nicht«, erwiderte Zach. »Als ich Amanda kennengelernt habe, war sie siebzehn, hatte gerade die Highschool abgebrochen und lebte in einem Motel, daher ...« Er brach den Satz unvermittelt ab. Als wünschte er sich, er hätte das nicht gesagt. »Wie dem auch sei – sie hat nicht über ihre Vergangenheit gesprochen, abgesehen davon, dass sie ein paarmal erwähnt hat, das Geld sei ›knapp‹ gewesen. Sie schien nicht näher darauf einzugehen zu wollen, und ich habe sie nie dazu gedrängt. Jeder trägt einen Haufen Mist mit sich herum, wenn es um die Familie geht, richtig? Ich weiß, dass ihre Mom gestorben ist, als sie noch sehr jung war. Was auch immer danach passiert ist, hat sie einigermaßen weggesteckt, denn sie war eine großartige Mutter und eine gute Ehefrau. Ein ausgesprochen positiver Mensch. Wir haben immer nach vorn geschaut, solltest du wissen. Unser Leben hat angefangen, als wir uns begegnet sind.«

»Wolltet ihr noch ein Kind haben?«

»Noch ein Kind?«, fragte Zach leicht amüsiert. »Du willst wissen, ob wir Sex hatten?«

»Nein, nein, ich …«

»Die Antwort lautet: nicht sehr oft. Ich habe meist bis spätabends gearbeitet«, sagte Zach. »Nicht, dass mir der Sex mit Amanda keinen Spaß gemacht hat. Er war großartig, wenn es denn mal dazu kam.«

Meine Wangen röteten sich, aber ich war auch genervt. Warum breitete Sam sein Liebesleben vor mir aus? Das war seltsam und befremdlich. Unzumutbar. Doch dann dachte ich daran, was im Rikers für »zumutbar« gehalten wurde, und sagte: »Ich habe in deinem Arbeitszimmer einen Ovulationstest gefunden. Deshalb habe ich gefragt.«

»Du hast einen Ovulationstest in meinem *Arbeitszimmer* gefunden? Was hast du denn da gemacht?«

»Ähm, *du* hattest mich gebeten, zu dir nach Hause zu fahren, erinnerst du dich?«

»Richtig, richtig, tut mir leid«, sagte er. »Nun, nach Case konnte Amanda keine Kinder mehr bekommen. Zumindest hat sie das behauptet. Ich weiß daher nichts von einem Ovulationstest.«

»Bist du dir sicher?«

»Warum hätte sie lügen sollen?«, fragte er.

Einen Moment lang schwiegen wir beide. Die Bedeutung dieser Frage entging keinem von uns. Hatte Amanda gelogen, was ihre Unfruchtbarkeit betraf? Hatte sie versucht, schwanger zu werden, ohne dass Zach davon wusste? Oder hatte sie sich heimlich darum bemüht, genau das zu vermeiden?

»Ich glaube übrigens, jemand war in deinem Haus, während ich dort war«, fuhr ich fort, um das Thema zu wechseln.

»Wie meinst du das?«

»Irgendwer ist zur Hintertür hinausgestürmt. Ich konnte nicht sehen, wer.«

»Denkst du, das hat etwas mit dem zu tun, was Amanda zugestoßen ist?«

»Die Frage habe ich mir auch gestellt, deshalb habe ich die Polizei gerufen. Da es unklar ist, wie gründlich sie den Vorfall untersuchen wird, habe ich zudem noch eine unabhängige Ermittlerin hinzugezogen. Sie wird das Haus nach Fingerabdrücken absuchen lassen und einen Experten für eine Blutspritzeranalyse anfragen. Das ist vermutlich nicht gerade preiswert, aber es sieht so aus, als gebe es definitiv einige Abdrücke in Amandas Blut auf den Treppenstufen. Vorausgesetzt, sie sind nicht von dir …«

»Sind sie nicht«, fiel mir Zach ins Wort. »Ich habe sie nicht umgebracht, Lizzie.«

»Aber du hast versucht, ihr zu helfen, deshalb müssten auch deine Fingerabdrücke dabei sein.«

»So funktioniert das, stimmt's?«, fragte Zach, der plötzlich resigniert klang.

»Was genau?«

»So bringt man unschuldige Menschen hinter Gitter.

Was, wenn wir einen Experten auf die Fingerabdrücke ansetzen, und er findet keine fremden? Das könnte vor Gericht gegen mich verwendet werden.«

Da hatte er nicht ganz unrecht. »Ich denke, es ist das Risiko wert«, sagte ich. Jetzt konnte ich es nicht länger vor mir herschieben, auch wenn ich absolut keine Lust hatte, erneut über Sex zu reden. »Hör zu, kam es bei der Party, die du an jenem Abend mit Amanda besucht hast, zu einem Partnertausch?«

»Partnertausch?«, wiederholte Zach, als hätte er nicht die leiseste Ahnung, wovon ich redete.

»Ja. Hatten die Gäste Sex mit anderen Partnern?«

»Willst du damit andeuten, Amanda hätte an jenem Abend Sex mit einem anderen Mann gehabt?« Zach klang jetzt wütend. Sehr wütend. »Dass sie mich betrogen hat?«

»Nein, nein!« Ich war verblüfft über seine heftige Reaktion. »Ich habe keinen Grund zu der Annahme, dass Amanda an jenem Abend fremdgegangen ist. Ich will bloß herausfinden, was du weißt, das ist alles.«

Am anderen Ende der Leitung entstand ein langes, unbehagliches Schweigen.

»Ich wäre überrascht, wenn Amanda mit jemand anderem als mir Sex gehabt hätte. Andererseits erzählst du mir gerade ständig Dinge über meine Frau, die ich nicht wusste.« Er klang jetzt eher verletzt als zornig und vielleicht auch ein bisschen verlegen. »Hör mal, Lizzie, wir haben nicht viel miteinander geredet, Amanda und ich. In dieser Hinsicht waren wir nicht sonderlich eng verbunden.« Er zögerte. »Nicht so wie du und ich, meine ich.«

»Wir?« Sofort bereute ich meine Frage. Das Letzte, was ich wollte, war, dass Zach näher auf das Thema einging.

»Du und ich hatten einiges gemeinsam. Unseren familiären Hintergrund, unsere Arbeitsmoral. Was wir aus unserem Leben machen wollten, ganz zu schweigen davon, dass wir beide Juristen und intellektuell ebenbürtig sind«, sagte er ruhig. Wieder spürte ich, wie mir das Blut in die Wangen schoss. Aber war ich *wirklich* überrascht? Zach hatte schon damals Gefühle für mich gehegt. Tief im Innern wusste ich das. Ich hatte lediglich die Erinnerung daran verdrängt, zusammen mit der Erinnerung an Zach.

»Mit dir wäre es anders gewesen, mehr will ich damit nicht sagen. Bei Amanda ging es nicht um eine Partnerschaft auf Augenhöhe. Und sie war es auch nicht. Wir hatten ein angenehmes Arrangement getroffen, das für uns beide funktionierte.«

Neuerliches unbehagliches Schweigen. Was sollte ich als Nächstes ansprechen? Alles, was ich im Moment denken konnte, war, dass wir damals ganz sicher nicht dieselben Ziele verfolgt hatten. Oder doch? Am besten, ich kehrte zu den Fakten zurück.

»Okay, Amanda hatte also engen Kontakt zu Sarah und Maude. Gibt es sonst noch jemanden, mit dem ich reden könnte?«, erkundigte ich mich. »Der Staatsanwalt wird bestimmt nicht durch die Gegend rennen, um mit allen zu sprechen. Der wird sich die fallrelevanten Informationen beschaffen, und das war's dann.«

»Die beiden sind die einzigen Freundinnen, die sie erwähnt hat«, sagte Zach. »Ja, ich weiß, wie sich das anhört: eine entfremdete Ehe, eine Swingerparty, eine tote Ehefrau. Man muss kein Genie sein, um sich daraus ein Motiv zu basteln. Trotzdem – ich war's nicht, Lizzie. Ich habe Amanda nicht umgebracht, das schwöre ich. Du glaubst mir doch, oder?«

»Das tue ich«, versicherte ich ihm.

Aber glaubte ich ihm tatsächlich? Millie hatte recht: Unter den entsprechenden Umständen war jeder zu allem fähig.

In der Kanzlei verbrachte ich noch geschlagene drei Stunden damit, den verfluchten Haftprüfungstermin für Zach zu beantragen. Schließlich überließ ich es einem der Anwaltsgehilfen, das Ganze gleich am nächsten Morgen auf den Weg zu bringen, zusammen mit der Anweisung, dafür zu sorgen, dass ein beschleunigtes Anhörungsverfahren erwirkt werden sollte.

Als ich mich endlich auf den Heimweg machte, nahm ich Amandas Tagebücher mit. Ich schlug das dritte auf und fing an zu lesen, während mein Taxi über den Franklin D. Roosevelt East River Drive nach Süden Richtung Brooklyn Bridge fuhr.

5. Januar 2006

Christopher und ich sind in das Kino an der Route 1 gegangen, um uns Ice Age 2 anzusehen. Es fiel mir schwer, mich auf den Film zu konzentrieren. Ich überlegte, ob ich einen Arzt aufsuchen sollte. Denn das ist neu und unheimlich. Aber der Arzt würde wohl die Polizei informieren müssen … Daher bin ich stattdessen zur Methodistenkirche von St. Colomb Falls gegangen, um mit Pastor David zu reden. Ich bin mir ziemlich sicher, dass ein Geistlicher nicht weitersagen darf, was man ihm anvertraut. Doch als ich seine altersgebeugten Schultern, seine freundlichen Augen und sein faltiges Gesicht sah, wusste ich, dass ich auch ihm kein einziges Wort erzählen würde.

Ich habe versucht, Carolyn auf die Schmerzen anzu-

sprechen – ohne ihr zu verraten, warum ich sie danach frage. Leider war sie viel zu neugierig. Wenn Carolyn sich einmal in etwas verbissen hat, lässt sie nicht mehr locker. Ich liebe Carolyn dafür, aber ich fürchte, diesmal wird sie die Dinge noch schlimmer machen.

Gegen dreiundzwanzig Uhr traf ich endlich zu Hause ein. Amandas angespannte Teenagerstimme spukte mir durch den Kopf. Ich war froh, dass es in der Wohnung still und dunkel war. Nachdem ich gelesen hatte, dass – so reimte ich mir zusammen – Amanda von einem Jungen namens Christopher vergewaltigt worden war, hatte ich nicht die geringste Lust, mit Sam über einen Entzug oder sonst was zu reden. Ja, ich würde das Thema ansprechen. Ganz bestimmt. Aber nicht jetzt.

Ich konnte Sam leise im Schlafzimmer schnarchen hören, als ich auf Zehenspitzen in unser kleines Wohnzimmer schlich, um weiterzulesen. Wie viel stand noch über diesen Christopher in den Tagebüchern? Wann hatte Amanda aufgehört, sich mit ihm zu treffen? Die Vermutung, dass er nach all den Jahren etwas mit ihrem Tod zu tun hatte, war weit hergeholt, sehr weit sogar, aber nicht unmöglich.

Alles im Wohnzimmer war genauso wie am Nachmittag, als ich das Apartment verlassen hatte. Sams Laptop stand aufgeklappt da, seine Notizbücher lagen daneben. Enid's. Ich verspürte einen neuerlichen Anflug von Gereiztheit, als mir die Bar in Greenpoint einfiel.

Ich nahm Sams abgewetzte Umhängetasche vom Stuhl, um mich an seinen Computer zu setzen. Hoffentlich würde ich einen Beweis dafür finden, dass er am Nachmittag an seinem Buch gearbeitet hatte! Als ich die Tasche auf den Boden stellte, erweckte etwas Glänzendes im offenen Außenfach meine Aufmerksamkeit. Ein Geschenk? Ich verspürte ein mädchenhaftes Flattern – hatte Sam etwas für mich gekauft?

Ich griff in das Fach, um das glänzende Etwas herauszufischen.

Eine sehr lange Zeit starrte ich nur auf meine offene Handfläche. Es war nur einer. Und ganz bestimmt kein Geschenk für mich.

Meine Augen fingen an zu brennen. Ich blinzelte und kniff die Lider fest zusammen. Doch als ich sie wieder öffnete, war er immer noch da. Lang und fein und aus glänzendem Silber. Der Ohrring einer Frau. Zusammengerollt wie eine Schlange auf meiner Handfläche.

AMANDA

VIER TAGE VOR DER PARTY

Es war noch nicht richtig hell, die Morgendämmerung trüb und grau, als Amanda nach unten ging und das Licht über der riesigen Insel in ihrer riesigen Küche anknipste. Wenn man sich überlegte, dass Zach vor ihrem Umzug nach Park Slope überlegt hatte, *zwei* dieser Brownstone-Häuser zu kaufen und zu einem einzigen zusammenzulegen … Sogar die Immobilienmaklerin, die eine gewaltige Kaution bei diesem Geschäft eingestrichen hätte, hatte ihm davon abgeraten.

»Hier ist nicht Manhattan«, hatte sie schlicht gesagt, als ob das alles erklärte.

Zach war ehrlich enttäuscht gewesen, dass es in Park Slope nicht ganz so überkandidelt zuging, wie er es gewohnt war, aber er war auch nicht bereit, anderswohin zu ziehen. »Das ist das perfekte Viertel«, sagte er immer wieder.

Wie jeder andere Ort, an dem sie gelebt hatten, fühlte sich auch das sehr moderne Haus aus dem für New York typischen rötlich braunen Sandstein für Amanda an, als gehörte es jemand anderem. So dankbar sie auch war, in einem so schönen Haus wohnen zu dürfen – und sie war Zach wirklich sehr dankbar dafür –, kam sie sich darin vor wie eine Hochstaplerin.

Oh, es war gar nicht gut, wenn Amandas Gedanken abschweiften. Besser, sie ließ ihnen bloß in ihren Tagebüchern freien Lauf. Dafür waren diese ja da.

Amanda machte sich eine Tasse Kaffee – etwas zu tun, war immer gut. Sie hatte gerade die Kanne mit Wasser gefüllt, als das Festnetztelefon klingelte. Sie drehte sich um und sah den schnurlosen Apparat an, der in der Mitte der Kücheninsel lag. Ihr Arbeitsanschluss, ihr Handy und jetzt auch noch ihr Festnetztelefon? Sie trat näher und warf einen Blick auf das kleine Display. »Unbekannter Anrufer«. Nein, dachte sie. Bitte nicht. Nicht so früh schon.

»Hallo?«, meldete sie sich mit leiser, zittriger Stimme. Schweigen. Und dann das schwere, keuchende Atmen. »Hallo?« Schärfer jetzt, energischer. Sie wollte ihn allerdings nicht verärgern, denn das würde nichts nützen. Also schwieg sie und flüsterte dann: »Bitte hör auf, mich anzurufen.«

Am anderen Ende herrschte nichts als Schweigen. Abgesehen von dem abstoßenden Atmen.

Dann ein Klicken.

»Hallo?«, fragte Amanda erneut, lauter diesmal.

Doch die Leitung war bereits tot. Sie drückte den Hörer gegen die Brust und schloss die Augen. Sie hätten niemals nach New York City ziehen sollen. Es lag zu dicht an St. Colomb Falls. Nicht, dass Amanda eine Wahl gehabt hätte. Sie gingen, wohin Zach wollte. Das war schon immer so gewesen. Und abgesehen von den Auswirkungen, die seine Entscheidungen auf Case haben mochten – worüber sie sich permanent Sorgen machte –, hatte sie diese nie angezweifelt. Bis zu dem Moment, als sie am Kennedy Airport aus dem Flieger gestiegen war und das Schild mit der Aufschrift »Willkommen in New York« gesehen hatte.

Es war, als hätte man sämtliche Luft aus ihr herausgelassen. Erst eine Stunde später – als sie aus dem Heckfenster des schicken SUV das Empire State Building betrachtete, leuchtend rot, weiß und blau vor der glitzernden Skyline von Manhattan –, hörten ihre Hände auf zu zittern. Sie befand sich in New York City, hatte sie sich seitdem immer wieder vor Augen gerufen. Weit entfernt von St. Colomb Falls.

Aus dem Augenwinkel bemerkte Amanda eine Bewegung. Sie fuhr zurück, prallte mit der Hüfte gegen die Anrichte und stieß einen kleinen Schrei aus.

»Ich bin's bloß!«, rief Carolyn und wedelte beschwichtigend mit den Händen. »Entschuldige, ich habe mich selbst hereingelassen.«

»Das sollst du doch nicht!«, blaffte Amanda, dann versuchte sie, ihre Atmung unter Kontrolle zu bekommen.

»Mein Gott, bist du durch den Wind.« Carolyn runzelte die Stirn. »Was hat Seine Hoheit denn diesmal angestellt?«

Ihre Frage war scherzhaft gemeint, aber Amanda wusste, dass Carolyn Zach nicht leiden konnte, genauso wenig wie Sarah. Vermutlich sogar noch weniger.

»Ich bin durch den Wind, weil du mich gerade zu Tode erschreckt hast. Was machst du überhaupt in Brooklyn?«, fragte Amanda. »Es ist doch gar nicht Montag.«

Seit sie nach Park Slope gezogen waren, hatten Carolyn und sie sich jeden Montagmorgen im Prospect Park zum Laufen getroffen. Hatte Amanda den Überblick über die Wochentage verloren? Jetzt, da Case weg war und sie von schlimmen Albträumen gequält wurde, war ihr jegliches Zeitgefühl abhandengekommen.

»Nein, es ist Sonntag. Aber lass mich raten – Zach ist bei der Arbeit?«

Amanda verdrehte die Augen. Natürlich hatte Carolyn ins Schwarze getroffen.

»Außerdem ... kann ich nicht einfach vorbeikommen und meine beste Freundin besuchen? Du hörtest dich seltsam an, als wir das letzte Mal miteinander gesprochen haben, deshalb dachte ich, ich schaue mal vorbei.« Carolyn tippte sich an die Schläfe, dann deutete sie auf Amanda. »Am Telefon warst du genauso seltsam. Also wollte ich mich mit eigenen Augen vergewissern, dass es dir gut geht.«

Carolyn arbeitete in der Werbebranche, als Creative Executive bei McCann Erickson. Zach hatte einmal behauptet, das sei die renommierteste Werbeagentur weltweit. Und er war niemand, der mit falschem Lob um sich warf. Carolyn hatte sich tapfer geschlagen, was keine Überraschung war.

»Ich war am Telefon nicht seltsam«, setzte Amanda zu einer schwachen Verteidigung an. »Und mir geht es gut. Es ist bloß eine Umstellung, Case nicht bei mir zu haben.«

Carolyn blieb an der Kücheninsel stehen und schleuderte ihre Kopfhörer darauf, dann stemmte sie die Hände in die Hüften. »Ich wusste, dass es keine gute Idee ist, ihn in dieses Ferienlager zu schicken.«

Carolyn hatte sich vehement (und lautstark) dagegen ausgesprochen, dass Case ins Sommercamp fuhr, speziell in das, welches Amanda für ihn ausgesucht hatte. Sie hielt generell nichts von Ferienlagern, aber ein zehnjähriges Kind von der Ost- an die Westküste zu schicken, war in ihren Augen schlichtweg absurd. Das Argument, es solle Case für den Umzug quer durchs ganze Land entschädigen, ließ sie nicht gelten. Sie war der Ansicht, das sei eine Sache, die Zach wiedergutmachen sollte, wenn sich so etwas überhaupt wiedergutmachen ließ. Sie konnte nicht verstehen, warum Amanda nicht mit Case in Kalifornien geblieben war, zumindest so lange, bis Case das Schuljahr beendet hatte. Aber Zach brauchte seine Familie. Menschen brauchten ihr soziales Umfeld, wenn sie in einer neuen Stadt in einem neuen Geschäftszweig durchstarteten, und es war Amandas Aufgabe, Zach dieses Umfeld zu verschaffen, sein Selbstbild als Familienvater zu festigen. Amanda machte das nichts aus. Im Gegenteil – es gefiel ihr sogar. Sie konnte so etwas gut.

In ihren Anfangstagen, als sie noch jeden einzelnen Cent umdrehen mussten, hatten die Leute alle möglichen Dinge über Zach gemutmaßt, weil Amanda seine Frau war. Wenn ein Mann, der aussah wie er und alles andere als wohlhabend war, eine Frau wie sie halten konnte, musste er etwas ganz Besonderes sein. Jetzt, da Zach vermögend und erfolgreich war, war es immer häufiger an Amanda, eine Erklärung für ihre ungleiche Verbindung zu liefern – immer wieder wurde ihr unterstellt, sie zähle zu den Frauen, die es nur auf das Geld eines Mannes abgesehen hatten. Aber auch das war okay. Sollten die Leute doch denken, was sie wollten. Amanda kannte die Wahrheit.

Was Carolyn anging – sie wäre froh, wenn Amanda Zach verlassen würde. Sie beschwerte sich seit Ewigkeiten darüber, dass Amanda und Case für Zach nichts waren als Requisiten – und das war längst nicht alles. Doch wenn man genauer darüber nachdachte, waren Requisiten nützliche Dinge, und es gab Schlimmeres, als nützlich zu sein. Außerdem war für Carolyn stets alles gnadenlos schwarz-weiß – ein Luxus, den sie sich leisten konnte. Sie hatte ihr Leben führen können, ohne sich um ihr Überleben sorgen zu müssen.

»Das stimmt so nicht. Case geht es gut. Besser als mir«, sagte Amanda und brachte Carolyn einen Kaffee –

leicht und süß, wie sie ihn immer trank. Es war tröstlich, mit den kleinen Eigenheiten ihrer Freundin vertraut zu sein.

Carolyn nahm einen großen Schluck und beäugte Amanda prüfend über den Tassenrand hinweg. »Was ist es dann?«

»Ich vermisse ihn und habe vermutlich deshalb nicht gut geschlafen, das ist alles.«

»Sag nicht, du hast wieder diese verrückten Albträume?« Carolyn verdrehte erneut die Augen. »Lass mich raten – diesmal war's ein Monsterkalmar?«

Als sie früher einmal bei Carolyn übernachtet hatte, hatte Amanda geträumt, sie sei in einer riesigen Hummerschere gefangen. Sie hatte um sich geschlagen und Carolyn mit solcher Wucht am Mund erwischt, dass ihre Lippe anfing zu bluten.

»Kein Kalmar. Aber ich habe immer noch diesen Traum, in dem ich barfuß durch einen dunklen Wald laufe und voller Panik nach Case suche. Das ist echt verrückt«, sagte Amanda. Sie hoffte, wenn sie Carolyn die Details erzählte, würden sie vielleicht nicht länger unablässig in ihrem Kopf kreisen: das nasse Kleid, das kalt an ihrer Haut klebte; sie selbst, wie sie in Norma's Diner stand und auf ihre blutbefleckten Hände hinabsah. Einen Schrei hörte. »Sirenen heulen, und ich habe Blut an mir. Es ist grauenhaft.«

»Ja, das ist es in der Tat.« Carolyn lachte, dann heftete sie den Blick fest auf Amanda. Ihre Augen wurden weicher.

»Wie meinst du das?«, fragte Amanda. Jetzt, da Carolyn gelacht hatte, fühlte sie sich gleich besser.

»Komm schon, du rennst Case im Wald hinterher, voller Blut?« Carolyn schüttelte den Kopf und breitete um des dramatischen Effekts willen die Arme aus. »Dein Unterbewusstsein ist offenbar zu demselben Schluss gekommen wie ich: Dieses Ferienlager auf der anderen Seite des Landes war eine blöde Idee.«

»Nun, du kommst auch in dem Traum vor«, schoss Amanda lahm zurück.

»Ich?« Carolyn sah sie mit einem unschuldigen Augenaufschlag an.

»Am Anfang. Du trägst ein fluffiges Pastellkleid, wie eine Brautjungfer. Ich habe auch so eins an, in Pfirsich. Deins hat die Farbe von Meeresschaum. Wir sitzen auf einem Bett und essen Pizza.«

Carolyn grinste. »Das klingt definitiv nach unseren Abschlussballkleidern. Aber du hast sie in deinem Traum vertauscht. Deins sah aus wie Meeresschaum, erinnerst du dich? Ich hatte es dir geliehen.«

Amanda schüttelte leicht den Kopf, als hoffte sie, dadurch die Erinnerung zurückzuholen. Ja, das stimmte. *So* kamen die Kleider in ihren Traum! Carolyn hatte ihr das helltürkisfarbene Kleid geliehen. Amanda hatte die Schule ungefähr zur Zeit des Abschlussballs abgebrochen, dennoch war sie mit einem Jungen – dem Freund von Carolyns Freund – dorthin gegangen.

Der Ball an sich war wunderschön gewesen – oder? Wenigstens hatte sie sich mal wie ein ganz normaler Teenager gefühlt, daran konnte sie sich erinnern, wenn auch nicht mehr an die Details. Es war traurig, dass alles andere einfach weg war. Das war das Problem, wenn man einen so großen Teil seiner Vergangenheit verdrängte – manchmal blieben dabei auch die schönen Erinnerungen auf der Strecke. Es war nicht das erste Mal, dass Carolyn sie an etwas aus ihrer gemeinsamen Jugend erinnerte, das Amanda nicht wieder an die Oberfläche holen konnte.

»Der Abschlussball, ja, ja, ich weiß«, log sie. »Deshalb ist das alles so seltsam.«

»Wollen wir uns vorab darauf einigen, *Zach* die Schuld in die Schuhe zu schieben?« Carolyn grinste verschmitzt. »An allem?«

Amanda biss nicht auf Carolyns Köder an. Sie wusste, dass sie es liebevoll meinte – abgesehen davon hatte es Zeiten gegeben, in denen Amanda selbst eine leichte Feindseligkeit ihrem Mann gegenüber empfunden hatte. Es war irgendwie tröstlich, wenn Carolyn dies so offen aussprach.

»Der Traum ist natürlich nicht das eigentliche Problem«, sagte Amanda.

»Was ist es dann?«

Amandas Kehle fing erneut an zu brennen. »Er ruft wieder an.«

»Nein.« Carolyn ließ sich schwer auf einen Küchenhocker fallen. Sie wusste sofort, was Amanda meinte, selbst nach dieser langen Zeit. »Der Scheißkerl.« Sie klang wütend, aber nicht besorgt, was Amanda ebenfalls ein Trost war. Carolyn holte tief Luft, dann nahm sie einen großen Schluck Kaffee. Und noch einen. Nachdenklich blickte sie auf den Küchentresen. »Nun, es war wohl zu erwarten, dass er irgendwann aus seinem Loch hervorkriechen würde. Hat er diesmal etwas gesagt?«

»Nicht ein Wort«, erwiderte Amanda. »Genau wie beim letzten Mal. Nur das Atmen.«

Carolyn wusste von dem letzten Mal. Damals hatten sie noch in Kalifornien gelebt. Carolyn wusste über alles Bescheid. Über das Abscheuliche. Die Schande. Sie war der einzige Mensch auf der ganzen Welt, der Bescheid wusste. »Er ist so ein ekelhaftes Schwein.« Carolyns Gesicht wurde hart. »Jemand sollte dafür sorgen, dass er verschwindet. Und zwar endgültig.« Ihre Stimme klang grimmig. Sie nahm Amandas Hand in ihre und drückte sie kurz. »Es tut mir leid. Es ist furchtbar, dass du dich immer noch damit befassen musst.«

Was für eine Erleichterung, nicht länger damit allein zu sein! Doch jetzt musste sie Carolyn auch den Rest erzählen, ihr den beängstigendsten Teil anvertrauen.

»Ich denke, ähm, ich denke, er verfolgt mich.«

»Entschuldige, wie bitte?« Carolyns Augen wurden groß wie Untertassen, und sie schaute zum Fenster. »Er ist hier in Park Slope?«

»Das kann ich nicht mit Bestimmtheit sagen. Ich habe ihn noch nicht gesehen«, antwortete Amanda. »Aber ich bin mir ziemlich sicher, dass er mir gefolgt ist, als ich gestern Abend auf dem Weg zum Gate war.«

Carolyns Augen schweiften erneut zum Fenster. Amanda wappnete sich. Bestimmt würde ihre Freundin widersprechen, behaupten, dass er so etwas niemals tun würde. *So weit würde er sicher nicht gehen.* Aber das tat Carolyn nicht.

»Verdammt noch mal, nein«, sagte sie stattdessen in einem entschlossenen »Wir schaffen das«-Ton und tätschelte Amandas Hand. »Wir werden nicht zulassen, dass er dich verfolgt. Nein. Auf keinen Fall.«

»Aber …«

»Schluss mit dem Unsinn«, erklärte Carolyn fest. »Wir können ihn vielleicht nicht ausradieren lassen – zumindest noch nicht –, aber er darf dich nicht für immer und ewig drangsalieren. Das musst du dir nicht gefallen lassen. Du könntest dafür sorgen, dass er festgenommen wird.«

»Ich soll ihn anzeigen?« Erfüllt von einer Mischung aus Furcht und Freude blickte auch Amanda zum Fenster. »Aus welchem Grund denn?«

»Nun, er *verfolgt* dich! Besorg dir eine einstweilige Verfügung.« Carolyn nahm einen weiteren großen Schluck Kaffee. Sie hatte bereits mehr als die Hälfte der Tasse geleert. So war sie immer schon gewesen, eine Schnelltrinkerin – ganz gleich, ob es um Kaffee, Limo oder Wasser ging. »Wenn er dagegen verstößt – was er, wie wir beide wissen, ganz bestimmt tun wird –, lässt du ihn ins Gefängnis verfrachten.«

»Eine einstweilige Verfügung«, wiederholte Amanda und versuchte, das Ausmaß dieser Worte zu erfassen. Sie hatte natürlich schon davon gehört. Ja, theoretisch konnte auch sie eine einstweilige Verfügung erwirken. Damals, in Sacramento, als die Anrufe begannen, war sie so weit gegangen, Anzeige zu erstatten. Die freundliche Polizistin hatte Amanda geduldig zugehört. Sie war hübsch gewesen und jung, mit feuerrotem Haar, blassblauen Augen und einer bemerkenswerten Oberweite. Die Art Frau, die mit Sicherheit auf eigene Stalking-Erfahrungen zurückblicken konnte.

»Sein Atmen«, hatte Amanda gesagt. »Ich würde sein Atmen sofort wiedererkennen.«

Anscheinend hatte die Polizistin genau verstanden, was sie damit meinte. Sie hatte Amanda zu der Anzeige geraten und ihr erklärt, das sei ein guter erster Schritt. Es war etwas, was sie gleich dort, auf der Polizeiwache, erledigen konnte – dazu war kein Richter oder irgendein anderes offizielles Prozedere erforderlich. Auch wenn eine Anzeige im Grunde keine wirklichen rechtlichen Konsequenzen hätte, hatten sie den Vorfall wenigstens schon einmal aufgenommen.

Carolyn sah Amanda durchdringend an, offenbar wartete sie auf eine Antwort. »Und?«, fragte sie. »Wirst du eine einstweilige Verfügung erwirken?«

Amanda nickte, obwohl sie nicht restlos überzeugt war. »Das ist eine gute Idee.«

»Das klingt nicht wie ein Ja.« Carolyn kannte sie wirklich gut.

Amanda lächelte schwach. »Ich denke darüber nach.«

»Da gibt es nichts zu überlegen, Amanda.«

»Vermutlich nicht.« Amandas Gesicht wurde heiß, Tränen traten ihr in die Augen. Sie fühlte sich so schrecklich schwach. »Das weiß ich.«

»Ich glaube an dich«, sagte Carolyn fest und mit viel Liebe. »Und ich weiß, dass du das Richtige tun wirst.«

Amanda musste das Thema wechseln, und zwar sofort, denn sie spürte, dass ihr das Atmen zunehmend schwerer fiel. Sie zwang sich zu einem strahlenden Lächeln und stieß hervor: »Fast hätte ich es vergessen – ich habe Klatsch und Tratsch für dich!« Carolyn liebte Klatsch und Tratsch. »Ich hab erst gestern Abend davon erfahren.«

»Was denn?«, fragte Carolyn mit leicht zusammengekniffenen Augen. Sie durchschaute Amandas abrupten Themenwechsel, aber sie war auch neugierig.

»Anscheinend finden hier in Park Slope Sexpartys statt.«

Carolyn verschluckte sich an ihrem Kaffee. »Wie bitte?«

»Ja, du hast richtig gehört.«

Carolyns Gesicht fing an zu leuchten. »Bei den Schutzpatronen der Scheinheiligkeit? Das ist das Beste, was ich je gehört habe!«

Es war nicht so, dass Carolyn eine Abneigung gegen Park Slope hegte, aber sie begegnete allem Perfekten mit einer gesunden Portion Skepsis. Und Park Slope mit seinen pittoresken, baumbestandenen Straßen, den prächtigen Brownstone-Häusern und den lachenden Kindern war nun mal ein Bilderbuchbeispiel für einen Ort, den man von allen künstlichen Aromastoffen und Fruktose-Glukose-Sirups reingewaschen hatte.

Amanda lächelte. »Ich wusste, dass dir das gefällt.«

»Ja«, hauchte Carolyn verzückt. »Aber jetzt will ich Details erfahren. *Alle.*«

»Ich möchte nicht behaupten, dass jedes Wochenende welche stattfinden, aber es scheint so, als würde zumindest einmal im Sommer eine ganz spezielle Party gefeiert.«

Carolyn klappte das Kinn herunter. »Warte. Deine Freundinnen Maude und Sarah haben also Sex mit dem Ehemann der anderen?«

»Nein, nein«, wehrte Amanda hastig ab, als sei das absurd. »Das glaube ich nicht. Sarah macht nicht mit – zumindest bis jetzt nicht. Allerdings könnte es sein, dass sie nur darauf verzichtet, weil ihr Mann das nicht will. Maude und Sebe dagegen scheinen das regelmäßig zu tun. Sie haben öfter Sex mit anderen Partnern, nicht nur bei diesen alljährlichen Swingerpartys, sondern andauernd.«

»Wie kannst du das bloß so seelenruhig erzählen?«, kreischte Carolyn.

»Keine Ahnung«, erwiderte Amanda, aber aus irgendeinem Grund interessierte sie das alles nicht besonders. Es kam ihr beinahe gewöhnlich vor. »Vielleicht liegt es an der Art und Weise, wie Maude mir das Ganze geschildert hat. Außerdem war es ihre Entscheidung, nicht die ihres Ehemanns. Sie fühlt sich absolut wohl damit. Für mich klang es wie … Freiheit.«

»Oh, oh, Amanda. Nach all den Jahren überraschst du mich endlich einmal.« Carolyn grinste jetzt. »Ich muss diese Maude unbedingt kennenlernen. Jeder, dem es gelingt, dich so locker zu machen, ist definitiv eine Bekanntschaft wert.« Carolyn trank ihren Kaffee aus, dann warf sie einen Blick auf die Ofenuhr. »Oh, Mist. Jetzt komme ich zu spät zu dem Meeting. Ich arbeite sonntags, genau wie dein Mann. Ich muss los!«

»Na dann, zisch ab«, sagte Amanda, obwohl sie am liebsten gerufen hätte: *Bleib! Am besten für immer!* Doch wie bedürftig wollte sie sich denn noch geben? Carolyn hatte schon so viel für sie getan.

Carolyn stand auf und legte Amanda die Hände auf die Schultern. »Geh zur Polizei. Heute. Schluss mit diesem Mist.«

»Okay«, sagte Amanda, aber zu schnell.

Carolyn beäugte sie misstrauisch. »Ich meine es ernst, Amanda. Ich möchte dir keine Angst machen, aber diesmal habe ich ein schlechtes Gefühl.«

»Ich werde mit der Polizei reden«, versprach Amanda. »Wirklich.«

»Heute?«

Amanda nickte. »Heute.«

Die beiden umarmten sich zum Abschied, und Amanda sah ihrer Freundin nach, als sie die Küche verließ. Sobald sie fort war, drehte sie sich um und schüttete den restlichen Kaffee aus der Kanne in die Spüle. Während sie zusah, wie die braune Flüssigkeit in den Ausguss strudelte, spürte sie, dass ihre Überzeugung nachließ. Wäre Carolyn die ganze Zeit über hier an ihrer Seite gewesen, wäre das etwas ganz anderes. Allerdings war man nicht gerade eine starke Person, wenn man sich stets auf jemand anderen stützen musste. Carolyn hatte recht: *Sie* musste etwas unternehmen. Es war eine Sache, die Anrufe und die Nachstellungen zu ignorieren, solange Case weg war, doch was, wenn er aus dem Ferienlager zurückkam? Amanda durfte nicht zulassen, dass das so weiterging, schon um ihres Sohnes willen war das ganz und gar unmöglich.

Amanda ging die Treppe hinauf. Auf dem Weg zum Bad kam sie an den großen, zur Straße hinausgehenden Schlafzimmerfenstern vorbei. Sie blickte hinaus und entdeckte etwas auf dem Gehweg, vor ihrem Tor. Auf dem Boden lag etwas Violettes.

Sie kniff die Augen zusammen, um besser sehen zu können, aber sie konnte beim besten Willen nicht genau erkennen, was es war. Als sie die Stufen wieder hinuntereilte, um nachzuschauen, verspürte sie ein beklemmendes Gefühl im Brustkorb. Derzeit gab es keine positiven Überraschungen. Bevor sie die Haustür öffnete, warf sie einen Blick aus dem Fenster, um sich zu vergewissern, dass ihr draußen niemand auflauerte. Weit und breit war niemand zu sehen. Sie öffnete die Tür und trat auf die oberste Treppenstufe. Es war kalt für Juni, und Amanda bibberte, als sie barfuß die Eingangstreppe hinunter und zum Tor huschte. Davor lag ein großer Strauß Lilien, eingeschlagen in violettes Papier, elegant verschnürt mit Naturband.

Lilien waren Amandas Lieblingsblumen. Sie hatte sie in jedem Haus, das Zach und sie je bewohnt hatten, in große Töpfe gepflanzt, auch in dem kleinen Garten dieses Brownstone-Hauses, wo sie prompt eingegangen waren.

Ohne sie zu berühren, richtete Amanda sich auf und sah sich erneut in alle Richtungen um. Vielleicht hatte jemand die Blumen kurz dort abgelegt und war noch einmal zurückgelaufen, weil er etwas vergessen hatte? Aber es konnte doch kein Zufall sein, dass es sich ausgerechnet um Lilien handelte! Der Gehsteig war in beide Richtungen leer.

O Gott, warum nur hatte sie Carolyn gehen lassen?

Ihr Blick fiel auf eine Karte. Amanda hielt den Atem an, dann bückte sie sich mit zitternden Händen, um sie aufzuheben. Vielleicht waren die Blumen ja gar nicht für sie bestimmt? Sie zog die Karte aus dem Umschlag.

Amanda, ich denke an dich. XoXo

LIZZIE

MITTWOCH, 8. JULI

Das Büro der Hope-First-Stiftung befand sich in einem düsteren, umgebauten Fabrikgebäude. Es war schwer, sich die elegante Amanda dort vorzustellen, also malte ich mir aus, dass sie weiße Handschuhe trug und ihre Hände über dem Handlauf schwebten, wenn sie die schartigen Betontreppen hinaufstieg. Amanda war vermutlich überall geschwebt. Davon war ich fest überzeugt, obwohl Zach mir erzählt hatte, dass sie aus einer armen Familie stammte, außerdem hatte ich selbst von ihrem drogenabhängigen Vater gelesen und erfahren, dass sie von einem Jungen vergewaltigt worden war, der sie anschließend gezwungen hatte, sich mit ihm zusammen *Ice Age 2* anzusehen. Es war verblüffend, wie ich all diese Details der Einfachheit halber ausklammerte, damit ich meinen anfänglichen Eindruck von der reichen, schönen Amanda aufrechterhalten konnte: eine beneidenswerte Frau, selbst wenn sie tot war.

Ich war wirklich ein schrecklicher Mensch.

Aber immerhin war Selbsthass ein Gefühl. Seit ich den Ohrring gefunden hatte, war ich innerlich verstörend taub. Es gab zahlreiche hässliche Erklärungen dafür, dass mein Ehemann den Ohrring einer anderen Frau in seiner Tasche hatte: eine Affäre, eine Prostituierte, eine Stripperin. Wenngleich mir eine Affäre als die realistischste Möglichkeit erschien. Sam hegte eine aufrichtige Aversion gegen alles, was mit Ausbeutung zu tun hatte.

Zumindest soweit ich wusste.

Es gab auch unschuldige Erklärungen. Sam konnte den Ohrring auf der Straße oder in einem Café gefunden und ihn behalten haben, um ihn später seiner rechtmäßigen Besitzerin zurückgeben zu können … Doch Sam war stets ein großer Verfechter der »Lass gut sein, das erledigt sich schon von selbst«-Haltung. Ich konnte mir deshalb nicht vorstellen, dass er den Ohrring einer Fremden aufhob. Oder sprang ich allzu bereitwillig auf das Worst-Case-Szenario an?

Ironischerweise hätte ich inzwischen längst Bescheid wissen können, wäre ich einer Konfrontation mit Sam nicht absichtlich aus dem Weg gegangen. Nachdem ich den Rest der Nacht, ohne ein Auge zuzutun, auf der Couch gesessen hatte, verließ ich das Haus bereits, als er noch tief und fest schlief.

Ich hatte meinen Wagen am Café du Jour in der Nähe der Hope-First-Stiftung geparkt, um meine anderen Fälle durchzugehen. In den letzten Tagen hatte alles wegen Zach zurückstehen müssen, und ich musste nun unbedingt Versäumtes nachholen. Zunächst wandte ich mich dem dringlichsten Fall zu. Es stellte sich heraus, dass das DOJ gegen drei der Vorstandsmitglieder des Handyakkuherstellers Anzeige erstattet hatte. Paul wollte, dass ich einen Antrag auf Klageabweisung auf den Weg brachte. Noch nie war ich so dankbar für eine derart langweilige Aufgabe gewesen.

Als ich damit fertig war, speicherte ich den Antrag ab und zog eins von Amandas Tagebüchern aus der Tasche. Ich brauchte unbedingt das jüngste – aber dafür würde ich noch einmal in Zachs Haus zurückkehren müssen. Bis dahin wollte ich weiter in den älteren lesen. Mittlerweile war das für mich zu einer Art Zwang geworden, so wie das

Gaffen bei Autounfällen, wenn man sich davon ablenken wollte, was für ein Wrack das eigene Leben doch war.

Dann stieß ich endlich auf den Eintrag, der mir mit aller Deutlichkeit klarmachte, dass das, was Amanda vor all den Jahren hatte durchmachen müssen, noch sehr viel schlimmer – so verdammt viel schlimmer – war, als ich es mir je hätte vorstellen können.

März 2004

Ich betrachte das Kreuz an der Wohnzimmerwand und bete, dass der kleine Jesus sich davon losreißt und zu mir herabsteigt, um mir zu helfen. Bislang hat er das nicht getan. Doch vielleicht ist das hier mein Kreuz. Es hing an der Wand des Trailers, als wir hier einzogen.

Er macht es immer im Wohnzimmer. Direkt unter dem Kreuz. Auf der kratzigen, gelben Couch. Vielleicht kann Daddy sich dann leichter einreden, dass er es nicht wirklich tut.

Aber er tut es. Der kleine Jesus weiß das.

Als ich eine halbe Stunde später die Stufen des ehemaligen Fabrikgebäudes mit der Hope-First-Stiftung hinaufstieg, war mir immer noch schlecht. Amandas eigener Vater hatte sie missbraucht. Mehrfach. Als sie zwölf war. Es war grauenhaft. Alles. Ich war fast an der Tür, als mein Telefon summte und mich aus dem trüben Nebel meiner Gedanken riss. Eine Textnachricht von Steve Granz, Pauls Freund bei der Staatsanwaltschaft, war eingegangen. WENDY WALLACE. TUT MIR LEID.

Das war alles. Der ganze Text. Der Name sagte mir nichts, doch anscheinend war es gar nicht gut, dass Wendy Wallace Zachs Fall zugewiesen bekommen hatte.

Ich googelte hastig »Wendy Wallace«, während ich gleichzeitig auf die Klingel der Stiftung drückte. *Drei Thronfolger* lautete die Headline des ersten Artikels, der auf meinem Display aufpoppte. Ich tippte darauf und überflog ihn. Wie Zachs Pflichtverteidiger angedeutet hatte, braute sich tatsächlich ein im Fokus der Öffentlichkeit stehender Wettbewerb um die Nachfolge des Leiters der Staatsanwaltschaft von Brooklyn zusammen – bis ein handverlesener Erbe den Thron übernahm, und Wendy Wallace, Bezirksoberstaatsanwältin mit Schwerpunkt Kapitaldelikte, war eine von drei führenden Kandidaten. Gegen sie sprach ihr geringer Bekanntheitsgrad, aber ein Fall wie der von Zach würde dieses Problem lösen. Ihr Name stünde in sämtlichen Zeitungen, und noch besser wäre es, wenn man die Berichterstattung strategisch timte, um ihr Engagement zu unterstreichen. Mit Sicherheit war das der Grund dafür, dass die prekärsten Details bislang nicht in den Medien aufgetaucht waren.

»Hallo?«, drang eine krächzende weibliche Stimme aus der Sprechanlage. Ich hatte ganz vergessen, dass ich geklingelt hatte. »Kann ich Ihnen helfen?«

»Mein Name ist Lizzie Kitsakis«, stellte ich mich vor. »Ich bin die Anwältin von Zach Grayson.«

Das darauffolgende Schweigen dehnte sich so lange, dass ich mich fragte, ob die Frau mich überhaupt gehört hatte.

Endlich ertönte ein Summen. Ich drückte die beiden aufeinanderfolgenden Türen auf und betrat die auf Hochglanz polierte Lobby.

Der Aufzug führte direkt zu den Büros der Hope-First-Stiftung. Der Empfangsbereich war ein heller, offener

Raum mit Holzböden in der Farbe von Weizen, leuchtend gelben Wänden und riesigen Fenstern. Über der Rezeption hing ein Schild, auf dem in verspielter blauer Schrift der Name der Stiftung stand – HOPE FIRST. Nirgendwo war eine Menschenseele zu sehen.

»Was wollen Sie hier?«, fragte plötzlich eine Stimme hinter mir.

Als ich mich umdrehte, stand eine zierliche Frau mit kurzen dunkelbraunen Haaren neben einer der Bürotüren, einen Pulli fest um die schmalen Schultern gebunden. Ihr hübsches Gesicht war aschfahl und abgespannt.

Das muss Sarah sein – und sie ist Amandas Freundin, fiel mir ein. Sie trauert. Ihre Unhöflichkeit ist nicht persönlich gemeint.

»Ich habe ein paar Fragen«, fing ich an.

»Warum sollte ich Ihnen irgendwelche Fragen beantworten, wenn Sie dieses Monster verteidigen?«

»Monster?«, wiederholte ich perplex.

Sarah kam so rasch auf mich zu, dass ich reflexartig ein paar Schritte zurück machte. »Jawohl, *Monster*. Er hat ihr den Schädel mit einem Golfschläger eingeschlagen, und …« Ihre Stimme brach.

Mist. Sarah wusste von dem Golfschläger? Wenn es ihren Interessen diente, teilten die Ermittler den Zeugen häufig Details mit, die eigentlich unter Verschluss bleiben sollten – entweder, um sie wütend auf den Angeklagten zu machen, oder, um größeres Mitgefühl mit dem Opfer zu wecken. Um sie zur Mitarbeit zu motivieren. Derlei Enthüllungen stießen an die Grenze zur Sittenwidrigkeit, ohne sie direkt zu überschreiten. Ich war selbst schon so vorgegangen, und jetzt kam es mir abstoßend vor. Abstoßend und gleichzeitig hocheffizient.

»Die Umstände von Amanda Graysons Tod sind bislang ungeklärt«, hielt ich dagegen, um Höflichkeit bemüht. »Ich denke nicht, dass Zach sie umgebracht hat.«

Ich hatte meine Worte mit Bedacht gewählt.

»Sie *denken* nicht, dass er sie umgebracht hat?«, erwiderte Sarah aufgebracht. Der Zorn hatte etwas Farbe in ihr Gesicht gebracht. »Nun, das klingt mir nicht gerade nach einem überzeugenden Verteidigungsargument. Wenn nicht einmal Sie als seine Anwältin von seiner Unschuld überzeugt sind, dann hat er sie hundertprozentig umgebracht.«

»Um mich klar auszudrücken: Zach ist nicht wegen Mordes angeklagt. Nachdem er seine Frau gefunden hatte, kam es zu einem Handgemenge, in dessen Verlauf er einen Officer versehentlich mit dem Ellbogen verletzte. Deshalb wurde er festgenommen.«

»Wie auch immer.« Sie verdrehte die Augen. »Es ist nur eine Frage der Zeit, bis Mordanklage erhoben wird.«

»Noch eins: Ich sagte, ich ›denke‹ nicht, dass er schuldig ist, weil ich fest daran glaube. Ich könnte Ihnen sogar maßgebliches Beweismaterial liefern, das meine Position untermauert. Doch das ist hier nebensächlich. Ich nehme an, Sie würden es ohnehin nicht gelten lassen, denn Sie haben sich Ihre Meinung offensichtlich längst gebildet. Daher versuche ich gar nicht erst, Sie zu überzeugen, sondern würde stattdessen gern hören, was Sie wissen.«

Sarah legte nachdenklich den Kopf schräg. Endlich entspannte sich ihr Gesicht ein wenig.

»Wenn Zach Amanda nicht umgebracht hat«, sagte sie, »wer dann?«

In ihrer Stimme flackerte Furcht auf. Ich konnte förmlich sehen, wie ihr die Frage *Ein gemeingefährlicher Fremder?* durch den Kopf ging. Niemand mochte sich vorstellen, dass ein Verrückter sein Unwesen in Park Slope trieb.

»Ich weiß noch nicht, wer Amanda ermordet hat. Genau das versuche ich ja herauszufinden. Obwohl es definitiv nicht Zachs Aufgabe ist, den Schuldigen zu stellen. Man sollte also nicht mit dem Finger auf ihn deuten, nur weil es keine passenderen Alternativen gibt. Wenn sich die Polizei einmal auf einen Verdächtigen eingeschossen hat, ermittelt sie oft nicht länger in alle Richtungen, zieht keine weiteren Möglichkeiten in Betracht. Stattdessen macht sie sich daran, Beweise gegen die entsprechende Person zusammenzutragen. Ich habe bei der Staatsanwaltschaft gearbeitet – in der Abteilung für Wirtschaftskriminalität –, und mitunter gibt es schlichtweg keine andere Möglichkeit, seinem Job nachzukommen. Allerdings sollte Zach nicht darunter leiden.« Ich hielt für einen kurzen Augenblick inne, in der Hoffnung, meine Worte würden Wirkung zeigen, zumindest ansatzweise. »Es ist wichtig, den Fokus von Zach zu nehmen, damit wir Amandas wahren Mörder finden. Wir müssen ihn unbedingt aus dem Verkehr ziehen.«

Es war kein sonderlich gutes Gefühl, auf Sarahs Furcht vor einem unbekannten Killer zu setzen, aber ich wollte erreichen, dass sie ihre Unterstellungen überdachte. Sie hatte mit Amanda zusammengearbeitet, war eine ihrer engsten Freundinnen gewesen. Zweifelsohne würde sie etwas wissen, was mir half, auch wenn ihr das selbst womöglich gar nicht klar war.

»Ich will ganz bestimmt nicht niederträchtig sein, aber Amanda war nun mal ein herzensguter Mensch. In keiner Weise aggressiv. Ich verstehe nicht, wie ihr jemand so etwas antun konnte.« Sarahs Schultern sackten herab. »Kommen Sie, ich möchte Ihnen etwas zeigen.«

Sarah winkte mich in ein Büro auf der gegenüberliegenden Seite des Foyers. Darin stand eine Midcentury-Couch in leuchtendem Orange auf einem dramatisch wirkenden grau gestreiften Teppich. Sie deutete auf mehrere Rahmen, die an einer der Wände hingen.

»Das sind Schreiben von Schülern, die ein Stipendium erhalten haben«, sagte sie und trat näher an eins heran. »Wir hatten gerade erst angefangen, Bewerbungen entgegenzunehmen und Stipendiate zu verteilen. Amanda war so gerührt über die Schreiben, die wir erhielten, dass sie sie eingerahmt hat. Jedes einzelne. Ich habe sie damit aufgezogen, dass sie nicht mehr lange so weitermachen könne, aber sie meinte, sie würde, wenn nötig, sämtliche Wände damit zupflastern. Sie war wirklich ein ganz besonderer Mensch.«

Sarah ließ sich auf die Couch fallen. Für einen Moment saß sie stocksteif da, dann sackte sie zusammen und schwieg für eine lange Zeit.

Ich nahm auf einem der Gästestühle Platz. »Wissen Sie, ob Amanda mit irgendwem Probleme hatte?«

Sarah schüttelte den Kopf. »Obwohl ... Wenn Sie mich fragen, war Zach ein miserabler Ehemann. An einem guten Tag behandelte er Amanda, als wäre sie ein Sofa, das er gekauft hatte, um seine Wohnzimmereinrichtung zu vervollständigen. An einem schlechten Tag war sie nicht mehr als ein dekoratives Beistellmöbel. Und nein – um Ihrer nächsten Frage zuvorzukommen –, sie hat nie erwähnt, dass Zach aggressiv gewesen wäre, sie angeschnauzt hätte oder dergleichen. Ich habe auch niemals einen Hinweis darauf entdeckt, dass er sie körperlich misshandelt hat.« Sarahs Augen wurden glasig. »Aber auch Betrug kann eine eigene Form von Gewalt darstellen.«

»Zach hat sie betrogen?«, fragte ich.

Sarah wandte den Blick ab. »Das hat sie nicht speziell erwähnt. Aber er hat ja *ständig* ›gearbeitet‹. Es schien Amanda allerdings nichts auszumachen.« Sie schwieg erneut, dann fuhr sie fort: »Vielleicht ist es das, was ihn für mich verdächtig gemacht hat. Ich persönlich halte Zach zudem für ausgesprochen arrogant. Wie ist es möglich, dass er sich nicht einmal die Mühe macht, bei dem Geburtstagsdinner von einem von Amandas engsten Freunden aufzutauchen? Ich weiß, dass er wahnsinnig erfolgreich ist, aber das ist doch noch lange kein Freibrief, unhöflich zu sein! Ehrlich, Zach hat sich weit mehr um seine Geschäfte gekümmert als um alles andere, Amanda eingeschlossen.«

»Ist sonst etwas in Amandas Leben vorgefallen, über das sie mit Ihnen gesprochen hat?«, hakte ich nach. »Vielleicht etwas mit Case?«

»Machen Sie Witze?«, schnaubte Sarah. »Case war ihre ganze Freude, und Amanda war eine hingebungsvolle Mutter. Das meine ich wörtlich – sie war wirklich eine ausgesprochen gute Mom.«

»Gab es irgendwelche Probleme in ihrem weiteren Freundeskreis oder mit der Familie?«

Ich hatte nicht vor zu enthüllen, dass Amanda als Kind von ihrem Vater vergewaltigt worden war. Wenn sie das für sich behalten hatte, sollte es auch so bleiben. Jeder Mensch hatte ein Recht auf seine Geheimnisse.

»Ich weiß, dass Amandas Mutter gestorben ist, als sie noch sehr jung war – deshalb war sie wohl selbst eine so aufopferungsvolle Mutter. Sie ist in Armut groß geworden. Sie hat zwar versucht, ihrer Kindheit einen idyllischen Anstrich zu geben, aber ich habe gespürt, dass sie es echt schwer hatte.«

»Wie meinen Sie das?«

»Amanda war wundervoll, aber sie war auch sehr verschlossen. Ständig auf der Hut. Als hätte sie irgendwann mal Schaden genommen.«

»Und? Hatte sie?«

Sarah schien überwältigt von Trauer und Bedauern. »Ich war ihre beste Freundin in Park Slope, und ehrlich gesagt, habe ich keine Ahnung. Amanda schaffte es, einem das Gefühl zu vermitteln, dass man sie recht gut kennt, sogar dann, wenn sie einen auf Armeslänge entfernt hielt. Was hat denn ... ähm, wie heißt sie noch gleich? ... Carolyn. Was hat Carolyn gesagt?«

»Carolyn?«, wiederholte ich. Amanda hatte eine Carolyn in ihren Tagebüchern erwähnt, aber das war Jahre her.

»Ja, Amandas allerbeste Freundin«, sagte Sarah, die meine ermittlerischen Fähigkeiten nicht sonderlich zu schätzen schien. »Aus irgendeinem Kaff, St. Weiß-der-Kuckuck. Sie ist für Amanda so etwas wie eine Schwester. Sie sollten unbedingt mit ihr reden. Sie lebt in Manhattan.«

»Wissen Sie, wie ich sie erreichen kann?«, erkundigte ich mich.

»Nö. Fragen Sie Zach. Der müsste es doch wissen, oder?« Sie beäugte mich abschätzig. Ihr Blick zeigte mir, dass sie genauso gut wusste wie ich, dass Zach keine Ahnung haben würde. »*Er* ist der Ehemann.«

»Gab es irgendwelche Konflikte bei der Arbeit in der Stiftung?«

»Amanda ist sämtlichen Konflikten aus dem Weg gegangen. Sie hatte beinahe einen Nervenzusammenbruch, als dieser Buchhalter unbedingt mit ihr sprechen wollte und einfach nicht lockergelassen hat.«

»Worum ging es dabei?«

»Ach, um gar nichts, da bin ich mir sicher.« Sarah wedelte wegwerfend mit der Hand. »Ich will damit lediglich sagen, dass Amanda es hasste, sich mit potenziellen Problemen auseinanderzusetzen.«

»Kennen Sie den Namen dieses Buchhalters?«, fragte ich.

Sarah nickte und stand auf. »Ich müsste kurz in meinem Büro nachsehen. Einen Augenblick, ich bin gleich wieder da.«

Als Sarah Amandas Büro verlassen hatte, stand ich ebenfalls auf und ergriff die Gelegenheit, mich ein wenig umzusehen. Wie bei ihr zu Hause waren die Regale voller Fotorahmen, aber hier waren es ungestellte, wunderschöne Aufnahmen, fast alle von Case. Es gab ein gestelltes Bild von Amanda, Case und Zach, aber es stand auf einem der oberen Regalböden und war zur Seite gedreht, was auf mich den Eindruck machte, sie habe es absichtlich außer Sichtweite platziert. Als ich mich umdrehte, um die Regale hinter Amandas Schreibtisch ins Auge zu fassen, fiel mir ein schwarzes Moleskin-Notizbuch ins Auge, das in einer Ecke auf einem Stapel Papiere lag. Es sah genauso aus wie das elegante schwarze Notizbuch mit den unbeschriebenen Seiten, das ich bei ihr zu Hause gefunden hatte. Vielleicht war das ihr aktuelles Tagebuch? Ich konnte bereits Sarahs Absätze auf dem polierten Betonboden des Foyers klackern hören. Blitzschnell machte ich einen großen Schritt auf den Schreibtisch zu, griff ins Regal und schnappte mir das Tagebuch, das ich eilig in meine Tasche schob. Anschließend ließ ich mich wieder auf den Besucherstuhl fallen, der ein verräterisches Knarzen von sich gab. Zum Glück schien Sarah nichts bemerkt zu haben, als sie den Raum betrat. Dafür war sie viel zu durcheinander.

»Es tut mir leid«, sagte sie. »Ich habe keine Ahnung, wo ich den Namen des Buchhalters notiert habe.«

»Das ist kein Problem. Ich werde mich bei Zach danach erkundigen«, sagte ich, um einen gelassenen Gesichtsausdruck bemüht, und stellte ihr die nächste Frage. »Welchen Eindruck hat Amanda bei Maudes Party auf Sie gemacht? An dem Abend, an dem sie gestorben ist.«

Ich entschied mich für *gestorben ist,* nicht für *ermordet wurde.* Ich hatte Übung darin, mit Worten zu jonglieren. Nichts eingestehen, nicht einmal die simpelsten Fakten. Das war die Regel Nummer eins in einem Strafverfahren.

»Oh, ähm, es schien alles okay zu sein«, erwiderte Sarah. »Sie sah so gut aus wie immer. Sie haben mit Sicherheit Fotos von ihr gesehen. Sie war eine Frau, nach der sich die Menschen umdrehten. Wenn Sie nach alternativen Theorien für Ihre Ermittlungen suchen, würde ich genau dort ansetzen. Es gibt schließlich jede Menge Perverse auf der Welt.« Ihr Blick spiegelte Abscheu. »Da muss man sich ja nur die ganzen Pornosparten ansehen.«

Ich nickte. Doch irgendjemand, der auf Amanda stand, war nicht unbedingt eine nützliche Täteralternative. Gerichte wollten etwas Handfestes. Etwas, in das sie ihre Zähne schlagen konnten. Jemanden, an dem sie sich festbeißen, den sie hinter Gitter bringen konnten.

»Haben Sie bei der Party miteinander gesprochen?«

»Nur ganz kurz, hauptsächlich wegen Maude – sie hat sich schreckliche Sorgen um ihre Tochter gemacht, also haben Amanda und ich uns Sorgen um sie gemacht.«

»Was stimmt denn nicht mit Maudes Tochter?«

»Sie ist ein Teenager und – wie momentan fast alle Kinder – in einem Ferienlager. Hm, was stimmt wohl nicht mit ihr?«, wiederholte Sarah meine Frage, doch ihre Stimme klang nicht so, als wäre sie aufrichtig besorgt um das

Mädchen. »Maude ist nicht daran gewöhnt, dass sie weg ist, das ist alles. Sie hat ein paar dramatische Briefe von ihrer Tochter bekommen und ist in Panik ausgebrochen. Ich bin mir sicher, inzwischen ist längst alles wieder in Ordnung. Außerdem hatten wir bei der Party Wichtigeres zu tun, als uns darüber die Köpfe zu zerbrechen.«

»Haben Sie gesehen, ob Amanda sich noch mit jemand anderem unterhalten hat?«

»Nein, aber ich war auch voll und ganz damit beschäftigt, mit einer Mutter zu reden, die ich von der Grace Hall School kenne, wenn auch nicht besonders gut. Eigentlich mag ich sie nicht, aber wir haben über das große E-Mail-Debakel gesprochen.«

»Was für ein E-Mail-Debakel?«, wollte ich wissen.

»Jemand hat sich in die Computer der Grace-Hall-Eltern gehackt und sie mit ihrer schmutzigen Wäsche erpresst.« Sarah biss sich auf die Lippe und zögerte, doch dann fuhr sie fort: »Zum Beispiel, wenn jemand Terry's Bench benutzt hat. Sie wissen schon, dieses Tinder für Verheiratete. Die Account-Infos von zahlreichen Ehemännern wurden gehackt und an die Ehefrauen weitergeleitet, was den Hacker in meinen Augen zu einer Art Robin Hood für Ehefrauen macht. Das, und lauter Selfies, die gestohlen wurden – Nacktaufnahmen. O ja, und Pornos. Tonnenweise Pornos, mit denen die Leute erpresst werden.« Sie lachte abgehackt. »Das sollte natürlich geheim bleiben, weil die Schule ermittelt. Doch an jenem Abend bei der Party waren alle betrunken und haben angefangen zu plaudern. Wäre ich bei Amanda geblieben, statt mir all die dämlichen Gerüchte anzuhören, wäre sie vielleicht noch am Leben.«

»Erinnern Sie sich, wie viel Uhr es war, als Sie Amanda zuletzt gesehen haben?«

Sarah wischte sich schniefend die Augen. »Warten Sie … ich bin gegen 20 Uhr 30 dort eingetroffen und war gegen 21 Uhr 30 wieder zu Hause. Also ungefähr in diesem Zeitfenster.«

Verdächtig kurz, war das Erste, was mir dazu in den Sinn kam. »Dann waren Sie ja nicht sehr lange dort.«

»Nein.« Sarah klang genervt. »Ich musste unerwartet nach Hause. Mein Ältester sollte sechs Wochen in den Hamptons bleiben. Aber schon nach sechs Tagen hat er sich mit seiner Freundin gestritten und ist abgereist. Zu Hause hat er festgestellt, dass er seinen Schlüssel vergessen hatte, und donnerstagabends ist mein Mann unterwegs, um sich beim Basketballspielen die Hüfte zu brechen. Glauben Sie mir, ich hätte die Party niemals verlassen, wenn mein Sohn nicht angerufen hätte! Nichts macht mehr Spaß, als zu beobachten, wer bei Maudes Partys die oberen Räumlichkeiten aufsucht. Alle sind anschließend so verlegen. Ich habe tiefe Ehrfurcht vor Paaren, deren Ehen so etwas aushalten. Ich denke da nur an Maude und Sebe – die beiden könnten nackt zusammen durchs Feuer gehen und würden sich doch nicht verbrennen.«

»Haben Sie Zach auch bei der Party gesehen?«, fragte ich.

»Ich habe kurz mit ihm geplaudert«, antwortete Sarah. »Er drückte sich am Rand des Wohnzimmers herum, dann ist er gegangen.«

»Haben Sie mitbekommen, wie er die Party verlassen hat?«

»Nein, aber ich nehme es an … Ich habe ihn nicht mehr gesehen.«

»Sind Zach oder Amanda nach oben gegangen?«

»Also bitte.« Sarah lachte. »Sie hätten Amandas Gesicht sehen sollen, als sie davon erfuhr. Sie wirkte, als würde sie in Ohnmacht fallen.«

»Und Zach?«

Sarahs Blick wurde hart. »Er ist *Ihr* Mandant.«

»Ich frage Sie lediglich, was Sie *gesehen* haben.«

Sie wandte den Blick ab und schnaubte leise. *Anwälte,* schien das zu bedeuten. »Abgesehen von unserem etwa zwei Sekunden dauernden Austausch habe ich nur für eine Weile mitbekommen, dass Zach die Menge umkreist hat wie ein Hai«, sagte sie. »Dann bin ich nach Hause gegangen. Was er gemacht hat oder wann er die Party verlassen hat, weiß ich nicht.«

Sie stand auf und ging zur offenen Tür. »Und jetzt muss ich mich wieder an die Arbeit machen.«

Ich erhob mich ebenfalls und folgte ihr. »Wenn Ihnen noch etwas einfällt, können Sie mich gern auf dem Handy kontaktieren«, sagte ich. »Das ist die Nummer, von der ich Sie angerufen habe.«

»Das mache ich«, sagte Sarah, dann hielt sie plötzlich inne. Sie kniff die Augen zusammen und musterte mich mit neu erwachtem Interesse. »Sie kommen mir bekannt vor. Kenne ich Sie?«

»Ich glaube nicht.« *Ich hoffe nicht,* wäre die aufrichtige Antwort gewesen.

»Haben Sie Kinder?«, hakte sie nach. »Ich kann mir wirklich gut Gesichter merken.«

»Ich lebe in Sunset Park.«

»Wo gehen Ihre Kinder zur Schule?«, wollte sie wissen. »Ich habe den Eindruck, dass man sich in Brooklyn ständig über den Weg läuft.«

»Ich habe keine Kinder.«

»Clevere Entscheidung«, sagte sie und sah neugierig erst mich, dann meinen Ehering an.

»Dann ist Ihre bessere Hälfte wohl auch ein Anwalt?«

»Nein«, sagte ich mit einem abgehackten, bitteren Lachen.

Sarah beugte sich vor. »Was macht er oder sie dann?«

»Er ist Schriftsteller.«

»Oh, das klingt interessant«, sagte sie. »Mein Ehemann ist Anwalt. Kein Verteidiger, aber ihr seid alle gleich langweilig. Vielleicht tue ich euch aber auch unrecht, und nur mein Mann ist langweilig. Er ist ja auch kein Strafrechtler.«

»Nein, Sie haben recht. *Alle* Anwälte sind langweilig. Langweilig, aber zuverlässig«, entgegnete ich. »Schriftsteller eher weniger.«

»Apropos zuverlässig ...« Sie stieß einen wissenden Seufzer aus. »Zuverlässigkeit ist nicht sexy, aber durchaus nützlich.«

»Darf ich Ihnen eine letzte Frage stellen?«

»Nur zu.«

»Fällt Ihnen irgendjemand außer Zach ein, der Amanda Blumen geschickt haben könnte?«, fragte ich. »Amanda hat eine Karte aus einem Blumenladen erhalten, aber ohne Unterschrift.«

»Vielleicht von einem heimlichen Bewunderer?«, überlegte Sarah laut. »Wie ich schon sagte: Man musste sie einfach anhimmeln. Das hat Sebe auch gesagt.«

»Sebe?«

»Maudes Ehemann. Aber kommen Sie bloß nicht auf falsche Gedanken. Sebe und Maude haben zwar ein eher unorthodoxes Arrangement bezüglich der Nutzung der oberen Räumlichkeiten, aber sie schlafen nicht mit den Freunden beziehungsweise Freundinnen des anderen. Sebe ist Maude treu ergeben, zum Kotzen treu, um ehrlich zu sein. Und es stand kein Name auf der Karte?«

»Nein. ›Ich denke an dich‹, mehr nicht.«

»Männer! Sie sind ja *so* originell«, sagte Sarah kühl. »Nun, die Karte war definitiv nicht von Sebe. Er ist durch und durch Franzose und eher unbeholfen, was amerikanische Allgemeinplätze angeht. Glauben Sie, die Person, die Amanda die Blumen geschenkt hat, hat etwas mit ihrem Tod zu tun?«

»Ich wüsste nur gern, wer sie ihr geschickt hat, mehr nicht.«

»Hm, wieder eine neue Perspektive.« Ihr Ton war erneut hart geworden. »Es tut mir leid, dass ich Ihnen nicht helfen kann. Denn die einzige Theorie, die in meinen Augen Sinn ergibt, ist die, dass Ihr Mandant ein arrogantes Arschloch ist und dass er meine schöne Freundin umgebracht hat.«

AMANDA

VIER TAGE VOR DER PARTY

Als Amanda im 78th Bezirk, der für Park Slope zuständigen Polizeidienststelle, darauf wartete, mit einem Detective sprechen zu können, fragte sie sich mehr als nur einmal, ob es richtig gewesen war, hierherzukommen. Dass es hier noch rauer zuging, als sie erwartet hatte – lauter, schmutziger und weitaus emotionaler –, war nicht gerade beruhigend. Das hier war ein Ort, den man nur aufsuchte, wenn einem bereits Schreckliches zugestoßen war. Ein Ort, der Amanda zu sehr an St. Colomb Falls erinnerte.

Wäre da nicht das Versprechen gewesen, das sie Carolyn gegeben hatte, wäre sie aufgestanden und gegangen. Außerdem machte sie sich Gedanken darüber, wie Zach reagieren würde, wenn er erfuhr, dass sie eine einstweilige Verfügung gegen den Anrufer erwirkt hatte. Würden diese Dinge an die Öffentlichkeit gelangen? Zach gefiel es gar nicht, wenn etwas von ihrem Privatleben nach außen drang, und jetzt veranstaltete sie ein öffentliches Spektakel? Sie hatte ihm noch nicht einmal von den Anrufen erzählt!

»Amanda Grayson?« Der Officer war eher klein, hatte dunkles Haar und olivfarbene Haut. Seine Körpergröße ließ ihn jungenhaft und unbedrohlich erscheinen. Genauso hatte Zach auf Amanda gewirkt, als sie ihm das erste Mal begegnet war. Als Amanda nicht reagierte, sah er sich um und schaute noch einmal auf seinem Clipboard nach. »Grayson, Amanda!« Laut. Energisch. Genau wie Zach konnte er offenbar von einer Sekunde auf die andere umschalten.

»Ja, das bin ich«, sagte Amanda und stand auf.

»Ich bin Officer Carbone.« Er bedeutete ihr, ihm zu folgen. »Hier entlang, bitte.«

Sie gingen durch einen kurzen Gang, der vom Wartebereich zu einem offenen Raum mit mindestens einem Dutzend Schreibtischen führte, an denen Detectives saßen und Zeugen, Opfer und vielleicht sogar Verdächtige befragten. Genau ließ sich das nicht sagen, denn alle wirkten aufgeregt. Amanda nahm auf einem Stuhl neben Officer Carbones Schreibtisch Platz, während er sich auf seinen Stuhl setzte und hinter einem alten Computermonitor verschwand.

Amanda fühlte sich jetzt schon wie ein Opfer. War das nicht das genaue Gegenteil von dem, was sie hatte erreichen wollen?

»So, noch einmal«, sagte er und streckte ihr die Hand entgegen. »Ich bin Officer Carbone.« Seine Handfläche war feucht, sein Auftreten steif, als folge er einem Drehbuch.

»Hi«, sagte Amanda und widerstand dem Drang, ihre Hand zurückzuziehen.

»Was kann ich für Sie tun?«

Amanda lächelte unbehaglich. »Jemand, ähm, jemand verfolgt mich. Ruft immer wieder an und legt auf, ohne etwas zu sagen.« Das war ein schwacher Start. Carolyn wäre nicht beeindruckt gewesen.

»Aha.« Carbone lehnte sich auf seinem Stuhl zurück. Er schien skeptisch, was kein Wunder war. Warum rückte sie nicht einfach mit der Sprache heraus? »Haben Sie eine Ahnung, wer dahinterstecken könnte?«

»Ja, ähm, mein Vater. Ich weiß, dass er es ist.«

»Hat Ihr Vater Sie jemals bedroht?« Zumindest hatte er die Vorstellung, dass ein Vater seine Tochter stalken könnte, nicht von vornherein abgeschmettert.

»Nein, ich meine, ja, in der Vergangenheit. Am Telefon hat er noch nie etwas gesagt. Er atmet nur.«

»Er atmet?« Der Officer runzelte die Stirn.

»Ja, als würde er schnaufen, keuchen. Ich, ähm, ich kenne dieses Keuchen sehr gut. Er ist es, definitiv.«

»Okay«, sagte der Officer, als versuche er zu entscheiden, wie weit er darauf drängen sollte, dass sie weitere Details preisgab. »Und diese Anrufe stammen von seiner Nummer?«

»Auf dem Display steht ›Rufnummer unbekannt‹«, antwortete Amanda. »Aber wie ich schon sagte: Ich bin sicher, dass er es ist. Wir sind vor Kurzem von der Westküste nach New York gezogen. Er lebt in Upstate New York«, erklärte sie und wurde sich bewusst, wie fadenscheinig ihre vermeintlichen Beweise klingen mussten. »Er hat das schon einmal getan«, fügte sie daher hinzu. »In Kalifornien hatte ich deswegen Anzeige erstattet, in Sacramento. Damals hat er nur ein paarmal angerufen. Jetzt sind es Dutzende Male … und noch viel mehr.«

»Okay«, sagte der Officer, offenbar ermutigt. »Eine Anzeige. Das ist gut.«

»Er hat außerdem eine Vorgeschichte … er hat ein Drogenproblem.« Es fiel ihr schwer, diese Worte auszusprechen, die noch nicht einmal die Hälfte all dessen sagten, was eigentlich gesagt werden musste. »Ich denke, er will vielleicht Geld. Im Grunde bin ich mir sicher, dass das dahintersteckt.«

Carbone wandte sich seinem Computer zu und fing an, auf die Tastatur einzutippen. »Sacramento, sagten Sie? Und das war vor wie vielen Jahren?«

Amanda überlegte. Sie konnte sich nicht mehr genau erinnern. Es war Frühling gewesen, das wusste sie noch, denn die Blumen fingen gerade an zu blühen, und sie hatte Case bei sich, was bedeutete, dass er noch nicht in den Kindergarten ging. Hätte sie die Wahl gehabt, hätte sie ihn bestimmt nicht mit aufs Polizeirevier genommen. Moment ... kurz zuvor hatte Case diese grauenhafte Lebensmittelvergiftung gehabt. Wegen eines verunreinigten Kopfsalats hatte er ganze vier Tage im Krankenhaus verbringen müssen. Zumindest gingen die Ärzte davon aus, dass es der Salat gewesen war. Sicher waren sie sich nicht. Was immer die Ursache für die Vergiftung gewesen sein mochte – es war absolut furchterregend zu sehen, wie schnell sich Case' Gesundheitszustand verschlechterte, wie apathisch er wurde.

»Vor sechs oder sieben Jahren.«

Officer Carbone tippte weiter auf die Tastatur ein, dann hielt er abrupt inne. »Ah, da ist es ja.«

Gott sei Dank. Es war beinahe so, als würde die toughe, rothaarige Polizistin mit der bemerkenswerten Oberweite, die ihre Anzeige aufgenommen hatte, hinter ihm stehen und ihn anblaffen: *Sie sagt die Wahrheit, Kumpel, und das sollte sie hier nicht beweisen müssen.*

»Vor sieben Jahren«, wiederholte er. »Und zwischendurch ist nichts vorgefallen?«

»Nein.«

»Aus welchem Grund hat er beim letzten Mal damit aufgehört?«

»Ich habe in den Hörer geschrien, dass ich bei der Polizei war«, sagte Amanda.

»Hat er etwas darauf erwidert?«

»Nein, aber danach hat er nicht mehr angerufen – bis jetzt.«

Amanda hatte das ganz vergessen. Dass sie ihm mit der Polizei gedroht und dass es funktioniert hatte. Das war doch immerhin etwas.

»Hat er Sie lediglich angerufen, oder ist er auch anderweitig aktiv geworden?«

»Ich denke, er verfolgt mich. Mehrfach. Und heute Morgen hat er mir Blumen vors Haus gelegt.«

Lilien. Amanda und ihre Mutter hatten sie immer auf einem brach liegenden Feld gepflückt, wo sie wild wuchsen. Amanda hatte den Lilienduft, der anschließend den Trailer erfüllt hatte, stets als tröstlich empfunden, während ihr Daddy tobte, dass ihm von dem süßlichen Geruch übel wurde.

»Blumen?« Er sah verwirrt aus. »Könnte es sein, dass er versucht, sich zu entschuldigen?«

Amanda starrte den Officer an. Fassungslos. Hatten sie das nicht gerade geklärt? Seinem Gesichtsausdruck konnte sie entnehmen, dass seine Frage ernst gemeint war.

»Für manche Dinge kann man sich nicht entschuldigen«, stellte Amanda fest und spürte, wie Wut in ihr aufstieg. Sie presste die Kiefer zusammen. Zwang sich zu lächeln. Zornig zu werden, brachte sie hier nicht weiter. »Er würde das ohnehin niemals machen. Außerdem hasst er Lilien. Sie waren als Drohung gemeint. Ich soll wissen, dass er weiß, wo ich wohne. Wenn er Geld will, dann fürchte ich, dass er Schlimmes tun wird, um daran zu kommen. Ich habe die Blumen weggeworfen, aber ich habe die beiliegende Karte aufgehoben.« Sie legte die Karte auf den Schreibtisch.

Officer Carbone betrachtete sie für einen langen Augenblick, doch er machte keinerlei Anstalten, sie zu nehmen. »Wie hat er davon erfahren?«

»Was meinen Sie?«

»Sie sagten, Sie seien gerade erst nach New York gezogen, richtig?«

»Ja.« Amanda nickte, erleichtert, dass Officer Carbone zumindest gut zugehört hatte. »Vor vier Monaten.«

»Die Anrufe haben begonnen, gleich nachdem Sie hier angekommen sind?«

»Ja.«

»Und Sie hatten seit der Anzeige vor sieben Jahren keinen Kontakt mehr zu Ihrem Vater?« Er nickte in Richtung seines Computers. War sein Ton jetzt leicht anklagend?

»Ja«, sagte Amanda. »Ich meine, nein. Ich hatte keinen Kontakt zu ihm.«

»Wie hat er Sie dann gefunden?«

»Ich weiß es nicht. Das war bestimmt nicht leicht.« Amanda konnte sich nicht vorstellen, dass ihr Dad sie googelte oder andere Recherchemöglichkeiten nutzte. »Mein Mann ist – er ist ausgesprochen vorsichtig, was unsere Privatsphäre betrifft. Stellt stets sicher, dass unsere Adressen nicht online gefunden werden können und Ähnliches. Er hat eine Firma beauftragt, die in regelmäßigen Abständen das Internet durchsucht und alles Persönliche entfernen lässt.«

Der Officer zog eine Augenbraue in die Höhe. »Dann sollten Sie sich umso mehr darauf konzentrieren, wie Ihr Vater Sie finden konnte.«

»Was genau wollen Sie damit sagen?«

»Da ist zum einen die Frage, wie man das Ganze stoppen kann, doch genauso interessant ist es, zu erfahren, wie es denn überhaupt angefangen hat. Mitunter besteht da ein Zusammenhang«, antwortete Officer Carbone. »Sind Sie sicher, dass er nichts über die sozialen Medien in Erfahrung bringen konnte? Vielleicht haben ihm Familienangehörige oder alte Freunde verraten, wo Sie sich befinden? Manchmal denken Leute, sie würden helfen, dabei tun sie genau das Gegenteil!«

Amanda lachte, was bei Officer Carbone vermutlich den Eindruck hervorrief, sie wäre verrückt. Dabei waren *seine* Andeutungen verrückt. Amanda hatte keine Verbindungen zu ihrem alten Leben. Sie war nirgendwo in den sozialen Medien unterwegs. Zach war der Ansicht, dass sich die Leute dort viel zu sehr exponierten.

»Nein, es kann ihn niemand informiert haben«, sagte sie ruhig. »Es gibt nichts, was unser beider Leben verbindet – niemanden.«

Ihre einzige Freundin aus St. Colomb Falls war Carolyn, und sie hätte niemals etwas verraten. Nein, Carolyn stünde ganz sicher nicht mit Amandas Dad in Kontakt. Sie hasste ihn. Und sie liebte Amanda.

»Nun, er hat Sie gefunden«, stellte Officer Carbone fest, »und wir sollten in Erfahrung bringen, wie.«

»Ich möchte lediglich ein Kontaktverbot erwirken, damit er sich von mir fernhält.«

»Um ein gerichtliches Kontaktverbot durchzusetzen, müssen Sie beweisen, dass er Sie auf irgendeine Art und Weise bedroht hat.«

»Aber er bedroht mich doch«, sagte Amanda leise. »Allein seine Anwesenheit in New York ist eine Bedrohung. Weil er der ist, der er ist. Wegen unserer Geschichte.«

»Ich bin mir sicher, dass die ganze Sache schwierig für Sie ist, aber Sie würden mir helfen, wenn Sie sich etwas präziser ausdrücken könnten bezüglich dessen, was er getan hat. Sollte er in der Vergangenheit gewalttätig geworden sein, erhöhen sich die Chancen, dass Sie die Sache voranbringen können.«

Doch die hässlichen Details waren tief im Ozean versunken, vergraben im Sediment. Und Amanda wollte nicht danach tauchen. Eine Träne rollte aus ihrem Auge, obwohl sie gar nicht gemerkt hatte, dass sie kurz vorm Weinen stand. Während Amanda sie wegwischte, rutschte der Detective unbehaglich auf seinem Stuhl hin und her.

»Hören Sie, es tut mir leid«, sagte er mit sanfterer Stimme. »Wirklich. Sie können natürlich trotzdem vor Gericht gehen und versuchen, eine einstweilige Verfügung zu erwirken – ich halte das jedoch für Zeitverschwendung. Mein Rat? Versuchen Sie, das Ganze aktenkundig zu machen, Beweise für die bösen Absichten Ihres Vaters zu offenbaren – am besten mithilfe von Video- oder Audioaufnahmen. Heutzutage hat ja jeder ein iPhone, die Richter rechnen förmlich mit derartigem Beweismaterial.« Carbone fischte eine Karte aus der Schreibtischschublade und hielt sie ihr hin. »Sollte unterdessen irgendetwas vorfallen – Sachbeschädigung oder irgendeine konkretere Bedrohung –, können Sie mich jederzeit anrufen. Ich werde alles in meiner Macht Stehende tun, um Ihnen zu helfen. Fragen Sie sich weiterhin, wie er Sie gefunden haben könnte. Vielleicht gibt es eine Person, die Sie noch gar nicht in Betracht gezogen haben.«

Verwirrt verließ Amanda die Polizeidienststelle. Nun fühlte sie sich noch hoffnungsloser. Sie hatte nicht erwartet, dass ein Besuch im 78th Bezirk die komplexe Problematik mit ihrem Dad auf einen Schlag lösen würde. Doch vielleicht hatte sie ihre Hoffnungen ein bisschen zu hoch geschraubt. Auf halbem Weg nach Hause warf sie Carbones Karte weg.

Was, wenn ihr Dad sie weiterhin anrief, nachdem Case nach Hause zurückgekehrt war? Was, wenn die Lage eskalierte? Nein. Das würde sie nicht zulassen. Sie würde ihren Sohn beschützen, ganz gleich, was passierte. Eine gerichtliche Verfügung war vielleicht nicht die passende Antwort, aber sie musste etwas tun, und zwar jetzt. Doch egal, was Carolyn dachte, es war nicht so einfach, mit Zach darüber zu reden. Sie hatte schon einmal versucht, mit ihm über ihren Vater zu sprechen, was nicht gut gelaufen war. Sie erinnerte sich noch genau daran. Damals waren sie noch nicht einmal ein Jahr zusammen gewesen.

Zach und sie waren zu einer Party bei Geoffrey, Zachs erstem Chef, gefahren. Zach mochte Geoffrey, deshalb hatte Amanda ihm nicht erzählt, dass der ihren Hintern begrapschte, wann immer er sie zum Abschied umarmte. Geoffrey und seine Frau gehörten einer dieser modernen Kirchengemeinden mit Hardrock-Band an, und er versuchte ständig, Amanda und Zach zu überreden, einen ihrer Gottesdienste zu besuchen. Als Zach in Geoffreys Einfahrt einbog, ließ er verlauten, dass sie bald mal hingehen würden, damit sie nicht Gefahr liefen, diese »guten Menschen« vor den Kopf zu stoßen.

»Nur weil sie ein Kreuz an der Wand hängen haben, müssen sie nicht zwangsläufig gute Menschen sein«, gab sie zu bedenken.

»Was genau meinst du?«, fragte Zach und stellte den Motor ab. Amanda spürte, wie ein Funke Hoffnung in ihr aufflackerte. Zach war tatsächlich neugierig auf das, was sie zu sagen hatte? Das war ungewöhnlich. Für eine Sekunde überlegte sie sogar, ob sie ihm von Goeffreys Grapschhänden berichten sollte.

»Mein Dad hatte auch ein Kreuz an der Wand hängen«, fuhr sie fort. »Und er hat schreckliche Dinge getan.«

Zach hatte lediglich genickt, ohne etwas zu erwidern, und nachdenklich gelächelt. Doch dann bemerkte Amanda, dass sein Gesicht kalt und ausdruckslos wurde. »Ist jetzt der Moment, an dem ich fragen sollte: ›Was für schreckliche Dinge, Liebling?‹ Das werde ich nicht tun. Wir tragen alle unser Päckchen mit uns herum. Ich habe dich bestimmt nicht geheiratet, um deins mit zu übernehmen.«

»Amanda!«, rief eine Stimme.

Sie blickte auf und sah Maude auf der obersten Treppenstufe vor dem Haus sitzen. Amanda war so in Gedanken gewesen, dass sie nicht einmal bemerkt hatte, dass sie bereits den ganzen Weg von der Polizei nach Hause zu Fuß zurückgelegt hatte.

Was machte Maude hier? Für gewöhnlich trafen sich Sarah, Maude und Amanda in Restaurants oder Bars wie dem Gate, tranken gemeinsam einen Kaffee oder gingen ins Kino. Gelegentlich drehten sie auch eine Runde durch den Prospect Park. In den vergangenen Monaten war Amanda ein paarmal bei Sarah zu Hause gewesen und ein- oder zweimal auch bei Maude. Sie selbst bekam nie Besuch, außer von Carolyn. Und Carolyn zählte nicht.

Zach wollte keine Fremden in seinem Haus haben – das war der Knackpunkt. Amanda hatte versucht, ihm den Unterschied zwischen »Freunden« und »Fremden« zu erklären, doch für ihn gab es keinen.

Und jetzt saß Maude auf ihrer Schwelle. Amanda konnte sie nicht hereinlassen. Zachs Terminplan war zu unvorhersehbar. Er konnte jederzeit auftauchen. Aber wie sollte sie Maude verständlich machen, dass sie sie nicht ins Haus bitten konnte, ohne unfassbar unhöflich zu erscheinen? Amanda blieb am Fuß der Treppe stehen und atmete tief aus, bevor sie ihrer Freundin mit einem strahlenden Lächeln zuwinkte. Hoffentlich fiel ihr eine Lösung ein, bevor sie die oberste Stufe erreichte!

»Hi!«, rief sie fröhlich.

»Ich hätte dir vorab eine Nachricht schicken sollen«, sagte Maude mit unsicherer Stimme. »Es gehört sich nicht, uneingeladen vor anderer Leute Haustür herumzulungern.«

»Sei nicht albern. Außerdem sitzt du, du lungerst nicht herum.«

Amanda hockte sich neben Maude auf die Stufe. Als sie einander kurz umarmten, stellte Amanda fest, dass Case' Notfallhausschlüssel unter dem Pflanzentopf hervorschaute. Sie fasste um Maude herum, schob den Schlüssel zurück an Ort und Stelle und verspürte einen scharfen Stich im Herzen, so sehr vermisste sie ihren Sohn. Allerdings war Case im Ferienlager wenigstens sicher vor ihrem Dad.

Amanda wandte ihr Gesicht der Sonne zu. *Lass uns hier draußen bleiben und das gloriose Wetter genießen.* Nein, das würde sie ganz bestimmt nicht sagen. (*Glorios* war kein angemessenes Wort, es sei denn, man lebte im achtzehnten Jahrhundert.) Aber sie konnte etwas Ähnliches sagen. Etwas, das Maude dazu brachte, hier draußen auf der Stufe sitzen zu bleiben.

»Ich weiß, es kommt dir bestimmt seltsam vor, dass ich hier bin«, fing Maude an, »aber ich muss dringend mit einer Freundin reden. Ich liebe Sarah, aber sie kann … nun ja … sie kann mitunter etwas scharfzüngig sein.«

Amanda spürte Stolz in sich aufsteigen, weil Maude sie als ihre Vertraute auserkoren hatte. »Ich bin froh, dass du hier bist.«

Maude hielt mehrere grellbunte Briefumschläge in der Hand. »Ich habe weitere Briefe von Sophia bekommen. Und sie sind noch schlimmer.« Sie schnitt eine Grimasse und schüttelte den Kopf, dann wedelte sie mit den Umschlägen vor Amanda herum, als wolle sie sie auffordern, sie zu nehmen. »Ich dachte, ich schicke sie in dieses Ferienlager, in einen anderen Bundesstaat, in eine völlig neue Umgebung, weil ich es unter den gegebenen Umständen für das Richtige hielt.«

»Unter welchen Umständen?«, fragte Amanda und streckte endlich die Hand nach den Umschlägen aus. Zuvor hatte es so geklungen, als wisse Maude nicht, was mit Sophia los war, aber offensichtlich wusste sie es doch. »Maude, ist etwas passiert?«

»Ein Junge ...« Maudes Augen füllten sich mit Tränen. »Sophia war außer sich, aber ich dachte wirklich, es sei das Beste, sie von ihm loszueisen.«

»Das scheint logisch.«

»Aber dann kamen diese Briefe.« Maude deutete auf die Umschläge. »Ich habe heute Morgen mehrfach versucht, das Camp zu erreichen, um mich nach ihr zu erkundigen, aber im Büro meldet sich niemand. Ein großartiges Ferienlager – es sei denn, man versucht, jemanden ans Telefon zu bekommen.«

»Was sagt Sebe dazu?«

»Dass ich überreagiere. Dass sie kein Kind mehr ist und dass ich aufhören soll, sie zu erdrücken.« Maude klang wütend und verletzt. »Ich weiß, dass Sebe Sophia liebt. Aber er ist nicht ihre Mutter. Er ist keine Frau.«

Amanda nickte.

»Das Ganze wirkt vielleicht verwirrend, weil ich dir nicht alle Details erzähle, aber ich habe Sophia versprochen, dass ich sie für mich behalte.«

»Das ist schon in Ordnung. Du musst mir nichts Näheres sagen.«

Maude deutete wieder auf die Briefe. »Würdest du einen davon lesen? Ich wüsste gern, ob du auch der Meinung bist, dass ich überreagiere.«

»Oh, ich …« Amanda zögerte. Was, wenn sie die Lage nicht richtig einschätzte?

»Bitte.«

»Ja, sicher …« Amanda zog ein Blatt aus einem der Umschläge und faltete es auseinander. Die Schrift war ordentlich und schön, das Papier leuchtend himmelblau.

Liebe M,

ich möchte, dass du weißt, dass das hier nicht deine Schuld ist. Ich weiß, du wirst dir Vorwürfe machen. Du wirst denken, dass ich mich niemals in diesen Schlamassel hineingeritten hätte, wenn ich nur ein größeres Selbstwertgefühl besäße. Vielleicht denkst du aber auch, dass du es versäumt hast, mich über Dinge aufzuklären, die ich dringend hätte wissen müssen. Oder dass ich mich selbst hätte schützen können, hättest du mir nur den richtigen Rat gegeben, doch dazu hätte ich dir die Fakten erzählen müssen.
Es ist nicht deine Schuld. Es ist meine Schuld. Ich bin die Einzige, der man Vorwürfe machen kann. Ich habe so viele dumme Entscheidungen getroffen, dabei hattest du mich eines Besseren belehrt. Du hast mir alles beigebracht, was ich wissen musste. Ich hab's einfach vermasselt.
Es tut mir leid, Mom. Es tut mir so leid.

XoXo
Sophia

Amanda dachte an den letzten Rat, den ihre eigene Mutter ihr kurz vor ihrem Tod gegeben hatte, als sie in ihrem Krankenhausbett lag, die knochigen Arme um Amanda schlang und sie an sich drückte. »Lauf, wenn es nötig ist«, hatte sie geflüstert. »Lauf, so schnell du kannst.«

Wohin?, war alles gewesen, was Amanda dazu einfiel. Sie war damals noch so jung gewesen …

»Und?«, fragte Maude und deutete auf Sophias Brief. »Findest du, dass Sebe recht hat? Dass ich sie loslassen und ihre eigenen Erfahrungen machen lassen soll? Dass ich so tun soll, als wäre das Ganze nicht wichtig?«

Amanda überlegte, ob man in diesem Moment überhaupt von »recht haben« sprechen konnte. Vielleicht ja. Trotzdem entschied sie sich dafür, schlicht das zu sagen, was sie tatsächlich glaubte.

»Ich denke nicht, dass man so tun kann, als seien Sophias Nachrichten nicht wichtig«, sagte Amanda und legte die Hand auf Maudes Arm. »Die Augen zu verschließen, hält das Schlechte nicht davon ab, einen zu finden.«

AUSSAGE VOR DER GRAND JURY

OFFICER DAVID FINNEGAN,
am 6. Juli als Zeuge aufgerufen und vernommen, sagt Folgendes aus:

VERNEHMUNGSPROTOKOLL
VON MS. WALLACE:

F: Guten Morgen, Officer Finnegan.
A: Morgen.
F: Haben Sie in der Nacht des 2. Juli um exakt 23.45 Uhr einen Anruf vom Montgomery Place Nummer 597 entgegengenommen?
A: Ja.
F: Worum ging es bei diesem Anruf?
A: Es wurde ein mutmaßlicher Mord gemeldet.
F: Was geschah, als Sie am Tatort eintrafen?
A: Mein Partner, Officer Romano, und ich betraten das Wohnhaus, um die Officer zu unterstützen, die bereits am Tatort waren.
F: Was haben Sie gesehen, als Sie das Haus betreten haben?
A: Es war viel Blut auf den Treppenstufen und an den Wänden. Neben dem Leichnam lag ein Golfschläger. Die Stelle war bereits abgesperrt, damit niemand auf die Idee kam, den Schläger anzufassen. Der Ehemann des Opfers war dort.
F: Ist Ihnen sonst noch etwas aufgefallen?

A: Die Sanitäter waren unmittelbar vor uns eingetroffen; sie versuchten, das Opfer wiederzubeleben und die Blutung unter Kontrolle zu bekommen.
F: War der Wiederbelebungsversuch erfolgreich?
A: Nein. Die Frau wurde noch am Tatort für tot erklärt.
F: Was haben Sie dann gemacht?
A: Mein Partner und ich standen mit dem Ehemann des Opfers zusammen, als Staatsanwalt Lewis und Detective Mendez gemeinsam mit der Spurensicherung am Tatort eintrafen. Die Kriminaltechniker fingen an, Fotos zu machen, damit der Leichnam weggeschafft werden konnte.
F: Und was hat Staatsanwalt Lewis gemacht?
A: Er hat lediglich aufmerksam zugesehen.
F: Was hat Detective Mendez gemacht?
A: Er hat mit Mr.Grayson geredet.
F: Hat Mr.Grayson zu irgendeinem Zeitpunkt geweint oder ein ähnlich emotionales Verhalten an den Tag gelegt?
A: Nein. Er hat ein paar Geräusche von sich gegeben, aber Tränen waren keine zu sehen.
F: Ist es Detective Mendez schlussendlich gelungen, Mr.Grayson nach draußen zu befördern?
A: Das weiß ich nicht.
F: Warum nicht?
A: Weil ich am Tatort verletzt wurde.
F: Wie wurden Sie verletzt?
A: Mr.Grayson hat mich im Gesicht getroffen.
F: Mit der Faust?
A: Nein. Detective Mendez hat seine Hand auf Mr.Graysons Arm gelegt, um ihn damit aufzufor-

dern, von der Leiche seiner Frau wegzutreten, und Mr.Grayson hat seinen Arm weggerissen. Ich meine, er hätte auch »Verpiss dich« oder »Fick dich« oder Ähnliches gesagt.

F: Zu Detective Mendez, der ihn gebeten hat, von seiner toten Frau zurückzutreten?

A: Ja.

F: Und was ist dann passiert?

A: Er hat den Arm zurückgerissen und mir den Ellbogen ins Gesicht gerammt. Er hat mir die Nase gebrochen.

F: Mit Absicht?

A: Er wusste, dass ich dort stand. Sagen Sie es mir.

F: Es tut mir leid, Officer Finnegan, aber es ist mein Job, die Fragen zu stellen, nicht, sie zu beantworten. Ich muss wissen, ob Sie der Ansicht sind, er habe es mit Absicht getan.

A: Dann muss ich die Frage bejahen. Ja, ich bin der Ansicht, dass es Absicht war.

LIZZIE

MITTWOCH, 8. JULI

Ich holte tief Luft und drückte auf die Klingel von Sebes und Maudes stattlichem Brownstone-Haus. Es befand sich an der First Street, zwischen Seventh und Eighth Avenue, nicht weit von Zachs Haus entfernt, und war beinahe genauso beeindruckend. Während ich darauf wartete, dass jemand öffnete, versuchte ich, die Bilder davon, was sich bei der Party in den oberen Räumlichkeiten abgespielt haben mochte, aus meinem Kopf zu verbannen. Wer hielt es in einer Ehe aus, in der beide Partner ganz offen fremdgingen? Wer hielt es überhaupt in einer Ehe aus?

Nachdem ich die Hope-First-Stiftung verlassen hatte, war ich zum Café du Jour gefahren, das Tagebuch aus Amandas Büro in der Tasche. Es war tatsächlich das aktuellste, mit detaillierten Einträgen, und zwar von dem Tag an, an dem die Familie Grayson in Park Slope eingetroffen war. Das Tagebuch gab Einblicke in Amandas Leben mit Case, zeigte, wie einsam und verloren sie sich fühlte, seit er im Ferienlager war, und dokumentierte ihre beeindruckenden Laufgepflogenheiten, ihre tagtäglichen Bemühungen, die Stiftung zu leiten, und die Unterhaltungen, die sie mit Carolyn führte. Das Wichtigste aber war ein Protokoll über eine Reihe von Vorkommnissen: Jemand rief sie an und legte wieder auf, verfolgte sie.

In den Einträgen, die ich bislang gelesen hatte, hatte Amanda diese Person noch nicht identifiziert, doch sie hatte Angst, so viel stand fest. Das würde in Zachs Fall für beträchtliche Zweifel an seiner Schuld sorgen – wenn ich nur endlich einen Namen gefunden hätte! Zum Glück hatte ich Zeit. Ein neuer Verdächtiger – ganz gleich, wie verlockend – würde mir erst vor Gericht etwas nützen.

Als die Tür endlich geöffnet wurde, sah ich mich einem unglaublich gut aussehenden Mann gegenüber.

»Hi?«, sagte er fragend und schob mit einer Hand sein volles schwarzes Haar zurück. Seine Augen bohrten sich in meine, während er darauf wartete, dass ich erklärte, was ich wollte. »Kann ich Ihnen helfen?«

Er hatte einen Akzent. Einen französischen, genau wie Sarah gesagt hatte. Sebe.

»Ich bin Zach Graysons Anwältin«, fing ich an und wappnete mich gegen einen weiteren feindseligen Empfang. »Ich habe angerufen. Ihre Frau sagte, ich dürfe Ihnen ein paar Fragen stellen.«

»Selbstverständlich, kommen Sie herein«, forderte er mich höflich auf. »Tragisch, was passiert ist. Amanda war ein liebenswürdiger Mensch.«

»Lizzie Kitsakis«, stellte ich mich vor, als wir im Foyer standen, und streckte ihm die Hand entgegen.

»Sebastian Lagueux. Aber alle nennen mich Sebe.« Er drückte mir fest die Hand, bevor er mir bedeutete, ihm zu folgen. »Gehen wir ins Wohnzimmer.«

Von innen sah das Haus genauso imposant aus wie von außen – jede Menge dunkles, glänzendes Holz und moderne Teppiche in leuchtenden Farben. Es war renoviert worden, doch anders als bei Zachs Haus, das innen durch und durch modern war, hatte man mehr von dem historischen Charme erhalten. Die Kunstobjekte stachen besonders ins Auge, vor allem ein großes Gemälde an der Wohnzimmerwand.

»Das ist umwerfend«, sagte ich.

Sebe lachte leise. »Ah, hat Sarah Ihnen aufgetragen, das zu behaupten?«

»Er will damit sagen, dass er es gemalt hat.« Als ich mich umdrehte, erblickte ich eine bildhübsche Frau mit langen rotbraunen Locken. Sie trug ein Wickelkleid mit tiefem V-Ausschnitt, so hauchzart, dass es beinahe durchsichtig war. Sie war barfuß und ungeschminkt. »Dabei ist Sebe nicht einmal Maler – er ist Arzt. Arzt und Maler und Online-Start-up-Unternehmer *und* Hobbygärtner. Er hat dieses Gemälde ohne jeden Entwurf an einem einzigen Tag gemalt. Wie furchtbar ist das denn?«

»Das ist Zachs Anwältin, Maude«, sagte Sebe.

»Oh, ja.« Sie streckte mir die Hand entgegen. »Ist alles okay mit Zach? Sarah hat mir erzählt, dass er im Gefängnis ist.«

Ihr Ton war ganz anders als Sarahs, reserviert und konzentriert, aber nicht im Mindesten feindselig.

»Er ist natürlich außer sich wegen Amandas Tod«, sagte ich, denn das war das richtige Thema für den Gesprächseinstieg, auch wenn es mir – um ehrlich zu sein – nicht unbedingt als Erstes in den Sinn gekommen war. »Eines vorab: Er steht im Augenblick lediglich wegen des tätlichen Angriffs auf einen Polizisten unter Anklage – ein Missverständnis. Dennoch ist es nicht ausgeschlossen, dass man ihm auch Amandas Tod zur Last legen wird. Es ist grauenhaft, eines Verbrechens verdächtigt zu werden, das man nicht begangen hat, und es ist noch sehr viel schrecklicher, wenn man fälschlicherweise beschuldigt wird, die eigene Ehefrau ermordet zu haben. Dazu kommt, dass man ihn ausgerechnet auf Rikers Island festhält. Das ist schließlich nicht irgendein Gefängnis.«

Ich sah, wie Maude und Sebe nervöse Blicke austauschten. »Im Rikers?«, wiederholte Sebe.

»Es gibt nur wenige Gefängnisse, in denen Menschen wegen eines ausstehenden Gerichtsverfahrens festgehalten werden, wenn ihnen keine Kaution gewährt wird, und zu denen gehört dummerweise Zach. Gefängnis ist Gefängnis, aber keins ist auch nur annähernd so schlimm wie das Rikers.« Ich überlegte, wie viel ich ihnen sagen sollte, doch die Wahrheit mochte sie dazu bewegen, sich hilfsbereiter zu erweisen. »Er ist schon mehr als einmal attackiert worden.«

»Attackiert?« Maude wirkte besorgt, aber irgendetwas ließ mich stutzig werden. Es schien so, als würde sie eine andere Reaktion unterdrücken – einen durchdringenden Schrei zum Beispiel.

»Das ist ja grauenhaft.« Sebe nahm Maudes Hand und drückte sie. Die beiden sahen sich erneut an – kommunizierten wortlos über die Augen. Kein Wunder, dass sie Sex mit anderen Leuten haben konnten. Sarah hatte recht: Sie waren einander wie durch eine übernatürliche Macht verbunden.

»Ich denke, ich brauche einen Whiskey«, sagte Sebe schließlich. »Die Damen?«

»Ja, für mich auch.« Maude wandte sich mir zu. »Was ist mit Ihnen, Lizzie? Ich habe den Eindruck, wir könnten alle einen Drink gebrauchen.«

Oh, nein danke, war meine spontane Reaktion. Neuerdings stieß mich alles ab, was Alkohol enthielt. Doch andererseits: Warum sollte Sam der Einzige sein, der während der Arbeit trank? In Anbetracht der Umstände hatte ich den Eindruck, ich hätte einen Whiskey verdient. Außerdem verfügten Maude und Sebe über die unheimliche Macht, mich dazu zu bringen, alles zu tun, was sie taten.

»Sicher, vielen Dank«, sagte ich daher. »Das wäre großartig.«

Maude nickte, offenbar erfreut über meine Bereitschaft, mich ihnen anzuschließen. Wir sahen Sebe zu, der sich an der eingebauten Bar auf der gegenüberliegenden Seite des Zimmers zu schaffen machte. Ich fragte mich, ob es so abgelaufen sein könnte bei diesen Affären in den oberen Räumlichkeiten. Kehrte der Ehemann mit den Drinks zur Sitzecke zurück, und anstatt neben seiner eigenen Frau Platz zu nehmen, setzte er sich neben eine andere? Oder saßen Ehemann und Ehefrau zusammen und küssten sich, während sie darauf warteten, dass eine weitere Frau dazukam? Plötzlich konnte ich mir das alles lebhaft vorstellen. Ja, so war es vielleicht gewesen. Ich vermochte mich sogar in die Rolle der anderen Frau hineinzuversetzen.

Konnte ich mir auch die dunkle Wahrheit eingestehen? Ja, ich stellte fest, dass ich fasziniert war. Weniger von der Vorstellung, mit jemand anderem Sex zu haben, als von der Idee, vorsätzlich ein Unrecht zu begehen. Sam zu verletzen. Ich hatte meine eigenen Geheimnisse, sicher, aber die hatten nichts mit unserer Ehe zu tun. Meine Gedanken zuckten zu dem Ohrring in meiner Handtasche.

Wie dämlich war ich gewesen – und wie lange schon?

Nachdem wir drei Jahre zusammen waren, machte mir Sam einen Antrag. Wir waren übers Wochenende nach New Orleans gefahren, und dort, mitten auf der Bourbon Street vor einer Jazzbar, ging er auf die Knie und bat mich, seine Frau zu werden. Damals lebten wir seit etwa einem Jahr zusammen in Brooklyn und waren beide auf unsere Karrieren fokussiert. Wir arbeiteten hart und waren erschöpft, aber wir taten Dinge, die uns etwas bedeuteten.

Sam gelang es, mir das Gefühl zu vermitteln, herausgefordert und gleichzeitig akzeptiert zu werden; mich frei und dennoch umsorgt zu fühlen. Unverletzt.

Als ich Sam an jenem Abend vor mir auf die Knie gehen sah, dachte ich für eine Sekunde, er sei hingefallen. Doch dann entdeckte ich die kleine Schachtel in seinen Händen. Passanten starrten uns an. Und ich war glücklich. Das war der Beweis, auf den ich gewartet hatte. Ich hatte überlebt, und ich war glücklich – was alle Welt sehen sollte.

»Lizzie, ich verspreche dir, dass ich versuche, dir jeden Tag der Mann zu sein, den du verdienst. Willst du mich heiraten?«

»Ja!«, rief ich, nahm Sams Gesicht in meine Hände und küsste ihn. »Ja.«

Nachdem Sam mir den spektakulären Ring an den Finger gesteckt hatte – ein altes Familienerbstück –, stürmten wir in die Jazzbar und bestellten Champagner. Nach dem dritten Glas fand ich, dass wir vielleicht einen Gang runterschalten sollten. Sam stand sehr unter Druck bei seiner Arbeit für die *Times*, was ich ihm nicht verdenken konnte. Die Messlatte dort lag unerreichbar hoch, und er hatte ein paar dumme Fehler gemacht. Solche anspruchsvollen, hektischen Jobs waren nicht leicht, das wusste ich aus erster Hand. Ich war gerade dabei, ein Referendariat im South District zu beenden und ein weiteres im Second Department anzutreten, bevor ich zur Bundesstaatsanwaltschaft wechseln würde. Jede Stufe war genau vorgegeben – eine steile, prestigeträchtige, furchterregende Leiter. Trotzdem feierten wir. Wir würden heiraten.

»Hast du dir an dem Abend, an dem wir uns zum ersten Mal begegnet sind, vorstellen können, dass wir irgendwann heiraten?«, fragte ich ihn, während er eine weitere Runde für uns bestellte und eine neue Jazzband zu spielen begann. Die Bar war verraucht, rappelvoll und einfach perfekt. Und ich würde *heiraten!* Nach all den Jahren hätte ich endlich wieder eine Familie.

»Ganz bestimmt nicht!« Sam lachte ein bisschen zu laut und nahm einen Schluck Champagner.

»Nun, das war nicht gerade die romantische Antwort, auf die ich gehofft hatte«, erwiderte ich scherzend, aber das hatte gesessen. Ich verspürte einen schmerzhaften Stich. Das war das Problem bei einer Nacht wie dieser – der Nacht, in der man sich verlobte: Die Messlatte lag zu hoch. »Also, *ich* wusste es von der ersten Sekunde an. Aber vielleicht bilde ich mir das auch nur ein.«

»So hab ich es doch gar nicht gemeint«, sagte Sam leichthin. Offenbar ahnte er nicht, was ich empfand. Außerdem war er bereits betrunken. »Ich war hin und weg von dir – das steht außer Zweifel. Ich kann mich bloß nicht mehr richtig daran erinnern, worüber wir uns unterhalten haben. Wir hatten jede Menge getrunken. Aber was nutzen mir Details, wenn ich jetzt dich habe?«

Ich hatte gelacht, denn das war es, was ich an Sam und mir so mochte – anders als andere Paare taten wir nicht so, als wären wir perfekt. Wir waren ehrlich, was unsere kleinen Fehler betraf. Und Ehrlichkeit war sehr viel besser als Perfektion.

Maude hatte etwas gesagt.

»Wie bitte?«, hakte ich nach.

»Warum geht die Polizei davon aus, dass Zach sie umgebracht hat?«, fragte sie, anscheinend zum zweiten Mal.

»Sie hat seinen Golfschläger am Tatort gefunden«, sagte ich. »Und er hat Amanda gefunden. In ihrem gemeinsamen Haus. Er ist der Ehemann. Es handelt sich um eine reine Routinevermutung. Außerdem waren die beiden hier, bei Ihrer Party, daher …«

»Unsere Party?«, fiel Maude mir nervös ins Wort. »Was hat die denn damit zu tun?«

»Ich weiß, dass dort …« Das Zögern war tödlich. So viel dazu, dass ich mich so ungezwungen geben wollte wie möglich. »Die Polizei spricht von einer Swingerparty. Offenbar hat es in der Vergangenheit schon einmal Probleme gegeben.«

»Die Polizei!« Sebe schnaubte. »Dank dieser nicht ganz zurechnungsfähigen Nachbarin taucht sie inzwischen jedes Jahr hier auf. Die gute Dame ist schon sehr alt und von der aufbrausenden Sorte – außerdem ist sie eine Rassistin, da bin ich mir ziemlich sicher. Wären Maude und ich beide weiß, würde sie wohl kaum die Cops rufen. Wie dem auch sei: Letztes Jahr wurden zwei Dads abgeführt, weil sie in irgendeinen albernen Streit geraten waren – ausgerechnet über American Football. Hätte die Alte nicht die Polizei angerufen, wäre gar nichts passiert. Es *ist* nichts passiert.«

»Swingerparty …«, wiederholte Maude in ernsterem Ton. »Dabei ist das keine große Sache. Nur eine Handvoll Leute nutzen dieses Angebot, und alles läuft ausgesprochen diskret ab.«

Sebes Handy klingelte. »Entschuldigt mich bitte. Es ist die Klinik«, sagte er. »Da muss ich drangehen.«

»Selbstverständlich«, sagte ich, während Sebe aus dem Wohnzimmer eilte.

»Die Polizei hat Sie bereits befragt?«, erkundigte ich mich bei Maude, als er weg war.

»Noch nicht. Es hieß, sie würde morgen früh vorbeikommen.«

»Es war also noch niemand bei Ihnen?«

»Ist das ein Problem?«, fragte sie, erneut nervös.

»Das hier ist der Ort, an dem Amanda zuletzt gesehen wurde«, sagte ich. War die Beweislage der Staatsanwaltschaft schon jetzt so dicht, dass sie es für überflüssig hielt, weitere Leute zu befragen? »Ich bin davon ausgegangen, dass man sich nach den Namen der Partygäste und Ähnlichem erkundigen würde.«

»Vielleicht weiß die Polizei das schon von Sarah. Mit ihr hat man bereits gesprochen.« Maude schwieg für einen Moment, dann fuhr sie fort: »Es tut mir leid, dass Zach im Gefängnis sitzt. Es wäre schrecklich, wenn ihm etwas Schlimmes zustoßen würde. Ich meine – der arme Case ...«

Da beschloss ich, meinen Einsatz zu erhöhen. »Ja, im Rikers kann eine falsche Anschuldigung ein Todesurteil bedeuten.«

»Ein Todesurteil?« Maude wurde blass. »Aber was wird dann aus dem Jungen?«

Ich verspürte ein brennendes Schuldgefühl in der Magengegend. Vielleicht überspitzte ich die Situation ein bisschen, aber ich hatte es mir auch nicht aus den Fingern gesaugt. Zach *war* attackiert worden.

»Ich möchte nicht behaupten, dass so etwas auf jeden Fall passiert«, fuhr ich fort. »Ich sage nur, dass es passieren *könnte*. Deshalb konzentriere ich mich darauf, Zach auf Kaution dort herauszuholen. Ich bin zuversichtlich, dass er freigesprochen wird, sollte der Fall tatsächlich vor Gericht kommen.«

»Was können wir tun, um ihm zu helfen?«, fragte Maude.

»Haben Sie bei der Party mit Zach oder Amanda gesprochen?«

Maude nickte. »Ja, ich habe mich kurz mit Amanda unterhalten.«

»Welchen Eindruck hat sie an jenem Abend auf Sie gemacht?«

»Sie war so liebenswert wie immer. Hat versucht, mich wegen meiner Tochter zu trösten – Sophia hat … ähm … gewisse Probleme. Amanda war mir immer eine gute Freundin. Sie hat mich sehr unterstützt.« Maude starrte schweigend in ihr Whiskeyglas. »Hören Sie, ich *weiß*, dass Zach Amanda nicht umgebracht hat.« Sie zögerte. »Denn … ähm … ich war mit ihm zusammen, als sie gestorben ist.«

»Entschuldigung, wie bitte?«

Sie schloss die Augen, und ich sah, wie sie das Kinn vorreckte. »Zach und ich waren zusammen, als Amanda starb.«

Das bedeutete jetzt nicht das, wonach es klang, oder?

»Sie meinen, *richtig* zusammen?«, fragte ich zögernd.

Als Maude die Augen endlich wieder öffnete, war ihr Blick kalt, beinahe wütend. Als würde sie zu dieser Enthüllung gezwungen, anstatt sie aus freien Stücken zu machen. »Ja.«

»Oh.« Meine Wangen wurden warm.

Warum zum Teufel hatte Zach mir nichts davon gesagt? Machte er sich Gedanken darum, wie das aussehen könnte? Vorausgesetzt, das Zeitfenster passte, würde ihm sein Tête-à-Tête mit Maude ein Alibi geben, was *großartig* wäre. Andererseits würde seine Untreue vor Gericht nicht gerade gut ankommen – ein gefundenes Fressen für einen erfahrenen Staatsanwalt, denn hier war ein Mann, der mit anderen Frauen schlafen wollte, zum Beispiel mit der umwerfenden Maude Lagueux. *Deshalb* hatte er seine Frau umgebracht. Die Geschworenen würden ihm das abkaufen, obwohl Amanda selbst wunderschön war. Aber ein Alibi war immerhin ein Alibi.

Ich schluckte angestrengt. »Um wie viel Uhr hat Zach die Party verlassen?«

»Es war spät«, antwortete Maude steif. »Vielleicht zwei Uhr morgens? Wie dem auch sei: Sie können sagen, dass wir zusammen waren. Der Polizei, meine ich.«

Solange ich nicht den genauen Todeszeitpunkt beziehungsweise die Uhrzeit kannte, zu der Zach die Neun-eins-eins gewählt hatte, wusste ich selbstverständlich nicht, ob ihm das Alibi wirklich weiterhelfen würde – ich konnte mir lediglich die mögliche Tragweite seines Seitensprungs vor Gericht ausmalen. Doch all das lag in weiter Ferne. Zach war noch nicht einmal des Mordes an Amanda beschuldigt worden.

»Ich bin mir nicht sicher, ob das wirklich hilfreich wäre«, gab ich zu bedenken. »Sie sollten absolut ehrlich sein, wenn Sie mit der Polizei reden.«

»Sicher.« Maude wirkte plötzlich aufgeregt. »Aber wird mein Alibi etwa nicht dafür sorgen, dass der Fall abgeschmettert wird? Ich meine, wenn Zach nicht da war, als Amanda getötet wurde, dann kann er sie doch gar nicht umgebracht haben.«

»So einfach ist das nicht«, sagte ich, und das war es tatsächlich nicht. Nie. »Ein unbestätigtes Alibi von einer Zeugin, die mit dem Angeklagten intim ist, bedeutet nicht so viel.«

»Das heißt, man wird mir nicht glauben?«

Ich nickte. »Möglicherweise nicht.«

Die Wahrheit war, *ich* war mir nicht sicher, ob ich ihr glaubte. Maude mit Zach im Bett passte nicht zu dem, was Zach und Sarah mir erzählt hatten. Außerdem, warum wirkte Maude so ungehalten?

»Hat Sie jemand zusammen gesehen?«, erkundigte ich mich.

»Nein«, antwortete sie. »Ich glaube nicht.«

»Die Party ging also bis zwei Uhr morgens?«

»Nein, nein«, wehrte sie ab. »Da war sie längst vorbei.«

Ihre Story hatte jetzt schon Löcher. »Aber Sebe war hier?«

»Ja«, sagte sie, doch sie klang, als wäre sie sich nicht ganz sicher.

»Dann kann er das Alibi bestätigen«, stellte ich dennoch fest. »Natürlich ist es etwas ungünstig, dass Sie beide verheiratet sind …«

»Richtig«, sagte Maude und zwang sich zu einem schiefen Lächeln. »Nun, ich denke, daran können wir nichts ändern.«

»Hat Amanda erwähnt, dass sie mit irgendwem Probleme hatte?«, fragte ich. »Vor der Party?«

»Nein.«

»Können Sie etwas zu Amandas Vergangenheit sagen? Was ist mit ihrer Familie?«

Ich musste vorsichtig sein mit dem, was ich aus Amandas Tagebüchern enthüllte. Es ging nicht nur darum, Amandas Privatsphäre zu schützen – ich wollte zudem nicht, dass diese Staatsanwältin von dem Stalker erfuhr. Das würde ihr Zeit verschaffen, zu beweisen, dass er – wer immer er sein mochte – als Verdächtiger gar nicht infrage kam. Außerdem würde sie jedes einzelne von Amandas Tagebüchern einfordern, auseinandernehmen und mir damit sämtliche anderen Geheimnisse, die sie noch enthalten mochten, aus den Händen reißen.

»Ich glaube, sie hatte eine schwere Kindheit«, sagte Maude. »Sie hat sich nie konkret dazu geäußert, aber sie hat so etwas bei Kerrys Geburtstagsparty erwähnt – Kerry ist Sarahs Mann. Ich hatte den Eindruck, dass eine längere Geschichte dahintersteckte.«

»Kennen Sie ihre Freundin Carolyn? Ich versuche, sie ausfindig zu machen, um mich auch mit ihr zu unterhalten.«

»Amanda hat sie erwähnt«, sagte Maude, »aber Sarah und ich haben sie nie kennengelernt.«

»Sie wissen nicht zufällig, wie Carolyn mit Nachnamen heißt oder wo sie arbeitet?«

»Nein«, antwortete Maude. »Tut mir leid.«

»Hat Amanda Ihnen erzählt, dass sie Blumen von einem unbekannten Absender erhalten hat? Oder hat sie jemals seltsame Telefonanrufe erwähnt?«

Maude sah mich besorgt an. »Nein«, sagte sie. »Ist das tatsächlich passiert?«

»Es gibt Grund zu der Annahme«, antwortete ich ausweichend.

»Warum hat sie dann wohl nichts davon gesagt?«

Ich zuckte die Achseln. »Manchmal ist es einfacher, glauben zu können, dass etwas gar nicht geschieht, wenn man nicht darüber spricht.«

Wow. Diese Erklärung war mir mit erschreckender Mühelosigkeit über die Lippen gegangen.

»Aber wir waren doch ihre Freundinnen«, sagte Maude, und ihre Augen füllten sich mit Tränen. »Wir hätten ihr gern geholfen. Egal, wobei.« Sie wischte sich mit dem Handrücken über die Wangen. »Entschuldigung. Ich möchte mich gar nicht so aufregen, denn das ist nicht gerade hilfreich. Aber wie ich schon sagte, meine Tochter hat momentan gewisse Probleme. Die letzte Zeit war nicht leicht für uns, und jetzt noch die Sache mit Amanda ...«

»Ich wollte ohnehin gehen.« Ich stand auf. »Danke für Ihre Zeit. Darf ich mich noch einmal an Sie wenden, sollten weitere Fragen auftreten?«

»Ja. Selbstverständlich«, antwortete Maude. »Wie geht es denn jetzt weiter?«

»Zach gegen eine Kautionszahlung aus dem Rikers zu holen, hat für mich oberste Priorität. Dabei handelt es sich hauptsächlich um juristische Formalitäten. Anschließend werden wir – vorausgesetzt, Zach wird tatsächlich wegen Mordes angeklagt – mit der Faktensuche beginnen und mit Zeugen sprechen. Dabei benötigen wir womöglich Ihre Unterstützung.«

»Ja, selbstverständlich. Ist es in Ordnung, wenn ich ebenfalls mal bei Ihnen um ein Update bitte? Unter den gegebenen Umständen – die Party, meine ich – fühlen mein Mann und ich uns auf gewisse Weise mitverantwortlich. Vor allem wegen Case ... Haben Sie eine Karte?«

»Sicher«, sagte ich und kramte in meiner Handtasche, doch ich hatte keine eingesteckt. Nach dem Ohrringfund war ich so durcheinander gewesen, dass ich die Karten – und Gott weiß, was sonst noch – glatt zu Hause vergessen hatte. »Ich habe doch keine bei mir. Sie erreichen mich auf meinem Handy unter der Nummer, von der ich Sie angerufen habe.« Maude sah mich an, und ich wusste, dass sie mehr erwartete. Vielleicht glaubte sie nicht, dass ich tatsächlich diejenige war, für die ich mich ausgab. »Möchten Sie, dass ich Ihnen meine weiteren Kontaktdaten schicke?«

»Das wäre großartig«, erwiderte Maude.

Ich scrollte durch meine Kontakte zu dem absichtlich vage gehaltenen Eintrag »Neues Büro«, den ich unmittelbar vor meinem Wechsel zu Young & Crane erstellt hatte, und schickte ihr die Adresse und meine Durchwahl.

»Sie können sich jederzeit bei mir melden«, sagte ich. Maude schien so erleichtert darüber, meine Kontaktdaten zu haben, dass ich mir bereits wünschte, ich hätte sie ihr nicht gegeben. Ich ging zur Tür, dann blieb ich stehen und drehte mich noch einmal zu ihr um. »Danke, dass Sie sich Zeit genommen haben«, sagte ich ein zweites Mal.

Es war fast sechzehn Uhr, als ich vor einem Deli an der Ecke Seventh und Flatbush Avenue neben dem Eingang zur U-Bahn-Linie Q stehen blieb. Eilig überflog ich die Zeitungsständer mit der *New York Post* oder den *Daily News* – die unermüdlichen Vorreiter in Sachen geschmacklose Nachrichten. Eine Gruppe reicher Park-Slope-Eltern, eine Swingerparty und eine umwerfend schöne tote Mutter waren ein waschechter Tabloid-Hattrick.

Plötzlich wurde mir schwindelig. Die Hitze, der Schlafmangel, die emotionale Leere der vergangenen Nacht. Außerdem hatte ich den ganzen Tag über noch nichts gegessen. Ich stützte mich kurz an der Eingangstür ab, dann betrat ich den Deli.

Nachdem ich etwa eine Minute wahllos die Regale überflogen hatte, ging ich mit einer Cola light, einer Packung M&M's, einer Tüte Fruchtbonbons und bunten Lakritzschnüren zur Kasse.

»Ich hoffe, Sie wollen das nicht alles auf einmal essen«, sagte der freundliche Mann hinter der Ladentheke und schüttelte ernst den Kopf. »So viel Zucker ist gar nicht gesund.«

»Natürlich nicht«, versicherte ich ihm, obwohl ich genau das vorhatte, sobald ich auf den Gehsteig trat.

Er suchte gerade mein Wechselgeld zusammen, als mir ein kleiner Karton mit Streichholzbriefchen neben der Kasse ins Auge fiel. Enid's. Ich nahm eins heraus und spürte, wie sich mein Herzschlag beschleunigte.

»Woher haben Sie die?«, fragte ich.

Hier eröffnete sich eine Alternative zu dem vermeintlichen Beweisstück gegen Sam. Vielleicht war er gestern tagsüber gar nicht in einer Bar gewesen. Dieser spezielle Deli lag ungefähr zwanzig Blocks von unserer Etagenwohnung ohne Fahrstuhl im vierten Stock entfernt, und Sam stand nicht so sehr auf Center Slope – zu viele Banker und Fünf-Dollar-Latte-Macchiati für seinen Geschmack –, daher glaubte ich nicht, dass er die Streichhölzer hier mitgenommen hatte. Aber wenn dieser Deli sie hatte, dann gab es sie vermutlich auch in anderen Feinkostgeschäften. Und wenn es nicht stimmte, dass er im Enid's etwas getrunken hatte, dann zog ich womöglich auch die falschen Schlüsse wegen des Ohrrings. Vielleicht war er lediglich ein guter Samariter? Es war sogar möglich, dass der Ohrring versehentlich in seiner Tasche gelandet war. Warum war mir diese völlig plausible Erklärung nicht früher eingefallen? Schließlich war New York City eine Stadt, in der sehr viele Menschen eng zusammenlebten. Wer wusste schon, wie viele Möglichkeiten es noch gab, an die ich gar nicht gedacht hatte?

»Woher ich was habe?« Der Mann sah mich fragend über den Rand seiner Lesebrille hinweg an.

»Die Streichhölzer«, sagte ich und hielt das Briefchen hoch. »Das ist eine Bar in Greenpoint, nicht wahr?«

»Geschlossen. Nach über zwanzig Jahren.« Er schüttelte voller Entrüstung den Kopf. »Jetzt muss der Zigarettenlieferant die Streichhölzer verschenken.«

AUSSAGE VOR DER GRAND JURY

DETECTIVE ROBERT MENDEZ,
am 7.Juli als Zeuge aufgerufen und vernommen, sagt Folgendes aus:

VERNEHMUNGSPROTOKOLL
VON MS. WALLACE:

F: Guten Morgen, Detective Mendez.

A: Morgen.

F: Waren Sie in der Nacht des 2.Juli im Wohnhaus der Familie Grayson am Montgomery Place Nummer 597?

A: Ja.

F: Was haben Sie getan, nachdem Sie am Tatort angekommen sind?

A: Ich bin zu Mr.Grayson gegangen und habe ihn gebeten, mit mir hinauszugehen, damit die Techniker von der Spurensicherung Platz zum Arbeiten haben. Ich dachte auch, dass sich Mr.Grayson dann wohler fühlen würde. Es ist generell am besten, wenn man Familienmitglieder von einem Tatort wie diesem entfernt.

F: Was genau meinen Sie mit »einem Tatort wie diesem«?

A: Den Zustand der Leiche – Mr.Graysons Ehefrau. Sie hatte schwerste Verletzungen. Überall war Blut.

F: Hat Mr.Grayson Sie nach draußen begleitet?
A: Zu dem Zeitpunkt nicht.
F: Warum nicht?
A: Er hat sich geweigert.
F: Warum?
A: Das war nicht ersichtlich.
F: Hat er gesagt, er wolle seine Frau nicht allein lassen?
A: Nein. Er hat nichts Spezielles über sie gesagt.
F: Erinnern Sie sich, was er gesagt hat?
A: Er war allgemein abwehrend und streitlustig. Hat wiederholt gefragt, warum er irgendwo anders hingehen solle. Ich meine, er hätte gesagt, das hier sei sein Sch...haus, was mir unter den gegebenen Umständen seltsam erschien.
F: Unter welchen Umständen?
A: Ich meine, seine Frau war tot. Der Ton war irgendwie daneben.
F: Können Sie erklären, was Sie mit »daneben« meinen?
A: Ich finde, er wirkte eher wütend als bestürzt.
F: Wirkte er die ganze Zeit über wütend, solange Sie da waren?
A: Ja.
F: Hatten Sie zu irgendeinem Zeitpunkt den Eindruck, dass er traurig oder den Tränen nahe wirkte?
A: Nein. Das ist mir nicht aufgefallen.
F: Haben Sie Blut an Mr.Grayson entdecken können? An seiner Kleidung, seinen Händen? Irgendwo?
A: Nur an seinen Schuhsohlen.
F: Halten Sie es für möglich, dass er seine Frau berührt hat, um Wiederbelebungsmaßnahmen durch-

zuführen, ohne dass Blut auf ihn selbst oder seine Kleidung übergegangen ist?

A: Ich kann mir nicht vorstellen, wie das möglich sein sollte.

F: Gibt es irgendeinen anderen Hinweis darauf, dass er versucht hat, seine Frau wiederzubeleben?

A: Nicht, dass ich wüsste.

F: Wenn er seine Frau ermordet hätte, hätte er dann nicht ebenfalls Blut an sich haben müssen?

A: Ja. Wir glauben, dass er seine Kleidung vor unserem Eintreffen am Tatort gewechselt und vernichtet hat.

F: Haben Sie die Kleidungsstücke gefunden?

A: Noch nicht. Aber in Park Slope gibt es jede Menge Mülltonnen.

F: Haben Sie Mr.Grayson nach seinem Aufenthaltsort zum Todeszeitpunkt seiner Frau gefragt?

A: Er hat angegeben, seine Frau aufgefunden zu haben, als er nach einem Spaziergang auf der Brooklyn Heights Promenade nach Hause kam.

F: Kam Ihnen diese Aussage glaubwürdig vor?

A: Nein.

F: Warum nicht?

A: Ich konnte mir nicht vorstellen, dass er zu der späten Uhrzeit eine derartige Strecke zurücklegt. Die Brooklyn Heights sind mehrere Meilen von Park Slope entfernt.

F: Gab es noch andere Dinge, die Sie vermuten ließen, Mr.Grayson könnte seine Frau umgebracht haben?

A: Ja. Es waren keinerlei Einbruchspuren zu erkennen, und es war sein Golfschläger, der neben ihrer Leiche lag. Er wirkte nicht betroffen, dabei war seine Frau tot.

F: Haben Sie Mr.Grayson schlussendlich dazu bewegen können, nach draußen zu gehen?

A: Erst nachdem er einem uniformierten Officer ins Gesicht geschlagen hatte und unter Arrest gestellt wurde.

AMANDA

DREI TAGE VOR DER PARTY

»Oh, da ist sie ja. Bleiben Sie dran!«, blaffte Sarah ins Telefon, als Amanda aus dem Fahrstuhl trat. Sarah stand am Empfang, den Telefonhörer mit pathetischer Gereiztheit umklammernd. Sie beugte sich über den Tresen und drückte auf einen Knopf auf der Telefonanlage, dann verdrehte sie die Augen. »Gott sei Dank bist du da. Dieser *Herr* möchte offenbar nur mit dir reden.«

Amandas Brust schnürte sich zusammen.

»Ähm, wer ist es denn?« Sie versuchte, ungezwungen zu klingen, aber in ihrem Nacken bildeten sich bereits kleine Schweißtröpfchen.

»Der Trottel hat mir nicht mal seinen Namen genannt. Klingt so, als fürchte er, ich würde deine Anrufe überprüfen.« Sarahs Gesicht hellte sich auf. Mit spitzbübischer Stimme schlug sie vor: »Wenn du möchtest, lege ich auf. Es juckt mich förmlich in den Fingern.«

»Nein, nein«, wehrte Amanda ab. Würde ihr Dad das Geld fordern, hinter dem er her war? Vielleicht wäre das die Chance, ihn endlich loszuwerden. Amanda bezahlte alles, was für den Haushalt anfiel. Sie konnte also einen Scheck ausstellen, ohne dass Zach etwas davon mitbekam. »Ich nehme den Anruf entgegen. In meinem Büro.«

»Hm.« Sarah sah sie stirnrunzelnd an. »Ich mag dich wirklich sehr gern, Mandy, aber manchmal bist du einfach zu entgegenkommend.«

Mandy. So hatte Sarah sie noch nie genannt, und es

bedeutete Amanda sehr viel mehr, als es ihr hätte bedeuten sollen. Das wusste sie. Doch es bewies ihr auch wieder einmal, dass sie echte Freundinnen waren. Sie durfte nicht zulassen, dass diese abstoßende Angelegenheit mit ihrem Vater alles Gute in ihrem Leben ins Gegenteil verwandelte.

Es musste Schluss damit sein, und zwar sofort.

»Vielen Dank, Sarah!«, rief Amanda und lächelte ihr ein letztes Mal zu, bevor sie in ihrem Büro verschwand und die Tür schloss. Sie holte tief Luft, lehnte sich gegen den Schreibtisch und hob den Hörer ab. »Amanda Grayson am Apparat.«

»Hallo, Mrs. Grayson. Hier spricht Teddy Buckley.«

Die Stimme am anderen Ende klang jung, viel zu jung, um ihr Vater zu sein, aber vielleicht verstellte er sie ja.

»Mrs. Grayson?« Der Mann klang besorgt. »Sind Sie noch dran?«

»Ja, ja, ich bin da«, versicherte Amanda ihm. Mehr sagte sie nicht, denn sie kannte keinen Teddy Buckley.

»Ich prüfe vor der Vorstandssitzung das Kontobuch der Hope-First-Stiftung, und es gibt einige wichtige Punkte, die ich mit Ihnen besprechen muss.«

»Was für Punkte? Und wer sind Sie eigentlich?«

»Ihr Buchhalter?« Teddy Buckleys Stimme schnellte in die Höhe, als hätte er nicht geantwortet, sondern eine Frage gestellt. »Wirtschaftsprüfer bei Pricewaterhouse-Coopers?«

»Oh«, sagte Amanda. »Sarah, die Dame, mit der Sie gerade gesprochen haben, ist die stellvertretende Leiterin der Stiftung. Sie kümmert sich um das Budget.«

»Mrs. Grayson, ich muss persönlich mit Ihnen reden«, insistierte Teddy Buckley. »Es ist ziemlich dringend. Ich habe versucht, Ihren Mann zu erreichen, aber …«

»Sarah«, wiederholte Amanda. »Sie ist für die Finanzen zuständig.«

»Als Leiterin der Hope-First-Stiftung möchte ich mit *Ihnen* sprechen«, drängte er. »Wie wäre es morgen früh um acht in Ihrem Büro?«

Sie müsste sich nicht mit diesem Buchhalter treffen, wenn sie das nicht wollte.

»Sicher, selbstverständlich«, erwiderte sie mit der vornehmen Stimme, die sie jahrelang kultiviert hatte. »Morgen früh um acht. Das wäre wunderbar.« *Wunderbar* war ein gutes Wort, wenngleich womöglich etwas zu übertrieben unter den gegebenen Umständen.

»Ähm, okay, großartig«, sagte Teddy mit leicht skeptischer Stimme. »Bis morgen früh. Auf Wiederhören.«

Kaum hatte Amanda aufgelegt, klopfte es an ihrer Bürotür, und Sarah erschien auf der Schwelle.

»Alles okay?«

»Da bin ich mir nicht so sicher. Das war der Buchhalter. Er war ausgesprochen beharrlich, auch wenn er mir den Grund seines Anrufs nicht nennen wollte. Wir treffen uns deshalb persönlich.«

Sarah kniff die Augen leicht zusammen. »Das ist seltsam, findest du nicht?«

»Doch, ja.« Amanda nickte. »Vielleicht sollte ich dich an meiner Stelle den Termin wahrnehmen lassen.«

»Ich würde liebend gern den bösen Cop spielen«, sagte Sarah. Ihre Augen blitzten vor Vergnügen. »Vorausgesetzt, Zach und du kommt *beide* heute Abend zu Kerrys Geburtstagsdinner.«

Amanda lächelte. »Das werden wir uns wohl kaum entgehen lassen. Es klingt wunderbar.«

Wunderbar passte diesmal noch viel besser. Nach wie vor ein bisschen zu dick aufgetragen, aber Sarah wirkte erfreut. Sie blickte auf die Uhr. »Und jetzt muss ich los, wenn das für dich okay ist, Boss. Ich muss noch einen Kuchen backen und das Haus putzen. Bei mir, um zwanzig Uhr?« Sie deutete mit zwei Fingern zunächst auf ihre Augen, dann auf Amanda. »Wie gesagt: Ich freue mich auf euch *beide*.«

Amanda verbrachte über vierzig Minuten damit, im Park Slope Spirit Shoppe das perfekte hochprozentige Geschenk für Kerry zu finden. Zum Glück war Kerry Whiskey- und Weinsammler, was es leichter machte, etwas für ihn zu kaufen als für Zach. Selbst nach all den Jahren konnte Amanda immer noch nicht mit Bestimmtheit sagen, über welches Geschenk sich ihr Mann wirklich freuen würde. Das Einzige, was ihn glücklich zu machen schien, war seine Arbeit.

Auf einem der oberen Regale entdeckte Amanda eine besonders hochpreisige Flasche Whiskey aus Cork. Kam nicht Kerrys Familie aus ebenjener Gegend? Amanda war sich beinahe sicher, dass er das irgendwann einmal erwähnt hatte. Sie sah genauer hin. Die Flasche war in der Tat sehr teuer, und manchmal brachten teure Geschenke Leute in Verlegenheit. Amanda hatte einmal einer Frau aus ihrem Tennisklub in Palo Alto ein Armband zum Geburtstag geschenkt. Sie hatte es ausgesucht, weil es Pams – so hieß die Frau – Lieblingsfarbe hatte: Blau. Amanda hatte gar nicht über den Preis nachgedacht, bis Pam mit gehörigem Nachdruck erklärte, sie könne »so ein Geschenk« unmöglich annehmen. Danach war sie Amanda aus dem Weg gegangen.

Doch der Whiskey war auch als aufrichtiges Dankeschön für Kerrys Unterstützung gedacht, welche die ganze Bandbreite von kleineren Gefälligkeiten – wie extra an einem Sonntag zu ihr zu kommen und Case' Karten aus dem Regal zu holen – bis hin zu wirklich selbstlosen Aktionen abdeckte. Sie musste nur daran denken, wie er den riesigen, krank aussehenden Waschbären vertrieben hatte, weil Case so große Sorge hatte, er würde in ihrem Garten inmitten der ebenfalls verendeten Liliensträucher das Zeitliche segnen. Ja, das Geschenk wäre ein Dankeschön an Kerry und zugleich eine Entschuldigung dafür, dass Zach nicht mitkam, obwohl sich vermutlich nur Sarah dadurch vor den Kopf gestoßen fühlen würde. Kerry hatte nie eine spitze Bemerkung über Amandas Ehe gemacht oder sich vorwurfsvoll danach erkundigt, wo Zach war. Genau wie Sebe hatte er Zachs Abwesenheit vermutlich sogar nie bemerkt. Ging es um persönliche Details, waren Männer eher desinteressiert, vor allem wenn diese Details auf ein wie auch immer geartetes Problem hindeuteten. Und ehrlich gesagt, machte genau das das Leben mitunter sehr viel leichter.

Amanda überlegte noch, ob sie den Whiskey nehmen sollte oder nicht, als sie eine Textnachricht von Sarah bekam: KANN ES KAUM ERWARTEN, ZACH ENDLICH KENNENZULERNEN! Amandas Blick flog von der Textnachricht zu dem absurd teuren Whiskey.

»Den nehme ich«, sagte sie zu dem Verkäufer, der sie beäugte, seit sie den Laden betreten hatte. »Könnten Sie ihn mir bitte als Geschenk verpacken?«

KRELL INDUSTRIES

VERTRAULICHES MEMORANDUM
NICHT ZUR WEITERGABE BESTIMMT

Verschlusssache – vertraulich

29. Juni

An: Direktorat der Grace Hall School
Von: Krell Industries
Betreff: Ermittlungen in Sachen Datenpanne & Cyber-Zwischenfall

Bericht über kritische Vorkommnisse (anonymisierte Meldung von kritischen Ereignissen):

Weiblicher Hauptelternteil von Familie 0006 kontaktierte heute das Firmenbüro. Der Ermittler, der mit dem WHE sprach, beschrieb die Frau als »extrem aufgewühlt«. Sie wollte sich zusätzliche Informationen über das pornografische Material verschaffen, das ihr zusammen mit der üblichen Zahlungsaufforderung per E-Mail zugestellt wurde. Die Frau forderte, dass sämtliches anstößiges Material von ihrem Computer entfernt und extern gespeichert werde. Der Ermittler bot an, sie an ein entsprechendes Unternehmen zu verweisen, und machte sie gleichzeitig darauf aufmerksam, dass es Krell Industries nicht möglich sei, sie über die Beurteilung der Hacking-Konsequenzen hinausgehend zu beraten oder Einfluss auf ihre persönliche Situation zu nehmen.

WHE von Familie 0006 bestand darauf, dass Grace Hall und Krell für eine forensische Datenanalyse zuständig seien, um festzustellen, ob das pornografische Material tatsächlich von dem Erpresser auf dem Familiencomputer installiert oder lediglich entdeckt wurde. Es gibt keinen Grund zur Annahme, dass der Erpresser jemals pornografische Daten auf einen der Computer der Familie 0006 heruntergeladen hat. Der Täter greift auf erfolgte Downloads oder andere, bereits vorhandene Dateien zu. Das pornografische Material gehört einer Person der Familie 0006. WHE wurde über diese Tatsachen in Kenntnis gesetzt.

WHE drohte daraufhin mit gerichtlichen Schritten gegen die Grace Hall School, welche – vertretbar oder nicht – zu einer Rufschädigung führen könnten. Um solche gerichtlichen Schritte zu vermeiden, empfehlen wir, dass Krell die geforderte forensische Datenanalyse auf dem Computer der Familie 0006 vornimmt.

LIZZIE

DONNERSTAG, 9. JULI

Wie dem Gerichtssaal im Brooklyn Criminal Courthouse fehlte auch dem Raum, in dem Zachs Kautionsanhörung stattfinden sollte, die historische Grandezza des Bundesgerichts in Manhattan. Wenigstens lag der Raum in einem höheren Stockwerk und war um einiges größer, was ihm eine gewisse Gediegenheit verlieh.

Wendy Wallace war noch nicht eingetroffen. Der Tisch der Staatsanwaltschaft war leer, die Zuschauergalerie nur spärlich besetzt. Allerdings wusste ich gar nicht, wie Wendy Wallace aussah. Ich hatte angefangen, über sie zu recherchieren, doch dann hatte ich abrupt wieder aufgehört, als ich auf einen Artikel stieß, in dem sie als »blutrünstig« beschrieben wurde. Eine gründliche Vorbereitung war nicht zwangsläufig gleichzusetzen mit einer guten Vorbereitung.

Paul war ebenfalls noch nicht da. Trotz der kurzen Frist – die Notfallanhörung war erst spät am gestrigen Abend durch das Büro der Staatsanwaltschaft terminiert worden – hatte Paul mir mit seiner nervtötenden Generosität versichert, dass er zugegen sein werde. Als würde ich seine Hilfe benötigen. Was nicht der Fall war. Ich hatte nicht so lange gezögert, Zachs Fall zu übernehmen, weil ich an meinen Fähigkeiten zweifelte – nein, meine einzige Sorge hatte den Unwägbarkeiten eines mit rasender Geschwindigkeit voranschreitenden Mordprozesses gegolten. Diese Kautionsanhörung war eine überschaubare Erörterung einer juristischen Streitfrage, ein Gebiet, auf dem ich schon immer brilliert hatte. Die sorgfältig begründeten, schriftlich niedergelegten Positionen, die gedankliche Schärfe, die tröstliche Anwesenheit eines wohlinformierten Richters – so ein Verfahren konnte ich durchaus gewinnen, auch wenn es nicht leicht werden würde.

Unsere Argumente waren so stichfest wie möglich, unsere Position war halbwegs überzeugend. Außerdem stand das Recht auf unserer Seite: Zach gehörte nicht ins Rikers, nur weil er versehentlich einem Officer den Ellbogen ins Gesicht gerammt hatte. Und obwohl ich es noch immer vorgezogen hätte, ihn nicht vertreten zu müssen, war ich nach dem Lesen von Amandas aktuellem Tagebuch mit all den Details über einen potenziellen Stalker mehr denn je von seiner Unschuld überzeugt.

Ich fühlte mich sogar ein wenig besser wegen Sam und dieses dämlichen Ohrrings. Ohne nachzudenken, hatte ich mich auf die erstbeste Schlussfolgerung gestürzt, das war mir mittlerweile klar. Und ja, natürlich war die jahrelange Auseinandersetzung mit Sams Fehlverhalten verantwortlich dafür, dass ich mir immer gleich das Schlimmste ausmalte. Wenn auch nicht ausschließlich deshalb. Die Last meines eigenen Gepäcks forderte ebenfalls ihren Tribut. Die Streichholzbriefchen im Deli hatten die Dinge wieder ins rechte Licht gerückt. Außerdem war Sam heute Morgen schon vor mir aufgestanden und hatte mir wieder einmal bewiesen, dass noch nicht alle Hoffnung verloren war.

»Wie viel Uhr ist es?«, hatte ich ihn gefragt, besorgt, den Gerichtstermin verschlafen zu haben. Sam stand sonst nie früher auf als ich.

»Kurz vor sechs«, hatte er geantwortet. »Ich war laufen.«

»Laufen?«

Sam war zu College-Zeiten in der Cross-Country-Mannschaft gewesen und noch vor seinem einundzwanzigsten Geburtstag zwei Marathons gelaufen – das hatte man mir erzählt. Sam, der Läufer, hatte Jagd auf mich gemacht, doch die einzigen Überbleibsel aus jener Zeit waren die Marathon-Sticker, die er auf jeden neuen Computer klebte.

Er hatte angefangen zu laufen, um seinem Vater zu gefallen – was sich als vergebliche Mühe entpuppen sollte. Die einzigen Sportarten, die in den Augen von Sams altem Herrn zählten, waren Football, Basketball, Rugby, Lacrosse und vielleicht noch Fußball. Das Zusammenprallen männlicher Körper war eine Grundvoraussetzung. Ich nahm an, dass es die missbilligende Stimme des Vaters in seinem Kopf war, die ihn in den vergangenen Monaten an den Donnerstagabenden zum Basketballspielen hatte gehen lassen. Obwohl all die anderen Spieler angeblich »alte Daddys« waren, kam es zu genügend körperlichen Kollisionen – Sam hatte zahllose blaue Flecken, um dies zu beweisen.

»Ja, ich war laufen«, hatte er heute Morgen bestätigt und mich mit seinen strahlend blauen Augen angesehen. »Diesmal packe ich es wirklich, Lizzie. Ich weiß, dass ich das schon Tausende Male gesagt habe, aber ich bin mir sicher, dass ich durchhalte. Ich …« Er wusste, dass er mir besser nichts versprechen sollte. »Ganz bestimmt.«

Ich konnte nichts anderes tun, als seinen Blick zu erwidern und sein leuchtendes Gesicht zu betrachten. Wie gern ich ihm glauben wollte! Als hinge mein Leben davon ab.

»Okay?«, fragte er schließlich.

Ich dachte wieder an den Ohrring, aber ich hatte mich

ja bereits wegen der Streichhölzer getäuscht. Und so entschied ich mich in jenem Moment, einmal mehr zu hoffen. Entschied mich für die Liebe. Und dafür, die Sache nicht anzusprechen.

»Okay«, hatte ich daher lediglich erwidert und die Angelegenheit auf sich beruhen lassen.

»Guten Morgen.« Paul erschien im Gerichtssaal an meiner Seite. Er sah noch distinguierter aus als sonst in seinem exquisiten, maßgeschneiderten, marineblau karierten Anzug. Hatte er sich etwa auch die Haare schneiden lassen? Ich war tatsächlich froh, dass er hier war. Paul verströmte eine gewisse Siegesstimmung.

»Morgen«, sagte ich und zog meinen Ausdruck der Berufungsbegründungsschrift aus der Tasche. Pauls Anwesenheit machte mir schmerzlich bewusst, dass mein »Designer«-Kostüm von Century 21 vermutlich niemanden hinters Licht führen würde.

Hinter uns öffneten sich die Türen zum Gerichtssaal. Eine Frau mit silbernen Haaren in einem trendigen, kamelfarbenen Hosenanzug und Eidechsenlederpumps, die vorn so schmal wurden wie Zahnstocher, betrat den Raum, gefolgt von zwei jüngeren Anwälten in dunklen Anzügen. Mehrere Reporter stürmten auf sie zu, als sie durch den Mittelgang schritt, doch sie winkte mit einem spröden Lächeln ab. Ihr Gesicht war unglaublich glatt für eine Frau ihres Alters, ihre Züge ebenmäßig, das Make-up tadellos, die Finger unaufdringlich manikürt – alles an ihr verströmte Perfektion. Ihre Augen schweiften durch den Saal wie die einer Kriegskönigin, stets auf der Hut vor unerwarteten Angriffen.

Ich versteckte meine abgekauten Fingernägel unter der Berufungsbegründungsschrift.

Es war eine gute Entscheidung gewesen, mir keine Fotos von Wendy Wallace anzusehen. Trotzdem war da etwas an ihrer beeindruckend modischen Erscheinung, was mich stutzig machte: Sie kam mir bekannt vor.

»Das tut sie mit Vorsatz«, sagte Paul rundheraus.

»Was denn?«

»Alles. Die spitzen Schuhe, ihre Art zu gehen – sie will die anderen in die Tasche stecken. Es gefällt ihr, einschüchternd zu wirken.« In seiner Stimme schwang Verachtung mit, aber ich hörte auch Bewunderung heraus. Er und Wendy Wallace waren sich anscheinend schon öfter begegnet. »Tun Sie so, als würden Sie das gar nicht bemerken. Das treibt sie in den Wahnsinn.«

Ich drehte mich zu ihm um und sah ihn an. Paul saß rechts neben mir am Tisch der Verteidigung, die Ellbogen auf die Armlehnen seines Stuhls gestützt, die Fingerspitzen zusammengelegt, sodass sie eine Art Kirchturm formten. Er blickte starr geradeaus, sein Gesichtsausdruck war meisterhaft neutral.

Und dann fiel es mir wie Schuppen von den Augen. Das Foto auf dem Sideboard in Pauls Büro. Wendy Wallace war seine gottverdammte erste Ex-Frau. Die, der er auch Jahre später noch nachzutrauern schien. Ich schloss die Augen und drückte meine Hände gegen die Tischplatte. Er musste einen wohlbegründeten Verdacht gehegt haben, dass Wendy als Bezirksstaatsanwältin mit dem Fall betraut wurde. Der Brooklyn Criminal Court war zuständig, und es ging um Mord. Mit Sicherheit kannte er ihre Ambitionen, bei der Staatsanwaltschaft von Brooklyn den Thron zu übernehmen.

»Sie hätten mir ruhig mitteilen können, dass Sie mit der Staatsanwältin liiert waren«, zischte ich.

»Ich war mir nicht sicher, ob man ihr den Fall übertragen würde.« Er zögerte, und für einen Moment dachte ich, er zöge tatsächlich in Erwägung, sich bei mir zu entschuldigen. »Außerdem sind Sie zu mir gekommen, nicht umgekehrt. Sie müssen wissen, dass sie mir bei der Scheidung fast alles abgeknöpft hat, und trotzdem spricht sie bis heute nicht mit mir.« Er sah mich an, als könnte ich ihm eine Erklärung für diese Grausamkeit liefern. Sein Gesichtsausdruck änderte sich, wurde finster. »Ich weiß, wie sie tickt, was ein nicht zu unterschätzender Vorteil ist.«

»Wenn sie Sie hasst, könnte das eher schaden als nutzen.«

»Definieren Sie doch mal *Hass*«, sagte er und zog scherzhaft eine Augenbraue in die Höhe.

Ich senkte den Kopf. »Zach wurde im Rikers mehr als einmal attackiert«, zischte ich, unfähig, meinen Unmut zu unterdrücken. »Das hier ist kein Spiel. Am Ende kostet ihn das das Leben.«

»Nun, dann hoffen wir mal, dass der Haftprüfungstermin positiv verläuft«, gab Paul sachlich nüchtern zurück. Er setzte seine schwarze Lesebrille auf und blätterte durch den Ausdruck der Berufungsbegründungsschrift, die er anscheinend noch nicht gelesen hatte. »Wir können nachweisen, dass der damalige Haftbefehl hinfällig ist, richtig?« Seine Stimme hatte die übliche militärische Schärfe zurückgewonnen.

Ich nickte abwesend. »Anlage C.«

»Es ging um öffentliches Herumlungern?«, fragte Paul, nachdem er einen Blick darauf geworfen hatte.

»Ja«, antwortete ich und fühlte mich jetzt schon in der Defensive.

»Wie kann er denn als Jurastudent nicht einfach weggehen, wenn die Polizei ihn dazu auffordert?« Paul klang nicht so, als brächte er viel Verständnis für Zachs Verhalten auf. »Es wäre etwas anderes gewesen, wenn er ein politisches Zeichen hätte setzen wollen, gegen Rassismus oder sonst was, aber der Kerl ist doch weiß, oder nicht? Er war also einfach nur … was? Ein Arschloch?«

»Keine Ahnung«, erwiderte ich, irritiert über Pauls Last-Minute-Erkenntnisse, ob sie nun richtig waren oder nicht.

»Das erinnert mich an einen Partner, den ich loswerden musste«, sagte Paul grimmig und blätterte durch den Ausdruck. »Er kreuzte nicht nur vor der Haustür von einer, sondern gleich bei zwei Kanzleigehilfinnen auf, um ihnen zu helfen, ihre Lebensmitteleinkäufe hineinzutragen – genau zum richtigen Zeitpunkt. Wissen Sie, was er gesagt hat, als wir ihn mit diesem unglaubwürdigen Zufall konfrontierten?«

»Nein, das weiß ich nicht«, sagte ich und gab mir keine Mühe, meine Ungeduld zu verbergen.

»›Manchmal muss man den Leuten einfach zeigen, was sie brauchen.‹« Paul schüttelte den Kopf. »Dreister Narzissmus: Manche Arschlöcher denken, sie müssten sich nicht an die Regeln halten.«

»Das ist ausgesprochen hilfreich, vielen Dank. Jeder ist zu allem fähig. Dessen bin ich mir bewusst. Sind *Sie* sich denn bewusst, dass Sie am Tisch der Verteidigung sitzen?«, erkundigte ich mich. »Wendy Wallace sitzt nämlich da drüben, nur für den Fall, dass Sie sie unterstützen möchten.«

Paul riss den Kopf zu mir herum, doch zum Glück schwangen in diesem Moment die Türen des Richterzimmers auf, und er hatte keine Chance mehr, mich zurechtzuweisen.

»Erheben Sie sich!«, bellte ein gedrungener, mürrisch dreinblickender Justizangestellter, als die Richterin den

Saal betrat. »Die ehrenwerte Richterin Reggie Yu führt den Vorsitz!«

Erst als ich das laute Scharren zahlreicher Füße hörte, weil hinter mir alle gleichzeitig von ihren Sitzen aufstanden, wurde mir bewusst, wie viele Leute den Gerichtssaal mittlerweile füllten. Ich warf einen Blick über die Schulter und bemerkte mehrere Gerichtsreporter, die ich von meinen eigenen Fällen bei der Bundesstaatsanwaltschaft kannte, wenn sie denn von größerem öffentlichem Interesse gewesen waren. Die Presse war mit einem Großaufgebot vertreten, wofür mit Sicherheit Wendy Wallace gesorgt hatte.

Richterin Yu war eine zierliche Frau mit einem stumpfen, schwarzen Bob und einer autoritären Ausstrahlung. Älter als ich, aber jünger als Paul und Wendy. Zweiundfünfzig Jahre, um genau zu sein. Ich wusste das, weil ich mich über sie informiert hatte, sobald feststand, dass sie den Fall entscheiden würde. Angeblich tendierte sie leicht zur Verteidigerseite. Ich konnte nur hoffen, dass das eine Untertreibung war.

»Aktenzeichen 45362, Strafprozess gegen Zach Grayson«, verkündete der Justizangestellte.

»Ich habe die Unterlagen gelesen«, begann Richterin Yu, durch und durch geschäftig. »Ich werde zuerst die Verteidigung anhören.«

»Euer Ehren, der Angeklagte in diesem Fall ist ein erfolgreicher Geschäftsmann, Familienvater und angesehenes Mitglied der Brooklyner Gesellschaft«, fing ich an. Ruhig, selbstsicher. »Er hat keinerlei Vorstrafen und wird lediglich des tätlichen Angriffs auf einen Polizisten beschuldigt – ein Unfall, der sich nur wenige Minuten nachdem er seine tote Frau entdeckt hatte, ereignete. Er befand sich verständlicherweise in einem emotionalen Ausnahmezustand. Trotzdem wird er ohne die Möglichkeit, gegen die Zahlung einer Kaution freizukommen, auf Rikers Island festgehalten, wo er bereits wiederholten körperlichen Angriffen ausgesetzt war.«

Richterin Yu starrte mich mit kaltem Blick durch ihre flippige, rote Oversize-Brille an. »Hm«, sagte sie. »Sie möchten also, dass ich die Entscheidung des Haftrichters aufhebe?«

Eine wenig überraschende Reaktion. Standard. Ich war bereit.

»Wir fordern lediglich, dass die Kautionsentscheidung für meinen Mandanten angemessen gehandhabt wird. Die einzige Frage vor Gericht sollte sein, ob bei meinem Mandanten ein Fluchtrisiko besteht wegen der Straftat, die er begangen hat: sich einer Verhaftung zu widersetzen. Abgesehen von der Unzulänglichkeit der Beweise für diese Straftat wurden dem Haftrichter präjudizielle, für meinen Mandanten ausgesprochen nachteilige Fotos vom Schauplatz eines brutalen Mordes gezeigt. Seine Entscheidung wurde auf unlautere Weise beeinflusst, Euer Ehren.«

»Augenblick mal, was für ein Mord?«, fragte Richterin Yu zunehmend ungeduldig.

»Amanda Grayson, die Ehefrau meines Mandanten, erlag in ihrem Haus anscheinend den Folgen eines schweren Schädel-Hirn-Traumas, das …«

»Anscheinend?« Wendy Wallace lachte laut auf. »Ihr Schädel war *zerschmettert*, Euer Ehren. Sie wurde aufs Brutalste zu Tode geprügelt mit einem Golfschläger, der dem Angeklagten gehört, im Haus des Angeklagten, und, ja, der Angeklagte war derjenige, der die Leiche fand, nachdem die beiden schwer betrunken von einer Sexparty nach Hause gekommen waren.«

»Einspruch!«, bellte ich.

Obwohl keinerlei Grund dazu bestand. Hier gab es keine Geschworenen, das hier war kein Gerichtsprozess. Trotzdem machte es mich wütend. Wendy Wallace hatte meine Beweisführung kompromittiert, und dazu hatte sie noch nicht einmal die Fotos vom Tatort benötigt.

»Was ist mit diesem alten Haftbefehl?«, wollte Richterin Yu wissen. Mit in Falten gelegter Stirn bedeutete sie dem Justizangestellten, ihr ein paar Unterlagen zu reichen. »Vom April 2007, wegen Herumlungerns? Das Gericht hat sich damit befasst, aber es standen online keine zusätzlichen Details zur Verfügung.«

Ihre Vorsicht war verständlich. Wenn es einen Toten gab, würde kein Richter bei einem offenen Haftbefehl ein Auge zudrücken. Selbst wenn die Anklage momentan nicht auf Mord lautete, schwebte das Sargtuch direkt über Zachs Kopf.

»Ja, dem Haftbefehl lag ein unbezahlter Bußgeldbescheid wegen öffentlichen Herumlungerns zugrunde. Mein Mandant befand sich damals noch im Jurastudium. Es handelte sich um ein Versehen, außerdem ist die Sache lange her und mittlerweile geklärt«, erläuterte ich. »Der Haftbefahl wurde aufgehoben.«

»Öffentliches Herumlungern?«, fragte Richterin Yu, die Stirn weiterhin skeptisch gefurcht. »Was genau muss ich mir darunter vorstellen?«

Wenn es sich nicht um eine politische Protestaktion handelte, war ein solches Verhalten für einen Jurastudenten in der Tat seltsam – da hatte Richterin Yu völlig recht. Paul ebenfalls. Warum war Zach nicht einfach weitergegangen, als der Officer ihn dazu aufgefordert hatte? Jetzt wünschte ich, ich hätte genauere Informationen, aber die würde ich erst von dem Anwaltsgehilfen erhalten, der sich in dieser Angelegenheit auf den Weg nach Philadelphia gemacht hatte. Unter den gegebenen Umständen blieb mir keine andere Wahl, als mich auf das zu verlassen, was Zach mir erzählt hatte – und das war nicht gerade hilfreich.

»Zu jener Zeit wurde auf Anordnung des neuen Bürgermeisters von Philadelphia eine äußerst aggressive Initiative zur Wahrung der öffentlichen Ordnung durchgeführt, der mein Mandant zum Opfer gefallen ist«, setzte ich Richterin Yu so überzeugend wie möglich, wenngleich ziemlich vage in Kenntnis.

»Ihr Mandant kann von Glück sagen, dass er weiß ist«, erwiderte sie in abschätzigem Tonfall. »Sonst wäre er jetzt womöglich tot.«

Tatsächlich, die Richterin tendierte dazu, sich auf die Seite der Verteidigung zu schlagen. Ich musste die Gelegenheit nutzen.

»Euer Ehren, in der fraglichen Nacht hatte mein Mandant gerade seine tote Ehefrau im Haus entdeckt. Er befand sich in einem emotionalen Ausnahmezustand, als er versehentlich einen Officer, der hinter ihm stand, mit seinem Ellbogen verletzte. Unter diesen Umständen gehe ich davon aus, dass die Staatsanwaltschaft niemals ein Geschworenengericht findet, das bereit sein wird, diesen vermeintlichen Angriff zu verurteilen, und trotzdem wird er im Rikers festgehalten, wo bereits dreimal ein Angriff auf *ihn* verübt wurde. Das ist eine empörende Fehlentscheidung der Justiz, Euer Ehren. Eine Entscheidung, die meinen Mandanten das Leben kosten könnte.«

»Die Maßnahme, den Angeklagten im Rikers zu inhaftieren, klingt unter den gegebenen Umständen stark übertrieben, Frau Staatsanwältin«, sagte Richterin Yu zu Wendy Wallace.

Paul notierte etwas auf dem vor ihm liegenden Block.

Erkundigen Sie sich nach Staatsanwalt Lewis, der am Tatort zugegen war. Ich wette, er hatte keine Bereitschaft.

Wen interessiert das?, hätte ich am liebsten zurückgeschrieben, aber dafür blieb keine Zeit, und sowohl Zachs Pflichtverteidiger als auch Zach selbst hatten den Staatsanwalt erwähnt.

»Des Weiteren, Euer Ehren, kam es erst zu der vermeintlichen Körperverletzung, nachdem Staatsanwalt Lewis am Schauplatz des Mordes erschien«, brachte ich den Würfel ins Rollen. »Soweit ich informiert bin, war er in jener Nacht gar nicht zuständig.«

»Was hatte er dann am Tatort zu suchen?«, fragte Richterin Yu, unglücklicherweise an mich gewandt.

»Ich weiß es nicht, Euer Ehren. Genau diese Frage stelle ich mir auch«, antwortete ich. »Vielleicht hat Ms. Wallace oder jemand anderes aus dem Büro der Staatsanwaltschaft Staatsanwalt Lewis angewiesen, einen Grund für eine Verhaftung zu finden, weil die betroffene Familie im Fokus der Öffentlichkeit steht.« Ich wappnete mich, da ich davon ausging, dass Wendy zum Gegenschlag ausholen würde. Stattdessen blickte sie lediglich kühl in meine Richtung. Was ungleich schlimmer war. »Als Staatsanwalt Lewis zusammen mit Detective Mendez am Tatort eintraf, wurde mein Mandant vorsätzlich provoziert. Die Situation eskalierte, dabei wurde der Officer versehentlich von meinem Mandanten verletzt. Die Staatsanwaltschaft hat erfolgreich Gründe geschaffen, die eine Verhaftung meines Mandanten rechtfertigen und die nun als Vorwand dienen, ihn im Rikers festzuhalten, dabei geht es in Wirklichkeit darum, ihm einen Mord anzuhängen, den er nicht begangen hat. Das ist nichts anderes als Strippenzieherei und damit völlig unzulässig!«

Endlich wandte sich Richterin Yu an Wendy Wallace.

»Was hat es mit diesem Staatsanwalt … Junior Attorney …« Sie blickte in ihre Notizen. »… Lewis auf sich?«

»Gar nichts, Euer Ehren. Es ist durchaus üblich, dass ein Staatsanwalt zum Schauplatz eines Mordes beordert wird, und dieser Staatsanwalt war nun mal Lewis. Vielleicht ist irgendwer an jenem Abend wegen Bauchschmerzen oder eines heißen Dates ausgefallen, und Lewis ist eingesprungen, das kann ich Ihnen nicht genau sagen. Soweit ich informiert bin, ist die Staatsanwaltschaft nicht verpflichtet, ihre Personalplanung vor der Verteidigung zu rechtfertigen.« Diesmal richtete Wendy Wallace den Blick auf Paul. Alles an ihr verkörperte Überlegenheit. »Diese ganze Diskussion ist sowieso hinfällig«, sagte sie gedehnt, stand auf und näherte sich der Richterbank, ein Dokument in der Hand, das sie Richterin Yu reichte. »Die Grand Jury hat gerade Anklage gegen Zach Grayson wegen Mordes mit besonderer Heimtücke an seiner Ehefrau, Amanda Grayson, erhoben.«

Ich hatte erwartet, dass das kommen würde. Und ich war vorbereitet.

»Euer Ehren, die Verteidigung erhebt Einspruch gegen diese Anklage«, fing ich an. »Dem Angeklagten blieb bislang die Gelegenheit zu einer Aussage verwehrt. Das ist ein klarer Verstoß gegen die US-Strafprozessordnung. Die Anklage muss fallen gelassen werden.«

Das stimmte. Es verstieß gegen die Regeln eines Strafverfahrens, dem Angeklagten das Recht auf Aussage zu verweigern, bevor das Große Geschworenengericht Anklage erhob. Um genau zu sein, um einen so groben Verstoß, dass die Anklage nachträglich zurückgewiesen werden konnte. Ich hatte vielleicht noch keine umfassenden Erfahrungen am State Court sammeln können, aber ich hatte meine Hausaufgaben gemacht. Bedauerlicherweise wusste ich bereits, wie Wendy Wallace darauf reagieren würde, und deshalb war mir klar, dass ich in diesem Fall kaum gewinnen konnte.

»Oh, Augenblick mal, Ihr Mandant *möchte* aussagen?« Wendy Wallace drehte sich zu mir um, den Kopf leicht schräg gelegt. »In dem Fall ziehen wir die Anklage natürlich gern zurück.«

Und da hatten wir's. Selbstverständlich wollte ich nicht, dass Zach aussagte. Ein Angeklagter, der vor der Grand Jury aussagte, beging im übertragenen Sinne Selbstmord, ganz gleich, ob er unschuldig war oder nicht. Bei Prozessen, die vor dem Großen Geschworenengericht geführt wurden, unterzog man den Angeklagten in Abwesenheit eines Richters einer ausführlichen Befragung, was nicht selten dazu führte, dass während der Verhandlung dessen Glaubwürdigkeit infrage gestellt wurde. Nein, das durfte ich nicht zulassen. Auf gar keinen Fall.

»Wird Ihr Mandant aussagen, Frau Anwältin?«, fragte Richterin Yu. Sie wusste genau wie ich, wie das hier enden würde. Das wussten wir alle.

»Nein, Euer Ehren.«

»Dann steht die Anklage.« Richterin Yu warf einen scharfen Blick zu Wendy Wallace. »Frau Staatsanwältin, sollte sich Ihre taktische Vorgehensweise erneut als grenzwertig erweisen, werde ich Sie wegen Missachtung des Gerichts belangen.«

»Mord mit besonderer Heimtücke?«, setzte ich nach. »Mit welcher Begründung?«

Die unterstellte Heimtücke implizierte Vorsatz und stand damit in direktem Widerspruch zu der Mord-aus-Eifersucht-Theorie, die Wendy Wallace anfangs mit der Schilderung der brutalen Umstände von Amandas Tod angedeutet hatte. Anscheinend ging die Staatsanwaltschaft davon aus, meinem Mandanten unterschieben zu können, was sie wollte, doch genau darin lag meine Chance – vorausgesetzt, ich hatte Richterin Yu weiterhin auf meiner Seite. Was wusste Wendy Wallace, was ich nicht wusste?

»Wie die Strafverteidigung sehr wohl weiß, steht es uns frei, die Anklage zu einem späteren Zeitpunkt auf Totschlag oder weniger schwere Vergehen herabzusetzen«, erwiderte Wendy aalglatt, während sie zum Tisch der Staatsanwaltschaft zurückkehrte. *Wir wissen, was passiert ist, es sei denn, wir beschließen, dass etwas völlig anderes passiert ist.* Derartige geistige Turnübungen waren in unserem Rechtssystem durchaus zulässig. »Wir sind zu diesem Zeitpunkt zudem nicht verpflichtet, die Verteidigung über den Stand unserer Beweisaufnahme zu informieren.«

»Die Verteidigung nicht, mich allerdings schon«, hielt die Richterin schroff dagegen. Sie mochte sich genauso wenig von Wendy Wallace gängeln lassen wie ich. Zum Glück hatte sie die Macht, sich ihr zu widersetzen. »In Anbetracht der Ausweitung des Falles bin ich der Ansicht, dass die Verteidigung in groben Zügen in Ihre Theorie eingeweiht sein sollte.«

Wendy Wallace wirkte nicht im Mindesten beunruhigt, was nahelegte, dass die Beweislage dichter war, als ich vermutet hatte. »Wie Sie wünschen. Uns liegt ein vorläufiger kriminaltechnischer Bericht vor, der bestätigt, dass sich auf der Mordwaffe sowohl die Fingerabdrücke des Angeklagten als auch Blut des Opfers finden. Wir verfügen außerdem über den Beweis, dass Amanda Grayson eine außereheliche Beziehung eingegangen ist – der Angeklagte hätte also durchaus ein Motiv gehabt, seine Frau umzubringen.«

»Euer Ehren, die Staatsanwältin hat keinen konkreten

Beweis für eine Affäre«, wandte ich ein. Insgeheim hoffte ich jedoch, dass Wendy Wallace einen Namen nennen würde. Eine Affäre hätte zwar ein Motiv für Zach dargestellt, doch gleichzeitig offerierte sie mir einen neuen potenziellen Verdächtigen: Amandas Geliebten. Vielleicht war dieser angebliche Liebhaber in Wirklichkeit der Mann, der sie gestalkt hatte?

»Zeugen sahen Amanda Grayson bei der Sexparty, die sie und Mr. Grayson kurz vor ihrem Tod besuchten, mit einem Liebhaber nach oben gehen. Wie die Frau Anwältin sehr gut weiß, bedeutet ›Vorsatz‹ nicht, dass eine Tat zwingend auf Wochen im Voraus geplant wurde. Dazu genügen Stunden, mitunter sogar nur Minuten.« Da hatte Wendy Wallace natürlich recht. Mit Sicherheit wusste sie auch, *mit wem* Amanda in jener Nacht nach oben gegangen war, und mit Sicherheit gab es einen Grund, dass sie den Namen verschwieg. Gut möglich, dass dies eine Schwachstelle in ihrer Beweisführung war. »Der Angeklagte weigert sich, seinen Aufenthaltsort zum Zeitpunkt des Mordes zu nennen. Damit haben wir ein Motiv, die Gelegenheit und Beweise, die dafür sprechen, dass er das Verbrechen begangen hat – und die mit großer Sicherheit für eine Anklage wegen Mordes mit besonderer Heimtücke ausreichen. Vielleicht würde er der Staatsanwaltschaft ja gern mitteilen, wo er war, denn dann könnten wir die Sache aufklären und gegebenenfalls bereinigen.«

Zach hatte behauptet, er sei auf der Brooklyn Heights Promenade spazieren gegangen. Maude bot ihm ein ungleich besseres Alibi, trotz der Komplikationen, die sich daraus ergaben. Allerdings hatte ich bisher noch keine Gelegenheit gehabt, mit Zach darüber zu sprechen. Außerdem versuchte Wendy Wallace, mich zu ködern, aber darauf würde ich nicht hereinfallen. Vielleicht wusste sie längst von Maude und wollte lediglich, dass ich etwas dazu sagte. Aber wieso sollte ich? Das würde Zach ganz sicher nicht zu der angestrebten Freilassung gegen Kaution verhelfen. Alibis waren dazu da, die Schuld oder Unschuld eines Angeklagten zu beweisen, nicht, ob er womöglich vor Prozessbeginn die Flucht ergreifen würde.

Dasselbe galt für Amandas Stalker. Ich konnte jetzt auf das Thema zu sprechen kommen und hoffen, mich so bei Richterin Yu einzuschmeicheln, indem ich einen alternativen Verdächtigen präsentierte, aber wirklich ausschlaggebend für die Kautionsbewilligung war auch das nicht. Die Staatsanwaltschaft hatte ihre Mordanklage bekommen, der Zug war abgefahren. Ich musste mich auf das Naheliegende konzentrieren.

»Euer Ehren, könnten wir wieder zu meinem Einspruch gegen die Kautionsablehnung zurückkehren?«, drängte ich. Jetzt würde ich einen Frontalangriff auf Wendy Wallace fahren müssen – etwas anderes blieb mir nicht übrig. »Die Entscheidung, meinen Mandanten in Untersuchungshaft zu schicken, war ein Fehler, da sie auf dem Missverhalten der Staatsanwaltschaft basierte.«

»Missverhalten?« Wendy Wallace lachte eisig, doch sie wirkte keineswegs verunsichert. »Das ist absurd.«

»Die Staatsanwaltschaft hat absichtlich Fotos eines Mordschauplatzes angeführt, die bei einer Kautionsanhörung oder einer Anklage, die damit nicht in Zusammenhang steht, irrelevant sind. Jene anfängliche, zu Unrecht erfolgte Ablehnung einer Kautionszahlung sollte nicht in Kraft bleiben dürfen, nur weil die Staatsanwaltschaft jetzt die Anklage geändert hat.«

Aus dem Augenwinkel sah ich Paul nicken. Ich hatte einen soliden Job gemacht und unseren Standpunkt überzeugend vorgetragen.

Richterin Yu holte gereizt Luft, dann blätterte sie noch einmal durch die vor ihr liegende Berufungsbegründungsschrift, die sie inzwischen beinahe auswendig kennen musste. »Die Vorgehensweise der Staatsanwaltschaft lässt in diesem Fall einiges zu wünschen übrig. Für mich liegt auf der Hand, dass Mr. Grayson nicht hätte festgehalten werden dürfen. Ich habe zudem schwerwiegende Bedenken, was die Umstände anbetrifft, die zu seiner Verhaftung führten.« Richterin Yu warf Wendy Wallace einen weiteren Blick zu. »Wie dem auch sei, ich kann den Staat, vertreten durch die Grand Jury, nicht daran hindern, die Anklage zu ändern. Ich schlage daher Folgendes vor: Lassen Sie uns noch einmal von vorn anfangen, jetzt sofort, in meinem Gerichtssaal. Ich werde mir Argumente für und gegen die Stellung einer Kaution anhören. Die Anklage lautet auf Mord mit besonderer Heimtücke.«

Dies war Richterin Yus Art, sich großzügig zu zeigen, mir eine Chance zu geben.

»Euer Ehren, mein Mandant hat einen kleinen Sohn und hier vor Ort ein Unternehmen«, erklärte ich. »Es besteht also keinerlei Anlass zu der Annahme, dass er eine Flucht in Erwägung ziehen könnte. Es gibt daher keinen einzigen legitimen Grund, warum Zach Grayson die Entrichtung einer angemessenen Kaution verwehrt werden sollte.«

Das war mein bestes Argument: prinzipientreu, sauber, geradlinig – und unglücklicherweise dennoch zum Scheitern verurteilt.

»Wie sollte eine ›angemessene Kaution‹ bei einem Multimillionär denn in Ihren Augen aussehen?«, fragte Wendy Wallace. »Welche Summe könnte verhindern, dass er es sich anders überlegt und doch noch die Flucht ergreift? Euer Ehren, Zach Graysons Sohn wohnt im Augenblick nicht einmal bei ihm. Er ist bereits in Kalifornien, vorsorglich außer Landes geschafft, damit Mr. Grayson ihn ohne Probleme abholen und sich gemeinsam mit ihm aus dem Staub machen kann. Vor zwei Wochen hat Mr. Grayson seine Assistentin gebeten, Flüge nach Brasilien herauszusuchen.«

Brasilien? Was zum Teufel sollte das denn, Zach?

»Euer Ehren«, schaltete ich mich ein. »Mr. Grayson würde Ihnen liebend gern seinen Pass aushändigen. Des Weiteren befand sich der Sohn der Graysons, Case, schon vor dem Tod seiner Mutter in einem Feriencamp. Der Aufenthalt war lange geplant. Er wurde nicht erst nach der Tat dorthin geschickt. Und was die internationalen Flugtickets angeht – Mr. Grayson muss aus beruflichen Gründen oft verreisen.«

»Ja, was Mr. Graysons Beruf betrifft: Er hat vermutlich genug Geld für einen Privatjet und einen hervorragend gefälschten Pass. Und einen Grund, das Weite zu suchen, hat er allemal in Anbetracht der Tatsache, dass er wegen des Mordes an seiner Ehefrau einer lebenslangen Haftstrafe entgegenblickt«, hielt Wendy Wallace dagegen. Ihre berechtigte Zuversicht, dass Richterin Yu meine Berufung ablehnen würde, war schrecklich. »Er verfügt über ausreichende Mittel zur Flucht, und der offene Haftbefehl – ob hinfällig oder nicht – sagt uns eines über Zach Grayson: Er meint, über dem Gesetz zu stehen.«

Richterin Yu schwieg einen Moment lang und dachte nach, dann sagte sie, an Wendy Wallace gewandt: »Ms. Wallace, ich bin nicht damit einverstanden, dass Sie in diesem Fall ein ordnungsgemäßes Verfahren zu umgehen beabsichtigen.« Sie hob abwehrend die Hand, als Wendy Wallace protestieren wollte. »Doch der Zugang zu den Geldern, und dass sich der Sohn in einem anderen Bundesland befindet, stellt ein Problem dar.«

»Euer Ehren, sollte der Sohn meines Mandanten nach New York zurückgeholt werden, ist es unklar, bei wem er untergebracht werden könnte. Mein Mandant und seine Frau sind erst kürzlich hergezogen. Mr. Grayson darf nicht dafür bestraft werden, dass er das Beste für seinen Sohn möchte. Und das Beste ist im Augenblick, wenn der Junge bei der Familie seines Freundes in Kalifornien bleibt. Dort wird er versorgt, seit er vom Tod seiner Mutter erfahren hat.«

Pflegeunterbringung – das blühte Case, wenn man ihn zurückholte, und vielleicht passierte ihm genau das, wenn Zach verurteilt wurde, es sei denn, Ashes Eltern willigten ein, Case dauerhaft bei sich aufzunehmen.

»Ich verstehe. Nichtsdestotrotz ist das ein Problem, und zwar nicht das einzige«, sagte Richterin Yu. Sie nickte, anscheinend hatte sie eine Entscheidung getroffen. »Bitte nehmen Sie ins Protokoll auf, dass dem Angeklagten die gesamte Haftzeit vor und nach der Änderung der Anklage angerechnet werden muss. Der Angeklagte, Zach Grayson, bleibt weiterhin in Untersuchungshaft. Das Kautionsgesuch wird abgelehnt.«

Die Richterin schlug mit dem Hammer auf den Tisch, stand auf und zog sich ins Richterzimmer zurück.

»Das war gar nicht anders möglich«, sagte Paul, als wir zusahen, wie Richterin Yu unseren Blicken entschwand. »Sie haben Ihre Sache gut gemacht mit dem wenigen, was Sie hatten.«

Wendy kam auf uns zugeschlendert, legte ihre Fingerspitzen auf unseren Tisch und sah Paul direkt ins Gesicht. Ihre Augen blitzten. Paul blieb beeindruckend gelassen. Er blinzelte nicht einmal.

»Fick dich, Paul.«

»Ich freue mich ebenfalls, dich zu sehen, Wendy.«

Wendy Wallace wirbelte auf ihren spitzen Eidechsenlederpumps herum und schritt mit klackernden Absätzen den Mittelgang entlang und aus dem Gerichtssaal.

»Sie schläft seit Monaten mit diesem Lewis«, sagte Paul. An seinem Kinn zuckte ein Muskel. »Der Kerl ist ein Arschloch. Er ist mindestens fünfundzwanzig Jahre jünger und ihr unterstellt. Ich bin mir sicher, sie waren zusammen im Bett, als sie einen Anruf bekommen hat, dass ein medienträchtiger Fall vorliegt. Sie hat Lewis hundertprozentig aufgetragen, zum Tatort zu fahren und herauszufinden, ob es sich um eine Sache handelt, mit der sie sich profilieren kann. So ist Wendy schon immer vorgegangen: strategisch, selbst wenn es darum geht, mit wem sie ins Bett steigt.« Er stand vom Tisch auf. »Nun, sie weiß, dass ich Ihnen von ihrem Freund erzählt habe.«

»Und was jetzt?«, fragte ich und schob die Papiere in meine Tasche. Die Frage war rhetorisch gemeint.

»Ich sage Ihnen nur so viel: Wendy kann höllisch gut Geschichten erzählen. Das ist ihr Markenzeichen. Ihre Beweisführung wird nicht unbedingt auf hieb- und stichfesten Fakten gründen, aber sie ist garantiert beeindruckend, und genau das verspricht Erfolg. Die Geschworenen werden hin und weg sein. Sie müssen sich also selbst eine Story zurechtlegen, und zwar eine verdammt gute.«

Ich nickte. »Hat es Ihnen etwas gebracht, herzukommen?«

Paul runzelte die Stirn. »Vielleicht ruft sie mich an«, sagte er schließlich. »Die weitaus wichtigere Frage ist jedoch, ob ich ans Telefon gehe.«

»Werden Sie?«, fragte ich.

Paul verzog die Lippen zu einem schiefen Grinsen. »Was glauben Sie, Lizzie?«

Ich schlenderte durch das geschäftige Chaos rund um das Brooklyn Criminal Courthouse in Richtung der ruhigen, baumbestandenen Gegend, in der sich der altehrwürdige Kings County Supreme Court befand. Auf einer Bank an der Seite des Gebäudes nahm ich Platz, abseits des schlimmsten Lunchtime-Gewusels. Trotz der heißen Julisonne war es im Schatten überraschend kühl.

Ich musste mich auf die Gerichtsverhandlung vorbereiten. Das war der nächste Schritt. Und ganz gleich, ob es ärgerlich war oder nicht – Paul hatte recht: Wenn wir diesen Prozess gewinnen wollten, würden wir uns eine überzeugendere Geschichte zurechtlegen müssen. Die Version der Staatsanwaltschaft – eine entfremdete Ehe, ein Ehemann, der seine Frau kontrollierte, eine Swingerparty, die in Gewalt ausartete – bot genau den Stoff, in den sich die Geschworenen verbeißen würden. Ich würde etwas ähnlich Packendes brauchen, um mir ihre Aufmerksamkeit zu sichern. Besser war jedoch, wenn ich einen anderen Verdächtigen aus dem Ärmel ziehen und ihn der Jury zum Fraß vorwerfen könnte. Amandas Stalker war mein passendster Kandidat, vorausgesetzt, ich fände heraus, wer der Kerl war. Doch damit mir das gelang, musste ich Amandas letztes Tagebuch zu Ende lesen und beten, dass sie darin seine Identität preisgab.

Mein Handy klingelte. Ich rechnete damit, dass Sam dran war, hoffte aber, es wäre Millie, obwohl es für Laborergebnisse noch zu früh war. Doch keiner von beiden rief an – stattdessen blinkte »Vic« auf dem Display auf. Ich wollte den Anruf gerade an die Mailbox weiterleiten, als mir einfiel, dass ich gerade jetzt eine Freundin gut gebrauchen konnte.

»He«, meldete ich mich.

»Hi!«, rief Victoria über die Freisprecheinrichtung.

»Ich kann nicht glauben, dass ich dich tatsächlich erwischt habe! Wie läuft's in der Welt der Großunternehmen?«

»Seltsam«, antwortete ich, ohne zu zögern. Das war das Ehrlichste, was ich seit Wochen gesagt hatte.

»Seltsam?« Vic war in nur sechs Jahren zum Partner in einer der größten Kanzleien der Entertainmentbranche in L. A. aufgestiegen und damit in die schwer erreichbare Nische zwischen der Stabilität einer Großkanzlei und interessanten Aufgaben vorgedrungen. »Ich nehme an, das ist besser als so manche Alternative. Stell dir nur vor, du hättest ›grauenhaft‹ geantwortet!«

Ich hatte Vic vor Monaten weisgemacht, dass ich die Bundesstaatsanwaltschaft verließ, weil ich Geld brauchte, um die Kosten für die In-vitro-Fertilisation oder eine Adoption aufbringen zu können. Ich brachte es einfach nicht über mich, ihr die Wahrheit zu erzählen. So nahe Vic und ich uns auch standen – Sams Alkoholproblem war mein dunkles Geheimnis.

»He, erinnerst du dich an Zach Grayson?«, fragte ich.

»Ähm …« Sie machte ein Geräusch, als würde sie nachdenken. »Nein. Sollte ich?«

»Ich war mit ihm im ersten Jahr an der Penn befreundet.«

»Oh, warte, du meinst den Kerl mit dem verschlagenen Blick?«, hakte sie nach. »Der war ein echter Spinner.«

»Ja, den meine ich«, sagte ich. »Seine Frau ist tot. Die Polizei glaubt, er habe sie mit einem Golfschläger erschlagen.«

»Ach du lieber Himmel«, sagte Vic. Dann schwieg sie, aber nur für einen Moment. »Ich glaube, er war's. Und du?«

Ich lachte. Zu laut, aber ich konnte es nicht ändern.

Ihre Worte klangen so absurd sachlich. »Ich vertrete ihn«, sagte ich, als ich mich wieder gefasst hatte.

»Wie bitte?« Vic klang ehrlich alarmiert. »Warum?«

»Das ist eine lange Geschichte. Dank dir und deinem obsessiven Bedürfnis, die Absolventenprofile in unserem Jahrbuch auf den neuesten Stand zu bringen, hat er mich mehr oder weniger in die Ecke gedrängt«, erwiderte ich. »Er wusste, dass ich zu Young & Crane gewechselt habe.«

»Oh, nein, nein«, verwahrte sie sich. »Das lasse ich mir nicht in die Schuhe schieben. Ich habe schon seit zwei Jahren kein Update mehr vorgenommen, nachdem Amy ihre erste Fehlgeburt hatte. Gott sei Dank hatte sie mir erlaubt, ihre Schwangerschaft zu posten, aber trotzdem.«

»Nun, irgendwer muss das eingestellt haben, denn Zach hat mich im Büro angerufen.« Offenbar hatte sich jemand darüber gefreut, dass ich gezwungen gewesen war, von meiner hehren Gesinnung abzuweichen. Ich war damals ziemlich scheinheilig gewesen, was meine juristische Tätigkeit zum Wohle der Allgemeinheit anging – obwohl viele vernünftige Menschen Staatsanwälte nicht unbedingt für Verfechter des öffentlichen Interesses hielten. »Ich wollte ihm nicht absagen, weil ich mich dann schlecht gefühlt hätte.«

»Weil du dich *schlecht gefühlt* hättest?« Vic schnappte nach Luft. »Was, wenn er sie umgebracht hat? Machst du das etwa, weil du ihn damals abserviert hast? Mein Gott, das ist doch so lange her …«

»Ihn abserviert? Wovon redest du?«

»Ach, komm schon«, erwiderte Victoria gedehnt. »Du weißt genau, wovon ich rede. Du hast die Augen vor der Wahrheit verschlossen, bis ich dich gefragt habe, wie es war, mit Zach zu schlafen. Da bist du ausgeflippt. Die

Frage war übrigens absolut ehrlich gemeint. Ich bin fest davon ausgegangen, dass ihr zwei Sex miteinander hattet.«

Ich erinnerte mich wieder. Vic und ich hatten eines Abends für unsere Abschlussprüfungen an der Penn Law gelernt. Vic hatte mich beiläufig gefragt, wie es mit Zach im Bett so laufe, und ich war auf eine infantile Art und Weise entsetzt gewesen. Sex mit Zach? Wir waren Freunde. *Nur* Freunde.

Als ich mich später am selben Abend auf den Weg machte, um mich mit Zach zum Essen zu treffen, wie wir es mehrmals die Woche taten, hatte ich begriffen, dass Victorias Frage eine Warnung war – eine Warnung, die ich auf eigene Gefahr hin ignorieren würde. Doch sobald ich das Restaurant betrat und Zach erblickte, der mich erwartungsvoll anstrahlte, konnte ich es nicht länger leugnen: Zach hielt unser Treffen für ein Date und schien überzeugt, dass wir bald ein Paar werden würden. Mein Gott, wie dumm ich gewesen war! Ich mochte Zach. Ich genoss seine Gesellschaft. Aber ich wollte nicht seinen warmen Atem auf meinem Nacken spüren, wollte mich nicht nackt an ihn kuscheln. Ich hatte mir nie – nicht einmal für den Bruchteil einer Sekunde – vorgestellt, wie unsere Körper miteinander verschmolzen.

Und so hatte ich an jenem Abend im Restaurant den Weg des geringsten Widerstands beschritten – einen Weg, den mir Victoria vorgeschlagen hatte – und einen Freund erfunden, den ich Richard nannte. Ich hatte wirklich gedacht, ich müsse ihn nur erwähnen, damit Zach einen Rückzieher machte. Doch stattdessen hatte er auf stur geschaltet und allen Ernstes vorgeschlagen, dass ich meinem Lover den Laufpass geben solle. Am Ende blieb mir keine andere Wahl, als Klartext zu reden.

»Ich hege keine romantischen Gefühle für dich«, hatte ich mit fester Stimme gesagt.

»Was hat das denn damit zu tun?« Zach hatte gelacht, als hätte ich einen Witz gemacht. Allerdings klang sein Lachen laut und schrill. Als ich von der Speisekarte aufschaute, wirkte sein Lächeln zu bemüht. »Lizzie, entspann dich, ich mache bloß Spaß. Ich freue mich für dich.«

Das tat er nicht. Das war mir klar. Dennoch hatte ich beschlossen, Zach zu glauben. Denn ich *wollte* ihm glauben.

Ich zuckte zusammen, als jemand meine Schulter berührte.

»Oh, es tut mir leid.« Maude Lagueux schnappte erschrocken nach Luft, als ich herumwirbelte. Sie stand hinter mir, eine Hand vor den Mund geschlagen. »Ich habe nicht gesehen, dass Sie telefonieren.«

»Was ist los?«, fragte Vic am anderen Ende der Leitung.

»Kann ich dich zurückrufen? Da möchte mich jemand sprechen.«

»Klar«, sagte Vic. »Aber vergiss es nicht. Ich will unbedingt wissen, was der Fruchtbarkeitsdoktor gesagt hat.«

Ich hatte verdrängt, dass ich bei unserem letzten Telefonat gleich einen kompletten Arzttermin erfunden hatte. Den Termin, bei dem man sämtliche Tests machte und mitgeteilt bekam, wie die Chancen, ein Baby zu kommen, tatsächlich standen. Sam war nicht der einzige gute Lügner.

»Ich rufe dich zurück, ganz bestimmt«, versprach ich. Und wenn wir das nächste Mal miteinander redeten, würde ich Vic endlich die Wahrheit sagen. Ganz sicher.

Nachdem ich aufgelegt hatte, wandte ich mich wieder Maude zu. Ihr Gesicht war angespannt, und in ihrem modischen, aber formlosen schwarzen Etuikleid und den langweiligen, erdfarbenen Ballerinas sah sie aus, als sei sie auf dem Weg zu einem Begräbnis.

»Ich wollte wirklich nicht stören«, sagte sie.

»Ist schon in Ordnung.«

»Ich war bei Gericht, wegen der Anhörung. Warum haben Sie der Richterin nichts von dem Alibi gesagt?« Ihr Ton klang vorwurfsvoll.

»Das Alibi ist nützlich, aber kompliziert.«

Maude verschränkte die Arme. Jetzt wirkte sie verärgert. »Aber ich habe versucht, zu helfen.«

Helfen. Was für eine unglückliche Wortwahl. Hatte sie das Alibi erfunden? Um ehrlich zu sein, wollte ich das gar nicht wissen, denn hätte ich gewusst, dass es nicht stimmte, hätte ich es nicht später vor Gericht anbringen können – das wäre einer Falschaussage oder sogar einem Meineid gleichgekommen.

»Ich verstehe«, sagte ich unverbindlich.

»Und was passiert jetzt?«, fragte Maude und verschränkte die Arme noch fester.

»Zach bleibt bis zur Gerichtsverhandlung im Gefängnis«, sagte ich. »In der Zwischenzeit werden wir ermitteln. Die beste Möglichkeit, Zach zu entlasten, ist, herauszufinden, wer Amanda tatsächlich umgebracht hat. Dafür sollten zwar nicht wir zuständig sein, aber wenn wir sagen, dass der Angeklagte die Tat nicht begangen hat, wird das Geschworenengericht wissen wollen, wer dann dafür verantwortlich ist. Hat die Polizei Sie inzwischen befragt?«, erkundigte ich mich, während ich darüber nachdachte, was sie den Ermittlern wohl mitgeteilt haben könnte und ob Wendy Wallace womöglich von dem Alibi gewusst hatte.

»Sie haben für morgen einen neuen Termin angesetzt«, antwortete Maude. »Ist das nicht seltsam? Müssten sie die

Sache nicht viel mehr forcieren? Alle Fakten und Beweise zusammentragen, die sie bekommen können?«

Vielleicht hatten sie befürchtet, dass Maude etwas aussagen könnte, was ihre Beweisführung zunichtemachte – und vielleicht ging es um die ominöse Begegnung von Amanda mit einem der männlichen Gäste im Obergeschoss, die ihnen, so vermutete ich zumindest, als Motiv für Zach diente.

»Sie wollen gar nicht alle Fakten wissen«, erklärte ich Maude. »Nur die, die ihrer Beweisführung dienlich sind.«

»Das klingt nicht gerade nach einer korrekten Vorgehensweise.«

»Das ist es auch nicht.« Ich zuckte die Achseln. Wendy Wallace machte nur ihren Job. »Aber so funktioniert das Spiel nun einmal.«

AMANDA

DREI TAGE VOR DER PARTY

Mit einem fröhlichen Grinsen öffnete Sarah die Haustür. »Na endlich …« Ihr Grinsen verschwand, als sie die leeren Stufen hinter Amanda sah. »Das ist nicht dein Ernst?«

»Er müsste jeden Augenblick hier sein.« Es war albern, weiterzulügen, aber Amanda fühlte sich schlichtweg in die Ecke getrieben.

Sarah schnitt eine Grimasse und verschränkte die Arme. »Jeden Augenblick?«

»Na schön, er kommt nicht.« Amanda ließ den Kopf hängen. »Zach hat einfach zu viel zu tun mit seinem neuen Unternehmen. Er arbeitet so hart, dass er kaum geradeaus blicken, geschweige denn zu einer Dinnerparty gehen kann. Es tut mir leid, ich habe es wirklich versucht.«

In Wahrheit hatte Amanda Zach nicht einmal gefragt. Er hätte ohnehin Nein gesagt, und Amanda hätte das übliche Hin und Her mit Zachs Assistentin Taylor über sich ergehen lassen müssen – ein süßes Mädchen mit Durchschnittsgesicht, das Modemagazine über alles liebte und eine ungesunde Diät nach der anderen durchzog, doch wenn es um schwierige Situationen ging, konnte sie zur Hochform auflaufen. Hätte Amanda ihrem Mann wie üblich eine E-Mail geschickt, um ihn zu fragen, ob er sie zu der Dinnerparty begleiten würde, hätte Taylor zurückgeschrieben, dass sie sich UMGEHEND darum kümmern werde. Kurz darauf wäre dann die Nachricht: *Es tut mir leid! Zach kann sich heute Abend unmöglich Zeit freischaufeln!* bei Amanda eingegangen.

Amanda machte es nichts aus, dass Zach nicht mitgehen konnte, doch diese Korrespondenzen mit Taylor waren zermürbend. Selbst jetzt, vor Sarahs Haustür, musste sie nur daran denken, und ihre Augen füllten sich mit Tränen. Sie blinzelte und zwang sich zu einem Lächeln, in der Hoffnung, Sarah würde es nicht bemerken.

»Oh, alles gut, nun komm schon rein.« Sarah zog Amanda durch die Haustür und umarmte sie. »Sorry, dass ich so gedrängt habe – ich bin absolut schrecklich.«

»Das kann ich nur bestätigen!«, rief Kerry, der soeben in einer grauen Jogginghose und einem dunkelblauen Oklahoma-City-Thunder-T-Shirt die Treppe herunterkam und in Richtung Küche strebte. »Außerdem brauchen wir gar keine weiteren Ehemänner – ich bin doch schon mehr als genug!« Er schmunzelte verschmitzt.

»Herzlichen Glückwunsch zum Geburtstag!«, rief Amanda.

»Vielen Dank.«

»Das ist für dich.« Amanda ging zu ihm und hielt ihm schwungvoll – vielleicht zu schwungvoll – die als Geschenk verpackte Whiskeyflasche hin.

Kerrys Gesichtsausdruck wurde noch verschmitzter. »Für *mich?*«

»Jetzt tu doch nicht so«, schimpfte Sarah gespielt, dann wandte sie sich an Amanda. »Man könnte fast meinen, dass ich ihm noch nie im Leben etwas geschenkt hätte.« Sie drehte sich wieder zu ihrem Mann um. »Sieh dich nur mal an! Habe ich dir nicht schon vor fünf Minuten gesagt, dass eine Jogginghose nicht die passende Kleidung für eine Dinnerparty ist?«

»Doch, mein Schatz, das hast du, aber ich mag Jogginghosen, und außerdem ist heute *mein* Geburtstag. Und was deine Geschenke betrifft: Die sind immer mit Bedingungen verknüpft«, scherzte Kerry. »Den Müll rausbringen, mir deine Geschichten anhören – das ist so *anstrengend.*«

Sarah zwinkerte Amanda zu. »*Das* ist das wahre Geheimnis einer guten Ehe: ein strategisches Quid pro quo.«

Kerry entfernte aufgeregt die Schleife von der silbernen Geschenktüte, als wäre es nicht offensichtlich, dass sich darin eine Flasche befand.

»Wow!«, rief er aus, als er sie aus der Verpackung zog, und betrachtete sie dann gedankenverloren. Wusste er, wie viel sie gekostet hatte? Amanda beugte sich vor und tippte aufs Etikett. »Mir ist eingefallen, dass deine Familie aus ...«

»Ich weiß«, sagte Kerry leise. Er wirkte aufrichtig gerührt. »Außerdem ist das ein verdammt guter Whiskey.«

»Was ist mit seiner Familie?« Sarah trat näher, um einen Blick auf die Flasche zu werfen.

»Der Whiskey ist aus Cork«, antwortete Kerry. »Dort leben meine Großeltern. Ich hab das irgendwann mal erwähnt, und Amanda hat offenbar genau zugehört. Vielen, vielen Dank. Und ich muss nicht mal den Müll dafür rausbringen oder irgendwelches Ungeziefer eliminieren!«

»Aber du bist ein ausgezeichneter Kammerjäger«, zog Sarah ihn auf. »He, das ist eine wunderbare Idee! Sollte uns das Wasser aus irgendwelchen Gründen einmal bis zum Hals stehen: Du bist ein Naturtalent im Umgang mit der Sprühflasche.«

Kerry verdrehte die Augen, dann trat er näher und zog Amanda in seine Arme. Für einen Moment fühlte sie sich so sicher, dass ihr erneut die Tränen kamen.

Ihr Dad hatte angerufen, wieder einmal, als sie schon

fast an Sarahs und Kerrys Haustür war. Sie hatte versucht, den Anruf an sich abprallen zu lassen, aber das fiel ihr zunehmend schwerer. Wie hatte er sie in Brooklyn aufgespürt? Woher hatte er überhaupt erfahren, wo er nach ihr suchen sollte? Dieser Officer Carbone hatte recht: Es war unerklärlich, nicht angesichts all der Schritte, die Zach unternommen hatte, um ihre Privatsphäre zu schützen.

»Nochmals vielen Dank«, sagte Kerry und entließ Amanda aus seiner Umarmung. Er hielt die Flasche in die Höhe. »Den hebe ich mir für ganz besondere Gelegenheiten auf. Und jetzt werde ich mich in meine Männerhöhle im Souterrain zurückziehen und ein bisschen Geburtstagsbaseball gucken, wenn das für die Damen okay ist. Ihr könnt Sebe zu mir runterschicken, wenn er kommt, auch wenn er Franzose ist und deshalb keine Ahnung hat.«

»Könntest du vielleicht ein bisschen aufräumen, wenn du schon mal unten bist? Putzen wäre auch nicht schlecht. Nicht, dass noch jemand das Gesundheitsamt anruft.« Sarah sah Amanda an. »Ich gehe schon gar nicht mehr runter.«

»Ah, mein Plan geht auf. Perfekt.« Kerry grinste, dann beugte er sich zu Sarah, küsste sie auf die Wange und gab ihr einen Klaps auf den Hintern. »Danke, dass du mein Geburtstagsessen organisierst, Schatz. Ich weiß das wirklich zu schätzen – und dich natürlich auch. Selbstverständlich werde ich jederzeit Ungeziefer für dich eliminieren.«

Als Kerry weg war, folgte Amanda Sarah in die Küche. Ihre Freundin nahm ein perfekt gegrilltes Hähnchen aus dem Ofen und machte sich daran, den Quinoa-Salat zuzubereiten. Amanda sah ihr zu, fasziniert, wie mühelos Sarah die Arbeit von der Hand ging, in ihrer Küche, die fröhlich, gemütlich und ein bisschen in die Jahre gekommen wirkte, genau wie das ganze Haus.

»Das sieht fantastisch aus«, sagte Amanda und beäugte den Bräter.

Sarah nickte. »Nicht schlecht, oder? Wenn Zach doch nur wüsste, was ihm entgeht.«

Amanda schloss die Augen und seufzte. »Es tut mir wirklich sehr leid.«

»Nein, *mir* tut es leid. Meine ständige Frotzelei ist wirklich eine schlechte Angewohnheit. Ein innerer Zwang. Frag Kerry. Aber ich mache mir Sorgen um dich. Es geht mich zwar nichts an …« Sarah hielt abrupt inne, einen Salatlöffel in jeder Hand. »Ach, Mist. Du weißt, dass ich überzeugt bin, es gehe mich sehr wohl etwas an. Also rede ich einfach freiheraus: Amanda, du bist eine ergebene Ehefrau, und das ist echt verstörend. Ich habe keine Ahnung, wie das in Palo Alto ist, aber hier in Brooklyn sind Ehepaare gleichberechtigt, ganz egal, wer das größere Gehalt nach Hause bringt. Bis zu meiner Arbeit in der Stiftung war ich immer zu Hause, doch Kerry hört auf mich. Denn er liebt mich, und er weiß, dass ich ihn liebe. So sollte eine Ehe funktionieren. Das weißt du, oder?«

»Ja«, sagte Amanda, und das stimmte. Theoretisch. »Aber du und Kerry führt ja auch eine perfekte Ehe.«

»Nein, das tun wir nicht!«, rief Sarah. »Ich habe immerhin mit dem Fußballtrainer meines Sohnes rumgemacht.«

Sie lehnte sich zurück, warf einen Blick aus der Küchentür, um sich zu vergewissern, dass Kerry wirklich nach unten gegangen war, und legte die Salatlöffel auf die Anrichte.

»Aber Kerry hat dir verziehen«, sagte Amanda.

»Ja, allerdings nicht, weil wir perfekt sind. Er hat mir verziehen, weil wir uns lieben. Das ist ein Unterschied. Glaub mir, wir haben nach wie vor *jede Menge* Probleme.« Für einen Moment sah Sarah aus, als wolle sie ins Detail gehen, doch dann entschied sie sich dagegen. »Aber das hat jeder. Trotzdem solltest du wenigstens eine Stimme haben, Mandy. Punkt. Ansonsten handelt es sich nicht um eine Ehe, sondern um Sklaverei.«

»Ich habe eine Stimme«, hielt Amanda lahm dagegen.

»Hast du nicht!«, entgegnete Sarah, doch dann schloss sie die Augen, holte tief Luft und stützte die Handflächen auf die Anrichte. »Wenn es dir noch nicht einmal gelingt, deinen Mann dazu zu bringen, dich auf eine Dinnerparty zu begleiten, dann hast du nichts zu sagen. Das ist eine Tatsache, so leid es mir tut. Als deine Freundin ist es meine Aufgabe, ehrlich zu sein. Und ganz im Ernst: Ich finde, es ist eine riskante Art zu leben.«

»Riskant? Was meinst du damit?«

»Ich meine in Bezug auf Gesundheit und Krankheit, auf Einsamkeit und Verzweiflung und all das«, sagte sie. »Wenn man jemanden heiratet, passt man auf ihn auf, man beschützt ihn. Kümmert sich umeinander.«

Sarah hatte recht. Aber wie sollte Zach Amanda beschützen, vor ihrer Einsamkeit und ihrer Verzweiflung, vor ihren Albträumen und allem voran vor ihrem Dad, wenn er nichts von all dem wusste? Sie waren jetzt seit über zehn Jahren zusammen, und Zach hatte keine Ahnung von den schrecklichen Dingen, die ihr Vater ihr angetan hatte.

Amanda nickte. »Es stimmt, was du sagst. Das weiß ich.«

»Gut.« Sarah nickte zufrieden, dann nahm sie das Hähnchen aus dem Bräter und legte es auf das Küchenbrett. Gerade als sie eine Gabel hineinstieß und das Messer ansetzte, um es zu tranchieren, klingelte es.

»Das müssen Maude und Sebe sein. Ich bin gleich zurück. Pass auf das Hähnchen auf.«

Einen Moment später hörte Amanda, wie die Haustür geöffnet wurde, gefolgt von Sarahs lebhaftem Begrüßungshallo.

»Oh, prima. Die Luft ist rein!« Kerry kam in die Küche gehuscht. Er schnappte sich verstohlen eine Bratkartoffel aus der Pfanne und steckte sie sich in den Mund, dann schnitt er eine Grimasse, keuchte »Heiß!« und fächelte mit der Hand vor seinen geöffneten Lippen herum. Mit Jogginghose, T-Shirt und seinem dicken Bauch sah er aus wie ein zu groß geratener kleiner Junge. Sein Blick fiel auf Amandas Ohrringe. »Wow, die Dinger sind der Wahnsinn. Lass die bloß nicht Sarah sehen!«

Amandas Hand schnellte zu ihrem Ohr. Diamantohrhänger. Was hatte sie sich bloß dabei gedacht?

»Mist«, sagte sie. »Ich hätte sie nicht anlegen sollen, du hast recht. Das ist in der Tat *too much*. Ich war vorher bei einem Gebertreffen und habe vergessen, sie rauszunehmen.«

»Das war ein Scherz! Ich an deiner Stelle würde dafür sorgen, dass Sarah die Dinger bemerkt.« Er zwinkerte. »Das nächste Mal, wenn sie dir wegen deiner Ehe auf die Nerven geht, kannst du sagen: Erinnerst du dich, was für Ohrringe er mir geschenkt hat?«

Amanda lächelte. Kerry war einfühlsamer, als er zugab.

»Da ist ja das Geburtstagskind!«, rief Maude. Sie marschierte in die Küche und küsste Kerry voller Zuneigung auf beide Wangen. Er zog sie in eine lange, liebevolle Umarmung. Als sie sich voneinander lösten, deutete sie auf seine Jogginghose. »Ich sehe, du hast alle Register gezogen. Hat Sarah dich so schon zu Gesicht bekommen? Ich kann mir nicht vorstellen, dass sie dieses Ensemble gutheißen wird.«

»Es ist *mein* Geburtstag«, protestierte er.

Sebe erschien hinter Maude in der Küche, so attraktiv wie immer in einem frisch gebügelten Leinenhemd. Die frostige Stimmung zwischen ihm und Maude war deutlich zu spüren. Maude hatte offenbar recht: Die Situation mit Sophia war eine Belastung.

Sebe beugte sich vor und küsste Amanda auf beide Wangen. »Wie schön, dich zu sehen.«

»Ähm«, sagte Sarah, die ebenfalls hereinkam und auf Amanda, Sebe und Maude deutete. »Warum seht ihr heute Abend bloß alle so gut aus?« Sie deutete auf ihr eigenes, fleckiges Button-down-Kleid.

»Du hast schließlich für uns gekocht!«, rief Maude, dann warf sie ihrem Mann einen kühlen Blick zu. »Sebe, mach dich mal nützlich. Schenk Sarah ein Glas Wein ein.«

Sebes Gesichtsausdruck verhärtete sich. Ohne Maude anzusehen, füllte er ein Glas mit Wein, durchquerte die Küche und reichte es Sarah. Sie stießen miteinander an.

Sarah prostete Kerry zu. »Wenigstens sehen wir beide aus wie elende Chaoten.«

»He!« Kerry riss die Arme hoch. »Ich habe Geburtstag, verdammt noch mal!«

Alle lachten.

Als sie am Esszimmertisch saßen, hatte sich Maudes Laune erheblich gebessert. Der Wein – zwei Gläser, die sie schnell hinuntergekippt hatte – zeigte seine Wirkung. Doch sie und Sebe sahen einander kaum an. Amanda wollte sich nicht darüber freuen, aber sie war erleichtert, dass sie offenbar nicht die Einzige war, in deren Ehe es

Probleme gab. Vielleicht hatte Sarah recht: Niemand führte eine Ehe ohne Probleme. Es dauerte nicht lange, und das Gespräch drehte sich um Sarahs Lieblingsreizthema: den Elternbeirat von Grace Hall.

»Erinnert ihr euch noch, wie sich alle über den Panini-Grill aufgeregt haben?« Sebe lachte gutmütig.

»Ein unzumutbares Risiko – was da nicht alles passieren kann!«, prustete Sarah und fügte mit hoher, schriller Stimme hinzu: »Aber Sawyer liebt ihre Burrata mit Tomaten aus biologischem Anbau. Sie hat das Recht, sich selbst zu verwirklichen.«

»Ich weiß nicht, Sarah …« Kerry lachte. »Manchmal fürchte ich, so wie du immer auf anderen herumhackst, könnte das dein Untergang sein. Wenn du das nicht bald in den Griff bekommst, wird man dich noch hängen, strecken und vierteilen.«

»O ja – und apropos *hacken*.« Sie sah Kerry mit schmalen Augen an, dann blickte sie mit einem säuerlichen Lächeln in die Runde. »Ihr müsst wissen, dass ich vor ein paar Tagen auch so eine Phishing-E-Mail bekommen habe.«

Kerry zog die Augenbrauen zusammen. »Du hast nicht unser ganzes Geld einer vom Glück verlassenen, in Dubai verschollenen Tante überwiesen?«

»Welches Geld, Kerry?«, fragte Sarah, und er lachte. »Wie dem auch sei«, fuhr sie fort, »es sah aus wie eine Mitgliedschaftsverlängerung von Netflix. Aber nein, ich habe nicht daraufgeklickt. Ich bin ja nicht blöd. Trotzdem bin ich heilfroh, dass ich keine tief vergrabenen, finsteren Geheimnisse habe, die die Hacker womöglich ans Tageslicht befördern könnten.«

»Geheimnisse?«, fragte Amanda.

»Allerdings«, erwiderte Sarah. »Anscheinend sind es

Geheimnisse, nicht Geld, hinter denen diese Leute her sind. Prekäre Geheimnisse. Sie entdecken etwas auf deinem Computer, und dann drohen sie damit, es auf der Website der ›Park Slope Parents‹ zu posten, wenn du nicht bezahlst. Ich glaube allerdings nicht, dass sie das tatsächlich schon einmal getan haben. Eine Person, deren Namen ich hier nicht nennen möchte, hat eine E-Mail in ihrem Posteingang gefunden, weitergeleitet vom Account ihres Ehemanns. Es handelte sich um den Austausch zwischen ihm und einer Escortdame, die sich auf S & M spezialisiert hat. Der Ehemann ist offenbar der devote Part.«

»Das hat dir jemand erzählt?« Maude schnappte nach Luft. »Wer?«

»Ich habe geschworen, das für mich zu behalten«, erklärte Sarah. »Ja, ich liebe Klatsch und Tratsch, aber ich verbreite ihn nicht. Mitunter wünsche ich mir sogar, die Leute würden mir nicht all ihre schlüpfrigen Geschichten erzählen. Ich weiß auch jetzt schon weit mehr, als ich jemals erfahren wollte.«

»Wer sich mit einer Edelprostituierten trifft?« Kerry lachte. »Hat er auch ein Steuerformular für sie ausgefüllt?«

Sarah ignorierte Kerry und wandte sich an Sebe und Maude. »Ich weiß, dass ihr da ziemlich unbefangen seid, aber ich würde doch sehr gut aufpassen, was ich heutzutage schriftlich festhalte und was nicht.«

»Oh, ich brauche keine Prostituierten«, witzelte Sebe mit ernstem Gesicht.

Maude war die Einzige, die nicht lachte. Sie starrte auf ihr Essen, das sie noch nicht angerührt hatte.

»Touché!«, rief Kerry, wenngleich eine Sekunde zu spät und etwas zu laut. »Sebe müsste sich vermutlich einfach nur mitten auf den Gehsteig stellen, und schon würden

die Frauen zu ihm gelaufen kommen und ihre Beine spreizen.«

Sarah machte ein angewidertes Gesicht und gab Kerry einen Klaps. »Igitt.«

»Ach, komm schon, das war ein Scherz.« Kerry lachte. »Ich dachte, wir machen nur Spaß.«

»Das war ausgesprochen anschaulich, Kerry«, sagte Sebe diplomatisch. »Ekelhaft und alles andere als geschmackvoll, aber anschaulich.«

»Vielen Dank, Sebe.«

»Warum klauen die Typen nicht einfach die Kreditkartennummern, wie ganz normale Kriminelle?«, fragte Maude aufgebracht. »Das ist so krank, total pervers!«

Amanda musste an ihren Vater denken, der letzte Nacht einen Kurzauftritt in ihrem inzwischen so vertrauten Albtraum gehabt hatte. Er war ungefähr in der Mitte erschienen – Amanda war wie immer zwischen den dunklen, nassen Bäumen hindurchgerannt und plötzlich wieder zu Hause, wo ihr Vater an ihrer Schlafzimmertür auftauchte, so groß, dass er fast den gesamten Türrahmen ausfüllte. Leicht vornübergebeugt stand er da, schweigend, wie immer, wenn er in betrunkenem Zustand mitten in der Nacht ihre Schlafzimmertür mit der Badezimmertür verwechselte. Irgendwann hatte sie es aufgegeben zu zählen, wie oft er auf den Fußboden gepinkelt hatte.

Als sie jetzt darüber nachdachte, war sich Amanda sicher, dass ihr Vater es genossen hatte, sie auf diese Weise in Verlegenheit zu bringen.

»Manche Menschen lieben es, andere zu beschämen. Sie geilen sich daran auf.« Amandas Stimme war so voller Hass, dass sie ganz fremd klang. »Das ist mehr als krank. Das ist böse. Solche Menschen sollten kein Recht haben zu leben.«

Alle am Tisch starrten sie an.

»Man sollte Prostituierte nur in bar bezahlen, niemals mit einer Kreditkarte«, witzelte Kerry unbeirrt. »Nur in bar.«

Niemand ging auf seinen Scherz ein. Alle Augen waren auf Amanda gerichtet.

»Entschuldigung. Meine Kindheit war nicht gerade leicht, das ist alles«, sagte Amanda, da sie spürte, dass sie etwas sagen musste. Und das war immerhin die Wahrheit. Auch wenn die anderen nun noch unbehaglicher schwiegen.

»Dann muss man dir wohl noch mehr zugutehalten, dass aus dir ein so liebenswerter Mensch geworden ist«, sagte Kerry, während er eine weitere Flasche Wein öffnete und anfing, die Gläser nachzufüllen. »Aber du hast im Grunde recht«, fügte er hinzu, nachdem er sich wieder gesetzt hatte. »Mein Stiefvater hat mir den Arm gebrochen – mit Absicht –, als ich vierzehn war. Ich glaube, er wollte mich auf diese Art kleinmachen. Jeder hat eine Vergangenheit. Selbst hier in der Sesamstraße.«

»Wovon redest du?« Sarah sah ihn verwirrt und leicht irritiert an. »Dein Stiefvater ist so ein netter Mann.«

Kerry lächelte, aber auf eine seltsame, traurige Weise. »Du weißt nicht alles über mich, Liebling.«

»Das ist schrecklich«, sagte Sebe leise.

Maude blickte ihn voller Mitgefühl an. »Kerry, das tut mir so leid.«

Amanda war froh, dass sie nicht länger im Fokus stand.

»Auf die Zukunft.« Kerry hob sein Glas. »Und auf großartige Freunde, die die beste Familie sind.«

»Auf die Freunde!«, riefen alle.

Auf die Zukunft, dachte Amanda, als ihre Gläser klirrten wie Windspiele. *Auf die Zukunft.*

KRELL INDUSTRIES

VERTRAULICHES MEMORANDUM
NICHT ZUR WEITERGABE BESTIMMT

Verschlusssache – vertraulich

30. Juni

An: Direktorat der Grace Hall School
Von: Krell Industries
Betreff: Ermittlungen in Sachen Datenpanne & Cyber-Zwischenfall ./. Zwischenbericht

Der folgende Bericht ist eine Zusammenfassung von gesammelten Kerndaten und durchgeführten Befragungen.

Datenerfassung

Die Datenüberwachung wird weitergeführt. Es konnten keine neuen Übergriffe auf die Datenbanken der Schule festgestellt werden, obwohl weitere Familien Erpresser-E-Mails erhalten haben.

Zusammenfassung Befragungen

Familie 0016: Männlicher Hauptelternteil (MHE) empfing eine E-Mail von einem anonymen Absender, die Screenshots von seinem Schriftverkehr mit verschiedenen Gläubigern enthielt, dazu die Aufforderung, 20000$ zu überweisen. Sollte er dies nicht tun, würden die Screenshots auf der Eltern-Website »Park Slope Parents« (PSP) gepostet.

Familie 0031: MHE hatte keinerlei persönliche Erfahrung mit Hacking, aber er kennt eine Person, deren Sohn im vergangenen Jahr wegen Verhaltensauffälligkeiten der Schule verwiesen wurde. Der Sohn äußerte daraufhin das Bedürfnis, den Ruf von Grace Hall nachhaltig zu schädigen.

Befragung von Mitarbeiter 0009: Besagter Mitarbeiter gibt an, ein ehemaliger Kollege habe nach seiner Kündigung als Fußballtrainer geäußert, er würde »alles tun, um die Schule in den Schmutz zu ziehen«.

Vorläufige Schlussfolgerungen

Zum jetzigen Zeitpunkt ist noch keines der Opfer den Geldforderungen nachgekommen, und es wurde auch noch keinerlei kompromittierendes Material auf der PSP-Website heruntergeladen. Das wirft die Frage auf, ob wirklich ein finanzielles Interesse hinter den Hackerangriffen steckt. Des Weiteren legen die bislang gewonnenen Erkenntnisse nahe, dass der Täter auf noch nicht geklärte Weise mit der Grace Hall School in Verbindung steht – als Mitarbeiter, Schüler oder Elternteil.

LIZZIE

DONNERSTAG, 9. JULI

Ich schlüpfte ins Bett, sorgfältig darauf bedacht, Sam nicht zu wecken. Ich hatte noch lange im Büro gesessen und an dem Klageabweisungsantrag für den Handyakkuhersteller gearbeitet. Praktischerweise hielt mich das davon ab, Sam wegen des Ohrrings zur Rede zu stellen. Um ehrlich zu sein, hatte ich so gut wie beschlossen, die Sache für immer auf sich beruhen zu lassen. Anscheinend funktionierten meine Zweifel wie ein Muskel, der sich schon beim geringsten Druck zusammenzog. Ich konnte diesem Reflex nicht in jeder Hinsicht trauen.

Also hielt ich stattdessen den Mund und ließ Sam schlafen, während ich mich beim schwachen Licht der kleinen Leselampe in Amandas aufwühlendes Tagebuch vertiefte. Das, was ich da las, ließ mein eigenes chaotisches Leben wie das reinste Paradies erscheinen. Im Büro hatte ich drei Monate ihrer Zeit in Park Slope verschlungen, doch noch immer erwähnte sie nicht, wer genau ihr folgte, nur dass es sich um einen »Er« handelte. Ich drehte mich im Bett um und las weiter. Und dann kam es plötzlich, in einem der letzten Einträge, zwischen der Schilderung einer Kaffeepause mit Sarah und Maude im Blue Bottle und einem Hope-First-Meeting:

Langsam fürchte ich, dass Daddy gar kein Geld haben will. Dass er vielmehr nach Brooklyn gekommen ist, weil er mich wieder nach St. Colomb Falls schleifen will, um zu beweisen, dass er mich sogar jetzt noch besitzt. Aber das werde ich nicht zulassen. Auf gar keinen Fall.

Als ich mich abrupt aufsetzte, rutschte mir das Tagebuch aus den Fingern und landete auf Sams Schulter. Amandas Vater war in Park Slope?

Sam schreckte hoch wie aus einem Albtraum.

»Oh, du bist da.« Er atmete erleichtert aus und schlang einen Arm fest um meine Hüfte. Ich zuckte zurück. So viel zum Thema »etwas auf sich beruhen lassen«.

»Was liest du da?«

»Ein Tagebuch.«

»Du liest das Tagebuch von jemand anderem?«, murmelte Sam. »Das ist aber nicht sehr nett von dir.«

»Es gehört einer Frau, die in Park Slope ermordet wurde.«

»Wie bitte?«, fragte Sam halb lachend. »In Park Slope? Wann denn?«

»Es stand am vergangenen Wochenende in der Zeitung, als wir weg waren«, sagte ich.

»Das ist ja schrecklich.« Er schwieg für einen Moment, dann hakte er nach: »Und wo genau ist das geschehen?«

»Am Montgomery Place. Sie hatte einen Sohn. Zehn Jahre alt. Ich vertrete ihren Ehemann.« Das war ein Seitenhieb – *da siehst du mal, was du alles nicht über mich weißt.* »Ich konnte den Fall nicht ablehnen.«

»Du vertrittst ihren Ehemann?«, fragte Sam. »Ich wusste gar nicht, dass Young & Crane Fälle wie diesen übernehmen.«

»Das tun sie auch nicht. *Ich* tue es. Der Ehemann und ich kennen uns von der Uni, waren befreundet. Bis es … nun ja, kompliziert wurde«, sagte ich, absichtlich mehrdeutig. »Ich glaube, er ist unschuldig.«

Sam stützte sich auf die Ellbogen. »Du *glaubst?* Wer ist dieser Kerl, Lizzie? Was geht hier vor?«

Er klang verletzt. Was mich ein klitzekleines bisschen freute.

»Sein Name ist Zach Grayson«, sagte ich. »Wir waren Freunde, aber dann wollte er mehr als das. Ich wollte es nicht, und dann waren wir keine Freunde mehr.«

Das gemeinsame Abendessen im Restaurant, bei dem ich Zach von meinem erfundenen Lover erzählt hatte, hatte kein gutes Ende genommen. Jetzt fiel mir auf, dass wir uns anschließend nicht mehr getroffen hatten. Das nächste Mal, als ich Zach begegnet war – in der Unibibliothek –, hatte er mich angelächelt und Hallo gesagt, aber er war nicht stehen geblieben, um mit mir zu plaudern. Zwei Wochen später sagte er nicht einmal mehr Hi. Ich drängte nicht auf Erklärungen, da ich davon ausging, dass Zach sich irgendwann wieder bei mir melden würde. Wenn er dazu bereit war. Doch das geschah nicht. Stattdessen tauchte Zach ganz ab. Er verschwand zwar nicht von der juristischen Fakultät, aber aus meinem Leben. Und ich war erleichtert. Ich hatte mich damals ziemlich schuldig gefühlt. Vielleicht hatte ich auch aus diesem Grund eingewilligt, nach unserem ersten Telefonat zu ihm ins Rikers zu fahren.

»Und jetzt vertrittst du ihn?« Sam setzte sich auf. »Den Kerl, der mit dir zusammen sein wollte?«

»Ja. Ich bin zu ihm nach Rikers Island gefahren.« Ein weiterer Seitenhieb.

»Auf die Gefängnisinsel? Du hasst das Rikers! Hast du mir nicht selbst gesagt, dass du nie wieder dorthin gehen würdest? Außerdem solltest du doch im Bereich Körperschaftsrecht tätig sein.«

»Ja, dank dir mache ich jetzt Körperschaftsrecht.« Ich

schlug die Decke zurück und stellte die Füße auf den Boden, darum bemüht, ruhig zu bleiben.

»Was soll das denn jetzt heißen?«, fragte Sam.

O nein, Sam musste sich gar nicht dumm stellen. Nicht nach all dem, was ich seinetwegen hatte erleiden müssen. Plötzlich drohte der ganze Ärger, den ich so lange unterdrückt hatte, mit einem Schlag wieder aufzuflammen.

»Es bedeutet genau das, was ich gesagt habe: Es ist *deine* Schuld, dass ich bei Young & Crane gelandet bin. Dass die Karriere, für die ich so hart gearbeitet habe, dank deines Unfalls ruiniert ist. Ist es nicht das, wofür du dich andauernd entschuldigst?«

Sams Augen weiteten sich. »Und wegen des Unfalls steht es mir nicht länger zu, eine Meinung zu dem zu haben, was du tust?« Er brüllte jetzt, aber er klang eher verletzt als wütend. »Wie soll das denn funktionieren, Lizzie?«

Ich sprang aus dem Bett und funkelte ihn im Schein der Nachttischlampe aufgebracht an.

»Du darfst durchaus eine eigene Meinung haben, aber erst, wenn du mir erklärst, was es mit dem verfluchten Ohrring auf sich hat, den ich in deiner Tasche gefunden habe.«

Sam fuhr zusammen, dann erstarrte er. Und schwieg. Lange. Zu lange. *Mist.*

Endlich zog er scharf die Luft ein, als wolle er zu einer Erklärung ansetzen, doch dann ließ er sich auf die Matratze zurücksinken. Die Augen an die Schlafzimmerdecke gerichtet, atmete er laut aus, bevor er stocksteif liegen blieb. In dem kühlen, endlosen Schweigen krampfte sich mein Magen zusammen.

Verdammt. Verdammt. Verdammt.

»Ich habe keine Ahnung, wem der Ohrring gehört«, sagte Sam endlich. Er klang kleinlaut und verstört. »Das ist die Wahrheit.«

Leugnen oder verteidigen, plumpes Lügen, vielleicht sogar Zorn – ich war auf alles vorbereitet gewesen. Nicht jedoch auf Furcht.

»Du weißt es nicht?« *Nimm das zurück,* wollte ich sagen. *Nimm das zurück.*

»Ich wünschte bei Gott, ich wüsste es. Ich habe immer wieder meine Erinnerung durchforstet und versucht, diesen Ohrring zuzuordnen. Habe überlegt, wem er wohl gehören oder wie er in meine Sweatshirt-Tasche gelangt sein könnte. Denn dort habe ich ihn gefunden: in der Tasche von meinem Sweatshirt. Aber ich weiß nichts, Lizzie. Mir fällt einfach nichts ein.«

In einer anderen Ehe mochte dies wie eine lächerliche Ausrede klingen, doch in unserer gehörten mentale Aussetzer beschämenderweise nun einmal dazu.

»Wann?«, flüsterte ich und lehnte mich Halt suchend gegen die Wand. »Wann hast du den Ohrring gefunden?«

»In der Nacht, in der ich mir den Kopf angeschlagen habe. Bevor wir ins Krankenhaus gefahren sind, habe ich ihn in meiner Tasche entdeckt.«

Ich schluckte. »Wo hast du dich an jenem Abend eigentlich betrunken?« Ich hatte es am nächsten Tag bewusst vermieden, ihn das zu fragen. Ich hatte es die ganze Zeit über vermieden – bis jetzt.

Zu meiner Verteidigung muss ich anfügen, dass es sich um einen Notfall handelte. Ich hatte Sam blutend auf dem Fußboden liegend vorgefunden, den Krankenwagen gerufen und mich dann mit den Sanitätern in unserer Wohnung auseinandergesetzt. Nachdem sie festgestellt hatten, dass das Blut von einer einzigen Platzwunde herrührte –

Kopfwunden bluten anscheinend besonders stark –, hatten sie einen Druckverband angelegt und uns angewiesen, mit dem Taxi ins Methodist Hospital zu fahren, was wesentlich billiger sei als ein unnötiger Transport im Rettungswagen. Als wir dort ankamen, warteten wir ewig in der Notaufnahme, und nachdem die Wunde genäht worden war, waren wir nach Hause zurückgekehrt, und ich hatte sauber gemacht. Als ich damit fertig war, musste ich mich auf den Weg zur Arbeit machen.

Wenn man mit einem Alkoholiker verheiratet ist, ist man es irgendwann leid, sich nach tiefer gehenden Details zu erkundigen. Frage nicht, sage nichts. Es war leichter, so zu tun, als hätte man keinerlei Einfluss auf die Dinge, die einem zustießen. Die *mir* zustießen. Aber das hatte ich ja schon immer getan: die unangenehmen Fakten verdrängt und nach vorne geblickt.

»Wir waren im Freddy's und haben etwas getrunken.«

»Im Freddy's?«, wiederholte ich. Sam hatte mir erzählt, dass »die alten Dads« jede Woche nach dem Basketball in eine Bar namens Freddy's gingen, doch er hatte sich ihnen nie angeschlossen. Eine weitere Lüge, die zu dem Treuebruch hinzukam. Perfekt. »Ich nehme an, du warst jede Woche dort?«

»Ich dachte, das wüsstest du?«, sagte er.

»Du dachtest, ich wüsste, dass du mich belügst?«, schrie ich. »Glaubst du wirklich, dann hätte ich nichts gesagt?«

»Das klingt jetzt dumm«, erwiderte er, »aber das dachte ich tatsächlich. Ich bin davon ausgegangen, wir seien der Meinung, dass wir in diesem Punkt nicht einer Meinung sein müssen.«

»Nur fürs Protokoll: Ich habe nie gedacht, dass du nicht komplett ehrlich zu mir bist.« Ich schluckte angestrengt. Das war gelogen. Ich hatte immer weit mehr gewusst, als ich mir eingestehen wollte. »Ich nehme an, dann bin ich jetzt die Böse.«

»Nein, bist du nicht, Lizzie. *Ich* bin ganz offensichtlich das Arschloch«, gab Sam ruhig zurück. »Trotzdem habe ich keine Ahnung, wem dieser Ohrring gehört. Das ist die Wahrheit.«

»Hast du mal die Jungs gefragt, mit denen du unterwegs warst?«

»Ich habe bloß eine E-Mail-Adresse von dem Typen vom *Journal,* der mich in die Mannschaft geholt hat – und der ist momentan beruflich unterwegs. Er hat mir noch nicht zurückgeschrieben. Außerdem war es das letzte Spiel in diesem Sommer«, erwiderte Sam. »Ich weiß, dass ich noch in der Bar war, als er ging. Ich erinnere mich daran, weil ich ihm viel Glück mit seiner Story gewünscht habe. Anschließend war nur noch einer von den anderen Jungs da, aber er hat Frau und Kinder und ist beruflich sehr erfolgreich, daher kann ich nicht genau sagen, wie spät es schon war – keine Ahnung, wie lange so einer wegbleiben kann. Allerdings hat er uns wiederholt vorgeschlagen, in einen Stripklub zu gehen …«

»In einen Stripklub?« Meine Stimme zitterte. »Ich dachte, du triffst dich mit den ›alten Daddys‹?«

»Was denkst du denn, wer in Stripklubs geht? Nur damit das klar ist: Ich wäre nicht hingegangen. Ich hasse solche Orte. Das weißt du.«

»Da bin ich aber froh.«

»Ehrlich, Lizzie, ich glaube nicht, dass ich mit irgendwem rumgemacht habe. So etwas würde ich nicht tun. Ich liebe dich.«

»O bitte, Sam!«, blaffte ich. »Wenn du einen Blackout hast, bist du ein völlig anderer Mensch. Das hast du mir selbst schon oft genug gesagt. Also mach jetzt nicht einfach eine Kehrtwende und behaupte, du würdest im Rausch nicht mit anderen Frauen rummachen, denn das kannst du doch gar nicht wissen! Ich habe das unzählige Male miterlebt, ich weiß, wie das läuft. *Du hast keine Ahnung, was passiert ist,* also hätte alles passieren können.«

Sam holte tief Luft. »Ich glaube nicht, dass eine andere Frau im Spiel war, zumindest wünsche ich mir das«, sagte er ruhig. »Aber du hast recht. Wenn ich hundert Prozent ehrlich bin, kann ich mir nicht sicher sein.«

Da hatte ich es: Sam räumte die Möglichkeit ein, dass er mit einer anderen Frau zusammen gewesen war. Und ich hätte die Sache beinahe auf sich beruhen lassen. Ich stieß mich von der Wand ab und drehte mich zur Tür.

»Wohin gehst du, Lizzie?«, rief Sam mir hinterher. Seine Stimme klang verzweifelt.

»Keine Ahnung«, sagte ich. »Ich habe verdammt noch mal keine Ahnung.«

Bei Tageslicht sah das Rikers eher aus wie ein Flüchtlingscamp, aber vielleicht war mein Blick verstellt, weil ich kaum drei Stunden auf unserer durchhängenden Couch geschlafen hatte. Es waren heute Morgen mehr Besucher da, Familien mit Kindern, die in einer Reihe an der Wand warteten, während ich mich an der Sicherheitsschleuse für Anwälte anstellte, wo ich darum bat, Zach ins Anwaltszimmer zu bringen. Ein Wächter in Uniform patrouillierte mit einem Drogen- oder Bombenspürhund vor den Familien auf und ab. Ein kleines Mädchen fing an zu weinen. Was für eine Art Gerechtigkeit war das und für wen? Zach war reich und weiß und hatte eine riesige Kanzlei aus Manhattan im Rücken, und trotzdem konnte man im Augenblick nur hoffen, dass er hier bis zur Gerichtsverhandlung überlebte.

Als Zach endlich im Anwaltszimmer erschien, sah sein Auge etwas besser aus, aber auf seinem linken Wangenknochen prangte ein neuer, tiefvioletter Fleck. In einem seiner Mundwinkel entdeckte ich einen frischen Riss.

Langsam ließ er sich auf den Stuhl mir gegenüber sacken. »Es sieht schlimmer aus, als es ist.«

Doch diesmal klang er weniger selbstsicher.

»Es tut mir leid.«

»Das ist nicht deine Schuld.«

»Wir könnten versuchen, dich verlegen zu lassen«, schlug ich vor, wenngleich ich mir nicht sicher war, ob das klappte.

»Mich verlegen? Wohin? Soll ich mich in Schutzhaft nehmen lassen?« Zachs Bein fing an zu wippen, wenn auch nur leicht. »In eine Einzelzelle wechseln?«

»Das wäre vielleicht besser.«

»Da ist man völlig isoliert. Im Grunde macht es keinen Unterschied: Wenn man in Schutzhaft ist, gilt als ›Schutz‹, womit andere Leute bestraft werden. Wenn das keine Ironie ist.« Er klang so ausgelaugt, als wäre er schon seit Jahren im Rikers und nicht erst seit Tagen. Er sah mich nicht an. »Die Einzelhaft bringt mich schneller um als die Jungs hier. Ich muss raus, das ist alles.«

Der Zeitpunkt war gekommen. Zach hatte es verdient, die Wahrheit zu erfahren.

»Unserem Widerspruch wurde nicht stattgegeben. Eine Kautionszahlung wurde erneut abgelehnt.« Es gab keine Möglichkeit, um den heißen Brei herumzureden. »Außerdem lautet die Anklage nun auf Mord. Genau wie wir es erwartet hatten.«

Zach schwieg. Lange. Sein Bein wippte jetzt kräftiger. Endlich schüttelte er den Kopf. »Ein Teil von mir hat tatsächlich auf ein Wunder gehofft: dass die Wahrheit zählen würde.«

»Die Wahrheit wird zählen«, sagte ich. »Fakten werden zählen. Aber vor Gericht. Bei einer Kautionsanhörung eher weniger.« Ich zog einen Notizblock hervor. »Was bedeutet, dass ich dir noch weitere unangenehme Fragen stellen muss und dass du absolut ehrlich zu mir sein solltest, okay?«

»Okay«, sagte Zach. Er wirkte zutiefst deprimiert.

Ich fragte mich, ob ich besser ein andermal wiederkommen sollte, damit er Gelegenheit hatte, sich zu sammeln. Es bestand kein Anlass zur Eile, sämtliche Details sofort durchzugehen. Bis zur Gerichtsverhandlung konnten Monate verstreichen. Doch wenn ich schon mal da war … Wahrscheinlich war es am besten, zur Sache zu kommen.

»Was willst du eigentlich mit Flugtickets nach Brasilien?« Diese Tatsache, die Wendy Wallace bei der Kautionsanhörung präsentiert hatte, bereitete mir wirklich Sorgen. Staatsanwälte liebten solche Dinge. Wendy würde diesen »Fluchtbeweis« mit Sicherheit vor Gericht verwenden, um Vorsatz nachzuweisen.

»Oh, wegen der Jaguare«, antwortete Zach, als läge das auf der Hand.

»Du meinst das Auto?«

Zach riss auf die für ihn typische Art und Weise abrupt den Kopf hoch. »Nein, das Tier. Da gibt es einen Ort in Brasilien, das Pantanal, wo man sie angeblich leicht zu Gesicht bekommt. Case ist ganz verrückt nach Jaguaren. Ich dachte, wir könnten nach seiner Rückkehr aus dem Ferienlager zusammen nach Brasilien fliegen, um sie uns anzusehen. Du weißt schon – ein Vater-Sohn-Abenteuer.« Er schwieg einen Moment lang. »Okay, machen wir uns nichts vor. Wahrscheinlich hätte ich mir die Zeit nie wirklich freigeschaufelt. Aber ich stelle mir gern solche Dinge vor – nur mit der Umsetzung hapert's dann.«

Das war eine vernünftige Erklärung, eine, die hoffentlich Bestand haben würde.

»Weißt du, warum sich ein Buchhalter der Stiftung mit Amanda treffen wollte?«

Zach schüttelte den Kopf. Er wirkte unbesorgt. »Ich will nicht klingen wie ein Arsch, aber wenn man finanziell einen bestimmten Punkt erreicht hat, wird Geld eher zu einer Verwaltungsangelegenheit. Ich habe Buchhalter engagiert, damit ich mich nicht mit derartigen Dingen befassen muss. Hätte es sich um etwas Schwerwiegendes gehandelt, wäre Amanda zu mir gekommen. Ist sie aber nicht.«

»Ich würde dem gern selbst nachgehen, wenn du nichts dagegen hast«, sagte ich. »Dafür brauche ich Zugang zu Geldmitteln, mit denen ich unsere Experten bezahlen kann. Labortests sind ebenfalls nicht billig. Ich nehme an, der Buchhalter kann mir auch dabei behilflich sein?«

»Definitiv«, sagte Zach. »Du brauchst lediglich eine Vollmacht.«

»Richtig. Ich habe daher bereits ein entsprechendes Formular mitgebracht. Bevor ich gehe, gebe ich es dem Wächter, damit du es unterschreiben kannst. Ich brauche auch den Firmennamen und den Namen des Buchhalters.«

»Ich weiß, dass er Wirtschaftsprüfer bei PricewaterhouseCoopers ist und Teddy heißt. Sein Nachname fällt mir nicht ein. Allerdings glaube ich kaum, dass dort mehr als ein erwachsener Mann Teddy heißt. Informiere mich bitte darüber, was er sagt«, fügte Zach hinzu. »Es wäre schön zu wissen, ob irgendwo ein weiterer Hinterhalt lauert.«

»Apropos Hinterhalt …«, fing ich an. »Ich weiß, dass wir das Thema schon einmal angeschnitten haben, trotzdem muss ich noch einmal auf diesen Haftbefehl zurückkommen. Bist du dir sicher, dass …«

»Herrgott, hör auf damit, Lizzie!« Zachs Ausbruch erfolgte so laut und plötzlich, dass ich erschrocken zusammenzuckte. Sofort hob er die Hände. »Entschuldige. Ich wollte nicht brüllen. Ich weiß, dass sich der Haftbefehl gar nicht gut macht. Glaub mir, dessen bin ich mir sehr wohl bewusst. Aber die Sache ist mittlerweile – wie lange? – dreizehn Jahre her, und jetzt kann ich auch nichts mehr dagegen tun.«

Zach wirkte auf der anderen Seite der Plexiglasscheibe resigniert und schutzlos.

»Ist schon okay, alles in Ordnung«, sagte ich, obwohl das natürlich nicht stimmte. »Ich habe möglicherweise auch eine gute Nachricht – wenn auch nicht im eigentlichen Sinne. Es sieht allerdings danach aus, als wäre Amandas Vater ein legitimer alternativer Verdächtiger.«

»Ihr Vater?« Zach sah mich verwirrt an. »Wie meinst du das?«

»Er hat sie gestalkt. Hat sie angerufen und wieder aufgelegt. Sie verfolgt. Und er … Ich denke, er hat sie als Kind missbraucht, sexuell. Amanda erwähnt in ihren älteren Tagebüchern eine Reihe von Vergewaltigungen, als sie zwölf, vielleicht dreizehn war.«

»Was?« Zach wirkte angewidert, dann empört. »Warum hat sie mir das nicht erzählt?«

»Das weiß ich nicht«, erwiderte ich, obwohl Zach selbst gesagt hatte, dass Amanda und er eine distanzierte Ehe führten. Warum war er so überrascht? »Ich denke, wir sollten zumindest versuchen, ihn ausfindig zu machen. Wie lautet Amandas Mädchenname?«

»Lynch«, antwortete er, ohne zu zögern. »Allerdings habe ich keine Ahnung, wie ihr Vater mit Vornamen heißt oder wo er wohnt. Ich habe den Kerl nie kennengelernt, und die wenigen Male, die Amanda ihn erwähnt hat, hat sie immer nur von ›mein Dad‹ gesprochen. Ich meine sogar, mich zu erinnern, dass sie ihn ›Daddy‹ genannt hat, was jetzt ja noch gruseliger klingt.« Er schnitt eine Grimasse. »*Zwölf*? Case ist zehn. Das ist ja abartig.«

Ich nickte. »Das ist es.«

Lynch, schrieb ich auf meinen Notizblock. Nun hatte ich einen Nachnamen und die Stadt – St. Colomb Falls. Und aus ihren Tagebüchern kannte ich sogar den Namen ihrer ehemaligen Kirchengemeinde. Das durfte reichen.

»Es sollte eigentlich nicht unser Job sein, alternative Verdächtige zu präsentieren«, sagte ich, »aber die Geschworenen werden jemand anderen haben wollen, dem sie die Schuld zuschieben können. Also wäre es gut, wenn ich ihn finde.«

Doch würde wirklich ich diejenige sein, die Zach verteidigte, wenn die Geschworenen aufgestellt waren? Es war eine Sache, mich um Zachs Kautionsantrag zu kümmern, aber gleich ein kompletter Mordprozess? Nur weil Paul noch auf Wendy Wallace stand? Weil ich mich schuldig fühlte, Zach vor einer Million Jahren abserviert zu haben? Weil ich sauer auf Sam war? Oder musste ich etwas wiedergutmachen? Der Gedanke war mir schon öfter gekommen. Allerdings war kein einziger dieser Punkte ein Grund, Zachs Anwältin zu bleiben. Nicht, wenn ich mich eigentlich mit dem Chaos auseinandersetzen musste, zu dem mein Leben geworden war.

»Ich würde außerdem gern mit Amandas Freundin Carolyn sprechen. Es sieht so aus, als wüsste sie Näheres. Hast du ihre Telefonnummer?«

»Tut mir leid, ich weiß nicht, wer das ist.«

»Du kennst nicht Amandas beste Freundin, mit der sie aufgewachsen ist?«, fragte ich, wobei ich beinahe so voreingenommen klang wie Sarah bei ihrem Gespräch mit mir. »Sie wohnt in New York. Anscheinend hat Amanda ziemlich viel Zeit mit ihr verbracht.«

»Ich glaube nicht, dass ich den Namen jemals gehört habe«, sagte Zach. Wieder wirkte seine Antwort echt.

»Amanda hat in ihrem Tagebuch über Carolyn geschrieben. Sarah und Maude wissen ebenfalls von ihr.« Ich hoffte, jetzt würde es bei ihm klick machen. »Sie haben sie allerdings nie kennengelernt.«

»Vielleicht hat *sie* Amanda umgebracht«, überlegte Zach laut. Sein Gesicht hellte sich auf. »Ich meine, wenn jemand aus Amandas früherem Leben hier ist, kann ich mir nicht vorstellen, dass es mit guten Absichten ist.« Er holte tief Luft und schüttelte den Kopf. »Ich war Amandas Ritter in der glänzenden Rüstung. Ich habe sie auf gewisse Art und Weise gerettet – was sich gut angefühlt hat. Ich habe mir den Hintern abgearbeitet, damit sie – nun gut, wir beide – alles bekam, was man für Geld bekommen kann. Vielleicht ist das aber nicht alles, was zählt.« Zach senkte den Blick. »Ich hätte mich besser um sie kümmern sollen. In einer guten Ehe sorgen sich die Partner umeinander, wie bei dir.«

»Bei mir?«, fragte ich perplex.

Zachs Blick schoss nach oben, dann zurück zur Tischplatte. »Du kümmerst dich um deinen Mann, wechselst für ihn die Arbeit und all das.«

»Ja, schon«, sagte ich und spürte, wie sich ein Nebel der Scham auf mich herabsenkte. Woher wusste er das, und vor allem, was genau?

»Ja, schon?«, fragte er. »Warum so bescheiden? Du hast

riesige Opfer gebracht. Vor allem beruflich. Und du hast es getan, weil dein Ehemann dich brauchte. Du hast dich mit seinen Problemen auseinandergesetzt, als wären es deine eigenen. Du bist ein sehr viel besserer Mensch als ich.«

Allerdings hasse ich Sam deswegen.

»Ich habe auch mit Maude gesprochen«, sagte ich, um das Thema von Sam wegzuleiten.

»Mit der Gastgeberin dieser Party?«, hakte er nach. »Was ist mit ihr?«

»Sie hat mir erzählt, dass ihr zum Zeitpunkt von Amandas Tod zusammen gewesen seid. Bei der Party.« Ich zögerte, aber nur für eine Sekunde. »*Richtig* zusammen.« Ich zögerte erneut. »Oben.«

»Oben?« Zach wirkte neugierig, aber absolut nicht defensiv. »Ich habe den Eindruck, dass du versuchst, mir etwas mitzuteilen, aber ich verstehe nicht, was, tut mir leid.«

»Bei der Party fand in den oberen Räumlichkeiten ein Partnertausch statt.«

»Wie bitte?« Zach lachte laut auf. »Maude hat behauptet, wir hätten in jener Nacht Sex miteinander gehabt?«

»Ja«, sagte ich. »Angeblich warst du bis zwei Uhr morgens mit ihr zusammen, was dir ein Alibi verschafft, vorausgesetzt, der offizielle Todeszeitpunkt und dein Anruf bei der Polizei fallen in dieses Zeitfenster. Unter den gegebenen Umständen ist das ein wenig kompliziert, aber es könnte möglicherweise nützlich sein.«

»Ähm, vielleicht. Wenn es denn stimmen würde. Doch erstens habe ich die Polizei sehr viel früher angerufen – an den genauen Zeitpunkt kann ich mich nicht mehr erinnern, aber es war vor Mitternacht.« Zach wirkte verzweifelt. »Und zweitens hatten Maude und ich in jener Nacht keinen Sex miteinander – wir kennen uns doch gar nicht! Ich habe sie bei der Party gesehen, weil jemand auf sie gedeutet hat, aber wir haben nicht miteinander geredet.« Er schüttelte ungläubig den Kopf. »Ich habe keine Ahnung, warum sie das behauptet. Vielleicht hat sie schon mit so vielen Männern geschlafen, dass sie den Überblick verloren hat.«

Als Zach und ich fertig waren, stand ich auf und näherte mich einem der drei Wachleute neben dem Ausgang des Anwaltszimmers. Er war jung und drahtig und hatte einen zynischen, aber nicht unfreundlichen Blick.

»Könnten Sie Zach Grayson diese Papiere bitte zur Unterschrift vorlegen?« Ich reichte ihm die Vollmachtsformulare. »Ich muss sie wieder mitnehmen.«

Er betrachtete sie einen Moment lang skeptisch. »Sicher.«

Ich lehnte mich gegen die kalte Betonwand und wartete. Bevor ich mich von Zach verabschiedet hatte, war ich mit ihm den zeitlichen Verlauf von Amandas Todesnacht durchgegangen.

Die beiden waren um kurz vor einundzwanzig Uhr auf Maudes Party eingetroffen und unmittelbar darauf getrennte Wege gegangen. Zach hatte sich mit ein paar Leuten unterhalten, doch überwiegend hatte er das Treiben »beobachtet«, von einer Ecke des Wohnzimmers aus. Das längste Gespräch hatte er mit Sarah geführt, die ganz genau wissen wollte, wie er ein derart erfolgreicher Selfmade-Mann geworden war, was in meinen Ohren so klang, als habe sie ihn in Wirklichkeit verspotten wollen. Anschließend war Zach gegangen. Um einen Spaziergang auf der Brooklyn Heights Promenade zu machen. Das war gegen 21 Uhr 30 gewesen, was sich anhand einer SMS belegen ließ, die Sam Amanda nach seinem Aufbruch geschickt hatte. Es war offen, ob er zuvor nach ihr Ausschau gehalten hatte, aber ich hatte den Eindruck, dass er einfach gegangen war. Zach hatte es also nur dreißig Minuten bei der Party ausgehalten. Als er etwa zwei Stunden später nach Hause zurückgekehrt war, hatte er Amanda tot am Fuß der Treppe aufgefunden.

Zach lieferte mir mehrere Beschreibungen von Gästen, die die Uhrzeit bestätigen konnten, zu der er die Party verlassen hatte: *Typ mit Narrenkappe. Alte Frau mit Zöpfen. Glatzkopf, Wellfleet-T-Shirt.* Ich fragte ihn mehrere Male nach seinem Spaziergang auf der Promenade – das vielleicht schwächste Alibi aller Zeiten. Es klang wie eine glatte Lüge. Wer verließ eine Party, um zu so später Stunde allein einen Spaziergang an einem Ort zu unternehmen, der so weit weg war, dass man mit dem Taxi dorthin fahren musste? Trotzdem bestand Zach darauf, dass er genau das getan hatte. Auf meine Frage, ob jemand dies bezeugen könne, hatte er »Klar, davon gehe ich aus«, geantwortet, doch es klang nicht so sicher, dass ich Millie darauf ansetzen würde, tatsächlich nach potenziellen Zeugen zu suchen. Da war zum Beispiel der Taxifahrer, der Zach angeblich nach Brooklyn Heights gebracht hatte. Zach hatte das Taxi auf der Straße angehalten – weshalb es natürlich keine Bestellbestätigung von der Zentrale gab. Doch warum sollte Zach dieses Alibi erfinden und das, was Maude ihm lieferte, zurückweisen?

Amandas Vater – eine denkbare Alternative zu Zach als Hauptverdächtigem – blieb unsere beste Verteidigung. Wir – idealerweise jemand anderes als ich – mussten ihn aufspüren und nachweisen, dass er an jenem Abend in Brooklyn gewesen war. Gelänge dies nicht, so hatte ich das ungute Gefühl, würde Wendy Wallace' sorgfältig zurechtgelegte Geschichte das Aus für Zach bedeuten.

Und dafür wollte ich nicht verantwortlich sein. Ich würde mich noch einmal an Paul wenden und ihn bitten müssen, Zachs Verteidigung jemand anderem zu übertragen, und zwar vor Beginn der Gerichtsverhandlung. Ich könnte behaupten, ein Mordprozess würde sich negativ auf die Arbeit an meinen anderen Fällen auswirken, die ebenfalls unter Pauls Regie standen. Vielleicht wäre er sogar glücklich über einen Vorwand, den Fall abzugeben; er hatte die Gelegenheit gehabt, Wendy wiederzusehen, und möglicherweise hatte er jetzt ohnehin damit abgeschlossen.

»Bitte sehr«, sagte der Wachmann, als er zurückkehrte und mir die von Zach unterschriebene Vollmacht in die Hand drückte. »Sie sollten Ihrem Mandanten dringend zur Vorsicht raten. Wenn er nicht aufpasst, könnte er ernsthaften Schaden nehmen.«

»Ich weiß«, sagte ich, erleichtert und zugleich überrascht, dass jemand vom Wachpersonal die Übergriffe auf Zach bemerkt hatte. »Gibt es irgendetwas, was wir unternehmen können – was *ich* unternehmen kann, meine ich natürlich –, um ihm zu helfen? Soll ich vielleicht dafür sorgen, dass er verlegt wird?«

Der Wachmann legte den Kopf schräg und musterte mich mit einem Blick, als wollte ich ihn auf den Arm nehmen.

»Ähm, wie wär's, wenn Sie ihm raten, dass er einfach aufhören soll, sich selbst den Schädel einzuschlagen?«

AUSSAGE VOR DER GRAND JURY

KENNETH JAMESON,
am 7.Juli als Zeuge aufgerufen und vernommen, sagt Folgendes aus:

VERNEHMUNGSPROTOKOLL
VON MS. WALLACE:

F: Danke, dass Sie gekommen sind, Mr.Jameson.
A: Ja. Gern.
F: Können Sie uns fürs Protokoll bitte Ihre genaue Berufsbezeichnung nennen?
A: Leitender Tatortanalytiker beim Zweiten Department von New York City.
F: Wie lange sind Sie bereits Tatortanalytiker?
A: Seit fünfundzwanzig Jahren, seit fünfzehn Jahren in leitender Position.
F: Haben Sie in den frühen Morgenstunden des 3.Juli den Tatort am Montgomery Place 597 begutachtet?
A: Ja.
F: Was haben Sie am Tatort vorgefunden?
A: Eine tote weibliche Person. Großflächige Blutspritzer.
F: Konnten Sie zu jenem Zeitpunkt die Todesursache erkennen?
A: Ich habe eine vorläufige Einschätzung abgegeben. Mord durch stumpfe Gewalteinwirkung.

F: Haben Sie dies später bestätigt?

A: Das gilt jetzt als Amanda Graysons offizielle Todesursache.

F: Konnten Sie die Mordwaffe identifizieren?

A: Nicht mit Bestimmtheit. Wir warten noch auf die endgültigen Testergebnisse.

F: Können Sie uns eine vorläufige Einschätzung liefern?

A: Ja.

F: Und wie sieht die aus?

A: Mrs. Grayson wurde mit einem Golfschläger erschlagen.

F: Wie sind Sie zu diesem Schluss gekommen?

A: Erstens: Der Golfschläger wurde am Tatort unmittelbar neben dem Leichnam gefunden. Zweitens: Es befand sich Blut daran, das mit dem des Opfers übereinstimmte.

F: Sonst noch etwas?

A: Mrs. Grayson hatte eine Abwehrverletzung am Arm. Sie hat ihn ausgestreckt, um den Schlag abzuwehren.

F: Weiter?

A: Die Blutspurenmuster weisen darauf hin, dass das Opfer mehrfach mit dem Golfschläger attackiert wurde.

F: Können Sie das näher ausführen, bitte?

A: Die Form der Blutstropfen und die Muster, die sie bilden, führen zu der Annahme. Blutspritzer vermitteln uns eine Vorstellung, wie ein bestimmtes Verbrechen begangen wurde.

F: Und was sagen die Blutspritzer in diesem Fall?

A: Dass Mrs. Grayson mehrere Male am Kopf getroffen wurde.

F: Gibt es noch etwas anderes, was auf den Golfschläger als Tatwaffe hindeutet?

A: Die vorläufigen Untersuchungsergebnisse legen nahe, dass die Wunden von der Größe und Form her zu dem entsprechenden Golfschläger passen.

F: Was genau bedeutet das?

A: Ich gehe davon aus, dass Mrs. Grayson stand, als man ihr den Golfschläger auf den Kopf geschlagen hat. Nachdem sie zu Boden gegangen war, hat man sie weitere Male damit attackiert. Die unterschiedliche Höhe der Blutspritzer deutet darauf hin.

F: Zu welchem Schluss kommen Sie, die Umstände von Mrs. Graysons Tod betreffend, auf eine für Laien verständliche Weise und ausschließlich auf die vorläufigen Untersuchungsergebnisse gestützt?

A: Dass sie am Fuß der Treppe in ihrem Haus mit einem Golfschläger erschlagen wurde.

AMANDA

ZWEI TAGE VOR DER PARTY

Am Tag nach Kerrys Geburtstagsparty wachte Amanda später auf als üblich. Ihr Körper fing langsam an, sich an die kinderfreien Tage zu gewöhnen. Es war beinahe so, als hätte Case nie existiert. Was sie ein wenig erschreckte. Doch immerhin hatte sie in der Nacht nicht geträumt. Das war doch schon mal etwas.

Es war 8 Uhr 15, das Bett neben ihr schon lange leer. Zach stand immer früh auf und verließ das Haus um 5 Uhr 30, um ins Fitnessstudio und anschließend zur Arbeit zu gehen. Er hielt nichts von Müßiggang.

Was er in diesem Augenblick wohl machte? Und warum kam er immer erst so spät aus dem Büro und ging morgens so früh weg? Musste er *wirklich* so viel arbeiten? Kerry war Anwalt, und Sebe war Arzt und Start-up-Unternehmer, aber keiner von beiden verbrachte so viele Stunden bei der Arbeit wie Zach. Oder arbeitete er gar nicht die ganze Zeit über, wenn er weg war? Der Gedanke war Amanda schon mehrfach gekommen. Sie war schließlich nicht dumm.

Doch wenn Case da war, gab es wichtigere Dinge, um die Amanda sich Sorgen machen musste. Und wenn sie den Mund hielt, verlief ihr Leben in ruhigeren Bahnen. Amanda dachte an das letzte Mal, als sie das vergessen hatte. Es war schon länger her. Sie waren in ihrem Zweitwohnsitz in Davis gewesen, und Zach hatte sich wiederholt über seinen damaligen Vorgesetzten beschwert, der angeblich bei Weitem nicht so clever oder begabt oder fleißig oder verständnisvoll war wie Zach. Amanda war zu jener Zeit schwanger gewesen und von Übelkeit geplagt. Manchmal hatte sie das Gefühl, nicht mehr klar denken zu können.

»Du magst aber auch gar niemanden«, hatte sie schnippisch bemerkt. »Hast du eigentlich mal darüber nachgedacht, dass *du* das Problem sein könntest?«

Zachs Augen blitzten, dann sah Amanda, wie sich sein Gesichtsausdruck veränderte, als hätte er gerade eine Entscheidung getroffen. Er legte ruhig Messer und Gabel ab und lehnte sich zurück. Die Arme verschränkt, sah er sie einfach nur an. Schweigend. Amanda wand sich auf ihrem Stuhl. Es kam ihr vor wie eine Ewigkeit, bis er endlich zu sprechen begann.

»Was hast du gerade gesagt?«

Zach betrachtete Amanda mit einem Blick, als würde er sie hassen. Als wollte er sie umbringen. Nein, als wäre sie bereits tot, und alles, was von ihr übrig war, wäre ihr verwesender Leichnam.

»Nichts«, sagte sie schnell und schlang die Arme um ihren Bauch. »Ich habe nichts gesagt.«

Selbst jetzt noch wurde Amanda übel, wenn sie daran dachte. Doch sie konnte es nicht riskieren, länger zu schweigen. Schon gar nicht, was ihren Vater anging. In ein paar Wochen würde Case zurückkommen. Amanda musste sich jetzt Gehör verschaffen.

Sie würde es allerdings schrittweise angehen müssen. Behutsam. Und sie sollte gleich damit beginnen. Sie konnte Zach bei der Arbeit anrufen und Taylor mitteilen, dass sie mit ihrem Mann persönlich reden musste. Dann konnte sie das tun, was andere Ehefrauen jeden einzelnen gottverdammten Tag taten: Sie könnte ihren Mann fragen, ob er zum Abendessen nach Hause käme. Und sie könnte so tun, als habe sie das Recht auf eine Antwort.

Entschlossen rollte sich Amanda auf die Seite und griff nach ihrem Handy. Es war bereits eine Sprachnachricht eingegangen. Zum Glück nicht von einer unbekannten Nummer, sondern von einer aus Manhattan. Sie tippte auf »Nachricht abhören«.

»Hallo, Mrs. Grayson, hier spricht Teddy Buckley, Ihr Buchhalter von PricewaterhouseCoopers? Wir hatten heute Morgen einen Termin vereinbart? Ich bin bei Ihrem Büro, aber niemand öffnet. Ich weiß nicht, ob wir uns missverstanden haben, aber ich möchte mich wirklich so bald wie möglich mit Ihnen treffen, daher komme ich morgen früh noch einmal.«

Mist. Wie hatte sie das vergessen können? Oder hatte sie es absichtlich getan? Teddy Buckley zu so früher Stunde vor dem Gebäude der Stiftung stehen zu lassen, war unhöflich und hatte ganz bestimmt nichts mit Führungsstärke zu tun. Amanda würde sich weitaus präziser ausdrücken müssen, wenn sie für sich selbst einstehen und Zach dazu bringen wollte, ihr zuzuhören.

Das Display blinkte auf, weil ein weiterer Anruf einging. Carolyn.

»Hallo?«

»Wie war's bei der Geburtstagsfeier?«, fragte ihre Freundin. Im Hintergrund war der typische Straßenlärm von Manhattan zu hören – Hupen, Stimmen. Carolyn atmete angestrengt, als würde sie schnell gehen. »Hat Sarah dir die Hölle heißgemacht, weil Zach nicht mitgekommen ist?«

»Die Hölle heißmachen« und »Zach« gehörten bei Carolyn irgendwie immer zusammen.

»Es war ein wenig unangenehm«, sagte Amanda. »Aber letztendlich waren alle sehr nett und verständnisvoll.«

»Hm. Wie süß«, erwiderte Carolyn spöttisch. »Lass dich bloß nicht zu sehr einlullen. Du weißt doch, wie diese Frauen sein können.«

»Diese Frauen« waren all jene Ehefrauen und Mütter, mit denen sich Amanda in den Städten angefreundet hatte, in die Zach sie im Lauf der Jahre geschleift hatte. In Carolyns Augen waren sie alle gleich, aber Amanda fand, dass Sarah und Maude anders waren. Dass sie echte Freundinnen waren. Dass sie sie wirklich mochten. Sie wollte nicht, dass Carolyn dies infrage stellte.

»He, wollen wir uns nach der Arbeit zum Laufen treffen?«, fragte Amanda. »Ich würde gern etwas mit dir besprechen.«

»Was denn?«

»Ich habe nachgedacht über das, was du gesagt hast – über Zach.« Amanda zog scharf die Luft ein. Es war erstaunlich, wie viel Angst ihr dieses schlichte Eingeständnis machte.

»Und?« In Carolyns Stimme schwang vorsichtiger Optimismus mit.

»Darüber möchte ich mit dir reden, wenn wir uns treffen.«

»Okay, klar.« Carolyn klang jetzt skeptisch. »Aber heute Abend kann ich nicht. Wie wär's mit morgen?«

Amanda widerstand dem Wunsch, ihre Freundin zu bedrängen. »Großartig. Dann treffen wir uns an unserer üblichen Stelle, morgen Abend um acht.«

Als Amanda aus der Dusche kam, entdeckte sie eine Textnachricht von Sarah auf ihrem Handy: KAFFEE MIT MAUDE UND MIR? SIND IN 15 MIN IM BLUE BOTTLE. Sie trafen sich oft in dem Café an der Ecke Seventh Avenue und Third Street, bevor sie in den Tag starteten. Amanda war sogar noch öfter ins Blue Bottle gegangen, meist nachmittags, um zu lesen, bevor es in der Stiftung richtig losging. Sie hatte es geliebt, dort zu sitzen und den Schriftstellern aus der Gegend bei der Arbeit zuzuschauen – es gab so viele in Park Slope –, zum Beispiel dem jungen Mann mit den zerzausten Haaren und dem Marathon-Aufkleber auf seinem Notebook, der immer so fokussiert wirkte. Amanda konnte es förmlich in der Luft spüren – die Magie all der Geschichten, die er erfand. Manchmal stellte sie sich vor, wie sie den jungen Mann fragte, was er da schrieb oder wie viele Marathons er schon gelaufen war. Aber natürlich tat sie das nicht.

JA! BIS GLEICH, tippte Amanda.

Es war fantastisch, dass Amanda und ihre Freundinnen sich so spontan morgens zum Kaffee verabreden konnten. Maude und Amanda waren ihre eigenen Chefinnen, Sarah war angestellt, allerdings bei Amanda. Was Sarah gerne bei jeder sich bietenden Gelegenheit betonte. Nicht auf eine feindselige oder bedauernde Weise, eher als wolle sie sichergehen, dass Amanda dies nicht vergaß. Sarah brauchte keinen Gehaltsscheck. Sie hatte den Job bei der Stiftung angenommen, um denen, die wirklich bedürftig waren, etwas zurückzugeben – eine Abwechslung von ihrer undankbaren Tätigkeit im Elternbeirat der Grace Hall School.

Amanda zog sich eilig eines der lässigen Sommerkleider über, die, so hatte sie gelernt, genau richtig für einen Sommertag in Park Slope waren (vorausgesetzt, man kombinierte sie mit hochpreisigen, aber »minimalistischen« Sandalen). Beinahe aufgekratzt ging sie den Flur entlang. Seit dem letzten Anruf war fast ein ganzer Tag vergangen. Zwei Tage, seit sie sich das letzte Mal von Daddy verfolgt gefühlt hatte. Sie wusste, dass sie sich keine verfrühten Hoffnungen machen durfte, doch vielleicht bestand die klitzekleine Chance, dass er in sein Loch zurückgekrochen war.

Amanda wollte gerade die Treppe hinuntergehen, als sie einen Luftzug von oben verspürte. Sie stieg die Stufen hinauf in den zweiten Stock und bemerkte, dass Zachs Bürotür offen stand. Wahrscheinlich hatte er ein Fenster nicht richtig geschlossen. Für gewöhnlich machte Zach die Bürotür zu, wenn er das Haus verließ. Das Büro war sein Privatbereich. Amanda betrat es nicht, es sei denn, es fiel etwas Spezielles an. Sie musste zum Beispiel die Schränke reparieren lassen (was in der kommenden Woche auf dem Plan stand). So war es in jedem Haus gewesen, in dem sie gelebt hatten, seit ihre Häuser groß genug waren, um den Luxus eines eigenen Arbeitszimmers zu bieten.

»Zach!«, rief Amanda. Vielleicht war er besonders früh zur Arbeit gegangen und hatte auf dem Weg zum Flughafen oder sonst wohin noch einmal kurz zu Hause vorbeigeschaut. Meistens hatte Amanda keine Ahnung, wann er kam und ging. Sie rief noch einmal. »Zach!«

Im Haus blieb es totenstill.

Mit einem Anflug von Furcht ging Amanda auf die offene Tür zu. Doch wovor genau fürchtete sie sich eigentlich? Sie lebte doch schon so lange nach einem strikten Regelwerk. Zuerst hatte es die Regeln gegeben, die ihr geholfen hatten, die Zeit mit Daddy im Trailer zu überleben – verstecken, lügen, beschwichtigen, laufen. Dann die Regeln, die galten, wenn sie Konflikte mit Zach vermeiden wollte – sich nicht beschweren, keine Fragen stellen, sich nie dort aufhalten, wo sie sich nicht aufhalten sollte. Im Grunde ganz einfach. Vorsätzlich eine dieser Regeln zu brechen, wäre gefährlich gewesen. Mit angehaltenem Atem spähte Amanda in Zachs Arbeitszimmer.

Der Raum war leer. Eines der Fenster stand tatsächlich offen, wenn auch nur einen Spaltbreit. Sie stieß die Luft aus und durchquerte das Zimmer, um es zu schließen.

Drei riesige Computerbildschirme, angeordnet wie in einem Cockpit, standen auf Zachs glänzendem Midcentury-Schreibtisch. Die Regale waren voller Bücher, die Zach niemals lesen würde, da war sich Amanda ganz sicher. Sie war dabei gewesen, damals in Palo Alto, als der »persönliche Bibliothekskurator« die Titel ausgewählt hatte, um Zach genau den intellektuellen Anstrich zu verpassen, den der sich wünschte – auch wenn nie jemand sein Arbeitszimmer betrat, um die Auswahl zu bewundern. Was für ein Jammer. Die Bücher zeichneten das überzeugende Bild eines abenteuerlichen, neugierigen Menschen, eines lässigen Sportlers und aufgeschlossenen Weltenbummlers. Eines Menschen, der sich weniger für die feinen Dinge des Lebens als vielmehr für ein gutes Leben an sich interessierte. Eine ansprechende Vorstellung – die jedoch nur wenig mit Zach zu tun hatte.

Das Einzige, wofür sich Zach jemals interessiert hatte – soweit Amanda das beurteilen konnte –, war Erfolg. Und dabei ging es ihm nicht allein ums Geld, was sie besser verstanden hätte, sondern um die pure Befriedigung, die man empfand, wenn man ganz oben an der Spitze stand. Gewinnen um des Gewinnens willen. Zach wollte das nicht nur, er brauchte es. Ohne Erfolg hätte er sich vermutlich in Luft aufgelöst.

Amanda hatte sich zuvor nie länger mit Zachs Erfolgsbesessenheit oder seinen »Angeberbüchern« auseinandergesetzt, doch heute war sie davon genervt. Sie dachte an die Romane, in die sie sich in der Bücherei so sehnsüchtig vertieft hatte, an die Geschichten, die ihr das Leben gerettet hatten. Und sie dachte an Zach, der offenbar der Meinung war, er könne all das haben, wenn er nur ein paar Scheine auf den Tisch blätterte. Andererseits – warum nicht? Schließlich hatte er auch sie gekauft.

Amandas Gesicht fühlte sich plötzlich heiß an. Ihr Herzschlag pochte in ihren Ohren. Nein. Sie war kein Gegenstand, der Zach gehörte. Natürlich nicht, und Case auch nicht. Das hier war auch ihr Zuhause.

Auf den Hängeregalen rechts und links von Zachs Schreibtisch standen gerahmte Fotografien. Sie waren über die Jahre von verschiedenen angesagten Fotografen gemacht worden, die Amanda auf Zachs Wunsch hin hatte engagieren müssen. Die Bilder, die im ganzen Haus verteilt waren, sahen wunderschön aus, aber Amanda sehnte sich nach Familienfotos, wie sie sie von Sarah kannte: die einzelnen Mitglieder mit zerzausten Haaren, schokoladenverschmierten Gesichtern und geschlossenen Augenlidern. Sogar bei Maude und Sebe standen solche Bilder, die das Leben in seiner perfekten Unvollkommenheit zeigten. Für Zach war die Familie stets eine retuschierte Abstraktion gewesen, etwas, was man ins Regal stellte und aus der Ferne bewunderte.

Aber was erwartete Amanda von ihrer Familie, ihrer Ehe? Sie hatte nie ernsthaft über diese Frage nachgedacht, doch die Antwort lag auf der Hand: Sie wollte ihrem Ehemann sagen können, dass sie Angst hatte. Wenigstens das. Und sie wollte, dass er sich darum kümmerte. Um *sie* kümmerte.

Amanda ging zu Zachs Schreibtischstuhl und setzte sich. Als sie die Hand auf die Maus legte, erwachte der Computerbildschirm zum Leben. Ein weiteres Foto von ihrer kleinen Familie, aufgenommen von einem Fotografen in Sunnydale, wo sie gelebt hatten, bis Case ein Jahr alt war. Umrahmt von Sonnenlicht, standen sie am Fenster ihrer Loftwohnung – die auf dem Bild weitaus glamouröser aussah, als sie es tatsächlich gewesen war. Zach wiegte Case in seinen Armen. Amanda stand hinter den beiden, die Hände auf Zachs Schultern, und blickte auf Case. Als hätten sie das jemals getan: einander berührt, einander bewundernd angesehen.

Als Amanda die Maus bewegte, erschien eine Passwortanfrage. Halbherzig tippte sie nacheinander erst ihr, dann Case' Geburtsdatum ein. Wie erwartet, war das Passwort falsch. Es würde nicht viel bringen, sich mögliche Alternativen zu überlegen.

Anstatt sich weiter damit zu befassen, zog Amanda an der Schreibtischschublade rechts neben ihr. Zu ihrer Überraschung war sie unverschlossen. Drinnen lagen mehrere Aktenmappen, ordentlich gestapelt. Amanda nahm sie heraus und legte sie auf ihren Schoß. Die oberste war mit *Case. Ferienlager* beschriftet. Broschüren von verschiedenen Camps, über die sie gesprochen hatten, waren darin abgeheftet, inklusive des Ferienlagers in Kalifornien, in dem sich Case im Augenblick aufhielt. Für gewöhnlich kümmerte sich Amanda um all die Dinge, die Case anbetrafen – Schule, Ferienlager, Freizeitaktivitäten. Sie hatte keine Ahnung gehabt, dass auch Zach Akten, ihren Sohn, ihre Familie betreffend, anlegte.

Amanda blätterte durch die nächste Mappe: *Case. Aktivitäten.* Sie stieß auf eine Broschüre des Konservatoriums von Brooklyn, wo Case Gitarrenunterricht nahm, außerdem auf Unterlagen des Downtown United Soccer Clubs – kurz: DUSC –, bei dem der Junge trainierte. In der Mappe mit der Aufschrift *Case. Schule* befanden sich Kopien von Case' Zeugnissen sowie des Rundschreibens, das sie beim Elternabend im Frühling (vermutlich der einzige und letzte, den Zach je besucht hatte, aber er wusste, dass das das Mindeste war, was von ihm erwartet wurde) ausgehändigt bekommen hatten, außerdem das Schülerverzeichnis. Als Amanda all das betrachtete, verspürte sie eine seltsame Mischung aus Verwirrung, Schuld und Traurigkeit. Als wäre sie auf die geheime Lieblingsspielzeugsammlung eines rebellischen Teenagers gestoßen. War dies der echte Zach? War es das, was er sich wirklich wünschte? Mehr involviert zu sein? Vielleicht wusste er genauso wenig wie Amanda, wie er seine wahren Bedürfnisse äußern sollte.

Ganz unten in dem Stapel befand sich etwas, was sie noch nie gesehen hatte: E-Mails vom Direktorat der Grace Hall School an Zachs private E-Mail-Adresse. Drei, um genau zu sein, alle mit exakt demselben Text, wenngleich etwas anders formatiert – es habe einen unglücklichen Zwischenfall, Case betreffend, gegeben, der sobald wie möglich besprochen werden müsse –, gefolgt von Terminvorschlägen. Drei Nachrichten in den vergangenen drei Monaten, die erste einen Monat nachdem sie in New York eingetroffen waren – 24. April, 19. Mai, 5. Juni.

Grace Hall hatte sich in einer so wichtigen Angelegenheit also ausgerechnet an Zach gewandt, noch dazu per E-Mail? Das hätte die Schule gleich lassen können. Aber sie konnte Zach nicht einmal einen Vorwurf machen, dass er nicht darauf eingegangen war, denn er hatte mit Sicherheit angenommen, dass die Mails auch an Amanda geschickt worden waren. Dass sie sich wie immer allein um den »Zwischenfall« gekümmert hatte.

Die Nachrichten waren unerträglich vage formuliert. Bezogen sie sich auf etwas, was Case angestellt hatte, oder auf etwas, was man ihm angetan hatte? War *er* das Problem, oder *hatte* er ein Problem?

Amanda schloss die Mappe und drückte sie an ihre Brust. Sie konnte noch nicht einmal in der Schule anrufen und sich danach erkundigen, denn Grace Hall hatte während der ersten beiden Sommerferienwochen geschlossen. Und wie sollte sie Zach nach den E-Mails fragen, ohne zu verraten, dass sie darauf gestoßen war, als sie in seinem Schreibtisch herumgeschnüffelt hatte?

Sie musste sich etwas einfallen lassen. Sie durfte nicht zulassen, dass Zachs absurde Regeln, die lächerlichen Vorgaben, die sie bisher stets klaglos akzeptiert hatte, dazu führten, dass sie Case nicht beschützen konnte. Sie hatte bereits den Fehler gemacht, sich von Zach mitten im Schuljahr nach Brooklyn schleppen zu lassen – womöglich war das der Grund, weshalb Case nun Probleme in Grace Hall hatte. Es war ein Fehler gewesen, dass sie sich nicht dagegen aufgelehnt hatte, aber es wäre auch ein Fehler, jetzt nicht den Mund aufzumachen – wegen ihres Vaters, wegen dieser E-Mails, wegen ihres Rechts auf eine eigene Stimme. Sie durfte und sie würde ihren Sohn nicht länger den Preis für ihre eigene Schwäche bezahlen lassen.

LIZZIE

FREITAG, 10. JULI

Da stand ich nun, mit klingelnden Ohren, die von Zach unterschriebene Anwaltsvollmacht in den Händen, und sah dem Wachmann des Rikers nach. Das Blatt Papier zitterte in meinen Händen.

Zach hat sich selbst verletzt. Zach hat sich selbst verletzt.

Was zum Teufel hat das zu bedeuten?

Ich setzte mich vor das Bantum-Gebäude und ließ Bus um Bus am Haupteingang des Gefängnisses an mir vorbeifahren. Sehr viel länger würde ich nicht dort sitzen können, ohne dass mich jemand aufforderte, zu verschwinden. Anwältin hin oder her – auf Rikers Island konnte man nicht einfach herumlungern. Aber ich konnte die Insel auch nicht verlassen, ohne Zach zur Rede gestellt zu haben.

Ich ließ einen letzten Bus vorbeifahren, dann machte ich kehrt, in der Hoffnung, das Wachpersonal würde mich noch einmal mit ihm sprechen lassen, ohne dass ich zuvor einen neuerlichen formellen Antrag im Hauptgebäude stellen musste.

»Entschuldigen Sie, bitte«, wandte ich mich an denselben Wachmann, der mir mit der Anwaltsvollmacht geholfen hatte. Ich lächelte hilflos. »Eine wichtige Frage habe ich eben vergessen, meinem Mandanten zu stellen.«

»Wegen der Verletzungen in seinem Gesicht, oder?« Der Wachmann wirkte leicht genervt, aber mitfühlend.

Ich nickte. »Ich wäre Ihnen wirklich dankbar …«

»Okay«, gab er nach. »Ausnahmsweise.«

Fünfzehn Minuten später saßen Zach und ich uns im selben Anwaltszimmer gegenüber.

»Du kannst wohl nicht genug von mir kriegen, oder?«, fragte er, die Augen auf die Tischplatte geheftet. Sein Bein hüpfte.

Ich betrachtete ihn schweigend. Wo sollte ich anfangen?

»Warum hast du gelogen?«, fragte ich schließlich.

»Entschuldigung, aber könntest du etwas präziser werden?«, fragte er zurück. »Im Augenblick prasseln ziemlich viele Anschuldigungen auf mich ein.«

Ich deutete auf sein Gesicht, obwohl er den Blick gesenkt hielt, dann verschränkte ich die Hände so fest, dass sie nicht mehr zitterten. »Du hast dir die Verletzungen selbst zugefügt.«

Zachs Bein erstarrte. Für eine ganze Weile saß er einfach nur reglos da.

Dann hob er den Kopf. Seine Augen begegneten meinen, dann stützte er die Hände auf die schmale Metalltischplatte vor ihm und setzte sich aufrechter hin. Er blinzelte, einmal, sein Blick wurde durchdringend und selbstsicher. Plötzlich war er jemand, den ich nicht kannte. Jemand, den ich noch nie zuvor gesehen hatte.

»Überraschung«, sagte er. Und dann lächelte er. »Das hat ja ziemlich lange gedauert.«

Ich drückte meine Hände jetzt so fest zusammen, dass sich die Fingernägel ins Fleisch bohrten.

»Warum?«, fragte ich. Das Wort kratzte in meiner trockenen Kehle.

»Warum ich überrascht bin, dass das so lange gedauert hat?«

»Nein, warum du dich an *mich* gewandt hast?« Meine Stimme war zu laut. Möglich, dass die Wachleute aufmerksam wurden, aber ich konnte nicht anders. »Es gibt so viele andere Anwälte. *Du* hast so viele andere Anwälte.«

»Nun, wir haben bereits festgestellt, dass du übertrieben loyal bist.« Er grinste höhnisch. »Loyal und ausgesprochen zielstrebig. Sobald du angefangen hattest, mir zu helfen, wusste ich, dass du nicht aufgeben würdest.« Er deutete auf sein Gesicht. »Das hier war nur ein zusätzlicher Ansporn.«

»Tust du das, weil ich damals nicht mit dir zusammen sein wollte? Ist das der Grund?«

»Bitte, Lizzie«, erwiderte Zach verschnupft. »Das ist doch albern. Hier geht es nicht um *Liebe*. Obwohl ... diese Sache früher – ich denke, wir wissen beide, dass das von dir nicht richtig war. Du hast mich benutzt.«

»Wir waren *Freunde*.«

»So einfach war das nicht«, hielt er gelassen dagegen. »Aber wie dem auch sei, es zählt jetzt nicht mehr. Wie ich schon sagte: Es ist nicht so, als hätte ich all die Jahre herumgesessen und an dich gedacht. Du weißt, wie Amanda aussah, oder? Ich finde, ich habe es ganz gut getroffen. Ich möchte nur so schnell wie möglich raus aus dem Gefängnis.«

Ich stand auf. »Ich werde deinen Fall mit sofortiger Wirkung abgeben und dir einen anderen Anwalt suchen.«

»Jetzt hör schon auf, Lizzie.« Er lachte und lehnte sich mit verschränkten Armen zurück. »Nein. Vielen Dank. Du ziehst das jetzt durch.«

»Zach, ich werde dich nicht vertreten. Du kannst mich nicht dazu zwingen«, sagte ich. »Es ist vorbei.«

Ich wandte mich zur Tür. Ich musste hier raus, an die frische Luft.

»Young & Crane haben aus einem ganz bestimmten

Grund diese finanzielle Selbstauskunft gefordert!«, rief Zach mir hinterher. »Sie stellen keine Associates mit erheblichen Bonitätsproblemen ein.«

Luft holen.

»Wovon redest du?«, fragte ich, ohne mich umzudrehen.

»Komm schon, Lizzie. Dein Mann hat Verbindlichkeiten am Hals, die auch dich betreffen, wie du weißt«, sagte Zach. »Die Gläubiger können sich genauso gut auf dich stürzen wie auf den armen, missratenen Sam, den stets betrunkenen Schriftsteller. Und weil die Verbindlichkeiten euch beide betreffen, hättest du sie in die Finanzauskunft eintragen müssen. Hast du aber nicht.«

Ich stützte mich Halt suchend an der Wand ab, dann drehte ich mich um und sah ihm ins Gesicht.

»Woher weißt du das?«

»Das ist eine berechtigte Frage«, erwiderte Zach. Seine Stimme klang beherrscht, doch den Ausdruck in seinen Augen konnte man nur als Schadenfreude bezeichnen. »Die wichtigere Frage ist jedoch eine ganz andere: Wenn *ich* es herausgefunden habe, können Young & Crane das auch, meinst du nicht? Mal ehrlich, Lizzie, es ist schon ziemlich dreist, die Kanzlei in dieser Sache zu belügen. Ausgerechnet du. Hat Sams Einfluss etwa auch auf deine Moral abgefärbt?«

Mir drehte sich der Magen um.

»Was willst du?«

»Ich habe meine Frau nicht umgebracht, Lizzie«, sagte Zach. »Alles, was ich will, ist, dass du dranbleibst und mir hilfst, das zu beweisen.«

»Und wenn ich es nicht tue, sorgst du dafür, dass ich gefeuert werde?«

»Wenn du das nicht tust, bin ich mir sicher, dass deine

Arbeitgeber erfahren, *was* du getan hast«, sagte er. »Du hast es in der Hand, ob du gefeuert wirst oder nicht – du kannst dir also selbst die Schuld geben. Oder Sam. Er ist der Alkoholiker.«

Meine Hände zitterten während der ganzen Rückfahrt von Rikers Island zur Kanzlei. Einmal fuhr ich sogar auf dem viel befahrenen Brooklyn-Queens Expressway rechts ran, weil ich dachte, ich müsse mich übergeben, aber es kam nichts. War Zach schon immer so ein Monster gewesen, und ich hatte es nur nicht bemerkt? Oder hatte ich es im tiefsten Innern gewusst? War das der Grund dafür gewesen, dass ich froh war, als er den Kontakt abgebrochen hatte? Aber all das zählte jetzt nicht. Natürlich nicht. Ich brauchte dringend einen Ausweg. Doch jeder Pfad, den ich einschlug, endete vor derselben Mauer: der manipulierten Selbstauskunft. Young & Crane würden mich mit Sicherheit entlassen, wenn sie davon erfuhren – vielleicht würden sie mich sogar verklagen, weil ich sie derart dreist getäuscht hatte. Und was war ich ohne meinen Job, meinen beruflichen Leumund? Eine kinderlose Waise, eine überführte Lügnerin, verheiratet mit einem Alkoholiker, belastet mit einem Haufen Schulden, die ich vermutlich niemals zurückzahlen konnte. Genau wie meine Eltern. Außer dass der Mensch, der mich hintergangen hatte, kein Fremder war, sondern mein eigener Ehemann. Und jetzt Zach.

Die einzige Möglichkeit, mich aus dieser Situation zu befreien, bestand darin, Zach aus dem Rikers zu holen. Eine Gerichtsverhandlung mochte Monate, wenn nicht gar Jahre dauern. Ich bezweifelte, dass ich so lange unter Zachs Daumen überleben konnte. *Finde den wahren Mörder* – das erschien mir als die weitaus bessere Alternative. Wenn mir das gelänge und ich es wenigstens einigermaßen beweisen, vielleicht sogar die Presse einschalten konnte, würde Wendy Wallace keine andere Wahl bleiben, als die Anklage gegen Zach fallen zu lassen.

Natürlich hing dieser Ansatz von einer fraglichen Tatsache ab: dass Zach Amanda wirklich nicht umgebracht hatte. Und im Augenblick hielt ich ihn für absolut schuldig.

Lynch, so stellte sich heraus, war ein extrem geläufiger Nachname in St. Colomb Falls, den über ein Dutzend Männer trugen. Ich saß in meinem dunklen Büro und ging die Liste mit Namen auf dem Computerbildschirm durch. In den Gängen der Kanzlei Young & Crane war es um fast zweiundzwanzig Uhr endlich ruhig. Ich versuchte, mich auf meine Aufgabe zu konzentrieren und mich nicht von der Tatsache ablenken zu lassen, dass ich erpresst wurde.

Die Suche nach Amanda Lynch hatte nichts ergeben; ich war nicht einmal auf einen Facebook-Account oder einen Artikel in einer alten Schülerzeitung gestoßen. Doch dann, mit siebzehn oder achtzehn, war Amanda Lynch Amanda Grayson geworden. Und damit präsent. Als hätte sie nicht existiert, bevor sie Zach Grayson begegnet war.

Ich sortierte die männlichen Lynchs nach dem Alter, da ich davon ausging, dass Amandas Vater jetzt mindestens fünfzig war. Es blieben acht Personen übrig: Joseph, Daniel, Robert, Charles, Xavier, Michael, Richard und Anthony. Ich glich sie mit dem Register für Sexualstraftäter ab. Wenn Amandas Dad seine Tochter vergewaltigt hatte, dann hatte er vielleicht noch andere Mädchen oder Frauen missbraucht. Aber die Namen waren sauber. Binnen weniger Minuten hatte ich von allen eine Telefonnummer. Sie direkt zu kontaktieren, war sicherlich nicht sonderlich subtil, aber effizient. Und ich stand unter Zeitdruck.

Zuerst wählte ich die Nummer von Joseph Lynch. Es klingelte und klingelte, bevor ich endlich mit dem Anrufbeantworter verbunden wurde. Meine gesamte ermittlerische Vorgehensweise basierte auf der Voraussetzung, dass die Leute einen Anruf von einer Nummer entgegennahmen, die sie nicht kannten. Wer machte das heutzutage überhaupt noch? Aber ich hatte keine besseren Optionen.

»Hi, hier spricht Josephine«, meldete sich eine schroffe Frauenstimme. »Hinterlassen Sie eine Nachricht nach …«

Ich legte auf. »Joseph« war vermutlich Josephine. Ich holte tief Luft und wählte die nächste Nummer: Robert Lynch.

Gleich nach dem zweiten Klingeln wurde der Hörer abgenommen.

»Robert Lynch.« Seine Stimme war laut und übertrieben jovial.

»Oh, hi«, stammelte ich überrascht. »Hier spricht Lizzie. Ich versuche, Amanda Lynch ausfindig zu machen. Wir sind zusammen zur Highschool gegangen und haben uns aus den Augen verloren.«

Die ehemalige Freundin: eine unschuldige, unverfängliche Art, Amandas Vater aus der Reserve zu locken.

»Amanda?«, wiederholte Robert Lynch eifrig. »Es tut mir leid, ich glaube nicht, dass ich eine Amanda Lynch kenne. Sie haben offensichtlich die falsche Nummer gewählt.«

»Dann entschuldigen Sie bitte die Störung.«

»Das macht doch nichts«, sagte er, als wäre mein Anruf das Highlight seines Tages gewesen. »Kann ich Ihnen sonst irgendwie weiterhelfen?«

Zach. Helfen Sie mir in Bezug auf Zach.

»Ich glaube nicht, aber danke, dass Sie sich Zeit genommen haben.«

»Ich wünsche Ihnen einen gesegneten Abend.«

Als Nächster war Charles Lynch an der Reihe, doch ich wurde sofort an den Anrufbeantworter weitergeleitet: »Die gewählte Nummer ist nicht mehr verfügbar.« Dreimal nichts. Noch vier weitere Versuche. *Mist.* Vielleicht musste ich andere Wege einschlagen, vielleicht gab es dort noch weitere Lynchs, die nicht im Telefonverzeichnis eingetragen, womöglich nicht mal gemeldet waren. Außerdem bedeutete eine nicht mehr existierende Nummer keineswegs, dass der ehemalige Besitzer nicht infrage kam. Amandas Dad konnte genauso gut von St. Colomb Falls weggezogen sein. Ich holte erneut tief Luft, dann wählte ich die nächste Nummer: die von Xavier. Ein biblischer Name, der auf Rechtschaffenheit schließen ließ. Der Name eines Propheten, nicht der eines Vaters, der seine Tochter missbrauchte.

»Hallo?« Die Stimme war tief und abgehackt.

»Oh, ja, Entschuldigung. Mein Name ist Lizzie Kitsakis.«

»Ja?«

»Ich bin auf der Suche nach Amanda Ly…«

»Klick.«

»Hallo?«, fragte ich. Keine Antwort. »Hallo?«

Ich wählte erneut. Diesmal ging nur der Anrufbeantworter dran. »Ihr Anruf kann im Augenblick nicht entgegengenommen werden.« Das passierte, wenn jemand eine bestimmte Nummer blockierte. Ich wusste das, weil wir den Anwalt des Pub-Besitzers blockiert hatten, als dieser anfing, Sam und mich wegen des Schadens am Angler's zu jeder Tages- und Nachtzeit zu Hause anzurufen.

War das der *Beweis* dafür, dass Xavier Amandas Vater war? Natürlich nicht. Aber es war verdächtig.

Ich startete eine Suche nach Xavier Lynch und wurde sofort mit Ergebnissen überflutet. Es gab allein *zwei* Xavier Lynchs in den Vereinigten Staaten, die einen beträchtlichen digitalen Fußabdruck hinterlassen hatten. Einer war ein einunddreißigjähriger Zahnarzt aus El Paso in Texas, der andere ein neunzehn Jahre alter Student im zweiten Studienjahr an der Florida State University. Besagter Student führte ein halbes Dutzend Blogs über sich selbst beim Spielen verschiedener Videospiele. Ich ließ mich kurz ablenken, indem ich durch die irrelevanten Links scrollte, bevor ich »St. Colomb Falls« in meinen Suchbefehl einfügte. Und da war er, ganz oben: ein dritter Xavier Lynch. Er wurde in einem Kirchenbrief von der Methodist Church in St. Colomb Falls aus dem vergangenen Jahr erwähnt, in einem Artikel über den Basar. Dieselbe Kirche hatte Amanda in ihrem Tagebuch erwähnt.

Xavier Lynchs Name erschien nur einmal, unter einem der Fotos. Auf dem Bild stand er neben einem sehr viel älteren Paar. Beide hielten ein Vogelhaus in den Händen. »Susan und Charlie Davidson und Xavier Lynch tun Gutes für die Vögel von St. Colomb Falls – dank unseres alljährlichen Kirchenbasars!«, war dort zu lesen. Xavier Lynch war ein sehr großer Mann, der das ältere Paar gleich um mehrere Zentimeter überragte, und sehr, sehr breit gebaut. Auch sein Gesicht war breit, das graue Haar kurz geschnitten. Er trug eine Brille mit dickem Rand, stand stocksteif da und zeigte nicht einmal den Ansatz eines Lächelns.

Und jetzt? Wäre ich noch bei der Bundesstaatsanwalt gewesen, wäre die Antwort simpel: das FBI zu Xavier Lynch schicken und die Wahrheit aus ihm herausschütteln. Allerdings hatte ich keine bewaffneten Profis mehr an meiner Seite. Lediglich Anwaltsgehilfen, die Bußgeldbescheide bearbeiteten, anstatt Mordverdächtige zu vernehmen.

»Ähm, hallo?«

Als ich aufschaute, stand Thomas, mein Kanzleiassistent, in der Bürotür, die Fingerknöchel am Rahmen, als hätte er bereits geklopft. Er trug eine schmal geschnittene Hose und ein teuer aussehendes, gelb-orange gestreiftes Poloshirt. Thomas hatte lebhafte Augen und ein verschmitztes Grinsen, das mir stets den Eindruck vermittelte, er hätte gerade irgendeine Tratschgeschichte aufgeschnappt, vorzugsweise über mich. Er hatte sich jedoch als hervorragender Assistent erwiesen und als loyaler Vertrauter.

»Was gibt's?«, fragte ich, gereizter als beabsichtigt.

Er zog einen DIN-A4-Umschlag hinter dem Rücken hervor und hielt ihn wie einen Schutzschild vor sich. »Die Unterlagen bezüglich des Haftbefehls in Philadelphia.« Er trat einen Schritt auf mich zu und reichte mir den Umschlag. »Sie wollten sie doch haben, sobald sie eingetroffen sind.«

Der Haftbefehl. Was für einen Unterschied machte das jetzt noch? Die Richterin wusste, dass er aufgehoben worden war, dennoch hatte sie dem Kautionsgesuch aufgrund der Mordanklage nicht stattgegeben.

»Richtig. Ein unbezahlter Bußgeldbescheid wegen öffentlichen Herumlungerns?«

»Ich liefere die Umschläge lediglich aus, ich inspiziere nicht ihren Inhalt, es sei denn, man fordert mich explizit dazu auf«, erinnerte mich Thomas und bedachte mich mit einem Blick, der mir deutlich zu verstehen gab, dass ich das eigentlich wissen müsste.

»Das wusste ich nicht«, antwortete ich daher.

»Oh, richtig, das war vor Ihrer Zeit ... Ich möchte mich nicht selbst als Held darstellen oder so, aber Sie erinnern sich an den Partner, der gefeuert wurde? Ich war der Whistleblower. Ich sollte für ihn irgendwelche Ausdrucke holen, und übereifrig, wie ich nun einmal bin, beschloss ich, den Umschlag zu öffnen und den Inhalt herauszunehmen, damit sich besagter Partner nicht die fetten Finger am Papier schnitt. Sagen wir mal, der Umschlag enthielt nicht die Verträge, die ich erwartet hatte.«

»Und was war stattdessen darin?«

»Kompromittierende Fotos einer weiblichen Kanzleiassistentin, die offenbar ohne ihr Wissen aufgenommen worden waren.«

»Igitt«, sagte ich angewidert. Was war nur los mit den Leuten?

»Ich habe die Aufnahmen Paul übergeben. Ich denke, die anderen Partner hätten die Sache unter den Tisch gekehrt, aber nicht Paul. Er ist ein Besessener, und er verfügt zumindest über ein Quäntchen Integrität.«

»Ein Quäntchen«, pflichtete ich ihm trocken bei und griff nach dem Umschlag.

Ich öffnete ihn, zog die Blätter heraus und überflog sie, bis ich auf die entsprechende Stelle stieß: Es ging tatsächlich um Herumlungern und das Nichtbezahlen des daraufhin ausgestellten Bußgeldbescheids.

»Alles in Ordnung?« Thomas' Stimme hatte ihre spöttische Schärfe verloren.

»In Wahrheit nicht.«

»Kann ich irgendwie helfen?«, fragte er. Sein Angebot klang aufrichtig.

»Danke, nein«, sagte ich und wich seinem Blick aus. »Ich glaube, das kann niemand.«

Die Staatsanwaltschaft von Brooklyn war in einem neueren, höheren Gebäude untergebracht als die Staatsanwaltschaft von Manhattan, trotzdem roch die Lobby genauso – Pappe mit einem Schuss Urin –, und je länger ich am nächsten Morgen dort saß, desto mehr machte mir der Geruch zu schaffen. Vielleicht lag das aber auch daran, dass ich in meinem Büro übernachtet hatte. Ich hatte es nicht ertragen können, nach Hause zu Sam zu gehen. Zum Glück zerbrach sich bei Young & Crane niemand den Kopf darüber, warum einer der Mitarbeiter im Büro übernachtete. Das kam häufig vor.

Man hatte mir am Empfang mitgeteilt, dass Wendy Wallace noch nicht eingetroffen war, obwohl wir um elf Uhr einen Termin hatten. Inzwischen war es 11 Uhr 45. Als ich jetzt hier saß, wartete und die Ölgemälde der ehemaligen Bezirksstaatsanwälte betrachtete, durchschoss mich der Gedanke, dass Wendy vielleicht nur eingewilligt hatte, sich mit mir zu treffen, weil für sie von vornherein feststand, dass sie gar nicht auftauchen würde.

Doch dann hörte ich vom Aufzug her hohe Absätze über den Marmorboden des Gangs klackern. Wendy Wallace. Mit Sicherheit ging sie davon aus, dass ich hier war, um einen Deal auszuhandeln, und sie würde über mein Lockvogelangebot gewiss nicht erfreut sein. Ich wollte sie nicht um Hilfe bitten, aber wenn es mir irgendwie gelang, die Staatsanwaltschaft dazu zu bringen, Xavier Lynch ins Visier zu nehmen, wäre ich einen großen Schritt weiter.

Wendy Wallace kam in Sichtweite, und sie sah sogar noch besser aus als bei Gericht: Ihre hellblauen Augen wurden von den silbernen Haaren hervorragend zur Geltung gebracht. Sie trug einen schmal geschnittenen grauen Leinenanzug und schwarze Pumps, ihr Kopf war hoch erhoben, sodass sie über ihre Nasenspitze hinwegblickte wie eine Sphinx. Ich stand auf, weil ich hoffte, ich würde mich dadurch weniger eingeschüchtert fühlen. Fühlte ich mich nicht.

»Frau Anwältin«, sagte sie mit undurchschaubarer Miene. »Kommen Sie in mein Büro. Dort ist es weitaus bequemer als hier.«

Sollte ich das tatsächlich tun? Alles an Wendy Wallace fühlte sich an wie ein Puzzle, zusammengehalten von einer Lüge. Vielleicht hing Paul deshalb so an ihr: Sie zählte zu den wenigen Menschen, die *ihn* abgehängt hatten.

Wendy Wallace' Büro war in einer klaren Linie eingerichtet, versehen mit ein paar Designerstücken – ein Herman-Miller-Sessel in der Ecke, ein signierter Druck an der Wand –, was auf das Geld hindeutete, das sie von Paul bekommen hatte, denn so etwas ließ sich nicht von ihrem Salär als Bezirksstaatsanwältin bestreiten. Teuer, aber nicht zu offensichtlich. Gerade Hinweis genug, dass sie mehr wert war, als ihre Jahresbesoldung nahelegte.

Wendy deutete auf einen Besucherstuhl. »Was kann ich für Sie tun?«

Ich setzte mich. Aufrecht. Und als Wendy mir gegenüber Platz nahm, blieb mir nichts anderes übrig, als meine überkorrekte Haltung beizubehalten.

»Ich brauche Ihre Unterstützung«, fing ich an.

»Meine Unterstützung«, wiederholte sie tonlos.

»Ich habe Mrs. Graysons Vater ausfindig gemacht.« Ich zog Amandas letztes Tagebuch aus der Tasche. »Er hat sie gestalkt.« Ich hielt ihr das Buch hin. »Die Wahrscheinlichkeit, dass er sie umgebracht hat, ist hoch. Er sollte sofort vernommen werden.«

Es war ein Risiko, dieses Ass aus dem Ärmel zu ziehen. Wendy konnte es vor Gericht womöglich zu ihrem Vorteil verwenden. Doch bis es so weit war, hatte ich hoffentlich eine Möglichkeit gefunden, Zach nicht länger vertreten zu müssen.

»Ihr Vater?« Mit zusammengezogenen Augenbrauen, die Nase gekraust, beäugte Wendy das Tagebuch.

»Ich bin mir nicht hundertprozentig sicher, aber ich glaube, ich habe ihn aufgespürt«, fuhr ich fort. »Er hat sie als Kind vergewaltigt, und er drangsaliert sie, seit die Familie nach New York zurückgekehrt ist. Er war in Park Slope, verfolgt sie. Das ist im Tagebuch dokumentiert.«

»Ihr Mandant hat seine Frau umgebracht, Frau Anwältin. Da muss ich nicht Amanda Graysons Tagebuch lesen oder mit dem Vater sprechen, um das zu wissen.«

War ihre Antwort eine Spur zu eindringlich? Vielleicht war sie sich ja bei *gar nichts* hundertprozentig sicher. Mir war allerdings klar, dass sie nicht versessen darauf war, in ein Wespennest zu stechen. Als Staatsanwältin hätte ich mich niemals darauf eingelassen, irgendwelche Familienmitglieder zu befragen und dadurch womöglich meine eigene Beweisführung zu gefährden. Man stützte sich auf gewisse Beweismittel, um sich eine Theorie zurechtzulegen – nicht, weil man ein bösartiges Arschloch war, sondern, weil man an seine eigene Theorie glaubte. Doch wirklich entlastendes Beweismaterial war eine andere Sache. Kein Staatsanwalt durfte das ignorieren, nicht einmal Wendy Wallace. Es konnte das Ende der Karriere bedeuten.

»Amanda Graysons Vater hat sie gestalkt, und sie hatte Angst«, setzte ich mit mehr Nachdruck hinzu. Ich wartete einen Moment lang, ob sich Sorge auf ihrem Gesicht abzeichnete. Tat es nicht. »Ich glaube, dass er sie umgebracht hat.«

»Ha«, sagte Wendy leise. Sie wirkte aufrichtig amüsiert.

»Wegen Paul habe ich mir keine Gedanken gemacht – ich weiß, wie ich ihn aus dem Spiel werfen kann. Doch dann ist mir zu Ohren gekommen, dass er Sie hat – einen kleinen, zähen Kläffer von der Bundesstaatsanwaltschaft. Sie haben mir gerade klargemacht, dass diese Bezeichnung nicht als Kompliment gemeint war.«

Zu meiner Verärgerung schoss mir die Röte in die Wangen. Wendys Augen leuchteten.

»Die Polizei sollte mit dem Vater reden. Jemand sollte sein Alibi überprüfen. Haben Ihre Ermittler die Tagebücher überhaupt entdeckt? Sie lagen unter dem Bett. Amanda hat die Daten und Uhrzeiten genau aufgelistet – Telefonanrufe, Gelegenheiten, bei denen der Vater ihr gefolgt ist. Das ist möglicherweise entlastend für meinen Mandanten.«

Wendy nickte nachdenklich. Anscheinend drang ich endlich zu ihr durch. Doch dann schüttelte sie plötzlich den Kopf, als wolle sie zurück zur Sache kommen.

»Entschuldigung«, sagte sie. »Haben Sie noch etwas gesagt? Ich habe das Wort *möglicherweise* gehört, und dann ist mir förmlich das Hirn im Schädel explodiert.«

»Ich denke nicht, dass Grund zu der Annahme besteht …«

»Oh, es ist klar, dass Sie nicht denken«, fiel sie mir ins Wort. »Ihr Mandant ist Millionär. Wenn Sie Ermittlungen anleiern wollen, die doch nur direkt zu ihm zurückführen – gern. Allerdings wird *er* dafür bezahlen, nicht die Steuerzahler des Bundesstaates New York. Wir sind nicht verpflichtet, jeder einzelnen irrigen Vermutung nachzugehen, nur weil Sie glauben, sie könnte ›möglicherweise‹ irgendwohin führen. Wir haben auch weder die Highschool-Freunde Ihres Mandanten befragt noch seinen Zahnarzt. Na und? Nichts davon ist relevant, nur weil Sie denken, es könnte so sein. *Möglicherweise*. Aber ich habe eine Idee: Ich werde diese Tagebücher beschlagnahmen, nur für alle Fälle. Werde sie Ihnen direkt aus den Händen reißen. Auf diese Weise können wir sicher sein, dass wir sie beide gelesen haben.«

»Und was, wenn dabei tatsächlich etwas herauskommt? Was, wenn Amandas Dad meinem Ermittler gegenüber etwas Belastendes äußert?«

»Dann soll Ihr verdammter Ermittler eine Aussage machen!«, rief sie – dabei wussten wir beide genau, dass sie es sich zur persönlichen Aufgabe machen würde, genau diese Aussage zu untergraben, sollte Millie in den Zeugenstand treten. Sie setzte sich zurück, gelassen, die Hände auf die Armlehnen ihres Schreibtischstuhls gelegt, als wäre es ein Thron. »Ich habe mich lediglich bereit erklärt, mich mit Ihnen zu treffen, weil ich davon ausging, dass Sie auf einen Deal hinarbeiten wollten, und weil ich mich darauf gefreut hatte, Nein zu sagen. Stattdessen kommen Sie hierher und bitten mich, dass ich Ihren gottverdammten Job mache?« Sie schüttelte den Kopf und schnaubte abschätzig. »Wenn Sie tatsächlich Ihre Zeit damit verschwenden wollen, diesen Kerl zu befragen, ist das Ihre Sache. Und nun entschuldigen Sie mich, ich habe *wirkliche* Arbeit zu erledigen.«

»Gut«, sagte ich, während ich aufstand. »Ich bin anderer Meinung als Sie, aber offensichtlich müssen Sie das tun, was Sie für richtig halten.«

»Ja, *offensichtlich*.«

»Obwohl Verfehlungen oder Untätigkeit der Staatsanwaltschaft Rechtswidrigkeiten sind. Wenn sich diese Spur als Treffer erweist, und Sie haben sie absichtlich ignoriert …« Ich überließ den Rest ihrer Vorstellung.

Wendy Wallace sah mich einen Moment lang durchdringend an, dann lächelte sie. »Ich freue mich, darauf zu reagieren.«

»Danke für Ihre Zeit«, sagte ich, bevor ich mich zur Tür wandte. »Das war ein erhellendes Gespräch.«

»Noch eine kurze Warnung!«, rief sie mir nach. »Von Frau zu Frau.«

Ich hielt inne und drehte mich um.

»Seien Sie vorsichtig mit Paul. Er ist charmant, aber früher oder später reißt er Ihnen das Herz heraus.«

Ich legte den Kopf schräg. »Oh, keine Sorge«, erwiderte ich mit einem Lächeln. »Von Frau zu Frau: *Ich* bin viel zu schlau, um auf Paul hereinzufallen.«

AUSSAGE VOR DER GRAND JURY

TAYLOR PELLSTEIN,
am 7.Juli als Zeugin aufgerufen und vernommen, sagt Folgendes aus:

VERNEHMUNGSPROTOKOLL
VON MS. WALLACE:

F: Guten Morgen, Ms. Pellstein. Vielen Dank, dass Sie gekommen sind.

A: Sie haben mir mitgeteilt, mir bleibe keine Wahl.

F: Sie wurden vorgeladen, das ist korrekt.

A: Heißt das, ich habe doch eine Wahl?

F: Sie sind gesetzlich verpflichtet, als Zeugin zu erscheinen.

A: Ich mag Mr.Grayson wirklich gern. Er ist ein guter Chef, und ich möchte auf keinen Fall meinen Job verlieren.

F: Machen Sie sich diesbezüglich keine Sorgen, Ms. Pellstein. Das Verfahren vor dem Großen Geschworenengericht ist geheim.

A: Das sagen Sie.

F: Nein, das entspricht den Tatsachen, Ms. Pellstein. Das sagt das Gesetz.

A: Wie auch immer.

F: Lassen Sie uns zur Sache kommen, dann sind Sie hier schnell fertig. Ich habe lediglich ein paar Fragen an Sie. Sie arbeiten für Mr.Grayson?

A: Ja.

F: In welcher Funktion?

A: Ich bin seine Assistentin.

F: Welche Aufgaben umfasst Ihr Job?

A: Ich organisiere Mr.Graysons Termine, berufe Meetings ein, arrangiere seine Reisen, nehme seine Anrufe entgegen.

F: Wie lange machen Sie diese Arbeit schon?

A: Seit drei Jahren.

F: Dann waren Sie bereits in Kalifornien für Mr.Grayson tätig?

A: Ja.

F: Ist es nicht ungewöhnlich, eine Assistentin quer durchs Land mitzunehmen?

A: Woher soll ich das wissen? Ich habe keine Assistentin.

F: Hatten Sie jemals die Gelegenheit, mit Mrs.Grayson zu sprechen?

A: Selbstverständlich. Wann immer sie angerufen hat.

F: Hat Mr.Grayson Ihnen jemals irgendwelche speziellen Anweisungen, seine Frau betreffend, erteilt?

A: Ich weiß nicht, was Sie meinen.

F: Ich möchte Sie daran erinnern, dass Sie unter Eid stehen. Wenn Sie nicht die Wahrheit sagen, könnten Sie unter Umständen des Meineids angeklagt werden. Hat Mr.Grayson Ihnen irgendwelche speziellen Anweisungen, seine Frau betreffend, erteilt?

A: Er hat mir aufgetragen, ihre Anrufe nicht durchzustellen.

F: Hatte dies einen konkreten Anlass?

A: Nein.

F: Sie sollten ihre Anrufe also generell nicht durchstellen?

A: Er wollte, dass ich ihre Nachrichten entgegennehme. Ich möchte anmerken, dass ich mich schlecht deswegen gefühlt habe. Ich fand Mrs.Grayson nett, auch wenn ich sie nicht wirklich kannte. Meiner Meinung nach war Mr.Grayson einfach zu beschäftigt. Das war nichts Persönliches.

F: Dann haben Sie sich vermutlich auch schlecht gefühlt, weil Sie eine Affäre mit Mr.Grayson hatten?

A: Wie bitte? Ich hatte keine Affäre mit Mr.Grayson!

F: Aber Sie hatten sexuellen Kontakt mit Mr.Grayson?

A: Ja. Aber es war keine Affäre.

F: Wie oft hatten Sie Sex mit Mr.Grayson?

A: Ich weiß es nicht.

F: Mehr als einmal?

A: Ja. Mehr als einmal.

F: Mehr als zehnmal?

A: Ja. Mehr als zehnmal?

F: Mehr als hundertmal?

A: Ich weiß es nicht. Vielleicht. Es war keine Liebesgeschichte. Auch keine Beziehung oder so.

F: Warum sagen Sie das?

A: Weil Zach ganz klar gesagt hat: »Das ist keine Liebesgeschichte. Das hat nichts zu bedeuten.« Das hat er mir die ganze Zeit über zu verstehen gegeben.

AMANDA

ZWEI TAGE VOR DER PARTY

Als Amanda am Blue-Bottle-Café eintraf, war sie über zehn Minuten zu spät. Sarah und Maude saßen bereits draußen an einem der Tische in dem kleinen, gekiesten Innenhof. Es war an diesem Morgen Ende Juni schon ziemlich warm, aber nicht schwül. Einer jener perfekten Sommertage in New York City, die, so hatte man Amanda wiederholt gewarnt, schon bald einem unerträglich heißen August mit erstickenden Gerüchen und gereizten Menschen weichen würden. Irgendwann wären fast alle Erwachsenen in den Hamptons, auf Cape Cod oder Abenteuerreisen in Europa, und in den letzten Sommerwochen würde Park Slope an eine Geisterstadt erinnern.

Maude saß mit dem Rücken zu Amanda, doch Amanda konnte Sarahs Gesicht sehen – sie trug eine große Sonnenbrille und hatte den Mund zu einer schmalen Linie zusammengepresst. Amanda wartete darauf, dass sie aufblickte, ein breites Lächeln aufsetzte und ihr theatralisch zuwinkte, wie sie es für gewöhnlich tat, aber Sarah war voll und ganz auf Maude konzentriert.

»Es tut mir leid, dass ich zu spät komme«, murmelte Amanda, als sie sich endlich zu den beiden durchgeschlängelt hatte.

Sie war sich noch nicht im Klaren darüber, ob sie die E-Mails, Case betreffend, erwähnen sollte. Es war ihr sehr peinlich, dass sie nichts davon mitbekommen hatte.

Doch hatte Sarah nicht erwähnt, sie habe ähnliche Mails erhalten und ignoriert?

»Kein Problem«, sagte sie mit ernster Stimme. »Maude und ich haben uns schon ein bisschen unterhalten.«

Als Amanda sich setzte, konnte sie sehen, dass Maudes Augen vom Weinen geschwollen waren.

»Was ist passiert?«, fragte Amanda. »Ist alles okay mit Sophia?«

Maude schüttelte den Kopf. »Ich weiß es nicht. Sie hat mir einen weiteren Brief geschrieben. Im Grunde steht nichts anderes drin – aber ich habe so ein schlechtes Gefühl! Ich konnte endlich jemanden im Ferienlager erreichen, und man hat mir mitgeteilt, es gehe ihr gut, aber sie macht gerade bei irgendeiner Rucksacktour mit, deshalb kann ich vor Donnerstag nicht mit ihr telefonieren. Ich glaube, mir geht es erst besser, wenn ich ihre Stimme höre.«

»Maude, Liebes«, sagte Sarah mit Nachdruck. »Da steckt doch offenbar mehr dahinter. Was ist mit Sophia? Bitte erzähl es uns, damit wir helfen können.«

»Sebe will nicht, dass ich darüber spreche«, sagte Maude. »Aber ich … ich denke, das ist falsch. Es geht ihr nicht gut, das spüre ich.«

»Deswegen sind Ehemänner nutzlos«, sagte Sarah. »Selbst die großartigen. Maude, erzähl uns, was passiert ist.«

»Aber ich habe Sophia versprochen, das nicht zu tun.« Maude wirkte gequält.

»Bitte!«, drängte Sarah. »Elternversprechen werden nach dem Ermessen der Eltern eingehalten. Das weiß doch jeder.«

Maude blickte einen Moment lang in die Ferne und kaute auf ihrer Lippe.

»Sophia hat Nacktfotos von sich selbst gemacht«, platzte sie schließlich heraus, dann sackte sie in sich zusammen. »Für diesen Jungen, mit dem sie sich trifft.«

»Aber Maude«, rief Sarah, »das tun sie doch *alle!* Sogar ich habe das gemacht – was ich euch übrigens nicht empfehlen kann. Eine nackte Achtundvierzigjährige sieht in ihrem eigenen Kopf sehr viel besser aus als auf einem Selfie. Wie dem auch sei – ihr könnt euch gar nicht vorstellen, was mein Sohn und seine Freunde zugeschickt bekommen. Ständig. Den Mädchen kann ich da keinen Vorwurf machen. Nein, wirklich nicht. Ich weiß, dass die Jungs sie darum bitten. Sogar meine Jungs, da bin ich mir sicher. Als wäre das gang und gäbe. Nun, ich mache die vielen Pornos dafür verantwortlich. Und damit meine ich nicht den guten, alten *Playboy.* Das war gesunde Neugier, aber dieser Online-Müll?« Sarah schloss die Augen und schauderte. »Wie dem auch sei, ich halte das für einen Schmelztiegel der Verdorbenheit. Es gibt anscheinend ganze Websites, die sich so speziellen Dingen wie ›Spanner-Pornos‹ oder Upskirting widmen.«

»Spanner-Pornos? Upskirting?«, fragte Amanda.

»O ja – das sind Filme von Leuten, die Frauen heimlich mit dem Handy unter den Rock fotografieren oder Kameras in öffentlichen Toilettenanlagen anbringen.« Sarah errötete, was untypisch für sie war.

Maudes Augen füllten sich mit Tränen.

»Ach Maude, es tut mir so leid!« Sarah schlug die Hand vor den Mund. »Dieser Spanner-Porno-Mist hat nichts mit Sophia zu tun, ganz bestimmt nicht! Sophia hat also Fotos von sich selbst gemacht und vermutlich dem Jungen geschickt? Das ist wirklich keine große Sache, Maude. Das solltest du Sophia vermitteln.«

»Überleg mal, wie großartig es ist, dass sie dir überhaupt davon erzählt hat, Maude«, betonte Amanda. »Das zeigt doch, wie sehr sie dir vertraut.«

»Genau. Das ist der beste Beweis dafür, dass du eine wunderbare Mutter bist«, fügte Sarah hinzu. »Ich würde dich jetzt gerne damit piesacken, dass ich dich für eine Helikoptermom halte, aber das tue ich lieber nicht. Meine Jungs erzählen mir übrigens gar nichts.«

Maude blinzelte, was einen Strom von Tränen über ihre Wangen fließen ließ.

»Das ist noch nicht alles«, flüsterte sie.

»Wieso?«, wollte Sarah wissen.

»Unser Computer zählt zu denen, die gehackt wurden«, fügte Maude hinzu. »Und die Fotos, die Sophia gemacht hat, sind aufreizend, wirklich aufreizend. Die Hacker haben gedroht, sie zu posten.«

»Diese Wichser«, knurrte Sarah.

Maudes Tränen strömten nun noch mehr. Ihre Wangen glänzten. »Das Schlimmste ist, dass mehrere von Sophias Briefen aus dem Ferienlager darauf hindeuten, dass das *immer noch* nicht alles ist. Es gibt wohl noch irgendetwas, was ich *nicht* weiß. Ich zerbreche mir den Kopf darüber, was das wohl sein könnte.« Maude blickte von Sarah zu Amanda und wieder zurück, als wüssten sie die Antwort auf ihre Frage.

Sarah schüttelte den Kopf. »Das kommt schon alles wieder in Ordnung. Du musst nur mit ihr reden. Stell dir bloß vor: weit weg von zu Hause, ohne Handy. Da hat sie einfach zu viel Zeit zum Nachdenken.«

Aber Maude schien nach wie vor besorgt. Und Amanda war besorgt um sie.

»Du kannst am Donnerstag mit ihr sprechen, oder?«, hakte sie nach.

Maude nickte. »Ja. Aber man konnte mir nicht einmal

sagen, um wie viel Uhr. Was, wenn sie während dieser dämlichen Party anruft? Ich sollte absagen.«

»Oh, bitte sag nicht ab!«, rief Sarah, dann ruderte sie hastig zurück. »Ich meine natürlich, weil die Vorbereitungen dich ablenken werden. Im Augenblick kannst du sowieso nichts tun. Was passiert ist, ist passiert.« Sie lächelte aufgesetzt munter. »Nun soll es schon die letzte Sexparty sein, und dann willst du sie auch noch absagen. Dann findet das Ganze doch gar keinen richtigen Abschluss.«

»Vielleicht solltest *du* meine Party schmeißen.« Maude lächelte unter Tränen. »Apropos Party – ich muss langsam aufbrechen. Ich erwarte ein paar Lieferungen.«

»Kommst du zurecht?«, erkundigte sich Amanda. »Oder möchtest du, dass eine von uns mitgeht?«

»Nein, nein«, wehrte Maude ab. »Ich stehe zwar völlig neben der Spur, aber es wird schon gehen. Ich denke, ich brauche einfach etwas Zeit für mich.«

»Bist du sicher?«, hakte Sarah nach.

»Ja«, antwortete Maude, holte tief Luft und stand auf. »Macht euch keine Sorgen.«

Amanda und Sarah sahen zu, wie Maude ihre Sachen zusammensammelte und den kleinen, gekiesten Innenhof verließ. Sie sprachen erst wieder, als Maude außer Sichtweite war.

»O Gott, was ist bloß los mit mir?« Sarah schüttelte den Kopf. »Spanner-Pornos? Ich bin ja so blöd. Das kommt nur davon, dass ich so erschöpft bin. Dieser verfluchte Kerry.«

»Kerry?«, fragte Amanda.

»Ach, wir haben uns gestritten. Völlig albern. Zu viel Wein«, winkte Sarah ab. »Ich war sauer wegen des Märchens, das er über seinen Stiefvater erzählt hat.«

»Was für ein Märchen?«, fragte Amanda.

»Kerrys Stiefvater hat ihm niemals den Arm gebrochen, obwohl er laut Kerry manchmal ein ziemliches Arschloch war.« Sarah zuckte die Achseln. »Wie dem auch sei – Kerry hatte das Gefühl, dass alle dich anstarrten, und er wollte nicht, dass du dich schlecht fühlst.«

»Oh«, sagte Amanda. Jetzt fühlte sie sich in der Tat schlecht. »Es tut mir leid.«

»Das muss es nicht. Es ist nicht deine Schuld. Das war bloß der Auslöser für den Streit, der irgendwie … aus dem Ruder gelaufen ist.« Sarah wedelte mit der Hand. »Lass uns ein andermal darüber reden. Im Augenblick geht es um die arme Maude. Und dank mir geht es ihr jetzt noch schlechter. Ich fasse es nicht.«

»Nein, nein, du brauchst dir keine Vorwürfe zu machen«, sagte Amanda, obwohl sie ziemlich sicher war, dass Sarahs Worte Maude noch mehr verunsichert hatten.

»Ich rufe sie nachher an und erkundige mich, wie es ihr geht.«

»Darf ich dich etwas fragen, was gar nichts mit Maude und Sophia zu tun hat?«, erkundigte sich Amanda zögernd. Sie hätte vielleicht noch etwas warten sollen, bevor sie das Thema wechselte, doch sie hielt es einfach nicht länger aus. »Es geht um die E-Mail, die du von der Grace Hall School bekommen hast. Du weißt schon, wegen Henry.«

»Du meinst die E-Mail, die ich bewusst ignoriert habe, weil ich weiterhin meinen kinderfreien Sommer genießen wollte? Noch ein Beispiel für mein hervorragendes Urteilsvermögen. Klar, warum nicht? Schieß los.«

»Wir haben eine ähnliche Mail wegen Case bekommen«, sagte Amanda. »Mehrere, um genau zu sein. Allerdings hatte ich sie übersehen, deshalb habe ich nicht darauf geantwortet.«

»Na ja, immerhin hast du *versehentlich* nicht darauf reagiert, anstatt die Mails absichtlich zu ignorieren wie ich.«

»Wird er deshalb in der Schule Probleme kriegen?«, fragte Amanda. »Weil ich nicht geantwortet und das anberaumte Treffen versäumt habe?«

»Ganz bestimmt nicht. Vor allem, da es bei dem Gespräch aller Wahrscheinlichkeit nach um gar nichts Besonderes gegangen wäre. Heutzutage bestellt die Schule doch dauernd Eltern zu Gesprächen ein. Das ist wegen des Mädchens, das vor ein paar Jahren gestorben ist, du weißt schon, über das bei der Elternbeiratssitzung gesprochen wurde. Auch da ging es um Cybermobbing, und die Schule hatte keine Ahnung. Es war eine herzzerreißende Tragödie, und die meisten Eltern gaben der Schule die Schuld, was zumindest teilweise berechtigt war. Der Schulvorstand entließ die komplette Verwaltung. Und jetzt? Jetzt muss sich ein Kind nur die Zehen stoßen, und Grace Hall besteht auf einem Gespräch mit den Eltern, dem Kind und dem übergriffigen Möbelstück. Wenn Case tatsächlich ein Problem hätte, hätte man dich bestimmt angerufen.«

»Meinst du wirklich?«

»Definitiv. Wenn die Schule dringend mit jemandem Kontakt aufnehmen möchte, schafft sie das auch – denk doch nur daran, was passiert, wenn du das Schulgeld zu spät überweist!«

Amanda lächelte. Sie fühlte sich unendlich erleichtert. »Oh, gut, dann ist es vielleicht nichts Ernstes.«

»*Hundertprozentig* ist es nichts Ernstes. Ich an deiner Stelle würde das aus meinem Kopf streichen. So tun, als hättest du die Mails nie bekommen. Genau wie ich es mache.« Sarah schwieg und schaute mit todernstem Gesicht Richtung Ausgang. »Glaub mir, Amanda, manchmal ist Unwissenheit ein wahrer Segen.«

KRELL INDUSTRIES

VERTRAULICHES MEMORANDUM
NICHT ZUR WEITERGABE BESTIMMT

Verschlusssache – vertraulich

1. Juli

An: Direktorat der Grace Hall School
Von: Krell Industries
Betreff: Ermittlungen in Sachen Datenpannen & Cyber-Zwischenfall ./. Zwischenbericht

Zusammenfassung der durchgeführten Befragungen:

Familie 0005: Weiß nicht, ob sie von Grace Hall eine Einladung zu einem Lehrer-Eltern-Gespräch erhalten hat, weil die Familie eine gemeinsame E-Mail-Adresse nutzt. Wird aufgeklärt, sobald sämtliche Familienmitglieder aus den Ferien zurückgekehrt sind.

Familie 0006: Hat eine Einladung von der Schule zu einem Lehrer-Eltern-Gespräch erhalten, außerdem weitere verdächtige E-Mails an einzelne Accounts der verschiedenen Familienmitglieder.

Familie 0016: Hat eine Einladung von der Schule zu einem Lehrer-Eltern-Gespräch erhalten und einen Termin ausgewählt. Darauf folgte eine weitere E-Mail, dass der Termin verschoben werden müsse.

Vorläufiges Ergebnis:

Das Computersystem von Grace Hall wurde am oder um den 30.April gehackt. Zu jener Zeit wurden umfassende persönliche Daten über die Familien der Grace-Hall-Schüler abgegriffen, einschließlich E-Mail-Adressen und andere Kontaktdaten, inklusive der Namen der Kinder. Der Zugriff erfolgte über die PCs der jeweiligen Familien, wenn diese auf eine gefälschte Gesprächseinladung eingingen. Sobald ein Termin vereinbart war, wurde er kurz darauf mittels einer weiteren E-Mail wieder gecancelt. Wenn diese Methode scheiterte, wurde ein zweiter Versuch über eine alternative Form der Kontaktaufnahme unternommen. Basierend auf syntaktischen Abweichungen und verschiedenen IP-Standorten ist es wahrscheinlich, dass mehrere, miteinander in Verbindung stehende Personen verantwortlich für den speziellen Austausch mit den Familien sind.

LIZZIE

FREITAG, 10. JULI

Das Gebäude, in dem sich Millies Firma, Evidentiary Analytics, befand, war groß und außen mit Spiegelglas verkleidet, wie so viele in jener Gegend in Midtown East, nördlich des UNO-Hauptquartiers. Die weitläufige Lobby war vom Fußboden bis zur Decke mit Marmor ausgekleidet und verfügte über drei verschiedene Empfangsbereiche. Die zwei beeindruckendsten waren Sony und der Credit Suisse vorbehalten. Der dritte, kleinere Empfang war der Sammelpunkt für all die übrigen Mieter. Millie hatte zwar erwähnt, dass sie ihre Firma erweitert hatte, indem sie eine Partnerschaft mit einem Forensikexperten eingegangen war, doch das hier war weitaus beeindruckender, als ich erwartet hatte. Ermutigend. Und nach dem Gespräch mit Wendy Wallace brauchte ich dringend eine Ermutigung.

Im sechsunddreißigsten Stock ging ich einen langen, schicken Flur entlang – teuer aussehende Texturtapete, außergewöhnlich saubere Teppiche – und drückte auf die Klingel unter dem polierten Schild für Evidentiary Analytics. Eine Sekunde später öffnete Millie in einem praktischen, nicht unbedingt modischen marineblauen Anzug die Tür. Im grellen Licht der Bürolampen wirkte ihre Haut leicht grau.

»Hi, Liebes«, sagte sie, streckte die Arme aus und drückte mich an sich.

Diesmal hatte ich das Gefühl, ein Bündel Zweige zu

umarmen. »Raus mit der Sprache«, sagte ich unverblümt. »Warum bist du so dünn?«

»Oh, vielen Dank, Liebes«, erwiderte sie munter, obwohl meine Frage nicht als Kompliment gemeint war. Sie bedeutete mir, einzutreten. »Komm rein, komm rein. Wir haben ein paar richtig gute Sachen für dich.«

Ich hatte Millie angerufen, gleich nachdem ich Wendy Wallace' Büro verlassen hatte, um ihr zu erzählen, dass Zach wegen Mordes angeklagt war und ich dringend einen handfesten Beweis dafür brauchte, dass sich noch jemand anderes am Tatort aufgehalten hatte. Das war so weit korrekt, allerdings hatte ich die Tatsache verschwiegen, dass ich von meinem Mandanten erpresst wurde. Es war einfach zu beschämend. Außerdem wäre Millie ohnehin nicht vor Zachs Forderungen eingeknickt, und ich durfte nicht riskieren, dass sie mich deshalb nicht weiter unterstützte. Einen neuen Ermittler zu suchen würde bedeuten, dass ich noch mehr Zeit auf Zachs Fall verwenden müsste.

In dem eleganten Großraumbüro von Evidentiary Analytics stand neben dem Empfangstisch ein kleiner Mann mit einem dicken, schwarzen Schnurrbart und einer tiefschwarzen Mähne. Hinter ihm saß eine zierliche, blond gelockte Rezeptionistin, die das Telefon bediente. Der Mann hatte schwermütige, aber freundliche Augen, doch mein Blick wanderte immer wieder zu seinen so unnatürlich schwarzen Haaren. Ob er eine Perücke trug? Wenn ja, war es eine ziemlich schlechte. In Anbetracht dieses schicken Büros erschien es mir seltsam, dass nicht auch er ein Upgrade für sich selbst in Erwägung gezogen hatte.

»Das ist mein Partner Vinnie«, stellte Millie mir den Mann mit den schwermütigen Augen vor. »Vinnie, das ist Lizzie. Sie ist eine alte Freundin, also sei nett. Das ist nicht ganz leicht für Vinnie. Forensiker sind nicht gerade für ihre Sozialkompetenz bekannt.«

Vinnie bedachte Millie mit einem finsteren Blick, dann kam er mit ausgestreckter Hand auf mich zu. Sein Griff war überraschend weich und nachgiebig, als würde er einen Skihandschuh tragen.

»Lizzie Kitsakis«, sagte ich. »Vielen Dank für Ihre Unterstützung.«

»Keine Sorge. Ich schicke Ihnen die Rechnung.« Falls seine Worte scherzhaft gemeint waren, wurden sie nicht einmal vom Anflug eines Lächelns begleitet.

Millie deutete auf einen Sitzbereich aus schwarzem Leder und Walnussholz in der gegenüberliegenden Ecke des Büros. »Setzen wir uns.«

»Es ist sehr schön hier«, sagte ich, während wir den Raum durchquerten.

An einer Seite boten große Fenster einen wundervollen Blick auf den East River. Ein halbes Dutzend Schreibtische war kunstvoll arrangiert. Ausschließlich Männer saßen daran, vermutlich weitere Ermittler, alle außer einem telefonierten. Im hinteren Bereich befanden sich drei große Einzelbüros mit Glasfronten.

»Von hier aus leisten wir anständige Arbeit«, sagte Millie und sah sich mit einem zufriedenen Nicken um. Wir nahmen auf den Sofas Platz. »Noch haben wir kein eigenes Labor, deshalb müssen wir die Tests extern in Auftrag geben – Fingerabdruckanalysen, Blutgruppenbestimmung –, aber eines Tages wird hoffentlich auch das möglich sein. Zu unserer Arbeit: Vinnie nimmt eine erste strategische Bewertung vor, sucht die richtigen Tests heraus und überlegt sich einen Ansatz, während ich Zeugen ausfindig mache und Spuren verfolge. Vinnie hat außerdem Verbindungen zur Gerichtsmedizin.«

»Ja, Vinnie hat Connections«, murmelte er und nahm auf dem am weitesten entfernten Sofa Platz. »Und er wird gern dafür bezahlt, wenn er sie nutzt.«

»Vinnie«, blaffte Millie. »Schluss mit dem Gerede über Geld. Sie wird dich bezahlen, Herrgott noch mal!«

»Das würde ich ihr auch raten.«

Millie verdrehte die Augen. »Ich habe ihm erklärt, dass wir diesmal nicht auf einen Vorschuss warten können, weil dein Mandant im Rikers sitzt und wir enorm unter Zeitdruck stehen.« Sie warf Vinnie einen vernichtenden Blick zu, dann drehte sie sich wieder zu mir um. »Am Anfang sind wir ein paarmal um unser Honorar geprellt worden. Und zu Vinnies Verteidigung: Es lag jedes Mal an mir.«

»Ich kann Zachs Buchhalter auffordern, das Geld noch heute anzuweisen«, sagte ich an Vinnie gewandt. »Ich muss ihn ohnehin anrufen.«

Er nickte, doch er wirkte wenig überzeugt. »Wie auch immer, *meine* Kontakte bei der Gerichtsmedizin haben mir geflüstert, dass die Tote sehr viel Blut verloren hat.«

»Das könnten gute Nachrichten für unsere Ermittlungen sein, richtig?«, fragte ich zaghaft. »Blutspuren sind weitaus verlässlicher als Augenzeugen, oder?«

Ich bewegte mich jetzt in unbekannten Gewässern. Betrugsfälle waren Daten- und Dokumentenfälle. Blutspuren spielten dabei keine Rolle, mitunter noch nicht einmal Augenzeugen. Es ging ausschließlich um Zahlen, E-Mails, Rechnungen und Kontenbücher. All die Jahre hatte ich es absichtlich vermieden, mir allzu viel Wissen über Tatortforensik anzueignen. Doch jetzt saß ich hier und konnte nicht länger wegschauen. Mir blieb keine andere Wahl, als mich zusammenzureißen und meinen Horizont zu erweitern.

»Verdammt, nein. Blutspritzeranalysen sind total unzuverlässig«, grummelte Vinnie. »Aber wenigstens sind die Leute, die die Analysen in New York City vornehmen, dafür ausgebildet. An vielen anderen Orten schickt man einfach ein paar erfahrene Cops zu einem sechsstündigen Seminar. Unabhängig davon sind Blutspritzer an und für sich immer eher Kunst als Wissenschaft.«

»Das klingt schlecht«, sagte ich. Schweiß rieselte mir den Rücken hinab. Das alles wurde mir zu viel.

»Sehen Sie sich diesen Fall an – es gibt so viele Blutspritzer, in den unterschiedlichsten Varianten. Sie können im Grunde alles beweisen. Mit Sicherheit wird die Staatsanwaltschaft irgendeinen Labortechniker finden, der die Geschworenen Schritt für Schritt durch das Verbrechen führt, als wäre er dabei gewesen, als es passiert ist. Dabei könnte er genauso gut aus seiner eigenen Hand lesen. In einem Fall wie diesem könnte ich Ihnen drei Blutspezialisten nennen, und alle drei würden zu völlig verschiedenen Ergebnissen kommen, was den Ablauf der Ereignisse auf der Treppe angeht. Und was sagt das aus? Dass man in einem Fall wie diesem keine Blutspritzeranalyse verwenden sollte. Aber ich bin nicht der Staatsanwalt, Gott bewahre!«

Das klang sehr, sehr schlecht. Hatte Millie nicht gesagt, es gäbe gute Nachrichten?

»Und das haben Sie alles von Ihren Kontakten bei der Gerichtsmedizin erfahren?«, hakte ich nach.

Vinnie nickte. »Sie haben den Golfschläger mit den Fingerabdrücken unseres Burschen, und die Verletzungen des Opfers stammen mit hoher Wahrscheinlichkeit von einem Golfschläger. Ich bin mir sicher, dass es vor Gericht stundenlang um diese schwachsinnige ›hieb- und stichfeste Blutspritzeranalyse‹ gehen wird. Und wir werden unser Bestes geben, um diese zu widerlegen. Aber wenn Sie mich fragen: Das müssen wir gar nicht.«

Wir. Unser Bursche. Ich versuchte mich darauf zu konzentrieren, *wie* Vinnie dies gesagt hatte, und den Rest auszublenden. Es war eine Erleichterung für mich, die Last von Zachs Abscheulichkeit mit jemandem zu teilen – wenn auch nur für eine Sekunde und etwas widerwillig. Vinnie hatte sicherlich recht – so arbeitete das Große Geschworenengericht nun einmal. Ohne Verteidiger, der auf die Lücken hinwies, waren die Zeugenaussagen am Ende völlig einseitig. Die Zeugen wurden zwar nicht unbedingt dazu ermutigt, geradeheraus zu lügen – schließlich konnten sie während des Prozesses auch von der Verteidigung befragt werden –, doch zwischen einer Lüge und einer Reihe von sorgfältig ausgewählten Fragen lagen Welten.

»Deshalb war es gut, dass du mich angerufen und zu dem Haus bestellt hast«, sagte Millie, bemüht, einen optimistischeren Ton anzuschlagen. »Die Abdrücke werden uns helfen.«

»Hast du etwas entdeckt?«

»Ja, tonnenweise Abdrücke«, antwortete Vinnie an Millies Stelle, hielt einen Ordner in die Höhe und warf ihr einen Blick zu. »Wir haben einen Haufen Geld vorgestreckt, bloß um einen eiligen Vorababgleich zu erhalten.«

»Das ist noch nichts Endgültiges.« Millie nahm Vinnie den Ordner aus den Händen und reichte ihn mir. Darin befanden sich zwanzig Seiten mit Nummern, Prozentangaben und Fachchinesisch. Für mich komplett unlesbar. »Wir haben allerdings Vergleiche mit einigen Abdrücken an Schlüsselstandorten angestellt.«

»Es tut mir leid …«, setzte ich an. »Ich kann nicht ganz folgen.«

»Hier.« Vinnie nahm mir den Ordner wieder ab und

blätterte eine Seite zurück. »Sehen Sie das? Wir haben zwei verschiedene Abdrücke auf der Golftasche gefunden – die von Zach und die von einer unbekannten Person.«

»Könnte es sich um Amandas Fingerabdrücke handeln?«

Er schüttelte den Kopf. »Die Fingerabdrücke von Zach und dem Opfer standen uns zur Verfügung – zum Abgleich und Ausschluss. Die Abdrücke auf der Golftasche stammen nicht von Amanda.«

Es bestanden unzählige Möglichkeiten, wer die Fingerabdrücke dort hinterlassen haben konnte – Haushälterinnen, Reinigungskräfte, Umzugsleute, Caddies, Angestellte –, und vermutlich gab es eine völlig unschuldige Erklärung. Unzählige Personen konnten einen nachvollziehbaren Grund gehabt haben, die Golftasche anzufassen.

»Wem gehören die Fingerabdrücke dann?«

Vinnie legte die Stirn in Falten. »Woher zum Teufel soll ich das wissen?«

»Er will damit sagen, dass die nicht identifizierten Fingerabdrücke auf der Golftasche nicht in unserem System waren. Es ist uns allerdings gelungen, ein paar Fäden zu ziehen und sie durch den Computer des NYPD laufen zu lassen.« Millie bedeutete Vinnie, fortzufahren. »Kommen wir zum positiven Teil, Vinnie.«

Er hielt den Ordner so, dass ich ein Foto sehen konnte. »Wir haben hier den Teilabdruck einer Hand, der zu einem der Abdrücke auf der Golftasche passt.« Vinnie deutete auf eine Stelle auf der Treppe. »Im Blut von Amanda Grayson.«

Mein Herz schlug schneller. »Tatsächlich?«

»Der Abdruck, den du in dem Blut auf der Metallstufe entdeckt hast, stammt von einer Handfläche und einem

Finger«, erklärte Millie, »und genau denselben Fingerabdruck haben wir auf der Golftasche entdeckt. Es mögen zwar viele Leute einen guten Grund gehabt haben, die Golftasche zu berühren, aber ganz sicher nicht dafür, in der Todesnacht in Amanda Graysons Blut zu fassen.«

»Ach du meine Güte!«, stieß ich aufgeregt hervor. »Seid ihr sicher?«

Millie nickte. »Der Abdruck gehört hundertprozentig keinem der Sanitäter und keinem Mitarbeiter des New York Police Department. Auch das haben wir überprüfen lassen. Fest steht, in der Todesnacht war außer Zach noch jemand anderes bei Amanda Grayson.«

Heilige Scheiße. Hatte Zach Amanda doch nicht umgebracht? War er bloß ein krankes Arschloch, das mich schikanieren wollte?

»Jetzt können wir den Abdruck von unserem Labor mit jedem abgleichen lassen, der mit dem Opfer in Verbindung stand – vorausgesetzt, Sie besorgen uns die entsprechenden Abdrücke. Das wird sehr viel schneller gehen als beim NYPD, und es wird mit Sicherheit um einiges aussagekräftiger sein. Allerdings veranlassen wir das erst, wenn wir unser Geld haben«, ließ sich Vinnie vernehmen. »Zum Glück hat Millie mich, denn ich sorge dafür, dass wir nicht aus diesem schicken Büro geworfen werden, weil wir die Miete nicht bezahlen können.«

Millie warf ihm einen finsteren Blick zu, dann drehte sie sich zu mir um. »Zu mehr konnte ich ihn nicht überreden«, erklärte sie mir. »Er hat ja recht – der Abgleich der Abdrücke kann schnell sehr teuer werden. Es ist immer gut, unsere Kunden ganz an Bord zu holen, bevor wir uns zu weit aus dem Fenster lehnen.«

»Zach ist an Bord – er wird definitiv bezahlen. Ich habe ihn bereits vorgewarnt, dass die Laborarbeit ziemlich kostspielig werden könnte. Sollen wir den Buchhalter sofort anrufen, von hier aus?«, bot ich an. Und zum ersten Mal, seit Zach mir gedroht hatte, fühlte ich mich ein klein wenig besser. Wenn Zach es nicht gewesen war, konnte ich ihn vielleicht wirklich mit reinem Gewissen aus der Sache herausboxen und meinen eigenen Hintern retten. Sogar Wendy Wallace würde gegen Abdrücke im Blut der Toten, die dem wahren Täter gehörten, nichts ausrichten können. »Ich sorge dafür, dass ihr euer Geld bekommt, und dann machen wir weiter.«

Millie schüttelte den Kopf. »Oh, du musst nicht sofort anrufen, das ist doch nicht ...«

»Großartig«, fiel ihr Vinnie ins Wort. »Das ist eine großartige Idee. Am besten, Sie rufen jetzt gleich an.«

»Noch eine Frage vorab: Befinden sich die Fingerabdrücke dieser Person auch auf dem Golfschläger?«

Millie und Vinnie sahen einander an, dann mich.

»Ähm, die Polizei hat den Golfschläger, Liebes«, sagte Millie mit höflichem, aber scharfem Ton. Als würde sie mich freundlicherweise daran erinnern, mich verdammt noch mal zu besinnen. »Wir haben keine Ahnung.«

»Oh, richtig«, sagte ich. Ich vergaß immer wieder, dass ich keine Staatsanwältin mehr war und damit keinen direkten Zugang zu den Beweismitteln hatte.

Natürlich hatten wir den Golfschläger nicht. Genauso wenig wie Amandas Handy, das uns Gott weiß was für Informationen über die Nachstellungen ihres Vaters liefern konnte, wenn die Staatsanwaltschaft beschloss, ein wenig tiefer zu graben. Gelöschte Nachrichten, unbekannte Nummern – solche Dinge wurden ignoriert, es sei denn, die Staatsanwaltschaft musste einen Täter *finden*. In Zachs Fall war man überzeugt, dass man den Täter längst hatte, und natürlich musste man die Anruflisten nicht überprüfen, um eine Verbindung zwischen ihm und Amanda nachzuweisen.

Dank jüngst erfolgter Gesetzesänderungen in New York würden wir bald Zugang zu etwas so Privatem wie Amandas Anrufprotokollen haben. Bislang wären wir unmittelbar vor Prozessauftakt mit den Beweisen der Anklage konfrontiert worden, ein Verfahren, das mir – selbstverständlich – völlig vernünftig erschienen war, als ich auf der anderen Seite gestanden hatte. Ich überlegte, ob ich an Zachs Handy herankommen konnte. Ich war keine Expertin in Sachen Handyortung, schon gar nicht an einem so dicht besiedelten Ort wie Brooklyn, aber es wäre extrem hilfreich, wenn wir nachweisen konnten, dass sich sein Mobiltelefon zu dem Zeitpunkt, zu dem Amanda ermordet worden war, auf der Brooklyn Heights Promenade befunden hatte.

»Es ist vielleicht sogar von Vorteil, wenn wir den Schläger nicht haben«, überlegte Vinnie. »Was, wenn wir ihn untersuchen und nicht die Abdrücke finden, auf die wir gehofft hatten? Dann geht es bei all den Beweisen nur noch um die, die wir nicht haben. Vielleicht war dieser andere Kerl, wer immer er sein mag, clever genug, an jener Hand, mit der er den Golfschläger gehalten hat, einen Handschuh zu tragen, aber nicht an der anderen. Gut möglich, dass er mit der ungeschützten nur die Tasche berührt hat und diese Stufe, weil er das Gleichgewicht verloren hat und sich abstützen musste. So zum Beispiel …« Er ahmte die Bewegung nach. »Diese Szenarien klingen albern, aber nicht alberner als die Blutspritzeranalyse der Staatsanwaltschaft. Bei einem Verbrechen kommt so eine seltsame Scheiße nun mal vor.«

»Ich glaube, mir fällt jemand ein, zu dem die Abdrücke passen könnten«, sagte ich.

»Macht es Ihnen etwas aus, uns Ihre Vermutung mitzuteilen?«, fragte Vinnie.

»Amandas Vater. Zu dem sie ein schwieriges Verhältnis hatte. Er wohnt in einem abgeschiedenen Teil von New York State. Er hat sie vergewaltigt, als sie noch ein Kind war, und seit sie nach New York gezogen war, fühlte sie sich von ihm verfolgt. Und zwar seit Monaten. Sie hat darüber Tagebuch geführt. Es gab Anrufe, und er hat ihr nachgestellt. Hat ihr sogar Blumen vors Haus gelegt.«

»Tatsächlich?«, fragte Millie fasziniert. »Nun, das klingt weiß Gott nach einer soliden Spur.«

»Ich denke, ich habe ihn ausfindig gemacht. Allerdings muss ich in eine kleine Stadt namens St. Colomb Falls fahren, wenn ich mit ihm reden möchte.«

»Nein, nein, nein.« Millie schüttelte den Kopf. »Das kommt nicht infrage. Vergewaltiger mögen es gar nicht, wenn man quasi aus dem Nichts auftaucht und sie des Mordes beschuldigt.« Ich hatte Millie nicht bitten wollen, für mich nach St. Colomb Falls zu fahren, da sie schon so viel für mich tat. Allerdings war ich auf Xavier Lynch zu sprechen gekommen, weil ich insgeheim gehofft hatte, dass sie mir genau das anbieten würde.

»Ich würde es ja übernehmen, aber …« Millie senkte unbehaglich den Blick. »Es gibt eine Sache, die ich auf keinen Fall verpassen darf. Morgen ist der erste Termin, und es dauert ein paar Tage. Vinnie wiederum ist bei Außeneinsätzen gar nicht gut. Ihn zu schicken wäre schlimmer, als gar nichts zu unternehmen.«

»Vielen Dank«, sagte Vinnie nachsichtig.

»Ich wüsste aber ein paar Jungs, denen ich vertraue. Ich setze sie ab und an beim Klinkenputzen ein. Sie sind nicht billig, und sie haben auch nicht immer Zeit, aber ich kann sie ja mal fragen.«

»Ich denke, jemand sollte so bald wie möglich mit Amandas Vater reden«, sagte ich.

»Okay, ich strecke die Fühler aus und sehe, was ich tun kann. Notfalls müssen wir einfach abwarten. Momentan besteht kein Grund zur Eile. Wir haben Zeit bis zur Gerichtsverhandlung.«

»Es wäre toll, wenn du die Jungs fragen könntest«, beharrte ich, da abzuwarten für mich keine Option war. »Darf ich den Ordner mitnehmen? Ich würde mir gern die Fotos und die anderen Sachen ansehen.«

Als Millie mir den Ordner mit dem Hinweis auf die Auswertung der Fingerabdrücke gezeigt hatte, hatte ich kurz auch zu anderen Dokumenten im Ordner geblättert: Karten von der Umgebung, Ausdrucke von Internetrecherche-Ergebnissen, Gesprächsnotizen. Ein Teil von mir hoffte, dass etwas dabei war, was Zach schuldig erscheinen ließ. Vielleicht etwas, mit dem ich ihn von meiner Seite aus unter Druck setzen konnte. Es war moralisch nicht gerade einwandfrei, seinen eigenen Mandanten zu bedrohen – vor allem dann nicht, wenn man eigentlich davon ausging, dass er unschuldig war –, aber Zach und ich befanden uns mittlerweile jenseits der ethischen Standards.

»Oh, sicher, selbstverständlich überlassen wir Ihnen unsere Arbeitsergebnisse. Sobald Ihr Mandant uns bezahlt hat«, sagte Vinnie und schloss die Hände fester um den Ordner. »Fünfzehntausend für bereits entstandene Kosten und zwanzigtausend als Vorschuss sollten genügen. Falls gewünscht, kann ich gerne eine genaue Kostenaufstellung beibringen.«

»Herrgott, Vinnie!«, stöhnte Millie resigniert.

»Nein, nein, das ist schon in Ordnung«, versicherte ich. »Dürfte ich kurz eines der Büros benutzen? Ich werde Zachs Buchhalter anrufen und die Finanzierung klären.«

»Selbstverständlich. Hier entlang.« Millie führte mich zu einem der Büros weiter hinten, das im Moment nicht besetzt war. »Entschuldige wegen Vinnie«, sagte sie im Gehen. »Als Forensiker hat er den Großteil seines Lebens mit Kriminellen zugebracht. Er traut niemandem. Und das Schlimmste ist, dass er fast immer recht hat.«

»Verstehe«, sagte ich und blieb vor der Bürotür stehen. »Das sollte aber kein Problem für unsere Zusammenarbeit sein.«

Ich griff nach dem Türknauf.

»Ich habe Krebs, Lizzie«, sagte Millie hinter mir leise.

»Was?« Ich wirbelte herum und starrte sie an.

»Deshalb bin ich so dünn. Deshalb habe ich dir so oft gemailt. Es könnte Konsequenzen für unsere Vereinbarung haben.«

Mein Mund wurde staubtrocken. »Mein Gott, das tut mir leid, Millie. Und es tut mir so leid, dass ich … Du solltest im Augenblick nicht einmal an unsere Vereinbarung denken. Du hast so viel für mich getan! Ich bin mir sicher, dass du mir bei deinem Angebot, mir den Rücken freizuhalten, niemals daran gedacht hast, dass du siebzehn Jahre später immer noch am Haken bist. Ich möchte, dass du weißt, wie dankbar ich dir bin. Kann ich irgendetwas für dich tun?«

Alles, außer mit dir über die Geschichte zu reden. Es tut mir leid, dass du Krebs hast. Aber ich kann einfach nicht reden. Nicht jetzt.

Millie lächelte, doch ihre Augen blickten traurig. »Morgen beginnt die Chemo. Das ist unbedingt nötig. Darum kann ich die Befragung von diesem Lynch nicht übernehmen.«

»Wirst du … Was sagen die Ärzte?«

»Ähm, nun …« Ihre Stimme verklang. Sie sammelte

sich, dann hob sie wieder an: »Ich habe Brustkrebs, wie Nancy. Die Ärzte waren bei ihr stets optimistisch, und du weißt ja, wie das geendet hat.« Sie lächelte tapfer. »Aber ich werde kämpfen, denn ich bin eine Kämpferin.« Ihre Worte wirkten genauso gezwungen wie ihr Gesichtsausdruck.

»Bitte sag mir, wie ich helfen kann«, drängte ich.

»Tu einfach so, als hätte ich dir nichts davon erzählt. Das hilft mir am meisten. Und versprich mir, dass du nicht selbst in dieses Kaff fährst.«

»Selbstverständlich nicht«, sagte ich, obwohl mir klar war, dass es eine zusätzliche Sünde war, einen kranken Menschen zu belügen.

»Wir werden auch noch über das andere sprechen müssen«, sagte sie, dann räusperte sie sich. »Ich nehme allerdings an, dass du damit in Anbetracht deines aktuellen Falls lieber noch ein bisschen warten möchtest.«

Ich nickte. »Danke.«

Millie presste die Lippen zusammen. »Okay«, sagte sie. »Ein paar Tage noch, höchstens. Und in der Zwischenzeit überleg dir bitte, was du tun möchtest, denn unsere Vereinbarung wird möglicherweise nicht mehr lange bestehen.«

Es war eine Erleichterung, bei geschlossener Tür in dem leeren Büro zu sitzen. Ich war dankbar, mir einreden zu können, ich müsse mich jetzt nicht mit Millies Neuigkeiten befassen, weil der Anruf bei Zachs Buchhalter Vorrang habe. Ich würde mich später damit auseinandersetzen. Ganz bestimmt.

Er ging beinahe sofort ans Telefon. »Teddy Buckley.«

»Hier spricht Lizzie Kitsakis. Ich bin Zach Graysons Anwältin, und er hat mir eine Vollmacht gegeben, in seinem Namen finanzielle Angelegenheiten mit Ihnen zu klären. Bevor wir weitersprechen, kann ich sie Ihnen gern per E-Mail zustellen, wenn Sie möchten.«

»O-kay«, erwiderte Teddy gedehnt. »Ja, das wäre großartig. Unter diesen Umständen werden Sie sicher verstehen, dass ich warten muss, bis ich die Befugnis in der Hand halte, bevor wir weitersprechen.«

Ein nervöser Mann, der sich strikt an die Regeln hielt. Was bei einem Buchhalter keine Überraschung war. Doch noch etwas anderes schwang in seiner Stimme mit: Erleichterung. Er hatte auf einen Anruf gehofft. Von irgendwem.

»Ja, bleiben Sie einen Moment dran. Ich schicke die E-Mail sofort ab.«

»Kein Problem«, sagte er. »Ich kann warten.«

Ich nahm das Telefon vom Ohr, machte mit dem Handy ein Foto von der Vollmacht, die Zach mir erteilt hatte, und verschickte es als E-Mail-Anhang. Das ganze Prozedere dauerte keine Minute.

»So, Sie dürften sie gleich …«

»Hab ich. Ja, sieht gut aus.« Teddy Buckley atmete aus. »Die Sache mit Mrs. Grayson tut mir sehr leid.«

»Sie kannten sie?«

»Nicht wirklich«, antwortete Teddy Buckley. »Doch nach allem, was ich über sie gehört habe, war sie … nun ja … menschlich. Das sind Personen mit einem derartigen Vermögen nicht immer. Wie dem auch sei – es ist traurig, was ihr zugestoßen ist.«

»Bevor wir das weiter vertiefen – könnten Sie bitte eine Zahlung an Evidentiary Analytics veranlassen? Das ist eine Profi-Ermittlerfirma, die uns beim Aufbau von Zachs Verteidigung unterstützt. Ein Teil der Summe wird für bereits erbrachte Dienste benötigt, der andere als Vorschuss für zukünftige Auslagen. Insgesamt fünfunddreißigtausend Dollar. Es wäre wunderbar, wenn Sie den Betrag sofort überweisen könnten, das würde uns wirklich helfen. Ich warte währenddessen. Entschuldigen Sie bitte die aberwitzige Geschwindigkeit, aber Sie können sich sicher vorstellen, dass die Firma anlässlich der gegebenen Situation bereits eine ordentliche Summe für Labortests und Ähnliches vorgestreckt hat.«

»Sie wollen, dass ich fünfunddreißigtausend Dollar überweise?«, fragte Teddy Buckley, der jetzt wieder wachsam klang. Nein, nicht ganz: Er klang verwirrt. »Sofort?«

»Die Vollmacht beinhaltet Zahlungsanweisungen.«

»Ja, das sehe ich. Allerdings fürchte ich, dass ich das nicht tun kann.«

»Das verstehe ich nicht.«

»Es stehen keine Geldmittel zur Verfügung.«

Ich schloss die Augen. »Wie meinen Sie das?«

»Es ist kein Geld vorhanden. Weder auf den Konten der Stiftung noch auf den Privatkonten der Graysons, zumindest auf keinem Konto, auf das ich Zugriff habe. Ehrlich gesagt, bin ich überrascht, dass Mr. Grayson Ihnen das beim Unterzeichnen der Vollmacht nicht selbst gesagt hat. Er ist sich dessen voll und ganz bewusst. Ich kann mir nicht vorstellen, warum er die Auszahlung von Geldern veranlassen sollte, obwohl er ganz genau weiß, dass nichts da ist.«

Für mich lag die Antwort auf der Hand: Zach hatte gehofft, so viel wie möglich aus meinen Experten und mir herauszuquetschen, bevor die Wahrheit ans Tageslicht kam. Mit dieser Strategie war er bislang offenbar gut gefahren.

»Was ist mit dem Geld passiert?«, fragte ich, um eine ruhige Stimme bemüht. »Wissen Sie das?«

»Nein. Mir sind mehrere große Transfers aufgefallen, die auf Mr. Graysons Anweisung hin vorgenommen wurden. Als ich mich danach erkundigte, teilte er mir ziemlich ungehalten mit, dass mich das nichts angehe. Doch genau genommen habe ich auch eine treuhänderische Verantwortung gegenüber dem Stiftungsvorstand.«

»Warum sollte Zach sich an den Geldern der Stiftung bedienen wollen?«, fragte ich. »Hat er nicht gerade eben seine Firma für Millionen von Dollars verkauft?«

»Das habe ich nicht so verstanden«, wandte Teddy vorsichtig ein.

»Wie haben Sie es dann verstanden?«

»Hören Sie, das ist wirklich nur Klatsch und Tratsch. Ich war damals noch gar nicht mit der Buchhaltung beauftragt, PricewaterhouseCoopers wurde erst nach dem Firmenverkauf engagiert, als die Stiftung gegründet wurde, und ich kümmere mich auch nicht um die finanziellen Belange von Mr. Graysons neuer Firma«, sagte er. »Es wäre sicher nicht gutzuheißen, wenn …«

»Mr. Buckley!«, unterbrach ich ihn barsch, obwohl ich mich vermutlich auf dünnem Eis befand. »Dafür habe ich keine Zeit! Ich versuche lediglich, einen unschuldigen Mann aus dem Gefängnis zu holen, und ich habe zu diesem Zweck Experten beauftragt, die bezahlt werden müssen. Sie haben gerade eine Vollmacht von mir bekommen, die Ihnen auch erlaubt, mit mir zu reden. Glauben Sie mir, ich handele im Auftrag von Mr. Grayson. Sie sind verpflichtet, meine Fragen zu beantworten.«

Teddy Buckley holte nervös Luft. »Ich habe es so verstanden, dass Mr. Grayson vom Vorstand der ZAG abgefunden wurde, doch dass man ihm wegen angeblich gesetzwidrigen Verhaltens einen deutlich geringeren Betrag zahlen konnte.«

»Wegen ›gesetzwidrigen Verhaltens‹?«

»Ich kenne die Details nicht, und es ist natürlich auch juristisch nicht bewiesen. Doch anscheinend ist herausgekommen, dass Mr. Grayson ein paar … unorthodoxe Methoden angewandt hat. Methoden, die die ZAG GmbH angreifbar machten«, erklärte er. »Bestimmt hat man ihm genug bezahlt, dass seine persönlichen Ausgaben gedeckt sind, er die Stiftung gründen und ein neues Unternehmen aufbauen konnte. Was jedoch die laufenden Kosten für dieses Unternehmen betrifft … auch das ist wieder reine Spekulation.«

»Oh«, sagte ich mit einem flauen Gefühl im Magen. »Das war mir nicht bewusst.«

Aber jetzt wusste ich es. Und es war vermutlich der wahre Grund dafür, dass Zach mich herausgepickt hatte, um ihn zu vertreten: Er war pleite. Jeder andere Anwalt hätte einen riesigen Vorschuss verlangt. Und er hätte vor Aufnahme seiner Tätigkeit klugerweise den Scheck eingelöst, um sicherzugehen, dass er auch gedeckt war. Wie viel besser war es da für ihn, wenn er mich haben konnte – umsonst? Mir war nicht einmal der Gedanke gekommen, um einen Vorschuss zu bitten, und Paul offenbar auch nicht. Zach war reich. Was sollte also schon schiefgehen?

»Mr. Grayson hat meine Anrufe schon seit einem Monat nicht mehr entgegengenommen, aber Mrs. Grayson hatte sich vor ihrem Tod bereit erklärt, sich mit mir zu treffen. Ich wollte ihr die Lage erklären und mich anschließend, wenn nötig, an den Vorstand wenden. Doch als ich vergangene Woche zum vereinbarten Termin bei der Stiftung erschien, war sie nicht da.« Er hielt inne, dann holte er erneut Luft. »Ich bin am nächsten Nachmittag noch einmal hingefahren, doch wieder habe ich Mrs. Grayson nicht angetroffen. Schließlich habe ich mich an die stellvertretende Leiterin gewandt und ihr berichtet, was vorging. Ich hätte es besser wissen müssen, und ich gebe zu, dass ich damit gegen einen meiner ethischen Grundsätze verstoßen habe. Ich hatte aber einfach das Gefühl, dass irgendjemand bei der Stiftung Bescheid wissen sollte, bevor bedürftigen Schülern und Studenten nicht existente Gelder zugesagt wurden.«

»Sie haben sich mit der stellvertretenden Leiterin der Stiftung unterhalten?«

»Warten Sie, ich schaue kurz in meine Gesprächsnotizen«, sagte Teddy, und es dauerte einen Moment, ehe er fortfuhr: »Ihr Name ist Sarah Novak.«

»Sie haben sich mit Sarah Novak getroffen?«

»Ja, kurz.«

Sarah hatte speziell diesen Buchhalter erwähnt, der versuchte, Amanda aufzuspüren, doch sie hatte die Tatsache ausgelassen, dass sie sich selbst mit ihm getroffen hatte. Und dass er während dieses Treffens die *Bankrott*-Bombe hatte platzen lassen. Was hatte sie zu verbergen? War es etwa möglich, dass sie irgendwie in die merkwürdigen Transfers von Stiftungsgeldern, die Zach vorgenommen hatte, involviert war?

»Wann genau war das?«

»Moment«, sagte er. Im Hintergrund klapperte eine Tastatur. »Das war am Donnerstag, den zweiten Juli, um sechzehn Uhr. Ich würde sagen, Mrs. Novak war gar nicht glücklich über das, was ich zu berichten hatte. Um genau zu sein, war sie sogar sehr, sehr wütend. Was mich, ehrlich gesagt, überrascht hat. Ich hatte Besorgnis erwartet, aber sie schien das Ganze ausgesprochen persönlich zu nehmen.«

»Wie meinen Sie das?«, fragte ich.

»Ähm, nun … sie sagte etwas wie: ›Na super, dann bin

ich jetzt meinen Job los. Was soll ich denn nun machen, verdammte Scheiße?‹« Es klang merkwürdig, wenn Teddy fluchte, als würde er eine Fremdsprache sprechen. »Sie hat noch mehr gesagt, aber im Grunde ging es ihr genau darum: um die finanziellen Konsequenzen, die dies für sie mit sich brachte. Davor schien sie sich wirklich zu fürchten.«

»Aha, vielen Dank«, sagte ich.

»Bitte geben Sie mir Bescheid, wenn ich noch etwas für Sie tun kann.«

Ich legte auf und starrte aus der Glastür des Büros, vor der Millie in einigem Abstand auf und ab tigerte, den Kopf schüttelte und mit dem Finger in der Luft herumfuchtelte, als würde sie Vinnie zusammenstauchen, weil er an meiner Integrität gezweifelt hatte.

Zach war ein Versager – ein Loser –, genau das, was er nie hatte sein wollen. Das hatte er sich geschworen. Wer hätte schon sagen können, wie weit er gehen würde, um das zu vertuschen? Vielleicht steckte er wirklich mit Sarah unter einer Decke. Vielleicht waren die beiden am Abend der Party zusammen gewesen, nicht Zach und Maude. Schützte Maude Sarah? War Sarahs Verachtung für Zach Teil einer abgefeimten List?

Die Möglichkeiten vervielfachten sich so schnell, dass mir nur noch eines klar war: Ich hatte mich von Zach ins Bockshorn jagen lassen.

AMANDA

EIN TAG VOR DER PARTY

Amanda betrat den Prospect Park durch den Eingang beim Garfield Place und ging Richtung Süden. Carolyn und sie trafen sich immer auf der gegenüberliegenden Seite des Parks, bei der Eisbahn. Gleich in der Nähe befand sich eine U-Bahn-Haltestelle der Linie, mit der Carolyn zur Arbeit fuhr, und Amanda schlenderte gern über die lang gestreckte Wiese, auf der Hunde morgens vor neun Uhr und am Nachmittag ab siebzehn Uhr ohne Leine herumtollen konnten. Jetzt stand die Sonne schon tief, ihr Licht tauchte alles in ein butteriges Gold.

Als sie beim Eingang zur Eislaufbahn ankam, stellte sie fest, dass Carolyn nirgendwo zu sehen war. Dabei kam sie sonst nie zu spät. War Amanda etwa zu früh? Sie hatte keine Ahnung, wie viel Uhr es war, da sie zum Laufen ihr Handy nicht mitnahm. Sie hasste es, wenn das riesige Ding an ihren Arm gebunden war.

Amanda blickte den Center Drive auf und ab, dann wandte sie sich zu der Seite um, an der die Flatbush Avenue lag. Keine Carolyn.

»Entschuldigen Sie«, sprach Amanda eine patent wirkende Frau an, die mit einem Sportkinderwagen in ihre Richtung gewalkt kam. »Könnten Sie mir bitte sagen, wie viel Uhr es ist?«

»Aber sicher!«, rief die Frau und eilte an Amanda vorbei. »Zwanzig Uhr fünf.«

Carolyn war gerade mal fünf Minuten zu spät, trotzdem wurde Amanda nervös, weil die Sonne bald untergehen würde und sie hier allein zwischen den Bäumen stand. Doch sie musste sich gedulden. Carolyn arbeitete immer viel, da war es doch ganz normal, wenn sie sich etwas verspätete. Außerdem konnte Amanda die Zeit nutzen, um sich zu überlegen, wie Carolyn ihr helfen sollte.

Denn abgesehen davon, Zach an Amandas Stelle entgegenzutreten, war ihr bisher nicht recht klar, was Carolyn tun könnte. Sicherlich würde sie Amanda sagen, dass sie Zach gegenüber den Mund aufmachen müsse. Aber Carolyn hatte leicht reden. Für Amanda war das ein nutzloser Rat. Das Einzige, was sie wirklich konnte, war laufen. So weit und so schnell wie möglich. Das tat sie schon seit Jahren. Es war ihre Art, sich selbst Halt zu geben, auch in Zeiten, in denen sie sich völlig verloren fühlte. Vermutlich lief sie deshalb sogar in ihren Träumen.

Sechs Monate nach dem Tod ihrer Mom kam Daddy zum ersten Mal in der Dunkelheit zu Amanda. Danach wusste sie, warum ihre Mom gesagt hatte: »Lauf, wenn du laufen musst. Lauf, so schnell du kannst.« Doch wohin Amanda laufen sollte, wusste sie nicht. Immerhin war sie erst zwölf Jahre alt. Und so hatte sie schließlich angefangen, überallhin zu laufen, wo es möglich war: Sie lief zur Bushaltestelle und zurück, sie lief zur Bibliothek, zur Route 24 und drehte Kreise um den Walmart-Parkplatz. Sie lief in den flachen, ungedämpften Keds, die sie in der Schule trug, und in der einzigen Jogginghose, die sie besaß und die so ausgebeult war, dass die Knie aneinanderrieben. Bald konnte sie mühelos zehn Meilen laufen, und sie war schnell. So schnell, dass sie tatsächlich eine Chance hatte, davonzulaufen – sie musste nur noch herausfinden, wohin.

Amanda sah sich erneut um. Noch immer keine Spur von Carolyn. Die vielen Fahrradfahrer und Jogger wurden weniger, jetzt, da die Abenddämmerung ihre langen Finger nach dem Himmel ausstreckte.

Diesmal fragte Amanda einen älteren Mann nach der Uhrzeit. Er trug Kopfhörer, deshalb musste sie zweimal rufen.

»Zwanzig Uhr einundzwanzig!«, rief er endlich zurück.

Sechzehn Minuten waren verstrichen. Stand sie wirklich schon so lange hier? Was, wenn Carolyn etwas zugestoßen war? Die U-Bahn war sicher – zumindest hatte man Amanda das erzählt –, trotzdem wurden Menschen ausgeraubt oder auf die Gleise gestoßen. Und Carolyn war mitunter allzu vertrauensselig.

Oder es gab eine andere, sehr viel naheliegendere Erklärung: ihren Vater. Womöglich war er Amanda in den Park gefolgt und hatte eine Möglichkeit gefunden, Carolyn abzufangen. Clever genug war er. Was, wenn sie Carolyn nie wiedersehen würde? Eine Erinnerung aus ihren Träumen blitzte vor ihrem inneren Auge auf: Groß und stark stand er lauernd in der Tür. Was, wenn er ihre beste Freundin in einem entlegenen Winkel des Parks in die Enge getrieben hatte? Amanda wurde zuerst schwindelig, dann übel. Als würde sie jeden Augenblick ohnmächtig werden. Sie setzte sich auf eine Bank und legte den Kopf zwischen die Knie, bis das Gefühl verging. Nein, nein, nein. Ihr Vater hatte Carolyn nichts angetan. Sie war – nein, *das* war ein verrückter Gedanke. Amandas Nerven lagen so blank, nur deshalb kam sie auf solche Ideen. Wie sollte ihr Dad ihr folgen und *gleichzeitig* Carolyn etwas antun? Das würde selbst ihm nicht gelingen, diese Überlegung war Unsinn. Sehr viel wahrscheinlicher war es, dass es zu Verzögerungen im U-Bahn-Verkehr gekommen war.

Und ausgerechnet jetzt hatte Amanda ihr Handy nicht bei sich. Vielleicht sollte sie lieber nach Hause gehen. Wenn sie in ihrem üblichen Tempo zurücklief, konnte sie in zehn Minuten dort sein und würde hoffentlich eine Nachricht von Carolyn vorfinden.

Der schnellste Weg war der über die Zufahrtsstraße und dann die Stufen hinauf, die durch den Wald führten. Das war um einiges kürzer als die belebtere Strecke außen herum. Klar, die oberste Regel für Stadtbewohner lautete: In der Menge ist man sicher. Selbst Amanda wusste das. Doch die Abkürzung würde ihr viel Zeitersparnis bringen.

Amanda warf einen letzten Blick in alle Richtungen, dann lief sie auf den Wald zu. In schnellem Tempo joggte sie an einer Reihe von dunkelgrünen Müllcontainern entlang, die wie Monster aus dem dunklen Schatten der Bäume aufragten. Dazwischen konnte man sich wunderbar verstecken, doch zum Glück war niemand dort.

Bald darauf gelangte Amanda zu den Holzstufen, die krumm und schief zwischen den Bäumen – so vielen Bäumen! – steil nach oben führten. Sie rannte so schnell, wie ihr Daddy niemals rennen konnte, nahm keuchend zwei Stufen auf einmal, doch sie fühlte sich stark dabei: Selbst wenn er hier war, würde er sie niemals einholen können.

Auf dem halben Weg nach oben hörte sie neben sich ein Geräusch. Etwas raschelte zwischen den Bäumen. Amanda stolperte, fing sich, setzte sich erneut in Bewegung.

Beruhige dich. Lauf einfach weiter. Beruhige dich. Lauf einfach weiter. Das ist nur ein Eichhörnchen, vielleicht auch ein Vogel oder einer von diesen neugierigen Wasch-

bären. Los, redete sie sich gut zu, *lauf. Es ist nichts. Mach, dass du nach Hause kommst.*

Sie war erst ein paar Stufen höher gekommen, als sie die Stimme hörte. Eine Männerstimme. Tief und schroff, heiser von lebenslangem Marlboro-Reds-Konsum. Unvergesslich. Daddy knurrte: »Amanda.« Aus derselben Richtung, aus der das Rascheln gekommen war. Er war hier. Nahe genug, um sie zu schnappen.

Schneller. Schneller.

Amanda sprintete die restlichen Stufen hinauf, weg von der Stimme. Weg von dem Geraschel. Ihr Vater hatte ihr Blumen vor die Tür gelegt. Er wusste, wo sie wohnte. Er war ihr heute Abend hierhergefolgt. Und da Carolyn nicht gekommen war, hatte er beschlossen, die Gelegenheit zu ergreifen.

Amanda konnte schneller laufen als er. Sie war jetzt älter. Kräftiger.

Nur noch ein paar Schritte, dann wäre sie oben. Danach noch ein paar Bäume, bevor sich der Weg auf die Wiese neben den Baseballfeldern hin öffnete. Dort waren immer Menschen. Ihr Daddy würde bestimmt nicht versuchen, sie vor aller Augen zu packen. Er war schon immer ein Feigling gewesen.

»Amanda!« Wieder die Stimme. Lauter diesmal. Sie spürte die Bedrohung, die darin mitschwang.

Sie machte einen Satz die oberste Stufe hinauf und rannte zur Wiese. Ihre Füße hämmerten auf den Untergrund. Ihre Zähne schlugen klappernd aufeinander.

Auf einmal bemerkte sie aus dem Augenwinkel eine Bewegung. Jemand stürzte auf sie zu.

Amanda schrie. Gellend. Ohrenbetäubend. Ein Laut wie der eines Tieres. Dann ließ sie sich zu Boden fallen. Wer am Boden lag, den konnte man schwerer wegzerren.

Sie wartete auf Daddys raue Hände. Machte sich bereit, nach ihm zu treten.

»Oha! He!« Eine andere Stimme. »Alles okay bei dir?«

Amanda krabbelte von der Stimme fort und blickte auf. Ein sehr muskulöser Mann mit nacktem Oberkörper und Laufshorts stand vor ihr, um seinen Hals hing ein Kopfhörer, ein Stirnband hielt seine schwarzen Locken zurück. Er hatte die Hände erhoben. Sein Mund stand offen, seine haselnussbraunen Augen waren erschrocken aufgerissen. Amanda kannte ihn, und sie kannte ihn doch nicht. Konnte sein Gesicht nicht richtig ausmachen. Aber es war definitiv nicht ihr Dad.

»Amanda, geht es dir gut?« Der Mann hatte einen Akzent. Einen französischen. »Habe ich ... Es tut mir leid! Ich hab dich gerufen, aber ich wollte dich nicht erschrecken. Maude hat recht – sie behauptet immer, Männer würden nicht nachdenken.«

Maude. Sebe. Natürlich war er es. Als sie wieder zu Atem kam, erkannte sie ihn auch.

»Oh, ja, sorry«, keuchte Amanda. »Mir geht es gut ... Keine Ahnung, was passiert ist. Ich habe ein Geräusch gehört und dachte, jemand würde mich verfolgen. Offenbar habe ich Panik bekommen. Ich hätte einfach nicht die Abkürzung nehmen sollen.«

Sebe streckte ihr galant die Hand entgegen. »Komm, ich helfe dir auf.«

»Danke«, sagte Amanda und ließ sich von ihm auf die Füße ziehen. Ihre Knie fühlten sich weich an vom Adrenalin.

»Bist du sicher, dass es dir gut geht?«, fragte Sebe und warf einen Blick auf ihre Beine. Amanda wünschte, er hätte ein Shirt an. »Du bist so plötzlich zu Boden gegangen – hat dein Knöchel nachgegeben? Ich bin zwar kein

Orthopäde, aber ich kenne jemanden, den ich anrufen könnte.«

Amanda spürte, wie ihr die Röte in die Wangen schoss. Ein umgeknickter Knöchel wäre sicherlich eine angenehmere Erklärung als die Wahrheit: dass sie ausgeflippt war, weil sie geglaubt hatte, ihr Vater, dieses Monster, sei hinter ihr her.

»Nein, nein, das ist nicht nötig«, wehrte sie ab. »Alles okay, wirklich.«

»Ich glaube, oben auf dem Hügel gibt es einen kleinen Verkaufsstand«, sagte Sebe. Er wirkte ruhig und verantwortungsbewusst. »Lass uns hingehen, die haben bestimmt eine Flasche Wasser. Vielleicht bist du dehydriert und deshalb umgekippt. Du wärst schockiert, wenn du wüsstest, was Flüssigkeitsmangel anrichten kann.«

»Das ist nicht nötig«, wehrte Amanda erneut ab. Das Knie, auf das sie gestürzt war, fing an zu pochen, aber das wollte sie nicht erwähnen. »Wirklich, mir geht es gut.«

»Keine Widerrede«, sagte Sebe und schüttelte entschlossen den Kopf. »Ich bin Arzt. Ich habe eine ethische Verpflichtung. Außerdem ist Maude schon wütend genug auf mich. Wenn ich dich hier allein lasse, bringt sie mich um.« Er lächelte warmherzig. Amandas Brust schmerzte. *Nicht weinen. Du darfst jetzt nicht weinen.*

»Einverstanden«, sagte sie schließlich.

Langsam gingen sie den Hügel hinauf. Amanda gab ihr Bestes, um das Stechen in ihrem Knie zu ignorieren, das sich bei jedem Schritt bemerkbar machte.

»Du glaubst, jemand war hinter dir?«, fragte Sebe und drehte sich zu den Bäumen um.

»Das habe ich mir bestimmt nur eingebildet«, wehrte Amanda ab. »Ich habe eine blühende Fantasie.«

»Ich könnte dich nach Hause begleiten. Vorsichtshalber. Das wird Maudes erste Frage sein: ›Hast du sie nach Hause gebracht?‹«

Das war vermutlich nicht die schlechteste Idee. Sebe war groß und sportlich. Allein seine Anwesenheit würde ihren Daddy von ihr fernhalten – zumindest diesmal. Doch sie wollte ihm keine Umstände bereiten.

»Es geht schon«, versicherte sie ihm daher. »Wirklich.«

»Der Park gilt eigentlich als ungefährlich«, sagte Sebe, während sie weitergingen. Er atmete schnell. »Aber Großstadt ist Großstadt. Man sollte sich nie in falscher Sicherheit wiegen.«

Er schwieg, bis sie den kleinen Hotdog-Stand erreicht hatten. Amanda war dankbar für die Verschnaufpause, doch sie spürte, dass er eine nähere Erklärung erwartete.

»Zwei Wasser, bitte«, bestellte Sebe und zog einen Zwanzigdollarschein aus dem Handyhalter an seinem wohldefinierten Bizeps.

Amanda fragte sich, wie es sein mochte, mit einem Mann wie Sebe oder Kerry verheiratet zu sein, mit einem Mann, der so freundlich, fürsorglich und aufmerksam war. Wie es sein mochte, sich geliebt zu fühlen, wirklich geliebt, so wie Maude oder Sarah. Amanda wusste, dass Maude im Augenblick frustriert war wegen Sebe und dass auch Sarah und Kerry einige Probleme hatten. Aber die Liebe war bei beiden Paaren etwas, auf das man bauen konnte, wenn man in raue Gewässer geriet. Die Ehe mit Zach würde Amanda niemals vor irgendetwas retten.

»Danke«, sagte Amanda und nahm Sebe die Wasserflasche ab.

Mit jedem Schluck, den sie trank, stellte sie fest, wie durstig sie tatsächlich war. Binnen Sekunden hatte sie die ganze Flasche geleert.

Sebe lachte. »Also weißt du, dass du viel Wasser trinken solltest, richtig?«

Amanda nickte. »Ich bin offenbar tatsächlich dehydriert. Du hast recht, das war dumm von mir«, sagte sie. »Es tut mir leid, dass ich dich vom Laufen abgehalten habe.«

»Nein, nein. Du hast mich gerettet. Ich habe Maude versprochen, dass ich mit dem Laufen anfange. Ihr Vater ist an einem Herzinfarkt gestorben, als er in meinem Alter war. Seitdem hat sie ständig Angst, mir könnte das Gleiche zustoßen.« Er schnitt eine Grimasse. »Vielleicht möchte sie mich auch umbringen. So oder so – ich würde lieber nicht laufen, aber ich tue alles, damit sie mir wieder wohlgesinnt ist.«

Amanda holte tief Luft und ging mit ihm zusammen auf den Ausgang zur Ninth Street zu. »Darf ich dich etwas fragen, was mich eigentlich gar nichts angeht?«

»Sicher«, sagte Sebe. »Immerhin hast du was gut bei mir – ich war für deinen Sturz verantwortlich.«

»Wie schafft ihr das, Maude und du?«

»Was schaffen wir?«, fragte er. Der wachsame Ausdruck auf seinem Gesicht zeigte deutlich, dass er fürchtete, Amanda würde auf das unorthodoxe Sexleben anspielen, das Maude und er führten.

»Wie könnt ihr wütend aufeinander sein und trotzdem ... ich weiß nicht, wie ich mich ausdrücken soll ...« Sie zögerte, dann fuhr sie fort: »Und trotzdem so eine Einheit bilden?«

Sebe dachte für eine Weile über ihre Frage nach. »Vergebung ist eine Begleiterscheinung von Liebe«, sagte er dann beinahe traurig. »Wenn man verheiratet ist, muss man die Höhen und Tiefen des Lebens miteinander teilen, da bleibt einem keine andere Wahl.«

»Das ist wahr«, sagte Amanda in einem Ton, als verstünde sich das tatsächlich von selbst.

Sie schwiegen, bis sie den westlichen Teil von Prospect Park erreichten. Amanda sah zwei Frauen, die zusammen joggten, und plötzlich fiel ihr ein, warum sie überhaupt hier war: Carolyn.

»Oh, Mist!«, stieß sie erschrocken hervor. »Kannst du mir sagen, wie viel Uhr es ist?«

»Klar.« Sebe zog sein Handy aus der Bizepstasche. »Gleich zwanzig vor neun. Musst du irgendwohin?«

»Ich wollte mich mit meiner Freundin treffen, aber sie ist nicht gekommen. Ich habe mir Sorgen um sie gemacht, deshalb bin ich ja so eilig nach Hause gerannt. Ich hatte mein Handy nicht mitgenommen, also konnte ich sie nicht anrufen.«

»Willst du es jetzt mal probieren?« Sebe streckte ihr sein Telefon entgegen.

»Oh, ja, danke.« Amanda griff danach. »Warte … nein, ich weiß ihre Nummer nicht auswendig.«

»Ach, verflixte Technik. Heutzutage lernt keiner mehr etwas auswendig. Moment, da kommt ein Taxi.« Sebe lief rasch zur Straße und hielt eine limettengrüne Limousine an. »Damit fährst du jetzt nach Hause, und ich drehe meine Runde zu Ende, damit ich bei Maude keine Buße tun muss.« Er reichte Amanda das Geld, das ihm der Hotdog-Verkäufer herausgegeben hatte. »Hier, für das Taxi. Bist du sicher, dass ich dich allein lassen kann?«

»Klar. Es geht mir gut. Vielen, vielen Dank. Für alles.«

Amanda war noch nicht eingeschlafen, als Zach um 23 Uhr 45 endlich nach Hause kam. Das war spät, sogar für Zach. Nicht, dass Amanda auf ihn gewartet hätte. Das Gespräch, das sie mit Carolyn geführt hatte, nachdem sie aus dem Park zurück war, nagte an ihr, als sie allein in der Dunkelheit lag, und ließ sie keinen Schlaf finden.

»Alles okay?«, hatte Amanda atemlos gefragt, als Carolyn endlich ans Telefon gegangen war. »Was ist passiert?«

Sie war erneut in Panik ausgebrochen, diesmal richtig, als sie zu Hause keine erklärende Nachricht auf dem Anrufbeantworter vorgefunden hatte. Mit wackeligen Beinen und zitternden Fingern hatte sie Carolyns Nummer gewählt. Ihre Freundin hatte den Anruf entgegengenommen, quietschlebendig. Und nicht nur dass: Carolyn hatte genervt geklungen.

»Was soll wo passiert sein?«

»Wir wollten uns im Park treffen, erinnerst du dich? Um acht.«

»Oh, Mist. Tut mir leid.« Doch in ihrer Stimme schwang etwas mit, was Amanda zweifeln ließ, ob Carolyn überhaupt zu ihrem Treffen hatte erscheinen wollen. »Das hatte ich ganz vergessen.«

Das war's. Keine Erklärung. Folglich auch keine mildernden Umstände.

»Du hast es *vergessen?*«, hakte Amanda nach.

»Ja«, erwiderte Carolyn kurz angebunden. »Ich hatte zu tun. Ich habe einen Job, falls du dich erinnerst.«

»Klar, aber ich habe mir furchtbare Sorgen um dich gemacht. So sehr, dass ich regelrecht ausgeflippt bin.« Seltsamerweise wurde Amanda das Gefühl nicht los, dass Carolyn *wirklich* etwas Schreckliches zugestoßen war. Dass die Freundin jetzt mit ihr telefonierte, bewies noch lange nicht das Gegenteil. »Und ich … ich wollte dir erzählen, dass ich vorhabe, mich an das zu halten, was du vorgeschlagen hast. Ich werde mich gegen Zach behaupten. Du hast recht, ich muss etwas ändern. Ich wollte nicht mit Case hierherziehen, und ich finde es immer noch nicht gut. Dieses blöde Ferienlager sollte eine Art Wiedergutmachung sein, und jetzt habe ich deswegen Albträume. Das ist doch lächerlich! Und alles nur, weil ich nie den Mund aufmache. Aber jetzt, da mein Vater hier ist, muss ich es wohl tun – ich werde es Zach erzählen müssen.«

Sie wartete darauf, dass Carolyn in Jubelrufe ausbrach, ihr versicherte, wie fantastisch das sei, und ermutigende Worte für Amanda fand, doch vergeblich.

»Großartig«, war alles, was Carolyn sagte. Als wäre ihr die Sache völlig gleich.

Ärger stieg in Amanda auf. »Ich glaube, mein Dad ist mir in den Park gefolgt. Deshalb habe ich mir solche Sorgen gemacht, als ich auf dich gewartet habe.«

»Wirklich?« Endlich schien Carolyn aufmerksam zu werden, doch sie klang nicht annähernd so reumütig, wie Amanda es sich gewünscht hätte.

»Ja, *wirklich*.«

»Hör mal, Amanda, ich muss dir etwas sagen.« Carolyn zögerte. »Ich hätte es dir schon eher sagen sollen, aber ich wollte dir keine Angst machen. Du drehst ja ohnehin fast durch …«

»Worum geht es?« Amandas Handflächen wurden schweißnass.

»Ich glaube, ich habe ihn gesehen.« Carolyn stieß die Luft aus, als hätte sie den Atem angehalten.

»Du hast *wen* gesehen?«

»Deinen Dad. Als ich von eurem Haus weggegangen bin.«

»Was?« Amandas Hand, die das Telefon hielt, fing an zu zittern. Sie versuchte, tief durchzuschnaufen, aber ihre Brust war wie zugeschnürt.

»Er saß auf den Stufen vor einem der Nachbarhäuser«, sagte Carolyn. »Als er mich kommen sah, ist er aufgestanden und gegangen. Es war dunkel, deshalb bin ich mir nicht hundertprozentig sicher. Aber ich denke, er war es.«

Amanda hätte eine neue Woge der Furcht verspüren sollen, aber etwas an dem, was Carolyn sagte, ließ sie aufhorchen. Etwas stimmte nicht.

»Wie meinst du das, ›es war dunkel‹?«, hakte sie nach. Carolyn war letztens am Morgen bei ihr gewesen. »Du warst also an einem Abend bei unserem Haus?«

»Ist doch egal, dann war es halt morgens.«

»Aber du hast doch gesagt, es sei dunkel gewesen!«

»Nein, nein. Ich meinte bloß, dass ich sein Gesicht nicht erkennen konnte. Das ist alles. Wird das ein Verhör? Ich versuche doch bloß, dir zu helfen!«

Amanda dachte an Officer Carbone: *Fragen Sie sich, wie er Sie gefunden haben könnte.* Wie hatte ihr Dad sie nach all der Zeit in Brooklyn aufgespürt?

»Ja, natürlich«, hatte Amanda gesagt. »Danke.«

»Ich muss jetzt auflegen«, hatte Carolyn leicht schroff erwidert. Als wäre sie abermals genervt. »Ich rufe dich gleich noch mal an.«

Das war vor einer Stunde gewesen, und Carolyn hatte sich nicht wieder gemeldet. Um ehrlich zu sein, war sich Amanda nicht mal sicher, ob sie sich das überhaupt wünschte. Sie wusste nicht, was mit Carolyn los war, und diese Unsicherheit schnürte ihr den Magen zusammen.

Es war nach Mitternacht, als Amanda endlich Zachs Schritte auf der Treppe in den ersten Stock hörte. Gleich würde er das Schlafzimmer betreten, in ihr riesiges Ankleidezimmer hinübergehen – so, wie er es immer tat –, sich ausziehen und anschließend zu ihr ins Bett schlüpfen, lautlos, um sie nicht zu wecken. Als wäre sie eine tickende Zeitbombe, nicht seine Ehefrau. Und tatsächlich: Einen Moment später war er da, öffnete die Tür, zog sich aus und legte sich ins Bett, sorgfältig darauf bedacht, sie nicht zu berühren. *Vergebung ist eine Begleiterscheinung von Liebe.* Was, wenn das ihr Problem war? Was, wenn sie sich nur mehr Mühe geben musste, ihrem Ehemann seine Schwächen zu vergeben? Es war schließlich nicht so, dass sie keine Schwächen hatte …

Amanda stellte sich vor, wie sie sich zu ihm drehte. *Zach* flüsterte. *Ich habe Angst, Zach.*

In diesem Augenblick seufzte er schwer. Wie so oft. Als wappne er sich gegen diese unerträgliche nächtliche Nähe. Nein, Amanda würde ihm nicht gestehen, dass sie Angst hatte. Allerdings kam ihr Vater ihr immer näher. Das *musste* Zach wissen. Doch um ihm davon in Ruhe zu berichten, brauchte sie Zeit mit ihm. Diese winzig kleine Bitte würde er ihr doch erfüllen? Alles, was sie von ihm wollte, war etwas Zeit.

Amanda schloss fest die Augen. »Du müsstest morgen Abend etwas für mich tun«, sagte sie. Ihr Herz fing an zu rasen.

»Ach ja?«, fragte Zach, als würde sie ihn ständig mitten in der Nacht um irgendwelche Gefallen bitten. »Und was?«

Ihre Ehe war nicht stark genug, um sie vor dem Untergang zu retten. Definitiv nicht. Und trotzdem war sie alles, was sie hatte. Amanda blieb keine andere Wahl, als die Hand auszustrecken und sich daran festzuklammern.

»Ich möchte, dass du mich begleitest.«

Ein weiterer Seufzer. Diesmal noch gereizter. »Wohin?«

»Zu einer Party«, stieß Amanda hervor. »Bei meiner Freundin Maude. Sie ist auch eine Freundin von Sarah, der Frau, die für die Stiftung arbeitet. Es ist unangenehm, dass du dich nie blicken lässt. Die Leute fühlen sich schon vor den Kopf gestoßen.«

»Das ist absurd«, entgegnete Zach, als wäre dies eine wissenschaftlich belegbare Tatsache.

»Du *musst* dorthin gehen. Weil ich dich brauche.«

Es wäre immerhin etwas, wenn Zach mitkäme. Sie würden gemeinsam zur Party gehen, zu Fuß, und das wäre die Gelegenheit, auf ihren Dad zu sprechen zu kommen. Hätte sie es ihm nicht genauso gut jetzt erzählen können? Klar, hätte sie. Das wusste sie. Bloß dass sie es einfach nicht über sich brachte.

»Wer kommt sonst noch?«, fragte Zach.

»Hauptsächlich Eltern von Grace Hall, Case' Schule«, antwortete sie.

»Ah«, sagte er. Dann schwieg er. Endlos lange. »Also gut«, sagte er schließlich. »Ich komme mit. Aber ich werde nicht lange bleiben können. Ich muss später noch arbeiten.«

Und damit drehte er sich auf die Seite und war kurz darauf eingeschlafen.

LIZZIE

FREITAG, 10. JULI

An der Haltestelle Seventh Avenue in der Nähe von Flatbush stieg ich aus dem Zug der U-Bahn-Linie Q und machte mich auf den Weg zu Sarahs Brownstone-Haus in der First Street. Ich hegte jetzt einen Verdacht gegen sie, auch wenn es mir natürlich schwerfiel, mir vorzustellen, dass eine so zierliche Frau wie sie über die körperliche Kraft verfügte, jemanden mit einem Golfschläger zu töten. Trotzdem – es musste einen Grund geben, warum sie wegen des Buchhalters gelogen hatte. Es erschien mir nicht ausgeschlossen, dass sie und Zach unter einer Decke steckten – den Betrug der Stiftung, vielleicht sogar Amandas Tod betreffend.

Am Ende hatte ich Evidentiary Analytics verlassen – wegen der ausstehenden Bezahlung ohne Amandas Ordner, dafür mit Millies Versprechen: »Ich werde Vinnie bearbeiten, und dann bringe ich dir die Unterlagen.«

»Es tut mir wirklich leid«, entschuldigte ich mich noch einmal bei ihr. Es gab so vieles, wofür ich mich entschuldigen musste. »Ich hatte wirklich keine Ahnung von Zachs finanzieller Situation. Aber ich werde dafür sorgen, dass ihr bezahlt werdet. Zach besitzt das schicke Haus, das ist doch immerhin etwas.«

Millie hatte überlegt, ob Zach sich vielleicht wenigstens die Finanzierung eines Abdruckvergleichs leisten konnte. Obwohl er das genaue Gegenteil von Millies ursprünglichem Plan war, sagte mir ihr Vorschlag eines: *Wenn* ich einen Abdruck von Xavier Lynch beschaffen konnte und *wenn* dieser mit dem Abdruck von Handfläche und Finger im Blut auf der Stufe übereinstimmten, würde das Zach unter Umständen entlasten. Und ich wäre endlich wieder frei.

Wenn. Wenn.

Der Plan brachte einige Probleme mit sich. Nicht zuletzt, weil fast alles auf reiner Spekulation beruhte. Außerdem würde ich selbst nach St. Colomb Falls fahren müssen. Es war kein Geld vorhanden, mit dem ich Millies »Jungs« bezahlen konnte, selbst wenn ich warten würde, bis sie Zeit für den Job fanden. Doch dazu war ich ohnehin nicht bereit.

Als ich die Seventh Avenue am St. Johns Place überquerte, entdeckte ich ein Schild auf der anderen Straßenseite, darauf in der Mitte eine leuchtend rosa Rose. »Blooms on the Slope« stand mit Kreidefarbe in einem Bogen über der Rose, ein Pfeil deutete nach rechts. Ich blieb auf dem Gehsteig stehen und durchwühlte meine Tasche. Ich hatte die Karte eingesteckt, da war ich mir ganz sicher. Und ich sollte auf alle Fälle einen Blick in den Laden werfen und mich erkundigen, ob die Floristin den Mann wiedererkennen würde, der ihr die Blumen geschenkt hatte. Das würde mich zwar nicht unbedingt von der Notwendigkeit entbinden, nach St. Colomb Falls zu fahren, um dem Vergewaltiger gegenüberzutreten, aber es wäre zumindest ein Anfang.

Eine kleine Glocke läutete, als ich die Tür öffnete. Blooms on the Slope war ein enger, aber schicker Laden mit einer attraktiven älteren Frau hinter der Ladentheke. Sie hatte die Haare hochgebunden und einen Schal darum geschlungen. Ihre Mundwinkel zeigten leicht nach oben, so sehr konzentrierte sie sich gerade darauf, ein Bouquet aus lauter gelben Blumen zu binden. Als ich sie leise vor sich hin summen hörte, wurde ich von Traurigkeit überwältigt.

Ich stellte mir vor, wie es wäre, an ihrer Stelle zu sein, in ihrem Alter, glücklich, bei meinem Traumjob, Sam an meiner Seite, alles, was in der Vergangenheit schiefgegangen sein mochte, geklärt. In der Realität dagegen verfasste ich eine E-Mail nach der anderen an meine beste Freundin von der Uni und schilderte ihr, zu was für einem Desaster mein Leben geworden war. Ich schickte diese E-Mails nie ab, das war viel zu beschämend. Tief im Innern wusste ich, dass all diese Dinge – die Geheimnisse, die ich hütete; dass ich Sam trotz all seiner Probleme geheiratet hatte; sogar die Tatsache, dass Zach mich über den Tisch gezogen hatte – miteinander in Verbindung standen. Wenn dieses Chaos mit Zach vorbei war, würde ich mich aus dieser düsteren Situation befreien und Victoria zumindest von Sams Alkoholproblem berichten müssen. Es war unverantwortlich, mit derartigen Geheimnissen zu leben. Hätte ich nicht so viel für mich behalten und unter den Tisch gekehrt, hätte Zach mich jetzt nicht in der Hand.

»Oh, hallo!«, rief die Frau hinter der Blumentheke munter, als sie mich endlich bemerkte, dann musterte sie mich mit einem Anflug von Besorgnis. »Sie sehen definitiv aus wie jemand, dem ein paar Blumen guttun würden.«

Ich schluckte gegen den Kloß in meiner Kehle an. »Ich suche eine Person, die in letzter Zeit einen Blumenstrauß aus Ihrem Laden hat verschicken lassen«, sagte ich und näherte mich so langsam dem Verkaufstresen, als würden in dem Laden keine Blumen, sondern Waffen verkauft. Dachte ich wirklich, Blooms on the Slope würde Protokoll führen über versendete Blumensträuße, möglichst mit Namen des Käufers und Empfängers? »Ich habe hier eine Karte, aber es steht keine Unterschrift darauf. Ich weiß, dass ich nur wenig Aussicht auf Erfolg habe.«

Sie trat näher, ihr Blick war nach wie vor besorgt.

»Ohne Unterschrift?«, fragte sie und streckte die Hand nach der Karte aus. »Ich habe etwas gegen anonyme Blumengeschenke. Eine meiner Schwestern wurde auf der Highschool gnadenlos gestalkt. Der Scheißkerl hat überall Rosen für sie hinterlegt. Das Letzte, was ich möchte, ist, dass meine Blumen jemandem Angst machen.« Sie schaute auf die Karte. »Die Karte ist von uns, und das sieht aus wie Matthews Handschrift. Warten Sie einen Augenblick. He, Matthew!«, rief sie nach hinten. »Kannst du bitte mal kurz kommen?«

Einen Augenblick später erschien ein schwarz gekleideter, schlaksiger Teenager mit einem mürrischen Aknegesicht.

»Hast du Blumen mit dieser Karte ausgeliefert?«, fragte sie und hielt ihm die Karte hin. »Das sieht nach deiner Handschrift aus.«

Er zögerte für eine ganze Weile, dann griff er nach der Karte, starrte darauf und zuckte die Achseln. »Na und? Ich sollte die Blumen vor dem Haus ablegen. Seine Frau war angeblich total sauer auf ihn. Er hat mich deshalb gebeten, die Karte zu schreiben, weil es so aussehen sollte, als käme sie von einem heimlichen Verehrer. Er hatte Angst, dass sie seine Schrift erkennt.«

»Danke, mein Lieber«, sagte die Frau, bemerkenswert unbeeindruckt von seiner missmutigen Antwort. Sie wandte sich wieder mir zu. »Manchmal kann man den Leuten aus der Gegend eben nur schwer einen Gefallen abschlagen. Einige sind sehr ... sagen wir ... beharrlich, um es freundlich auszudrücken. Ich hoffe, die Blumen haben nicht für Probleme gesorgt.«

»Darf ich dir ein Foto zeigen?«, fragte ich Matthew. »Vielleicht erkennst du die Person wieder, die die Blumen gekauft hat.«

»Ich denke schon«, sagte er, noch immer mürrisch, aber auch ein bisschen neugierig.

Ich rief auf meinem Handy den Screenshot von dem Kirchenbasar auf und reichte es Matthew. »Erkennst du den Mann auf diesem Foto?«

Matthew schüttelte sofort den Kopf. »Nein. Da ist er nicht drauf.«

»Bist du dir sicher?« Er hatte so schnell geantwortet, dass ich fürchtete, er habe gar nicht richtig hingeschaut. »Das Foto wurde vor ein paar Jahren aufgenommen. Er könnte mittlerweile etwas anders aussehen.«

»Der Kerl auf dem Foto ist eine Raute«, sagte Matthew mit absoluter Überzeugung. »Der Kerl, der hier war, ein Kreis.«

»Ähm …«

»Er meint die Gesichtsform«, erklärte die Frau. »Offiziell gibt es sieben Grundformen, aber Matthew …«

»Zwölf, Mom«, korrigierte er scharf. Als sie ihn mit hochgezogener Augenbraue ansah, zuckte er wieder die Achseln. »Egal. Trotzdem sind es zwölf.«

»Matthew hat ein paar neue Formen ausmachen können«, fügte seine Mutter lächelnd hinzu. »Wir haben ihn testen lassen, als er noch klein war – lange Geschichte, die großteils mit meinem opportunistischen Ehemann zusammenhängt –, und es kam heraus, dass seine Begabung im Bereich der Gesichtserkennung liegt. Wenn Matthew sagt, dass der Mann auf dem Foto nicht hier war, dann war er es auch nicht.«

Endlich sah der Junge mich direkt an. »Wenn Sie mir andere Fotos zeigen, kann ich Ihnen den Mann definitiv heraussuchen, keine Frage.«

Ich versuchte, nicht deprimiert zu sein, als ich zu Sarahs Haus weiterging. Selbst wenn man Xavier Lynch bei Blooms on the Slope erkannt hätte, wäre das nicht das Gleiche, als könnten wir einen übereinstimmenden Hand- oder Fingerabdruck vorweisen. Ich hätte wohl trotzdem nach St. Colomb Falls fahren müssen.

Sarahs Brownstone-Haus hatte schon bessere Zeiten gesehen. Als ich die Stufen zur Eingangstür hinaufstieg, bemerkte ich Anzeichen von Verschleiß – die Fassade bröckelte, abgetretene Stufen, abblätternde Farbe an den Fensterläden. Nichtsdestotrotz handelte es sich um ein Park-Slope-Brownstone-Haus, vier Millionen Dollar wert, und ich selbst hätte es mir niemals leisten können. Aber ich fragte mich, ob der leicht marode Zustand darauf schließen ließ, dass Sarah Geld brauchte.

»Kann ich Ihnen helfen?«, rief eine Männerstimme, als ich gerade an die Tür klopfen wollte. Ich drehte mich um und fühlte mich wie ein Eindringling.

Am Fuß der Stufen, in einem T-Shirt mit einem Aufdruck der Brooklyn Nets und einer dunklen Sporthose, stand ein kräftiger Mann mit schlaffen Augenlidern und einem warmherzigen Lächeln, wahrscheinlich Sarahs Ehemann. Er hielt einen Pizzakarton in einer Hand und ein Sixpack in der anderen – an einem Wochentag um drei Uhr nachmittags. Er war definitiv kein Anwalt bei einer großen Kanzlei – doch andererseits gab es überall erfolgreiche Menschen, die gelegentlich blaumachten. Nur ich nicht.

»Oh, ich möchte zu Sarah«, sagte ich, in der Hoffnung,

ich würde zu ihr vordringen können, ohne mich als Zachs Anwältin ausweisen zu müssen. Allein bei der Vorstellung hätte ich mich am liebsten übergeben.

»Lunch und anschließend Ausflug mit dem Buchklub zu irgendeiner Autorenlesung in der 92nd Street Y«, sagte er. »Ich würde Sie ja hineinbitten und vorschlagen, auf Sarah zu warten, allerdings sollte man eher von einem Weinklub als von einem Buchklub sprechen. Sie wird vermutlich Stunden weg sein. Sie sind wegen der E-Mails hier, nehme ich an?«

»Ja«, antwortete ich, froh, dass er mir eine alternative Erklärung anbot.

»Sie und der Rest der Welt«, sagte er und schüttelte bedauernd den Kopf. »Wenn Sie möchten, schreibe ich mir Ihren Namen auf. Ich weiß, dass sie auf die Schule einwirkt, weitere Informationen an die Betroffenen herauszurücken, und ich bin mir sicher, dass sie bald eine weitere Elternbeiratsversammlung einberufen wird. Ständig diese Treffen, und immer bei uns zu Hause!«

»Ich versuche es ein andermal«, sagte ich und sprang die Stufen hinunter. »Danke.«

»Kein Problem!«, rief er mir nach. »Aber tun Sie mir bitte einen Gefallen und verraten Sie ihr nicht, dass Sie mich um diese Uhrzeit zu Hause angetroffen haben. Ich wollte bloß ein bisschen Wimbledon schauen, doch diese Frau wird nie verstehen, wie wichtig Sport ist.«

Ich nickte und erwiderte sein Lächeln. Es fiel mir schwer, mir diesen dicklichen, leutseligen Kerl an Sarahs Seite vorzustellen. »Kein Problem.«

Bis zum Abend hatte mir Sam ein halbes Dutzend Textnachrichten geschickt, die ich allesamt ignorierte – bei allen ging es um die Frage: »Bitte, Lizzie, können wir reden?« Er hatte auch angerufen, doch ich hatte den AB drangehen lassen. Bei der dritten Sprachnachricht war er in Tränen ausgebrochen.

»Ich hatte dich nie verdient«, stammelte er. »Du bist so lieb und verständnisvoll und ehrenhaft. Du bist ein so viel besserer Mensch als ich, Lizzie. Das bist du schon immer gewesen.«

Ich fühlte mich elend.

Wieder parkte ich meinen Wagen vor dem Café du Jour, bestellte mir etwas zu trinken und schloss mich mit Thomas und meiner Sekretärin zusammen. Anschließend beantwortete ich E-Mails, dann verbrachte ich mehrere Stunden damit, unter anderem den längst überfälligen Antrag auf Klageabweisung für den Handyakkuhersteller fertig zu machen. Als das Café schloss, wechselte ich in den Purity Diner in der Nähe unserer Wohnung, der irgendwie überlebte, auch wenn dort nie etwas los war. Die Spanakopita schmeckte grässlich, aber selbst meine Mutter hatte dort gern Pommes frites gegessen.

Ich blieb im Purity, bis die halbwegs realistische Chance bestand, dass Sam eingeschlafen war. Wenn wir mehr Geld gehabt hätten, wäre ich in ein Hotel gegangen. Wenn wir mehr Geld gehabt hätten, wäre ich vermutlich nie mehr nach Hause gegangen. Es gab nichts, was Sam in dieser Situation sagen konnte, um mich versöhnlich zu stimmen. Er war sich nicht sicher, wie der Ohrring in seine Tasche gekommen war, und er war sich auch nicht sicher, ob er im Rausch eine andere Frau gevögelt hatte und zu betrunken gewesen war, um sich daran zu erinnern.

Ich war überzeugt, dass Sam die Wahrheit sagte. Dass er sich wirklich nicht erinnern konnte. Es wäre so viel einfacher gewesen, zu lügen. Ein Teil von mir wünschte,

Sam hätte gelogen. Wünschte, dass wir einfach so weitermachen konnten wie bisher. Doch wir waren in einem Zustand gefangen, bei dem der Zweifel an uns nagte, und früher oder später würde uns dieser Zweifel mit Haut und Haar verschlingen.

Als ich endlich nach Hause kam, war Sam tatsächlich bereits eingeschlafen. Er lag auf der Wohnzimmercouch und hatte den Kampf, auf mich zu warten, offensichtlich verloren. Sein Kopf war nach hinten gekippt, der Mund leicht geöffnet. Ich beugte mich über ihn, doch ich roch keinen Alkohol. Nur eingeschlafen, keine Alkoholleiche. Wieder ein Sieg.

Als ich dastand und ihn beobachtete, verspürte ich keinen Zorn mehr. Stattdessen wurde ich von Trauer überwältigt. Alkoholiker hin oder her – Sam war *immer noch* klug und lieb und voller Leidenschaft. Wenn ich ihn auf der anderen Seite eines Raumes entdeckte, schlug mein Herz *immer noch* schneller. Als ich ihn kennenlernte, hatte ich wieder angefangen zu leben. Und trotzdem bedeutete das nicht zwingend, dass wir zusammenbleiben sollten. Ich war so dumm gewesen, zu denken, dass die Liebe die essenzielle Natur aller Dinge verändern könnte.

Das Handy in meiner Handtasche klingelte.

Sam war schlagartig wach. »Was ist los?«

»Nichts«, sagte ich, eilte ins Schlafzimmer hinüber und schloss die Tür hinter mir. Ich zog mein Telefon hervor und meldete mich. »Hallo?«

»Dies ist ein R-Gespräch aus einer New Yorker Justizvollzugsanstalt …«

Ich würgte die Computerstimme ab, indem ich die Eins drückte. Zach musste irgendwen im Rikers bestochen haben, dass er ihn zu so später Uhrzeit telefonieren ließ.

»Hi«, sagte er und klang absolut munter. Was für eine

Erleichterung war es wohl für ihn, mir nicht länger etwas vormachen zu müssen! *Arschloch.*

»Ich habe mit deinem Buchhalter gesprochen«, fing ich an. »Wie du weißt, stehen keine Geldmittel zur Verfügung, den Vorschuss für die Fachleute zu decken, die entlastendes Beweismaterial für dich zusammentragen sollten. Dadurch hat sich eine Zusammenarbeit mit ihnen vermutlich erledigt, was blöd ist, denn sie sind wirklich gut. Du wirst sie für die Arbeit bezahlen müssen, die sie bereits geleistet haben. Wenn du es nicht tust, verklagen sie dich, und dann wird endgültig keiner mehr für dich arbeiten. Um den Fall zu gewinnen, brauchst du Experten – und zwar jede Menge.«

»Und das bedeutet was?«, fragte er, keineswegs überrascht.

»Das bedeutet, dass du Geld auftreiben solltest«, sagte ich. »Das Fingerabdruckmaterial ist möglicherweise entlastend, allerdings hatten sie gerade erst mit den Untersuchungen begonnen. Das ist die beste Chance, die du hast.«

»Entlastend?« Zach klang erfreut.

Ich hasste es, ihn glücklich zu machen, doch das ließ ich mir nicht anmerken. Diese Befriedigung wollte ich ihm nicht geben. Das hier, so redete ich mir ein, war bloß ein Job wie jeder andere. Und wenn ich eines konnte, dann das: gute Arbeit leisten.

»Auf deiner Golftasche wurden Fingerabdrücke gefunden, die zu einem Fingerabdruck in Amandas Blut auf der Treppe passen«, sagte ich. »Die Abdrücke sind nicht von dir, das steht fest. Wem sie gehören, müssen wir allerdings noch herausfinden.«

»Oh, Gott sei Dank.« Er atmete hörbar aus. »Ich will ehrlich sein: Langsam habe ich mir Sorgen gemacht, ob du das hinkriegen würdest.«

»Arschloch.« So viel zum Thema, keine Emotionen zu zeigen. Ich war jetzt so wütend, dass ich den Druck hinter meinen Augäpfeln spüren konnte.

»Ich bin ein Arschloch?« Er lachte. »He, *du* bist doch diejenige, die alle belogen hat. Denk an diese Selbstauskunft, an deine Ehe, und wer weiß, welche weiteren Lügen du erzählt hast.«

Es gefiel mir gar nicht, wie er das sagte. Was wusste er sonst noch?

»Ich mag zwar ein miserabler Ehemann gewesen sein«, fuhr er fort, »aber wenigstens war ich ehrlich. Kommen wir zurück zu dem Geld. Auch diesbezüglich werde ich ehrlich sein: Ich habe keins. Trotzdem brauchen wir die Auswertung der Fingerabdrücke, du solltest also besser kreativ werden. Ich bin mir sicher, dir fällt etwas ein.«

»Zach, das ist doch lächerlich«, sagte ich, obwohl ich wusste, dass es keinen Sinn hatte.

»Zugegeben, die ganze Situation ist lächerlich«, erwiderte er schroff. »Auch ich hätte unsere komplizierte gemeinsame Geschichte lieber da rausgehalten. Doch wo sonst hätte ich eine so großartige Anwältin gefunden, die Kontakt zu den weltbesten Fachleuten hat und die noch dazu unentgeltlich für mich arbeitet? Wenn man bedenkt, dass ich dich gar nicht auf dem Schirm gehabt hätte, hätte ich dich nicht zufällig auf dem Bauernmarkt im Prospect Park gesehen …«

»Du gehst auf den Bauernmarkt?«, fragte ich perplex. Ich konnte mir beim besten Willen nicht vorstellen, wie Zach Bioprodukte kaufte und in einer wiederverwendbaren Tragetasche nach Hause transportierte.

»Nicht zum Einkaufen, wo denkst du hin?«, gab er zurück. »Der Bauernmarkt eignet sich hervorragend zum Beobachten von Leuten. Es ist wichtig, die Stärken von

Menschen zu kennen, wenn du mit ihnen zusammenarbeiten willst. Aber weißt du, was noch wichtiger ist?«

»Nein, Zach«, sagte ich. »Was ist wichtiger, als die Stärken von Menschen zu kennen?«

»Ihre Schwächen herauszufinden.«

Ich hörte ein Klicken. Der Mann, der im Rikers saß, hatte aufgelegt. Der Mann, der immer noch die Fäden in der Hand hielt.

AUSSAGE VOR DER GRAND JURY

BENJI PATEL,
am 8.Juli als Zeuge aufgerufen und vernommen, sagt Folgendes aus:

VERNEHMUNGSPROTOKOLL
VON MS. WALLACE:

F: Guten Tag, Mr.Patel. Danke, dass Sie heute als Zeuge hier erschienen sind.
A: Gern.
F: Waren Sie am Abend des 2.Juli bei der Party in der First Street Nummer 724?
A: Ja.
F: Wie kam es dazu?
A: Wir waren dort eingeladen. Ich habe mit Sebe Basketball in einem Team aus dem Viertel gespielt. Mittlerweile sind wir beide keine aktiven Spieler mehr, aber ich kenne ein paar von den Jungs, Kerry zum Beispiel.
F: Mit wem haben Sie die Party besucht?
A: Mit meiner Frau, Tara Patel.
F: Wussten Sie, dass es dort an jenem Abend zu sexuellen Aktivitäten kam?
A: Nicht speziell an jenem Abend. Aber wir waren schon einmal bei einer solchen Party. Ich habe davon gehört, ja.
F: Haben Sie an solchen Aktivitäten teilgenommen?

A: Nein.

F: Warum nicht?

A: Warum nicht? Weil meine Frau mich umbringen würde, verdammt noch mal! Entschuldigung. Das war nicht gerade eine passende Wortwahl. Ich kenne Ehen ... Ich weiß, dass Menschen so etwas tun und dass es für sie in Ordnung ist. Manche schaffen es sogar, das geheim zu halten. Wer bei einer Party mit wem zusammen war, kommt nie heraus, doch das würde bei uns nicht funktionieren. Ich würde meine Frau übrigens ebenfalls umbringen, wenn sie so etwas täte.

F: Verstehe.

A: Mist. Tut mir leid. Auch das war nicht gerade passend. Diese ganze Sache ist einfach so ... Egal. Nein, wir hatten dort keinen Sex, weder miteinander noch mit irgendjemand anderem. Wir haben zu viel Sangria getrunken. Ich hatte die halbe Nacht über eine Narrenkappe auf, wenn Ihnen das etwas sagt.

F: Können Sie sich dennoch klar an jenen Abend erinnern?

A: Ja. Ich erinnere mich an alles, was passiert ist. Ich bin kein Alkoholiker, und ich habe auch nur Sangria getrunken. Das ist alles.

F: Kannten Sie Amanda Grayson?

A: Nein.

F: Haben Sie eine Frau bemerkt, die die Party abrupt verlassen hat?

A: Ja, das habe ich.

F: Können Sie schildern, was genau passiert ist?

A: Sie kam die Treppe herunter und versuchte, das Haus durch die Vordertür zu verlassen, aber dort waren zu viele Leute. Sie wirkte aufgeregt und schien es ziemlich eilig zu haben, also habe ich sie angesprochen und ihr geraten, den Hinterausgang zu nehmen, auch wenn wir das eigentlich nicht tun sollen. In einem anderen Jahr hat Sebes Nachbarin deswegen die Polizei gerufen.

F: Um wie viel Uhr war das?

A: Um 21 Uhr 47.

F: Woher wissen Sie das so genau?

A: Weil mich gerade erst jemand nach der Uhrzeit gefragt hatte.

F: Ich würde Ihnen gern ein Foto zeigen.

(Der Justizangestellte nähert sich dem Zeugen mit einem Foto, das zuvor mit dem Vermerk »Personenbeweis 6« versehen wurde.)

F: Ist das die Frau, der Sie den Hinterausgang gezeigt haben?

A: Ja.

F: Wir nehmen ins Protokoll auf, dass es sich bei Personenbeweis 6 um eine Fotografie von Amanda Grayson handelt. Kurz bevor Sie der Frau den Hinterausgang gezeigt haben – wechselten Sie da einige Worte mit einem Mann?

(Der Justizangestellte nähert sich dem Zeugen mit einem Foto, das zuvor mit dem Vermerk »Personenbeweis 5« versehen wurde.)

F: Mit diesem Mann?

A: Ja.

F: Wir nehmen ins Protokoll auf, dass es sich bei Personenbeweis 5 um eine Fotografie von Zach Grayson handelt. Was hat Zach Grayson zu Ihnen gesagt?

A: Er hat gesagt, ich solle ihm »verflucht noch mal« aus dem Weg gehen.

F: Warum hat er das gesagt?

A: Ich nehme an, er war ebenfalls in Eile. Vermutlich stand ich im Weg. Wie ich schon sagte: Ich hatte zu viel getrunken.

F: Was ist danach passiert?

A: Danach hat er mich zur Seite geschubst und ist zur Haustür hinausgestürmt.

F: Sind Sie sicher, dass Mr.Grayson vor Amanda gegangen ist?

A: Ja, kurz zuvor. Nachdem ich sie gesehen und ihr den Tipp gegeben habe, bin ich ins Bad gegangen, wo ich kurz ohnmächtig wurde. Meine Frau hat mich dort auf dem Fußboden liegend aufgefunden, und sie war stinksauer.

LIZZIE

SAMSTAG, 11. JULI

St. Colomb Falls war ein kleines Kaff inmitten von Farmland, allerdings gab es hier keine Bilderbuchfarmen wie die in Vermont, die ich so geliebt hatte. Sam und ich waren anlässlich seines dreißigsten Geburtstags für ein Wochenende dorthin gereist. Ich erinnerte mich an bezaubernde rote Scheunen und weiße Zäune; Sam und ich hatten getanzt, allein, im mondbeschienenen Garten des Echo Lake Inn, zu den leisen Klängen von Countrymusik in der Ferne. Doch ich erinnerte mich auch daran, wie heftig sich Sam mit Dark & Stormies abgeschossen und an beiden Tagen bis nach Mittag geschlafen hatte. Es war, als hätte mir sein Geständnis wegen des Ohrrings endlich die Scheuklappen abgerissen und meine oberste Hautschicht gleich mit. Jetzt, wund und verletzlich, konnte ich jede Erinnerung so betrachten, wie sie wirklich war: getrübt durch Sams Alkoholismus. Meine Bereitschaft, darüber hinwegzusehen, hatte wahrhaft pathologische Züge angenommen.

Anders als das pittoreske Vermont war St. Colomb Falls voller Massenbetriebe, wo Hunderte von Rindern, eingepfercht auf engstem Raum, auf den Schlachter warteten, und Hühner mit ausgerupften Federn in fußballfeldgroßen Legebatterien gehalten wurden. Alles wirkte herzlos, schmutzig und heruntergekommen.

Die Farmen lagen entlang des Highways, der mitten durch die Stadt führte. Diese bestand, so stellte sich heraus, aus einer Post, einer Tankstelle, einer Filiale der Warenhauskette Dollar General und Norma's Diner – ein verrosteter Blechkasten, der so aussah, als stünde er schon seit Jahrzehnten dort. Am anderen Ende der Stadt fanden sich gelegentlich Hinweisschilder auf Wanderwege, Campingplätze und die Adirondacks, obwohl man sich nur schwer vorstellen konnte, dass es in dieser Gegend irgendetwas auch nur annähernd Sehenswertes gab.

Die Häuser wirkten verwahrlost, das schlimmste sah aus, als würde es jeden Moment in sich zusammenfallen. Und warum war St. Colomb Falls an einem Samstagmorgen um zehn so leer? Als versteckten sich alle vor einer Bedrohung, derer ich mir dummerweise nicht bewusst war. Ich fühlte mich ein bisschen nervös, um nicht zu sagen zittrig, aber das rührte vermutlich daher, dass ich so früh aufgestanden war. In meinem Bestreben, Sam weiterhin aus dem Weg zu gehen, hatte ich die Wohnung noch vor Anbruch der Morgendämmerung verlassen. Er war trotzdem aufgewacht, hatte wissen wollen, wohin ich ging, woraufhin ich ihn angeblafft hatte.

Als auf der linken Seite endlich Xavier Lynchs Haus in Sicht kam, verspürte ich einen kleinen Anflug von Erleichterung. Das niedrige Ranchhaus hatte die gleiche Form und Größe wie die anderen, doch es war dunkelgrau gestrichen, hatte strahlend weiße Zierleisten und eine fröhliche rote Haustür. Auf beiden Seiten der schmalen Eingangsveranda standen große Pflanzentöpfe mit Fuchsien und anderen lilafarbenen Blumen. Sogar der Briefkasten war passend zum Haus gestrichen. Ich warf einen Blick auf die Adresse. Ich war definitiv richtig. Nur weil Xavier Lynch ein hübsches Haus besaß, musste er noch lange kein guter Mensch sein. Doch ein Monster mit einem derart gepflegten Zuhause würde nicht unbedingt eine unerbetene Anwältin aus New York umbringen.

Bei diesem ersten Besuch brauchte ich nicht mehr zu tun, als mich zu vergewissern, dass die Person, die hier lebte, tatsächlich Xavier Lynch und – noch besser – Amandas Vater war. Ich hatte zudem vor, mich bis zum Einbruch der Dunkelheit irgendwie zu beschäftigen und dann zurückzukehren und klammheimlich Xaviers Müll zu durchwühlen und irgendetwas mitzunehmen, was seine Fingerabdrücke enthalten könnte – eine Flasche, eine Dose, eine Plastikgabel.

Ich holte tief Luft, stieg aus dem Wagen und ging über den kurzen, gepflegten Weg zum Eingang. Vor der Haustür blieb ich stehen, klopfte fest gegen die Fliegengittertür und wartete. Ich ging davon aus, dass die Tür mit einem Ruck aufgerissen werden würde, rechnete damit, mit einem »Was zur Hölle wollen Sie von mir?« begrüßt zu werden oder, schlimmer noch, mit einer Hand an meiner Kehle oder einem Fausthieb ins Gesicht.

Doch die Haustür öffnete sich langsam, und ein großer Mann erschien auf der anderen Seite der Fliegengittertür – eindeutig der Xavier Lynch von dem Foto des Kirchenbasars. Er trug sogar eine ähnliche Baumwollhose und ein Button-down-Hemd, außerdem dieselbe große, beinahe modische Brille, die die Hälfte seines breiten Gesichts bedeckte. Eine Raute? Mit Gesichtsformen kannte ich mich nicht aus. Er war sogar noch größer, als ich es von der Aufnahme her vermutet hätte, was am Blickwinkel liegen konnte oder daran, dass die Frau ebenfalls außergewöhnlich groß gewesen war. Xavier Lynch war definitiv größer als Sam, zwischen eins neunzig und eins fünfundneunzig, und er wog mit Sicherheit weit über hundert Kilo. Es wäre ihm ein Leichtes gewesen, mich umzubringen.

»Kann ich Ihnen helfen?« Seine Stimme klang angespannt. Er schaute an mir vorbei auf die Zufahrt, als habe er Sorge, dass ich nicht allein gekommen war.

»Mein Name ist Lizzie Kitsakis. Ich bin Anwältin. Man hat mich gebeten, die Begünstigten eines nicht unerheblichen Erbvermögens ausfindig zu machen.«

»Ich bezweifle, dass Sie nach mir suchen«, sagte er, skeptisch, aber nicht aggressiv. »Ich kenne niemanden, der mir etwas vererben könnte.«

Er richtete seine Brille auf eine Art und Weise, die in mir die Frage aufkommen ließ, ob er sie nur zur Schau trug. Jede seiner Gesten hatte etwas Wohlüberlegtes, als habe er sorgfältig geübt, den Anschein von Normalität zu vermitteln.

»Genauer gesagt stammt das Vermögen von einer gewissen Amanda Lynch. Sie hat kein Testament hinterlassen, und unter den gegebenen Umständen sind Sie der Alleinerbe.«

Das stimmte natürlich nicht. Amanda hatte einen Sohn. Außerdem hatte ich keine Ahnung, ob sie ein Testament hinterlassen hatte oder nicht, aber wenn kein Letzter Wille vorlag, würde sämtliches Geld, das sie besaß, an Case und an Zach fallen. Ich ging allerdings davon aus, dass sie kein Geld hatte.

»Amanda«, sagte er, dann ließ er den Kopf hängen. An der Wand hinter ihm, über seinem gesenkten Kopf, entdeckte ich ein Kreuz. *Der kleine Jesus.*

Als Xavier endlich wieder aufblickte, sah er eher niedergeschlagen aus als schuldbewusst. »Sie haben angerufen, oder?«

Ich nickte. »Ich dachte, ich komme lieber persönlich vorbei, um Ihnen die Situation darzulegen.«

Er wirkte verlegen. »Es tut mir leid, dass ich einfach aufgelegt habe.«

Ich nickte erneut. »Das ist schon in Ordnung.«

»Nein, ist es nicht. So bin ich nicht mehr. Weiß Gott, so war ich einmal …« Er schüttelte den Kopf. »Es gab Zeiten, da habe ich weitaus schlimmere Dinge getan, als bei einer hübschen Dame den Telefonhörer aufzulegen.«

Hübsche Dame. Die Art und Weise, wie er das sagte, jagte mir einen Schauder den Rücken hinab.

»Ich verstehe«, sagte ich, obwohl ich gar nichts verstand.

»Ich habe mich so sehr bemüht, es wiedergutzumachen«, fuhr er fort, lehnte sich gegen den Türrahmen und deutete hinter sich, vielleicht auf das Kreuz, vielleicht auf eine Familie, die in dem Haus lebte. Ich hatte keine Ahnung, ob noch andere Menschen dort wohnten, allerdings hätte das den Fingerabdruckabgleich erschwert. Was, wenn ich nicht die Abdrücke von Xavier erwischte? »Ich habe mich so sehr bemüht, mich wieder in die Spur zu bringen … Es gibt ganze Jahre, die ich am liebsten vergessen würde. Aber dieses Haus, mein Job – ich bin Supervisor bei Perdue Farms Processing Plant zwei Städte weiter. Ich erwäge sogar, meine Freundin zu heiraten, wenn sie mir noch länger damit in den Ohren liegt. Wie dem auch sei, ich gebe alles, um auf dem rechten Weg zu bleiben. Das ist nicht immer leicht, aber inzwischen gelingt es mir.«

»Ich verstehe«, sagte ich wieder, aber die Furcht kroch mir den Rücken hinauf.

Xavier Lynch wandte den Blick ab und schniefte. Weinte er tatsächlich, oder tat er nur so? »Wie ist Amanda gestorben?«

Ich musste vorsichtig sein. Er versuchte, etwas aus mir herauszubekommen. Höflich oder nicht – irgendetwas stimmte nicht mit Xavier Lynch. Als ginge es allein darum, Augenblick um Augenblick zu überleben, ohne irgendwelche monströsen Taten zu begehen. Zwischen uns lief es bislang zwar gut, aber vielleicht lag das auch nur daran, dass ich nicht versuchte, Reißaus zu nehmen.

»Sie wurde am Fuß der Treppe in ihrem Haus gefunden«, teilte ich ihm mit. »Sie ist einer Kopfverletzung erlegen.« Fakten. »Man hat ihren Ehemann verhaftet.«

Xavier zuckte leicht zusammen. »Ihre Uhr war ohnehin längst abgelaufen.«

Wie bitte? Was hatte das denn zu bedeuten?

»Hat sie Ihnen von ihren Problemen erzählt?«

»Mir?« Er schüttelte den Kopf, die Stirn in Falten gelegt. »Oh, ich habe seit zwölf Jahren nicht mehr mit Amanda gesprochen, vielleicht noch länger nicht. Seit ... Sie wissen schon.« Er machte eine vage Handbewegung.

»Nein. Ich weiß nicht. Seit wann?«

Seine Augen wurden schmal, sein Blick kühler. »Wer sind Sie noch mal?«

»Ich bin Anwältin.« Ich überlegte, wie weit es bis zum Auto war. Wie schnell ich mich herumwerfen und davonstürmen könnte. »Amandas Vermögen muss aufgeteilt werden.«

Ich hatte einen schalen Geschmack im Mund, meine Augen fingen an zu brennen. Als würde ich in die Lichter eines auf mich zurasenden Zuges blicken. *Sei auf der Hut!*

Xavier starrte mich an. Anders als vorhin. Nicht gerade feindselig, aber fast. »Warum sagen Sie mir nicht einfach, weshalb Sie wirklich gekommen sind?«

»Wie ich schon sagte: Ich bin wegen des Testaments hier«, antwortete ich so ruhig wie möglich. »Als Amandas Vater sind Sie der rechtmäßige nächste Angehörige.«

»Was?« Xavier klang beinahe beleidigt. Er schüttelte vehement den Kopf. »Nein. Amanda ist – war – meine Nichte.«

Mist. Alles reine Zeitverschwendung.

Ich versuchte, mich zusammenzureißen. »Entschuldigen Sie bitte den Fehler. Wissen Sie denn, wo ich Amandas Vater finden kann? Ich muss dringend mit ihm sprechen.«

Xavier legte den Kopf schräg, zog die Augenbrauen zusammen und sah mich skeptisch an, fast so, als würde ich ihn auf den Arm nehmen wollen. »Auf dem Saint Ann's Cemetery.«

Auf dem Friedhof? »Er ist *tot?*«, fragte ich. Mein Herzschlag beschleunigte sich. »Wieso? Wann?«

»Nun, das ist mittlerweile gut zwölf Jahre her.«

»Das ist nicht möglich.«

»Oh, doch.« Jetzt war er definitiv sauer. »Was zum Teufel soll das? Wollen Sie mich verarschen?«

Wovon um alles auf der Welt redete Xavier Lynch? Amandas Vater war tot?

»Nein, ganz bestimmt nicht. Es tut mir leid, Mr. Lynch, ich – ich verstehe das nicht. In meinen Unterlagen steht nichts davon, dass er tot ist.«

»Ich habe keine Ahnung, wie Sie als Anwältin wegen Amandas Testament hier sein und nicht wissen können, dass sie ihren Vater umgebracht hat. Nicht, dass man ihr das zum Vorwurf machen kann. Mein Bruder William war ein gottverdammtes Arschloch.«

Mir klingelten die Ohren. *Heilige Scheiße.*

»Verzeihen Sie …« Meine Stimme klang hoch und schrill.

»Amanda hat ihren Vater umgebracht. Vor über zwölf Jahren«, wiederholte er scharf. »Er hatte es verdient.«

»Was ist passiert?«

»Anscheinend hat Amanda William im Badezimmer mit einer ihrer Freundinnen erwischt. Sie hatten die Nacht in diesem Dreckloch von Trailer verbracht, ausgerechnet nach ihrem Abschlussball. William war betrunken und ... ähm ... verging sich an dem Mädchen, zumindest hat er es versucht. Die Cops sagten, Amandas Freundin sei bereits tot gewesen, als sie eintrafen – William hatte ihren Schädel auf den Badewannenrand geschlagen. Ich nehme an, aus Versehen. Wahrscheinlich hat er es nicht einmal bemerkt. William war so verdammt groß, noch größer als ich. Ich weiß, das macht die Sache nicht besser, aber ...«

Xavier sah auf mich herab. Seine Augen blickten jetzt traurig, beschämt.

»Es tut mir leid«, sagte ich reflexartig.

»Ja, nun, vermutlich hat Amanda versucht, ihre Freundin zu retten. Auf dem Waschbecken lag ein Rasiermesser. Das war's dann.« Xavier schüttelte den Kopf, sah zu Boden und trat gegen den Türrahmen. »Was für eine verfluchte Scheiße. Mein Bruder war nie ganz richtig im Kopf, schon als kleiner Junge nicht. Nicht verrückt, das nicht, aber irgendetwas stimmte nicht mit ihm. Als Erwachsener war er ein ganz mieser Dreckskerl.«

Meine Lippen fühlten sich an, als hätte sie jemand zugeklebt. Ich schluckte angestrengt.

»Wie hieß Amandas Freundin?«, stieß ich hervor und drückte meine Absätze fest auf den Boden. Der Boden unter mir fühlte sich unsicher an. Als würde er schwanken. »Wissen Sie, wie sie hieß?«

Xavier blickte in den Himmel hinauf. »Cathy oder Connie ...«

»Carolyn?«

»Ja, so hieß sie. Carolyn.« Er nickte. »Amanda und sie waren wie Schwestern, zumindest haben das die Leute erzählt. Um ehrlich zu sein, habe ich damals nicht viel mitbekommen. Ich hatte meine eigenen Probleme. Deshalb habe ich auch mit dem Trinken aufgehört – der Mist ruiniert einem das ganze Leben.«

KRELL INDUSTRIES

VERTRAULICHES MEMORANDUM
NICHT ZUR WEITERGABE BESTIMMT

Verschlusssache – vertraulich

2. Juli

An: Direktorat der Grace Hall School
Von: Krell Industries
Betreff: Ermittlungen in Sachen Datenpanne & Cyber-Zwischenfall ./. Zwischenbericht

Zusammenfassung der durchgeführten Befragungen:

Insgesamt 56 Familien haben sich bereit erklärt, sich im Zusammenhang mit dem Hackerangriff bezüglich ihrer persönlichen Daten befragen zu lassen. Jedem dieser Vorfälle ging der Diebstahl kompromittierender persönlicher Daten voraus. In keinem der Fälle kam jemand der Geldforderung nach. Nichtsdestotrotz wurden die angedrohten Konsequenzen nicht umgesetzt – es gelangten keine potenziell verleumderischen Informationen an die Öffentlichkeit.

Vorläufige Schlussfolgerungen:

Die Hinweise deuten darauf hin, dass

- das Verhältnis des potenziellen Täters zur Grace Hall School im April oder Mai dieses Jahres eine Veränderung erfahren hat.
- der potenzielle Täter offenbar auf eine andere, sekundäre Weise von dem Datendiebstahl und der Erpressung profitiert, zum Beispiel als Reporter, der über das angebliche Hacking berichtet.
- es sich bei dem potenziellen Täter möglicherweise um einen Schüler handelt, der versucht, seinen Mitschülern zu schaden. Wir werden mit dem Direktorat daran arbeiten, infrage kommende Schüler herauszufiltern.

LIZZIE

SAMSTAG, 11. JULI

Ich fuhr von St. Colomb Falls direkt zum Weill Cornell Hospital an der Upper East Side. Hinter einem Tor, umgeben von Dutzenden von Bäumen, sah das Krankenhaus mit Millies onkologischer Abteilung in der Abendsonne eher aus wie ein grüner College-Campus.

In dem Stockwerk, in dem Millie behandelt wurde, stieg ich aus dem Fahrstuhl und ging den Gang entlang zu ihrem Zimmer. Patienten kamen mir entgegen, die ihre Infusionsständer hinter sich herzogen wie widerspenstige Hunde. Seit dem frühen Tod meiner Mutter hatte ich kein Krankenhaus mehr betreten, und ich hatte vergessen, wie klaustrophobisch sich das Elend anfühlen konnte.

Andererseits hatte mich dieses beklemmende Gefühl schon begleitet, als ich mich von Xavier Lynch verabschiedet und auf den Weg gemacht hatte, mir seine Geschichte bei der Stadtverwaltung von St. Colomb Falls bestätigen zu lassen. Ich hatte sichergehen wollen, dass er nicht am Ende Amandas Dad war, der mich zum Narren hielt. *William Lynch war tot?* Die Vorstellung, dass Amanda all die Monate vor jemandem davongelaufen war, der nicht einmal mehr existierte, war zutiefst bedrückend.

Wenn Xavier Lynch die Wahrheit gesagt hatte, war das Ganze nur schwer auszuhalten: Amanda hatte eindeutig geglaubt, dass ihr Vater und Carolyn noch lebten. Sie hatte die beiden in ihrem aktuellen Tagebuch erwähnt, hatte in einem der Einträge detailliert geschildert, wie Carolyn sie in ihrem Haus in Park Slope besucht hatte. Oder zeigte das lediglich, wie tief sie in ihre Fantasiewelt abgetaucht war? Wie verzweifelt sie daran glauben wollte? Mit einem flauen Gefühl im Magen war ich auf den rissigen, grasüberwucherten Parkplatz der Stadtverwaltung von St. Colomb Falls eingebogen. Nach einigem Hin und Her hatte mir die winzige alte Dame in dem kleinen Backsteingebäude bestätigt, dass William Lynch tatsächlich vor zwölf Jahren von seiner eigenen Tochter umgebracht worden war, nachdem er eine Teenagerin namens Carolyn Thompson ermordet hatte – Amandas beste Freundin. Die Täterin war nicht ins Gefängnis gewandert, da sie lediglich ihre beste Freundin hatte verteidigen wollen.

Also war Amandas Dad *wirklich* tot. Genau wie ihre beste Freundin Carolyn.

Anschließend hatte ich in der brütend heißen Sonne gesessen und versucht, mithilfe von Google herauszufinden, wie es möglich war, dass Amanda ein derart traumatisches Ereignis offenbar komplett aus ihrem Gedächtnis hatte streichen können, und was ihre Halluzinationen über ihren Geisteszustand aussagten. In einem der älteren Tagebücher hatte sie geschrieben, dass sich Carolyn ständig in alles einmischte. Was war in jener grauenhaften Nacht vor all den Jahren geschehen? Hatte sich Carolyn selbst in Gefahr gebracht, um Amanda zu schützen, und dafür mit dem Leben bezahlt?

Im Internet fand ich zahlreiche mögliche Gründe für Amandas Halluzinationen: Schizophrenie, eine bipolare Störung oder psychotische Depression. Manche Krankheiten waren ernster als andere, manche traten episodisch auf, andere hätten sie derart stark beeinflusst, dass sie auf keinen Fall in der Lage gewesen wäre, so zu agieren, wie sie es getan hatte. Doch dann stieß ich auf etwas, was zu passen schien: eine wahnhafte Störung. Laut der Website der medizinischen Fakultät der Harvard University waren die Kennzeichen einer wahnhaften Störung, dass »der Betroffene trotz eines eindeutigen Gegenbeweises an einer falschen Überzeugung festhält. Anders als bei Menschen mit Schizophrenie fehlen die typischen Symptome einer Psychose, was bedeutet, dass die Funktionsfähigkeit in der Regel erhalten bleibt. Abgesehen von Verhaltensweisen, die in direktem Zusammenhang mit der Wahnvorstellung stehen, erscheinen die Betroffenen nicht auffällig oder seltsam.«

Dieser verfluchte Zach. Durfte ich es mir anmaßen zu behaupten, dass ein besserer Ehemann seiner Frau genug Aufmerksamkeit geschenkt hätte, um festzustellen, dass sie Hilfe brauchte? Dass er sie womöglich sogar vor dem, was ihr in jener Nacht zugestoßen war, hätte bewahren können? Nein. Das stand mir nicht zu, mir schon gar nicht. Außerdem konnte ich noch nicht einmal mit Sicherheit sagen, dass Amanda tatsächlich an einer wahnhaften Störung litt, und erst recht nicht, ob diese im Zusammenhang mit ihrem Tod stand. Doch wenn ich daran dachte, auf welch tragische Weise Amanda isoliert gewesen war, schnürte sich meine Brust zusammen.

»Ich möchte zu Millie Faber«, sagte ich, als ich an der Schwesternstation haltmachte.

Die Schwester sah auf eine Liste mit Namen. »Zimmer 603. Den Gang entlang und dann links.« Sie deutete mir den Weg, ohne aufzublicken.

Ich ging den ruhigen Flur entlang. Die Stille hier hinten war noch schlimmer als die kranke, schlurfende Menge vorn. Jene Patienten hatten sich zumindest bewegen können. Wie war es möglich, dass Millie noch gestern halbwegs gesund gewirkt hatte und heute auf der Station für Schwerkranke lag? Okay, meine Mutter war absolut fit und binnen Sekunden mausetot gewesen. Außerdem hatte Millie, wenn ich ehrlich war, ganz und gar nicht gesund gewirkt.

Ich klopfte leise, dann schob ich die Tür von Zimmer 603 auf, erleichtert, Millie auf einem Stuhl in der Ecke sitzen zu sehen, einen Laptop auf den Knien. Um sie herum auf dem abgenutzten Linoleumboden waren Unterlagen ausgebreitet. Sie trug einen gut sitzenden marineblauen Jogginganzug, kein Krankenhausnachthemd, und sie hatte auch nicht über Nacht ihre Haare oder weitere Kilos verloren.

»Darfst du das?«, fragte ich.

»Was denn?« Millies Ton war schroff, ihr Blick noch immer auf den Bildschirm gerichtet, doch ihr Gesicht hellte sich für eine Sekunde auf, als sie meine Stimme erkannte.

»Arbeiten«, sagte ich.

Sie zuckte die Achseln. »Entweder ich arbeite, oder ich mache mir Sorgen. Es ist besser, wenn ich beschäftigt bin.«

Je länger ich Millie anstarrte, desto schlechter sah sie aus, fand ich. »Es ist ernster, als du behauptet hast, oder?«

Millie runzelte die Stirn, die Augen auf den Computer geheftet. Sie schwieg für eine Weile. Endlich hob sie den Kopf und sah mich an. »Als der Krebs entdeckt wurde, hatte er bereits Metastasen gebildet – in der Lunge, den Knochen und in der Leber. Ein typischer Hattrick. Kommt angeblich nur sehr selten vor. Da hab ich mal richtig Glück gehabt.«

»Ach du Scheiße, Millie!« Ich ließ mich schwer auf die

Fensterbank neben Millies Stuhl sinken. »Es tut mir ja so …«

Millie hob die Hand. »Du weißt, dass ich kein Mitleid möchte. Stattdessen würde ich gern darüber reden, wie verflucht dumm es von dir war, dahin zu fahren. Ich dachte, wir hätten eine Abmachung?«

»Wohin zu fahren?«

Sie sah mich mit gefurchten Augenbrauen an. »Lüg mir bloß nicht ins Gesicht. Sam hat es mir erzählt.«

»Sam?«, fragte ich. »Du hast doch gar nicht seine Nummer.«

»Ich bin heute Morgen auf dem Weg hierher bei euch vorbeigefahren«, sagte sie rundheraus. »Ich hatte das Gefühl, du würdest dich sozusagen unerlaubt von der Truppe entfernen. Ich bin Detective, schon vergessen?«

Sam hatte gewusst, dass ich nach St. Colomb Falls fahren wollte – ich hatte es ihm entgegengeschleudert wie eine Drohung: *Es ist deine Schuld, wenn mir etwas zustößt!* Mittlerweile war alles Sams Schuld.

»Und was genau hat Sam gesagt?«

Millie stellte den Laptop auf den Tisch neben ihr, hob einen Ordner vom Boden auf und legte ihn auf ihren Schoß. Ich betrachtete ihre Hände. Sie sahen alt aus, knochig. »Dass du aufs Land gefahren bist, um mit dem Vater der toten Frau zu reden. Der sie deiner Meinung nach umgebracht hat, wenn ich mich recht erinnere.« Sie sah mich mit hochgezogener Augenbraue an. »Aber das schien Sam nicht zu wissen. Er schien auch nicht zu verstehen, warum du einem Typen hilfst, der wegen Mordes mit besonderer Heimtücke angeklagt ist. Überhaupt hatte ich nicht den Eindruck, dass du ihn irgendwie ins Bild gesetzt hättest. Netter Kerl übrigens. Sehr gesprächig.«

»Was meinst du damit?« Hatte sie Sam etwa alkoholisiert angetroffen, und das schon am Mittag?

»Nun ja, ich hätte schwören können, dass er keine Ahnung hatte, wer ich bin.« Sie hob das Kinn und richtete ihre Augen, unter denen tiefe Ränder lagen, auf mich.

Ich bewegte die Lippen, um etwas zu sagen, aber was? *Können wir bitte jetzt nicht darüber sprechen? Können wir bitte nie darüber sprechen?* Millie schien die Panik in meinen Augen zu bemerken. Ihr Gesicht wurde weich.

»Wie dem auch sei«, fuhr sie fort. »Ich hätte diesen Unsinn hier um einen Tag verschoben, wenn du mir gesagt hättest, dass du selbst fährst.«

»Es konnte nicht warten«, sagte ich, dann deutete ich auf das Krankenzimmer. »Und du durftest das hier nicht verschieben.«

»Es *kann* warten. Glaub mir. Dieser Kerl ist es nicht wert, dass du dein Leben für ihn riskierst.«

»Nein, Millie«, sagte ich, diesmal mit mehr Nachdruck. »Es ließ sich nicht aufschieben – um meinetwillen.«

»Was willst du damit sagen?«

Ich holte tief Luft. Ich konnte damit nicht länger hinter dem Berg halten. »Zach Grayson erpresst mich«, sagte ich. »Er verwendet kompromittierende Informationen gegen mich, damit ich an dem Fall dranbleibe, bis er aus der Sache raus ist.«

»Im Ernst?«

»Ja, im Ernst.«

»Sag ihm, er kann dich mal!«, rief Millie entrüstet.

»Du weißt, wie Erpressung funktioniert, oder?«, fragte ich. »Man sagt dem Erpresser genau das, und dann tut er genau die schlimmen Dinge, die du verhindern wolltest.«

»Warte mal, hier geht es aber nicht um …«

»Nein«, sagte ich. »Davon weiß Zach nichts. Zumindest denke ich das.«

»Was zur Hölle sollte er sonst gegen dich in der Hand haben?« Sie schnaubte. Dann beugte sie sich vor, die Augenbrauen erneut hochgezogen. »Warte ... du hast doch nicht etwa an einer dieser Swingerpartys teilgenommen, oder?«

Ich schüttelte den Kopf. »Es geht um Sam. Er ist ... Alkoholiker.« Das Wort zerriss mir auch jetzt beinahe die Kehle. »Damit haben die Probleme begonnen. Wir wurden auf Schadensersatz verklagt wegen eines Autounfalls, den Sam gebaut hatte, und jetzt haben wir jede Menge Schulden. Ich habe das in meiner Selbstauskunft verschwiegen, als ich den Job bei Young & Crane angenommen habe, weil ich fürchtete, sie würden mich nicht einstellen, wenn sie davon wüssten. Doch wir brauchten den Job so dringend, um aus den Schulden rauszukommen. Ich bin mir sicher, dass sie mich feuern, wenn Zach ihnen reinen Wein einschenkt. Vielleicht verliere ich meine Zulassung. Das wäre das Aus für meine Karriere.«

»Dieses Arschloch.« Millie schüttelte angewidert den Kopf. »Wie um alles auf der Welt hat er das herausgefunden?«

Ich zuckte die Achseln. »Keine Ahnung. Vielleicht hat er irgendwelche Ermittler engagiert?«

»Ich wette, *die* bezahlt er.« Sie lächelte.

Eine Krankenschwester kam mit einem Tablett Nadeln und kleinen Medizinflaschen herein. Sie stellte es auf dem Tisch hinter Millie ab, und ohne eine von uns beiden anzusehen, fing sie an, sorgsam die verschiedenen Schläuche herzurichten. »Können Sie in zehn Minuten anfangen, meine Liebe?«, fragte sie mit einer Stimme, die zu zwei

Dritteln wie die eines Roboters und zu einem Drittel aufrichtig freundlich wirkte.

»Klar«, sagte Millie. »Sobald ich mich von meiner Freundin verabschiedet habe.«

»Gut. Ich bin gleich wieder da«, sagte die Schwester.

»Also«, sagte Millie, als sie gegangen war. »Wir überlegen gleich, wie wir mit Zach Grayson verfahren. Aber jetzt erzähl erst mal, was du in diesem Kaff herausgefunden hast. Hast du die Fingerabdrücke? Ich will deine schwachsinnige Aktion nicht noch zusätzlich belohnen, aber sobald ich wusste, dass du dorthin gefahren bist, habe ich Kontakt zum Labor aufgenommen und die Leute überredet, noch einen weiteren Abgleich für uns vorzunehmen – im Eilverfahren, sobald wir das Gegenstück haben. Nur einen einzigen, und zwar mit dem Fingerabdruck im Blut auf der Treppenstufe und dem auf der Golftasche. Zum Glück sind sie einverstanden, uns die Rechnung nachträglich zu stellen. Ich muss nur anrufen und sagen, dass wir das Material haben.«

»Was ist mit Vinnie?«

Millie winkte ab. »Es handelt sich, wie gesagt, um einen einzigen Abgleich. Er wird es überleben.«

»Du hast es ihm nicht erzählt.«

»Noch nicht.«

»Danke.« Ich stieß erleichtert die Luft aus. »Aber leider habe ich in St. Colomb Falls lediglich herausgefunden, dass alles, was ich zu wissen meinte, falsch war. Xavier Lynch, so hat sich herausgestellt, ist Amandas Onkel, nicht ihr Vater. Amandas Vater kann sie gar nicht umgebracht haben, denn er ist tot. Seit zwölf Jahren schon. William Lynch hat damals Amandas Freundin attackiert, und Amanda ist dazwischengegangen. Der Vater und die Freundin sind beide tot.«

Millie stieß einen lang gezogenen Pfiff aus.

»Ich habe bei der Stadtverwaltung von St. Colomb Falls nachgefragt, dort hat man mir den Vorfall bestätigt. Amanda war noch nicht voll strafmündig, daher konnte ich keinen Einblick in das Strafregister nehmen, aber man hat mich ausreichend informiert.«

»Ich dachte, sie hätte in ihrem Tagebuch geschrieben, dass sie von ihrem Dad gestalkt wird?«

Ich nickte. »Außerdem hat sie ihren Freundinnen in Park Slope erzählt, dass ihre Freundin – also die, die vor zwölf Jahren ums Leben kam – quietschlebendig ist und in Manhattan lebt«, sagte ich. »Amanda hatte offenbar mentale Probleme – vermutlich litt sie an einer wahnhaften Störung, was ihre Wahrnehmung infrage stellt. Zumindest wird das die Staatsanwältin behaupten.«

»Dann wurde sie also gar nicht gestalkt?«

Ich zuckte die Achseln. »Nein. Und wenn doch, dann nicht von ihrem Dad.«

»Seltsam, dass dein Freund Zach das alles nicht bemerkt hat, oder?« Die Ironie in ihren Worten war nicht zu überhören.

»Amanda war anscheinend weiterhin voll funktionsfähig. Auch ihre Freundinnen haben nicht gemerkt, dass mit ihr etwas nicht stimmte. Andererseits kannten sie sie auch erst seit ein paar Monaten. Sie hatte einen Job, und sie hat sich großartig um ihren Sohn gekümmert, darin sind sich alle einig. Sie hat ihre Wahnvorstellungen gut verborgen. Zach behauptet, sie habe in all den Jahren kein Wort über ihren Dad verloren und auch nichts von einem Stalker erwähnt«, ergänzte ich. »Klingt so, als hätten sie nicht viel miteinander geredet.«

»Du glaubst ihm?«

»In der Angelegenheit, ja. Zach ist ein Narzisst. Ich

glaube nicht, dass er daran interessiert war, von Amandas Problemen zu erfahren. Ich nehme an, er hatte ihr deutlich gemacht, dass sie allein damit klarkommen muss.«

»Nun, das ist grauenhaft«, sagte Millie. »Und was bedeutet das für dich?«

»Dass ich an dem Fall dranbleibe und weiter für einen Mandanten arbeite, von dem ich nichts wie wegwill. Ich denke, das ist die einzige Möglichkeit, aus der Nummer rauszukommen. Ich muss dafür sorgen, dass die Anklage fallen gelassen wird. Der Handabdruck und der Fingerabdruck im Blut auf der Treppe sind entscheidend, denn das bedeutet, dass in jener Nacht noch jemand anderes im Haus war. Jemand, der nicht die Polizei gerufen und sich noch nicht bei uns gemeldet hat.«

»Aber es heißt nicht zwingend, dass dein Mandant unschuldig ist. Er könnte ebenfalls dort gewesen sein – vielleicht hat er auch jemanden engagiert.«

»Ich weiß«, räumte ich ein. »Aber selbst wenn er es getan hat, muss ich ihn da rausboxen, wenn ich meinen Job behalten will. Es sei denn, ich finde einen anderen Ausweg, zum Beispiel, indem ich auf irgendetwas stoße, was ich gegen Zach verwenden kann. Ich muss ihm zeigen, dass es klüger wäre, mich vom Haken zu lassen.«

Millie nickte. »Diese Vorstellung gefällt mir sehr viel besser. So oder so, versuch, aus der Sache rauszukommen. Das Leben ist zu kurz für solch einen Unsinn. Glaub mir.« Sie hob einen weiteren Ordner vom Boden auf und hielt ihn mir hin, doch als ich danach griff, ließ sie ihn nicht los. »Das ist alles, was ich habe. Und ich gebe es dir unter der Bedingung, dass du keine weiteren Detektivspielchen auf eigene Faust unternimmst. Wenn nötig, werde ich jemanden auftreiben, der dir ohne Bezahlung hilft.«

Ich nickte. Zu schnell. »Okay.«

Sie ließ den Ordner los. »Hm. Das hast du gestern auch gesagt. Sterbende zu belügen, sorgt für schlechtes Karma.«

»Komm schon, Millie, du wirst nicht …«

»Doch, Lizzie«, sagte sie. Ihr Gesichtsausdruck war ernst, aber ruhig. »So sieht die Realität nun mal aus. Es kann jederzeit so weit sein, das haben die Ärzte gesagt. Klipp und klar. Sie bitten dich nicht aus Jux und Tollerei, deine Angelegenheiten zu regeln. Diese Chemo ist der letzte Versuch, den Kampf doch noch zu gewinnen. Vielleicht macht sie aber alles nur noch schlimmer. Deshalb habe ich dir die vielen E-Mails geschickt. Ich wollte sicher sein, dass ich noch einmal mit dir reden kann … nur für alle Fälle. Du weißt, dass ich immer mehr als glücklich war, wenn ich dir das Leben ein klein wenig erleichtern konnte. Nach all dem, was deine Mutter für mich getan hat, als Nancy krank war, war das das Mindeste, was ich für dich tun konnte.« Sie schwieg für einen Moment, dann kniff sie die Augen leicht zusammen und sah mich durchdringend an. Mein Herzschlag nahm Geschwindigkeit auf. »Was genau weiß Sam?«

»Er weiß von dem Betrüger und dem Herzinfarkt meiner Mutter«, sagte ich mit matter Stimme. »Aber Sam … er geht davon aus, dass mein Vater ebenfalls tot ist. Das … ähm … denken alle.«

»Du hast allen erzählt, dass dein Vater tot ist?«, fragte Millie. In ihrem Gesicht spiegelten sich Enttäuschung und Verwirrung.

»Ich wollte nicht lügen, aber ich brauchte Distanz von der ganzen Sache«, setzte ich zu einer Erklärung an. Gott, was klang ich defensiv! »Du hast mich doch gesehen. Ich war ein Wrack.«

Ich war tatsächlich ein Wrack gewesen, für eine lange, lange Zeit. Irgendwann war es mir gelungen, mich aus meiner Depression zu befreien. Gerade so weit, dass ich aufs College gehen und Jura studieren, Freundschaften schließen und heiraten konnte. All das lag schon lange zurück. Und trotzdem ließ ich es zu, dass Millie sich um mich kümmerte, als wäre ich noch immer ein siebzehn Jahre altes Mädchen, das vor lauter Kummer nicht aus dem Bett kam. Mittlerweile hatte ich seit achtzehn Jahren nicht mehr mit meinem Dad gesprochen.

Er hatte mir ein paar Briefe geschickt in dieser Zeit – keine verzweifelten Entschuldigungen, wie man es vielleicht hätte erwarten können, kein Betteln um Verzeihung, keine Liebesbekundungen. So etwas passte nicht zu meinem Dad. So tickte er nicht. Die wenigen Schreiben an mich waren sachliche Updates gewesen – nüchtern, obligatorisch. Als würde er versuchen, mich bei der Stange zu halten für den Fall, dass er mich später noch brauchte. Von Millie wusste ich, dass er sich ab und an nach mir erkundigt hatte. Ob ich mich gut machte in der Schule und beim Studium. Womit ich mein Geld verdiente. Um mich persönlich ging es nie. Und nicht ein einziges Mal hatte er Millie gefragt, warum ich nicht selbst mal bei ihm vorbeischaute. Das hatte sie mir sehr deutlich zu verstehen gegeben, weil sie nicht wollte, dass ich mich schuldig fühlte.

»Aber Distanz halten ist etwas anderes als jemanden zu verschweigen, Lizzie«, hielt Millie dagegen. »Du bist mit Sam *verheiratet*.«

»Ich weiß.« Mein Herz hämmerte.

Millie sah mich noch immer an. Schrecklich lange. Mein ganzer Körper fühlte sich heiß an, als Scham durch mich hindurchflutete. Ich schämte mich für das, was mein Vater getan hatte, ja. Aber noch viel mehr schämte ich mich für meine eigene Unfähigkeit, mich damit auseinanderzusetzen. Statt mich den Dingen zu stellen, hatte ich sie tief in meinem Innern vergraben, unter all dem anderen, was ich aus meinem Leben verbannen wollte – Sams Trinkerei, unsere Schulden, meine aus dem Ruder gelaufene Karriere, mein nicht existentes Baby.

»Nun«, fuhr Millie fort. »Du kannst weiterhin so tun, als ob er tot wäre – das ist deine Entscheidung. Allerdings wird es sich anders anfühlen ohne eine Vermittlerin.«

»Hast du ihn in letzter Zeit gesehen?«, erkundigte ich mich.

»Vor ein paar Monaten. Ich versuche nach wie vor, ihn einmal im Jahr zu besuchen. Und er ruft gelegentlich an, etwa alle sechs Monate. In der Zwischenzeit bekomme ich genügend Informationen von meinen Kontaktleuten in Elmira. Dein Dad ist immer noch derselbe: drei Viertel Arschloch, ein Viertel Charmebolzen«, berichtete sie. »Hör zu, Lizzie, ich versuche nicht, ihn oder das, was er getan hat, zu verteidigen. Er war wirklich nicht der allerbeste Mann. Aber irgendwann wird er wieder rauskommen, in drei, vier Jahren, nehme ich an. Und dann? Das hier ist ein freies Land – vielleicht stattet er dir einen Besuch ab.«

»Für mich war es besser so.«

»Tatsächlich?«, fragte Millie. Die Sorge in ihrem Blick ließ mir die Tränen in die Augen steigen.

Ich wandte mich ab und sagte, um eine feste Stimme bemüht: »Du und ich, wir wissen beide, dass das, was er in jener Nacht getan hat, kein Unfall war, Millie. Er hat den Kerl erstochen. Mein Dad hat jemanden *umgebracht,* und ja, er war außer sich wegen meiner Mutter, aber weißt du, was ich denke? Ich denke, noch wütender war Dad darüber, dass er ihn um sein Geld gebracht hat. Er wollte Rache.«

Millie hob die Hände, als würde sie kapitulieren. »Vielleicht. Dazu kann ich wirklich nichts sagen, und ich werde bestimmt nicht versuchen, dich zu überreden, ihm zu verzeihen. Ich bin für dich da, weil ich deine Mutter geliebt habe und sie dich. Es ging ihr immer nur darum, dass du in Sicherheit und glücklich bist. *Ich* möchte, dass du glücklich bist.« Sie reichte mir ein Päckchen Taschentücher aus ihrer Handtasche, denn ich weinte jetzt richtig. »Und wenn du mich fragst: Es geht dir nicht wirklich gut. Ich glaube nicht, dass es dir hilft, so zu tun, als wäre dein Vater tot. Ganz und gar nicht.«

LIZZIE

SAMSTAG, 11. JULI

Auf dem Weg nach Hause hielt ich kurz bei meiner Arbeitsstelle an, fest entschlossen, die Dinge endlich wieder ins rechte Lot zu bringen. Eins nach dem anderen – so wollte ich die Probleme angehen, die ich zu ignorieren versucht hatte. Als Erstes hatte ich vor, mich um meine finanzielle Selbstauskunft zu kümmern. Ohne dieses Formular hatte Zach nichts gegen mich in der Hand, und ich konnte mit ihm und seinem Fall abschließen. Zwei Fliegen mit einer Klappe. Ich hoffte, Paul an einem Samstag in der Kanzlei anzutreffen. Er war oft am Wochenende dort, zusammen mit vielen anderen Mitarbeitern von Young & Crane, überwiegend Rechtsreferendaren. Paul meine ungenauen Angaben in der Selbstauskunft zu beichten, war ein Risiko. Ich musste zunächst das Terrain sondieren, eher vage und hypothetische Worte wählen und erst danach auf den Punkt kommen. Vielleicht ließe Paul mir diesen einen Fehltritt durchgehen, vor allem, nachdem er mir gegenüber seine Wendy-Wallace-Achillesferse entblößt hatte.

Bei Young & Crane ging es ruhiger zu als erwartet. Pauls Büro war dunkel, aber Gloria saß an ihrem Platz im Vorzimmer und tippte etwas in ihren Computer ein, einen mürrischen Ausdruck im Gesicht – jedoch vermutlich nicht wegen der Überstunden. Gloria liebte Überstunden. Ich schaute auf die Uhr. 18 Uhr 30.

»Kommt Paul noch einmal her?«, fragte ich sie.

Sie schüttelte den Kopf und schürzte missmutig die Lippen, ohne mit dem Tippen aufzuhören. »Unwahrscheinlich, finden Sie nicht?« Sie warf mir einen giftigen Blick zu.

Warum konnte Pauls Sekretärin nicht einfach wieder hier arbeiten? Mit Gloria war alles so erschöpfend.

»Was meinen Sie damit?«, fragte ich, bemüht, nicht ungeduldig zu klingen.

Gloria hörte auf zu tippen. Als sie diesmal aufblickte, trat ein verschlagenes Lächeln auf ihre Lippen.

»Hat er Ihnen das etwa nicht erzählt? Interessant«, antwortete sie mit selbstgefälligem Tonfall. »Wendy Wallace. Die beiden sind auf einen Drink ausgegangen. Oder Gott weiß, auf was. Ist sie nicht mit diesem Fall befasst, den Sie übernommen haben? Was für eine Ironie – und ausgerechnet Paul meint, er habe das Recht, sich als Moralapostel aufzuspielen.«

Ich hoffte, sie würde mir mein Entsetzen nicht am Gesicht ablesen können. Ich fühlte mich verraten. Paul ging mit Wendy Wallace auf einen Drink aus? *Nachdem* ich ihm erzählt hatte, wie fies sie mir gegenüber gewesen war? Natürlich war das Verrat, selbst wenn ich ihn vermutlich hätte vorhersehen können.

»Oh, richtig, das hatte ich ganz vergessen«, sagte ich zu Gloria. »Dann richten Sie ihm bitte aus, dass ich vorbeigeschaut habe, wenn Sie das nächste Mal mit ihm sprechen.«

Ich schlenderte in mein Büro, um ein paar Akten zu holen, die ich zu Hause bearbeiten wollte. Ich fühlte mich verletzt. Nicht, dass es mir zustand, Paul zu verurteilen – schließlich hatte ich die Wahrheit frisiert, meine Ehe, meine Familie, mich selbst betreffend. Aber das, was ich zu

Millie gesagt hatte, entsprach der Wahrheit: Ich hatte niemanden belügen wollen.

Zu Beginn des ersten Semesters war ich mit dem Bus am gepflegten Campus der Cornell University eingetroffen, so geschwächt, dass ich mich kaum hatte aufrecht halten können. Zu der Zeit hatte ich gerade genug Therapiestunden absolviert, um den Alltag zu bewältigen, doch meine Wunden waren noch nicht einmal ansatzweise verheilt. Als ich in meinem leeren Zimmer im Studentenwohnheim stand, ohne Eltern, die mich dorthin brachten, mir halfen, mich einzurichten, oder beim Abschied an der Tür standen und weinten, spürte ich, wie ich mit alarmierender Geschwindigkeit in die Depression zurückfiel. Als wäre diese ein gigantisches schwarzes Loch der Verzweiflung, das mich einzusaugen drohte. Und dann kam meine Zimmergenossin, so blond und strahlend, mit riesigen, unschuldigen Augen und warmherzigen Eltern. In diesem Augenblick formte sich in meinem Kopf die neue Version meiner Geschichte – *beide* Elternteile tot, nicht einer im Gefängnis – und rettete mich. Von dem Moment an wurde sie zu meiner neuen Wahrheit.

Und diese Wahrheit war so viel angenehmer als die tatsächlichen Fakten: dass mein Dad schließlich den Stammgast gefunden hatte, der ihn um sein Geld gebracht, sein Restaurant zerstört und auch meine Mutter auf dem Gewissen hatte, weil er in seinen Augen für ihren Herzinfarkt verantwortlich war. Sie hatten in der Wohnung des Mannes gestritten, in die mein Vater eingebrochen war – das hatte die Staatsanwaltschaft beweisen können. Dad hatte darauf bestanden, dass dies allein dem Zweck gedient hätte, Beweise für den Betrug zu finden. Es kam zu einem Kampf, und am Ende hatte der Mann ein Küchenmesser im Bauch. Ein Unfall – behauptete mein Vater.

Doch die Geschworenen hatten ihm nicht geglaubt. Er wurde wegen Mordes angeklagt und zu fünfundzwanzig Jahren Haft – lebenslänglich – verurteilt. Das passierte nun einmal, wenn man jemanden während eines Einbruchs umbrachte. Möglich, dass mein Vater nur vollkommen außer sich gewesen war wegen all dem, was zuvor passiert war, doch ich war die Einzige, die wusste, dass er an jenem Abend nach Hause gekommen war und sein Abendessen mit bemerkenswertem Appetit in sich hineingeschlungen hatte, als wäre nichts geschehen. Ich war die Einzige, die wusste, dass er mich an jenem Abend gebeten hatte, für ihn zu lügen und ihm dadurch ein Alibi zu verschaffen. Was ich höflich abgelehnt hatte.

Und so kam es dazu, dass meine Mutter *tot* und mein Vater *von mir gegangen* war – wie ich es meiner Zimmergenossin in Cornell und anschließend Victoria und Heather an der Penn Law erzählte. Und Zach. Und dann Sam. Mein Vater war tatsächlich *von mir gegangen*, wenn auch nur in die Justizvollzugsanstalt von Elmira. Kurz bevor ich an die Universität von Pennsylvania wechselte, um Jura zu studieren, nahm ich den Mädchennamen meiner Mutter an – weil ich fürchtete, dass Kanzleien womöglich voreingenommen sein könnten. Ich sollte recht behalten: Das waren sie. Genau wie die US-Bundesstaatsanwaltschaft, dennoch überstand ich den Background-Check, genau wie die beängstigenden Fragen, die darauf folgten. Doch in einem irrte ich: Ich hatte die Wahrheit nicht mit reiner Willenskraft verdrängen können.

Sie hatte mich die ganze Zeit über begleitet.

Als ich auf den Aufzug wartete, sah ich Gloria an dem polierten Empfangstresen der Rezeption stehen und mit einer Frau sprechen. Ich spürte, wie sich mir die Nackenhaare aufstellten. Gloria sprach nicht *mit* der Frau, sie redete auf sie ein. Ich drückte erneut auf den Fahrstuhlknopf.

»Oh, da ist sie ja!«, rief Gloria plötzlich in meine Richtung, gerade als ich den Aufzug betreten wollte. *Mist.* »Ähm, hallo, Lizzie! Maude … Mrs. Lagueux ist für Sie hier!«

Ich drehte mich um und sah Amandas Freundin Maude auf mich zukommen. Sie wirkte erschüttert, und ich hatte absolut keine Lust, mich mit ihr auseinanderzusetzen. Meine Aversion musste mir deutlich anzumerken sein, denn ihr Gesicht nahm augenblicklich einen entschuldigenden Ausdruck an.

»Es tut mir leid, dass ich einfach so hier aufkreuze, noch dazu an einem Samstag. Ich hatte Ihnen mehrere Nachrichten hinterlassen. Die Staatsanwältin war bei mir … Es gibt etwas, was ich Ihnen mitteilen muss. Ich denke, das kann nicht warten.«

Fantastisch.

»Selbstverständlich, kein Problem«, log ich. »Kommen Sie doch mit in mein Büro, da können wir reden.«

Wir machten uns auf den Weg dorthin.

»Ich habe erst heute auf Ihre Geschäftskarte geschaut. Mir war gar nicht klar, dass Sie auch hier arbeiten, ausgerechnet …« Maude warf einen Blick über die Schulter und deutete auf Gloria. Ich konnte mir nicht vorstellen, woher sie sich kannten, und ehrlich gesagt, wollte ich es auch gar nicht wissen. Ich wollte lediglich Maude abwimmeln, und zwar so schnell wie möglich. »Ich war mir nicht sicher, ob ich jemanden in der Kanzlei vorfinden würde«, sagte Maude. »Aber ich dachte, ein Versuch könne ja nicht schaden.«

»Ja, da wir alle hier endlose Stunden verbringen, ist es

ein Leichtes, uns anzutreffen«, erwiderte ich, bemüht, einen munteren Ton anzuschlagen, doch meine Worte klangen eher wie bitterer Hohn.

Ich schaltete das Licht in meinem Büro an und stellte meine Tasche ab. Maude schwankte leicht, als sie sich setzte.

»Alles in Ordnung mit Ihnen?«, erkundigte ich mich.

»Oh, ähm, ja. Es ist vermutlich nur der niedrige Blutzucker«, entschuldigte sie sich mit matter Stimme. »Ich bin Diabetikerin. Alles ist gut, aber haben Sie vielleicht einen Saft für mich?«

»Ja, selbstverständlich«, sagte ich und machte mich auf den Weg zur Snackbar.

Nachdem ich zurückgekehrt war, reichte ich Maude eine kleine Flasche Orangensaft. Zum Glück hatte sie bereits wieder etwas Farbe im Gesicht. Das Letzte, was ich jetzt gebrauchen konnte, war, dass sie in meinem Büro ohnmächtig wurde.

»Danke«, sagte sie und nahm einen großen Schluck.

»Möchten Sie, dass ich jemanden für Sie anrufe?« *Am besten jemanden, der Sie abholt, damit wir nicht miteinander reden müssen.* Ich hatte bereits beschlossen, Amandas Wahnvorstellungen vorerst nicht zu erwähnen. Erst musste ich mir selbst darüber klar werden, wie ich damit umgehen wollte. Dennoch war ich versucht, mich bei Maude danach zu erkundigen, wenn sie schon mal da war. Vielleicht hatte sie ja etwas bemerkt.

»Nein, nein, es geht schon wieder«, wehrte sie ab.

»Dann hat Ihnen also die Staatsanwältin einen Besuch abgestattet?«, hakte ich nach. »Wie hieß sie denn?«

»Es war diese Wendy Wallace«, sagte Maude. »Sie wirkt ausgesprochen … einschüchternd.«

Das waren nicht die schlechtesten Nachrichten für

Zach. Ein persönlicher Besuch von Wendy bedeutete, dass sie sich zumindest ein klein wenig Sorgen um ihren Fall machte.

»Was genau hat sie denn gesagt?«

»Nun, ich habe ihr mitgeteilt, dass Zach mit mir zusammen war …«, antwortete Maude gedehnt, und jetzt klang es definitiv so, als würde sie nicht die Wahrheit sagen. »Auf alle Fälle meinte sie, wenn ich das vor Gericht aussage, werde sie persönlich dafür sorgen, dass ich für ein Jahr ins Gefängnis wandere.«

»Sie meinte, wenn Sie lügen«, erklärte ich diplomatisch.

»Vermutlich«, erwiderte Maude, auch wenn meine Worte kein großer Trost für sie zu sein schienen. »Sie hat auch etwas über unsere Party gesagt – angeblich haben Sebe und ich uns der Beihilfe zum Mord schuldig gemacht. Deshalb könnten wir auch zivilrechtlich verklagt werden, zum Beispiel von Amandas Familie.«

»Erstens kann man Ihnen keine Beihilfe zum Mord vorwerfen, weil Sie eine Party veranstaltet haben, die das Opfer *vor* seinem Tod besucht hat. Zweitens hat Amanda keine Familie, abgesehen von ihrem Mann und ihrem Sohn, deshalb ist eine Zivilklage nicht nur unhaltbar, sondern auch höchst unwahrscheinlich. Wendy Wallace blufft nur. Und was den Meineid anbetrifft – Sie haben ja noch gar nicht ausgesagt«, stellte ich fest. Obwohl ich Maudes Alibi todsicher immer noch dazu verwenden wollte, mich aus dem Fall hinauszumanövrieren – vorausgesetzt, ich käme damit durch –, selbst wenn ich starke Zweifel an seiner Richtigkeit hegte. Denn so war ich inzwischen, dank Zach: jemand der bereit war, einen Meineid zu leisten, zumindest solange ich nicht genau wusste, dass es sich um Meineid handelte. »Im Augenblick haben Sie nichts zu befürchten.«

»Richtig«, sagte sie, doch sonderlich erleichtert wirkte sie nicht. Sie presste die Lippen zusammen. Ihr Mund zitterte. »In Wirklichkeit bin ich wegen Sebe hier.«

Sebe? Wenn Amanda tatsächlich mit jemandem nach oben gegangen war, wie Wendy Wallace bei der Anhörung angedeutet hatte – konnte dieser Jemand Sebe gewesen sein? Er war ziemlich attraktiv, und er und Maude hatten diesen Partnertausch womöglich abgesprochen. Immerhin war es ihre Party. Ich schloss meine Hand um die Schreibtischkante und spannte die Finger an.

»Wie meinen Sie das?«

Für einen Moment sah Maude aus, als würde sie in Tränen ausbrechen, dann schnitt sie eine Grimasse und schloss die Augen. *Ach du lieber Himmel!* Hatte *Sebe* Amanda umgebracht? War das möglich?

»Sebe hat mich überredet, herzukommen und Ihnen die Wahrheit zu sagen.« Mein Griff wurde noch fester. »Ich war am Abend der Party nicht mit Zach zusammen.«

»Oh.« Mehr brachte ich nicht hervor. Maude schnappte mir eines der wenigen Dinge aus meinem jämmerlichen Verteidigungsrepertoire weg: Zachs Alibi.

»Es tut mir leid«, sagte sie. Jetzt klang sie aufrichtig verzweifelt. »Ich habe … Ich habe nur versucht zu helfen. Ich weiß, dass das albern klingt, aber ich fühlte mich einfach verantwortlich, wegen der Party und so. Um ehrlich zu sein, bin ich gerade durch ernste Probleme mit meiner Tochter ziemlich abgelenkt, daher habe ich wohl nicht richtig nachgedacht. Aber Zach hat Amanda nicht umgebracht, da bin ich mir sicher. Als Sie zu mir gekommen sind, konnte ich an nichts anderes als an den bedauernswerten Case denken. Amanda hat ihn so sehr geliebt. Was wird aus ihm werden, wenn Zach im Gefängnis sitzt? Er hat doch keine weitere Familie …«

»Ich weiß es nicht«, sagte ich.

»Ach, der arme Kerl.« Maude presste die zitternden Finger auf die Lippen und schüttelte den Kopf, die Augen voller Tränen. Endlich schluckte sie und versuchte, sich zusammenzureißen. »Es tut mir leid, dass ich es Ihnen noch schwerer mache. Ich werde es mir nie verzeihen, dass ich es womöglich auch Case noch schwerer gemacht habe.«

»Hören Sie«, sagte ich, da ich Mitleid mit ihr bekam. Ich bezweifelte nicht, dass sie sich ernsthaft Sorgen um Case machte, und fühlte mich schlecht, weil ich nicht mehr an den Jungen gedacht hatte. Meine Wut auf Zach hatte mich beinahe Case' Existenz vergessen lassen. »Machen Sie sich keine Gedanken. Ihr Alibi ist nicht einmal Teil des offiziellen Protokolls. Es zurückzunehmen, wird keinerlei Einfluss auf das Prozessergebnis haben. Dennoch bin ich froh, dass Sie mich informiert haben. So werden die Dinge später nicht unnötig verkompliziert.«

Sie nickte, den Blick gesenkt. Endlich stand sie auf. »Ach bitte, wegen Case ... Wenn Zach ... wenn er Unterstützung braucht – wir helfen ihm. Wir werden alles in unserer Macht Stehende für Case tun.«

»Ich gebe Ihnen Bescheid«, versprach ich.

»Danke«, sagte sie. Für einen Augenblick dachte ich, sie wolle noch etwas hinzufügen, doch dann lächelte sie lediglich unsicher, stand auf und wandte sich zur Tür.

Ich nahm alles mit nach Hause, was ich über Zachs Fall hatte – die Akten seines Pflichtverteidigers, die Vorbereitung der Verteidigungsstrategie, die vorläufigen Auswertungen, meine Recherche bezüglich Xavier Lynch, Amandas Tagebuch, die Dokumente, Zachs Haftbefehl betreffend, den Ordner, den Millie mir gegeben hatte. Ich war fest entschlossen, die Nadel im Heuhaufen zu finden. Die Nadel, mit der ich Zach stechen oder wenigstens ein Loch in Wendy Wallace' Beweisführung gegen ihn piksen konnte. Das würde mir schon genügen. Hauptsache, das Ganze hätte endlich ein Ende.

Als ich zu Hause ankam, war es schon nach zehn. Die Wohnung war leer; ich wollte mir lieber nicht ausmalen, wo Sam sein könnte, und war einfach nur froh, dass er fort war. Ich mauerte, das wusste ich, aber ich konnte nur ein Problem nach dem anderen angehen, und von Zach loszukommen, erschien mir nun mal als das dringlichste.

Ich verteilte sämtliche Unterlagen auf unserem Wohnzimmerfußboden, in der Hoffnung, dass sich mir irgendeine neue Story zeigen würde. Sicher ergäben sich daraus weitere Beweise, mit denen ich arbeiten konnte, denn eines wusste ich: Ich konnte keinen Augenblick länger nach Zachs Pfeife tanzen.

Ich hob Amandas Tagebuch auf und blätterte es erneut durch. Mal sehen, was ich damit anfangen konnte, jetzt, da ich wusste, dass ihr Vater und Carolyn tot waren. Die Anrufe und die Momente, in denen sie glaubte, verfolgt zu werden, waren extrem detailliert geschildert. Sie schienen außerdem einem Muster zu entsprechen. Die Anrufe waren in der Regel tagsüber eingegangen, am Abend hatte Amanda sich verfolgt gefühlt. Woche für Woche. Oft an einem Mittwoch- oder Donnerstagabend. Sie konnten Teil von Amandas wahnhafter Störung gewesen sein, doch es erschien mir merkwürdig, dass etwas komplett Erfundenes in ein derart realistisches Muster passte.

Mein Blick fiel auf die Karte des Blumenladens. Die anonym versendeten Lilien. Die hatte Amanda sich nicht eingebildet. Die hatte jemand geschickt. Vor ihre Haustür legen lassen. Nicht unbedingt ein Stalker, auch wenn das nicht ausgeschlossen war. Doch Amanda war eine schöne Frau gewesen, sie könnte viele »heimliche Verehrer« gehabt haben.

Ob Zach wohl so getan hatte, als würde er Amanda stalken, um sein eigentliches Vorhaben zu verschleiern? War das alles nur inszeniert gewesen, ein Ablenkungsmanöver? Hatte er geglaubt, auf diese Weise ungeschoren davonzukommen? Ich hatte bei Xavier Lynch eine vermeintliche Erbschaft erfunden, aber Amandas Tod und eine möglicherweise damit verbundene Auszahlung in gewaltiger Höhe war tatsächlich etwas, was es zu bedenken galt. Vor allem weil Zach dringend Geld brauchte, um sein Unternehmen zu retten. Ich bedauerte, dass ich Matthew im Blumenladen kein Foto von Zach gezeigt hatte. Er hatte behauptet, der Mann sei ein »Kreis«. Zach hatte definitiv ein rundes Gesicht, fand ich. Aufgeschwemmt.

Vielleicht hatte Zach tatsächlich jemanden bezahlt, Amanda zu töten, und die Abdrücke auf der Treppe gehörten dem Auftragsmörder. Die Vorstellung, dass Zach jemand derart Inkompetenten beauftragt haben könnte, rief einen Funken von Befriedigung in mir hervor.

Ich nahm den Umschlag zur Hand, in dem sich die Unterlagen, den alten Haftbefehl betreffend, befanden. Ein unbezahlter Bußgeldbescheid – ausgestellt wegen öffentlichen Herumlungerns. Ich las alles noch einmal durch, gründlicher diesmal. Jetzt fiel es mir leicht, mir vorzustellen, wie Zach an jenem Frühlingsabend vor so vielen Jahren die Cops angegangen war. »16. April 2007«, stand in den Unterlagen. *Moment mal.* Bei dem Datum klingelte etwas bei mir. Und plötzlich machte es klick. Am Abend des sechzehnten April 2007 hatten Sam und ich uns kennengelernt.

Komm schon, Zach, im Ernst?

Ich tippte den Namen der Straßenecke, an der sich Sam herumgedrückt hatte, bei Google Maps ein. Wie erwartet, tauchte der blaue Punkt an der Ecke einer kleinen Seitenstraße hinter dem Rittenhouse auf, dem schicken Gebäude, in dem die Party der medizinischen Fakultät stattfand. Zach war verhaftet worden, weil er sich geweigert hatte, die Stelle zu verlassen, an der er stand – *um mich zu beobachten?* Ich fragte mich, ob Zach auch dort gewesen war, als Sam und ich uns das erste Mal geküsst hatten. Was wäre passiert, wenn die Polizei ihn nicht aufgefordert hätte, die Straße zu verlassen?

Schaudernd ließ ich das Blatt Papier sinken und nahm mir Millies Ermittlungsordner vor. Ich blätterte zu der Seite mit den Fingerabdruckergebnissen und den Nahaufnahmen von dem blutigen Abdruck, die Millie an jenem Abend gemacht hatte, als sie nach meinem Anruf in Zachs Haus gekommen war. Er sah so harmlos aus auf diesen Fotos – ein verwirbeltes Muster in einem bräunlichen Rot, kaum zu erkennen auf dem dunklen Metall. Doch es gab noch weitere, anschaulichere Bilder von den blutbesudelten Stufen und Wänden, aufgenommen aus ein paar Schritten Entfernung, die eine sehr viel schrecklichere Geschichte erzählten.

So viel Blut an so vielen Stellen. Die ungezügelte Gewalt, die ein solches Blutbad erforderte. Der Zorn.

Zach. Es war keineswegs ausgeschlossen.

Hinter den Fotos vom Tatort und der Fingerabdruckanalyse waren Internetrecherchen abgeheftet, außerdem Ausdrucke von der Website von Zachs ehemaliger Firma, der ZAG GmbH, Informationen über die Hope-First-Stiftung sowie Karten von der Umgebung, aber nichts über Zachs neues Unternehmen, zumindest fand ich nichts. Dafür entdeckte ich handschriftliche Notizen von Millie.

Anscheinend hatte sie einen der Streifenpolizisten dazu gebracht, mit ihr zu sprechen. INOFFIZIELL/VERTRAULICH hatte sie in Großbuchstaben oben auf die Seite geschrieben, wahrscheinlich um ihn zum Reden zu ermutigen. Es handelte sich um eine Liste, mit wem die Polizei gesprochen hatte und wann. *2. Juli, Partygäste,* stand da, gefolgt von einer Reihe von Namen.

Ich blätterte weiter, bis meine Augen an einem vorläufigen Bericht der Gerichtsmedizin hängen blieben (stumpfe Gewalteinwirkung), an den Millie und Vinnie definitiv nicht auf legale Art und Weise gelangt waren. Dort war der Todeszeitpunkt eingetragen, zwischen zweiundzwanzig und dreiundzwanzig Uhr am Donnerstag, dem zweiten Juli. Freitag, der dritte Juli, war ein gesetzlicher Feiertag gewesen, danach folgte das Wochenende des vierten. Wegen des Feiertags hätte Zachs Anklageverlesung leicht auf Montag verlegt werden können. War sie aber nicht.

Noch einmal: Die Party, nach der Amanda ermordet wurde, hatte letzte Woche Donnerstag stattgefunden.

In derselben grauenvollen Nacht hatte Sam seinen Blackout gehabt.

Ich zwang mich, mich zu konzentrieren, und blätterte eilig die restlichen Seiten durch, hielt nur inne, als ich zu der Liste mit den persönlichen Gegenständen kam, die dem Bericht der Gerichtsmedizin angehängt war. Kleidungsstücke und andere persönliche Habseligkeiten, die Amanda in der Todesnacht am Körper getragen hatte, waren darin erwähnt und mit einem Foto versehen. »Ein Paar schwarze Sandalen von YSL, eine weiße Jeans, ein weißes Oberteil, eine silberne Cartier-Uhr, ein silberner Ohrring.« Ich war schon dabei, mich dem nächsten Dokument zuzuwenden – der Fingerabdruckanalyse –, als das Blut in meinen Ohren zu rauschen begann. Ohrenbetäubend laut. Nein, das konnte nicht sein …

Ich blätterte zurück. *Ein silberner Ohrring.* Meine Hände zitterten so heftig, dass es mir schwerfiel, den Ohrring auf dem Foto zu erkennen.

Doch da war er: lang und dünn und silbern glänzend. Ich hatte ihn schon einmal gesehen. Natürlich. Beziehungsweise sein Gegenstück, zusammengerollt wie eine Schlange auf meiner Handfläche.

Ich dachte daran, wie ich Sam in jener Nacht in unserem Wohnzimmer gefunden hatte: voller Blut, die Hände blutig, genau wie das Hemd. Ein beängstigender Anblick – mein Ehemann, verletzt. Mein Ehemann, blutüberströmt.

Ich sprang auf, doch ich schaffte nur einen einzigen Schritt, dann übergab ich mich auf unseren Hartholzfußboden.

AUSSAGE VOR DER GRAND JURY

JESSICA KIM,
am 8.Juli als Zeugin aufgerufen und vernommen, sagt Folgendes aus:

VERNEHMUNGSPROTOKOLL
VON MS. WALLACE:

F: Ms. Kim, danke, dass Sie aussagen.
A: Ja, ähm, selbstverständlich.
F: Sie wirken nervös.
A: Das bin ich. Diese ganze Angelegenheit macht mich schrecklich nervös.
F: Sie müssen sich keine Sorgen machen. Sie sind nicht Gegenstand einer strafrechtlichen Untersuchung.
A: Deswegen bin ich auch nicht nervös. Ich habe nichts Unrechtmäßiges getan. Aber ich habe gehört, was Sie hier tun. Freunde von mir haben bereits ausgesagt. Sie versuchen, uns zu beschämen.
F: Vielleicht sollten wir einfach weitermachen.
A: Ja. Tun wir das.
F: Waren Sie am 2.Juli dieses Jahres bei der Party in der First Street Nummer 742?
A: Ja.
F: Wie kam es dazu?
A: Wie alle anderen bekam ich eine Einladung. So funktioniert das im Allgemeinen.

F: Woher kennen Sie Maude und Sebe Lagueux?

A: Meine Kinder besuchen die Grace Hall School. Wir haben uns kennengelernt, als wir ein paar von Maudes Kunstwerken erworben haben.

F: Wer ist »wir«?

A: Mein Ehemann David und ich.

F: War David an jenem Abend ebenfalls bei der Party?

A: Ja. Soll ich Ihnen die Mühe ersparen, zu fragen, und gleich sagen, worauf Sie definitiv aus sind? Ja, ich habe an jenem Abend jemanden gevögelt, der nicht mein Ehemann war. Und ja, mein Mann wusste davon. Und nein, ich glaube nicht, dass er mit jemandem im Bett war. Obwohl er es bestimmt getan hätte, wäre der Dad da gewesen, auf den er ein Auge geworfen hatte. Im Ernst: Wir gehen seit sechs Jahren zu dieser Party, und wir erkundigen uns hinterher nicht nach den Details. Wir mögen das so. Wir pinkeln auch in Gegenwart des anderen. Wissen Sie, ich denke, jedes Paar steckt seine eigenen Grenzen ab.

F: Haben Sie Amanda Grayson gesehen, als Sie an jenem Abend die oberen Räumlichkeiten aufgesucht haben?

A: (nicht hörbar)

F: Es tut mir leid, ich konnte nicht verstehen, was Sie gesagt haben.

A: Ich habe eine Frau die Treppe hinaufgehen sehen.

F: Ist das die Frau, die Sie die Treppe hinaufgehen sehen haben?

(Der Justizangestellte nähert sich der Zeugin mit einem Foto, das zuvor mit dem Vermerk »Personenbeweis 6« versehen wurde.)

A: Ja.

F: Wir nehmen ins Protokoll auf, dass die Zeugin Amanda Grayson als die Frau identifizieren konnte, die sie auf der Treppe gesehen hat. Um wie viel Uhr war das?

A: Das weiß ich nicht genau.

F: Versuchen Sie zu schätzen.

A: Ähm, mal überlegen. Ich vermute, das war gegen 21 Uhr 30.

F: Hat bei dieser »Ferienlager-Soiree« irgendjemand die oberen Räumlichkeiten zu einem anderen Zweck als der Praktizierung von sexuellen Handlungen betreten?

A: Das bezweifle ich.

F: Warum?

A: Weil das verwirrend gewesen wäre. Die Leute, die kein Interesse daran hatten, hielten sich von der Treppe fern. Auf diese Weise kam es nicht zu Missverständnissen.

F: Dann ist Amanda Grayson während der Party also nach oben gegangen?

A: Ja. Aber ich weiß nicht, ob sie ganz hinaufgegangen ist. Ich habe nicht den blassesten Schimmer, was mit ihr passiert ist, nachdem ich sie auf der Treppe gesehen habe.

F: Doch, Ms. Kim. Sie wissen ganz genau, was mit ihr passiert ist. Sie wurde ermordet.

AMANDA

DIE PARTY

Amanda fühlte sich tatsächlich ziemlich gut, als sie sich für die Party von Maude und Sebe zurechtmachte, besser, als sie sich seit Tagen gefühlt hatte. Erst vor wenigen Stunden hatte sie zwei weitere Anrufe bekommen, bei denen einfach aufgelegt worden war, und natürlich hatte sie den Zwischenfall im Park nicht vergessen, genauso wenig wie das seltsame Telefonat mit Carolyn, aber jetzt bereitete sie sich darauf vor, Zach alles zu erzählen. Oder zumindest einen Teil. Vielleicht sollte sie lieber nicht mit ihrem Dad anfangen. Aber das wäre okay. Mit Zach zu reden, etwas zu verändern, würde einfach seine Zeit dauern.

Außerdem hatte sie bereits *etwas* gesagt. Oder etwa nicht? Sie hatte Zach gebeten, sie zu der Party zu begleiten. Und er kam mit. Amanda freute sich darüber, als sie ihre weiße Capri-Jeans anzog und das schulterfreie Rüschenoberteil. Sie schlüpfte in ein paar schwarze Sandalen mit Keilabsatz und frisierte ihre Haare zu einem hohen Pferdeschwanz. Dazu die silbernen Ohrringe – hübsch, aber nicht übertrieben. Das war das richtige Outfit für die Party. Endlich.

Als sie kurz darauf wortlos die Stufen vor ihrem Brownstone-Haus hinuntergingen, wurde Amandas Genugtuung, bekommen zu haben, was sie wollte, von der Realität abgelöst. Sie und ihr Ehemann waren unbeholfene Fremde. *Das* war ihre Realität. Nichts Neues, aber jetzt schmerzte diese Erkenntnis Amanda mehr denn je.

Sie gingen zusammen über den baumbestandenen Montgomery Place, vorbei an all den anderen eleganten Stadthäusern, und Amanda fand, dass sie wenigstens miteinander plaudern sollten. Doch alles, was sie vielleicht hätte sagen können, kam ihr falsch vor. Wenn man seit elf Jahren verheiratet ist, ist es demütigend, ein Gespräch über die steigende Luftfeuchtigkeit zu beginnen. Und so setzten sie ihren Weg schweigend fort.

Die Stille löste in Amanda das Bedürfnis aus, aus voller Kehle zu schreien.

Sie warf Zach einen Seitenblick zu, der ein wenig lächelte, als sie rechts in den geschäftigeren, zweispurigen Prospect Park West einbogen. Er sah ziemlich gut aus in seinem weißen Leinenhemd und der perfekt abgewetzten Designerjeans. Seltsam zufrieden für jemanden, der Partys und Menschen hasste. Amanda wandte den Blick ab und schaute die Straße entlang. Auf der anderen Seite joggte ein Mann allein auf der Fahrradspur, eine kleine, ältere Frau führte einen riesigen weißen Hund Gassi. Ihre Straßenseite war leer und dunkel, abgesehen von den hellen Lichtquadraten aus den Eingängen der höheren Gebäude.

Und dann fing Zach an zu pfeifen. Warum pfiff er? Nichts, was ihr Ehemann tat, ergab irgendeinen Sinn für Amanda. Das Pfeifen war noch viel schlimmer als sein Schweigen. Deprimierend, um genau zu sein. Ein Gespräch würde kein gutes Ende nehmen, das ahnte sie. Zach würde sich nicht plötzlich in den Mann verwandeln, den sie sich wünschte – aufmerksam und liebevoll. Menschen änderten sich nicht einfach, nur weil man es so sehr wollte. Und doch würde sie ihm jetzt von ihrem Dad erzählen müssen. Nicht um sich selbst zu schützen, sondern ihren Sohn. Wenn Zach wütend wurde, dann war das eben so. Amanda war sich nicht sicher, ob es sie überhaupt noch kümmerte, wie er reagierte.

»Ja, ich hatte heute einen wunderbaren Tag, danke der Nachfrage«, sagte Zach sarkastisch, als sie an der Abzweigung zum Garfield Place vorbeikamen. »Bei der Arbeit entwickeln sich die Dinge endlich zum Positiven. Es geht bergauf.«

»Das ist gut ... Was macht deine neue Firma denn eigentlich?«, wollte Amanda wissen. So hatte sie sich den Gesprächsbeginn nicht vorgestellt – aber im Grunde war er so gut wie jeder andere. »Nicht mal das weiß ich, dabei bin ich deine Frau.«

»Du willst etwas über mein Unternehmen erfahren?«, fragte Zach amüsiert. »Soll ich dir den Kapitalbildungsplan oder den strategischen Plan erläutern?«

»Ich möchte nur wissen, was du den ganzen Tag lang so tust.«

»Die Details würden dich zu Tode langweilen, glaub mir, aber wenn ich es richtig anfasse, wird uns diese Firma um einiges reicher machen. Wie immer bei solchen Dingen war es die Technik, die uns beinahe Kopf und Kragen gekostet hätte. Die Menschen, vor allem Vorstandsmitglieder, kapieren nicht wirklich, wie wichtig die technischen Details sind. Doch dank meines eigenen kreativen Denkvermögens konnte endlich alles geklärt werden. Betatests – das ist der Schlüssel.«

»Das klingt ganz und gar nicht langweilig. Ich wünschte, du hättest mir schon vorher von diesen Problemen erzählt«, sagte Amanda. »Vielleicht hätte ich ... ich weiß nicht ... irgendwie helfen können?«

»Mir war gar nicht klar, dass du eine Softwareentwicklerin bist.« Zach lachte. »Beim nächsten Mal wende ich mich gleich an dich.«

Amanda ballte ihre Hände zu Fäusten. »Ich bin deine Frau.«

»Was hat das denn damit zu tun?«

Sie verharrte. »Ich nehme an, das hat mit allem etwas zu tun.«

»Weißt du, was dein Problem ist, Amanda?« Zach blieb ein paar Schritte vor ihr stehen. »Du hast von jeher den Wert zwischenmenschlicher Beziehungen überschätzt. Ich will nicht behaupten, dass solche Verbindungen nichts wert sind. Genau darum ging es bei ZAG: Menschen und die Dinge, die sie gekauft haben, miteinander in Beziehung zu setzen, um sich so Informationen über das Leben zu verschaffen, das sie sich wünschen. Es ist ein Millionen-Dollar-Konzept. Aber rein zwischenmenschliche Beziehungen? Wenn du mich fragst, schaffen sie eher Probleme. Und *darum* kümmert sich meine neue Firma.«

Er schien sehr zufrieden mit sich selbst zu sein, kehrte ihr den Rücken zu und ging weiter.

Amanda rührte sich nicht von der Stelle. Mit brennenden Augen starrte sie ihrem Mann hinterher. *Vergebung ist eine Begleiterscheinung von Liebe.* Sebe hatte recht. Die Wahrheit war, dass sie ihrem Mann die Beschränkungen, die er ihr auferlegte, nicht verzeihen konnte. Denn was auch immer zwischen Zach und Amanda war, hatte nichts mit Liebe zu tun. Und doch war etwas daraus hervorgegangen, was sie liebte, und zwar mehr als alles andere auf der Welt: Case. Sie hatte ihn enttäuscht, weil sie zugelassen hatte, dass Zach mit ihnen nach New York umzog, wegen irgendeiner Geschäftsidee, von der er ihr nicht einmal etwas erzählte. Doch jetzt würde sie tun, was sie tun musste: ihren Sohn beschützen.

»Warte!«, rief Amanda Zach nach und lief los, um zu ihm aufzuschließen. »Ich wollte mit dir ... Wir müssen über Case reden. Der Umzug hat ihm sehr zu schaffen gemacht. Ich glaube, er hatte gegen Ende des Schuljahres in Grace Hall wirklich zu kämpfen. Das passt gar nicht zu ihm.«

»Case muss kämpfen? Seit wann?«, fragte Zach spöttisch. »Bei dem Batzen Geld, den wir der Schule in den Rachen werfen, hoffe ich doch, dass man uns informiert, wenn der Eindruck entsteht, dass Case Schwierigkeiten hat.«

»Man hat dich nicht benachrichtigt?«

»Mich?«, fragte Zach. »Warum hätte man mich benachrichtigen sollen?«

»Die Schule hat auch deine E-Mail-Adresse.«

»Ganz bestimmt nicht«, sagte er. »Du weißt, wie ich darüber denke. Da kann ich ja gleich meine Hausschlüssel auf der Straße verteilen. Wenn wir schon beim Thema sind: Ich dachte, du wolltest die Alarmanlage reparieren lassen, und diese verfluchte Schranktür in meinem Arbeitszimmer klemmt immer noch.«

Da hatte sie es. Mehr war Amanda nicht für Zach. Lediglich eine weitere Angestellte.

»Nächste Woche kommen die Handwerker und reparieren Tür und Alarmanlage«, sagte sie benommen.

Und sie machte ihren Job, einen Job, bei dem sie jederzeit gefeuert werden konnte. Von ihm. Er wäre vermutlich sogar imstande, ihr Case wegzunehmen, wenn er beschließen würde, sie zu verlassen – oder wenn sie den Mut aufbrachte, ihn zu verlassen. Schließlich war sie eine arbeitslose Highschool-Abbrecherin. Wie dumm sie gewesen war. Sie konnte Zach unmöglich von ihrem Dad erzählen. Was, wenn er später versuchte, dieses Gespräch gegen sie zu verwenden? Zum Beispiel bei einem Sorgerechtskampf. So etwas wäre ohnehin ein Albtraum, denn

Amanda hatte einen drakonischen Ehevertrag unterschrieben, wie ihr der Notar warnend zugeraunt hatte. Und Zach strebte stets nach Rache, vielleicht mehr als nach allem anderen. Nein, sie konnte ihm auf keinen Fall von ihrem Dad erzählen.

»Zu wem gehen wir noch mal?«, fragte er, als sie sich der Abzweigung zur First Street näherten und an einer Gruppe kichernder Teenager vorbeikamen.

Zach war gern vorbereitet. So konnte er sich charmant geben. Darin war er gut, vorausgesetzt, er sah einen Vorteil für sich darin und musste sich nicht allzu lange bemühen. Denn Zach *tat* nur so, als wäre er ein ganz normaler Mensch, und das war anstrengend. Letztendlich war das das Einzige, was Amanda und er gemeinsam hatten: Sie taten beide so, als ob.

»Maude gibt die Party. Maude Lagueux. Sie besitzt eine Kunstgalerie. Sebe, ihr Mann, ist Arzt«, antwortete Amanda und versuchte, das sengende Gefühl in ihrer Brust zu ignorieren. »Ihre Tochter besucht auch die Grace Hall School, aber sie ist älter als Case. Die letzte Zeit war nicht leicht für sie.«

Amanda war sich nicht sicher, warum sie das hinzugefügt hatte, doch zu ihrer Überraschung verlangsamte Zach seinen Schritt und sah sie interessiert an.

»Wieso?«, fragte er. Amanda gefiel es gar nicht, dass sie Maudes Vertrauen missbrauchte, indem sie Zach von Sophia erzählte. Doch wenn Zach tatsächlich mal Interesse an irgendeiner Sache bekundete – was selten genug vorkam –, schlug er die Zähne hinein, bis er Blut schmeckte. Sie antwortete ihm also besser, und wenn sie ihm auch nur Klatsch und Tratsch auftischte. Außerdem hatte er keine Freunde, denen er etwas weitererzählen konnte.

»Ihre Tochter hat etwas getan, was sie bereut.«

»Was denn?«, bohrte Zach mit merkwürdiger, durchdringender Intensität nach.

»Sie hat kompromittierende Fotos von sich selbst aufgenommen«, sagte Amanda. »Wie es Teenager nun mal leider öfter tun.«

»Oh.« Zach zog das Kinn zurück, das er vorgereckt hatte, und stieß genervt die Luft aus, dann marschierte er weiter Richtung First Street. »Für Dummheit gibt es keine Entschuldigung.«

Schon an der Ecke Prospect Park West und First Street konnte Amanda ausgelassenes Gelächter und Musik aus Maudes und Sebes Garten hören, das die milde Sommernacht erfüllte. Sie schloss für einen Moment die Augen und nahm die fernen Geräusche der Party in sich auf.

»Die Menschen sorgen sich ständig um die falschen Dinge – ihre Bankkonten oder Kreditkarten«, fuhr Zach fort, als hätte Amanda ihn danach gefragt. »Aber kaum einer denkt an die Dinge, die einen wirklich verletzlich machen. Deshalb bin ich so vorsichtig, was unsere persönlichen Daten anbetrifft. Deshalb bin ich beruflich erfolgreich. Ich habe immer schon gewusst, was die Leute brauchen, noch bevor sie es selbst wussten.«

Was für ein Arschloch ihr Mann doch war. Mehr fiel ihr dazu nicht mehr ein.

In diesem Augenblick torkelte ein hysterisch lachendes Paar aus Maudes Haustür. Die beiden waren etwas älter als Zach und sehr viel älter als Amanda, Anfang fünfzig vielleicht. Doch sie waren attraktiv und fit und sichtlich beschwipst. Die Frau schlug die Hand vor den Mund, und der Mann lief rot an, und dann lachten sie beide so herzhaft, dass sie nach Luft schnappen mussten. Jeder von ihnen trug mehrere Blumenketten um den Hals, der

Mann hatte sich einen riesigen Wasserball unter den Arm geklemmt.

»Halt, halt, halt!«, stieß die Frau kichernd hervor.

»Na los«, zischte der Mann, der vermutlich ihr Ehemann war. »Reiß dich zusammen, sonst kommen wir nie mit dem Ball hier weg.«

Sie warfen einen Blick in Amandas und Zachs Richtung, dann taten sie so, als wären sie nüchtern, gingen unsicher die Stufen hinunter und taumelten weiter in Richtung Seventh Avenue. Während Amanda dem Paar nachschaute, fielen ihr plötzlich die »oberen Räumlichkeiten« ein. Was, wenn Zach zufällig von anderen Partygästen erfuhr, was dort oben vor sich ging? So viel zum Thema »problematische zwischenmenschliche Beziehungen«. Es war durchaus möglich, dass Zach allen ins Gesicht sagte, für wie dumm er sie hielt. Denn in seinen Augen war seine Meinung Fakt, und er zögerte nicht, sie allen mitzuteilen. Die Wahrheit, davon war er überzeugt, konnte gar nicht beleidigend sein.

»Es gibt etwas, was du wissen solltest, bevor wir hineingehen«, sagte Amanda, als Zach mit auffällig leuchtenden Augen auf die Stufen zuhielt. »Sie … ähm … oben sind auch Zimmer …«

Zach blickte an dem viergeschossigen Brownstone-Haus empor. »Das sehe ich.«

»Nein, ich meine, sie … tauschen die Partner. Oben«, stieß Amanda hervor. »Nicht alle. Die wenigsten, glaube ich. Nur wenn man möchte. Ich meine, wenn die anderen möchten. Ich nicht. Du nicht. So meinte ich das nicht.« Sie errötete. »Ich erzähle dir das nur, damit du Bescheid weißt. Es ist nichts Besonderes.«

»Nichts Besonderes?« Zach lachte. Laut und lange. Sein Gesicht war knallrot. Er betrat die erste Stufe. »Das ist wirklich urkomisch«, sagte er und blieb stehen, um noch einmal am Haus emporzublicken. »Diese Leute sind so … dumm! Apropos dumm, erzähl bloß niemandem von der neuen Firma. Ich möchte nicht, dass vorzeitig etwas darüber nach außen dringt und die offizielle Bekanntmachung ruiniert.« Er deutete mit dem Zeigefinger direkt auf Amandas Gesicht. »Du wolltest, dass ich dir vertraue, und das tue ich. Enttäusch mich nicht.«

Damit setzte er seinen Weg fort, die Stufen hinauf. Amanda blieb allein auf dem Gehsteig stehen und dachte an die Dinge, die ein Ehemann hätte sagen können, wenn seine Frau ihm mitteilte, dass sie gemeinsam eine Swingerparty besuchen würden. Dinge wie: *Wir sollten darüber reden. Welche Regeln gelten für uns? Das machen wir nicht, oder? Hm, was sollen wir denn davon halten?*

Sie hätten zusammen kichern können. Sie hätten sich wundern können. Sie hätten zwei Menschen sein können, die alles miteinander teilten, auch das Neue, Unbekannte. Aber nicht Amanda und Zach. Nicht sie beide.

Denn es gab kein *sie beide.* Hatte es nie gegeben. Und würde es auch niemals geben.

AUSSAGE VOR DER GRAND JURY

STEVE ABRUZZI,
am 8.Juli als Zeuge aufgerufen und vernommen, sagt Folgendes aus:

VERNEHMUNGSPROTOKOLL
VON MS. WALLACE:

F: Mr.Abruzzi, danke, dass Sie gekommen sind.
A: Selbstverständlich, ich helfe Ihnen gern. Das hier ist doch alles vertraulich, oder?
F: Ja, die Verhandlungen vor dem Großen Geschworenengericht sind vertraulich.
A: Okay, okay. Gut.
F: Mr.Abruzzi, waren Sie am 2.Juli dieses Jahres bei der Party in der First Street Nummer 724?
A: Ja.
F: Haben Sie dort Zeit mit Jessica Kim verbracht?
A: Ja.
F: Sind Sie verheiratet, Mr.Abruzzi?
A: Ja.
F: Mit Ms. Kim?
A: Nein.
F: Weiß Ihre Frau, dass Sie und Ms. Kim an jenem Abend zusammen waren?
A: Ja.
F: Was haben Sie und Ms. Kim zusammen gemacht?
A: Sie meinen ... im Einzelnen?

F: Waren Sie in sexuelle Handlungen verwickelt?
A: Ja.
F: Hatten Sie Geschlechtsverkehr?
A: Ja.
F: Sie müssen lauter sprechen. Wir können Sie nicht hören, Mr. Abruzzi.
A: Ja.
F: Haben Sie Kinder, Mr. Abruzzi?
A: Was hat das denn damit zu tun? Wollen Sie mir ein schlechtes Gewissen einreden?
F: Könnten Sie bitte die Frage beantworten?
A: Ja. Die Kinder waren selbstverständlich nicht bei der Party, und sie wissen auch nichts davon. Glauben Sie mir, die Leute sind diskret. Niemand spricht anschließend darüber, das hier ist die absolute Ausnahme.
F: Besuchen Ihre Kinder die Grace Hall School?
A: Ja.
F: Haben Sie Maude Lagueux dort kennengelernt?
A: Wir kennen Sarah und Kerry. Meine Frau ist mit Sarah im Elternbeirat. Kerry und ich sind Freunde. Sebe, Maudes Mann, gehört auch dazu. Wir drei gehen manchmal zu Konzerten. Ich stehe auf Indie-Bands. Kerry habe ich an jenem Abend nicht gesehen, aber er hat mir eine Textnachricht geschickt, dass er auf der Suche nach Sebe sei.
F: Um wie viel Uhr sind Sie nach oben gegangen, um Geschlechtsverkehr mit Jessica Kim zu haben?
A: Müssen Sie das immer wieder betonen?
F: Inwiefern betonen?
A: Egal. Ich denke es war gegen zehn, halb elf. Ja, so um die Uhrzeit muss es gewesen sein.

F: Haben Sie auf dem Weg nach oben irgendwen bemerkt? War außer Ihnen jemand auf der Treppe?

A: Oh, ähm, ja, da war eine Frau hinter uns. Aber ich kannte sie nicht.

F: Ich werde Ihnen ein Foto zeigen, Mr. Abruzzi.

(Der Justizangestellte nähert sich dem Zeugen mit einem Foto, das zuvor mit dem Vermerk »Personenbeweis 6« versehen wurde.)

F: Ist das die Frau, die Sie auf der Treppe gesehen haben?

A: Ja.

F: Wir nehmen ins Protokoll auf, dass Mr. Abruzzi Mrs. Amanda Grayson als die Frau identifiziert hat, die er am fraglichen Abend die Treppe hinaufgehen sehen hat.

A: Warum wird eigentlich mitgeschrieben, wenn das alles hier so geheim ist?

F: Für das Protokoll, Mr. Abruzzi. Das ist alles. Eine letzte Frage. Sie sagten, jemand habe Sebe Lagueux gesucht. Haben Sie Mr. Lagueux gesehen, als Sie sich in den oberen Räumlichkeiten aufhielten?

A: Ja.

F: Und wo haben Sie ihn gesehen?

A: In einem Zimmer mit Mrs. Grayson.

LIZZIE

SAMSTAG, 11. JULI

Ich hatte Sam nicht hereinkommen hören, doch dort stand er nun, in der Schlafzimmertür. Er betrachtete seine im Raum verteilten Klamotten, seine sonst so strahlenden Augen waren stumpf vor Traurigkeit. Sonderlich überrascht wirkte er nicht. Auf der Suche nach weiteren Beweismitteln hatte ich unsere Wohnung auseinandergenommen, hatte jeden Schrank und jede Schublade geöffnet und zwischen Sams T-Shirts nach irgendwelchen verdächtigen Dingen getastet. Ich hatte sogar seine Socken auf den Fußboden geworfen. Dabei zitterte ich die ganze Zeit, und in meinem Kopf dröhnte ein dumpfes Heulen wie von einem verwundeten Tier.

Ich nahm den Ohrring vom Bett. Meine Augen waren so gereizt vom Weinen, dass ich das Gefühl hatte, sie würden bluten. »Der gehörte Amanda Grayson.« Ich ließ den feinen silbernen Ohrring zwischen den Fingern baumeln. »Sie hat ihn getragen in der Nacht, als sie gestorben ist.«

Sam verschränkte die Arme vor der Brust und lehnte sich an die Wand mir gegenüber. Ich wappnete mich gegen seine fadenscheinigen Ausreden, seine abgedroschenen Verteidigungsversuche, und fragte mich, ob ich mir weitere Ausflüchte würde anhören können, ohne mich wutentbrannt auf ihn zu stürzen. Am liebsten hätte ich auf der Stelle meine Fingernägel in sein attraktives Gesicht gegraben.

Er blickte zu Boden.

Sag etwas, Sam. Verdammt noch mal, sag etwas.

»Du kanntest sie.« Das war eine Feststellung, keine Frage. Ich ertrug es nicht, weitere Fragen zu stellen.

Sam sah hoch, die Augen weit aufgerissen. »Nein. Ich kannte sie nicht.« Seine Stimme klang panisch. Eilig senkte er wieder den Kopf. »Ich meine, nicht, dass ich wüsste.«

»Warum bist du dann nicht überrascht, dass du ihren Ohrring in der Tasche hattest?« Mein Herz hämmerte so heftig, dass ich Kopfschmerzen bekam.

»Ich … ich *bin* überrascht, dass das ihr Ohrring ist«, stammelte er. »Aber ich … Als du mir erzählt hast, dass eine Frau hier aus der Gegend ermordet wurde, habe ich mir Informationen darüber besorgt. Ich erinnere mich daran, an jenem Abend auf einer Bank am Prospect Park West gesessen zu haben. Nur das Bruchstück einer Erinnerung. Ich glaube, es war vor dem kleinen Spielplatz in der Nähe des Montgomery Place. Dort hat sie gewohnt, oder?«

»Was zum Teufel willst du mir damit sagen?«, fragte ich.

»Dass ich sonst nichts mehr weiß.«

»Ich verstehe das nicht.« Meine Stimme klang jetzt schrill und sogar noch panischer als Sams. Ich hatte den Eindruck, als wäre keine Luft mehr im Raum. »Warum hast du vor ihrem Haus gesessen, wenn du sie nicht kanntest? Wie bist du an ihren Ohrring gekommen?«

Er antwortete nicht. Stand einfach nur da, wie erstarrt, die Augen auf den Haufen Klamotten auf dem Fußboden geheftet. Plötzlich setzte er sich in Bewegung und fing an, auf und ab zu tigern. »Ich glaube, ich habe sie vorher schon mal gesehen, im Blue Bottle.«

»Im Blue Bottle? Was ist das denn?«

»Ein Café.«

»Aber nicht hier in der Gegend.« Ich spürte, wie mir die Galle hochkam.

»Es ist in Center Slope«, sagte er. »Nicht weit von ihrem Haus entfernt. Als ich ein Foto von ihr sah, dachte ich, sie hätte ein paarmal im Blue Bottle gesessen. Sie hat gelesen, ich habe gearbeitet.«

»Seit wann arbeitest du in einem Café in Center Slope?«, blaffte ich. »Du hasst Center Slope!«

»Ich brauchte mal einen Tapetenwechsel«, erwiderte er defensiv. »Ich habe dir nichts davon gesagt, weil ich mich schuldig fühlte. Der Kaffee dort ist ziemlich teuer. Wie dem auch sei – ich bin mir nicht ganz sicher, ob sie es war, aber die Frau war … nun ja … bemerkenswert attraktiv. Wie die, die ermordet wurde.«

»Bemerkenswert attraktiv?«, keifte ich. »Willst du mich verarschen? Habt ihr Jungs irgendwelche Frauen aufgerissen, oder was?«

»Ich weiß es nicht«, sagte Sam. »Ich versuche nur, dir absolut alles zu erzählen, woran ich mich erinnern kann. Und ich gebe mir alle Mühe, trocken zu werden.«

»Großartig«, flüsterte ich. »Das ist ja absolut großartig.«

Plötzlich blieb Sam stehen, ging vor dem Klamottenstapel in die Hocke und fing an, ihn zu durchwühlen, als sei er auf der Suche nach etwas Bestimmtem. *Nein,* war alles, was ich denken konnte. *Ich will nicht noch mehr wissen.*

Als er wieder aufstand, hielt er einen von seinen weißen Basketballschuhen in der Hand. Er deutete auf einen braunen Streifen an der Seite, etwa zweieinhalb Zentimeter breit und sieben Zentimeter lang.

»Das ist mir heute Morgen aufgefallen.«

»Was ist das?«

Wir beide starrten den Schuh an, den Sam auf unsere Kommode stellte. »Das könnte Blut sein, oder?«

»Sam, was zum Teufel …« Meine Stimme brach.

»Ich weiß es nicht, Lizzie.«

»Du hast dir in derselben Nacht die Kopfverletzung zugezogen. Das könnte auch dein Blut sein«, sagte ich, obwohl mir dieser Streifen Blut jetzt schon Übelkeit verursachte.

Sam schüttelte den Kopf. »Ich hatte meine Basketballschuhe im Flur gelassen. Wahrscheinlich, damit ich mich unbemerkt hineinschleichen konnte. Ich habe die Sneakers vor der Wohnungstür stehen sehen, als wir aus dem Methodist Hospital zurückkamen. Im Krankenhaus habe ich meine Vans getragen.«

Ich stand auf. Der Raum begann, sich zu drehen.

»Nun, es muss dich doch irgendwer gesehen haben. Zu der Zeit, zu der sie umgebracht wurde, meine ich.« Ich machte einen Schritt zurück und lehnte mich mit dem Rücken gegen das Fenster, um nicht zu schwanken. »Was ist mit dem Barmann, nach dem Basketballspiel …«

»Den habe ich bereits gefragt«, sagte Sam. Sein Gesicht wirkte im Schein der Schlafzimmerlampe kantig – schön, aber auch ein wenig bedrohlich. »Er erinnert sich nicht an mich.«

»Was ist mit einer Quittung?«, hakte ich nach, verzweifelt auf der Suche nach irgendetwas, was uns retten könnte. »Laut Gerichtsmedizin ist Amanda Grayson zwischen zweiundzwanzig und dreiundzwanzig Uhr gestorben. Ihr spielt doch bis zehn Uhr Basketball, oder? Dann hättest du höchstens Zeit für ein, zwei Drinks gehabt. Um dich derart zu betrinken, hättest du weitaus länger gebraucht.«

Sam schüttelte den Kopf. »Wir haben an dem Abend

nicht gespielt. Wegen des Ferienanfangs sind nicht genügend Jungs gekommen. Deshalb sind wir gegen sieben ins Freddy's gegangen, und irgendwer hat Shots bestellt. Ich nicht, das schwöre ich. Allerdings habe ich mir mehrere hintereinander genehmigt. Daran erinnere ich mich.«

»Um Himmels willen, Sam!« Ich schrie so laut, dass meine Kehle schmerzte. »Was hast du mir denn noch alles nicht erzählt, verflucht noch mal?«

Sam sah mich nicht mal mehr an. Wir wussten beide, was das bedeutete. Er war während des kritischen Zeitfensters schon ziemlich betrunken gewesen.

»Mehr gibt es nicht, Lizzie. Das ist ... das ist alles.«

»Denk nach, Sam!«, brüllte ich, entsetzt und aufgebracht.

»Ich habe in der letzten Zeit nichts anderes getan!«, brüllte er zurück. »Es tut mir leid, Lizzie. Ich wünsche mir nichts mehr, als dir versichern zu können, dass ich in jener Nacht nicht mit ihr zusammen war und ihr erst recht nichts angetan habe. Dass ich niemals jemandem Schaden zufügen könnte.« Er fing sich wieder, schloss die Augen und presste die Lippen zusammen. Als er endlich weitersprach, klang er traurig, aber entschlossen. »Ich kann nicht länger lügen, Lizzie. Ich hatte schon so viele Filmrisse, dass ich irgendwann aufgehört habe mitzuzählen. Ich habe einen Wagen zu Schrott gefahren und meinen Chef – einen Mann, den ich mag – angeschnauzt, er könne mich am Arsch lecken. Und ich erinnere mich nicht mal daran. Jeder von uns hat eine dunkle Seite, die er genau deshalb gut verbirgt. Doch wenn man betrunken ist, wird man unachtsam und lässt die dunkle Seite heraus. Ist meine dunkle Seite so finster, dass ich jemanden umbringen könnte? Ich hoffe nicht, das kannst du mir glauben. Doch woher soll ich es wissen, wenn diese beiden Teile in mir einander nie begegnet sind?«

Jeder war zu allem fähig. Das wusste ich. Wie oft hatte ich mir vorgestellt, wie mein eigener Vater einem anderen Mann ein Messer in den Bauch rammte und anschließend nach Hause kam, um Spaghetti zu essen? Meine Haut brannte. Ich wollte den Sam, der alles leugnete, zurückhaben. Ich wollte unseren langsamen Untergang, nicht diesen freien Fall.

Der Fingerabdruck in Amandas Blut. Was, wenn er Sam gehörte?

Ich dachte an die Treppe in ihrem Haus, an das ganze Blut. An die Wucht, die nötig war, um Amandas Kopf mit einem Golfschläger zu zertrümmern. Ich presste mich fester gegen das Fenster, fühlte das kühle Glas unter meinen Fingern. Mit wie viel Druck musste ich mich wohl dagegenlehnen, um das Glas zu durchbrechen und hinunterzustürzen?

Mein Handy klingelte. Ich stürmte zum Nachttisch und betete, dass wer immer da anrief, etwas zu sagen hatte, was es unmöglich machte, dass dieser Mann, den ich liebte, dieser Mann, dem ich so oft verziehen hatte, ein Mörder war. Der Anruf kam von einem unbekannten New Yorker Handy. Es hätte jeder sein können. Aber jeder war besser als dieses Gespräch.

»Hallo?«, fragte ich atemlos.

»Hier spricht Sarah Novak.« Sie klang beschwipst. Betrunken, um genau zu sein. Doch mit dem weinseligen Buchklub hatte sie sich gestern getroffen. Warum waren eigentlich alle ständig betrunken? »Es ist schon spät, oder? ’tschuldigung, ich war … ich hab mein Zeitgefühl verloren. Mein Mann sagt, Sie sind gestern vorbeigekommen? Ich bin neugierig, warum.«

»O ja«, erwiderte ich, einen Moment lang verwirrt. Ich erinnerte mich gar nicht daran, ihm meinen Namen genannt zu haben. Doch Sarah hatte ihm vermutlich erzählt, dass ich vielleicht bei ihnen aufkreuzen würde.

»Also, *warum,* bitte schön, sind Sie vorbeigekommen?«

»Ich habe mit dem Buchhalter der Stiftung gesprochen«, antwortete ich und schaltete wie betäubt in meinen Berufsmodus.

Am anderen Ende herrschte Stille. Lange. Gefolgt von »ähem«. Mehr nicht. Selbst in betrunkenem Zustand war Sarah zu clever, um versehentlich ein Geständnis abzulegen.

»Ich habe da womöglich etwas missverstanden, als wir uns neulich unterhielten«, fuhr ich fort, wodurch ich ihr die Möglichkeit bot, sich auf das »Missverständnis« herauszureden. »Mir war nicht klar, dass Sie sich persönlich mit Teddy Buckley, dem Buchhalter der Hope-First-Stiftung, getroffen haben.«

»Ähm, ja, am Ende habe ich mich mit ihm getroffen.« Sie dehnte die Worte wie ein entrüstetes Kind. »Und ja, ich habe Ihnen nichts davon erzählt, weil ich mir Sorgen machte – nein, ich war mir *sicher* –, dass er keine netten Dinge über mich sagen würde.« Je mehr sie redete, desto betrunkener klang sie. »Sowieso lässt die Pleite Ihren Mandanten nur *noch* schuldiger aussehen.«

»Er hat erwähnt, dass Sie sehr aufgeregt waren, weil Sie fürchteten, Sie könnten Ihren Job verlieren, wenn der Stiftung das Geld ausgeht.«

Sie holte erneut Luft. »Das ist richtig. Wenn das alles ist, was er über mich gesagt hat, dann ist er ein sehr freundlicher Mensch, denn ich bin völlig ausgerastet. Hören Sie, mein Mann hat kürzlich seine Stelle verloren. Ich hatte Angst, Sie könnten mich fragen, warum ich mich so sehr darüber aufrege, mein jämmerliches Gehalt zu verlieren. Irgendwann wäre es sowieso herausgekommen, dass mein Mann arbeitslos ist, doch ich konnte den Gedanken einfach nicht ertragen. Es ist verrückt, ich weiß, aber ich schäme mich so sehr, dabei bin nicht mal ich diejenige, die entlassen wurde. Scheiß Ehe.« Sie flüsterte jetzt, wodurch sie vollkommen betrunken wirkte. Betrunken und am Boden zerstört. »Wir dachten beide, dass mein Mann sofort wieder Arbeit finden würde. Wenigstens dachte *ich* das. Aber er ist ja noch nicht mal losgezogen, um Klinken zu putzen.« *Weil er stattdessen lieber Wimbledon schaut,* lag es mir auf der Zunge. *Und Pizza isst.* Sie seufzte dramatisch. »Also muss ich nun die Brötchen verdienen. Oder besser gesagt: die *Brösel.* Das ist nicht unbedingt das, was ich mit meinem Leben vorhatte, wenn Sie wissen, was ich meine.«

Ich wusste genau, was sie meinte.

»Haben Sie Amanda davon erzählt?«

»Machen Sie Witze?«, rief sie. »Ich habe es niemandem gesagt. Welchen Teil von ich-schäme-mich-zu-Tode-weil-mein-Mann-entlassen-wurde haben Sie nicht verstanden? Ich weiß, es ist schrecklich, dass ich meine Freundinnen belogen habe. Ich liebe meine Freundinnen. Aber manchmal ist es leichter, wenn man den Schein wahrt. Vorsätzliche Blindheit, so nennt ihr Juristen das doch, oder?«

Es war leichter, den Schein zu wahren. Da hatte Sarah recht. »Ich meinte nicht die Arbeitslosigkeit Ihres Mannes. Ich wollte wissen, ob Sie Amanda mitgeteilt haben, dass die Stiftung laut Buchhalter kein Geld mehr hat.«

»Ach das«, erwiderte Sarah wegwerfend. »Das wollte ich ihr erzählen, aber nicht bei Maudes Party. Party ist Party, und ich hatte nicht vor, sie dort damit zu stressen. Außerdem war Zach da. Das hätte wirklich unangenehm werden können. Maude war der Meinung, ich solle es

Amanda sofort sagen, aber Maude war nicht ganz bei sich wegen der Probleme mit Sophia.«

»Sie haben Maude von den finanziellen Problemen der Stiftung erzählt?«

»Selbstverständlich! Sobald ich ihr bei der Party begegnet bin. Stellen Sie sich das mal vor: Die Stiftung geht pleite, und Zachs ganzes Getue entpuppt sich als Lüge? Von wegen Millionär! Das war einfach ein zu großer Hammer. Ich weiß, dass ich kleinlich wirke, aber ich habe nie behauptet, perfekt zu sein«, lallte sie. »Außerdem hat sich Maude ohnehin mehr Gedanken wegen der E-Mail-Ermittlungen gemacht.«

»E-Mail-Ermittlungen?«

»Mehrere Grace-Hall-Familien wurden Opfer eines Hackerangriffs.« Sarah seufzte. »Lauter schmutzige Wäsche wurde an die Öffentlichkeit gezerrt. Ich habe Maude gesagt, dass vermutlich ein Insider dahintersteckt, ein Elternteil – das ist einem der Ermittler mir gegenüber herausgerutscht. Sie wissen ja, dass ich den Elternbeirat leite, oder? Beinahe jeder Satz, den ich zu Maude gesagt habe, fing an mit: ›Sag nicht weiter, dass du das von mir weißt, aber …‹ Maude hat das Gleiche gemacht, als sie mir von dem Golfschläger erzählte. ›Oh, warte, du darfst es keinem weitersagen, versprochen?‹«

»Von dem Golfschläger?«, hakte ich nach und dachte daran, wie Sarah mir genau das bei unserem ersten Gespräch ins Gesicht geschleudert hatte, als Beweis dafür, was für ein Monster Zach war. »Ich dachte, die *Polizei* hätte Ihnen das mitgeteilt.«

»Die Polizei? Ich bitte Sie. Die Polizei hat mich ausgequetscht, wer bei der Party war, aber sie hat mir *gar nichts* erzählt«, erwiderte Sarah. »Das mit dem Golfschläger weiß ich von Maude. Sie hat gesagt, der Schläger hätte am

Fuß der Treppe in Amandas Haus gelegen. Gleich neben ihrer Leiche. Zach hätte den Tatort genauso gut signieren können.«

»Wann hat Maude Ihnen von dem Golfschläger erzählt?«

»Am Morgen nach Amandas Tod«, antwortete Sarah. »Sie muss es von der Polizei erfahren haben.«

Doch Maude hatte bis heute mit niemandem gesprochen – bis Wendy Wallace bei ihr zu Hause aufgetaucht war. Sie hätte nichts von dem Golfschläger wissen dürfen, nicht direkt nach Amandas Ermordung. Das Blut in meinen Ohren rauschte so laut, dass es mir schwerfiel, nachzudenken. Ich sah zu Sam hinüber, der mich beobachtete.

Ich fasste das Telefon fester. *Maude und nicht Sam.* Ein Anflug von Hoffnung.

AMANDA

DIE PARTY

Eine große Schar von Gästen, rote Plastikbecher mit knallrosa Sangria in den Händen, stand dicht gedrängt im Eingangsbereich von Maudes und Sebes Brownstone-Haus. Amanda musste an die College-Party der University of Albany denken, die sie zusammen mit einem Mädchen besucht hatte, das einen Sommer lang als Ferienaushilfe im Motel beschäftigt gewesen war. Dort war es genauso lärmig und voll gewesen, aber hier sahen alle seltsam jung und gleichzeitig seltsam alt aus.

Amanda musste mehr als einmal »Entschuldigung!« rufen, so laut dröhnte die Nirvana-Musik. Sie war erleichtert, als sie sich endlich durch die Menge in das geräumige Wohnzimmer geschlängelt hatte, das voller exquisiter Kunstwerke und farbenfroher Erinnerungsstücke von Maudes und Sebes ausgedehnten Reisen war. Überall standen Familienfotos – professioneller als die von Sarah, aber nicht weniger authentisch. Auf einem Tisch in der Nähe entdeckte Amanda kleine Tüten mit Studentenfutter, Karten für eine Schnitzeljagd und einen riesigen Haufen Blumenketten und andere Partygeschenke.

Amanda sah sich nach Zach um, aber sie konnte ihn nirgendwo entdecken. Er hatte sich unter die Menge der feiernden Paare gemischt – groß und klein, dick und dünn, modisch und unmodisch, schön und gewöhnlich. Ein Liebespaar neben Amanda tauschte ein paar spitze

Bemerkungen aus, doch eine Minute später lächelten die beiden wieder und schienen einander verziehen zu haben. Kurz danach steckten sie die Köpfe zusammen und lachten, die Finger ineinander verschlungen, die Hüften gegeneinandergepresst. Chaotisch und alles andere als perfekt, aber zusammen. Eine zwischenmenschliche Beziehung.

Zach irrte sich. Zwischenmenschliche Beziehungen waren doch eine gute Sache. Die einzige, die zählte.

Auch Amanda hatte das verdient, oder nicht? Eine richtige Beziehung. Liebe. Zach hatte sie gerettet, ja. Aber dafür hatte sie ihm in den vergangenen elf Jahren den Rücken freigehalten; sie hatte ihm einen Sohn geschenkt. Ihre Schuld war beglichen.

Jetzt gab es wirklich nur noch eine Lösung – Amanda musste Zach verlassen. Wenn sie ehrlich war, wusste sie das schon seit einer geraumen Weile. Sie konnte ihm ja noch nicht einmal von ihrem Dad erzählen, wie sollte sie sich da schützen können? Wie sollte sie ihren Sohn schützen? Auf ihre Ehe konnte sie nicht bauen, die würde sie nicht über Wasser halten. Im Gegenteil, Amanda war sich nahezu sicher, dass die sie früher oder später in die Tiefe ziehen würde.

»Entschuldigung«, sagte jemand hinter ihr.

Sie ging ein paar Schritte weiter, um die Tür für weitere Neuankömmlinge freizugeben, und entdeckte Maude, die an der marmornen Insel in ihrer glamourösen offenen Küche Sangria machte. Sie lächelte, schien die Party zu genießen, doch als Amanda näher trat, sah sie, dass ihre Lippen zitterten.

Als sie Amanda erblickte, hellte sich Maudes Gesicht etwas auf, doch ihre Haut war von einem feinen Schweißfilm überzogen, bemerkte Amanda, als sie sie auf die

Wange küsste. »Wie schön, dass du da bist«, sagte Maude mechanisch.

»Zach ist auch hier«, teilte Amanda ihrer Freundin mit, beschämt, dass sie sich diesen kleinen, traurigen Sieg trotz allem nicht verkneifen konnte. »Ich weiß zwar nicht, wo er jetzt ist, aber wir sind zusammen hergekommen.«

»Oh.« Maude lächelte zerstreut. »Großartig.«

»Ja, das ist wahrhaftig ein außergewöhnlicher Abend«, fuhr Amanda fort, überrascht über die Intensität ihrer Feindseligkeit. Sie konnte sich kaum noch beherrschen. »Zach hat sich auf dem Herweg sogar dazu herabgelassen, mir mal mitzuteilen, was er den ganzen Tag über so macht.«

»Und?«, fragte Maude. Sie konzentrierte sich darauf, weitere Zitrusfrüchte für den Sangria zu zerteilen, doch mit dem falschen Messer, und so zerdrückte sie alles zu einem unappetitlich aussehenden Brei. Amanda fragte sich, ob sie Maude anbieten sollte zu übernehmen, bevor sie sich noch in den Finger schnitt.

»Irgendetwas mit Menschen und ihren Beziehungen, denen er weit voraus ist. Hat wohl mit Logistik zu tun, ist aber auch egal«, sagte Amanda, der jetzt erst bewusst wurde, wie wenig Zach ihr wirklich erzählt hatte. »Ist Sarah da?«

»Ja, sie hat mich gerade wegen der Ermittlungen bezüglich des Hackerangriffs auf die Grace-Hall-Familien auf den neuesten Stand gebracht.« Maude presste die Lippen zusammen, Tränen traten in ihre Augen. Sie schloss die Lider. »Es … tut mir leid«, stammelte sie und fuhr sich mit dem Handrücken über das Gesicht. »Ich, ähm, ich habe vor ein paar Minuten mit Sophia gesprochen. Ich gebe mir Mühe, mich zusammenzureißen, aber das ist nicht so leicht.«

»Du hast eben mit ihr telefoniert?«, fragte Amanda und sah sich in dem Chaos um. »Inmitten dieses Trubels?«

»Ich weiß schon …« Maude nickte mit grimmiger Verzweiflung. »Aber sie war gerade von ihrem Campingausflug zurück und durfte dreißig Minuten ihr Handy benutzen.«

»Geht es dir … geht es ihr gut?«

Mit unbewegtem Gesicht zerteilte Maude eine weitere Orange.

»Nein. Es geht ihr nicht gut«, antwortete sie. »Es war sogar noch schlimmer … Wer immer uns droht, diese Fotos zu posten, wenn wir nicht zahlen, erpresst Sophia jetzt auch direkt. Er will die Sachen online stellen, wenn sie nicht weitere Fotos oder irgendwelche sexuellen Handlungen live für ihn vor der Kamera macht. Und wenn sie das getan hat, dann …« Maude schauderte angewidert.

»Oh, arme Sophia.« Amanda seufzte.

Maude schaute zerstreut Richtung Wohnzimmer, in eine Ferne, die nur sie sehen konnte, das Messer fest in der Hand. »Sie hat mir erzählt, dass sie sich während dieses Campingausflugs von der Gruppe weggeschlichen hat und ins Meer gegangen ist. Am liebsten wäre sie nicht mehr umgekehrt – das hat sie gesagt. Ein paar Stunden später ist sie am Strand wieder zu sich gekommen, dank …« Maudes Stimme versagte.

Amanda zog Maude an sich und drückte sie. Ihr blieb keine Zeit zu überlegen, was man in einer solchen Situation tat, denn sie machte es bereits. Weil sie ein Mensch war und eine Mutter und eine Freundin.

»Das kommt schon wieder in Ordnung«, murmelte Amanda in Maudes volle Locken hinein. Ihre Freundin fühlte sich so zerbrechlich an in ihren Armen. »Sophia hat Eltern, die sie lieben, ganz gleich, was passiert.«

Maude löste sich aus der Umarmung und schüttelte den Kopf. »Ein Camp-Mitarbeiter fliegt mit ihr zurück. Das geht schneller, als würden wir sie abholen. Aber im Augenblick ist meine Tochter allein und weit fort, am Boden zerstört. Und ich stehe hier und gebe in meinem Haus eine Party, bei der die betrunkenen Gäste in den oberen Stockwerken Sex haben. Fantastisch.«

»Soll ich versuchen, die Leute wegzuschicken?«, fragte Amanda und drückte Maudes Hand vorsichtig herunter, bis das Messer sicher auf der Anrichte lag. »Wir könnten behaupten, du seist krank oder so was.«

»Nein, schon gut«, sagte Maude. »Im Augenblick kann ich ohnehin nichts tun. Nicht, solange ich nicht weiß, wer hinter dieser Sache steckt. Sarah glaubt, dass ein Elternteil dafür verantwortlich ist. Was bedeutet, dass derjenige jetzt hier sein könnte.« Ihre Augen schossen suchend durchs Wohnzimmer. »So groß ist die Grace Hall School nicht. Wie dem auch sei … es sollen alle ruhig erst mal bleiben. Später bitte ich Sebe, sich nützlich zu machen und die Gäste hinauszukomplimentieren.«

Amanda legte eine Hand auf Maudes Rücken. »Es geht ihr sicher bald besser. Als ich jünger war, hatte ich auch jede Menge … nun, egal.« Sie verstummte, dann fuhr sie fort: »Teenager sind unverwüstlich – du wirst schon sehen.«

»Aber warum hat sie mir nicht …« Wieder brach Maudes Stimme. »Ich hätte von Anfang an wissen müssen, dass mehr dahintersteckt.«

»Jedem von uns entgeht mal etwas. Ich habe E-Mails von der Schulleitung in Zachs Schreibtischschublade gefunden, in denen irgendwelche Probleme mit Case erwähnt werden. Ich hatte keine Ahnung, dass er Schwierigkeiten in der Schule hat. Wir haben nie auf die vorgeschlagenen Gesprächstermine geantwortet.«

»Ihr habt E-Mails mit der Einladung zu einem persönlichen Gespräch erhalten?«, fragte Maude und zog die Augenbrauen zusammen. »Von Grace Hall?«

»Ja.« Amanda nickte und wünschte sich bereits, sie hätte nichts gesagt. »Sie waren aus irgendeinem Grund an Zach adressiert, nicht an mich, obwohl er behauptet, die Schule hätte nicht einmal seine E-Mail-Adresse.«

»Und wie konnten die Mails dann an ihn rausgehen?«, wollte Maude wissen.

»Keine Ahnung. Ich habe die Ausdrucke wie gesagt in seinem Schreibtisch entdeckt.«

»Ausdrucke.« Maude presste die Kiefer aufeinander. Amanda wusste, dass sie niemals darauf hätte zu sprechen kommen dürfen. Das war so ein albernes Problem, verglichen mit Sophias Situation.

»Maude!«, rief Sebe von den Stufen, die zum Garten führten. Die Hintertür stand weit offen. »Kannst du bitte mal kommen? Wir brauchen deine Meinung als Expertin!«

Maude blickte in Sebes Richtung. »Es wäre ein Wunder, wenn Sebe und ich diesen Schlamassel überleben«, sagte sie. »Er ist immer so ruhig und vernünftig. Das ist der Arzt in ihm. Es ist ihm völlig gleich, wer für die Sache verantwortlich ist, er will nur, dass es Sophia gut geht. Ich will das auch. Und trotzdem wünschte ich, er würde auf Rache sinnen, wie ich.«

»Maude!«, rief Sebe noch einmal. »Komm doch, bitte! Nur für eine Sekunde.«

»Entschuldige mich, ich bin gleich wieder da.« Maude wirkte genervt, als sie mit dem Krug Sangria durch die offene Hintertür Richtung Garten verschwand. Auf den Stufen blieb sie stehen und drehte sich um. »Ach ja, ich würde Zach gern kennenlernen und ein bisschen mit ihm plaudern.«

Amanda sah sich suchend um, bis sie ihren Mann entdeckte, der vom Rand des überfüllten Wohnzimmers aus die Gäste beobachtete. »Er ist dort drüben!«, rief Amanda und deutete auf ihn. »Ich stelle euch später vor.« Insgeheim hoffte Amanda, dass sie das nicht tun musste. Die Vorstellung, dass Zach mit Maude sprach, gefiel ihr gar nicht, und jetzt, da Maude so angeschlagen war, erst recht nicht.

»Großartig.« Maude lächelte angestrengt. »Ich bin gleich wieder da.«

Kaum war die Freundin draußen verschwunden, hörte Amanda, wie ihr Telefon in der Handtasche klingelte. Sie erstarrte. *Bitte nicht. Nicht jetzt.* Es klingelte erneut. Sie wappnete sich und zog es aus ihrer Clutch. Eine unterdrückte Rufnummer. Sie konnte den Anrufbeantworter drangehen lassen, aber er würde ja doch wieder anrufen.

Amanda durfte nicht länger davonlaufen, vor allem und jedem. Damit musste Schluss sein, ein für alle Mal. Mit zusammengebissenen Zähnen nahm sie den Anruf entgegen.

»Hallo?«

Schweigen.

»Hallo?«

Noch immer nichts.

Und dann war es plötzlich da: ihr Rückgrat. So viel stärker, als sie es je vermutet hätte. Als sie jetzt sprach, klang ihre Stimme wie ein drohendes Knurren.

»Lass mich verflucht noch mal in Ruhe, du Scheißkerl.«

LIZZIE

SONNTAG, 12. JULI

Nach einer schlaflosen Nacht machte ich mich am nächsten Morgen auf den Weg zu Maude und Sebe, in der Hoffnung, endlich die ganze Geschichte zu erfahren. Eine Geschichte, die Sam hoffentlich entlasten würde. Maude war natürlich nicht verpflichtet, mir irgendetwas zu erzählen, aber sie war einem Geständnis bereits sehr nahegekommen. Ich war mir sicher, dass sie sich deshalb immer wieder an mich wandte. Sie wollte auspacken. Und jetzt hatte ich etwas in der Hand, mit dem ich sie überzeugen konnte, dass das das Richtige war.

Es war ein göttlicher Fingerzeig, dass ich Maude gestern Abend die kleine Flasche Orangensaft gegen ihren Unterzucker besorgt hatte, denn so konnte ich nach meinem Gespräch mit Sam und dem Telefonat mit Sarah noch einmal ins Büro zurückkehren und sie für einen Fingerabdruckvergleich holen. Vom Büro aus rief ich Millie in der Klinik an, die trotz der späten Stunde sofort ans Telefon ging. Sie hatte noch gearbeitet, um, wie sie sagte, »vor lauter Sorge nicht durchzudrehen«, und war mehr als froh, ihre Kontakte spielen zu lassen und einen unglücklichen Laboranten von Halo Diagnostics wegen eines Fingerabdruckabgleichs, der »keinerlei Aufschub duldete«, an die Arbeit zu scheuchen. Mitten in der Nacht. An einem Wochenende. Ich brachte die Flasche vorbei und drückte mich auf dem Gang herum, bis gegen drei Uhr morgens die Labortür endlich wieder aufschwang. Der

Mann – sehr klein, zackiger Gang mit schwingenden Armen, als wäre er bei einer Militärparade – kam heraus und gab mir einen 9-×-12-Briefumschlag. »Ihre Probe passt zu dem Abdruck in dem Blut auf der Treppe. Und auf der Golftasche«, teilte er mir mit.

»Sind Sie sicher?«

Er zog das Kinn zurück. »Selbstverständlich. Hier geht es nicht um DNA, hier geht es um Fingerabdrücke. Und die stimmen überein oder eben nicht. Punkt.«

»Okay. Vielen Dank.«

»Ach ja, richten Sie Millie aus, das geht aufs Haus. Wir mögen sie alle sehr gern und wünschen uns nur, dass es ihr bald wieder besser geht.«

Sebe öffnete mir die Tür. Er schien gar nicht glücklich, mich zu sehen, doch er wirkte auch nicht sonderlich überrascht. »Sie ist im Wohnzimmer«, sagte er, ohne zu fragen, warum ich gekommen war.

Maude saß auf dem Sofa, die Arme um sich geschlungen. Sie blickte auf, sah mich an, dann auf den Umschlag in meiner Hand, auf dem in großen Lettern *Halo Diagnostics* stand.

Ich streckte ihn ihr entgegen. »Ihr Fingerabdruck wurde in Amandas Blut auf einer der Stufen in ihrem Haus und auf Zachs Golftasche sichergestellt. Ich gehe davon aus, dass wir auch auf dem Golfschläger fündig werden.«

Maude machte keinerlei Anstalten, den Umschlag entgegenzunehmen.

»Es tut mir leid«, sagte sie schließlich, und dann kamen die Tränen, liefen in alarmierenden Mengen über ihre Wangen. »Ich stand so oft kurz davor, es Ihnen zu sagen …«

»Ich bin nicht Ihre Anwältin«, stellte ich klar. »Nichts

von dem, was Sie mir anvertrauen, werde ich vertraulich behandeln. Ich bin sogar verpflichtet, der Polizei mitzuteilen, dass ich Ihre Fingerabdrücke am Tatort gefunden habe, um Zach zu helfen. Er ist mein Mandant. Aber ich … ich habe Teile von Amandas Tagebuch gelesen. Ich weiß, dass Sie beide wirklich gute Freundinnen waren. Wenn ich der Polizei irgendetwas an die Hand geben kann, was hilft, den Vorfall zu erklären, werde ich das tun.«

Das entsprach der Wahrheit. Es entsprach allerdings ebenfalls der Wahrheit, dass ich in erster Linie aus egoistischen Gründen handelte – ich wollte Sam als Tatverdächtigen ausschließen. Und damit mir das gelang, musste ich Maude dazu bringen, mir zu erzählen, was wirklich passiert war. Ich musste sie dazu bringen, ein Geständnis abzulegen, musste hören, dass sie für die Tat verantwortlich war. Sie – und nicht Sam.

»Maude«, schaltete sich Sebe mit scharfer Stimme ein. »Es ist das zweite Mal, dass sie dir rät, einen eigenen Anwalt zu nehmen. Du solltest ihren Rat dringend befolgen, bevor du noch mehr sagst. *Wir* sollten ihn befolgen.«

Maude schloss die Augen und schüttelte den Kopf. Dann klopfte sie neben sich aufs Sofa und forderte Sebe auf, sich zu setzen. Sobald er Platz genommen hatte, griff sie nach seiner Hand und verschränkte ihre Finger mit seinen.

»Er versucht immer, mich vor mir selbst zu schützen«, sagte sie zu mir. »Er ist sogar noch einmal zu Amandas Haus gefahren, um nachzusehen, ob ich dort versehentlich etwas hatte liegen lassen. Fast wäre er verhaftet worden oder Schlimmeres – und das alles nur für mich.«

Der Teststreifen? Hatte Sebe nach dem Teststreifen gesucht? Ich hatte ihn in irgendeine Tasche gesteckt. Vielleicht stammte er aus einem Blutzuckermessgerät und war gar nicht zur Eisprungbestimmung gedacht. Maude hatte gesagt, sie habe Diabetes. Sebe musste derjenige gewesen sein, den ich im Haus überrascht hatte; mit Sicherheit waren seine Fingerabdrücke an der Hintertür.

»Ja, ich versuche, dich zu beschützen«, sagte Sebe zu seiner Frau. »Deshalb rate ich dir jetzt auch dringend, nichts mehr zu sagen.«

»Ach, komm schon, Sebe.« Maude legte eine Hand auf seinen Rücken. Er wandte den Blick ab. »Wie können wir Sophia empfehlen, sich den Tatsachen zu stellen, anstatt sich dafür zu schämen, wenn wir selbst nicht einmal tapfer genug sind, uns mit den Fehlern auseinanderzusetzen, die wir begangen haben? Und ich *habe* an jenem Abend einen Fehler gemacht, das steht außer Frage. Ich hätte niemals Zachs und Amandas Haus betreten dürfen.«

AMANDA

DIE PARTY

Als Amanda auflegte, fühlte sie sich, als könne sie fliegen. Sie hatte noch nie zuvor jemanden angeschnauzt, er solle sie in Ruhe lassen, noch nie in ihrem ganzen Leben. Schon gar nicht ihren Dad. Aber jetzt hatte sie sich behauptet. Ihre Stimme erhoben. Und sie war nicht tot umgefallen. Die Welt war nicht untergegangen. Lächelnd blickte Amanda auf ihr Handy.

Zach konnte sie nicht ändern, doch vielleicht die Welt. Nicht mit einem einzelnen Gespräch oder einem lauten Schrei, sondern Stück für Stück. Wie bei einem Zahlenschloss brachte sie den Schließmechanismus nach und nach in die richtige Position und kam mit jedem Klick der Freiheit ein Stück näher.

Doch als sie aufsah, sank ihr der Mut. Auf der gegenüberliegenden Seite des Wohnzimmers standen Sarah und Zach und redeten miteinander. Zach bewegte seine Hände so, als würde er gerade jemandem etwas erklären, den er für ganz besonders dumm hielt. Und Sarah hatte die Augenbrauen zusammengezogen, so wie sie es immer tat, wenn sie mit jemandem sprach, den sie verabscheute. Wieder einmal war Zach dabei, alles zu ruinieren.

Amandas Handy vibrierte.

ICH WERDE DICH NICHT IN RUHE LASSEN, VERDAMMTE SCHLAMPE!

Amanda spürte den Hass, der ihr von dem kleinen Display entgegenschlug. Ihre Hände fühlten sich an, als hätte sie sich verbrüht. Beinahe hätte sie das Telefon fallen lassen.

Sie hielt nach Maude Ausschau. Zach konnte sie nichts von ihrem Vater erzählen, ihren Freundinnen dagegen schon. Sie würden versuchen, ihr zu helfen. Doch bevor sie Maude entdeckte, vibrierte ihr Handy erneut.

SIEH DICH NUR UM. ICH BIN HIER.

Amanda zuckte zurück und stieß gegen eine vollbusige Frau mit kurzen Locken und einem vollen Glas Rotwein. Der Wein ergoss sich auf die weiße Bluse der Frau.

»O Gott, es tut mir leid!« Amanda schnappte nach Luft.

Doch die andere lachte nur und blickte auf den nassen, roten Fleck auf ihren riesigen Brüsten. Sie schwankte sichtbar. »Egal! Meine Kinder sind im Ferienlager. Ich habe morgen *den ganzen Tag* Zeit, diese dämliche Bluse auszuwaschen.«

Das Handy brummte erneut in Amandas Hand.

VERSUCH DOCH, MICH ZU FINDEN! UND PASS AUF, DASS DU NICHT NOCH MEHR WEIN VERSCHÜTTEST!

Benommen blickte Amanda in die Gesichter um sie herum. Er war hier, beobachtete sie. Er war in diesem Haus. Aber dann würde er ihr doch auffallen! Beobachtete er sie durch eines der Fenster? Wie die Spanner, von denen Sarah gesprochen hatte? Wenn er tatsächlich draußen war, konnte sie das Haus unmöglich verlassen. Amanda saß in der Falle.

Sie brauchte einen sicheren Ort, an dem sie nachdenken konnte.

Auf der Treppe stahl sich bereits ein Paar nach oben. Die Frau hatte einen fransigen Kurzhaarschnitt, der Mann einen rasierten Kopf. Sie lachten miteinander. Amanda fand, dass sie ein attraktives Paar abgaben. Verheiratet waren sie nicht, ganz bestimmt nicht. Sie verhielten sich so unverbindlich und zugleich höflich, dass es jedem der beiden erlaubt gewesen wäre, noch in letzter Sekunde seine Meinung zu ändern.

Amanda zögerte, gab ihnen etwas Zeit, um die Treppe ganz hinaufzusteigen, dann eilte sie selbst nach oben. Am oberen Treppenabsatz sah sie sich vorsichtig um, dann ging sie hastig an zwei geschlossenen Türen vorbei, bis sie am Ende des Flurs auf ein kleines Zimmer mit offener Tür stieß. Amanda drehte sich um und entdeckte auf der gegenüberliegenden Seite an einer der Türen ein großes Schild, auf dem in Großbuchstaben TABU geschrieben stand. Wahrscheinlich Sophias Zimmer.

Amanda betrat den kleinen Raum und zog die Tür hinter sich zu. Sie hatte gerade abgeschlossen, als es klopfte. Er war ihr die Treppe hinauf gefolgt. Panisch sah sie sich nach einer Fluchtmöglichkeit um. Das Fenster – zu hoch, sie würde niemals mit heiler Haut unten ankommen. Amanda versuchte, tief durchzuatmen. Ihr wurde schwindelig. Waren denn hier alle schon so betrunken, dass sie ihren heruntergekommenen Vater unbehelligt ins Haus *und* die Treppe hinaufgelassen hatten?

Amanda ging rückwärts Richtung Wand, weg von der Tür.

»Amanda, ich bin's, Sebe.« Sie erkannte seinen Akzent. »Ist alles okay? Ich habe dich nach oben laufen sehen. Du wirktest aufgelöst.«

Amanda machte einen Satz zur Tür und schloss auf. Sebe sah sie perplex an, als sie sie mit einem Ruck aufriss.

»Was ist denn los?«, fragte er. »Geht es dir gut? Du siehst ... blass aus.«

Amanda wollte etwas sagen, doch stattdessen brach sie in Tränen aus. »Entschuldigung«, stieß sie hervor und schnappte nach Luft.

»Du musst dich nicht entschuldigen«, sagte Sebe. Er legte ihr eine Hand auf die Schulter und führte sie zum Bett. Dann ging er noch einmal zur Tür und sorgte dafür, dass sie dank eines Peter-Rabbit-Türstoppers offen blieb.

»Setz dich. Was ist passiert?« Sebe blieb einen Schritt von Amanda entfernt stehen.

Amanda überlegte, ob sie ihm die Textnachrichten auf ihrem Handy zeigen sollte. Von ihrem eigenen Vater. Nein, sie schämte sich zu sehr. Wollte nichts eingestehen. Nichts von all dem.

»Eigentlich nichts«, fing sie an. »Es ist bloß so ... Ich fühle mich bei Partys oft nicht besonders wohl. Die Situation überfordert mich manchmal.«

Sebe runzelte die Stirn. »Das ist doch nicht alles, oder?«, bohrte er nach, jetzt noch besorgter, aber auf die nüchterne, distanzierte Art und Weise eines Mediziners. »Du scheinst gar nicht du selbst zu sein.«

In diesem Moment vibrierte ihr Handy erneut. Amanda fuhr zusammen. Doch diesmal war es bloß Zach. BIN GEGANGEN. MUSS NOCH IN DER FIRMA VORBEISCHAUEN. WIR SEHEN UNS SPÄTER ZU HAUSE.

»Wer war das?«, fragte Sebe.

»Zach«, sagte Amanda heiser. »Er ist gegangen. Ohne sich von mir zu verabschieden oder mir anzubieten, mich nach Hause zu bringen. Was für ein Ehemann tut so etwas?«

»Auf jeden Fall kein guter«, antwortete Sebe vorsichtig. Endlich setzte er sich neben Amanda aufs Bett.

»Zach ist ein grauenhafter Ehemann!«, stieß Amanda hervor. Es war das erste Mal, dass sie das laut über ihre Ehe aussprach: die traurige, hässliche Wahrheit. »Immer schon gewesen. Er liebt mich nicht. Ich glaube, er liebt niemanden.«

Sebe schwieg einen Moment lang. »Das tut mir leid«, sagte er dann. »Möchtest du, dass *ich* dich nach Hause begleite?«

Amanda gab sich alle Mühe, nicht erneut in Tränen auszubrechen. »Vielleicht, aber ich will nicht …«

Ihr Handy vibrierte schon wieder.

HALT DICH VERFLUCHT NOCH MAL VON SEBE FERN.

Amanda sprang auf und stürzte aus dem Zimmer, die Treppe hinunter. Sebe rief ihr nach, doch sie blieb nicht stehen.

Als Amanda ins Wohnzimmer kam, stellte sie fest, dass immer noch Gäste die Haustür blockierten. Dort würde sie nicht durchkommen. Sie versuchte es trotzdem. Versuchte verstört, die Leute beiseitezudrängen, doch alle waren so betrunken, dass sie es nicht einmal merkten.

»Nimm doch den Hinterausgang.« Ein leicht torkelnder Mann mit einer Narrenkappe deutete mit unsicherem Finger Richtung Küche. »Hinten im Garten ist ein Tor zu einer Seitenstraße. All die faulen Schwachköpfe nehmen den Weg, bis die rassistische Nachbarin die Cops ruft. Aber scheiß auf die Alte, verdammt noch mal.«

Amanda rannte zur Hintertür hinaus, durch den Garten und die Seitenstraße entlang. Sie rechnete beinahe damit, dass jemand hinter ihr herrief, dass jemand sie festhielt. Doch sie hörte nichts außer dem abgehackten Geräusch ihres eigenen Atems und dem verzweifelten Hämmern ihres panischen Herzens.

LIZZIE

SONNTAG, 12. JULI

Bei der Party gelang es mir endlich, die Puzzleteile zusammenzusetzen«, fuhr Maude fort. »Alle waren so betrunken, dass von Vertraulichkeit bezüglich der Hacking-Ermittlungen keine Rede mehr sein konnte. Schon bald hatte ich in Erfahrung gebracht, dass die Person, die hinter dem Cyberangriff steckte, ein Elternteil war und dass alles im April begonnen hatte. Und dann erzählte mir Amanda, dass sie ausgedruckte E-Mails von der Grace Hall School in Zachs Schreibtischschublade gefunden hatte, in denen die Schulleitung um einen Gesprächstermin wegen Case bat. Obwohl Zach behauptet hatte, er habe der Schule seine E-Mail-Adresse gar nicht mitgeteilt. Genau so hackte der Täter sich ein – über ebensolche E-Mails. Warum hatte Zach die Mails ausgedruckt? Kurz darauf teilte mir Sarah mit, dass Zach bankrott ist. Alles zusammen …« Sie schüttelte den Kopf. »Ich konnte es natürlich nicht mit Sicherheit sagen, deshalb wollte ich Zach ja damit konfrontieren. Ich dachte, ich könnte mir aufgrund seiner Reaktion ein Urteil bilden. Doch als ich nach ihm Ausschau hielt, stellte ich fest, dass er bereits gegangen war.«

»Maude, bitte«, flüsterte Sebe, dann schloss er die Augen. »Hör auf.«

Sie drückte seine Hand erneut, bis er die Augen wieder öffnete. »Ich liebe dich, Sebe. Aber es wird keinen anderen Weg geben, das hier durchzustehen, als die Wahrheit zu sagen.« Maude wandte sich wieder mir zu. »Ich behaupte nicht, dass es Zach persönlich war, der Sophia kontaktiert hat. Laut dieser Sicherheitsfirma geht das Hacking auf das Konto mehrerer Personen. Und Sophia meinte, sie habe den Eindruck, sie sei von einem jüngeren Mann kontaktiert worden. Doch das spielt im Grunde keine Rolle: Zach muss in Anbetracht seiner Situation der Verantwortliche sein – es ist alles seine Schuld. Alles, was passiert ist. Sophia ist fünfzehn Jahre alt, und dieser Mann hat sie dazu gebracht, sexuelle Handlungen live vor der Kamera vorzutäuschen.« Sie wurde bleich. »Wahrscheinlich hat er sie aufgezeichnet.«

Zach hatte sich in die Computer der Eltern von Park Slope gehackt? Das war durchaus möglich. Er verfügte mit Sicherheit über das nötige technische Know-how. Laut *New York Times*-Artikel setzte Logistik jede Menge persönliche Informationen voraus. Und an diesem Punkt war Zach mit Sicherheit zu allem fähig. Die Selbstauskunft für Young & Crane, Sams Trinkerei – hatte er auch unseren Computer gehackt?

»Was ist passiert, nachdem Sie Zach nicht finden konnten?«, fragte ich, darum bemüht, mich zu konzentrieren. Ich brauchte nach wie vor handfeste Beweise, um Sam zu entlasten.

»Ich gebe es zu: Ich war außer mir vor Zorn. Ich wollte Zach dazu bringen, zuzugeben, was er Sophia meiner Überzeugung nach angetan hatte. Jemand sagte, er sei nach Hause gegangen, also bin ich dorthin gelaufen, um ihn zur Rede zu stellen. Doch da war niemand. Trotzdem wollte ich nicht aufgeben. Ich beschloss, das Haus zu betreten und die E-Mail-Ausdrucke zu suchen, von denen Amanda gesprochen hatte. Damit wollte ich später zur Polizei gehen. Ich dachte, das würde genügen – wenn ich ihnen erzählte, welche Rückschlüsse ich gezogen hatte, müssten die Ermittler Zach als mutmaßlichen Verantwortlichen für den Cyberangriff ins Visier nehmen. Zum Glück wusste ich, wo Amanda den Ersatzschlüssel versteckt hatte.«

»Ich wünschte, du hättest mir erzählt, was du vorhattest, Maude«, sagte Sebe leise.

»Du warst oben und hast mit Amanda geredet. Jemand sagte mir, sie sei die Treppe hinaufgerannt und du seist ihr gefolgt«, sprach Maude weiter, scheinbar sicher, dass die beiden nur miteinander geredet hatten – Sebe und sie kannten ihre Grenzen. »Ich wollte mit ihm sprechen, solange Amanda bei uns war und nicht zu Hause. Ich wollte Zach nicht vor ihr fertigmachen. Ich wusste, dass sie sich verantwortlich fühlen würde. Außerdem war mir klar, dass du mich aufgehalten hättest.«

»Aber Amanda ist nach Hause gekommen, während Sie dort waren?«, hakte ich nach.

Ein Unfall. Darauf lief das Ganze hinaus. Maude hatte Amanda irgendwie versehentlich erschlagen.

»Erst war ich mir nicht sicher. Ich hatte dummerweise die Tür hinter mir offen gelassen, und ich war oben, in Zachs Arbeitszimmer, als ich jemanden hereinkommen hörte. Ich war kaum eine Sekunde dort, denn ich hatte eine Weile gebraucht, das Büro zu finden«, sagte Maude. »Wie dem auch sei – als ich jemanden kommen hörte, versteckte ich mich im Schrank. In dem Moment sah ich die Golftasche.«

»Maude«, flüsterte Sebe entsetzt.

»Sophia hätte sich beinahe umgebracht, Sebe!«, stieß Maude hervor und blickte von ihrem Mann zu mir. »Momentan ist sie stationär aufgenommen. Hoffentlich erholt sie sich wieder. Es heißt ja, Teenager seien unverwüstlich, aber wer weiß? Und was nutzt das? Der Kerl kontaktiert sie weiterhin, was nahelegt, dass tatsächlich nicht Zach persönlich, sondern jemand anderes dahintersteckt, denn Zach ist im Rikers. Von einem anderen Elternteil habe ich erfahren, dass eine weitere Familie gestern zum ersten Mal eine Erpressermail erhalten hat. Zach mag vielleicht im Gefängnis sitzen, aber seine Schergen setzen seine Arbeit unbehelligt fort. Was, wenn sie das nicht nur mit Sophia, sondern auch mit anderen Mädchen machen?«

Ich weigere mich, zu verlieren. Noch nach all den Jahren hörte ich Zachs Stimme in meinem Kopf. Doch was bezweckte er letztendlich mit der Sache? Um Geld ging es ihm ganz sicher nicht – dazu war sie nicht lukrativ genug. Zach war kein Mensch, der etwas aus reinem Spaß an der Freude machte. Was immer er tat, sollte ihn zurück an die Spitze befördern, davon war ich überzeugt. Ich kannte ihn gut genug, um zu wissen: Ihm war es egal, wer verlor, solange er als Gewinner hervorging.

»Wie ging es weiter, nachdem Sie die Golfschläger in der Tasche entdeckt hatten?«, fragte ich.

Bestimmt hatte Maude Amanda mit Zach verwechselt. Es *musste* so gewesen sein.

»Ich habe einen herausgezogen und mir vorgestellt, wie ich ihn auf Zachs Kopf niedersausen lasse.« Maude sah mich direkt an. Ihr Blick war trotzig. »Mir ist klar, dass ich keinerlei handfeste Beweise gegen Zach in der Hand hatte, doch in dem Moment war ich mir sicher, so absolut sicher«, sagte sie, die Hände zu Fäusten geballt. »Ich konnte an nichts anderes denken als daran, wie sehr ich mir wünschte, ihn zu töten.«

KRELL INDUSTRIES

VERTRAULICHES MEMORANDUM
NICHT ZUR WEITERGABE BESTIMMT

Verschlusssache – vertraulich

9. Juli

An: Direktorat der Grace Hall School
Von: Krell Industries
Betreff: Ermittlungen in Sachen Datenpanne & Cyber-Zwischenfall ./. Bericht über kritische Vorkommnisse

Das vorliegende Memorandum soll dazu dienen, dem Vorstand mitzuteilen, dass die in Auftrag gegebene forensische Untersuchung bezüglich des Computers von Familie 0006 nun abgeschlossen ist. Auf dem Rechner befanden sich zahlreiche pornografische Bilder. Diese wurden auf Antrag des WHE entfernt und zu weiteren Untersuchungen innerhalb der Familie 0006 auf einen externen Datenträger überspielt.

Obwohl Krell die gewünschte forensische Analyse durchgeführt hat, beharrt der WHE darauf, dass das pornografische Material von den fraglichen Hackern auf dem Familiencomputer platziert wurde.

Die Fachleute erklärten, es gebe eindeutige Beweise dafür, dass dies nicht der Fall sei und dass das pornografische Material über viele Monate hinweg heruntergeladen wurde, und zwar **vor** dem vermeintlichen Hackerangriff.

Der WHE drohte jedoch weiterhin mit rechtlichen Schritten oder alternativ mit der öffentlichen Bekanntgabe des Sicherheitslecks, wesbezüglich er mit den lokalen Medien in Kontakt treten wolle.

Wir halten es unter den gegebenen Umständen und in Anbetracht der Entwicklung der oben genannten Situation für unerlässlich, dass die Schulleitung über die Identität der Familie 0006 informiert wird.
Bei den Eltern handelt es sich um das Ehepaar Sarah Novak und Kerry Tanner.

AMANDA

DIE PARTY

Amanda sah sich weder um noch auf ihr Handy, bis sie endlich vor den Stufen zu ihrer Haustür ankam. Zum Glück war niemand hinter ihr, und weitere Nachrichten waren auch nicht eingegangen. Für einen Augenblick schöpfte Amanda Hoffnung, dass sie sich alles nur eingebildet hatte. Doch als sie auf dem Treppenabsatz ankam und auf ihr Display blickte, stellte sie fest, dass all die widerlichen, Furcht einflößenden Nachrichten, die sie am heutigen Abend erhalten hatte, noch immer da waren. Sie löschte jede einzelne, dann zog sie ihren Hausschlüssel aus der Clutch.

Als sie den Schlüssel drehte, hörte sie nicht wie sonst das Schloss aufspringen. War Zach etwa zu Hause? Es wäre nicht das erste Mal gewesen, dass er die Arbeit als Vorwand benutzt hatte, eine Veranstaltung verlassen zu können.

Amanda drückte die Tür auf und stellte fest, dass der Sessel im Eingangsbereich leicht zur Seite gerückt war. Als wäre ein Betrunkener darübergestolpert. Zach trank nicht, und er war nicht unbeholfen. Im Haus brannten einige Lichter – oben an der Treppe, vor dem Wohnzimmer –, aber ansonsten war es ziemlich dunkel. Amandas Herz fing erneut an zu rasen.

»Zach!«, rief sie laut und ging zur Treppe. Keine Antwort. Sie stieg die Hälfte der Stufen hinauf. »Zach!«

Ihr Daddy hatte seinerzeit fast jedes Schloss knacken

können. Und er war ausgesprochen zielstrebig. Wenn er in ihr Haus eindringen wollte, hatte er mit Sicherheit eine Möglichkeit gefunden.

»Zach!«, rief sie noch einmal, dann drehte sie sich um und schickte sich an, die Stufen wieder hinunterzusteigen. Es war besser, wenn sie das Haus verließ. Irgendwohin ging, wo …

Eine Hand in einem Lederhandschuh legte sich über Amandas Mund. Sie konnte das Leder riechen. Konnte es schmecken. Ihr Kopf wurde so heftig zurückgerissen, dass sie meinte, ihr Genick würde brechen. Ihr Daddy roch nach Moschus. Wie ein Tier.

»Ruhig!« Ein heiseres Flüstern – ihr Dad verstellte seine Stimme. »Bleib ganz ruhig. Ich tue dir nichts.«

Sie versuchte, den Kopf zur Seite zu drehen, sich seiner riesigen Hand zu entwinden, doch da riss er ihren Kopf noch fester zurück. Sie schrie auf vor Schmerz.

Das war es. Diesmal würde ihr Dad sie nicht laufen lassen. Es war kein Einbrecher, den sie zufällig überrascht hatte und der den Rückzug antreten würde, wenn sie tat, was er sagte. Ihr Dad war gekommen, um zu Ende zu bringen, was er begonnen hatte – sie zu töten. Sie konnte den Zorn in seinem Griff spüren. Amanda wurde von dem Bedürfnis überwältigt, einen Laut von sich zu geben. Zu schreien. Und das versuchte sie. Zu schreien, so laut sie konnte. Versuchte zu kämpfen und um sich zu treten. Doch ihr Schrei wurde von seiner Hand erstickt. Er war so stark. Sie konnte sich kaum bewegen. Er stand jetzt eine Stufe unter ihr. Groß. Massig.

»He! Jetzt beruhige dich doch. Ich tue dir nichts. Ich lasse dich laufen.«

Aber das war gelogen. Amanda wusste das. Sie kannte ihren Dad. Er hatte ihr schon vorher wehgetan, immer wieder. Und er hatte dem einzigen Menschen auf der Welt wehgetan, der sie außer ihrer Mutter geliebt hatte: Carolyn. Er hatte das getan. Er. Jetzt fiel ihr alles wieder ein.

Amanda versuchte, ihm in die Finger zu beißen, doch seine Hand lag so fest auf ihrem Mund, dass sie nicht einmal die Lippen öffnen konnte. Es war noch ein anderer merkwürdiger Geschmack in ihrem Mund. Blut. Ihre Zähne scheuerten die Innenseiten ihrer Wangen auf. Sie spürte, wie sie einen Ohrring verlor bei dem Versuch, sich gegen ihn zur Wehr zu setzen.

Er würde sie niemals davonkommen lassen. Sie würde ihn umbringen müssen. Das schaffte sie. Sie hatte es schon einmal getan, oder nicht? Ja – sie erinnerte sich jetzt an alles –, an Carolyn, die reglos unter ihm lag, im Badezimmer. Das Rasiermesser, das Blut auf Amandas meeresschaumfarbenem Taftkleid. Wie kalt und nass es gewesen war, als sie durch den Wald zu Norma's Diner rannte, um Hilfe zu holen. Wie ihre Fußsohlen gebrannt hatten, aufgeschürft von Zweigen und Steinen.

Case. Der Name traf sie wie ein Blitzschlag. Sie liebte ihren Sohn mehr als ihr eigenes Leben. Sie würde überleben – für ihn. Sie würde ihren Vater erneut umbringen – um Case zu schützen. Sie würde ihn so oft töten, wie es nötig war. Für Case würde sie alles tun. Amanda stieß einen Ellbogen nach hinten und traf ihn in den Bauch, der im Lauf der Jahre weich geworden war.

»Scheiße.« Er hustete und lockerte seinen Griff ein wenig. Sie trat ihm, so fest sie konnte, gegen das Knie. »Scheiße!«

Er ließ sie los, für eine Sekunde nur, aber Amanda stürmte ein paar Stufen die Treppe hinauf. Sie konnte nur nach oben fliehen, den Weg nach unten blockierte er.

»Was zum Teufel soll das?«, brüllte er. »Du hättest doch nur zuhören müssen!«

Schwere Schritte hinter ihr. Die säuerlich riechende Hitze seines Körpers. Amanda war jetzt fast oben. Sie konnte den Flur entlang ins Schlafzimmer laufen und die Tür absperren. Die Polizei rufen. Aus einem der Fenster klettern, vor denen ein hoher Baum stand. Vielleicht bekäme sie einen der Äste zu fassen.

Doch dann stachen ihr tausend Nadeln gleichzeitig in die Kopfhaut. Er hatte sie am Pferdeschwanz zu fassen bekommen. Erneut versuchte sie, sich zu befreien. Riss sich los, sprang die letzte Stufe hinauf und ein kleines Stück zur Seite. Wirbelte herum und schrie: »Lass mich los, du widerliches Schwein!« War frei. Unerwartet frei. Genau wie die Treppe vor ihr. Wo war er?

Plötzlich spürte sie einen Stoß. Hände auf ihrem Rücken. Nur leicht. Gerade stark genug. Aber sie war frei.

In freiem Fall. Wurde immer schneller. Amanda streckte die Hand aus, um sich abzufangen, auch wenn sie dachte: *Nein, tu das nicht.* Ihr Arm krachte gegen den Handlauf aus Metall, aber sie wurde nicht langsamer. Sie prallte auf den Boden. Sämtliche Luft wich aus ihren Lungen. Vor ihren Augen explodierten Sterne, dann wurde es schwarz.

Amanda lag am Fuß der Treppe. Schmerzen. Überall. Aber sie war am Leben. Eine Chance. Ihre Augen waren nass und verschleiert. Etwas – oder jemand – stand oben an der Treppe. Ganz in Schwarz, eine Maske über dem Kopf. So groß und kräftig. Nahm ihr das Licht, wie er es immer getan hatte. Amanda musste aufstehen. Musste weglaufen. Das konnte sie. Sie hatte so lange überlebt. Sie konnte auch jetzt überleben. Sie würde wieder überleben. Für Case.

Sie kam auf die Füße, doch sie rutschte aus. Was war das da auf dem Fußboden? Sie hatte sich den Kopf am Geländer angeschlagen, als sie gestürzt war. Und an den Stufen. Der Fußboden war nass und warm und so rutschig. Ihre Sicht war getrübt. Sie sah etwas Rotes. Überall auf dem Fußboden. Und ihn, der oben an der Treppe stand.

Amanda richtete sich erneut auf. Sie konnte ihn sehen, trotz der Nässe in ihren Augen.

Ihre Knie gaben nach. Diesmal schlug ihr Kopf hart gegen die Metallkante der Stufe. Sie durfte sich nicht noch öfter den Kopf stoßen. Abermals Sterne. Case. Er liebte Sterne. So viele. Wie in der Nacht, in der sie von St. Colomb Falls weggefahren war, mit offenem Dach, den Wind in den Haaren. Am Leben. Frei. Die Sterne. Und dann die Dunkelheit.

Und dann …

LIZZIE

SONNTAG, 12. JULI

War es Amanda«, fragte ich, »die Sie unten gehört haben, als Sie im Arbeitszimmerschrank saßen?«

»Nein, es war definitiv jemand vor ihr da«, antwortete Maude. »Ich habe nämlich eine zweite Person hereinkommen hören. Das war Amanda. Sie hat sofort nach Zach gerufen. Ich dachte, Zach sei womöglich als Erster nach Hause gekommen und dass ich wohl im Schrank sitzen bleiben müsste, bis sie zu Bett gegangen waren. Ich dachte, wenn sie schliefen, könnte ich weiter nach den E-Mail-Ausdrucken oder anderen Beweisen für das suchen, was Zach meiner Meinung nach getan hatte. Ich war absolut besessen davon.« Maude stockte, dann verstummte sie.

Ich versuchte, mich zu gedulden, ihr Zeit zu lassen für den Rest der Geschichte, aber ich vermochte einfach nicht länger zu warten. Alles, woran ich denken konnte, war Sams Gesicht. Ich wollte, dass sie endlich die Worte sagte: »Ich habe es getan.«

»Was ist dann passiert?«, drängte ich.

War Amanda einer ihrer Wahnvorstellungen verfallen, in Panik ausgebrochen und die Treppe hinuntergestürzt? War alles tatsächlich nur ein schrecklicher, tragischer Unfall gewesen, der trotzdem – zumindest meiner Meinung nach – Zachs Schuld blieb?

»Ich hörte Geräusche, als würde ein Kampf stattfinden, und dazu dieses Ächzen. Amanda hat geschrien: ›Lass mich los, du widerliches Schwein!‹ Oder so ähnlich. Dann krachte es. Laut. Richtig laut. Ich wollte ihr helfen. Den Golfschläger hielt ich bereits in der Hand, doch als ich versuchte, die Schranktür zu öffnen, klemmte sie – ich konnte nicht raus. Ich dachte, jemand hätte mich eingesperrt.« Ihre Stimme brach erneut. »Ich hörte Gepolter, und als ich endlich die Schranktür aufbekam und durch den Flur zur Treppe rannte, sah ich … sah ich Amanda am Fuß der Stufen liegen. Und ich sah einen Mann, der zur Haustür hinausstürmte.«

»Moment mal, Sie sind gar nicht … Da war ein Mann?«

Mist.

»Ja, definitiv. Wie ich schon sagte, ich habe ihn nur für den Bruchteil einer Sekunde gesehen. Er trug dunkle Kleidung und eine Skimaske, daher konnte ich sein Gesicht nicht erkennen. Ich bin aber überzeugt, dass es nicht Zach war. So sehr ich ihn auch hasse, ich bin mir sicher, er war's nicht. Ich habe Zach bei meiner Party gesehen. Er ist um einiges kleiner. Kleiner als ich. Dieser Mann war sehr viel größer.«

Sam war groß. Aber dieser Mann mit der Skimaske? Konnte das Monster in Sams Brust so grauenhaft sein?

»Nicht nur groß.« Maude breitete die Arme aus, um die folgenden Worte zu unterstreichen. »Auch dick. Kräftig. Wenigstens meine ich das. Da bin ich mir allerdings weniger sicher. Ich habe ihn, wie gesagt, nur eine Sekunde gesehen, und er wandte mir den Rücken zu.«

Sam war nicht korpulent. Nein, definitiv nicht. Aber Xavier Lynch. *Verdammt.* Ich hatte ihn so schnell von der Liste gestrichen, weil seine Geschichte stimmte. Aber das bedeutete nicht, dass er nicht in irgendeiner Weise involviert war. Wenigstens theoretisch.

»Haben Sie sonst etwas bemerkt, was ihn identifizieren könnte?«, hakte ich nach, um eine ruhige Stimme bemüht.

»Ich konnte nichts anderes sehen als Amanda.« Maude war jetzt aschfahl. »Da war so viel Blut … Überall auf den unteren Stufen. Ich bin die Treppe hinuntergerannt, zu ihr, aber sie hatte keinen Puls. Anschließend habe ich versucht, sie wiederzubeleben. Ich weiß, was ich in einer solchen Situation tun muss. Danach habe ich Sebe angerufen. Ich wollte die Neun-eins-eins wählen, aber dann habe ich gesehen, dass auch ich voller Blut war. Ich hatte Blut an den Händen, an den Armen, an meiner Bluse. Wahrscheinlich sogar im Gesicht. Und was war mit dem Golfschläger, den ich mit runtergebracht hatte? Der lag auf dem Boden in Amandas Blut. Wie sollte ich das der Polizei erklären? Wie sollte ich erklären, warum ich im Haus gewesen war und mich in einem Schrank versteckt hatte? Auch dort würde man überall meine Fingerabdrücke finden. Es tut mir leid, ich weiß, dass ich die Polizei hätte informieren müssen. Doch ich konnte nur daran denken, dass Sophia mich brauchte. Da habe ich Panik bekommen.«

»Ich war schneller da, als es der Rettungswagen hätte schaffen können«, sagte Sebe. »Und ich kann Ihnen versichern, dass Amanda bereits tot war, als ich eintraf. Ihre Kopfwunden waren traumatisch – in meinen Augen das Resultat verschiedener Einflüsse. Vielleicht hat der Mann sie mit etwas geschlagen, vielleicht hat sie sich bei dem Sturz mehrfach den Kopf an der Treppe gestoßen. Auch post mortem ist es schwierig, den Unterschied zwischen einer von einem Schlägerkopf verursachten Wunde und einer vom Aufprall auf die Kante einer Treppenstufe herrührenden Wunde zu erkennen. Man sah, dass jemand in der Blutlache ausgerutscht war. Vielleicht war es Amanda selbst.«

»So viel Blut …«, sagte Maude wieder. »Sebe musste mich im wahrsten Sinne des Wortes hinaustragen, damit ich nicht überall Spuren hinterließ. Ich habe den Golfschläger nicht neben Amanda liegen lassen, weil ich Verwirrung stiften wollte, das möchte ich klarstellen. Ich habe ihn fallen lassen, weil ich versucht habe, ihr zu helfen. Ich war mir sicher, dass man auf mich kommen würde – dass es ein Leichtes sein dürfte, meine Fingerabdrücke darauf sicherzustellen. Doch dann hat sich niemand bei mir gemeldet, obwohl ich den Golfschläger versehentlich Sarah gegenüber erwähnt hatte. Um ehrlich zu sein, hielt ich es für eine kurze Zeit sogar für gerecht, wenn Zach wegen des Mordes an Amanda ins Gefängnis wanderte. Selbst wenn er sie nicht umgebracht hat, hätte er beinahe das Leben meiner Tochter auf dem Gewissen gehabt.« Sie schüttelte den Kopf. »Doch als er zusammengeschlagen wurde, wusste ich, dass ich das nicht so stehen lassen konnte. Ich durfte nicht zulassen, dass er im Rikers ums Leben käme – nicht zuletzt wegen Case. Und dann musste ich an den wahren Täter denken, der Amanda das angetan hatte und der noch immer auf freiem Fuß war – weil man Zach verhaftet hatte. Also habe ich ihm dieses Alibi gegeben.« Sie sah mich an, ihre Augen glänzten noch mehr. »Ich wollte damit nicht andeuten, dass wir Sex hatten, auch wenn Sie das im Zusammenhang mit der Party verständlicherweise angenommen haben …« Maude schnitt eine Grimasse. »Nach allem, was Sophia zugestoßen ist, macht mich das ganz krank. Auch wenn das Alibi am Ende vermutlich ohnehin nicht gezählt hätte.«

»Und Sie haben keine Ahnung, wer der Mann in Amandas Haus war?«, fragte ich.

»Ich weiß, wie gesagt, nur, dass er groß und ganz in Schwarz gekleidet war, inklusive schwarzer Skimaske.

Ich stand oben an der Treppe, und er stürmte bereits davon. Ich habe kaum etwas von ihm gesehen. Ach ja, er trug rote Sneakers.«

Mir stockte der Atem. *Sams Basketballschuhe sind weiß. Sams Basketballschuhe sind weiß.*

»Rote Sneakers?«, fragte ich. »Sind Sie sicher?«

»Ja. Die waren sehr auffällig«, antwortete Maude. »Rote, knöchelhohe Sneakers.«

Mit angehaltenem Atem und zitternden Beinen zählte ich die Stockwerke, an denen der Aufzug bei Young & Crane vorüberglitt. Es war offensichtlich, dass ich mich zu sehr auf Maudes Fingerabdrücke verlassen hatte. Ich war mir so sicher gewesen, dass sie mir die Arbeit abnehmen würden: zu beweisen, dass Maude Amanda umgebracht hatte – aus Versehen –, und so Zach freizubekommen. *Und* Sam zu entlasten. Nun aber hatte sich herausgestellt, dass Maudes Fingerabdrücke mich lediglich zu einer *Zeugin* des Verbrechens und einer äußerst vagen Täterbeschreibung geführt hatten: männlich, groß und kräftig, auffällig rote Sneakers.

Xavier Lynch. Es war keineswegs ausgeschlossen, dass er der Täter war. Vielleicht hatte er es auf Amandas Geld abgesehen oder irgendeinen anderen verqueren Grund, sie zu töten. Er hatte eine kriminelle Vergangenheit angedeutet. Ich würde gleich morgen bei der Polizei von St. Colomb Falls anrufen. Bestimmt konnte mir jemand Auskunft geben. Die Stadt war ziemlich klein.

Ich überlegte, Sam eine Textnachricht zu schicken, aber was sollte ich schreiben? Es gibt gute Neuigkeiten! Ich konnte beweisen, dass du kein Mörder bist! Was hatte ich ihm da unterstellt? Zu meiner Verteidigung konnte ich anführen, dass Sam deswegen selbst ziemlich besorgt zu sein schien.

Der Empfang der Kanzlei war unbesetzt. Ich las meine Schlüsselkarte ein und ging eilig zu meinem Büro. Am Ende des Gangs standen mehrere Türen offen, in den Räumen brannte Licht. Ich hörte Stimmen und sah einige Sekretärinnen, die am Wochenende Dienst hatten, an den Vorzimmerschreibtischen sitzen.

Pauls Zimmertür war ebenfalls geöffnet. Er hatte mir gestern am späten Abend eine E-Mail geschickt und drei verschiedene Fragen zu drei verschiedenen Angelegenheiten gestellt, die nichts mit Zach zu tun hatten. Anscheinend hatte er sich anderen Dingen zugewandt. Hoffentlich würde er mich nicht bemerken.

»Oh!«, rief eine Frau. Ich war mit Gloria zusammengestoßen, die soeben um die Ecke gekommen war und jetzt alles fallen ließ, was sie in den Händen gehalten hatte.

»Es tut mir leid«, sagte ich und bückte mich, um die Unterlagen aufzuheben.

»So ein Mist«, murmelte sie verärgert. »Jetzt ist alles durcheinander.«

»Es tut mir wirklich leid«, wiederholte ich. Es gefiel mir gar nicht, dass dieser Aufruhr fast unmittelbar vor Pauls Tür stattfand. »Ich habe nicht aufgepasst.«

»Das habe ich gemerkt.«

Ich presste die Zähne zusammen, um mir einen giftigen Kommentar zu verkneifen. So gut ich konnte, raffte ich die Papiere zusammen, dann reichte ich ihr den – zugegebenermaßen unordentlichen – Stapel.

»Soll ich Ihnen beim Ordnen helfen?«

»Nein, danke«, lehnte sie schnippisch ab.

Ich hörte Pauls Stimme und konnte es gar nicht erwarten, endlich vom Flur in mein Büro zu flüchten und die Tür hinter mir zu schließen.

»Noch einmal: Entschuldigung«, sagte ich und drängte mich an Gloria vorbei.

»He, woher kennen Sie eigentlich Maude?«, fragte sie. Es klang irgendwie vorwurfsvoll. »Ich konnte es gar nicht glauben, als sie von der Lobby unten aus anrief – nachdem ihr klar geworden war, dass Sie auch hier arbeiten. Sie hat mir erzählt, sie sei keine Mandantin. Aber ich wollte nicht neugierig sein.«

»Oh, Sie kennen sie? Sie ist in einen Fall involviert, den ich übernommen habe, und nein, sie ist keine Mandantin.« Mehr sagte ich nicht.

»Hm.« Gloria verengte die Augen. Sie wusste, dass ich ihr auswich. »Maude sieht einfach fantastisch aus, und sie ist so nett, finden Sie nicht? Ich bin ihr erst einmal begegnet, bei einer Party – ich kannte niemanden außer ihr, und sie war so freundlich, sich den halben Abend mit mir zu unterhalten.«

»Das war wirklich nett«, pflichtete ich ihr bei. »Aber jetzt muss ich los …«

»Es war bei einer Party meines ehemaligen Vorgesetzten«, fuhr sie fort. »Er war ein äußerst versierter Seniorpartner und ich seine Sekretärin, *jahrelang.* Das war vielleicht ein Fest! Er lud jedes Jahr dazu ein, in Park Slope, zu seinem Geburtstag, aber ich war nur einmal dort, vor ein, zwei Jahren. Äußerst glamourös. Doch *seinetwegen*«, sie nickte in Richtung von Pauls Büro, »ist jetzt Schluss damit. Ihr scheinheiliger Freund dort drinnen hat meinen Chef gefeuert. Wegen ›ungebührlichen Verhaltens‹. Diese Kanzleigehilfin, die einen Riesenrabatz veranstaltet hat wegen angeblicher sexueller Belästigung … Hashtag MeToo, dass ich nicht lache. Heutzutage sind doch alle nur darauf aus, zu kassieren.«

Ich war der Whistleblower, hörte ich Thomas sagen. Er

hatte kompromittierende Fotos einer Kanzleiassistentin gefunden, von einem der Partner gemacht, und sie Paul Hastings überreicht, der den Partner daraufhin entlassen hatte. Plötzlich schien ein Puzzleteil an seinen Platz zu fallen.

Ich wusste nicht, dass Sie auch hier arbeiten. Ich meinte mich zu erinnern, dass Maude genau das zu mir gesagt hatte. Mir wurde schwindelig. Meine Hände waren eiskalt, als ich Gloria die entscheidende Frage stellte, deren Antwort ich insgeheim bereits kannte.

»Wie hieß Ihr ehemaliger Vorgesetzter?«

»Kerry Tanner«, antwortete Gloria voller Stolz mit einem wehmütigen Lächeln. Dann verdunkelte sich ihr Gesicht. »Man hat ihn vorschnell verurteilt. Seine Entlassung wurde sozusagen im Hauruckverfahren durchgedrückt, so einfach ist das. Ich habe achtzehn Jahre für ihn gearbeitet, und er hat niemals etwas Ungebührliches getan. Fragen Sie Maude. Sie ist aus allen Wolken gefallen, als ich ihr von seiner Entlassung erzählt habe. Ich dachte, sie würde in Ohnmacht fallen. Dabei hatte ich ihr noch nicht einmal den Grund für seine Entlassung mitgeteilt.«

Als ich endlich in meinem Büro war, brauchte ich nur eine Sekunde, um ein Foto von Kerry Tanner aufzurufen: eine Porträtaufnahme, die wahrscheinlich auf der Website von Young & Crane zu sehen gewesen war, bevor Kerry die Kanzlei hatte verlassen müssen.

Ich kannte ihn tatsächlich – hatte ihn vor Sarahs Haus gesehen, einen Pizzakarton in der Hand, ein Sixpack Bier unter den Arm geklemmt. Kerry Tanner war mit Sarah Novak verheiratet und mit Maude befreundet. Er hatte mit Sicherheit auch Amanda gekannt. Und er hatte ganz genau gewusst, wer ich war – wahrscheinlich weil er am meisten davon profitieren würde, wenn Zach im Gefängnis blieb.

Das Foto von Kerry Tanner auf meinem Handy, machte ich mich auf den Weg in Pauls Büro. Als ich durch die offene Tür spähte, sah ich, dass Paul, die Lesebrille auf der Nase, auf seinen Computerbildschirm starrte und ärgerlich vor sich hin murmelte. Ich holte scharf Luft.

»Entschuldigen Sie die Unterbrechung«, fing ich an, »aber ich muss Sie dringend etwas fragen.«

»Wenn Sie herausfinden, warum zum Teufel ich nicht zurück zu dem anderen Fall komme, über den ich gerade in diesem verdammten Westlaw-Programm gelesen habe, gebe ich Ihnen vielleicht eine Antwort«, sagte Paul, ohne den Blick von seinem Computer zu wenden. »Vor einer Sekunde war noch alles da, und dann habe ich auf irgendetwas geklickt, und schon war ich bei diesem Fall hier, der mich einen Scheiß interessiert.«

Paul kommunizierte noch nicht einmal gern über E-Mail. Wenn er sich online mit irgendwelchen Fällen befasste, dann nur, weil irgendwer etwas vermasselt hatte. Ich trat hinter ihn, drückte einige wenige Tasten, und schon war er wieder bei der ursprünglichen Sache.

Paul spähte mit zusammengekniffenen Augen auf den Bildschirm. »Wenn dieses Arschloch das beschleunigte Verfahren nicht komplett gegen die Wand gefahren hätte, müsste ich mich gar nicht erst mit diesem verdammten System befassen.«

»Kennen Sie diesen Mann?«, fragte ich so neutral wie möglich und hielt ihm mein Handy hin.

Paul zog die Augenbrauen zusammen und beugte sich vor, um einen Blick aufs Display zu werfen. »Selbstverständlich«, antwortete er angewidert. »Das ist Kerry Tanner. Der Partner, von dem ich Ihnen erzählt habe. Ein dreistes, narzisstisches Arschloch.« Er sah mich aufgebracht an. »Wissen Sie nichts Besseres mit Ihrer Zeit anzufangen? Wenn ich mich recht erinnere, schulden Sie mir mehrere …«

»Er kannte Zach Graysons Ehefrau«, unterbrach ich ihn. »Sie waren befreundet, in Park Slope.«

Paul sah mich fragend an. »Tatsächlich?«

»Ja.«

»Kerry lebte in Brooklyn«, sagte er nachdenklich, dann schwieg er einen Moment lang. »Sie glauben, er …«

»Ich weiß es nicht«, sagte ich. »Aber Amanda wurde von jemandem gestalkt, und wenn ich richtig informiert bin, hat Kerry in der Vergangenheit öfter Leute gestalkt. Ein merkwürdiger Zufall, nicht wahr? Ich muss allerdings noch ein paar Dinge überprüfen, um auf Nummer sicher zu gehen.«

Paul nickte. »Nun, bei dem Typen würde es mich nicht überraschen. Ich habe eine komplette Ermittlungsakte über ihn. Er hat diverse Frauen verfolgt, ihnen aufgelauert. Sie mit Textnachrichten belästigt. ›Du hättest doch nur zuhören müssen.‹ Kranke Scheiße. Ganz zu schweigen von den Fotos, die er gemacht hat, den Pornos, die wir auf seinem Computer gefunden haben.« Er schnitt eine Grimasse. »Soweit wir wissen, macht er das seit Jahren. Ich wette, die anderen Partner hätten ihn damit durchkommen lassen, doch wegen der Fotos, die Thomas durch Zufall entdeckte, ging das nicht. Das konnte man nicht einfach ignorieren.«

Ich holte erneut tief Luft. Es gab noch mehr, was ich ihm sagen wollte. Ich würde nicht länger davonlaufen. Nicht länger so tun, als ob. Millie hatte recht. Das war nicht gut für mich.

»Ich muss Ihnen noch etwas mitteilen«, sagte ich. »Es geht um meine finanzielle Selbstauskunft. Es sind einige Ungenauigkeiten darin. Mit Absicht.« Paul presste die Kiefer zusammen. Seine Augen wurden schmaler, aber nur ganz leicht, kaum merklich. Davon abgesehen, blieb sein Gesicht komplett ausdruckslos. »Mein Ehemann ist Alkoholiker. Er hatte einen Autounfall, und wir wurden verklagt. Wir haben den Fall beigelegt und kommen unseren Verbindlichkeiten in vollem Umfang nach. Wir werden die Schulden abbezahlen, aber sie sind ziemlich hoch. Das hätte ich auf der Selbstauskunft vermerken müssen.«

Pauls Augenbrauen wurden zu einer durchgehenden Linie. Er nahm die Lesebrille ab und starrte mich eine gefühlte Ewigkeit lang an. Ich hielt seinem Blick stand. Das war alles, was ich tun konnte. Wie hatte Maude es ausgedrückt? Es gab keinen anderen Weg, das hier durchzustehen, als die Wahrheit zu sagen.

»Das hätten Sie vermerken müssen«, bestätigte Paul endlich. Dann setzte er die Lesebrille wieder auf und wandte sich seinem Computer zu. »Rufen Sie gleich morgen die Personalabteilung an und lassen es richtigstellen.«

Die Frau vom Blumenladen sperrte gerade ab, als ich an die Tür klopfte. Sie hatte die Haare genauso aufgetürmt und blickte genauso fröhlich drein wie beim letzten Mal, doch heute trug sie eine strahlend gelbe Bluse. Sie schüttelte den Kopf, lächelte mitfühlend und deutete auf die Ladenöffnungszeiten. Anscheinend erkannte sie mich nicht.

Ich hielt mein Handy mit Kerry Tanners Foto in die Höhe. »Für Matthew«, sagte ich und hoffte, sie würde Mitleid mit mir bekommen. »Ich glaube, er ist der Kreis.«

Sie spähte durch die Scheibe auf die Aufnahme, und ich

sah, wie es bei ihr klick machte. Dann öffnete sie mir die Tür. »Kommen Sie rein«, sagte sie und winkte mich zu sich. Anschließend schloss sie die Tür wieder und sperrte sie ab. »Mal sehen, ob ich Matthew finde. Ich nehme an, er ist hinten.«

Einen Augenblick später erschien der Junge, ein Skateboard unter dem Arm, die Kopfhörer aufgesetzt.

»Ist das der Mann, für den du die Karte geschrieben hast?«, fragte ich und zeigte ihm mein Handy.

Matthew lächelte. »Treffer.« Er hielt die Hand hoch, bis ich ihn abklatschte. »Sehen Sie, der Kerl ist ein perfekter Kreis. Lilien. Jetzt fällt es mir wieder ein. Er hat Lilien gekauft. Hat behauptet, die, die seine Frau im Garten gepflanzt hatte, seien alle eingegangen.«

Ich ging zu Fuß von Blooms on the Slope den St. Johns Place hinauf, dann bog ich rechts in die Plaza Street ein und schließlich in den Prospect Park West. Anschließend überquerte ich den Montgomery Place und blieb an einer Bank vor der Steinmauer stehen, die den Prospect Park umgab. Gut möglich, dass Sam auf dieser Bank das Bewusstsein verloren hatte. Die frühabendliche Sommersonne schien zart und golden, als ich mich setzte.

Ich freute mich nicht auf den Anruf, den ich tätigen musste. Aber ich suchte Sarahs Nummer aus meiner Protokollliste heraus und wählte. Es klingelte ein paarmal, bevor sie sich meldete.

»Hi, Sarah«, sagte ich. Meine Stimme klang erstickt und fremd. »Hier spricht Lizzie Kitsakis, Zach Graysons Anwältin.«

»Ja?«, fragte sie. »Was kann ich für Sie tun?«

War da ein Unterton herauszuhören? Ein Zittern? Ahnte sie, dass ich über ihren Mann Bescheid wusste?

Über den Grund, warum ihm gekündigt worden war? Allerdings kam mir Sarah nicht vor wie eine Frau, die weiter mit ihrem Mann das Bett teilte, obwohl sie die Wahrheit kannte. Und ich glaubte nicht eine Sekunde, dass sie Kerry mit Amandas Tod in Verbindung brachte.

»Ich denke, Sie hatten vielleicht recht«, sagte ich.

»Aha. Und womit?«

»Dass wir uns kennen, aus dem Viertel, meine ich. Ich glaube, unsere Ehemänner spielen zusammen Basketball. Donnerstagabends?«

Mir war eingefallen, dass Sam erzählt hatte, er sei mit einem Kerl im Freddy's gewesen. Wichtiger Job, Frau und Kinder. Vielleicht ein Anwalt, der vergessen hatte zu erwähnen, dass er gefeuert worden war. Von Sarah wusste ich, dass ihr Mann donnerstags einen festen Termin hatte, bei dem er versuchte, »sich die Hüfte zu brechen«. Genau wie Sam.

»Oh«, sagte sie mit einem leichten Aufatmen. Anscheinend meinte sie, ich riefe nur deswegen an. »Ja, er spielt Basketball. Kaum zu glauben, dass er die Zeit dafür findet, wenn man bedenkt, was ich kürzlich entdeckt habe: seinen unersättlichen Appetit auf Pornografie.« Sie spuckte ihre Worte förmlich aus. Zweifelsohne war sie stinksauer. Aber keineswegs am Boden zerstört, nicht so, als wüsste sie auch über den Rest Bescheid. »Aber ja, er spielt Basketball«, wiederholte sie. »Ich bin sogar mal da gewesen, um zuzuschauen. Vielleicht habe ich Ihren Mann ja gesehen? Lassen Sie mich raten: Er ist einer von den jungen, heißen Typen, stimmt's?«

Obwohl sie wütend war, hörte ich ein Fünkchen finsteren Humor aus ihrer Stimme heraus – als würde sie ihrem Mann am Ende sogar seine Pornosucht verzeihen. Als würde sie ihn immer noch lieben. Ich fühlte mich wie ausgehöhlt, als ich daran dachte, wie fertig Sarah sein würde, wenn sie die ganze hässliche Wahrheit über den Mann erfuhr, mit dem sie sich ein Leben aufgebaut hatte.

»Keine Ahnung«, erwiderte ich. »Ich denke, mein Mann hat vielleicht …«

»Sie sollten sich auch einmal ein Spiel ansehen. Das macht Spaß.« Sarahs Stimme klang brüchig. »Wenn Sie hingehen – halten Sie Ausschau nach meinem Mann. Er ist der alte Knacker in den dämlichen roten Schuhen.«

LIZZIE

MITTWOCH, 15. JULI

Als Zach das kleine Anwaltszimmer im Rikers betrat, wirkte er verdammt selbstzufrieden. Ich ballte die Hände zu Fäusten und versuchte, ruhig zu bleiben.

»Ich hab's dir ja gesagt: Ich war's nicht!«, leierte er. Kein nervöser Augenkontakt. Kein hüpfendes Bein. Ganz die neue, verbesserte Zach-Version von den gestellten Fotografenfotos, die ich in seinem Haus in Park Slope gesehen hatte.

»Du hast es also schon gehört?«

»Einer der Insassen war bei einem Gerichtstermin und hat mitbekommen, dass man jemand anderen für den Mord an Amanda verhaftet hat. Einen ›aufgeblasenen Firmenanwalt‹«, fuhr er grinsend fort. »Ich mag nach unserem gemeinsamen ersten Jahr an der juristischen Fakultät zwar nicht mehr besonders gut aufgepasst haben, aber sogar ich weiß, dass man nicht zwei Personen gleichzeitig für ein und denselben Mord vor Gericht stellen kann. Dann bin ich also aus dem Schneider, richtig?«

Nachdem ich bei Maude gewesen war, hatte sie sich an die Staatsanwaltschaft gewendet, was meiner Ansicht nach sehr viel besser war, als wenn ich die Nachricht kundgetan hätte. Mit mir in Verbindung gebracht zu werden, wäre bei Wendy Wallace nicht gerade vorteilhaft für sie gewesen. Ich hatte Maude gebeten, zu betonen, dass sie definitiv nicht Zach Grayson bei der Flucht aus Amandas Haus gesehen hatte.

Es war bereits früher Abend gewesen, nachdem ich mit Gloria gesprochen hatte, dann mit Paul, anschließend mit Matthew im Blumenladen und zu guter Letzt mit Sarah. Also hatte ich mit meinem Anruf bei Wendy Wallace bis zum nächsten Tag gewartet. Als wir endlich miteinander telefonierten, war sie alles andere als begeistert, von Kerry Tanner zu erfahren, doch ich musste ihr – und vielleicht auch Pauls Überredungskünsten – anrechnen, dass sie mich ausreden ließ und mir sogar zuzuhören schien. Jetzt hatte sie immerhin einen neuen Verdächtigen zur Hand, und der Fall war nach wie vor von so großem öffentlichem Interesse, dass er sie auf den Thron des Bezirksoberstaatsanwalts von Brooklyn katapultieren konnte.

Als ich am Morgen nach Rikers Island fuhr, saß Kerry schon in Untersuchungshaft.

»Deine Entlassung wird bereits vorbereitet«, teilte ich Zach mit. »Du solltest bald draußen sein.«

Zach schloss die Augen und stieß die Luft aus. Er schien sich weit mehr Sorgen gemacht zu haben, als sein großspuriges Grinsen vermuten ließ.

»Das sind ja tolle Neuigkeiten«, stieß er hervor. »Wirklich toll. Danke.«

»Darf ich dich etwas fragen?«

»Klar, warum nicht?«

»Du warst derjenige, der die Kontaktdaten auf dem Schulcomputer abgefischt hat, oder?« Das war der Teil des Gesprächs, der mich interessierte. Der *wahre* Grund dafür, dass ich jetzt hier war. »Clever, denn damit konntest du dich in die Computer der Eltern hacken.«

Es gab keinen Grund, warum Zach mich nicht weiterhin belügen sollte. Keinen – abgesehen von seiner Arroganz. Doch Zachs Arroganz war etwas, worauf man sich verlassen konnte. Darauf und auf die Tatsache, dass ich unbedingt wissen sollte, dass er alle geschlagen hatte.

»Was meinst du damit?«, fragte er, doch ich merkte, dass er versuchte, nicht noch breiter zu grinsen. Seine Augen funkelten.

»Die Phishing-Mails«, sagte ich. »Du hast die Computer der Eltern gehackt und ihre gesamte schmutzige Wäsche an die Öffentlichkeit gezerrt. Beeindruckend. Ich verstehe nur nicht, wie das dein angeschlagenes Unternehmen retten soll.«

Zach verdrehte die Augen. »Erstens: *Angeschlagen* ist eine gewaltige Übertreibung. In der Start-up-Welt gilt die Regel ›hohes Risiko, hohe Belohnung‹.« Er setzte einen entschlossenen Gesichtsausdruck auf und schwieg, als müsse er sich alle Mühe geben, nicht weiterzureden. Ich kannte Zach und wusste, dass er sich nicht lange würde beherrschen können – ich musste nur warten. »Wie dem auch sei – dieses neue Unternehmen geht ab wie eine Rakete. Die Leute haben absolut keine Ahnung, wie exponiert sie sind und warum. Willst du wissen, woher ich das weiß? Von meiner Arbeit in der Logistik – einer Branche, von der der Durchschnittsbürger vermutlich noch nie etwas gehört hat. Und wenn doch, dann denkt er an Versand. Er ahnt nicht, dass wir *alles* über Hunderttausende von Menschen wissen – wir wissen, wann sie ein Baby bekommen, denn dann fangen sie an, Windeln zu bestellen; wir wissen, wann sie eine längere Reise antreten, denn dann kaufen sie Spannungsumformer; wir wissen, dass man auf keinen Fall ihr Haus kaufen sollte, wenn sie tonnenweise Schimmelentferner geordert haben. Und die Leute glauben, sie würden nur irgendwas bestellen! Dabei ist es gar nicht ›irgendwas‹ – es ist das, was sie sind, ihr Leben! Und sobald sie merken, wie gefährlich das sein kann, werden sie sich darum reißen, die jährlichen Kosten von hundert Dollar für meine Familien-Cybersicherheits-App zu bezahlen.«

Ich nickte, um einen interessierten Gesichtsausdruck bemüht. Wenn auch nicht zu interessiert. Gerade genug, um Zach am Reden zu halten.

Er beugte sich ein kleines Stück zur Plexiglasscheibe vor. »Anfangs habe ich mich für Grace Hall interessiert, weil ich wusste, dass die Schule in der Vergangenheit schon einmal Probleme mit der Cybersicherheit hatte. Ich ging davon aus, dass meine Leute und ich kein leichtes Spiel haben würden, aber von leichten Spielen lernt man nichts. Außerdem vermutete ich, dass der Hackerangriff wegen dieser Vorgeschichte die eine oder andere Pressemitteilung wert sein würde, was sich positiv auf meine App auswirken könnte – vorausgesetzt, ich würde rechtzeitig auf den Plan treten und meine Hilfe anbieten.«

»Dann hast du also Leute engagiert, die die Computer auf deine Anweisung hin gehackt haben?«

»Wenn man herausfinden will, wie man Menschen vor Hackerangriffen schützen kann, bezahlt man einfach ein paar Hacker dafür, dass sie einem zeigen, was sie so machen.«

»Einer deiner Hacker hat eine Fünfzehnjährige unter Druck gesetzt, vor laufender Kamera sexuelle Handlungen vorzutäuschen«, sagte ich. »Und er bedrängt sie noch immer. Wusstest du davon?«

»Es ist schwer, gute Leute zu finden.« Zach zuckte die Achseln. »Aber ich bin beeindruckt, dass du dir so viel zusammengereimt hast. Mir war immer klar, dass du etwas ganz Besonderes bist, Lizzie, und als ich dich auf diesem Bauernmarkt wiedersah, war ich neugierig, was wohl aus dir geworden war. Damals hatte ich noch keine Ahnung, dass ich bald eine Pro-bono-Anwältin brauchen würde. Amanda war quicklebendig, und an dich hatte ich seit mindestens zehn Jahren nicht mehr gedacht. Doch dann warst du plötzlich da, und ich erkannte es sofort.« Er zögerte, ein kleines Lächeln auf den Lippen. »Erkennst *du* es jetzt auch?«

»Was?«

»Dass du die falsche Entscheidung getroffen hast.«

»Wovon zum Teufel redest du?«

»Dass du Sam genommen hast, nicht mich«, antwortete er. »Oh, ich weiß, dass du ihn noch gar nicht kanntest, als du mit mir Schluss gemacht hast. Die Geschichte von ›deinem Freund‹ war eine Lüge. Das wusste ich die ganze Zeit. Ich muss zugeben, dass ich für eine Weile ziemlich sauer war, oder nein – *enttäuscht* trifft es besser. Wir waren aus demselben Holz geschnitzt, du und ich, hatten den Blick stets auf das Ziel gerichtet. Nun, vielleicht nicht ganz aus demselben Holz, auch wenn die Geschichten über meine ›Arbeiterfamilie‹ das nahelegten.« Zach malte mit den Fingern Anführungszeichen in die Luft. »Ich dachte, das würde besser passen als zwei Crack-Süchtige aus Poughkeepsie. Aber dann hat sich herausgestellt, dass auch du mir Dinge verschwiegen hast. Zum Beispiel das Gefängnis in Elmira.« Sein Grinsen wurde zum Feixen. »Ich dachte wirklich, das mit uns beiden hätte ein Erfolg werden können. Absolut. Stattdessen hast du dir einen Ehemann ohne jeden Antrieb ausgesucht. Dabei hätte für dich alles anders enden können.«

»Ja«, sagte ich und blitzte ihn zornig an. »Ich hätte tot am Fuß deiner Treppe enden können. Amanda wäre noch am Leben, hättest du ihr nur ein klein wenig mehr Aufmerksamkeit geschenkt!«

»Bitte, Amanda hatte schon jede Menge Probleme, bevor ich ihr begegnet bin.« Zach schniefte, aber sein Gesicht hellte sich schnell wieder auf. »Ich war überrascht, als du, ohne zu zögern, auf diesen Netflix-Link gedrückt hast, um deine Mitgliedschaft zu verlängern. Ich hätte dich für klüger gehalten. Ein Klick, und *zack!* war ich drin.« Er lächelte verschlagen. »Dafür habe ich natürlich niemanden engagiert. Dich wollte ich nicht outsourcen. Binnen Minuten wusste ich alles über dich und Sam, und als Freund muss ich dir sagen: Wochenlang Tag für Tag Dutzende von Entzugseinrichtungen im Internet zu recherchieren ist nicht halb so effektiv, wie Sam tatsächlich in eine zu schicken. Außerdem solltest du dir dringend Jalousien anschaffen, wenn du nackt durch die Wohnung spazieren willst.« Er schüttelte den Kopf und zog die Augenbrauen in die Höhe. »Wenigstens kann ich genau sagen, wo du in der Nacht warst, in der Amanda gestorben ist. Und jetzt weißt du auch, warum ich nicht versessen darauf war, dir meinen Aufenthaltsort mitzuteilen.«

Das war es, was Zach gewollt hatte, und vielleicht hatte er das sogar von Anfang an geplant: Er wollte diesen einen Moment. Den Moment, in dem er mich so beschämen konnte, wie ich ihn vor all den Jahren beschämt hatte. Den Moment, in dem er endlich gewonnen hätte.

Er ahnte nicht, dass ich vieles von dem, was er mir da erzählte, längst wusste – dass er mich durch die Fenster unserer Wohnung beobachtet hatte, hatte ich allerdings nicht gewusst. Ich hatte meinen privaten Laptop den Ermittlern von der Abteilung Cybercrime übergeben, die ich aus meiner Zeit bei der Bundesstaatsanwaltschaft kannte. Binnen Sekunden entdeckten sie die Spyware, die Zach installiert hatte. Ich schämte mich immer noch dafür, dass ich ihm so leicht auf den Leim gegangen war, aber der zuständige Kriminaltechniker, ein junger Mann

Anfang zwanzig, sagte immer wieder: »Im Ernst, das hätte jedem passieren können. So etwas kommt ständig vor.«

Anschließend hatte ich die Ethik-Hotline für New Yorker Anwälte kontaktiert und mir anonymen Rat geholt, wie ich unter den gegebenen Umständen weitermachen konnte, ohne meine Zulassung zu verlieren. Von jetzt an würde alles, was ich tat, wohldurchdacht und aufrichtig sein.

»Weißt du, Zach, ich habe über eine Sache, die du gesagt hast, nachgedacht«, begann ich.

»Und die wäre?«, fragte Zach, erfreut, dass ich bereit war, mitzuspielen.

»Dass es wichtiger ist, die Schwächen der Menschen zu kennen als ihre Stärken.«

»Ach ja«, sagte Zach. »Ich glaube tatsächlich, dass das stimmt.«

Ich legte für einen Moment die Hände auf den schmalen Tisch vor mir, senkte den Kopf und nickte. Dann stand ich auf. »Weißt du, was deine Schwachstelle ist, Zach?«

Er lächelte. So verflucht selbstzufrieden. »Nein, Lizzie. Sag es mir: Was für eine Schwäche habe ich?«

»Du denkst, Menschen seien Dinge, die man gewinnen kann.«

Er runzelte die Stirn. »Ich weiß nicht … Ich würde sagen, die Dinge haben sich am Ende ganz positiv für mich entwickelt.«

»Deine Frau ist tot«, erinnerte ich ihn, aber Zach zuckte nicht einmal zusammen. »Außerdem ist Cyberbetrug ein Verbrechen.«

»Komm schon, Lizzie.« Er lachte. »Selbst wenn du damit herausrücken wolltest, was ich dir gerade erzählt habe – du kannst es nicht. Du bist meine *Anwältin,* schon vergessen? Das Anwaltsgeheimnis? Du würdest deine Zulassung verlieren. Außerdem *weiß* ich, dass dir dein Job weit wichtiger ist, als mir eins auszuwischen.«

»Siehst du, genau da irrst du dich, Zach.« Ich schüttelte den Kopf und legte die Stirn in Falten. »Vielleicht hättest du während des Studiums besser aufpassen sollen. Die Schadsoftware, die einige der Eltern heruntergeladen haben, befindet sich noch auf manchen Computern, außerdem benutzt dein Team sie nach wie vor, um weitere Familien zu erpressen. Wie ich schon sagte: Der Kerl, der die Fünfzehnjährige unter Druck gesetzt hat, kontaktiert sie immer noch. Das bedeutet, dass das von dir begangene Verbrechen andauert, womit das, was du gerade zugegeben hast, unter die Ausnahmen fällt, die das Anwaltsgeheimnis außer Kraft setzen. Straftaten, die du aktuell begehst, fallen nicht darunter. Ich bin also nicht verpflichtet, noch länger zu schweigen.« Ich beugte mich ebenfalls näher zu der Plexiglasscheibe. »Genieß die Zeit nach deiner Entlassung, Zach. Du wirst nicht lange auf freiem Fuß bleiben.«

Name: Kerry W. Tanner
Adresse: 571 2nd St. Brooklyn 11215
Geburtsdatum: 28.06.1969
Alter: 51
Telefonnummer: 7185552615

New York City Police Department
Borough of Brooklyn
Datum: 15. Juli
Zeit: 15.00 Uhr
Fallnummer: 62984415

Ich, Kerry W. Tanner, mache diese Aussage bereitwillig und aus freien Stücken in Gegenwart von Detective Robert Mendez vom New York City Police Department. Ich weiß, dass ich keine Aussage machen muss und dass alles, was ich sage, vor Gericht gegen mich verwendet werden kann. Vor der Aussage wurden mir meine Rechte verlesen. Ich verstehe diese Rechte, und ich habe eine separate Verzichtserklärung unterschrieben, bevor ich diese Aussage gemacht habe.

Unterschrift: ______________________________

AUSSAGE

Ich mache hier und heute eine Aussage, weil ich meine Ehefrau Sarah liebe und weil sie mich darum gebeten hat. Vielleicht kann diese ganze Sache ohne Gerichtsverfahren aus der Welt geschafft werden. Meine Frau und ich sind seit über dreißig Jahren zusammen, und Sarah bedeutet mir alles. Wir führen eine gute Ehe. Ich liebe auch meine Söhne. Was passiert ist, war ein schrecklicher Unfall. Aber es war ein Unfall. Ich habe niemanden umgebracht.

Amanda und ich waren Freunde. Enge Freunde. Sie kannte meine Frau, Sarah. Mit der Zeit entwickelten wir Gefühle füreinander. Ich wollte nicht, dass das passiert, und es ändert auch nichts an meiner Liebe zu Sarah. Manche Dinge kann man einfach nicht kontrollieren. Im Lauf der Monate fingen Amanda und ich an, einander mit kleinen Aufmerksamkeiten zu bedenken, um unsere Zuneigung auszudrücken. Amanda kaufte mir wohlüberlegte Geschenke, und ich half ihr im Haus, weil ihr Ehemann nie zugegen war. Der Kerl ist ein Widerling. Auf diese Weise wurde unsere Beziehung zunehmend enger. Was mir guttat. Amanda gab mir ein gutes Gefühl.

Doch dann trat Sebe auf den Plan, mit dem wir ebenfalls befreundet sind – ich glaube, er versuchte, sich zwischen uns zu drängen. Er führt eine offene Ehe. Das durfte ich nicht zulassen.

Ich hatte nicht geplant, Amanda an jenem Abend zu treffen, wollte nicht einmal zur Party gehen. Aber mein Basketballspiel wurde abgesagt, und ich habe mir in einer Bar ein paar Drinks genehmigt, und so führte eins zum anderen. Am Ende bin ich mit einem von den Jungs, der meiner Meinung nach ein Alkoholproblem hat, losgezogen, um mit ihm einen Abstecher zu Sebes und Maudes Party zu machen, aber er wollte sich unterwegs auf einer Bank ausruhen, weil er so fertig war. Dann ist er weggetreten. Ich habe ihn auf der Bank sitzen lassen und bin allein zu der Party gegangen – wie gesagt, ich wollte nur kurz hin. Sarah sollte mich nicht sehen, denn dann hätte sie mich den ganzen Abend durch die Gegend gezerrt, damit ich mich mit allen möglichen Leuten unterhalte. Ich liebe meine Frau, aber das tun alle anderen auch. Ich wollte einfach nur Amanda sehen, und ich habe sie tatsächlich gesehen, und dann hat mir später jemand erzählt, dass sie mit Sebe nach oben verschwunden sei. Ich gebe zu, dass ich da ausgerastet bin.

Ich wusste, dass sie nach Hause gehen würde, wenn ich ihr ein paar Textnachrichten schickte. Sie sollte doch nur einsehen, dass sie mich brauchte! Ich dachte, wenn ich eine Situation inszeniere, in der Amanda sich fürchtet, könnte ich mich unerkannt zurückziehen und gleich darauf zurückkehren, um sie zu retten. Zum Glück hatte ich ein paar Sachen in meiner Sporttasche, die ich benutzen konnte, damit sie nicht darauf kam, dass ich dahintersteckte. Ich ging davon aus, dass anschließend alles wieder in Ordnung wäre, dass es ihr gut ginge, doch das war nicht der Fall.

Nichts lief so, wie ich es geplant hatte. Amanda flippte total aus. Fing an, nach mir zu schlagen und mich zu treten. Wir waren auf der Treppe. Ich musste mich verteidigen. Und dann ist sie gestürzt. Es war ein Unfall. Sie hat sich den Kopf am Geländer gestoßen. Und dann hat sie sich hochgerappelt und ist ausgerutscht. Hat sich den Kopf an der Stufe angeschlagen. Einmal. Zweimal. Mehrmals. Bis sie sich nicht mehr regte. Überall war furchtbar viel Blut.

Ich habe Panik bekommen und bin davongelaufen. Ich wollte einen Rettungswagen rufen, aber ich konnte an nichts anderes denken als an meine Familie. Ich liebe Sarah wirklich mehr als alles andere. Ich war niemals untreu. Anders als Sebe und all die anderen Kerle, die diese Swingerpartys besuchten, hatte ich nie Sex mit einer anderen Frau.

Nachdem ich Amandas Haus verlassen hatte, bin ich in Richtung Park gerannt, um mich zu sammeln. Auf dem Weg dorthin habe ich bemerkt, dass sich Amandas Ohrring an meinem Ärmel verhakt hatte; außerdem hatte ich Blut auf meinem Handrücken. Ich hatte zwar darauf geachtet, nirgendwo hineinzutreten, aber auf dem Weg die Treppe hinunter muss ich die Wand gestreift haben. Mein Basketballkumpel war noch immer weggetreten. Ich konnte ihn auf der Bank liegen sehen, ein Bein hing über das hintere Ende. Also habe ich ihm Amandas Ohrring in die Sweatshirt-Tasche gesteckt und ein bisschen Blut an seinen Schuh geschmiert. Wie gesagt: Ich war in Panik, konnte nicht klar denken. Außerdem hatte er ja nichts gemacht. Ich wusste, dass die Polizei das irgendwann herausfinden würde. Ich konnte an nichts anderes denken als an meine Familie. Und daran, was ich in dieser Situation zu tun hatte: meine Familie schützen.

Ich habe die obige Aussage aus freien Stücken gemacht. Ich habe die obige Aussage gelesen und versichere, dass sämtliche Aussagen korrekt sind und nach bestem Wissen und Gewissen gemacht wurden.

Unterschrift: ______________________________

Datum: ______________________________

Unterschrift Zeuge: ______________________________

Datum: ______________________________

LIZZIE

MITTWOCH, 15. JULI

Sam wartete draußen vor der Kanzlei Young & Crane auf mich, als ich endlich von Rikers Island zurückkehrte. Auf der Bank neben ihm stand eine kleine Reisetasche. Er trug eine Sonnenbrille und hatte sein Gesicht der untergehenden Sonne zugewandt. Er verlässt mich, dachte ich.

Traurig. Ja, ich war traurig. Traurig, weil Sam mich verlassen wollte. Traurig, weil ich wusste, dass das vielleicht nicht das Schlechteste für uns war. Wie sollte es von hier aus auch für uns weitergehen? Der Schaden war angerichtet. Großer Schaden. Sam hatte eingeräumt, dass er vielleicht eine Affäre gehabt hatte. Ich hatte ihn des Mordes für fähig gehalten, auch wenn ich mich verzweifelt darum bemühte, das Gegenteil zu beweisen. Nichtsdestotrotz hatte ich die Möglichkeit in Erwägung gezogen. Und was war mit den Dingen, die *ich* getan hatte? Die ganze Zeit über hatte ich mich blind gestellt gegenüber Sams Trinkerei, und das unter dem Deckmantel, ihn zu lieben. Von meinen Lügen ganz zu schweigen.

Ich setzte mich neben Sam. Schloss die Augen und drehte mein Gesicht zur Sonne. So saßen wir da, Seite an Seite im Abendlicht. Schweigend. Lange. Endlich nahm Sam meine Hand.

»Gehst du irgendwohin?«, fragte ich.

»Ja«, antwortete er. »Neunzig Tage, für den Anfang. Das ist das Minimum.«

Ich öffnete die Augen und sah ihn an. »Wirklich?«

»Es ist alles arrangiert. Ich habe meine Mom angerufen. Sie bezahlt. Und weißt du, was? Sie war überraschend einfühlsam. Nicht so verhalten, wie sie sonst eher ist. Ich bin mir nicht sicher, ob sie meinem Vater etwas davon erzählt, aber vielleicht ist das auch besser.« Sam seufzte. »Es tut mir leid, dass ich so lange gebraucht habe, um diese Entscheidung zu treffen. Alles ... tut mir leid.«

Ich drückte Sams Hand. »Mir auch.«

»Ich werde das in Ordnung bringen«, fuhr er fort. »Oder zumindest werde ich mich in Ordnung bringen. Das verspreche ich.« Er zögerte und senkte den Blick. »Ich verspreche, es zu versuchen.«

Mir wurde die Kehle eng. »Weißt du, du bist nicht der Einzige, der Fehler gemacht hat.«

Sam sah mich an. »Wie meinst du das?«

Es wäre zu viel gewesen, ihm jetzt die ganze Geschichte über meinen Dad zu erzählen, und es gab einiges, über das ich mir noch nicht im Klaren war – wie viel ich meinem Dad schuldete, wie viel ich mir selbst schuldig war. Doch ich hegte keinen Zweifel mehr, dass eine Halbwahrheit auch eine Lüge war. Und ich würde niemanden mehr belügen.

Ich seufzte. »Es geht nicht um uns. Es geht um meine Familie, und es ist etwas, das du erfahren solltest. Du hast ein Recht darauf, es zu erfahren, und du hattest dieses Recht von Anfang an. Vor allem, weil es uns die ganze Zeit über begleitet hat. Aber was jetzt zählt, ist, dass es dir besser geht. Darauf musst du dich konzentrieren«, sagte ich. »Du sollst nur wissen, dass ich auch nicht perfekt bin und es niemals war.«

Wir schwiegen erneut.

»Glaubst du, es genügt, wenn ich das durchziehe? Falls ich es schaffe, das durchzuziehen?«, fragte Sam.

Ob es *für uns* genügen würde, meinte er. Und so suchte ich in seinen Augen nach einer Zukunft, die keiner von uns vorhersehen konnte. Dann tat ich das Einzige, was sich richtig anfühlte: Ich beugte mich zu ihm und küsste ihn. Und ich sagte ihm die Wahrheit.

»Ich hoffe es.«

DANK

Mein tiefster Dank gilt meiner ausgesprochen weisen und einfühlsamen Lektorin Jennifer Barth. Danke, dass du sofort verstanden hast, was ich mit diesem Buch bezwecken wollte. Ich bin dir auf ewig dankbar für deinen scharfen Blick, deine bemerkenswerte Hartnäckigkeit und dein unermüdliches Engagement, mit dem du dieses Buch ins Ziel geführt hast. Ich bin froh, dass ich die Ehre habe, mit dir zusammenzuarbeiten.

Ich danke dem brillanten Jonathan Burnham und dem großmütigen Doug Jones für ihren unermüdlichen Einsatz und ihre Unterstützung – ich bin begeistert, Harper mein Zuhause nennen zu dürfen. Danke an alle aus den Abteilungen Marketing, Öffentlichkeitsarbeit, Verkauf und Verleih für die Mühen, die ihr meinetwegen auf euch genommen habt. Ein spezielles Dankeschön an mein Öffentlichkeits-/Marketing-Duo Leslie Cohen und Katie O'Callaghan. Meine Damen, ihr seid Rockstars. Danke Sarah Ried für deine Unterstützung, danke an Lydia Weaver, Redakteurin, Miranda Ottewell, Korrektorin, und den Rest des Redaktionsteams bei Harper, das so hart gearbeitet hat, um meine Idee in ein Buch zu verwandeln.

Ich danke meinem genialen Agenten Dorian Karchmar – für so viele Dinge. Vor allem dafür, dass er mich und meine Arbeit intuitiv verstanden und anschließend versucht hat, aus jedem meiner Sätze – die du bestimmt auswendig aufsagen kannst – das Beste herauszuholen. Ich bin extrem glücklich, einen so großartigen, talentierten, kreativen Partner zu haben. Mein Dank gilt meiner wunderbaren Filmagentin Anna DeRoy für ihre scharfsinnigen Beobachtungen und ihr unermüdliches Engagement. Danke auch an Matilda Forbes Watson und James Munro und an Alex Kane und alle bei WME: Ich bin dankbar für eure harte Arbeit.

Ich danke meiner fantastischen Anwältin und lieben Freundin Victoria Cook – für ihren klugen Rat und ihre jahrelange Freundschaft. Bei Hannah Wood bedanke ich mich für die cleveren Anmerkungen und dafür, dass sie stets da war, um mir mit Rat und Tat zur Seite zu stehen. Danke, Katherine Faw, dass du mir wiederholt den Tag – und mich – gerettet hast.

Aufrichtigen Dank an den gleichermaßen hartnäckigen wie freundlichen Strafverteidiger Eric Franz, der sich geduldig in dieses Buch eingebracht, meine endlosen Fragen beantwortet und mich zu Vernehmungen mitgenommen hat. Du hast mir nie das Gefühl gegeben, dir ein Klotz am Bein zu sein – selbst dann nicht, als ich auf Rikers Island meinen Fahrzeugschein nicht finden konnte. Eric, dein Einsatz und deine Fähigkeiten sind wirklich bemerkenswert, deshalb werde ich definitiv dich anrufen, sollte ich jemals verhaftet werden. Mein Dank gilt auch Aviva Franz, die mich wie ein Familienmitglied behandelt hat, außerdem Gulnora Tali, die mir das Gefühl gegeben hat, ihrem Team anzugehören.

Ich danke Allyson Meierhans, der ehemaligen stellvertretenden Bezirksstaatsanwältin von Bronx County, dafür, dass sie das Manuskript durchkämmt und mich behutsam auf meine vielen Fehler aufmerksam gemacht hat. Ihr Rat war von unschätzbarem Wert. Mein Dank gilt William »Billy« McNeely, der so freundlich war, große Teile dieses Manuskripts zu lesen, E-Mails zu beantworten und lange Telefonate zu führen – danke, dass du mir geholfen hast, die Details zu verstehen. Nichts hätte deine Weisheit und Erfahrung ersetzen können.

Ich danke auch folgenden weiteren herausragenden Experten und unglaublich großzügigen Menschen, die so geduldig meine gelegentlich dummen, oft willkürlich gestellten Fragen beantwortet oder jemanden für mich gefunden haben, der das tun konnte: Ich bin euch allen etwas schuldig: Andrew Gallo, Dr. Tara Galovski, Hallie Levin, Dr. Theo Manschreck, Teresa Maloney, Brendan McGuire, Daniel Rodriguez, Professor Linda C. Rourke, David Schumacher und Ron Stanilus.

Meine uneingeschränkte Liebe gilt Megan Crane, Heather Frattone, Nicole Kear, Tara Prometti und Motoko Rich – eure vorzügliche Leistung als frühe Leserinnen wird nur von eurer fantastischen Freundschaft übertroffen. Ich würde gern behaupten, dass ich keine von euch Hübschen darum bitten werde, einen weiteren frühen Entwurf zu lesen, aber das wäre gelogen. Vielen Dank, Nike Arrowolo – es gibt keine Worte für deine Herzlichkeit und harte Arbeit.

Ich danke meiner Familie und meinen lieben Freunden, die mich jederzeit so sehr unterstützen: Das bedeutet mir weit mehr, als ihr denkt. Ein ganz spezielles Dankeschön geht an Martin und Clare Prentice für all das, was sie für mich getan haben.

Danke, Emerson, für deine Geduld, und dafür, dass du mir so wunderbar vor Augen gerufen hast, was es bedeutet, mit Leidenschaft bei der Sache zu sein. Auch dir, Harper, vielen Dank dafür, dass du mich tagtäglich mit deiner Brillanz und deiner Schönheit verblüfft hast. Ich empfinde Ehrfurcht für euch beide.

Und an Tony: Danke für absolut alles andere.